扁平竹 著

言欢（上册）

长江出版社
CHANGJIANGPRESS

图书在版编目（CIP）数据

言欢 / 扁平竹著.—武汉：长江出版社，
2022.4
ISBN 978-7-5492-8278-4

Ⅰ.①言… Ⅱ.①扁… Ⅲ.①长篇小说—中国—当代 Ⅳ.①I247.5

中国版本图书馆CIP数据核字（2022）第063997号

言欢 / 扁平竹 著

出　　版	长江出版社
	（武汉市解放大道1863号）
选题策划	奔跑的小狐狸制作组
市场发行	长江出版社发行部
网　　址	http://www.cjpress.com.cn
责任编辑	李　恒
特约编辑	酒　酒
印　　刷	大厂回族自治县德诚印务有限公司
版　　次	2022年4月第1版
印　　次	2024年5月第2次印刷
开　　本	710mm×1000mm　1/16
印　　张	37.5
字　　数	630千字
书　　号	ISBN 978-7-5492-8278-4
定　　价	65.00元

版权所有 盗版必究（举报电话：027-82926804）
（如发现印装质量问题，请寄本社调换，电话 027-82926804）

言／欢

目录

上册

第一章　听　话　　　　　　　　　　　　1

第二章　奢　望　　　　　　　　　　　　37

第三章　不像他了　　　　　　　　　　　83

第四章　我不是死缠烂打的人　　　　　134

第五章　泪　痣　　　　　　　　　　　183

第六章　喜欢的话，就不远　　　　　　238

目录

下册

第 七 章　我最爱你　　　　　　　　　　291

第 八 章　委　屈　　　　　　　　　　　347

第 九 章　你明明也爱我　　　　　　　　392

第 十 章　吃　醋　　　　　　　　　　　443

第十一章　在偷看你　　　　　　　　　　494

番 外 一　纪丞篇　　　　　　　　　　　542

番 外 二　平行时空里的少年商滕和少女岑鸢　578

番 外 三　星　光　　　　　　　　　　　585

商滕陪着岑鸢热爱这个世界。

——《言欢》

第一章
听 话

何婶买完菜回来，收了伞，站在地垫上把鞋子脱了才敢进来，生怕弄脏了客厅里的羊毛地毯。

这几天天气古怪得很，又是刮风又是下雨的，没个夏天的样子。凉意透过大门直往里钻，何婶怕冻着岑鸢，急忙把门关上。家里这位夫人身子不好，也不知得了什么病，气色总是不太好。

何婶进了厨房，把刚买的菜放进冰箱里，嘴上念叨着："我这几天啊，左眼皮老跳，也不知道是不是有什么灾？"

岑鸢一双巧手，正修补着手里那件裙子的刺绣，听到何婶的话，笑得温柔："左眼跳财，是好事。"她一整天都在家里待着，也没出门，身上只穿了件白色的雪纺连衣裙，长发随意地用鲨鱼夹固定了下，许是夹得不够紧，有一缕垂落下来，被她别在耳后了。

何婶总觉得，岑鸢像缓慢流动的水一样，又有点儿像夏季微凉的风，让人感觉舒适，不急不躁，听到她这话疑惑了："可我怎么听说，那左眼跳的是灾？"

岑鸢拿着剪刀，把线头剪了，然后打了个结："信则有，不信则无，不必太过放在心上。"

何婶见她这刺绣都改了快半个月了，没忍住，说了句："先生也是有钱

的，裙子再贵，只要你开口，他整家店都能给你买下来。"也不知道何婶是不是在商家待久了，口气也跟着变大了。

岑鸢倒没多大反应，只是笑了笑："打发时间而已。"

说起先生，何婶这才记起来正事。商滕今天回来吃饭。他说是有应酬，可都快半个月没见着人影了，什么应酬需要这么长时间不回家。虽然心里疑惑，但看岑鸢都不太在意的样子，何婶也没多讲。

客厅里，岑鸢接到了商滕打来的电话。他应该在开车，岑鸢听到了断断续续的喇叭声，不过很快，喇叭声就被商滕的声音给盖过去了。

"在家？"男声低沉，又带点儿喑哑。

不出意外的话，他应该刚刚抽过烟。岑鸢轻轻嗯了一声："在家。"

"嗯。"他语调平静，比起商量，更像是命令，"今天有朋友过来，你稍微打扮一下。"

这么多天以来他们的第一通电话，他居然是说这件事。

商滕的性格算不上好，没耐心，也没爱心，对自己不感兴趣的人或物都不愿意敷衍。岑鸢知道，他对她也不感兴趣，所以对他说的话不会去询问太多为什么，只是轻声应下："好的。"

岑鸢长得很美，素颜比妆后还要美。她长相温婉，皮肤白皙，天鹅颈修长，是气质型美女。她学过几年舞蹈，腰细得两只手都能握住了，但她平时的穿着打扮比较随性。

三楼不住人，全是她的衣帽间。商滕在这方面倒是没亏待过她，但岑鸢从来没穿过。她在裁缝世家长大，自己打版剪裁，自己缝制，她享受这个过程。

挂了电话以后，岑鸢去三楼随便选了一件穿上。那是件针织长裙，米色的。

商滕不是一个人回来的，还有两个人，一男一女。男的她认识，是商滕的表弟，谁的话都不听，他妈妈管不住他，所以就把他扔给了商滕。

商滕把外套脱了，语气平静地说着自己回来晚的原因："路上有点儿堵车。"

岑鸢点了点头，把他刚脱下的外套接过来，对客人说："先进去坐会儿吧，饭菜马上就好了。"

这还是许棉第一次见岑鸢，她之前在美国留学，半个月前才回国。今天得知赵新凯要去商滕家吃饭，所以她就死缠着赵新凯要一起跟过来，就是想看看这个嫂子长什么样。

商滕今天罕见地戴了眼镜。银色细边的眼镜架在高挺的鼻梁上，那双桃花眼在灯光下泛着细碎的光，领带不知道什么时候解开的，领口微敞，甚至看得见那半截锁骨。他面相冷，骨相也冷，浑身上下都透着生人勿近的气场，看她时的眼神也是淡漠的。

岑鸢注意到商滕额头上的伤了，心疼地伸手去碰："怎么弄的，疼不疼？"

商滕下意识地抬手挡了一下，声音冷淡："前几天不小心追尾了，小伤，没事。"

"没事就好。"被挡开的手尴尬地停在半空，岑鸢收回视线轻声说，她也习惯了他的疏离，他们如同陌生人一般，"我房里有药，待会儿给你拿过去。"

他只低低地嗯一声，然后就再无他话。

他们离许棉有点儿远，她听不清他们在说什么，但看两个人靠得这么近，有点儿不舒服，于是走过去隔开了他们。她笑容热情地挽着岑鸢的胳膊："岑鸢姐姐，我以前老听赵新凯他们提起你，今天可算见到真人了，比照片里的还要好看。"她看到的照片是岑鸢和商滕的结婚照，在留学群里看到的。

二十六岁的商滕，华企唯一继承人，二十三岁那年就靠着百亿身家进了FDX（商业组织积分）排行榜，再加上长得帅，清冷如同天神下凡一般。他可是香饽饽，那些女孩都跟狼一样盯着他户口本上空缺的位置。可一年前，他不声不响地结婚了。婚礼很低调，只邀请了亲戚和要好的朋友。所以那些没吃到葡萄的人都有些酸。

"看照片也不算特别惊艳的美女，估计是'听话'吧，所以才能成功转正。"

"商家那么有钱，婚礼居然办得这么低调，明显就是对她不上心。"

"哟，我说这张照片上的人怎么看着这么熟悉，原来是江家遗落在民间的'明珠'啊。"

这话一出，所有人都在底下追问什么明珠。八卦谁都爱听，尤其是这些名门望族的八卦。

"这个女的，原本是江家的大女儿，不过小时候被抱错了，在偏僻小镇生活了十五年，然后才被接回来。不过也没什么用，亲生父母不怎么待见

她,比起她,更疼爱那个从小长在身边非亲生的女儿。她估计见江家没指望了,想再找一个靠山,所以就缠上了商滕吧。"

许棉觉得岑鸢就是个不折不扣的绿茶(指外表清纯,实则心机深重的人)。她虽然笑容灿烂,但说出来的话格外讽刺:"我还听说,商滕哥娶嫂子只是为了堵住那些长辈的嘴,现在看来,那些传言都是假的,你们明明很恩爱啊。"

旁边赵新凯眼睛都快"眨烂"了,想让她闭嘴。

岑鸢听出了她话里的冷嘲热讽,神情有短暂的变化,不过很快就掩了下去。她轻声岔开话题:"你们先坐,我去厨房看看饭菜好了没有。"

直到她进了厨房,赵新凯才攥着许棉的手:"你傻吧,在嫂子面前说这种话?"

许棉被他捏疼了,踹了他两脚:"商滕哥都没说话,你急什么!"

赵新凯看了看旁边无动于衷的商滕,也是,他都不在意,自己急什么。

饭菜很快就好了,用人把饭菜端了出来。餐厅里,他们聊的那些话题岑鸢都插不进去。商滕的朋友,岑鸢其实都不太认识,顶多见过一两面。商滕从不带她去参加任何晚宴,而那种场合,又需要带女伴。岑鸢不知道他带的是谁,也没问过。她不是不在意,只是知道,问了也改变不了什么。

这顿饭岑鸢全程都很安静,仿佛游离在他们之外一样。吃完饭,他们就离开了,走之前许棉还热络地和岑鸢打招呼:"岑鸢姐姐,别老憋在家里,偶尔也出去看看外面的世界嘛,你看商滕哥,就宁愿住酒店也不愿意待在家里。"

岑鸢看了商滕一眼。原来他说的有应酬,回不来,都是借口。其实心里早就有了答案,但她还是自欺欺人。毕竟什么应酬,需要连续应酬半个月呢。

送走他们以后,商滕就去了书房。最近有个大项目要开工,所以他也跟着忙了起来。

岑鸢没有打扰他,拿上睡衣去洗澡。许棉今天说的话,她其实是在意的,很在意。她一直知道,商滕娶她从来不是因为喜欢,只是为了堵住那些长辈的嘴,正好她又听话。如果换了别人,老公半个月不回来,肯定早就质问了,但她不会。这是一种自我保护的本能,和蜗牛遇到危险,把自己缩进壳里一样。

洗澡的时候，她随便选了一部轻松点儿的电影，想换个心情。放在浴池边上的手机接连振了好几下，她擦净手上的水，过去拿手机。

　　消息是林斯年发过来的。那是一张设计图稿，林斯年问她一个月能不能完成。林斯年是她的老顾客，大三学生，学设计的，发过来的这些图稿全是他设计的。

　　岑鸢把图片放大，看了会儿细节，还好，不算复杂。打版加上剪裁，五天就能搞定，再到缝制，半个月的时间就够了。

　　岑鸢回："半个月就可以了。"

　　林斯年："那行，我先付款，地点还是老地方，你做完了直接寄过来就行。"

　　岑鸢："好。"

　　手机支付宝很快就提醒她，进了一笔钱。她穿好衣服从里面出来，正好碰到了在客厅里煮咖啡的何婶。

　　何婶冲她笑了笑："小鸢，这是给少爷煮的咖啡，你待会儿上去的时候顺便拿过去吧。"

　　岑鸢把吹风机放好，点了点头："好的，何婶。"

　　咖啡煮好以后，她端着上了二楼书房。她敲了敲门，没立刻进去，直到里面传来男人的声音。她把咖啡杯放下，看了眼商滕眼底的红血丝，想着这些日子他应该都是忙到这么晚，于是叮嘱了一句："早点儿休息，身体要紧。"

　　他抬眸看她，眼里有淡淡的笑，但也只是浮于表面。

　　岑鸢不是在这种环境下长大的，哪怕已经来这儿快八年了，可她还是不太习惯。这些圈子里的人，笑不算笑，哭不算哭，这些情绪变化不能代表他们的感情。就像现在，商滕明明在笑，可他的脸上看不到半分感情。

　　他侧开身子，视线懒散地落在岑鸢身上，手指搭在座椅扶手上，若有所思地轻轻敲了几下。

　　岑鸢刚洗过澡，身上穿的是一件雾霾蓝的吊带睡裙，真丝的，很贴身。极细的肩带遮不住什么，头发随意地抓成丸子头，松松垮垮地扎在脑后，彻彻底底地露出那截白皙修长的天鹅颈。胸前的皮肤白得扎眼，若隐若现的沟渠往下延伸。

　　岑鸢是个不折不扣的美人，她的身材和她的脸一样美，纤秾合度，腰如约素。商滕拍了拍自己的大腿，说道："坐过来。"

岑鸢沉默了一下，还是听话地坐下了。两个人的距离那么近，甚至能闻到彼此身上的气息。

商滕身上总有种淡香，神秘、庄重。他的手放在她的腰上，指腹似有若无地摩挲着。她的睡衣布料很薄，所以能很清楚地感觉到，薄茧划过肌肤的触感。

商滕健身，偶尔也举举铁，所以他的指腹处有薄茧。那种触感太强烈了，腰又是她的敏感位置，商滕是知道的。岑鸢紧咬着唇，忍着。

商滕靠近她，声音低哑，像是被关在深渊里的恶魔，在蛊惑人类，酥得人心尖都是麻的。他说："帮我把眼镜摘了。"

她抵抗不了这样的商滕，于是听话地把他的眼镜摘了，镜片后面的桃花眼没了遮挡，岑鸢分不清此刻商滕眼中，是多情还是滥情。

他似勾了下唇，动作太轻微，不好觉察。而后他缓慢地俯身，咬住她的耳垂，慢慢地舔舐含咬。

岑鸢听到他暗哑的声音在她耳边轻问："换香水了？"

岑鸢的手紧紧攥着他的衬衣领口："没……没喷香水。"

"那怎么这么香？"他沉沉地问。

岑鸢没力气了，趴在他的肩膀上喘气。

岑鸢也不知道昨天晚上折腾了多久，年轻人精力似乎都很旺盛。

商滕吃了半个多月素，自然不知餍足。外人看他，清心寡欲，谦逊沉稳，但只有岑鸢知道，那些不过是他伪装的罢了。他野心大，对权力的欲望和生理方面的欲望一点儿也不寡淡，自大，又狂妄。

所以岑鸢也觉得奇怪，这样一个完全和自己的理想型背道而驰的男人，她怎么会爱他爱得这么深。她睁开眼，第一感觉就是酸软，全身都是软的，像是醉过一样，忘了昨天是怎么洗澡的，也忘了是谁给她换的衣服。

她穿上鞋子下楼洗漱，刚把饭菜端上来的何婶看到她了，神色担忧地问了句："我昨天看你腰上红了一块，现在好些了没？"

岑鸢被她这话问得一怔，脸色微红。她不知道该怎么解释那块红色印记，不是磕伤，而是……但她转念一想，哦，原来昨天是何婶给她洗的澡、换的衣服。看来是她多想了。

也对，以商滕的性子，怎么可能会亲手给别人做这种事？岑鸢笑了笑："没事，不疼了。"

何婶松了口气，去给她盛粥，今天的包子是雪菜鲜肉馅的："馅是我亲手调的，你快尝尝味道怎么样。"

岑鸢接过一个，咬了一小口，丝毫不吝啬自己的赞美："好吃。"

何婶笑了，拖出一张椅子坐下："我最拿手的就是这雪菜鲜肉包，我小儿子以前每顿都能吃十个。"

岑鸢是个慢性子，不管做什么都很慢。

她吃东西也慢，小口咀嚼，直到嘴里的东西吃完后，才再次开口："小孩子正长身体，多吃点儿好，长得高。"

哪个母亲不喜欢听别人夸自己儿子？何婶自然也不例外，听到岑鸢的话，早乐得合不拢嘴了："我啊，对他也没什么期望，就是希望他这身高别遗传了他爸，他爸才一米七，我也不奢求他像先生那样修长高大，能长到一米七八我就谢天谢地了。"

商滕一米八九。其实岑鸢第一次见到他那会儿，他还没有现在这么高。

他那时刚过一米八吧，穿着黑白色的球衣，在烈日底下晒着，皮肤都白得扎眼。十六七岁的少年，落拓不羁，满身都是少年感，自大轻狂在那个年龄段，似乎都是褒义词。

许是察觉到了什么，他扯下额上运动发带的同时，往这边看了一眼。

岑鸢猝不及防地和他对上视线。

那是他们第一次见面。

他在阳光下肆意挥洒汗水，是万众瞩目的存在。周围全是为他呐喊欢呼的迷妹。

而她，则躲在暗处，有些手足无措。自卑让她陷入窘迫，只敢偷偷看他。他的眉眼，太熟悉了，似曾相识。人们都说，年少时不能遇见太惊艳的人，不然这辈子都会深陷其中。的确，她的年少时期，就曾遇到过这样一个人。所以直到现在，她都走不出来。

玄关处少了一双男士皮鞋，不用问，岑鸢就能猜想到，商滕早就走了。

何婶说："四点的时候离开的，接了个电话洗完澡就急匆匆走了。"

岑鸢没想过他走得这么早，手里的包子似乎也没多少味道了，她抽了张消毒湿巾擦手："何婶，我今天有点儿事，可能会晚些回来，晚上不用做我的饭了。"

何婶听到后，疑惑地问了句："什么事啊？"

岑鸢迟疑了一会儿，说道："家里叫我回去吃饭。"

何婶不说话了。在这儿待久了，有些事情，她多少也听说过。譬如岑鸢小时候被人抱错，在小镇长到十六岁，这场闹剧才终止。她也终于被江家的人接了回来。不过听说这十六年来，岑鸢的位置早就被替代了，江家那个抱错的女儿，嘴甜乖巧，把江父江母哄得比对自己亲生女儿还要好。

何婶有时候觉得岑鸢很可怜，明明是个温柔的性子，可她遭遇的人和事，却没一样是温柔的。

司机早就等在外面了，他是商滕专门给岑鸢配的，方便她出行。

刚上车，她就接到了刘因打来的电话。刘因语气里没有半点为人母的慈爱，反而处处透着尖酸刻薄："这次又是一个人回来？"

岑鸢沉默了一会儿，然后才点头道："嗯，商滕有点事。"

刘因皱着眉道："天大的事能让他在婚后一次也不来见见岳父岳母？"

岑鸢不说话了。

刘因骂岑鸢是个死心眼，嘴巴长了也不知道是干什么用的，嫁了个大户人家反倒成了傀儡，什么作用也没有，就是个废物。她说的话几乎都是上不了台面的。以前她在养生会所当前台，后来搭上了江巨雄，也就是岑鸢的生父，靠着自己的手段把正室搞下台。然后他们结婚，生下岑鸢，后来岑鸢在医院被抱错，十六年后又被接回来。

但岑鸢不喜欢这个地方，她想在一个夏夜会开夜来香的小镇定居，然后开一家裁缝铺子，过简简单单的生活。

刘因骂了她很久，给她下了最后通牒，让她一定要把商滕带过来："你爸爸的公司遇到一点小麻烦，需要商滕出面摆平，你若是在中间搭好桥，我也有面子。"刘因说这句话时，语气才稍微缓和了些。

岑鸢按了按眉心，有些倦意，昨天晚上她睡得不好，一直断断续续地做噩梦。梦醒了，她又盯着天花板发呆。身侧空无一人，她也习惯了。她是一个没什么安全感的人，小时候睡觉得抱着娃娃才能睡着。那个时候母亲总说，等她再大些，碰到能给她安全感的男人，结了婚，就可以抱着他睡觉了。

岑鸢想，原来男人只会给自己喜欢的女人带来安全感，哪怕结婚了也没用。挂断电话以后，缓了一会儿，岑鸢才拨了商滕的电话。

· 8 ·

响了很久，电话才被接通。男人的声音刻意压低，似乎怕吵醒了谁一样，语气疏离、淡漠，问："有事？"

岑鸢沉默了一会儿，手下意识地攥紧衣角："我妈让我今天回去吃饭，问你有没有空。"

他那边很安静，没有半点儿多余的声音，应该不是在应酬。过了很久那边才传来开门声，是非常缓慢的声音，岑鸢能感受到，他的动作很小心。然后他才开口，冷冰冰地说道："没空。"

这是岑鸢意料之中的回答，她本来就没抱太大的指望。

"那我就不打扰你工作了，你注意身体，别太累。"

她刚说完这句叮嘱的话，商滕那边突然传来小孩的哭声："商叔叔，商叔叔。"

商滕推门进去，是和刚才截然不同的语气，他温柔地哄着："怎么哭了，是肚子饿了吗？"

小女孩摇摇头，直往他怀里钻："我做了个噩梦，梦见商叔叔不见了。"

他笑容宠溺地摸了摸她的脑袋："商叔叔哪儿也不去，就在这里陪着你。"他应该是太着急了，所以忘了挂电话。

这种失误在以往是不会发生的，原来他也有这么温柔的一面啊。岑鸢仔细回想了一下，她好像还从未见过。哪怕是年幼时，被他从那群不良少女手底下救出来，他也是这副冷冰冰的表情。

岑鸢被接回寻城的那一年，并不受人待见。生母刁难，江窈怕她抢走属于自己的东西，带头孤立她。

岑鸢被人推搡到墙角的原因仅仅是她穿了一条和别人一样的裙子。她和那些一味追求骨感的女孩子不同，她瘦，但身上有肉。她穿上裙子，清纯又不失性感，再加上她白皙的皮肤和那张初恋脸，哪怕素面朝天，也轻易地把那个人的风头给抢去了。

那是岑鸢第一次被女孩子扇耳光，耳鸣声太强烈，她愣在那里，手脚被人死死按住。衣服是江窈送给她的，说是见面礼，还让她一定要穿上。岑鸢以为她在对自己示好，却不知道人家早就挖好了坑，等着她往里跳呢。

那个时候她还是太懦弱，被打了也不知道还手。如果不是正巧被打球回来的商滕碰到，岑鸢那张脸可能早就被划花了。

商滕不温柔，一点儿也不。

那个女生用指甲往岑鸢脸上划的时候,篮球正好砸了过来。力道很重,直接把那个女生砸得倒在地上。那个女生捂着脑袋,没有半点儿刚才的跋扈,被砸蒙了。她似乎想骂人,可看到对方是商滕,她害怕得哭了起来,不知道自己到底哪里得罪了他。她不敢得罪商滕,也得罪不起。

商滕语气很冷,有些不耐烦,没有半点儿对女生该有的绅士风度:"哭什么,还不快把球给我拿过来!"

那个女生哆哆嗦嗦地拿着球过去,抖得厉害。

商滕接过球,面无表情地从岑鸢面前离开。

她看着他的脸,那种奇怪的感觉再次在心里铺开。自卑内向的人,总是很容易被一点儿小火种就点燃情感。岑鸢也是。那个时候的商滕,仿佛就是点燃她的火种。

车停在别墅楼下,用人过来开门。客厅门是开着的,从她这儿能看见,里面灯火通明,不时有笑声传来。

那是温馨有爱的一家人啊。她一直都是那个外来者。后加入的,都不会太受欢迎。岑鸢进了客厅,把鞋子换了。

江巨雄看到她后,脸上的笑稍微收了点,但眉眼还是温和的:"来啦。"

岑鸢点头,把那些补品和烟酒放下。

不等她开口,刘因没看到她身后的人,脸色微变,然后笑着将她拉上二楼,说有些话要和她讲。门一关,她的脸色就变了:"我不是让你把商滕带回来吗?"

岑鸢轻声解释:"他有事,所以……"

"他能有什么事,他是你老公,陪你回娘家难道不是正常的吗?"她很生气,但又害怕被客厅里的江巨雄听见,于是只能压低了声音冲她发脾气,"如果是窈窈,肯定不会像你这么没用,连自己的男人都拴不住!"

刘因的话其实也不无道理。毕竟自结婚以后,商滕便没有陪她回过一次江家。外面的风言风语早就传开了,说商滕心中压根就没有她这个老婆,还记挂着旧人呢。

他明知道这么做,会让她成为那些人茶余饭后的谈资,但他表现得丝毫不在意。

岑鸢明白,他娶她,只是出于你情我愿的利用,没有感情,自然不会在乎。她沉默了一会儿,点了点头,挺平静的:"那你可以去找她,没什么事的话我就先出去了。"

刘因看到她这副无动于衷的清冷模样就来气，也不知道那户人家是怎么养孩子的，养得这么木。

"你爸最近身边狐狸精多得很，你要是不帮我这个忙，是想等着我被扫地出门吗？"她当年为了稳住自己的位置，甚至……想到这里，她下意识地看了眼站在她面前的岑鸢，心里仅有的那点儿愧疚一闪而过。

岑鸢的语气很平静："在这件事上，我也没有办法帮你。"

"商滕是你老公，不过是你一句话的事！"

岑鸢摇头，很有自知之明："我们没有领证。"

"没有领证那也……"刘因顿住，惊道，"什么，你们没有领证？！"

商滕娶她不过是为了应付那些不断催婚的长辈，还有那些跟苍蝇一样赶都赶不走的追求者。办个婚礼就能起作用的事情，为什么还要领证？商滕不会做不划算的事。他是个合格的商人，永远都有办法让自己的利益最大化。婚姻也能成为他放在天平上的砝码。他的人生，走的每一步，都充满了算计。

刘因似乎还没彻底消化这个信息，站在那里，久久没有反应。

岑鸢推开门出去了。

客厅里，饭菜已经摆上桌了，江窈还在讲着自己今天在公司遇到的趣事，把江巨雄逗得大笑不止。

岑鸢走下楼，江窈见她身后没人，于是问了句："妈呢？"

岑鸢轻声道："还在房间里。"

江窈小声嘀咕了句："那你怎么自己出来了，也不喊妈下来吃饭。"她俏皮、活泼、外向，是讨人喜欢的性子，不像岑鸢，安静内敛，喜怒不形于色，像木头一样。哪怕江窈不是亲生的，但她还是深受这一大家子的疼爱。

岑鸢落座后没多久，江祁景从房间里出来了。他是岑鸢的弟弟，刘因生下岑鸢之后的第三年，江祁景出生了，但他和岑鸢并不亲近。应该说，这个家里的人和岑鸢都不亲近，只有礼貌的客气。江祁景今年读大三，搞艺术的，在外面住，偶尔回家。他和岑鸢长得很像，都是温柔的眉眼。

这点让江窈很不满意，仿佛在时刻提醒她，自己才是外来的。

为了巩固自己在这个家里的位置，也为了让岑鸢认清现状，她故意给江祁景夹了他最爱吃的青菜："多吃点儿，我记得你小时候最爱吃这个了，我每次跟你抢，你都和我闹。"她话里话外都是姐姐对弟弟的宠溺。

江祁景没说话，把用人叫过来："帮我把饭倒了，重新盛一碗。"

江窈脸色变了："你什么意思？"

江祁景冷眼看着她："我不爱吃别人的口水，很脏。"

虽然从小到大，他都是个冷淡的性子，但江窈没想到他会说这种话。她眼睛一红，哭了，跑到她爸那儿撒娇："爸，你看他！"

江巨雄无奈地看了眼江祁景："好了，她到底是你姐姐。"

江祁景语气冷淡："我怎么不知道我妈给我生了两个姐姐？"

江窈哭得更凶了："爸……"

江巨雄最近被公司里的事折腾得够烦了，这会儿只想安安静静地吃顿饭。他顿时感觉自己一个头两个大。

旁边的刘因察觉到他的不悦，出声呵斥江窈："多大的人了，还站没站相，坐没坐相！"

江窈这才不情不愿地重新坐下。她心里还是有数的，知道点到为止，毕竟自己不是亲生的。但她心里还是有火，看到安静吃饭的岑鸢，这股火烧得更旺了。于是她故意戳岑鸢的痛点："岑鸢，你和商滕都结婚这么久了，怎么他一次都没来过家里啊，工作再忙，也不至于这点时间都没有吧，更何况我前几天还在酒吧碰到他了，身边好几个美女陪着呢。"她说完以后，才故作一副说错话的样子，小心翼翼地捂住嘴，"你不会还不知道吧？"

原来这就是他口中的有应酬。岑鸢放下筷子，笑了笑："我知道的，他工作上的应酬，推不开。"

江窈的确在酒吧遇见过几次商滕，不过他基本上都是和他那些朋友在一起。美女作陪是她故意说出来看岑鸢反应的，看来两个人的关系就是名存实亡。这点从商滕没有陪她回过一次娘家也能看出来了。江窈为她鸣不平："什么应酬啊，还非得去酒吧？岑鸢，我看你就是太好骗了，商滕半个月不回家，这次回娘家也不陪你，我怎么感觉，他一点都不重视你啊。"

这话说到刘因的心窝子里去了，她心里还憋着火呢，筷子一摔："没用的东西！"

江巨雄皱着眉头道："哪有你这么说孩子的，他们夫妻之间的事情他们自己会处理。"

江窈心里暗爽。原先江窈还嫉妒岑鸢嫁进了商家，现在看来，她过得不怎么样。

岑鸢没胃口了，放下筷子去喝汤。

江窈不依不饶，还在讲："现在外面的人都在笑话你呢，连带着爸妈都跟着抬不起头。"

气氛一时之间凝固了，直到开门声打破这可怕的气氛。

用人恭敬地喊了声："姑爷。"

男人喉间低低地嗯了一声，淡淡地应下。

听到熟悉的声音，岑鸢握着汤勺的手顿了下，客厅门从外面打开，用人贴心地接过男人臂弯里的外套。他里面穿了件白衬衣和黑色马甲。领扣系到顶，领带是岑鸢给他买的那条。男人肩宽腿长，身材不输模特，完全将这套高定西装给撑起来了。他气场足，不说话也给人一种无形的压迫感。他明明年龄不大，却莫名让人有种敬畏感。

他的到来似乎正好打了江窈的脸。

刘因没想到他居然会过来，瞬间换了副嘴脸，殷勤地迎上去："外面风大，没冻着吧？"

商滕礼貌地笑了笑："没有。"他善于应付这种局面，笑容也仅仅只能算礼貌，相比刘因的热情，他表现得实在冷淡。商滕自然地走到岑鸢身旁，把椅子拖出来，落座。

岑鸢给他盛了一碗汤："不是说有事吗？"

商滕慢条斯理地解开袖扣，将袖口往上卷了一截，露出白皙精瘦的手腕："处理完了。"

岑鸢点头，把汤放在他面前。她刚要开口，视线落在他手腕的抓痕上，迟疑了一会儿，不动声色地移开视线。

看着他们这老夫老妻的模样，刘因心里稍微踏实了点儿。好在商滕并不厌恶岑鸢，他们之间有没有爱都无所谓。这种家族联姻，本来就和爱情扯不上关系。

江窈嫉妒得都快把筷子掰折了。她从小就认识商滕，就算是嫁人，也应该是她嫁啊。谁知道让一个在穷乡僻壤长大的野丫头抢了先。明明是她先认识的商滕，可他们没有说过一句话。

江巨雄表现得倒挺淡定，以长辈的口吻问道："你爸身体还好吗？"

商滕点头："病情稳定，医生说没什么大碍了。"

商滕他爸前些年中风了，一直在住院。

江巨雄叹了口气，感慨道："这人只要上了年纪，总会出现各种大病小

病的。好在啊,没什么遗传病,后代倒不至于跟着一块儿遭殃。"

听到这话,刘因脸上有些许的不自然。她匆忙转移话题,直接跳到了江巨雄生意上遇到的难关。项目都要开工了,却审批不下来,若是一直这么耗着,亏损只会更多。刘因脸色为难地看着商滕:"你也知道,我们这种小公司,经不住这种亏损的,我们也是实在没办法了,不然也不会来找你。你看你能不能……帮你叔叔这个忙?"

江巨雄压根就没想过要后辈来帮自己这个忙,一来,是不想自己的女儿被夫家瞧不起,本来就已经是高攀嫁过去的,若是再找商滕帮忙,岂不是间接承认了,他们一家就是图商家的权势财富?二来,他则是拉不下这个脸,再怎么说,商滕也是他看着长大的,自己居然还得找这个小孩帮忙。

商滕倒也没迟疑,淡淡地应下了:"我明天让人去打个电话。"

刘因松了口气,笑道:"我们鸾鸾可真是找了个好老公啊。"

岑鸾握着筷子的手逐渐收紧。

这顿饭吃得并不愉快,刘因全程在拍商滕的马屁。什么她家鸾鸾高攀了他,承蒙他还这么宠她,真是岑鸾三生修来的福气。

商滕只是礼貌地笑笑,并没有太多的回应。

但岑鸾能看得出来,他的耐心已经被彻底耗尽了。

回去的路上,他们非常默契地靠着车窗坐着,中间留了个不算窄的空位,仿佛是一条将他们分开的银河一般,也象征着他们之间的距离。

商滕应该很累,上车以后就开始闭目养神。出门的那一刻,他就把领带扯开了,似乎是用这种方式发泄自己的情绪。商滕很会伪装,在外面,向来不会流露半分真情,可能是从小接受的教育使然。

岑鸾向他道歉:"我妈今天说的话,你别太往心里去。"

黑色隔板将前后隔开,就好像是她和商滕两个人在一个安静的空间里独处。

他没说话。岑鸾不知道他是没听见,还是听见了,只是懒得回答。后者的可能性似乎更大一些。他对她,一向没什么耐心。

车外的灯光照进来,他的侧脸像是被画笔勾勒出了轮廓,深邃、精致,如雕刻一般。岑鸾看着这样的商滕,心脏漏跳了几拍。商滕长得好看,她一直都知道的。

读书那会儿,他就是全校女生心目中的校草。他样样全能,学习厉害,运动厉害，甚至连打架也厉害，可以说是学一门，精一门。哪怕是全校女生的暗恋对象，但也没人敢向他告白。有的时候，越是优秀的人，被追的概率就越小。人人都害怕，觉得自己高攀不上，人人都觉得他应该永远高高在上，睥睨众生，把他拉下凡尘的，才是罪人。

岑鸢仿佛就成了这个罪人。她们能接受自己得不到，但不能接受别人得到他。这是一件很奇怪，但又合理的事情。

车内太安静了，安静到岑鸢甚至能听到自己的呼吸声。过了很久，商滕的手机铃声打破了这种尴尬的氛围。

俏皮灵动的卡通铃声，这种花里胡哨又幼稚的东西，不像商滕的风格。他的手机铃声以往都是最简单的，手机自带的那种。所以岑鸢猜想，铃声应该不是他换的，而是在他的纵容宠溺下，被另外一个人换掉的。岑鸢看到他的脸色变了，从刚才的冷淡漠然，肉眼可见地柔和了许多。

他按下接通键，将手机放在耳边，柔声问了一句："又做噩梦了吗？"

那是哄小孩的语气。原来他也会关心别人有没有做噩梦啊。岑鸢移开视线，看着车窗外。

电话那端的人不知道说了些什么，他微垂眼睫，温柔的笑意在眼底铺开："好，叔叔现在就过去看你。"

挂断电话后，他让司机在前面路口的蛋糕店停一下。下车前他看了眼岑鸢，淡淡地问她："你今天还有事吗？"

岑鸢摇头："没有。"

其实是有的，她昨天接的那个单子，今天得开始打版了。

商滕点点头："那你和我一起过去吧。"那不是商量的语气，更像是命令。

岑鸢想也没想地说："好。"

他在路口的蛋糕店买了一块草莓蛋糕，包装很精致。他小心翼翼地护着，生怕碰坏了。

车子停在一栋别墅前，他熟络地输了密码。

客厅里的电视正放着儿歌，恰好就是商滕刚才的手机铃声。一个看上去不到两岁的小女孩正站在沙发上，跟着电视里的卡通人物一起跳舞。看到商滕，她兴奋地从沙发上跳下来，还差点摔倒。

商滕过去抱她,语气宠溺:"小心点。"他单手抱着她,另一只手则提着那块蛋糕。

小女孩搂着他的脖子,噘着嘴生气:"叔叔坏,说好十分钟就到的,刚才我问周阿姨了,都超了三分钟。"

"路上有点堵车,是叔叔的错。"商滕无奈地认错,把蛋糕递给她,"看在叔叔给你带了你最爱吃的草莓蛋糕的分上,原谅叔叔吧。"

小女孩傲娇地双手叉腰,头一抬:"哼。"

哼完以后,她又神情扭捏地蹭到商滕身边:"叔叔的手好点了没有?"小姑娘小心翼翼的样子,似乎还在自责。昨天他喂她吃药,她嫌苦,不肯吃。商滕哄她的时候,她把他的手给抓伤了。

商滕摇头笑笑,安慰她:"不疼了,早就不疼了。"

她松了一口气,然后就看到了岑鸢,是陌生的阿姨。她乖巧有礼貌地说道:"漂亮阿姨晚上好。"

岑鸢笑了笑,在她面前蹲下,和她打招呼:"你好呀。"

小女孩脸一红,害羞了,趴在商滕的肩膀上,悄悄对他说:"叔叔,漂亮阿姨好美啊,你娶她做老婆吧。"她眼中的悄悄话,其实所有人都能听到。

商滕只是笑笑。"她已经是我的老婆了。"譬如这样的话,他没说。

小姑娘袜子掉了一只,岑鸢走过去,替她穿上:"袜子要穿好呀,不然会感冒的。"

漂亮阿姨好温柔。陈甜甜紧抿着唇,脸更红了,脑袋埋在商滕的怀里不肯出来。

岑鸢第一次看到这么温柔的商滕,原来他笑起来的时候,眼角会轻轻往下弯。以往的他都是冷笑、淡笑,或是似笑非笑,那些笑容只是浮于表面,看不出几分真心。

"慢点儿吃。"他无奈地摇了摇头,语气宠溺,抽了张纸巾替陈甜甜擦嘴角,"奶油都弄到脸上了。"

她不满地噘着嘴,撒娇道:"周阿姨说,小孩子吃东西弄到嘴巴上,都是大人的错。"

商滕点头认错:"是是是,是叔叔的错。"

岑鸢像个外来者一样,沉默地坐在一旁。

商滕的眼里心里,全是面前这个小女孩。岑鸢看着他唇边的笑,有些愣怔,上弯的嘴角,以及眼里漾着的光。察觉到心里的酸涩,岑鸢苦笑着摇了摇头，居然在吃一个两岁小女孩的醋，真是丢脸。

那块蛋糕没吃完，因为陈甜甜吃到一半就趴在商滕的肩膀上睡着了。他怕弄醒她，就一直保持着那个姿势没动，等她睡熟了才将她抱回房间。他走之前还不忘叮嘱照顾她的阿姨："刚刚看到她身上起了红点，可能是被蚊虫咬的，你记得帮她把衣服熏一熏。"

阿姨点头："好的。"

出了别墅，商滕没有立刻上车，而是先去接了个电话。大概十分钟，他就回来了，看着岑鸢，语气平静："有件事要和你说一下。"

岑鸢安静地等着。商滕不会和她商量任何事，他要说的事，一定是他已经做好了决定的，和她说，也不是为了征求她的意见，而是通知她一下。她要做的，只是安静地听着。

商滕说："领养手续要五年后才能办，但在这之前我会先把甜甜接回来。"

原来是这件事。岑鸢点头："需要我做什么吗？"

见她这么好说话，商滕倒稍微松了口气。他的确不需要征求岑鸢的意见，但如果把甜甜接回来，岑鸢就是她名义上的母亲了，她的态度还是至关重要的。商滕怕岑鸢对甜甜不好："什么也不需要做，照顾她的阿姨也会一起过去。"

岑鸢再次点头，没说话。

商滕看着无动于衷的她，沉默了一会儿，低声询问道："你就没有什么要问我的吗？"

她倒也没什么特别想问的，但……

"你认识甜甜的父母？"

商滕微不可察地抬了下眼，动作很轻，但这个情绪变化她还是捕捉到了。

安静持续了很久，商滕声音低沉地说道："她母亲是我朋友。"

他只说了甜甜的母亲，没说父亲。岑鸢似乎明白了些什么，她只轻轻嗯了一声，没再问。她懂得把握那个度，这也是商滕和她结婚的原因。

商滕哪怕是在家，绝大部分时间也是在书房。他很自律，把自己的时间规划得很好，几点睡觉，几点起床，工作和私生活区分得很开。至于岑鸢，则在他的作息表之外，仿佛是个可有可无的角色。

最近可能是因为公司事情有点多,所以他睡得也比平时要晚。

何婶每天晚上都会给他煮一杯咖啡。

商滕只喝手磨的咖啡,不加糖,不加奶。

岑鸢有时候闻到那股味道都会觉得苦,她喝不惯咖啡,太苦了。岑鸢觉得,人生都已经过得那么苦了,没必要在食物方面再去为难自己。

三楼旁边有个空房间,是她专门腾出来当工作室的。她把纸铺开,粉笔沿着打版尺画出轮廓。这件衣服并不复杂,打版也不会花费太长的时间。灯有点暗了,她调了下灯光的亮度,然后专注地把每一条线画好。完成好这一切后,她又开始用色卡——比对合适的布料。腰上的部分需要用到麂皮,但最近布料市场这个颜色的麂皮比较少,得提前过去预订才行。

门外有人敲门,是何婶的声音:"小鸢,你在里面吗?"

"在的。"她轻声应道,放下色卡起身,过去把门打开,"怎么了?"

何婶笑了笑:"没什么,就是先生让你过去一趟。"

岑鸢愣了一会儿。商滕工作的时候最不喜有人打扰,他主动叫她过去,还是头一回。岑鸢点头道:"我把东西收拾好就过去。"

何婶走后,岑鸢重新返回房间,把东西一一整理好,然后才下楼。书房门是虚掩的,但岑鸢还是礼貌地敲了敲门。

商滕没说话,眼镜摘了,放在一旁,脸上略显倦意,眼底有血丝。

岑鸢走过去:"叫我过来是有什么事吗?"

商滕抬眸看了她一眼,微侧转椅,让她坐到他的腿上。书房里的灯光很亮,他只穿了件简单的白衬衣,隐约可见小臂的肌肉线条。领带不知道什么时候抽走了,甚至连领扣都解了两颗,微敞着。商滕在家里不爱打领带,可能是觉得在外面被束缚得久了,所以不愿意放过任何一个可以喘息的机会。这样的他,散漫、随性,又带着几分诱惑,和平时禁欲矜贵的他不太一样。

岑鸢听话地坐了过去。

商滕的手环住她的腰,下巴顺势埋在她的颈窝处,动作自然。姿势太过亲昵,岑鸢的后背紧贴着他的胸膛,甚至能感受到他呼吸时胸腔的起伏。

岑鸢闻到他身上那股淡淡的檀香。商滕这个人,总是滴水不漏,让人抓不住把柄。但这样活着,比绝大多数人要累。岑鸢有时候觉得自己应该庆幸,毕竟商滕只在她面前露出过最真实的一面。听到耳边逐渐平稳的呼吸声,岑鸢不太敢动,怕吵醒他。时间缓慢地流逝着,岑鸢半边身子因为一直保持同一个动作而逐渐失去知觉,快彻底麻掉的时候,桌上的手机响了。

那是商滕的手机。岑鸢正犹豫要不要叫醒他，身后的男人已经醒了，他睁开眼，从她柔软的颈窝处离开。他拿起手机，按了接通键。

"嗯？"刚醒的声音带着一丝喑哑，像是被砂纸打磨过一样，低沉而又有磁性。

"自己看着办，不用事事都通报我。"那边不知道说了些什么，他语气冷漠地应了一声，电话挂断后，他直起上身，"我睡了多久？"

岑鸢看了眼墙上的挂钟："快一个小时了。"

他喉间低低地嗯了一声。

岑鸢沉默片刻，心疼地问他："最近工作很累吗？"

"有点。"放在她腰上的手缓慢往上，他靠了过来。

耳垂处温热湿润的触感和那股淡淡的檀香一起朝她袭来。

他抱着她，低低地喘着气，胸腔处的起伏比平时要剧烈一些。

岑鸢还是第一次，看到商滕露出这副沉沦的表情，以往都是关着灯的——男人脖颈处的筋脉因为忍耐而突起，随着他每一次喘息，筋脉轻微地跳动。

岑鸢突然想到了自己第一次看他打篮球的时候。他撩起衣角擦汗，岑鸢坐在第一排，从她那个角度，正好看得很清楚。他精壮结实的腹肌，以及剧烈运动后人鱼线上的青筋，和现在的很像。

岑鸢第一次那么大胆，吻了上去，吻在他脖颈处的青筋上。她像是碰到了什么了不得的开关，商滕突然抱紧了她。

被折腾到后半夜的岑鸢终于明白自食其果的含义。

那个晚上，她又做噩梦了。梦里的景象过于真实，她一时分不清是做梦还是现实。她光着脚跑出去，白裙子被雨水打湿，脚踩在水坑里，是凉的。她却像察觉不到一样。她在找人，可是她怎么找都找不到他。明明她把能找的地方全部找过了，还是找不到。雨越下越大，她就站在那里，一直哭，一直哭。泪水和雨水混在一起，受了寒的皮肤惨白得没有一丁点儿血色。

有人抱起了她，心疼地把自己的鞋脱了，给她穿上。他说："鸢鸢乖，快回家，当心感冒。"语气温柔，又熟悉。

不等她低头看清那张脸，岑鸢就醒了。她从床上坐起来，大口喘气。睡裙被冷汗浸湿，像是刚从水里捞出来一样。她抬手碰了碰脸颊，湿的，全是眼泪。有那么一瞬间，她感觉自己全身的力气都像被抽走了一样，像一条濒

死的鱼被搁浅在岸上。她捂住脸,无力感传遍全身。

床头柜上的时间,时针指向的是五。才五点半,岑鸢却被噩梦吓得没了睡意。身上全是冷汗,睡衣肯定是没办法再穿了。她上身不着寸缕,只穿了一条粉色的内裤,准备去浴室洗澡。浴室到她房间只有一条走廊的距离,而且还是在她家里,更别说这个点大家都在睡觉。

把门推开,才走了两步,她就顿住了。

穿戴整齐的男人坐在餐桌旁,拿了份报纸,手边是一份煎蛋和吐司。听到动静,他平静地抬眸,往上看了一眼。没有任何遮挡的美妙胴体就这么落在他的眼中。他神色淡漠,无动于衷地移开视线,咬了口吐司,垂眸继续看着手里的晨报。

从岑鸢这个角度,只能看见他的侧脸。他眼角的那粒褐色泪痣,因为距离而不太明显。她好像终于找到了梦里要找的那个人,可他又不是那个人。

岑鸢吃完早点后,就坐车去了布行。回去的路上,赵嫣然给她打了个电话。

赵嫣然和那个餐饮富二代未婚夫吵架了,正在气头上:"我之前就告诉过他,我对花粉过敏,他还送我花,到头来还嫌我不知好歹,什么东西!"

岑鸢轻声安抚她:"他应该不是有意的,可能就是忘了你对花粉过敏。"

说到这里,赵嫣然更气了:"他把花送给我的时候,我一边打喷嚏一边让他拿远点儿,他怪我不给他面子,非要我伸手去接。我说我过敏,他说周围人都看着呢,你就当着这么多人的面拒绝我?我当时真的被气笑了,没甩他两耳光都是我教养好。"

听到她的话,岑鸢沉默片刻,没办法安慰,也安慰不了。她让司机先把东西拿回去放到家里,然后她打车去了赵嫣然说的那个饭店。

她刚过去,赵嫣然化悲愤为食欲,一个劲儿地往嘴里猛塞。

岑鸢把她啃了一半的鸡腿拿走:"你肠胃不好,这种油腻的东西要少吃。"

一听到岑鸢这个温柔的声音,赵嫣然委屈地起身,要岑鸢抱:"小鸢,他就是个浑蛋!"

岑鸢抱着她,左手轻轻拍打着她的后背,像在哄小孩一样:"嗯,他是浑蛋,我们不和他一般见识,好不好?"

赵嫣然点头:"我明天就去找我爸,让他给我退婚。"

岑鸢无奈地笑了笑,让服务员上了一份清肠胃的汤。赵嫣然一生气,就爱吃这种油腻的食物。

赵嫣然提前订好了私人影院,从餐厅离开后,就开车过去了:"自从你结了婚,我都好久没看到你了,这次怎么说都得让你陪我看一场电影。"

岑鸢看着她脸上的喜怒哀乐,突然很羡慕她。她们明明是相同的年纪,可赵嫣然可以活得那么恣意。

这是她不敢奢求的事。

她的笑容很温柔,声音也温柔:"好,都依你。"

赵嫣然如果不是在开车,这会儿早就扑到岑鸢的怀里了。商滕真是上辈子修来的福气,娶到这么好的老婆,偏偏他还不懂珍惜。赵嫣然犹豫地握紧方向盘,看了眼岑鸢,内心不太清楚她知不知道那件事。若是她不知道的话……赵嫣然收回思绪。算了,反正人已经去世了,她何必再讲出来,徒增岑鸢的烦恼呢。

片子是赵嫣然选的,一部很冷门的老片子。剧情也很狗血,不知所云,赵嫣然吐槽道:"难怪不火。"

影院内比较暖和,一出去就冷了。这几天有台风,夜里风大。岑鸢把外套穿上,赵嫣然送她回家。

"商滕应该没欺负你吧?"

赵嫣然的车很乱,东西都乱堆乱放,储物柜也是。每次都是岑鸢替她收拾,这次自然也不例外。岑鸢偶尔会说她几句,让她养成一个良好的习惯,但也不常说。赵嫣然的美在于她不被条条框框所束缚,岑鸢不希望看到她也变成自己这样。

车停在大门口,岑鸢邀请她进去坐坐。赵嫣然急忙摆手,似乎害怕见到商滕。

岑鸢也不勉强,只叮嘱她:"路上开车小心点,到了给我发条消息。"

赵嫣然乖巧地点头:"知道啦,我的小仙女。"

岑鸢笑了笑。对岑鸢来说,赵嫣然就像她灰色世界里的一抹彩色。岑鸢羡慕她,也喜欢她。赵嫣然是她想象中自己想成为的样子,但这辈子应该是不可能了。人生不同,所走的路不同,选择自然也不同。她走的路,和她想象中的,从一开始就完全相反。这种背道而驰让她永远都没机会去做自己。

何婶过来开门的时候,手忙脚乱,身上还有牛肉面的汤汁。蓝色围裙

上,那一块污渍很显眼。

岑鸢问她:"怎么回事?"

何婶叹了口气:"面汤洒了,沙发和地毯上面都是,正在收拾呢。"

岑鸢疑惑地走进去,用人正忙着卷走被弄脏的地毯,沙发坐垫也需要拆掉去清洗。

商螣正抱着陈甜甜,在给她擦手,轻声训斥:"下次不许这样了,知道吗?"

陈甜甜抿着唇,点头:"嗯。"

许是听到动静,商螣抬眸,往玄关处看了一眼。

岑鸢站在那里。

商螣语气平静地说:"照顾她的阿姨生病了,这几天住在医院,所以我就提前把她接回来了。"

岑鸢没反应,视线落在角落旁的布匹上。她买回来的时候封存得很好,就是因为怕被弄脏。可这会儿,外面那层保护膜不知道被谁撕掉了,上面洒满了牛肉汤。她辛苦了一上午找到的麂皮,毁了。

注意到她的视线,商螣不轻不重地解释了一句:"碗太重,甜甜没拿稳,所以面汤不小心洒了。"

岑鸢听到他的话,只觉得有些刺耳,他说得太风轻云淡。岑鸢不是斤斤计较的人,更何况犯错的还是一个两岁的小孩子。她只是觉得,商螣不该这样。哪怕稍微表达一点点歉意,她都会好受一些,可他没有。他仍旧平静,仍旧清冷,仍旧高高在上,用他那双薄情的桃花眼淡淡地看着她。不光眼睛生得薄情,他这个人本身就很薄情。天神就该好好待在天上,把他拉下来的人,都有罪。是啊,住在天上的人,都是没有感情的,把他带到凡尘的人,活该被冷漠烫伤。

从小出生在钩心斗角的大家族,又在杀人不见血的生意场打拼了这么多年,商螣那双眼睛清明得很,他自然看出了岑鸢微不可察的情绪变化。很多时候,她一闪而过的情绪他都能敏锐地捕捉到,但他不说,也不会过问。他很忙,所以没必要在一个无关紧要的人身上浪费时间。

商螣把纸巾放下,平静开口:"你的损失我会双倍赔偿给你。"

岑鸢看着他说出这么冷冰冰的话,突然很想笑。是谁说的,委屈难过到极致的时候,是哭不出来的。她没有想去怪罪任何人,但他不能总是一味地用钱去解决事情。可能他真的把她当成了拜金女吧，觉得因为他有钱，所以自己才会和他结婚。也对，如果岑鸢在他心目中不是一个拜金女形象的话，他是不可能和她结婚的，毕竟他看中的就是岑鸢的弱势。对他来说，图钱的人，更容易甩开。

岑鸢没说话，上了楼。她把自己关在房间里，也不开灯，四周黑得伸手不见五指。岑鸢也忘了自己是什么时候开始喜欢上黑夜的，可能是小的时候吧。那个时候她很怕黑，睡觉也不敢关灯，后来有人告诉她，黑暗是最安全的，它在用自己的颜色保护你。他说的话，岑鸢都信。所以后来，她只要难过了，都会把自己藏在黑暗中。

大概半个小时后，有人在外面敲门。

岑鸢没动。

低沉的男声从门外传来："我进去了？"

商滕给了她几分钟的时间，依旧没有等到回答，于是他把房门打开。

岑鸢坐在床上，那几分钟的时间足够让她擦干眼泪了，但哭了这么久，眼睛早就肿了。

商滕走过去，在她身旁坐下，柔软的床榻稍微陷进去些。

他的声音很好听，是那种偏低沉的感觉。

赵嫣然虽然对他印象不好，但每次商滕给岑鸢打电话，赵嫣然都会让她开外放。她总说，商滕的声音是好听到让人耳朵怀孕的程度。以前岑鸢觉得赵嫣然说话太夸张了，可现在，她觉得赵嫣然的话一点儿也不夸张。

商滕放缓了语速，与平时的淡漠不同，这次是有了些许感情在里面的。可能是天神终于肯怜悯凡人，施舍些同情吧。

"我把甜甜放在客厅里，让何婶带她玩，我在书房工作，等我听到动静下楼的时候，面汤就已经洒了。"他贴心地把纸抽拿过来，给她擦眼泪，"小孩子贪玩，我已经批评过她了。东西我明天会让人去买，你别担心。"

岑鸢抬眸看他。

他第一次，对她这么有耐心，语气低柔，像是在哄她。

岑鸢伸手接过他递过来的纸巾，刚要道谢，商滕又说："所以我希望你不要对甜甜有偏见，你以后就是她妈妈了，应该对她多些包容。"

哦，原来他是怕她因为这件事对甜甜不好，所以才急着解释。岑鸢点头："我知道，我没怪她。"

商滕微不可察地松了口气："这样最好。"

他唯一一次先向她低头，居然是因为担心她会为难陈甜甜。岑鸢觉得有些讽刺。

他们是分房睡的，岑鸢很少去商滕的房间，商滕也几乎不来她的卧室。这次应该算结婚这么久以来，他第一次过来吧。

就连做那种事，都是在书房里，偶尔商滕心情不好的时候，会带她去阳台。

巨大的落地窗，屋子里没开灯，从外面往里看，是看不见什么的。但她可以听见远处的喇叭声，那种紧张，让她恐惧。

往往也只有在那时候，她才会不顾一切地抱紧他，仿佛脚下是万丈深渊一般，她只要松开手，就会掉下去。

商滕能带给她安全感。

那天晚上，工作第一的商滕罕见地放下了工作，在客厅里陪陈甜甜玩。她用粉色指甲油给他做美甲，一向沉稳的商滕也任由她胡闹，无限纵容她。

岑鸢下楼倒水，准备吃完药睡觉。她身体一直不好，最近好像有些贫血。身上那些瘀青又多了几处，不明显，在她白皙娇嫩的皮肤上，甚至有种怪异的美感。

这几天她和商滕没有床笫之欢，那几处瘀青不可能是商滕弄的。岑鸢想着，过几天还是去趟医院检查一下吧。

客厅里传来小孩的笑声："叔叔的手好看，比周阿姨的长，也比周阿姨的白。"

商滕摸了摸她的小脑袋，语气宠溺："甜甜的最好看。"

他那双薄情的桃花眼里，此时罕见地多了些情绪，仿佛隔着面前那张有些熟悉的脸，看的是另一个人。岑鸢收回视线，不顾热水还烫着，仓促喝下，吃完了药。这样的商滕，她没办法多看，仿佛是在告诉她，他不是没有感情，只是对她没有感情。

那天晚上，周悠然给岑鸢打了个电话。周悠然是她的养母，也是江窈的亲生母亲。江窈舍不得放弃寻城的生活，不肯认自己偏僻小镇里的穷酸母亲。周悠然虽然伤心，却也没伤心多久，她心里还是向着岑鸢的。

"我刚打完零工回来，想着还早，你应该没睡，就给你打个电话。"

岑鸢把窗帘拉开，看着窗外的景色，霓虹闪烁，繁华夺目："我不是让你多注意休息的吗？怎么还忙到这么晚，是钱不够用了吗？"

听到电话里女人担忧的语气,周悠然笑了笑:"够用的,是我自己闲不住,再加上雇主今天人手不够,我就多帮了会儿,所以才回来晚了。"

闻言,岑鸢才稍微松了口气:"你身体还好吧,头还经常疼吗?"

"不疼了,已经很久没有疼过了。倒是你,在那边生活得怎么样,习不习惯?"

岑鸢向来都是报喜不报忧,因为怕她担心:"习惯的,他们都对我很好,就是食物吃不太惯,这边都吃辣,我一吃就容易胃疼。"

周悠然听到这话忙说:"那可不行,你吃不了太辣的,等过几天我给你寄点儿香肠过去,我前些日子自己灌好后晒的。你平时饿了就切一点儿,拿去炒饭,香得很。"

岑鸢笑笑,语气轻松:"好。"

周悠然似是想到了什么,感叹一句:"最近啊,我老在想,你这也不小了,镇上的娇娇你还记得吧,小时候老来家里找你玩。她前些天二胎都生了,你打算什么时候结婚?"

岑鸢脸上的笑意顿住。

周悠然不知道她结婚了,她没说。

可能连她自己都知道,这段婚姻名存实亡。商滕对她没感情,和她结婚纯粹只是互相利用而已。

没有感情的婚姻,是走不长的。

岑鸢还记得,那天下了一场很大的雨。

忘了是谁的婚宴,岑鸢被刘因带过去,她穿着一件黑色的露背长裙,天鹅颈修长。她的美太直接了,男人都爱这种,看起来单纯又性感。

前来搭讪的人视线不加掩饰地在岑鸢雪白的肩颈上流连,压低的声音落在她耳边:"这里多闷啊,没意思,一起去楼下喝一杯?"

岑鸢握紧了手里的酒杯,下意识地往后退了一步:"不好意思,可以麻烦你离我远点吗?"

她声线细柔,不论是什么语气,听上去都是温柔的。男人都喜欢这个类型,他自然也不例外。于是他靠得更近:"怎么,玩欲擒故纵啊?还挺有情趣,我喜欢。"

他伸手要去摸她的头发,不过没有得逞,因为手腕被别人抓住了。

距离太近,所以岑鸢清楚地看见,握住他的手腕的那只手,骨节处因为

用力而泛起青白色。

黑曜石的袖扣在灯光的映照下隐隐反着光。商滕把他的手撇开，语气淡漠："你在做什么？"

商滕手劲大，男人感觉自己的手腕都快被掰折了，刚要骂人，见到来人是商滕，又怂了。

商滕他得罪不起，于是只能自认倒霉，吃下这个哑巴亏，灰溜溜地离开。

岑鸢看着站在她面前的商滕，有阵子没见到他了。

高中毕业后，他就去法国留学了。他最近才回国，听说是被紧急召回来的。他爸中风了，躺在病床上昏迷不醒，家族企业得有人接手。

听说他一回国，那些未婚的、家里有女儿的，都盯上了他。

岑鸢看着他，突然感觉挪不动步。他的变化很大，少年感褪去，身上有股杀伐果断的狠劲。

岑鸢还记得，他离开的那年才十八九岁吧，个头也没现在这么高。她的视线从他熨烫妥帖的衬衣领口移到线条凌厉的下颌，以及弧度性感的喉结，最后才缓慢地看着他那张脸。

四年没见，他好像变了，又好像没变。棱角分明的五官，让他多了些成年男性的内敛与禁欲。岑鸢盯着他眼角下方那粒熟悉的褐色泪痣发呆，心脏仿佛漏跳了一拍。

商滕自然看出了她的走神，漫不经心地问了一句："不会拒绝别人？"

他的声音将岑鸢的思绪拉回现实。她愣了一下："什么？"

"什么时候说要，什么时候说不要。"他抬眸，问她，"不会？"

岑鸢没说话，她有些慌乱地垂下眼，有种被人看穿的窘迫。那时候的岑鸢，二十二岁，软弱、自卑、随波逐流。

那次之后的再次见面，就已经到了两个人谈婚论嫁的地步。那天江家的所有人都在，商滕拿出他的聘礼。

江巨雄没有竞拍到的那块江北地皮，以及名下子公司百分之二十的股份。

岑鸢等同于被卖掉了一样。她没有拒绝，也没办法拒绝。她明知道商滕娶她，无关爱情，但看着他那张脸，她就说不出任何拒绝的话来。

可能是命吧，岑鸢也认了。

后面的人生，就这么稀里糊涂地过着。

新婚当天就开始分房睡，丈夫一个月回不了几次家，回家了也几乎无交流，工作累了，会把她叫去书房解解乏，并且每次都会做好安全措施。

岑鸢一开始以为他暂时不想要孩子，后来才慢慢明白，他只是觉得，有孩子以后，想彻底甩掉她，估计会有些棘手。

能避免的麻烦，他会尽量避免。在他看来，岑鸢只是一个可以随手甩掉的麻烦，无足轻重。

第二天岑鸢起床的时候，那匹布料就被送到了家里。商滕说过的事，向来都会做到，而且的确是双倍，两匹。

那几天她都待在家里，先是做了一件样衣寄给林斯年，等他满意以后再做成衣。她粗略算下来，正好用了半个月的时间。

刘因前几天给她打过电话，让她对商滕多花点心思："男人都是得宠的，你得迎合他的喜好，他喜欢什么样的你就变成什么样，可别带着一种我漂亮、他离了我就不行的这种心思，现在漂亮的人多了去了，花点儿钱就能整出一张来，整容医院现在都快成流水线了，更别说商滕身边的那些莺莺燕燕，明知道人家是有妇之夫了，还厚着脸皮往上凑。"

岑鸢没说话，安静地听着。

刘因说完这个，又开始叹气："祁景那小子也不知道怎么了，最近也不爱回家了，电话都没一通，我前几天骗他说我生病了，让他回来看看，他也不理。"

江祁景不是孤僻的性子，他话少纯粹是因为他懒得讲，脾气一般，算不上好。

岑鸢看到手机里的收件地址，寻大，那也是江祁景的学校。正好她今天没什么事，就不寄了，直接送过去吧。

岑鸢其实和江祁景也不算亲近，刚到寻城的时候，他才读初中。江巨雄把岑鸢带到他面前，让他喊姐，他也不喊。

书包一扔，他就走了。

江巨雄骂了他一声兔崽子，然后安慰岑鸢："他就是被你妈宠坏了，那个兔崽子对谁都这样，不是不喜欢你。"

岑鸢点头。

除了那次，江祁景也没给过岑鸢太多好脸色。她在的地方，他肯定不会多待。

　　他是搞艺术的，经常在工作室里忙一整天，平时肯定也没有好好吃饭。于是岑鸢去菜市场，买了点新鲜的蔬菜、鱼和肉。

　　待把东西打包装好，没叫司机，她自己开车过去的。

　　车开到寻大后，她给林斯年发了一条短信，说她今天正好有事要来寻大一趟，所以把东西直接带过来了。

　　她坐在车内，等了一小会儿，手机才有消息进来。

　　林斯年："刚刚在上课，不好意思。"

　　林斯年："您现在在哪儿？我过去。"

　　岑鸢看了眼外面的路标。

　　岑鸢："在北门这边。"

　　林斯年："好。"

　　岑鸢把手机锁屏，开了车门下去。

　　台风走了，天气又开始热起来。岑鸢之前一直是和林斯年在网上联系的，都没有见过彼此。她怕林斯年认不出自己，于是告诉他，自己今天穿了件白色T恤、黑色小脚裤，很大众的打扮。

　　北门那平时人还挺多的，林斯年刚准备让岑鸢再描述得详细一些，还没等他开始打字，就被路边那道纤细的身影给吸引了。

　　长发披散着，发质柔软，的确和她形容的一样，白色短T和黑色小脚裤，很普通的打扮。她的T恤下摆扎进裤腰里，细腰盈盈一握。她的双腿笔直，骨肉匀称，身上没有半点儿赘肉。

　　哪怕是最简单的穿着，在她身上，都能将她的身材完美地勾勒出来，气质温婉。

　　岑鸢一眼就看到了林斯年，虽然没见过，但她也能确定他就是林斯年。再次把车门打开，她拿出装衣服的纸袋走过去，轻声问了一句："林斯年？"

　　林斯年被她喊到名字，脸一红，低下头，不敢去看她。

　　看长相，他的年纪应该和江祁景相仿。岑鸢笑了笑："怎么，害羞了吗？"

　　林斯年被她打趣得脸更红了："那……那个……"

　　见他在称呼上卡了壳，岑鸢善解人意地提醒他："你和我弟弟同岁，和他一样叫我姐姐就行。"

　　事实上，江祁景从未叫过她姐姐。

　　林斯年红着脸，乖巧地叫了一声姐姐。

岑鸢垂眸，低头笑了笑，然后把手里的纸袋递给他："看看有没有需要修改的地方？"

林斯年接过纸袋，把衣服拿出来，大致看了一下，很完美。

"没有……没有需要改的地方，很好。"他几乎是一个字一个字地往外蹦，紧张得话都说不利索了。

这个年纪的人，无论怎样都是可爱的。岑鸢有点儿想笑，但怕笑了，他会更紧张，于是转移话题，问他："你知道艺术系在哪吗？"

林斯年点头："知道，不过我们学校地形有点复杂，嘴上说不太好理解。"

"那可以麻烦你带我过去一下吗？"她笑容温柔，"姐姐请你吃饭。"

林斯年兴奋地给她带路。二十出头的人，还不能掩饰自己的内心，他紧张得走路都同手同脚了。

好在岑鸢并没有注意到。

路上偶然提起，她要找的人叫江祁景。

林斯年愣住了："你找江祁景？"

岑鸢看到他的反应，问他："你认识他？"

"他是我室友。"林斯年点头，他犹豫了下，不太确定地开口，"不过你们……"

看穿了他的疑惑，岑鸢笑笑："他是我弟弟。"

林斯年略微皱眉，又展开，总之情绪复杂得很，他嘀咕了句："难怪。"

岑鸢有些不解："难怪什么？"

林斯年连忙摇头，生硬地转移话题："你们是亲姐弟吗？怎么不同姓啊。"

岑鸢看穿了他的小心思，也没戳破，只是温和地笑笑："因为我和他不是在一个地方长大的。"

林斯年恍然大悟："这样啊。"他没有问得太深。

江祁景是学雕塑的，平时这个点一般都在教室里。

林斯年直接带她过去。

里面很安静，只有他一个人，穿着深色的工作服，正神情专注地给那堆泥巴雕刻形状。风把窗帘吹开，阳光洒在他的身上，看上去不像平日里那般没温度。

艺术家似乎都自带忧郁气质，江祁景也是。见他专注得来了人都不知

道,林斯年轻咳了一声,在门上敲了敲:"不饿吗?"

"不饿。"他语气淡淡的,没有停下手上的活。

林斯年说:"你姐来了。"

江祁景捕捉到他话里的称呼,手顿住了,他回头看了眼。

岑鸢手里提着保温桶,站在那里,脸上笑容温柔。

江祁景眼神躲避了一下,有些不自在地把沾满泥的工作服脱了:"你来干吗?"语气疏离生硬。

岑鸢走过去,把东西放在桌上,打开。

"妈说你这几天瘦了,肯定没有好好吃饭,正好我今天有点事要来你们学校,就顺便给你做了点你爱吃的东西。"

江祁景在旁边洗手,冷冰冰地拒绝:"不需要。"

林斯年眉头微皱,压低声音道:"你和你姐摆什么臭脸。"

江祁景故意甩了下手,上面的水溅到林斯年身上了。他面无表情:"关你什么事。"

岑鸢并没有受到影响,脸上笑容仍旧温柔。

她嘱咐江祁景:"还是要按时吃饭,不然对胃不好,汤是我炖了很久的,记得喝完。"想了想,她又说,"喝不完也没关系,硬撑对胃也不好。"

"行了。"江祁景打断她的话,"说完了吗?"

岑鸢点头,不烦他了:"那我就先走了。"

她走了以后,江祁景眼神盯着门外,没说话。一直到那道纤细的身影消失在某个拐角处,他才收回视线。

林斯年说:"你也太不是人了吧,你姐那么远过来看你,给你送饭,你就这个态度?"

他冷冷地答道:"她不是我姐。"

林斯年愣住:"什么?"

江祁景去拿筷子:"我不想她当我姐。"当他姐有什么好的,连自己的人生都没办法做主。

他们明知道姓商的都是些什么人,亲儿子都可以随意遗弃,却还把岑鸢往里推,只是为了他们眼中的利益。

离开寻大后,岑鸢没想到她这么快又遇到了林斯年。

赵嫣然和她那个未婚夫分手了,因为抓到他劈腿的证据了。她也没太难过,本身就是没多少感情的联姻,分手了也好,就解脱了。她最近认识了一个大学生,正处在暧昧期。

赵嫣然给岑鸢打电话,让她过来陪自己:"我还以为就我们两个,结果他部门的同学都在,还有好几个女生,我一个人在这好尴尬的。"

岑鸢最近打算用攒的钱开一家工作室。这几天她正忙着看商铺,接到赵嫣然的电话时,她刚从外面回来。她把高跟鞋脱了:"你一个人吗?"

赵嫣然跟她撒娇:"对啊,其余的我一个也不认识,而且他们聊的话题还都是关于他们部门的,我根本插不上嘴。最重要的是这里的妹子居然长得比我好看!他们的注意力全在她身上,根本不管我!"

岑鸢无奈地笑笑,恐怕最后一句才是重点吧。

"小鸢鸢最好了,你就过来陪陪我,不然我一个人好尴尬的。"

何婶见她回来了,走过来问她,今天想吃什么。

岑鸢应完赵嫣然的话后,又和何婶说:"不用了,我今天出去吃。"

她换了双平底鞋,按照赵嫣然给的地址打车过去。

那是一家酒吧。

她之前去过一次,陪商滕去的。

那次也是岑鸢第一次见到他的朋友,都是寻城有头有脸的公子哥。

有几个岑鸢有印象,是熟面孔。读书那会儿就经常和他在一起玩。

他们在那打牌,岑鸢则坐在商滕身旁,安静地看着。

除了她,还有一个女生也在,是商滕朋友的老婆。

岑鸢听到赵新凯喊她宋枳姐。

她一直管着她老公,不许他喝酒。

他也听她的话,连酒杯都没碰。

赵新凯打趣道:"我要是结婚,我肯定不娶宋枳姐这样的,连酒都不让喝。言舟哥,你和商滕哥都是已婚男人,怎么这待遇就差这么多呢。"

江言舟笑容宠溺:"我就愿意被我老婆管着。"

岑鸢看着面前妇唱夫随的场景,突然很羡慕。

他们结婚是因为爱,所以她可以仗着他对她的疼爱肆无忌惮,但岑鸢不行。

她要做的,只是在必要的场合,安静地坐在商滕身边而已,顶着商滕老婆这个称呼,替他挡掉那些想过来搭讪的莺莺燕燕。

车停在了酒吧门口,岑鸢的思绪也被拉了回来。

她付了现金后,和司机道谢,然后开门下车。

赵嫣然坐在那,跟块望夫石一样看着门口,捕捉到岑鸢的身影时,那双黯淡的眼睛才再次恢复明亮。

她站起身朝岑鸢招手:"这儿呢!"

岑鸢走过去。

赵嫣然跟来了靠山一样,瞬间底气十足,挽着岑鸢的胳膊道:"和你们介绍一下,这是我朋友,岑鸢。"

她今天的打扮很普通,但穿在她身上,似乎就一点儿也不普通了。

用赵嫣然的话说就是,这张脸,这身材,披个麻袋都好看。

果然,那群大学生的视线挪不开了。

人群中传来一道欣喜的声音:"岑鸢姐?"

林斯年站起身,脸上笑容灿烂:"我们还挺有缘。"

他的笑很有少年感,是发自内心的高兴。

岑鸢也笑道:"真巧。"

赵嫣然疑惑地问道:"你们认识啊?"

岑鸢点头:"他就是那个经常照顾我生意的客户。"

赵嫣然来这有一会儿了,观察他也观察了挺久,在学校估计是受欢迎的人。

在场的女生视线都在他身上,中途还来了好几个搭讪的。

见岑鸢居然和他认识,赵嫣然松了口气。

宝贝真是太争气了!

这下跟着岑鸢沾光的她肯定不至于再次沦为被人忽视的边缘人了!

果然,见岑鸢在赵嫣然身旁坐下,林斯年也主动换到岑鸢身旁坐着。

"今天是我们部门聚餐,他们人都很好的,你不用太拘束。"

岑鸢笑着点头:"嗯。"

可能是岑鸢长了一张柔弱的脸,一看就喝不了酒,林斯年贴心地让酒保上了杯果汁。

旁边有人打趣,调侃他:"想不到林斯年居然还是个'姐控'。"

林斯年红着脸,和岑鸢解释说:"你不用理他们,他们平时就很不正经。"

岑鸢端着玻璃杯,低低地笑道:"很可爱啊。"

她并不是严肃的人,对这些小朋友,也格外宽容。

他们的纯真可爱，在岑鸢看来，是难能可贵的。

林斯年的脸更红了。

怕被发现，他低下头，手忙脚乱地给自己倒了杯酒。

洋酒过喉，他才后知后觉地反应过来，那是勾兑用的烈酒。

烈酒度数高，也更上头。

林斯年一阵反胃，想吐。

岑鸢看到他的反常，担忧地问："你怎么了？"

他没说话，摆了摆手："没事，我去下洗手间。"

嘴上说着没事，可是他连站起身都要撑着墙。

他走路不稳，几次都差点儿摔倒。

赵嫣然看着他离开的方向："这可不是去洗手间的路啊。"

岑鸢放心不下，拿了瓶水和纸巾："我去看看。"

林斯年站在路边找厕所，眉头皱着，嘴里嘀嘀咕咕："这厕所怎么还是露天的呢。"

岑鸢走过去，扶着他："不是厕所，厕所在里面。"

林斯年听到她的声音了，抬眸往上看，盛满醉意的眼睛亮了："姐姐。"

岑鸢有点儿无奈，把水递给他："先把水喝了，会好受些。"

林斯年听话地点点头，接过水瓶，大口大口地喝了下去。

他喝了一半，就撑着路边的树吐了。

岑鸢不常喝酒，也没醉过，但她知道醉酒有多难受。

商滕偶尔应酬也会喝多，那个时候她会给他煮醒酒汤。

他醉得神志不清了，就会抱着她，什么话也不说，但岑鸢能感受到他的难过。

岑鸢知道，他把自己当成另外一个人了。

林斯年吐到胃里没东西了，只是在那里干呕。

岑鸢走过去，动作温柔地拍打着他的后背，想让他稍微不那么难受一点儿。

红灯亮了，司机把车停在路口。

商滕看了眼腕表上的时间，距离开会还有一个小时，并不着急，轻抬眼睫时，余光瞥到了窗外的景象。

灯红酒绿的酒吧街，喝醉的男男女女很常见。

商滕面无表情地将目光收回，视线却定格在某一处，顿住了。

女人穿了件白色针织开衫，气质温婉，与这里的背景格格不入。

她动作轻柔地拍打着身侧男人的后背，似乎在说些什么，温柔的眉眼带着关心。

商滕的手下意识地按在无名指的婚戒上，轻轻转动着。视线仍旧落在车窗外。

他一言不发，看着他的老婆，动作亲昵地照顾别的男人。

深邃的眼眸沉了些，也不知是因为路边的灯光太暗，还是车内没开灯。

绿灯早就亮了，车却没怎么动。

他收回视线，阴冷地问道："怎么回事？"

这冷冰冰的语调，让司机后背也跟着一凉。

司机握着方向盘的手抖了几下："前面堵车，过不去。"

商滕没再说话，面无表情地把车帘扯下来。

岑鸢是十二点到家的。

赵嫣然也喝醉了，岑鸢开车把她送回去的。刚到家她就吐了。

岑鸢给她煮了醒酒汤，又替她把地给拖了，确定她睡着以后才离开，所以就折腾得晚了点。

她回到家，商滕也在。

罕见地，他没有去书房，而是在客厅看书。法语原版，岑鸢也看不懂。

看到她，商滕眼神落在她空荡荡的左手上。

眼眸微沉，他漫不经心地把书合上，起身上楼。

岑鸢刚要说出口的话哽在喉咙里。

"这么晚了怎么还没休息，今天不是有应酬吗？喝酒了没有？我去给你煮醒酒汤。"这些话，他没给她机会说。

岑鸢站在原地，看着他离去的背影，自嘲地笑了笑。

客厅里有淡淡的烟酒气，商滕应该喝了酒。

岑鸢怕他就这么睡了，明天早上头会痛，最后还是煮了醒酒汤，让何婶端上去。

何婶怎么端上去的，又原样端了下来。

碗里的醒酒汤没动。

岑鸢沉默了一会儿，垂下眼睫。

何婶安慰她别多想:"先生最近心情不太好,应该是为了甜甜的事,你别太往心里去。"

岑鸢愣住了:"甜甜怎么了?"

何婶叹了口气:"最近老哭,说想妈妈。"

甜甜才两岁,这么小的孩子,从小就没有父母在身边,再加上突然换了一个完全陌生的环境,害怕也是情理之中的事。

岑鸢心疼地抿了抿唇。

第二天她很早就起床把早餐做了,还专门给甜甜做了一份儿童餐。

她做了小馄饨和煎蛋,还在上面用海苔碎和火腿片做了一个笑脸。

小孩子都不爱吃饭,多做些花样,总是好哄一些。

商滕从楼上下来,穿着一件深灰色的衬衣,没系领带。

他神情淡漠,一丝不苟,一如既往地清冷矜贵,看来昨天那点酒并没有带给他任何影响。

男人看到岑鸢,眉骨轻抬,神情仍旧是冷漠的。

他没说话,单手挽着袖扣,下了楼。

岑鸢把早餐端出来:"我给你做了可颂和全麦三明治,加了你最爱吃的沙拉酱。"

商滕穿上外套,慢条斯理地系上扣子:"我不饿。"语气很冷。

岑鸢脸上的笑容因为他的冷漠而略微僵硬,她微抿着唇,递给他一瓶加热过的牛奶:"那就喝点牛奶吧,你肠胃不好,不吃早餐的话,会难受的。"

商滕没接,甚至没看她一眼,直接无视了她。

他把门打开,出门之前,冷声提醒了一句:"我从来不吃沙拉酱。"

岑鸢一愣,有些无措地低下头:"对不起,是我记错了。"

她也习惯了商滕的冷漠。

好在,她习惯了,并不会像刚开始那样难过。

岑鸢之前一直以为,商滕之所以对她这么冷漠,是因为他就是一个冷漠的人。

他对任何人都是这样。

那个时候她还可以在心里安慰自己,可后来看到他把所有温柔和耐心全给陈甜甜的时候,岑鸢突然有些释怀。

对啊,自欺欺人总是不太好的。

他有温柔的一面,但从来不是给她,偏爱也是。

岑鸢突然想起她最常听到的那段流言,关于商滕的绯闻。

那是岑鸢转校过来的第二年,也是她第一次见到那个女孩子。

岑鸢听说她参加舞蹈比赛的时候把脚扭伤了,在家里休养了半年,最近才复学。

她长得很美,学芭蕾的女孩子,气质似乎都是温婉的。

岑鸢也是,从小学芭蕾,学了很多年,十三岁那年因为交不起学费就没去了。

自从她伤好后复学,对无数女生追求都无动于衷的商滕,心甘情愿地每天接送她上下学。

少年的眼神总是时刻跟随着她。

她就连去看他比赛,也不需要像岑鸢那样提前去占位置。因为商滕早就给她留了座位,第一排离他最近的地方。

光明正大的偏爱,总是引人嫉妒的,但郎才女貌,似乎天经地义。

她们能接受商滕和陈默北在一起,但不能接受商滕和岑鸢在一起。

既然他选替代品,为什么不能选自己呢?

她们抱着这样的想法,岑鸢成了众矢之的。

她们说,岑鸢不过是陈默北去世后,商滕忘不掉她,找的一个替身而已。

这些岑鸢都知道。

她也从未去计较过什么。

第二章
奢 望

周阿姨抱着洗漱好的陈甜甜出来,小家伙还没太清醒,肉乎乎的小手正拼命地揉眼睛。

脸上尚且带着惺忪睡意。

岑鸢笑了笑,柔声道:"我做了早餐,甜甜要一起吃吗?"

刚来到新的环境,又看见了漂亮阿姨,陈甜甜有点儿害羞,扭头埋到周阿姨的怀里。

好半天,她才重新将脑袋转过来,怯生生地伸手,想让岑鸢抱。

周阿姨看到这一幕,轻笑道:"甜甜除了商先生,还是头一回这么亲近别人。"

岑鸢也笑了,摘了围裙过去抱她:"阿姨给你做了小馄饨。"

似乎怕她不爱吃馄饨,岑鸢又贴心地问了一遍:"喜欢吃馄饨吗?"

她在岑鸢怀里点头,奶声奶气地说:"喜欢。"

漂亮阿姨身上好香、好软,陈甜甜被她抱着就不想走了,甚至连吃饭也要她喂。

小孩子觉多,吃着吃着就睡着了。

岑鸢拿了手帕给她擦嘴,动作温柔,似怕惊醒了她。

家里这位夫人看上去柔柔弱弱的,周阿姨怕她抱太久了累着,于是说:

"我来吧。"

岑鸢却只是笑笑:"没事,我抱得动。"

周阿姨见她这么说,也笑道:"我看您和商先生都这么喜欢孩子,倒不如趁着年轻生一个。"

她这话一说出口,岑鸢稍微顿了顿。

她当然想做母亲,但商滕是不会给她这个机会的。

在他看来,有了孩子,想甩开她就会很难,更何况,现在有了陈甜甜,他的顾虑肯定也会更多。

他担心岑鸢有了自己的孩子,会对甜甜不好。

他太不了解她了。

他所担心的那些事情,她一件也做不出来。

周阿姨看着熟睡中的陈甜甜,叹了口气:"甜甜命也苦,不知道爸爸是谁,妈妈在她十个月的时候,产后抑郁跳楼了,那么小就成了孤儿,好在有商先生一直陪着她。"

岑鸢在厨房倒水,听到周阿姨的话,她愣了一下,水洒了出来。

产后抑郁?

她听人说,陈默北也是产后抑郁走的。

她放下水壶,拿了纸巾,把桌上的水擦干净,然后拿着装着热水的玻璃杯走了出去。

一杯放在周阿姨面前,一杯自己拿着。

岑鸢其实早就猜想过甜甜的母亲是谁。

她们都姓陈,又能让商滕视如己出般疼爱,这个世界上也没有第二个人了。

岑鸢其实羡慕过陈默北。

商滕一直都是耀眼的,他是天上星、海中月,也是能够冻伤人的冰。

高中那会儿,全校女生都很欣赏他。

矜贵清冷如他,却把所有的偏爱全给了另外一个人。

岑鸢因为自卑作祟,只敢躲在暗处偷偷看他的时候,他当着全校师生的面出现在她夺冠的舞台上,笑容温柔地把花送给她。

那一幕,熟悉又刺眼。

岑鸢是台下的观众,耳边响起的是一阵又一阵的欢呼。

周阿姨抱着陈甜甜回了房，岑鸢一个人坐在客厅里发呆。

商滕那么心高气傲的一个人，居然愿意养陈默北和其他男人的孩子。

到底是怎样的感情，才能让他这么心甘情愿？

医院的电话打过来的时候，她才稍微回过了神。

她昨天约好了医生，今天要过去检查。

最近这几天，她身上总是莫名其妙地出现瘀青。

虽然对她的生活没有造成太大的影响，但总归检查一下才能心安。

简单收拾了下，她去了医院。

因为提前就挂好了号，所以并没有等太久。

医生询问她的症状。

岑鸢说："就是最近这几天，身上莫名其妙地出现了几处瘀青，有的时候随便碰一下都会有。"

医生拿着笔，在她的病历本上写下症状，然后说："我看看你的瘀青是什么样的。"

岑鸢把裤腿和袖子卷了起来。

医生仔细看了看，眉头皱了起来："你这不是瘀青，是皮下瘀血。"

岑鸢不解地问道："皮下瘀血？"

医生沉思了一会儿，脸色有些凝重："这样，你先去做个检查。"

他把单子打出来，和病历本一起递给她："交完费以后直接去四楼就可以了。"

岑鸢接过单子，向他道了谢。

她不清楚自己是怎么了，但看医生的表情，似乎不太好。

医生最后安慰她："只是猜测。"

这话的意思大概就是，她还有百分之二十的机会是健康的。

从医院离开后，岑鸢给赵嫣然打了个电话，正好今天有时间，赵嫣然和她想去附近逛逛。

赵嫣然最近追男人的进展还可以，因为和岑鸢是好朋友，林斯年甚至主动帮她牵起了红线。

接到岑鸢的电话后，她开车过来了。

闲聊中提起林斯年，赵嫣然对他是赞不绝口："你说现在的小朋友，怎

么一个比一个热心,最近他们部门有什么聚餐,他也会叫我,多亏了他,我现在马上就要抱得美人归了。"

岑鸢无奈地笑笑:"那挺好的。"

从西餐厅出来,特助大气都不敢喘一声,生怕引火上身。

老板今天心情好像不怎么好,刚刚应酬的时候话也特别少,全程都是对方在说,他有几分冷漠,又有几分漫不经心。

明眼人都能看出他心情不好。

特助跟在商滕身边也有些年头了,男人的脾气实在算不上好。

他心冷,利益至上,有着上位者的狠辣无情。

那些商户哭干了眼泪也没办法博取他的一丁点儿同情。

面前这位也一样,原本和丰钧谈好了合同,却为了点蝇头小利又和其他公司合作了,企图从中赚取差价。

他错就错在觉得商滕年轻,好欺瞒。

商滕很快就察觉到了,没有任何废话,直接让法务部把律师函寄给了他。

合同上写明了,违约金十倍,足够让他赔得倾家荡产。所以今天,那人是特地来求情的。

无论他说得多可怜,哭得多惨,商滕始终无动于衷。

特助在一旁看了都觉得果然那些传言也不全是假的。

上流圈子里也分阶层,商滕属于绝大部分人这辈子也接触不到的级别。

这个圈子里,所有人都忌惮姓商的。

除了他们的权势财富、社会地位,还有就是他们足够心狠。

特助不敢出声,安静地坐在一旁。

那人看见商滕垂眸转动着无名指上的婚戒,想到他已婚,家中有位娇妻,于是试图从这里找突破口。

"早就听说商先生和夫人恩爱,贵夫人一心向善,前些年甚至还拍卖了自己的珠宝项链资助山区贫困学生,商先生,您能不能看在您夫人的面子上饶我这一回?"

商滕眼神一冷,平静地抬眸睨着他,足够让他感到胆寒了。

面前的男人气场太强,哪怕一言不发,依旧可以震慑到他了,他的话仿佛是被戳中了某种禁忌。

商滕这下都懒得再敷衍了，起身离开。

特助叹了口气，想去安慰那人，却又不知道该怎么安慰。毕竟违约的人是他。

哪怕商滕的做法的确有些不近人情，但也在情理之中。

生意场，本就是为了赚钱，又不是做慈善。

特助把账结了，要了发票，方便回公司报销，然后急忙跟过去。

老板腿长，他一路小跑才勉强跟上。

走到某个男装店门口的时候，他却停了下来。

岑鸢挑了件外套，最近开始变天了，所以她想给商滕买些秋装。

服务员询问了她身高体重以后，去给她换码数。

赵嫣然皱眉道："你该不会是给商滕买的吧？他都那么对你了，还直接领养来历不明的小女孩，你还在关心他会不会冻着？"

岑鸢笑了笑，也有些无可奈何："只要看见他那张脸，不论他做什么，我好像都气不起来。"

赵嫣然恨铁不成钢地道："你这颜控也控得太过分了吧。"

岑鸢也不否认，又选了几套。

这儿视野开阔，声音也听得清楚。

这个商滕应该不是他认识的那个商滕吧？

他小心翼翼地去观察自家这位脾气不怎么好的老板有没有生气，却发现他的脸色缓和了许多，至少不像刚才那么阴云密布了。

他低沉出声："小刘。"

特助吓得脸都白了："商总。"

"让法务部把起诉书撤了吧。"

特助一愣："啊？"

商滕冷冷地看着他："需要我再重复一遍？"

特助急忙摇头："不用不用。"

老板这心情怎么似乎……突然变好了？

岑鸢选了好几套，结账的时候刷的是自己的卡。

赵嫣然说她傻，商滕给她的卡她居然不用。

岑鸢却只是笑道："自己的钱用着总是踏实一些。"

· 41 ·

服务员把衣服用纸袋装好，双手递给她："欢迎下次光临。"

岑鸢接过后，跟她道谢："谢谢。"

买完商滕的衣服后，她又去了三楼的童装区，给陈甜甜也选了几套。

赵嫣然说赵嫣然帮别人养孩子还挺用心，但她也知道，岑鸢就是这样的性子。

有那么一种人，本身就是付出型人格，这些和幼年时的经历有着直接的关系。

赵嫣然和岑鸢是高中同学，她刚转校过来那会儿，沉默寡言，总是一个人默默学习。

她太安静了，以至于哪怕那张脸长得再美，依旧容易被人遗忘。

赵嫣然第一次和她说话，是在她去球场看商滕打比赛的那天。

只要是商滕出现的地方，总是少不了围观者，那次的比赛也是。

岑鸢挤不进去，只能站在远处看。

她手上拿着自己亲手煮的茶。运动结束后，补充盐分和水分，喝这个最好。

给商滕送水的女生那么多，只有她，是自己用心花时间去煮的。

也是那次，赵嫣然注意到了她，温婉娴静，穿着校服，站在那里，是个不输陈默北的美人儿。

但她太内向，没有其他女生的胆量，最多只是在快散场的时候，把茶杯悄悄放在他的休息椅上。

她不知道的是，她用心煮的茶，每一次的归属地都是球场旁的垃圾桶，无一例外。

赵嫣然和陈默北是朋友，算不上多好，但因为家境相当，长辈之间有生意上的合作，所以她们也成了维系这一关系的纽带。

商滕的每一场比赛，陈默北都会到场。

她也是一个温柔到极致的女孩子，会把商滕的方方面面都考虑到位，水、毛巾，甚至干净的球服。

当赵嫣然问她为什么还要带一件干净的球服时，她笑了笑，说："因为商滕讨厌湿衣服黏在身上的感觉。"

他们才是真正的青梅竹马，从小一起长大，对于商滕，陈默北无所不知。

作为熟悉他们的人，赵嫣然替岑鸢不值。

她不比陈默北差，可是凭什么她只能成为陈默北的替代品，不被人珍惜。

岑鸢回到家后，陈甜甜坐在沙发上看动画片，旁边是商滕。

他应该刚回来，衣服还没来得及换，浅灰色的衬衣，袖口往上卷了两截，露出白皙精瘦的手腕。

此时他正给陈甜甜剥石榴，他的手很好看，白皙修长，骨节分明，石榴皮在他手下层层剥开。

陈甜甜在啃奶酪棒，偶尔学着动画片里的主角唱歌。

商滕温柔地笑笑，替她把嘴边沾上的奶酪擦干净："慢点儿吃，小心噎着。"

陈甜甜看到岑鸢后，眼睛一亮，喊道："漂亮阿姨。"

她的声音和她的名字一样，都是甜的。

何婶看到岑鸢手上大包小包的东西，走过去全部接了过来："买的什么？"

岑鸢说："最近天气转凉了，所以给商滕和甜甜买了秋装。"

何婶笑道："还是你贴心，看来这家里啊，就是得有个女主人操持着。"

何婶一边说着，一边把东西提过去，让商滕试试，看合不合身。

商滕语气淡淡的："放着吧。"

何婶一愣，下意识地看了岑鸢一眼。

何婶怕她被商滕冷漠的态度伤到。

好在，岑鸢的情绪并没有受到太大的影响，可能是她习惯了吧。

陈甜甜说要岑鸢抱，岑鸢便笑着坐过去，抱着她。

陈甜甜的手放在她的肩膀上，用软软糯糯的声音喊她："妈妈。"

岑鸢离得近，甚至能闻到她身上的奶味。

岑鸢愣了愣。

陈甜甜又小声告诉她："是商叔叔让我这么喊的，他说我这么喊了，后天就带我去游乐园玩。"

岑鸢看了眼旁边的商滕，他低头剥着石榴，脸上没什么表情。

岑鸢收回视线，继续逗她："那以后都这么叫，好不好？"

既然商滕已经下定了决心要收养陈甜甜，她也没有反对的权利。好在，自己也很喜欢甜甜。

陈甜甜脸一红,埋在她胸口不肯回答。

商滕终于有了点儿动静,略微侧眸,安静地看着面前这一幕。指腹若有似无地在食指关节上轻轻摩挲,眼睫轻抬。

那天晚上,陈甜甜非要与岑鸢和商滕一块儿睡。

从小就没有父母在身边,突然多了两个亲人,她很渴望这种感觉。

岑鸢温顺地笑笑,同意了:"好。"

陈甜甜又用期待的眼神看着商滕。

结婚这么久,他们一直都是分房睡的。

岑鸢不想为难他,刚要开口,商滕却同意了,于是岑鸢便明白了。

对于陈甜甜的任何请求,他都会同意。

那天晚上,他们像是再平常不过的一家三口。

陈甜甜不肯睡觉,让商滕给她讲睡前故事。

商滕便专门去找了一本书,讲给她听。

往日低沉的嗓音,此时刻意放轻,讲着那些幼稚的童话故事。

现在的他,是从没有过的温柔,与记忆中的那张脸逐渐重叠,连声音也渐渐重叠。

岑鸢愣了好一会儿,眼睛一热,手攥着睡衣裙摆。

她怕被他看出来,于是起身出去了。

房门被轻轻带上,商滕停了下来,视线落在房门处。

陈甜甜悄悄告诉商滕:"刚刚漂亮阿姨一直看着商叔叔,后来还哭了。"

商滕摸了摸她的脑袋,轻声开口:"忘记我和你说的话了?"

陈甜甜乖巧地改口:"爸爸。"

他低笑着说:"乖。"

把她哄睡下以后,商滕从房间里出来了。

岑鸢坐在客厅里发呆,双眼空洞无神,也不知道在想什么。

商滕走过去,在她身侧坐下,平静地问道:"听甜甜说,你刚刚哭了?"

岑鸢的眼角还有点红,她急忙去擦,想解释,却又觉得没什么说服力,于是只能点头承认:"想到一些过去的事。"

他没问过去的事是什么事,可能并不在意。

他手腕上的抓伤淡了点儿,但是还没彻底好。

骨节分明的左手随意搭放在身侧,似有若无地点了几下。

岑鸢知道,这是他思考时的惯有动作。

过了一会儿，他淡淡地开口："下个月去民政局把证领了吧。"

岑鸢一愣，拿着杯子的手抖了一下，水洒了出来。

她没问商滕为什么突然要领证，答案显而易见。

陈甜甜的领养手续要用到结婚证。

她点点头，说："好。"

那个晚上很安静。陈甜甜睡在他们中间，像是一条线，把她和商滕隔开。

岑鸢上半夜睡得很好，下半夜又开始做噩梦了，至于梦到的是什么，她也记不清了。

模糊中她感觉有一双手，把她从噩梦中拽了出来。

岑鸢睁开眼，肩上搭着商滕的左手。

他还在熟睡，那只手却轻轻拍打着她的肩膀，像是小时候，妈妈哄她睡觉一样。

岑鸢垂下眼睫，顿了顿，身子下意识地往他那边靠了靠。

这种感觉奇怪又陌生。

因为那几天一直在下雨，所以导致商滕答应带陈甜甜去游乐园的事情暂时泡汤。

陈甜甜人精似的双手撑着脸，看着窗外的大雨，学着周阿姨平时的样子，叹了口气："老天爷不长眼啊，我的命怎么这么苦。"

岑鸢被她逗笑了。

周阿姨红着脸过去抱她："你这孩子，怎么好的不学净学坏的！"

陈甜甜笑了，非要自己下来走。

因为她穿着纸尿裤，所以走路不是很稳，跌跌撞撞地朝岑鸢的方向走，喊岑鸢妈妈。

岑鸢已经逐渐接受了自己这个新身份，她正在织毛衣，害怕手里的织针扎伤陈甜甜，于是放远了些，然后才伸手抱她："怎么了？"

陈甜甜窝在她怀里，乖巧地问："爸爸什么时候回来呀，他今天会回来吗？"

自从把陈甜甜接回家以后，商滕便不像之前那样把酒店当家，家当酒店。

不过最近这几天他的工作好像真的有点忙，每天回来都很晚。

那个时候陈甜甜已经睡下了。所以在她眼中,商滕已经好几天没回来了。

岑鸢柔声说:"等爸爸这几天忙完,就可以好好陪你了。"

陈甜甜点头,再次躺回岑鸢的怀里。

天晴的那天,商滕专门空了一天的时间,带陈甜甜去了游乐园。

岑鸢接到医院的电话,检查结果出来了,医生让她过去一趟。

顿了顿,医生又说:"我看你资料上写的是已婚,最好让你丈夫也陪你一块儿过来。"

岑鸢沉默了一会儿:"他工作很忙,可能来不了。"

"妻子都生病了,再忙他都不能空出点时间来吗?"

岑鸢是有自知之明的,在商滕心中,她和陈甜甜的分量自然没法比,而且,她甚至都不够资格在商滕心里占据一席之地。

她一直不开口,医生大概也能猜到些什么。他叹了口气。

现在这些小年轻啊,把婚姻当儿戏,没有感情居然还结婚。

虽然医生让她在家属的陪同下过来,可岑鸢还是一个人去的。

医生看到她,往她身后看,空无一人,但也没多说什么,等岑鸢落座以后,他才开口问道:"你家里之前有遗传病史吗?"

看到医生凝重的脸色,岑鸢便知道这次的结果不容乐观。

她微抿了唇,手指紧紧按着拎包上的金属扣:"我也不太清楚。"

从医院出来后,太阳有些刺眼。

她手上拿着医院的病历本,身侧来来往往的人表情各异,有高兴的,也有失落的。

岑鸢沿着马路一直走,一直走,最后上了天桥。

两边都有小摊,在卖一些小玩意儿,甚至还有算命的,黄色的小纸牌,写着算命治病,二十块钱一次。

岑鸢走累了,就在路边的公交车站旁的休息椅上坐了下来。

她拿出手机,想给谁打个电话,把通讯录翻了一遍都没找到。

最后她拨通了商滕的号码。

电话响了很多声,才被接通。

男人低沉的声音,起了点制冷作用,周身暑意消了几分。

"有事？"

岑鸢一愣，面对他的冷漠，突然不知道该说什么了。

过了很久，她才再次开口："你现在有空吗，我……"

陈甜甜撒娇的声音打断了岑鸢接下来的话："爸爸，我想吃这个。"

商滕难得对她严厉了些："凉的吃多了容易胃疼。"

陈甜甜不满地呜咽了几下。

商滕也没坚持多久，最终还是态度缓和了："只许吃一个。"

陈甜甜立马高兴地道："好！"

岑鸢安静地把电话挂了，没有再去打扰他们。

医生的话在耳边回响："你这个是遗传性的血友病，也就是俗称的凝血障碍，虽然不会像癌症那样直接要人性命，但你这个病日常还是得多注意，不要做太剧烈的运动，不然很容易造成关节出血。千万不能让自己流血，情况严重是会致残、致死的。"

岑鸢抬头看着天空。

寻城很大，这里有她的父母，有她的丈夫，可没有一个人，能在这种时候陪在她身侧，和她说一句不要害怕。

她一开始就做好了不太乐观的打算，所以看到结果的那一刻，反而没有预想中的崩溃或是难过。

她很平静，平静地接受了这件事。

也不是说她多乐观，而是她知道，不乐观也没办法。

她也很想大哭一场，但没办法，在这个地方，她始终是一个外来者。

她的父母有女儿，她的弟弟也有姐姐，甚至连她的丈夫，也从来都不属于她。

人似乎只有在生病的时候才会感到孤独。

哪怕她早就习惯了这种感觉，但在最脆弱的时候，这种感觉好像被无限放大了一样。

岑鸢只是很想好好睡一觉，可能等她睁开眼以后就会发现其实这只是一场梦而已，但她知道，这不是梦，这些都是真的。

有摆摊算命的老人见她在这坐了这么久，主动过来询问她，要不要算一卦。

岑鸢摇了摇头，礼貌地拒绝："不了，谢谢。"

她那张脸仍旧苍白，笑容却带着她惯有的温婉。

老人认得她脸上的表情。

在医院附近待久了,他也见得多了。

只是不知道这个小姑娘得了什么病,年纪轻轻的就……他叹了口气,唉,造孽啊。

岑鸢在回家的路上接到了江窈的电话。

她语气不太好,让她回家一趟。

岑鸢靠着车窗,声音有点儿虚弱:"怎么了?"

江窈不高兴地皱了下眉:"没事你就不能回来了吗?"

岑鸢不想和她吵:"没什么事的话我就挂了。"

江窈在心里骂她假清高,又怕她真的挂电话,于是急忙说道:"妈在家里发脾气,你赶紧回来安慰一下。"

刘因的脾气不好,三天两头就发脾气。

岑鸢现在没有心情去应付这些,只想回家,好好睡一觉。

"我今天没空。"

江窈音量拔高:"岑鸢,她可是你妈,你不管她?"

岑鸢按着额头,昨天晚上睡得不怎么好,早上起床头就有点儿疼,被江窈吵了这么久,疼得更厉害了。

岑鸢没有再理会江窈,把电话挂了。

出租车司机停在路口等绿灯,岑鸢想了想,还是说了一句:"师傅,麻烦去平江公馆。"

她在门外就听到刘因的声音了。

她的声线很细,发起脾气来越发尖厉刺耳,像指甲在黑板上剐蹭的声音。

看到岑鸢以后,那些大气都不敢喘的用人顿时松了口气。

夫人发了半天脾气了,江窈小姐一个小时前就借口有事溜了,留下他们,也不知道该怎么办。

夫人脾气大,每次没有三四个小时那是好不了的。

岑鸢顿了顿,绕开地上的玻璃碎片,走了过去。

刘因看到她,火更大了,指着她的鼻子骂道:"你还有脸回来,要是你能把商滕拴住,你爸敢这么对我吗?"

刘因发脾气的时候很容易迁怒他人,这也是江窈不愿意待在这里的原因。

岑鸢沉默了一会儿,没说话。

刘因一看到她这木头性格就来气:"听说商滕领养了个小女孩?"

岑鸢点头:"嗯。"

刘因气笑了:"他这是在打我们江家的脸呢,你知道现在外面的人都在说什么吗?说他宁愿养其他女人的孩子也不愿意和你生!"

这些流言蜚语,早在商滕决定领养陈甜甜的那一刻起,岑鸢就想到了。

他那么聪明,肯定也早就能想到。

刘因看到她手上的检查袋,顿了顿,问她:"病了?"

岑鸢摇头:"没什么。"

刘因这才后知后觉地察觉到她的脸色不太对,似乎突然想到些什么,神色怪异地让她上楼。

二楼的卧房里,只有她们两个人。

刘因让岑鸢把东西给她。

岑鸢没动。

刘因不耐烦了,又催了一遍:"快点给我!"

岑鸢看了她一眼,然后把检查袋递给她。

刘因打开,抽出里面的检查结果,看了一遍。

她的脸色唰一下全白了,手颤抖了几下。

她看着岑鸢,长达数十秒的沉默里,脸上的表情很复杂。

岑鸢仿佛在里面看到了些不易察觉的心疼。但是很快,刘因把检查结果撕得稀碎:"这件事千万别和你爸讲,听到没?"

岑鸢看着她,感觉喉咙异常干涩:"其实你一直都知道,对吧?"

刘因的眼神闪躲了几下,她没说话,有一种不太好的预感。

她最后还是没有问出口。

有时候,自欺欺人也是一种自我保护的方式。

她长长地出了一口气。

今天的事情太多了,她不知道应该怎么去消化。

她突然觉得,其实她应该庆幸,还好她这一生过得格外坎坷,遇到这种事情,反而更容易接受一些。

毕竟千疮百孔的人,是不介意身上再多出一道伤口的。

岑鸢回到家的时候,已经很晚了。

陈甜甜穿着白雪公主的裙子,在客厅里跑来跑去。

周阿姨跟在她后面追,让她把鞋子穿上,别着凉了。

看到岑鸢,陈甜甜光着脚丫子往她怀里跑:"妈妈。"

小家伙的声音很甜,奶声奶气的。

岑鸢恍惚了一下,蹲下身去抱她:"为什么不穿鞋子呀?"

陈甜甜在她怀里蹭了蹭:"不想穿。"

岑鸢无奈地低笑,捏了捏她的小鼻子,动作温柔,声音也温柔:"听话,不穿鞋会感冒的。"

岑鸢的话,陈甜甜都听。

岑鸢让她穿,她就穿了。

周阿姨把她抱过来,一边给她穿鞋子一边说:"还是你说话好使,我每次都得哄半天。"

岑鸢轻笑着说:"小孩子多少都会有些小任性,慢慢教,等稍微大点就好了。"

周阿姨看着岑鸢,岑鸢的确是一个很温柔的人。温柔到,有时候连她都会替岑鸢感到不值。

替别人养女儿这种事情,如果放在她身上,她肯定接受不了。

岑鸢却毫无怨言。

岑鸢问周阿姨:"商滕没回来?"

周阿姨说:"把甜甜送回来以后接了个电话就出去了,好像是家里那边打来的电话。"

岑鸢和商滕结婚这么久,甚至连他父母的面都没见过。

他母亲吃斋念佛,已经很久没有出现在大众的视野里了。而他的父亲,在病床上躺了好几年,前些日子听刘因说起,他好像已经可以下床了,想来今天家里那边给商滕打电话,也是为了这件事。

客厅里灯光明亮,四周的装饰都是压抑的灰和黑。

这里的房子是寻城最贵的地段,占地面积也大得吓人,后面是天然湖泊,风景宜人,是冬暖夏凉的避暑胜地。但住在这里的人是毫无温度的冷血动物,无一例外。

商昀之坐在轮椅上，哪怕是大病初愈，那张脸上仍旧不见半分憔悴。除了白了大半的头发，仿佛在无声地告诉别人他的年纪。

商滕的长相有七分似他，尤其是那双眼睛，冷血薄情，如出一辙。唯一不同的，大概就是商昀之又多出了一些狠厉。

他瞪着一言不发的商滕，抓起手边的茶杯砸了过去，情绪激动地破口大骂："逆子！"

商滕没躲，茶杯砸在他的额头上，多了一道伤口。血流下来，淌进眼睛里，眼底漫上一抹猩红。

他仍旧无动于衷，仿佛头被砸破的那个人不是他，而是别人。

他只是沉默地拿出西装胸前口袋里的方帕，把血擦净。

他讨厌这种黏腻的感觉。

商昀之手紧紧扣着轮椅，问道："是她的女儿？"

商滕很坦然地承认了，没有半分隐瞒："嗯。"

商昀之气得青筋欲裂："所以你现在是在和我示威？我告诉你，我三年前不许那个女人嫁进我们家，三年后也不可能同意她的女儿姓商！"

方帕上沾了血，商滕随手扔进垃圾桶里。

他对商昀之刚才的话充耳不闻，叫来了护工："我爸身体不适，推他回房吧。"

商昀之指着他的鼻子骂道："你别以为你现在翅膀硬了，就可以为所欲为了。我告诉你，只要我还活着，就不会让那个孽种进我们商家的族谱！"

商滕把领带扯开，眼神仍旧平静。

护工推着他进了电梯，男人暴怒的声音完全被隔绝开了。

额头上的伤他简单处理了一下，然后站起身，把外套穿上。

他出门前，小莲从三楼下来。她是纪澜的保姆。

这些年纪澜吃斋念佛，过着完全与世隔绝的生活。平时她都住在郊外的别墅里，最近几天才回来。

小莲拿了个墨绿色的锦盒，上面的刺绣很精致，看上去也有些年头了，应该是个古物。

她把东西递给商滕："夫人让我把这个给您，让您到时候转交给岑小姐。这是夫人的母亲给她的，让她传给未来的儿媳妇。"她顿了顿，"另外夫人还说，顾念旧人是好，但也不能委屈了身边人。"

商滕没说话,接过锦盒推门出去。

晚上下起了雨,开始堵车。

岑鸢刚把陈甜甜哄睡下,何婶听到声音过去开门。

看到商滕额头上的伤,岑鸢走过去,眉头微皱:"怎么回事?"

他淡淡地移开视线:"不小心磕到了,没事。"

他把外套脱了,上了楼。

岑鸢看着他的背影,沉默了一会儿。

那天晚上岑鸢失眠了,心里装了太多的事,她很难入睡。

她想起商滕额头上的伤,翻来覆去了一会儿,最后还是坐了起来。

她穿上拖鞋去了客厅,把药箱拿过去,进了商滕的房间。

她动作轻,怕吵醒他。

商滕的房间很简洁,颜色基调也很简单,和他这个人一样,都是冷冰冰的,不好接近。

岑鸢只把床头灯打开,是昏黄色的光。

商滕的睡颜很安静,五官轮廓以及线条在灯光的映照下,仿佛被人用画笔勾勒过一样。

他只有在这时候,才让人感觉周身是有温度的。

在这个圈子里,像他这个年纪的人,还在享乐人生。可他过早地承担起了家族的重责,他应该也有许多身不由己的地方吧。

岑鸢把他额头上的纱布轻轻揭开,血已经凝固了。

伤口其实不深,没有到需要缝合的程度。但因为处理得太过随便,所以看上去有些骇人。

岑鸢用棉签蘸了点碘酒,给他的伤口消毒。

房间里的那点儿光亮,只能起到微弱的照明作用。

岑鸢低头去拿药的时候,正好对上商滕的视线。

他不知道什么时候醒的,那双眼睛太过深邃,哪怕身侧就是灯,可他的眼神还是暗的。

弄醒了他,岑鸢向他道歉:"对不起,我没想弄醒你。你额头上的伤不好好处理的话,可能会感染。"

商滕坐起来,睡衣前两颗扣子散着,领口微敞,脖颈线条往下延伸,甚至还能看见半截锁骨。

他不急不缓地把扣子扣上,刚睡醒的声音有些沙哑:"你去睡吧。"

岑鸢没动。

商滕又说:"我自己来。"

岑鸢摇头,罕见地违逆了他的意思:"你肯定又是随便应付一下。"

她太了解他了。

商滕沉默了一会儿,最终还是妥协。

岑鸢给他消完毒,开始上药:"可能会有点儿疼。"

他只是喉间低低地嗯了一声,便没了其他反应。

他坐着,她站着,身高差调过来了。

这还是岑鸢第一次,不是在做那种事情的时候离他这么近。

岑鸢可以看清楚他眼角的那颗泪痣,褐色的,很小,不细看其实看不出来,在他那张总是冷冰冰的脸上,反而多了几分性感,像是不容亵渎的天神,也开始吸引世间的人。

离得太近了,岑鸢甚至能听见他的呼吸声,不算沉,但在这个安静的房间里,还是难以忽视的。

此时,那阵呼吸声像是实体化了,变成了一个又一个细小的钩子,沿着她的心脏往外拉扯,酥酥麻麻的感觉。

商滕很安静,一句话也没说。

岑鸢上好药以后,把东西收拾好,还不忘叮嘱他:"这几天洗澡的时候注意些,不要碰水。"

"嗯。"

岑鸢把医药箱收拾好,顿了顿,还是问了一句:"你的伤,不是磕伤对吧?"

商滕看着她。

岑鸢微抿着唇:"我刚刚看了一下,好像是被什么东西砸破的。"

商滕低沉地说道:"时间不早了,你早点休息。"

这话的意思便是在下逐客令了。

商滕不喜欢那些弯弯绕绕,表达不耐烦的方式很直接,就像现在这样。

岑鸢有自知之明,没有再追问,和他说了句晚安以后,打开房门出去了。

陈甜甜开始上幼儿园了,商滕帮她改了姓,跟着他姓商。

周阿姨每天接她上下学。

家里突然少了个小孩子，安静了不少。

岑鸢甚至有点儿不习惯了。

工作室已经开始装修了，岑鸢偶尔会去看一下进度，顺便买些水给那些装修工人。

好在最近气温开始凉下来了，不然在高温下工作，很容易中暑。

她给周悠然打了个电话，这几天没她的消息，岑鸢有点儿担心。

以前一周她会给自己打三通电话。可是自从上次以后，周悠然一点儿消息也没有。

电话响了很多声才接通，周悠然的声音有些虚弱，听起来有气无力的："鸢鸢。"

岑鸢担心得眉头皱了起来："怎么了，是生病了吗？"

周悠然笑了笑："没事，我一猜就知道你肯定会担心，所以才没给你打电话，应该是之前累着了，所以有点儿气虚，去看过医生了，医生说没什么大问题，让我好好休息。"

岑鸢的心这才稍微放了下来："你身体本来就不好，这些天就好好休息，实在闲不住的话就去和邻居打麻将，待会儿我给你转点钱过去。"

周悠然忙说："你不用再给我转钱了，我有钱，攒了很多，够我下半辈子吃喝的了。"

岑鸢每个月都会给她打钱，最近这段时间越来越多。

寻城是大城市，不比小镇子，物价高，需要用钱的地方肯定也很多，所以周悠然希望她能把钱留着。

岑鸢却说："钱的事情你不用操心，你多注意休息，别太操劳了，我找个时间回去看看你。"

周悠然一听她要回来，立马开心地笑了："那我先把腊肉、腊鱼挂出去晒好，等你回来就可以吃了。"

岑鸢也笑了："记得让徐伯在他家鱼塘抓几尾鲫鱼，我想喝你做的鲫鱼汤了。"

周悠然忙应道："好好好，你想吃什么我都给你做。"

这话说完，周悠然沉默了一会儿，似突然想到什么一样，长叹一口气："下个月，是那孩子的忌日吧？"

岑鸢忽地顿住，迟迟没有开口。

周悠然止不住地叹息:"那孩子也没墓碑,想去探望都不知道在哪里,他们一家可怜啊,他爸为国牺牲,他们也……"说到这儿,周悠然哽咽了一下,"天杀的毒贩子,怎么就那么歹毒?"

岑鸢抬头看着天空,今天的天气不算好,灰蒙蒙的,才下午五点,就暗成这样了,待会儿应该有大雨吧。

电话那边,周悠然还在讲:"等天晴了以后,我去他家楼下烧点纸钱,也算是探望过了。"

岑鸢轻轻嗯了一声,没再说话。

他现在,应该是个九岁的小朋友了吧,一定快乐地生活在这个世界的某个角落。

这一世,他肯定会长命百岁。

走不出去的那个人,其实只有她。

那天晚上,商滕又没回来。

陈甜甜委屈巴巴地撇着嘴,过来找岑鸢,说想爸爸了。

岑鸢抱着她,轻声哄道:"爸爸工作忙,等他忙完这段时间就可以在家好好陪甜甜了。"

陈甜甜不信:"骗人,我昨天还看见爸爸和其他女人在一起,他坏!"

岑鸢愣了一下:"和其他女人在一起?"

这话周阿姨不许她和岑鸢说。

她告诉陈甜甜,如果甜甜说了,岑鸢会很难过。

陈甜甜急忙捂住嘴,拼命摇头:"我说错了,我没看到女人。"

岑鸢拿开她的手,脸上带着无奈的笑:"没关系的,妈妈不会难过,你说。"

陈甜甜听她这么说,这才半信半疑地把手放下来:"前天周阿姨带我去玩,我看到爸爸在路边的便利店买烟,他的车上坐了个女人。"她急忙说,"不过没妈妈好看,在我的心目中,妈妈才是最好看的仙女。"

小家伙嘴甜,又怕岑鸢难过,急忙解释的样子很可爱。

岑鸢抱着她:"妈妈在你眼中这么好看吗?"

陈甜甜很认真地点头,然后去抱她的脖子,脑袋在上面蹭啊蹭的:"妈妈是全天下最好看的人。"

说岑鸢难过,其实也算不上。

岑鸢早就接受了商滕不爱她这件事，所以他的副驾驶上坐的是谁，她无权干涉，也没有资格过问。

如果说遗憾的话，大概就是她这辈子都没有机会当母亲了。

医生给她的建议是，最好不要怀孕。

于她来说，不光生产是一道难关，孩子出生后，亦是。

岑鸢当然也想当母亲，但她不会那么不负责任，生下一个有遗传病的孩子。

这对孩子不负责，对他们这个家庭也不负责。

晚上的时候，岑鸢把陈甜甜抱回房间，给她讲故事。

小孩子觉多，睡得又快又沉。

身侧突然静了下来，岑鸢垂眼，看到陈甜甜已经睡着了，小手还紧紧抓着她的袖子。

岑鸢动作放轻，从她手中逐渐抽离出来，然后把她蹬开的被子盖好。

"晚安。"

她在陈甜甜脸上落下一个吻，关了灯，然后走了出去。

岑鸢洗澡的时候，看见身上的瘀青已经开始慢慢消退了。

医生给她开的那些药，她在按时吃。

医生说，这个病有一定概率是可以通过骨髓移植治愈的，让她不要气馁，也别自暴自弃。

目前她需要做的就是听从医嘱，好好治疗。

岑鸢洗完澡后随便披了件浴袍就出去了，客厅里亮着灯。

商滕坐在沙发上，手撑着额头，轻按了几下。

岑鸢在二楼都能闻到那股浓浓的酒气，他应该喝了很多。

她走下楼，进了厨房，倒了杯热水递给他："头很痛吗？"

他抬眸看到她，摇了摇头："还好。"语气平淡。

他身上的酒气更重，外套早就脱了，身上只剩一件深灰色的衬衣，领扣解开了一颗，能清晰地看见脖颈的线条。

往日深邃的眼这会儿带着醉意，安静看人时，甚至能看见眼底那一抹不易察觉的红。

平时的商滕，清冷矜贵，高高在上。

他太不好接近了，人人都爱慕他，人人又都害怕他，可是现在的他，像是自愿走下了神坛。

商滕把岑鸢手中的水接过,没喝,随手放在一旁。

手放在她的腰后,略微用力,往自己这边压,岑鸢没站稳,跌进他的怀里。

商滕身子轻轻往后靠,让她能够完全坐在自己的腿上。

这样的姿势太过亲密,岑鸢甚至能感觉到他胸腔内心脏跳动的频率。

他沉重的呼吸落在她的耳后,放在她腰上的手四处游走,轻轻一扯,浴袍就掉了。

岑鸢下意识地去捂胸前,却被商滕把手反扣在身后。

因为此时的坐姿,她一览无余的胸口就在他面前。

男人炙热的呼吸喷在胸前,有点儿痒。

她微微弓身,神色有几分慌乱:"甜甜睡了,别在这里。"

商滕点头:"去书房吧。"然后他松开了禁锢她的手。

在岑鸢准备把浴袍捡起来穿上的时候,商滕的手搂住她的腰,另一只手从她膝窝下穿过。

岑鸢是被他抱上楼的。

她突然想起医生的嘱咐,不可剧烈运动,于是她请求商滕轻一点儿。

他在这方面还算尊重她。于他来说,这种事情,并不是情到浓时的自然行为,而是单纯地发泄欲望罢了。

岑鸢对这种事,还算有自知之明。

第二天,她是在商滕的床上醒过来的。

这些天经历的事情太多,她已经很长时间没有好好睡过觉了,以至于昨天她居然在那种情况下睡着了。

澡洗过了,身上的衣服也换了。

她不确定是不是商滕帮她洗的,但房间是他的。

这还是结婚这么久,她第一次躺在他的床上。

他们的床,除了床单颜色不同,其他的都没什么区别。但是岑鸢躺在上面,有一种很奇怪的感觉。就好像,他们终于成了真正的夫妻。

岑鸢穿上鞋子直接进了洗手间,简单洗漱了一下,就下楼了。

客厅里并不安静。陈甜甜抱着一个史迪仔玩偶,兴奋地满客厅跑。

前些天她看动画片,喜欢上了史迪仔,睡前念叨了一句想要史迪仔的

玩偶。

商滕便记下了，今早就让人买了送过来，这个玩具是限量版的，国内没几个。

她看到岑鸢便跑过来，献宝一样把玩偶递给她："妈妈，送给你。"

小家伙乖巧又可爱，听见她奶声奶气的声音，岑鸢心都快化了，蹲下身子，摸了摸她的小脑袋："还是甜甜留着吧，妈妈已经过了玩玩偶的年纪了。"

陈甜甜扑进她怀里撒娇："妈妈在我眼里永远都是可爱的小朋友。"

岑鸢笑了笑，把她抱得更紧了些。

商滕从楼上下来，听到笑声，往这边看了一眼。

他穿着件黑色衬衣。

何婶把熨烫好的领带和外套拿过来，岑鸢起身接过："我来吧。"

何婶瞧见她脖子上那几处暧昧的痕迹，又想起岑鸢刚刚是从商滕房间里的洗手间出来的，笑容不由得也跟着暧昧了些。

她也算是看着商滕从半大的孩子到如今的为人夫、为人父，自然希望他们夫妻和睦。

她知道，商滕娶岑鸢并不是因为有了感情才在一起的。

商滕的目的性太强，理性到极致的人，哪怕是婚姻，也会先考虑利益。

结婚这么多年，他们仍旧如同陌生人一般。所以看到面前这少见的温馨的一幕，何婶还是很欣慰的。

岑鸢走到商滕面前，他个头高，她够不到他，拿着领带，欲言又止。

商滕贴心地把头低了低，岑鸢这才将领带挂上他的衬衣领口，纤长如玉的手指拽着领带，熟练地打了个温莎结，再缓缓推紧。

然后她轻声问他："今天晚上回来吃饭吗？"

商滕把外套穿上，垂眸挽上袖扣。

"今天有个酒局。"

岑鸢点头："那我在家给你煮点醒酒汤。"

商滕说："你也一起去吧。"

岑鸢一愣："我也去？"

"嗯。"

商滕以往参加这种朋友间的酒局，一般是不会带她的。所以这次，他说让她也一起去，岑鸢有几秒的时间以为自己听错了。

她点了点头，说："好。"

今天下午岑鸢要去见个客户，前些天她在网上和岑鸢约了单子，要定做一件晚礼服，需要出席比较重要的场合。

岑鸢带好东西开车过去。

约定见面的地方在一个很隐蔽的咖啡厅，岑鸢也是靠着地图找了好久才找到。

客户甚至让她在进来之前先确定周围有没有人。

岑鸢觉得有点儿像特务接头。

想到这儿，她都觉得自己此时的想法很好笑。

按照客户的意思照做了，她进了最里面的包间，喝的已经点好了。

客户戴着个遮住半张脸的大墨镜，坐在椅子上，正低头看手机。

岑鸢走过去，礼貌地和她打招呼："您好，请问是苏三小姐吗？"

那个女人听到声音，终于将视线往上抬了抬，看见她，墨镜往下一扯，露出一双大眼睛："你就是店主？"

岑鸢点了点头。

那个女人这才把墨镜取下，放在一旁。

岑鸢终于看清了她的脸。

虽然岑鸢不追星，但前几天闹得沸沸扬扬的新闻她还是知道的。

当红女团成员苏亦真，插足别人家庭，成了第三者。

前几天她还是人人追捧的女神，现在就已经落魄到连件大牌晚礼服都借不到了。

她与其去借那些不值钱的小牌子被人嘲讽，还不如干脆直接找人定做一件。

岑鸢简单询问了一下她的意见，要求并不多，就一个，就是要让她艳压全场。

许是怕自己形容有误，她又急忙解释了一遍："不是要很夸张的那种，就是让人眼前一亮，独特的美，你应该明白我的意思吧？"

苏亦真实在是形容不出来，又将皮球踢给岑鸢，让她自己去理解。

岑鸢点头："我明白。"

苏亦真松了口气，还好是个聪明的。

其实在来之前她还是挺担心的，这个店是朋友推荐给她的，没什么名气，很小众的牌子，好像刚起步。

苏亦真试探地问了一句："你们店不会只有你一个人吧？"

岑鸢点头："目前只有我一个。"

等后期工作室装修好了，她肯定会招人。

苏亦真一听她这话，瞬间没了精神。小作坊能好到哪里去？

她顿时打了退堂鼓，这一战可是关系到她能不能翻盘的。

如果错过这个机会，那她就无路可走了。

但人家都来了，她也不好意思直接让人家走。

算了，反正五万钱也不多。大不了等裙子做出来以后，送给她妈去跳广场舞，艳压一下那些老太太，说不定还能开启爱情第二春。

既然是给她妈穿的，那肯定得庄重些，于是苏亦真又多加了一条端庄的要求。

岑鸢按照她提的意见，现场画起了草图。

她加了旗袍元素，在保留盘扣的情况下，走的是简洁温婉的风格，端庄也有了。颜色暂时定的是衬她肤色的裸粉色，收腰，显身材。

苏亦真看了草图以后，愣了愣，然后又靠近了些，仔细地看了好几遍。

苏亦真在这方面是外行，但她穿过的大牌也不少，品位自然也比寻常人要高出许多。面前这张草图，单是几道凌乱的线条，就给人一种艳压的感觉。

她仿佛都能想象到自己穿上这条裙子以后的样子了。

这个设计也太绝了吧，把她身材的长处和短板全考虑到了。

苏亦真在心里为自己刚才的失礼道歉，就这个了！！

她竖起大拇指，看着岑鸢道："妙！"

面对苏亦真毫不遮掩的夸赞，岑鸢也没有太大的反应，神色仍旧平静，出于礼貌地道过谢，然后她拿出皮尺，给苏亦真量了三围。

苏亦真举着胳膊，问她："你是不是也和外面那些人一样，觉得我是勾引别人的第三者？"

岑鸢不是当事人，没有发表意见的资格。再者，她对窥探别人的隐私并不感兴趣。

她只是轻笑了下："我没有想过这些。"

苏亦真似乎不信，质疑的眼神盯着她看了一会儿。

面前的女人，眉眼温柔，有种南方女子的温婉。她太过恬静，像是一池平静无波的水，哪怕是再大的风浪，都很难激起一丁点儿的涟漪。于是苏亦真便悟了，她的确不在意。

有那么一种人，她对与自己无关的事物，是很难提起兴趣的。

苏亦真最后还是和她解释了一句："我没当过小三，那男的都能当我爸了，头发都秃得没几根了，我不可能看上他的。不过是因为我得罪了人，所以有人要整我，那些照片也是故意拍下来的。"

岑鸢安慰她："一切都会好起来的。"

苏亦真盯着她的脸看了一会儿，岑鸢完全长在了她的审美点上，远黛眉，樱花唇，腰如约素，说话也是轻轻柔柔的，像一株风雪中独自绽放的梅花，明明看上去弱柳扶风，偏偏不露痕迹地耐寒。这样的女孩子，太少见了。

岑鸢把东西收好，留了电话："我尽量早点把样衣做出来，试穿后，成衣差不多需要十五天左右就可以做好。"

苏亦真把墨镜戴上："没事，不着急，反正晚宴也是下个月。"

她轻轻嗯了一声："有什么需要补充的地方可以随时联系我，我就不打扰您了。"

从餐厅离开后，岑鸢打车去了趟医院复查。

医生说她是轻症，暂时不会危及生命，平时多注意，不要受伤，注意补充凝血因子，控制出血，至于并发症，还得后期观察。

"最重要的就是心态要好，你现在要做的就是打败病魔，而不是被病魔打败，明白吗？"

岑鸢点头："我明白，谢谢医生。"

医生把笔帽盖上，叹了口气："我不知道你和你丈夫之间是不是有什么误会，但这个病，我认为你还是应该让他知晓。说句难听的，万一治疗效果不理想，突然恶化，有个人陪着你、鼓励你，也比自己一个人默默扛着要好。这种长期的病，打的就是心理战，稍有不慎，很容易造成情绪崩溃的。"

岑鸢站起身："嗯，我知道了。"

医生的话，她的确听进去了。

这个病，商滕的确有知情权。至于陪着她，岑鸢就不奢望了。

从医院离开后，她直接打车回了家。

何婶闻到她身上的消毒水味，担忧地问："这怎么还去医院了，是生病了吗？"

岑鸢怕她担心,笑了笑,敷衍过去:"没事,就是最近有些消化不良,去开了点药,您别担心。"

她把外套脱了,往里面走:"甜甜呢,睡了吗?"

何婶说:"玩累了,刚刚小周把她放回房了。"

因为今天商滕和岑鸢不在家里吃,所以何婶就少做了几个菜。其余的都是小孩子爱吃的。

锅里煮着小米粥,香味飘了出来。

岑鸢用鲨鱼发夹随意地把长发夹好:"甜甜这几天有些上火,您尽量做得清淡些。"

何婶点头:"你要不要先吃点粥垫垫肚子?"

岑鸢轻声道:"不了,我先去洗个澡,然后睡一会儿。"

昨天晚上她睡得并不好,再加上待会儿也不知道什么时候才能回来,所以她想先补个觉。

躺在床上后,她却怎么也睡不着,盯着天花板看了好久,最后还是放弃,坐起身。

商滕的司机把车开回来了,在楼下等她:"岑小姐,先生让我接您过去。"

岑鸢看了眼车窗,里面没有人。

她点头道:"稍等一下,我穿件外套。"

她特地打扮过,也罕见地化了妆。

这种场合,到底是以他妻子的身份去见他的朋友,太随便的话,会显得不太尊重别人。

车停在目的地。

岑鸢推开车门,夜风有点凉,她下意识地把针织外衫裹紧了些。

身侧总有嬉笑的男女走过,空气中似乎都弥漫着一股黏腻的酒气。

岑鸢不喜欢这种地方,觉得吵。

她刚要进去,有喝得烂醉的陌生男性过来,一口一个美女地喊着:"美女,有微信吗?"

岑鸢下意识地往后退了一步:"不好意思。"

他笑着往前走:"有什么不好意思的,交个朋友嘛。"

司机走过来,扯过他的胳膊把他甩开。

那人欺软怕硬,见她不是一个人,顿时怂了,也没再继续纠缠,恼羞成怒地骂了句:"装什么清高。"

司机见状,要过去揍他,被岑鸢拦住了:"算了。"

多一事不如少一事,闹大了也不好。

这地方乱,司机担心岑鸢会再遇到这种见色起意的酒鬼,于是直接把她送进去了。

VIP卡座里,他们坐在那里打牌,商滕神色淡漠地看着牌,侧身坐着,模样有几分懒散。

岑鸢知道,这是他对某件事不感兴趣时的举动。除了几个是她之前见过的熟面孔,还有好几个生面孔。

赵新凯看到她,喊商滕:"滕哥,嫂子来了。"

他淡淡地抬眸,视线从牌上移到岑鸢身上。

与此同时,他也看到了走在她身后的司机。

他微扬下颌,似乎在用眼神质问司机。

司机恭敬地低头:"刚刚在外面有个酒鬼骚扰岑小姐,所以我就把她送进来了。"

商滕把牌放下,淡淡地问她:"没事吧?"

岑鸢走过来:"没事。"

赵新凯非常有眼力见儿地站起身,把商滕身旁的位置让给岑鸢。

她坐下以后,商滕把牌给了她:"之前玩过吗?"

岑鸢拿着牌:"玩过一点儿。"

商滕点头:"试试。"

他的头轻轻靠过来,教她打。刻意压低的声音落在她耳边,带了几分暗哑:"用K压他。"

岑鸢听话地把K扔出去。

2和A全出来了,除了大小王以外,最大的就是K。

许松阳没办法,只能把大小王拆了单出。

那一把岑鸢赢了。

许松阳愿赌服输,连喝两杯酒。

商滕微倾上身,正洗着牌。

那些质感偏硬的纸牌在他骨节分明的手指下整齐错落地交叉。

他把洗好的牌放在桌上,这次没有再参与。

服务员走过来,给岑鸢上了一杯蓝莓汁。

商滕特意给她点的。

岑鸢道过谢后，安静地坐在那里。

商滕漫不经心地问了岑鸢一句："谁教你的？"

岑鸢知道他说的什么，只说："一个朋友。"

"哦？"他轻挑了下眉，似乎对她口中的朋友有些感兴趣，"哪个朋友，我认识吗？"

岑鸢摇头："你不认识。"

说话的同时，她的眼神在闪躲，逃避商滕的眼神。

他注意到了，也没追问，只是淡淡地将视线移开，看他们打牌。

许松阳见他们耳语这么久，笑着调侃道："你们这都老夫老妻了，在我这个单身面前秀恩爱，合适吗？"

赵新凯嫌弃地皱眉："你还有脸说自己是单身？"

许松阳下意识地去摸烟盒："那个只是身体伴侣，长久不了。"

商滕冷冷地睨他一眼。

许松阳吓得手一哆嗦，又把烟盒放了回去："我差点儿忘了嫂子也在这了。"

他向岑鸢道歉："嫂子，对不起啊。"

还在状况外的岑鸢逐渐回神，虽然不清楚他为什么要向自己道歉，但还是礼貌地笑了笑："没事。"

中途赵新凯接了个电话，脸色都变了，几次欲言又止地看着商滕，一副做错事的心虚样。

许松阳见他跟做贼一样，刚要开口问，罪魁祸首就来了。

许棉听说他们今天有酒局，非要过来。

她从赵新凯这儿逼问出了地址，还带了个人过来。两个人都是盛装打扮。

许松阳看到许棉后，摇了摇头："一段时间不见，许大小姐又长丑了不少，跟个猴儿似的。"

许棉恶狠狠地瞪了他一眼："你不说话没人拿你当哑巴！"

许松阳和许棉家里的关系比较复杂。

按辈分，许松阳甚至还得喊许棉一声小姨妈，但他从来没喊过。他打心眼里瞧不起许棉。

许棉懒得和他争论，今天过来，可不是为了跟他吵架的。

视线从许松阳身上挪开以后，她一秒换脸，含羞带怯地准备跟商滕打招呼，刚要开口，就看见坐在他身侧的岑鸢了，脸色微变。

商滕以前从来没有带过岑鸢，怎么今天她跟过来了？

岑鸢看到许棉后，也看到了站在许棉身侧的江窈。

她没有问江窈为什么会在这里，因为不重要。

她们并不是亲昵到可以彼此问候的关系。

江窈今天过来的目的只有一个，就是来攀高枝儿的，随便谁都行。

江家虽然有钱，但和跟前这几位比起来简直不值一提。

江窈嫉妒岑鸢嫁得好，直接从穷乡僻壤里的野麻雀，飞上枝头变成了凤凰。所以说，出身好不如嫁得好。

唯一让江窈平衡的是，岑鸢并不怎么受商滕重视。

日子过得也没好到哪里去。

她们坐下以后，许棉故意问岑鸢："岑鸢姐姐不是不喜欢这种地方吗，怎么今天反倒跟过来了？是不放心商滕哥哥吗？"

不等岑鸢开口，许松阳在一旁哼笑道："有你这种道德败坏的人在，哪个正室能放心？"

他这一口一个道德败坏，许棉气得脸色都白了："许松阳，你胡说什么呢？！"

"我胡说？"许松阳更乐了，"自己怎么想的心里没有点数？长得跟山里的野猴子似的，还想和嫦娥比？"

江窈在一旁打圆场，语气轻轻柔柔的："好了小棉，别吵了。"她表现得又懂事，又识大体。

许棉早就不想和许松阳吵了，生怕他再说出更难听的话来，但又不甘心认输，觉得没面子。江窈这番话算是给了她一个台阶，她便顺着下来了："懒得和你一般见识。"

江窈今天的穿衣风格和岑鸢极为相似。

江窈衣柜里大多是一些限量款或是各种高定。这还是她第一次这么穿，再配上她刻意放缓的语气，竟然与岑鸢有几分相似，但是她们的脸完全不一样。

许棉还担心商滕看到她刚才和许松阳吵架的那一幕，会对她有不好的印象，却发现人家的注意力压根就不在她这里。从头到尾，他都没有看她一眼。

斗地主没意思了,楚杭说掷骰子,猜点数,输的喝酒。

商滕把骰盅拿过来,让岑鸢帮他开。

岑鸢没动,刚想拒绝:"我运气不太好,可能……"

不等她说完,商滕握着她的手,手把手地引导她把骰盅打开。

他温热的掌心贴在她的手背上,带着浅薄醉意的眼底,少了点平日里不近人情的冷淡。

他低声说:"没事,输了就输了。"

骰盅开了,岑鸢的话没说错,她运气的确不太好。

第一把她就输了。

商滕也没多说,转手就要去拿酒杯。

楚杭却说:"既然是嫂子开的,那就得嫂子接受惩罚,也不用喝酒,玩个小游戏就行。"

他眉眼带笑,饶有兴趣地看着岑鸢:"嫂子,可以吗?"

愿赌服输,岑鸢没有拒绝,只问他:"什么游戏?"

楚杭在一行人的注视下,面不改色地说出来:"真心话大冒险。"

许松阳一脸嫌弃地道:"你是小学没毕业吗?"

楚杭却笑了:"这可是促进感情的万能游戏。"

他那双笑眼让他不管在什么场合,都严肃不起来:"嫂子,那我开始问了?"

岑鸢点头,眉眼温和地道:"你问吧。"

楚杭眉眼微低,带着几分玩味的笑:"滕哥是你的初恋吗?"

这话一问出口,所有人都沉默了。

这似乎是一个没什么悬念的问题,可在长达数十秒的安静后,岑鸢摇了摇头:"不是。"

商滕拿着酒杯,轻轻晃了晃,听到岑鸢的话,手上动作微顿,神色淡淡的,又带着点漫不经心,面上也没显出什么异样来。

在座的人都下意识地去看商滕,见他没什么反应,倒也不意外。圈子里早传开了,商滕娶岑鸢,不是因为感情。再说了,商滕的那点事,他们这些从小一起长大的,自然比谁都清楚。

楚杭又来了一次,这回还是岑鸢输了。

他又问道:"嫂子可以讲讲你和你那个初恋的故事吗?"

岑鸢看了眼商滕,发现后者也正好在看她。

那双深邃的眼眸，此时安静地等待着她的回答。

岑鸢说："我喝酒吧。"

手边正好有一瓶开过封的酒，她罕见地慌乱，也没顾得上去看，随手拿起，倒了一杯，饮尽后，那种灼烧的痛感才缓缓涌来。

她皱着眉，咳嗽了几下，看上去很难受。

商滕看了眼她手边的酒，朗姆，烈性洋酒，真是什么都敢喝。

"今天就到这儿吧。"他站起身，"我先送她回去。"

岑鸢酒量不好，平时也是滴酒不沾。

刚才那一杯，她应该醉了。

她刚走出去，后劲儿就逐渐上来了，路也走不太稳。

周围来往的人很多，商滕怕她摔倒，过去扶她，手揽着她的腰，让她靠在自己怀里。

司机很快就把车开过来了，看到岑鸢后，愣了一瞬："岑小姐这是……"

商滕把她搀扶上车以后，关上车门："喝醉了。"

他走到另一侧，把车门打开，坐进去。

岑鸢喝醉以后就是安静地睡觉，不吵不闹，但是车内睡得肯定不舒服，头靠着车窗，硌得人脑袋疼。

她喉间发出不适的轻吟，换了个方向，又往身侧商滕的方向靠，直接躺在他的腿上了。

隔着黑色西裤，甚至能感受到他不断上升的体温。

商滕没动，也没推开她，只是淡淡地垂眸，安静地看着她，长发散下来了，有些凌乱地挡住了脸。

他伸手，替她把头发别在耳后，那张温婉的脸便彻底展露在他眼底了。

她的耳垂很小。

周悠然以前就总说耳垂小的人没福气，所以她总用手给岑鸢捏，但捏了这么多年，也没见捏大一点儿。

车子开过一段被大货车轧坏的路时，颠簸了一下。

岑鸢被颠醒了。她睁开眼睛，正好看到了商滕。

车内没开灯，仅有的光亮都是外面映照进来的。

错落的光影下，商滕的那张脸也开始不真切起来。

岑鸢看着看着，眼泪就涌上来了。

她从他的腿上起来，去抱他："好想你。"声音委屈，带着压抑的哭腔。

她从来没有这样过。平时的她,不管何时,都是温婉平和的,她身上总有股茉莉花的香味,此时掺杂着淡淡的酒气,微醺般醉人。

商滕最终还是抬起一只手,放在她的后背上,回应她的拥抱。

她的声音听起来很委屈,又带了点哀求:"你以后不要再离开我了,好吗?"

他迟疑了一会儿,然后才点头:"嗯。"

岑鸢的意识就清醒了几秒,得到自己想听的回答以后,她又昏睡过去。

到家以后,商滕把她抱回房。

这不是他第一次来她的房间了,她的体力不算好,做那种事的时候,总会在中途累得睡着了。

商滕每次都是让何婶帮她洗完澡,然后把她抱回房间。

虽然他来过几次,但从未多留过,每次都是把她放下之后就离开了。这还是他第一次在她房间停留这么久。

商滕知道岑鸢有备解酒药的习惯。

她特地给他准备的。

他打开抽屉去找,在看到里面的东西时,动作停住了,那是一张保存得很好的合照。

他把照片拿出来,看上去有些年头了。

照片上的岑鸢有点婴儿肥,稚嫩青涩。

她抱着身侧少年的胳膊,脑袋靠在他的肩膀上,姿势亲昵。

脸上的笑容,是他没有见过的灿烂。照片里的她,鲜活明媚,和现在的她截然不同。

那个少年的眉眼,与他极为相似,尤其是眼角下方那颗褐色的泪痣。

他好像终于明白了,岑鸢为什么总是盯着他眼角的那颗泪痣发呆。

商滕眼眸微沉,后槽牙因为此刻情绪的剧烈翻涌而咬紧。拿着照片的那只手,力道不断加大,照片被捏得皱了起来。

他抬起另一只手,想把照片撕了,眼底带了点晦暗不明的情绪。连他自己都分不清楚,那到底是什么。他唯一知道的,就是这张照片很碍眼,想销毁它。

这并不像他会做的事,他不知道自己怎么了。

他沉默了很久,最后还是将照片放回原位。

他打开门,准备出去。

床上，岑鸢一直在咳嗽。

他开门的手顿住，最后还是转身，替她把被子盖好，然后才下楼。

他把领带重新系好，让何婶给岑鸢倒杯水端上去。

何婶见状，迟疑了一会儿："今天还有应酬吗？"

商滕没回答她的问题，只是说："这几天吃饭不用等我。"

他开门离开后，何婶叹了口气。

他们前几天刚缓和些的关系，怎么又这样了？

对岑鸢这种不怎么喝酒的人来说，朗姆酒的后劲还是很大的。

她睡到第二天中午才醒，头疼得厉害。简单洗漱后，她随便披了件外套就出去了，客厅里，何婶刚把饭菜端出来。

她特地煮了粥。

人在宿醉过后，喝粥最好。

何婶在摆放碗筷，轻声指责她："以后啊，少喝点儿。他们那是常年应酬，喝习惯了，酒量也好，不像你，半杯倒。"

岑鸢笑了笑，走过去帮何婶："以后不喝了。"

何婶盛粥的手顿了下，她迟疑地问岑鸢："你和商滕之间是有什么误会吗？"

岑鸢被她这话给问住了："误会？"

何婶见她也是一脸蒙，就没有继续问下去，把盛好的粥放在桌上："没事，我就是随口问问。"

岑鸢也没多想。

陈甜甜去了幼儿园，才半天就嚷着要回来。

周阿姨去接的她，路上一句话也不肯说。

到家以后，她就赖在岑鸢的怀里不肯出来了。

岑鸢抱着她，轻声哄着："宝宝怎么了，被欺负了吗？"

她也不说话，安静地躺在岑鸢怀里，躺了没一会儿就睡着了。

何婶问周阿姨："小周啊，甜甜这是怎么了，别是在幼儿园被欺负了吧？"

周阿姨说："问过老师了，说没人欺负她，就是突然情绪低落，可能是想妈妈了。"

她妈妈去世的时候,她才多大啊,哪能记得这么清楚?但这些话,何婶没有说出口。

何婶不是头一回替岑鸢感到不值。

以后等她长大了,心里念着的,肯定还是她的亲生母亲。

以岑鸢这个条件,其实没必要在这里受委屈的,她大可以找个真正疼她、爱她的。

商滕的确优秀,他从一出生,就站在了金字塔的顶端,更别说他这个人,本身就比别人要出色得多,所以这也是那些女孩全心悦于他的原因。

他或许是个合格的上位者、领导者,但不是合格的老公。

所以何婶才会替岑鸢感到不值。但她好像,并不是很在意。

她对什么事情都不是很在意,总是一副温和平静的模样。

何婶有时候觉得,越是平静的事物,越是易逝。她最近已经开始有这种感觉了,就好像岑鸢可能会在未来的某天里,突然从这里消失。

那些日子,商滕都没有回家。

他住在丰钧旗下的酒店,他是老板,想住多久都行。

那里有一间他专属的总统套房。

刚和岑鸢结婚的那半年,他都住在酒店。

岑鸢只有偶尔才能见到他。他在某些方面有洁癖,那种事,只和她做过。

何婶最近叹气的次数越来越多:"小夫妻吵架其实很正常,总要有一方先低头,不然再深的感情都会在冷战中结束的。"

台风仿佛把冷空气也给一起带过来了,这几天气温降得厉害。

眼看着就要入冬了,岑鸢想在冬天来临之前,给陈甜甜和商滕一人织一件毛衣。

陈甜甜的半个月前就织好了。

因为她中途接了订单,所以忙了一段时间,这些日子才歇下来。

她织了一上午,才织了半截袖子。

她选的是水粉色的毛线。

商滕的衣柜里全是黑白灰这些冷淡的颜色,长期对着这种阴暗的颜色,心情都会变得不好。所以岑鸢希望,他能稍微明媚一些,至少可以偶尔笑笑。

他笑起来其实很好看，那双桃花眼天生含情，随便一个眼神都很温柔。可他平日里总是过分严肃了，一副拒人于千里之外的样子，像块千年寒冰一样，无论太阳怎么晒，都晒不化。

听到何婶的话，岑鸢手上动作微顿，却也没开口，就连她自己都不知道商滕为什么会这样。但在她看来，这是一件很正常的事情。

商滕住在酒店的时间，本身就比在家的时间长。

他在寻城其实有好几套房子，但他很少去住。

他不是很喜欢在寂静无人的地方待太长时间，喜欢安静，却又讨厌安静，很奇怪，但又说不出具体奇怪在哪儿。就好像很多事情，再不合理，只要是放在商滕身上，就会变成一件很合理的事。

商滕这几天没回家，甚至连电话都没打一通。

往往这种时候，岑鸢都不会打扰他。何婶偶尔也会说她不懂得行使自己妻子的权利。

换了任何一个人，丈夫在外面这么久不回来，早就电话视频轮番轰炸了，哪像她，半点儿都不上心。

岑鸢不知道怎么去解释。

她好像的确不太在意商滕在外面如何，是和谁在一起，又和谁走得近。

她很难对某个人或某件物提起太大的兴趣。

只有见到商滕的时候，她才会有很强烈的感觉，可是见不到他的时候，那种感觉又没有了。

何婶也不好再多说什么，到底也只是这家里的用人，说多了，反倒显得她过多干涉主人家的事情了。

刘因是下午来的，也没有提前打招呼。

所以当何婶把门打开，看到她的时候，愣了好一会儿。

她只是在岑鸢和商滕的婚礼上见过一次刘因。

刘因见她傻站在中间挡路，不满地把她推开："有没有点眼力见儿啊？"

何婶回过神来，问她要喝点什么。

她吼道："不喝，气都气饱了！"

她在屋子里扫了一圈，没看到人，问何婶："岑鸢呢，她死哪儿去了？"

江家夫人的名声她多多少少听过一些，小三上位，没什么文化，虽然傍上了江家这棵大树，但总给人一种暴发户的感觉。

小门小户,到底上不了台面。

她早就沦为那些人茶余饭后的谈资了。

何婶轻声提醒她:"麻烦您稍微小点声音,孩子还在睡觉。"

刘因一听她这话,火顿时就上来了:"孩子?什么孩子,那个孽种吗?"

何婶拧着眉:"还望您注意您的措辞。"

刘因气乐了:"措辞?你怎么不让商滕也注意一下,把初恋的女儿带回来让我女儿养?他倒好,现在当起甩手掌柜的,自己到外面逍遥快活去了!他知道外面那些人都是怎么嘲笑我女儿的吗?有他这么当老公的?"

何婶语气冷了几分:"这话您可以直接当着先生的面讲,在我跟前抗议,他可听不见。"

刘因瞪了她一眼:"这有你说话的份了?拿钱干活就闭上你的嘴,别给我摆女主人的谱!"

这些话,她当然不敢当着商滕的面讲。

商滕能给她几分好脸色,兴许还是靠着那点良好的教养在撑着。

刘因可不指望他把自己当成丈母娘来尊重,连自己老婆都不放在眼里的人,会把她当丈母娘?

她是小地方来的,从小接触的也都是些底层圈子,察言观色那是基本要求。

她平日里可没少讨好那些阔太太。

论起年龄,何婶与她同岁,这会儿被她吼得一愣一愣的,手紧紧攥着袖子,却也不敢再吭声。

岑鸢刚哄陈甜甜睡下,也在旁边眯了一小会儿。

刘因的声音把她吵醒了,岑鸢穿上衣服,推门出来。

刘因正坐在客厅沙发上,双臂环胸,一脸火气。

岑鸢迟疑了一会儿,还是走过去:"妈,您怎么来了?"

刘因听到声音,抬头看她,喉间发出一声冷哼:"你还知道有我这个妈?"

岑鸢大概能猜到,她今天是为了什么来的。

这还是刘因第一次过来,之前不来,是因为她怕商滕。

这次既然来了,那就说明她早就知道商滕已经很久没有回来了。

岑鸢没说话。

刘因一看岑鸢这样就恼火，半点儿没有继承她的能说会道。

"你知道外面那些人都在怎么说你吗？"

传播速度最快的大概就是流言了。

岑鸢多少听说了一些，但她并不在乎。

刘因说："他们说你就是个养孩子的保姆，你以为商滕为什么娶你？还不是为了孩子，你性格软弱，不争不抢，所以他才会选你！你要是继续这么软弱下去，等孩子大了，他迟早会踹了你，到时候你可真就什么都没了！！"

很多事情，岑鸢不是不知道。

她只是不太在乎，也就懒得去争论了。

当事实被刘因剖开，赤裸裸地摆在眼前，她又不得不去面对这一事实。

周阿姨还是第一次见到这种场面，有些害怕地小声问何婶："现在这是什么情况啊？"

何婶把燕窝取出来，打算待会儿给岑鸢煮点儿。

她进厨房时，也把周阿姨一起推进去了："这种家族恩怨，我们就别跟着瞎掺和了。"

刘因也是听到那些流言蜚语才找来的。

孩子接回来才多久，商滕又开始夜不归宿了。

眼见着江家日渐败落，刘因可就指着岑鸢了。要是岑鸢再被商滕给踹了，她可就真没指望了。

她是穷怕了，不想再回到以前那种讨生活的日子。

"总之你赶紧去把商滕弄回来。"

岑鸢垂眸，沉默了半晌："我没办法。"

"你可是他老婆！"

岑鸢身体不太好，最近也总是头晕。

前几天刚来月经，医生给她开了减少出血量的药。虽然药有用，但血量还是偏多。

刘因这一吵，她更难受了，手撑着沙发扶手，有些坐不稳。

刘因眉宇间闪过一丝疑惑，想开口说些什么，最后还是止住了。

她也没在这里待多久，很快就走了，离开之前留了句话："你今天去把商滕劝回来，不管你用什么办法。"

她走了以后，岑鸢终于坐不住，倒了下去。她的头靠着沙发扶手，眼前

一阵阵发黑,缓不上来。

何婶和周阿姨全在厨房里忙活,也没有察觉。

岑鸢抓着领口,重重地喘着气,额头有细汗沁出。

她也不知道该怎么去形容那漫长的几分钟,大抵就是难熬吧。

何婶从厨房里出来时,她已经缓过来了,就是脸色有点发白。

何婶见状,担忧地问她:"是哪里不舒服吗?"

岑鸢笑了笑:"没事,可能是暖气开大了些,有点热。"

她边说着,边把身上的针织开衫给脱了,又似突然想到了什么一般说:"对了,您待会儿做饭的时候,多做些商縢爱吃的。"

何婶一愣,继而也笑了:"想通就好。"

岑鸢没说话,视线落在窗外。

下雪了。她喜欢雪天,小时候,只有下雪或者下雨,体校才会放假,不用训练。

那个时候,岑鸢就会在街角的老爷爷那里买两个烤红薯,去校门口等着。可是现在,哪怕下再大的雪,她都等不到了。

何婶把商縢爱吃的菜全部单独打包起来,装好。

岑鸢换好衣服下来,何婶把东西递给她:"雪天路滑,路上开车注意点。"

岑鸢点头:"嗯,会的。"

何婶让她再等等,转身进屋,拿了一片暖宝宝给她:"贴在肚子上,会舒服一些。"

岑鸢笑容温柔,向她道谢。

何婶大概是她来这里以后,唯一一个真心待她好的人。

商縢住的那个酒店,她知道地址,开车过去大概半个小时,但是因为下雪,有些堵车,等到了以后,已经过去一个多小时了。

总统套房有单独的电梯,岑鸢和前台说了,但人家说她没有房卡就不能进去。

她只能给商縢打电话。

第一通没人接,她就没再打第二通。

他没接电话,就说明他在忙。

岑鸢还是懂得轻重缓急的。

她坐在酒店大厅里等了一会儿，旋转门后有人急急忙忙地走进来，边接电话边往电梯口走："我已经到了，现在在等电梯。"

话说到一半，他的视线不偏不倚地落在岑鸢身上，疑惑地喊了一声："岑小姐？"

电话另一端，男人侧转了下椅子，指尖压着桌面，轻点了几下。

好一会儿，他才问道："她也在？"

特助点头："在大厅里坐着。"

特助走过去，礼貌地和岑鸢打过招呼："岑小姐中午好。"

岑鸢之前见过他，商滕的特助。

她站起身，看了眼他正显示通话中的手机屏幕，轻声询问道："可以麻烦你把手机给我说两句吗？"

特助犹豫了一会儿，在等待商滕的许可。

岑鸢刚才的话，他肯定也听到了。

特助不敢擅自做主，安静地等了一会儿。

好半晌，电话那端才说："给她吧。"

岑鸢走远了些，才开口："还在公司吗？"

商滕的态度没什么变化，他一直都是这样，冷漠、淡然。

"嗯。"

岑鸢说："我让何婶做了点你爱吃的菜，你今天几点回来？"

他那边偶尔有翻动文件的声音传来："可能会很晚。"

岑鸢很聪明，她自然能听懂他话里的意思。

她也想离开，但她实在没精力再去应付刘因了。

她的身体并不好，这几天因为失血过多，频繁头晕。

于是她说："那我等你。"

她没有再给商滕拒绝的机会，说完这句话后，就把手机还给了特助。

特助跟在商滕身边这么久，什么人没见过啊，最擅长的就是察言观色了，这会儿敏锐地感觉到气氛不太对。

电话那头挺安静的，半天没有声音传来。

只是有烟卷燃烧时微弱的声音传过来。

男人低低地出了一口气，吐出灰白色烟。

他站起身，走到落地窗前。

CBD中心最高的办公楼，从这里俯瞰，视野开阔，甚至可以看到酒店。

特助顿时觉得如坐针毡,看他们的样子,应该是闹矛盾了,但是小夫妻闹矛盾,为什么要去折磨他一个局外人?他不过是过来拿文件而已。

岑鸢安静地坐在那里,一言不发。

特助的视线总是控制不住地往她那边飘。

她太漂亮。那张脸跟玉雕的一样,只是坐在那里,一句话也不说,也给人一种赏心悦目的感觉。

好半晌,男人终于问了一句:"她还没走?"

特助点头:"还坐在那里。"

商滕说:"你走的时候把房卡给她吧。"

特助一愣,以为自己听错了:"什么?"

同样的话,商滕不喜欢说第二次,也没这个耐心。

耳边传来电话被挂断的忙音。

特助吓出了一身冷汗。

拿了文件以后,他把房卡交给岑鸢:"商总让我转交给您的。"

岑鸢接过房卡,跟他道谢。

特组笑了笑:"不用和我客气。"

他走了以后,岑鸢垂眼看着房卡,然后走过去,把房卡放在电梯感应区刷了一下。

前台的几个小妹妹盯着她看了一会儿,直到她进了电梯,才小声议论起来。

"听说二十八楼住的是咱们老板,她该不会是老板包养的小情人吧?"

"长得温婉,想不到居然也是这种人。"

"手段挺高明,也豁得出去,都在这儿坐了快两个小时了。"

岑鸢自然不知道她们议论的内容。

她进屋后,把灯开了。

和商滕的房间比起来,酒店的装修都要更有温度一些。

岑鸢把饭菜用保鲜膜封好,放进冰箱里,想等会儿他回来了,再帮他热一下。

她中途接到苏亦真的电话,让她把裙子的腰围改小一点,苏亦真现在在拼命减肥,就是为了能在下个月的晚宴上,以最好的状态进入大众视野。

她本身就是靠美貌出圈的,实力其实一般,所以想翻身,能够依靠的也就只剩下美貌了。

岑鸢说好。

苏亦真正在做指甲，听到她有气无力的声音，愣了愣："你怎么了？"

岑鸢走过去，倒了杯水："没事，有点儿感冒。"

苏亦真一惊一乍："这种天气就算是感冒也很危险的，你这几天好好休息，衣服的事情不用着急。"

岑鸢听到她的话，笑了笑，向她道谢。

苏亦真反倒不自在了："怎么突然和我道上谢了？"

眉梢眼角的笑还没收回，岑鸢轻声说："谢谢你关心我。"

然后苏亦真就不说话了。

她从见到岑鸢的第一眼就有种很奇怪的感觉，但她一时也说不上来。直到刚刚，她才反应过来，是心疼。

明明是第一次见面的人，但岑鸢身上那种看透一切的淡然让她有点心疼。

没有经历很多磨难的人，是很少有那种情绪的。

电话挂断后，岑鸢看了一会儿电视。

她也不敢睡，因为不知道商滕几点回来。

大概天刚黑的时候，门从外面打开。

商滕拽着领带，往下扯了扯。

与此同时，他微抬的视线看到了客厅里的岑鸢。

"我去给你倒杯水。"

她站起身，往吧台走。

拢在那件针织开衫里的身影，给人一种风吹不得、日晒不得的易碎美感。

商滕把视线移开，外套脱了。

岑鸢端着水杯过来，递给他，轻柔地说了一句："辛苦了。"这句话像羽毛擦过心脏。

商滕没接："放桌上吧。"语气是淡漠的。

岑鸢依言把水杯放在桌上，在他对面的沙发上坐下。

看见他眼底的疲倦，岑鸢心疼地问："今天工作很累吗？"

商滕搭在腿上的手指缓慢地收紧了几分，西裤被压出了褶。

他低声问她："我的眼睛好看吗？"

这是一个很奇怪的问题。岑鸢沉默了好几秒,才确认自己没有听错。

这是一个不需要思考的问题。

她点头:"好看。"

偌大的客厅,只开了一盏落地灯,不算太明亮,所以岑鸢没有注意到,商滕逐渐阴沉的目光:"你喜欢吗?"

岑鸢觉得现在的他太奇怪了。

她甚至开始怀疑他到底是不是商滕。

因为这些问题,并不像商滕会问出口的。

见她迟迟不回答,商滕再次问了一遍:"你喜欢吗?我的眼睛。"

"喜欢。"她的声音很轻,但异常坚定。

商滕从她的脸上,没有看到半分撒谎,然后他笑了,只是浮于表面、不达眼底的笑。

他没有再开口,只是安静地坐在那里,一动不动。

岑鸢自然也察觉到了气氛诡异,站起身:"我带了些何婶给你做的饭菜过来,都是你爱吃的,我帮你去热一热。"

她走到冰箱旁,把门拉开。

步伐有些不稳,她半边身子靠着冰箱,这才不至于摔倒。

过几天她让何婶给自己做些补气血的食物吧。

这样想着,她把冰箱里的东西端出来。

她才走了两步,眼前一黑,就没了意识。

人在昏迷前,最后存留的感官的确是听觉。

岑鸢听到了东西摔在地上的声音,以及男人跑过来的脚步声。

她也不知道自己到底睡了多久,睁开眼睛,看到的是大片的黑暗。

只有门缝里透进来一点客厅里的光。

她掀开被子起身,看到自己身上的衣服已经换了,是商滕的衣服,白色的衬衣。

她站起身,下摆正好在她大腿处。

她推开门,出了房间。

商滕坐在电脑前,正垂眸看着手中的文件。

电脑里,不时有人用流利的英文向他汇报工作。

他应该在开远程会议,岑鸢没有打扰他,非常自觉地放轻脚步。

商滕抬眸,眼神淡淡地落在她身上。

岑鸢倒了一杯热水，慢慢喝着。

一杯水喝完，商滕的会议差不多也结束了。

突然安静下来，岑鸢意识到他的会议结束了。

她这才说："我刚刚……"

商滕淡淡地开口："你刚刚晕倒了，医生说你有点贫血。"

岑鸢抱着水杯："这样啊。"

她是想告诉他的，自己生病了，血友病，有遗传性，可能没办法给他生孩子了。但想了想，还是没有开口，再等等吧，他今天心情好像不是特别好，就不给他添堵了。

"今天回去住吗？"

商滕没看她："我最近工作比较多，等我忙完这段时间。"

岑鸢点了点头："这样啊，那我就先回去了。"

外面的天色已经完全黑了，雪也下得很大。

天气预报里还在提醒市民，出行多加注意，小心摔倒。

商滕的视线落在她的腿上，白皙的肌肤，那块瘀青格外显眼。他眼底的情绪细微难辨。

他最终还是移开视线："明天我让人送你回去。"

这话便是让她留下来过夜了。

岑鸢迟疑地说："我来例假了。"

商滕微怔片刻，听懂了她的话外音后，眉梢微拧。

"我不会对你做什么，你放心。"

不变的低沉嗓音，岑鸢却听出了几分异样的情绪。

今天的商滕有些奇怪。

以往的他，就算是遇到天大的问题，都是淡定自若的。可今天，他好像很容易被一件小事刺激到。就像是，在这些小事的基础上，已经发生了一件让他无法接受的事情。

能让商滕都无法接受的事，岑鸢实在想不起来会是什么，因为天塌下来他好像都不是很在乎。

她睡眠质量其实一般，尤其是到了一个新环境以后，更加难以入睡。

刚到寻城那几年，岑鸢整夜失眠。

她经常做梦，但一次也没有梦到过自己想梦的人。

很奇怪，人们都说，人死后的那些天，会去自己亲人朋友的梦里和他们道别。

岑鸢那段时间一直失眠，怕纪丞找不到她，就偷拿了妈妈的安眠药，可睡着了以后，还是梦不到他。

一直到现在，她都没有在自己的梦里见过他。

妈妈说，那是因为他知道你怕鬼，所以不敢来见你，怕吓到你。

小时候，岑鸢很胆小，怕鬼又怕黑。

高一那年，学校开始让学生住校。

第一天，因为到校的学生太少，她的宿舍只有她搬了进去。

宿舍晚上九点半就熄灯了。

岑鸢不敢睡，她怕黑，也怕鬼。

纪丞就瞒着他爸妈，悄悄从家里跑出来，去学校找她，怕她饿，还给她买了夜宵。

他戴着一顶黑色的鸭舌帽，将夜宵从窗户的防护栏里递给她，笑容灿烂："鸢鸢乖，不怕。"

那个晚上，他就在她的宿舍外坐了一夜，陪她，哄她睡觉。

他告诉她："黑夜是在用它的颜色保护你，如果遇到坏人了，你躲在暗处，他就看不到你了。"

岑鸢把被子拉过头顶，身子轻轻颤抖。

她还是会不甘心，那么鲜活的生命，他还没有实现自己的梦想，穿上那身警服，成为和他父亲一样的缉毒警，就这么消失在那个春天里的大火里。

刘因的电话是在早上打来的。

岑鸢看到屏幕上方的来电，长久的沉默过后，还是按下了接通键。

刘因也没和她寒暄，直接进入主题："商滕在你旁边吗？"

难怪这么早就给她打电话，原来只是为了确认她到底有没有和商滕在一起。

盥洗室里有流水声，应该是商滕在里面。

岑鸢说："他还在洗漱。"

刘因听到她这话，顿时长松一口气，语气也缓和了许多："今晚回家吃饭，把商滕也带上。"

岑鸢没说话。

刘因见她这么久没反应:"哑巴了?"

岑鸢语气无奈:"他还在生我的气,吃饭的事情改天吧。"

刘因一听这话,眉头就皱起来了:"你做什么了?他为什么生你的气?"

岑鸢又开始头晕了,手撑着桌面,站稳了些:"我也不知道。"

"你不知道?你连人家为什么生你的气都不知道?"

岑鸢身子轻晃了几下,手脱离了桌面,一时没站稳。

她险些摔倒时,后背靠在男人宽厚的胸膛上。

他的手扶着她的肩膀,还带着淡淡的湿意。

冰凉的触感,让她下意识地打了个冷战。

商滕注意到她发白的唇色,想来身体还没恢复过来。

他把她扶到沙发上坐好,然后把手机从她手中抽走。

刘因一听到他的声音,态度可谓是一百八十度大转变:"小滕啊,今天和鸢鸢来家里吃饭,特地让厨师做了些你爱吃的。"

刘因没想到商滕会直接和她说。

面对这个后辈,她心里还是有些害怕的。

这番话说得也没什么底气,原本以为他会拒绝,谁知道他居然同意了。

刘因这下可高兴坏了,正要开口。

商滕不急不缓地说道:"到时候我把甜甜也一起带过去。"

刘因脸上的笑还没来得及收回,她听到他的话,愣在那里:"什……什么?"

有人敲门,商滕走过去,把门打开。

站在门口的是他的司机,手上拿着的是商滕让他回家取的岑鸢的衣服。

她的衣服昨天晕倒的时候被手里的汤汁溅到了,没办法穿了。

他接过衣服,把门关上:"甜甜总要见见外公外婆。"

刘因尴尬地笑了笑,为难地道:"这……甜甜的外公外婆到底也不是我们啊。"

"她现在跟着我姓商,是我和岑鸢的女儿,您自然也是她的外婆。"

他这一口一个尊称,刘因听着,却莫名胆寒。

在真正的强者面前,她都不敢反驳。

事情就这么定下了,电话挂断后,他把手机递给岑鸢,一起递给她的,还有她的衣服。

他们刚才的对话,岑鸢自然也听见了。她其实没什么太强烈的感觉,放在其他女人身上,兴许会受不了吧。但她从来没有奢望过他会爱上自己,本身就是没有感情的婚姻。

他娶她,不是因为爱。结婚那天就知道的事情,她现在更不会有太多的奢望。

第三章
不像他了

白天雪停了一会儿,晚上又开始下。

从车上下来以后,商滕单手抱着陈甜甜,单手撑伞,岑鸢走在他的身侧。看上去似乎是很平常的一家三口,甚至连商滕自己都没察觉到,不断往岑鸢那边倾斜的伞面。

以至于进屋后他才发现,左肩全是雪。

今天是江家家宴,江祁景也回来了。

他看到商滕怀里的小女孩,眉头瞬间皱了起来。

刘因没有告诉他,今天商滕会把陈甜甜也带过来。

只说他姐姐和姐夫今天回家吃饭,让他没什么事的话也回来一起吃顿饭。

雕像还有些细节没有做完,原本是打算通宵的江祁景,在听到她的那番话后,最终还是回来了。

关于这个孩子的事情,他也是从江窈那里听来的,但从未上过心。

毕竟江窈那张嘴,谎话张口就来,可现在他亲眼看到了,才发现她罕见地说了实话。

江祁景看着那个小孩,冷笑着把椅子踹开,回了房。

房门被用力地带上,整个房子似乎都跟着震了一下。

陈甜甜被吓到了,头枕在商滕的肩膀上,身子轻轻颤抖着。

商滕动作温柔地拍打着她的后背,安抚她的情绪:"没事,不怕。"

那顿饭,大家都很尴尬,甚至连刘因这个社交达人都开始不自在起来。

安静了很久,她才用试探的语气问出了自己最感兴趣的问题:"我上次听我家鸢鸢说,你们两个好像还没领证?"

她说完这话,江窈和江巨雄都看了她一眼。

三双眼睛看着他,商滕神色仍旧淡漠,轻轻嗯了一声。

看来他们是真的没有领证。

江巨雄的脸色不是很好看,刘因干笑两声:"那你们这证打算什么时候去领?"

商滕没隐瞒:"十八号,正好我那天有空。"

刘因从他口中听到准确的日子,心里那块大石头可算是放下了。

只要他们领了证,其他的一切都好说。

此时就连那个碍眼的小女孩她都觉得顺眼了,心情也好了许多。

不管他对岑鸢有没有感情,至少商家成了他们的靠山。

岑鸢却迟迟没有开口。

十八号是纪丞的忌日,她已经订好了回去的机票。

岑鸢欲言又止地看着商滕,想说什么,最后还是忍住了。

江巨雄倒没什么,全程都是刘因在讲。

他心里也有愧疚,岑鸢在穷乡僻壤受了十几年的苦,好不容易找到了,却又要为了家族利益嫁给一个根本不爱她的男人。

很多时候,他想着要不干脆劝劝岑鸢,把婚离了吧,犯不着去受这个委屈,可是最后,还是说不出口。

他的公司现在就靠商滕帮他撑着,如果岑鸢离婚了,商滕自然也没有再帮他的必要。到时候,他就真的什么也没有了。权衡利弊,他最后还是选择了睁一只眼闭一只眼。

那顿饭,商滕没怎么吃,全程都在喂陈甜甜。

她长牙了,可以吃很多东西。

商滕细心地替她把鱼刺挑出来,喂给她。

刘因在一旁看着,心里不是滋味。她怎么可能不介意,这事搁谁身上都会介意。

老公把白月光的女儿带回来养，还宠成这样，也是岑鸢不争气，也不懂得争风吃醋。

刘因意有所指地笑了笑，对陈甜甜说："甜甜啊，你看爸爸对你这么好，以后妈妈生小宝宝了，你也要对弟弟妹妹好哦。"

陈甜甜还小，什么都不懂，听到刘因的话，还以为商滕要去领养其他弟弟妹妹，不要她了。

她委屈巴巴地撇着嘴，抬头看他。

商滕声音温柔，哄她："别怕，爸爸不会不要你的。"

陈甜甜往他怀里缩了缩，小声说："可外婆说，以后会有其他弟弟妹妹。"

"不会的。"他抽了张纸巾给她擦嘴，"没有其他弟弟妹妹，只有甜甜一个。"

刘因的脸色顿时变了，她干笑几声："你这话的意思是宁愿养着这个没有血缘关系的女儿，也不想和我们鸢鸢生孩子？"

商滕眸色微沉，捂住陈甜甜的耳朵："麻烦您注意言辞。"

他的语调是平静的，但莫名让人听了有几分胆寒。

刘因被吓到了，不敢再开口，气氛一时间凝固。

岑鸢盛了一碗汤，放在刘因面前："喝汤吧，凉了就不好喝了。"

她的声音轻柔，轻描淡写间，把这件事盖过去。

商滕动作微顿，垂眸看向她，喉结微动。

岑鸢自始至终都没有看他一眼。

刘因不再开口。

饭吃完了，江巨雄要和商滕商量新项目融资的事。他自然拉不下脸找后辈帮忙，但眼下也没别的办法了。

以前的合作方知晓他的公司陷入困境了，远离还来不及，生怕惹上一身腥。眼下他能找的，只有商滕了。

趁着他们在客厅谈事情，刘因把岑鸢叫回房间。

门刚关上，她就劈头盖脸地质问岑鸢："这是怎么回事，他现在是打算把那个外面捡来的当成亲生的？"

岑鸢没说话，毕竟答案显而易见。

刘因都快被气死了："你看到没有，他刚刚维护那个孩子成什么样子了，我可是他丈母娘，是他老婆的妈！这就是在打你的脸你明白吗？！我告诉你

"岑鸢，你肚子给我争点气，我不管你用什么办法，早点给我怀上一个！"

最近实在是太冷了，阵阵的寒意像一层一层的海浪。

岑鸢的手在抖。

她低声道："我这个病，你是知道的，没办法生孩子。"

刘因一听她话，眉头就皱起来了："什么叫这个病不能生孩子，我不是就生了吗？"

刘因的话说得过于理直气壮，岑鸢从未和任何人争吵过。

她好像，永远都是一副古井无波的模样。可是现在，她颤抖着身子，这些天的压抑像是一块巨石堵在胸口，太累了，真的太累了。

她一点儿也不伟大，就是个普通的女孩子，痛了也会难受，被区别对待了，也会委屈。

她只是不说，但这并不代表她没有感觉。

可他们所有人都来欺负她。

"我不会像您这么不负责任，拿孩子当留住地位的筹码，而不去管她未来的死活。"

这是她第一次反驳刘因。

啪，清脆的声音，打断了岑鸢的话。

刘因那一巴掌使了太大的劲儿，岑鸢没站稳，险些摔在地上。

白皙的脸上，被打过的地方逐渐红肿。

刘因骂她没有良心："如果不是我，你能来到这个世界上？"

岑鸢站直了身子，无力地笑了一下："与其这样活着，我宁愿不来。"

她不顾身后的刘因，开门出去了，却停在门口，迟疑地看着身前的江祁景。

他也不知道来多久了，此时站在那里，神色不是很自在。

岑鸢把头发放下来，遮住红肿的左脸，冲他笑笑，声音温柔："刚刚没吃饭，肚子饿不饿？"

江祁景没说话，盯着她的脸。

岑鸢轻轻侧过身子，怕被他看到："待会儿让阿姨给你煮碗面，晚饭还是要吃的。"

江祁景牵着她的手，往楼下走。

岑鸢愣住："小景。"

他仍旧一言不发。

岑鸢看着他的背影，男孩子发育的时间晚，他好像比上次她见到时又高了一些。

他只穿着简单的卫衣，肩膀宽阔，已经不是那个矮她半个头的初中生了。

江巨雄正从各个角度分析这个项目，商滕的注意力却被楼梯上的岑鸢给分走了。

她被江祁景牵着，从楼上下来，然后一前一后进了他的房间。

房门关上，她自始至终都没看他一眼。

商滕微垂眼睫，指骨屈着，手抵着面前的茶杯，缓缓收紧，力使得大了些，面上却不显异样。

江祁景的房间有一种浓烈的艺术气息，桌上摆着好几个木雕，还有几个半成品，造型抽象，很特别。

这还是岑鸢第一次来他的房间。

江祁景拿了一管药膏给她："自己擦吧。"

岑鸢微抿着唇，刚哭过，眼睛有点儿红，但此时带着淡淡的笑意，向他道谢。

那药膏因为带了点薄荷的成分，涂抹上去后感觉凉凉的。

江祁景斜靠着桌边站着："你以后还是别回来了。"

岑鸢手上的动作停住。

江祁景也不看她，眼神飘忽不定。

安静了好一会儿，他才开口："你就没想过和商滕离婚？"

岑鸢愣了愣，似乎没想到，他会问出这样的问题。

迟疑了一会儿，她反问他："你希望我离婚？"

江祁景冷哼一声："你少自作多情了，我才懒得管你的事。我就是看商滕不顺眼，还有那个小拖油瓶，一想到我以后要喊商滕姐夫，那个小拖油瓶还得喊我舅舅，我就觉得不舒服。"

江祁景的眉眼和岑鸢几乎一模一样。

他们身上流着一样的血，连模样也相似。

岑鸢看着他，无奈地笑了笑："我有自己的打算，你不用担心。"

她总是这样一副没有脾气的样子，江祁景最烦她这一点了。但他也知道，她做的决定，很难被别人左右。

她看似柔弱，却在某些方面有着自己的坚持。

江祁景也不打算再劝她,只是在出去之前,往她手里塞了个东西。

岑鸢垂眼去看,是保温桶,她上次给他送饭的那个,已经洗干净了。

岑鸢愣怔了片刻,然后垂眸轻笑。

虽然涂了药膏,但脸不可能这么快就消肿。

她白皙的脸上,那道巴掌印有些显眼。

哪怕她用长发遮着,商滕还是看见了。

那顿饭吃到一半陈甜甜就睡着了,从江家离开后,商滕把她放在儿童座椅上,替她把安全带系好。

岑鸢一言不发,只是看着车窗外的夜景。

她别开脸,商滕看不见。

他低声问道:"刚刚发生了什么?"

岑鸢很累,累到没有精力去回答他的问题,只说:"没什么。"

他们座位中间的空隙,仿佛象征着他们之间的距离。

而这次,是商滕擅自越界的。

他坐过去些,离她更近:"转过来,我看看。"

岑鸢沉默了很久,最终还是听话地转过头。

长发散着,商滕伸手拂开,露出了整张脸。

空气中带着淡淡的薄荷味,闻久了仿佛会醉人一般。

商滕眼眸微沉,呼吸也重了些:"她打的?"

岑鸢点头,语气淡淡的:"嗯。"

她没想通过卖惨来博取同情,却也没想隐瞒。

他问了,她就答。他不问,那就不说。

车停在十字路口等绿灯,街边的小店铺,五颜六色的灯牌,混在一起,成了杂色,映照进来,在他眼底变成一抹浅浅的灰。

他从来没有想过,岑鸢会被她的家人这样对待。

她好像,从来不和他讲自己的私事。

最近发生了什么,家里人和她说了什么,譬如这之类的话,她从来不说。

商滕以往并不在意这些,所以也没关注过。可直到今天,他好像突然意识到了什么。

"因为我刚才的话?"

岑鸢摇头:"和你无关,我自己也不想。"

我自己也不想,不想生小孩,他的小孩。

商滕突觉嗓子有点干,说道:"我不是那个意思,我刚才只是……"

岑鸢摇头:"我懂你的意思,你怕甜甜受委屈。你有你的原因,我也有我的原因。我们已经有甜甜这个女儿,就很好了,不是吗?"

她说话的语气平静又理智。

因为商滕比她更平静,更理智,甚至到了淡漠的程度,所以对比下来,岑鸢才会显得柔和许多。但不知何时,天平开始发生微妙的倾斜,无人察觉。

商滕最终还是垂放下手,想说的话哽在喉间。

对啊,这样挺好的。

刚才短暂的态度转变,是他罕见的失态。

他又恢复了平日里的淡漠、冷静。

两人之间的距离,也重新拉开。

回到家后,周阿姨从商滕怀里把熟睡的陈甜甜抱过来。

何婶刚忙完,听到声音,从楼上下来,刚要开口,看到岑鸢脸上的巴掌印,顿时惊呼上前:"这是怎么了,被谁打的?"

岑鸢轻声笑笑:"没事,不小心撞到了。"

"这哪是撞伤啊。"何婶心疼得眉头都皱起来了,下意识地看了眼商滕。

商滕手机响了,看到来电显示,走到旁边去接电话,并没有理会何婶询问的眼神。

何婶叹了口气,心疼地煮了个鸡蛋,给岑鸢在脸上滚了几下。

"这样消肿效果更好。"

落地窗外,是泳池,灯没开,玻璃仿佛成了单面镜子。

人从外面可以很清楚地看到里面,里面却看不到外面。

商滕安静地站在那里,手机放在耳边,男人的汇报声不断传来。

何婶不知道说了些什么,岑鸢垂眸轻笑,偶尔也会回应。

商滕看了一会儿,平静地移开视线,情绪不见起伏。

他把电话挂断,转身进屋。

滚过伤处的鸡蛋是不能再吃的,何婶准备把它扔了,看到商滕后,她迟疑了一会儿,又去看岑鸢。

这两个人的氛围总是很奇怪,她也习惯了。但今天这顿饭,很显然发生

了什么。

岑鸢那脸一看就是巴掌印。

最后,她还是什么也没问,叹了口气,进了厨房。

现在这些年轻人的事情,她一个老婆子也搞不懂,就不跟着瞎掺和了。

岑鸢站起身,看着商滕:"我先回房了。"

走了两步,似突然想到什么,她又停下,声音也轻:"十八号那天,我有点事,可能没时间,去不了。"

商滕喉结滚动,自然垂放在身侧的手紧握成拳。

好半晌,他才问道:"是领证重要,还是那件事重要?"

她不假思索地道:"那件事更重要。"语气温和,却带着坚定。

商滕神色仍旧平静,只是喉间低低地嗯了一声,算是给了回应。

看着她上楼离开的背影,他眼底的情绪晦暗不明。

他没烟瘾,应该说他对什么都没瘾。

依赖感使人上瘾,人在没有安全感的时候,才会产生依赖感,商滕从来不需要从别人身上获取安全感。

他是冷漠的,这些东西不属于他。只是现在,他很想抽烟。

何婶走过去:"要不要给你煮碗面?"

看他们这氛围,刚才肯定发生了什么,估计也没好好吃饭。

商滕拒绝了:"不了,我公司还有点事。"

他开门离开,何婶看了看他,又看了眼楼上岑鸢进门的背影,叹了口气。

岑鸢洗完澡后,回到房间,没开灯。她坐在床上发呆,白色的真丝睡裙很轻薄,仿佛没穿衣服一样。

左边脸颊还在隐隐作痛,不是毫无感觉的。

她有一点儿怨的,可能还是不甘心吧。

看着商滕用那张脸那么冷淡地对待她时,岑鸢还是会难过。

就好像,隔着那张脸,她看到的是另外一个人。

每当这种时候,她都会下意识地去想,如果是他的话,他会怎么做。

他肯定不会让她受一丁点儿的委屈。

所以,哪怕眉眼再像,商滕都不可能是纪丞。

虽然她能想通,可她还是不愿意醒。

这场梦，她是自愿做下去的。

其实说起来，命运已经算怜悯她了，至少，给了她一个精神寄托。

这也算是她颇为曲折的人生中，少数幸运的事情吧。

她起身走到柜子旁，拉开抽屉。

那张合影，是她刚上高中的时候，周悠然帮他们拍的。

小镇很小，他们从小就认识。

纪丞比她大一岁，她升高中的那年，纪丞已经高二了，个子比她要高上许多。

他是体育生，每天都要跑步，围着学校操场跑，围着小镇跑，跑回去的路，得经过二中。

那是岑鸢的学校。

往往这时候，他总会故意跑慢、掉队，然后买她最爱喝的奶茶，给她送过去。

最后的结果当然是，他被老师惩罚，多跑十圈。

那个时间刚好岑鸢放学，她背着书包去等他。

等他跑完以后，他们再一起回家。

落日昏黄，她坐在操场上，安静地等着。

他经过她身旁时，怕她冷，就把自己的外套脱下来扔给她。

岑鸢埋怨道："一股汗味。"

纪丞笑笑："我都跑了一天了。"

岑鸢傲娇地别开脸，不去理他，却还是高兴地把衣服穿上。

宁静的生活，是突然被打破的。

纪丞的父亲在某次抓捕行动中，不幸中弹身亡。

毒贩团伙被抓获归案。

那些侥幸逃脱的开始报复，一把火烧了纪丞家。

岑鸢现在还记得，那是一个深夜，她在睡梦中被电话铃声吵醒。

纪丞的笑声温柔，又带了点儿遗憾，他说："鸢鸢，好想和你在一起啊。"

那是她最后一次听到他的声音。

她还是觉得可惜和不甘心。

为什么他们死后连墓碑都不配有，只是因为害怕那些毒贩去骚扰他们还在世的亲人。

明明他们才是无辜的。

岑鸢这些年一直有给他写信的习惯,他每年的忌日,她都会写。

最后一封,是她和商滕结婚那年写的,然后她就再也没写过了。

情感有了寄托,再去回想从前的事情,总会惹人伤感。

那个晚上,她凌晨三点才睡。

以至于第二天起床的时候,都十一点多了。

陈甜甜这几天没去学校,一直在家里,周阿姨正拿着平板教她读拼音。

岑鸢从楼上下来,熬夜的后遗症就是第二天没有精神。

她倒了杯水,走过来,声音轻柔:"周姐,平板还是放远一些,不然对小孩的视力不好。"

周阿姨笑着点头:"好。"

她说话的同时,把平板也放远了些。

陈甜甜从沙发上下来,穿着自己的小拖鞋,走到岑鸢边上,要她抱。

岑鸢把水杯放下,去抱她:"怎么不高兴了?"

陈甜甜躺在她怀里,声音小,向她道歉。

岑鸢愣了下:"为什么说对不起?"

陈甜甜说:"甜甜想要弟弟妹妹的,甜甜会对他们很好很好。"

原来是因为这个。

岑鸢无奈地低笑。

"妈妈没生你的气。"

"可是……"陈甜甜低垂着脑袋,"我听周阿姨说,外婆打你了。"

她的眼睛红红的,努力地忍着眼泪。

岑鸢看了眼旁边的周阿姨,她立马认错:"我也是……说漏嘴了。"

岑鸢没有理她,而是去哄陈甜甜:"外婆打妈妈不是因为这件事,甜甜不用难过。"

陈甜甜还小,再加上从小就没有亲人,突然来到一个完全陌生的环境,肯定会自卑,会害怕,没有安全感。

这些岑鸢都能理解。

她不是真的不想要弟弟妹妹,只是在她的潜意识里,觉得有了弟弟妹妹以后,她就会被再次遗弃。

岑鸢拿着手帕,动作温柔地替她擦拭眼泪。

"甜甜不怕，爸爸妈妈不会不要你的。"

岑鸢好不容易才把她哄睡着。

周阿姨放轻动作，把陈甜甜从岑鸢手中抱过来。

何婶过来问她："中午在家里吃饭吗？"

岑鸢摇头，把外套穿上："我出去一趟。"

赵嫣然今天过生日，弄了个派对，让她一定到场。

"你可是我的缪斯女神，你不来我的生日就不完整了。"

她说话夸张，惹得岑鸢频频发笑。

岑鸢无奈地妥协："天塌了我都会去的。"

下午三点，她坐上车时，天没塌。

岑鸢低头回复完赵嫣然的消息，然后才让司机发动车子。

赵嫣然喜欢热闹，朋友也多，所以每年生日都大操大办，很热闹。

这一次，自然也不例外。

不过岑鸢没想到的是，竟然会在这种地方遇到江祁景。

有个灯管好像坏了，他卷着袖子，露出白白的一截小臂，拿着工具在那里修。

他看到岑鸢，也没和她打招呼，神色不自在地挪开视线。

正忙着招待朋友的赵嫣然看到岑鸢来了，立马抛下所有人，过来找她。

提起江祁景时，她说："原本是不肯来的，后来听到你今天也会来，他就同意了。"

赵嫣然对江祁景的印象还停留在小时候。

他从小就到处惹是生非，想不到长大以后性子倒变了，高冷了不少。

赵嫣然哎哟一声："真想不到，他一个学艺术的，竟然还会修灯泡。"

他把电闸打开，刚刚还没反应的灯亮了。

岑鸢笑了笑："他从小就聪明。"

赵嫣然笑得意味深长，撞了撞她的肩膀："行啊，我夸你弟呢，你弟还没反应，你倒得意上了？"

这几天的压抑，难得到了纾解。

岑鸢从包里拿出一个盒子，递给她："生日礼物。"

赵嫣然伸手接过，一副期待的样子："我可以现在打开吗？"

岑鸢点头："打开吧。"

赵嫣然迫不及待地打开，盒子里装的是她一直想要但又买不到的项链。

她一脸惊喜地让岑鸢赶紧给她戴上:"这条项链很难买的,国内都没几条。"

岑鸢对这些奢侈品没有太大的兴趣。

这也不是她买的,而是品牌方送过来的。

她衣帽间里大概四分之三的东西都不是她买的。

每次出了新品,品牌方都会先寄给她。

这大概就是,作为商滕妻子的便利之处吧。

赵嫣然嫉妒得眼睛都红了:"当阔太太的感觉也太好了,尤其是那种老公不爱你,十天半个月也见不着人,只有钱能陪伴我。这种感觉太爽了!"

岑鸢听到她的话,也只是笑笑,并未言语。

林斯年也在。

赵嫣然成功追到了人,所以这次生日派对,她把男朋友的朋友都邀请来了。

林斯年看到岑鸢,想和她打招呼,但又不敢,只能强行把江祁景也给拉过来。

"岑鸢……"

想学着其他人那样喊她的全名,这样至少能忽略那区区几岁的年龄差,但看到岑鸢脸上颇为怜爱的笑时,又卡了壳,最后乖巧地加了个"姐"。

他觉得是江祁景害了他,明明自己比岑鸢小不了几岁,就因为和江祁景是同学,所以就成了她眼中的小辈。

她怎么能用那种看弟弟的怜爱眼神看他呢!

成年人的聚会,似乎总和喝酒脱不开关系。

好几个想借着敬酒和岑鸢搭讪的男人,最后都被江祁景举起的酒杯给挡下了。

他语气冷,眼神更冷:"我跟你喝。"

前来敬酒的人被他给吓到,感觉他喝完杯中酒的下一秒就该把杯子往他们头上砸了。所以到了最后,也没人敢来找岑鸢了。

不过后半场,江祁景接了个电话后站起身把外套穿上,说学校有点事,得先回去。

他看了岑鸢一眼,手放在林斯年的肩上,拍了拍:"待会儿把她送回去。"

林斯年太乐意了。

他早就知道江祁景喝不到散场，江祁景是放下了还剩一半的雕刻作业过来的，教授肯定会叫他回去。

为了能送岑鸢回去，他一口酒没碰。

他当然也想替岑鸢挡酒，但江祁景压根就不给他这个机会。

回去的路上，林斯年充当了她的司机。

只有他们两个，车内太安静。

他想到岑鸢身体好像不太好，想去开电台缓解下尴尬的手又缓缓收回。

林斯年也不知道她到底生没生病，但岑鸢总给人一种易碎的美感，像一件精美的瓷器，如果没有专人悉心照料，光是放在那里，都会破裂。

在林斯年心中，岑鸢就给他一种这样的感觉，越美的事物，越容易消逝。

安静持续了很长一段时间，被林斯年的声音给打破了。

介于少年和成熟男人之间的声线，和商滕的声音比起来，还是带些稚嫩的。

"岑鸢姐，你别看江祁景那样，其实他心里还是很关心你的。"

岑鸢微微抬眸，在很认真地听。

哪怕目视前方，看着路况，但林斯年还是能感觉到岑鸢的眼神落在自己身上。

这就导致他有些紧张地握紧了方向盘。

"其实你的电话，也是江祁景给我的。"

所以这也就是为什么，他会找她来完成那些作业。

岑鸢显然没想到，愣了一下："是小景？"

林斯年点头："他不让我说，所以我就没告诉你。"

车窗外，雪似鹅毛。

岑鸢安静地看着，突然感觉，这个冬天好像不那么冷了。

原来，在这个世界上，还是有人在偷偷爱着她。

车停在家附近，岑鸢把围巾戴上，拉开车门下去。

附近安静，别墅都是独栋。

林斯年不放心，说送她进去。

岑鸢不想继续麻烦他了,开口想拒绝。

林斯年却抢先打断了她的话:"江祁景说了,让我一定要把你平安送到家,你要是不让的话,我现在就给他打电话。"

他颇有一种,小的时候打架打不过,哭着搬出老师来恐吓的架势,幼稚,但又可爱。

岑鸢淡笑着点头:"那就麻烦你了。"

林斯年脸一红:"不麻烦。"

天上下着雪,刚清扫过的路,又被一层薄雪给覆盖了。

林斯年紧张得同手同脚。冷风裹挟着雨雪。

商滕打开车门下去,司机立马撑着伞过来,挡在他的头顶。

黑色的伞面,很快就覆上了雪花。

他眼神落在远处。

昏黄的路灯下,那一双身影被拉长,交叠在一起。那个男孩还是太青涩,不懂伪装,肢体和表情都在诉说着隐藏的爱意。

商滕眸色平静地看着垂眸轻笑的女人,她十分认真地倾听身侧男人的话,偶尔也会给出回应。

司机手中的伞被推开,掉在地上。

未融化的雪,簌簌掉落。

他踩上去,阴沉着脸,进了屋。

林斯年一路上都在讲江祁景的坏话,惹得岑鸢频频发笑。

一直送到她家楼下,林斯年依依不舍地和她说晚安。

岑鸢也笑着和他回了句晚安,还让他开车注意安全。

林斯年的脸又红了,他摸了摸后颈,看着她进去了才离开。

客厅里,何婶正抱着陈甜甜给她讲故事。

周阿姨请假回家了,后天才回来。

岑鸢走过去,从包里拿出来一盒马卡龙,递给她:"你嫣然阿姨特地让我带回来给你的。"

陈甜甜高兴地去抱她:"谢谢嫣然阿姨。"

岑鸢摸了摸她的脑袋,笑容宠溺:"一天只许吃一个,不然会长蛀牙的。"

陈甜甜乖巧地点头："好！"

何婶把手里的故事合上，放在一旁："她啊，也就听你的话，我让她去睡觉也不肯，非要听故事。"

岑鸢看了眼时间，的确也不早了。

她把陈甜甜抱回房间，哄睡着了才出来。

何婶煮好了咖啡，让岑鸢待会儿端上去。

她几次欲言又止，刚才商滕回来的时候，脸色不大好看。

以往回来了，他总会先陪陈甜甜玩一会儿，可是今天，他一句话也没说，进了书房就没出来。

岑鸢犹豫了一会儿，还是端着咖啡上了楼。

她敲了敲门，没人应，然后把门打开，刚进去，就被烟雾呛得直咳嗽。

岑鸢不知道他到底抽了多少，才能把屋子熏成这样。

商滕并没有不良嗜好，是个极其自律的人。

酒也只在必要的应酬时才会喝，抽烟亦是。但今天的他，似乎有些反常。

岑鸢忍着咳嗽，把咖啡杯端过去。

隔着灰白色的烟雾，他抬眸看她，深邃的眼底一派平静，如无波无澜的海面，但往往，越平静越危险。

他把烟摁灭，被烟雾侵蚀的嗓音，低沉沙哑："既然你十八号那天有事，那我们明天就去把证领了吧。"

岑鸢并没有太大的反应，只是点了点头："好。"

就好像，领证在她眼中只是一件无关紧要的事。

东西送到了，也就没有继续留在这里的理由，她推门离开。

走之前，她手扶着门把，还是温声嘱咐了一句："少抽点烟，对身体不好。"

商滕去拿烟盒的手顿住。

门开了，又关上。

书房内只剩下他一个人，商滕眼睫轻垂，把手移开，放在桌面上，也不知在想什么，那一双眼没有焦距，整个人还是平静的。

民政局八点才开门。

岑鸢有点事，要去一趟布料行。

　　她六点就起床了，想着等忙完以后再回来，正好可以赶上。

　　冬天路滑，她就没开车，而是走到路口拦了一辆出租车。
　　冬日昼短夜长，这个点，天还是昏暗的。
　　路上没多少人，车也很少。
　　她头抵着车窗打盹。
　　昨天晚上睡得晚，今天又起得这么早，她甚至都没睡满五个小时。
　　浅眠被惊醒，原因是后面那辆车没有及时踩刹车，在等绿灯的路口撞了上来。
　　即使系着安全带，可巨大的冲击力还是让岑鸢的身体往前倒去，是疼痛把她的思绪完全拉回来的。
　　手臂上出现了一道不算太长，却也不短的伤口。出血量却明显比别人要多。
　　她顿时慌了神，从包里拿出手帕捂住伤口。
　　而此时，司机已经下车查看情况了。
　　血一直在流，她拉开车门出去，恳求司机能不能先送她去医院。
　　司机看到她手臂上的伤口，和追尾的保时捷车主说："你看看你撞得多狠，我的顾客都受伤了，你说要怎么赔吧？！"
　　保时捷车主全程保持着他的礼仪和风度："我这车上了保险的，还是保持原样等保险公司来吧。"
　　米杏色的手帕被血染成了红色，捂着伤口的手也变成了红色。
　　也不知是冷的，还是害怕，岑鸢的声线轻微颤抖："能麻烦您先送我去医院吗？这些赔偿我来。"
　　出租车司机看了她一眼，似乎比起她，保时捷车主看起来更有钱。
　　他毫不犹豫地拒绝了："你这个伤口，不就是破了点皮吗？没必要这么大惊小怪的。现在的小姑娘真是娇气。"
　　感觉到周围人异样的眼神，岑鸢终于缓缓放下了手，没再开口。
　　她把车费付了，又往前走，想去拦车。可是这个点人太少了，路上根本没几辆车。
　　她拿出手机，通讯录上方，是商滕的名字。
　　她想给他打电话，犹豫了一会儿，还是将手机锁屏放好。
　　寒风刺骨，刮在脸上，像刀割一般。

路边的雪还来不及清扫，她深一脚浅一脚地踩上去。

红色的血滴落，将那一片洁白给染红了，像是艳丽诡异的画卷，岑鸢却只觉得冷。

这种感觉并不好受，这是她在得了这个病以后，第一次受伤流血。

她不知道接下来会怎样，等待她的是什么。

她裹紧了围巾，安慰自己不要怕，会没事的。

幸好，有出租车停在她面前。

从这儿去医院，大概半个小时，不算远。

这点伤口，如果是别人，估计早就结痂了，可她一直在流血。

手捂着，血便从指缝中流出来，滴在脚垫上。

空气中弥漫着一股血腥味。

司机担忧地问了一句："姑娘，你没事吧？"

因为他从后视镜里注意到，她本就白皙的脸，毫无血色。

岑鸢手撑着副驾驶的椅背，虚弱地点头："我没事。"

她的声音仍旧是温柔的，却极其微弱，仿佛随时都可能消失。

司机不由自主地将油门踩重了点，车开得更快。

到了医院，岑鸢多给了他五百块。

她柔声向他道歉："把您的车弄脏了，实在抱歉，这五百是洗车费。"

司机原本想拒绝，可人已经走远了。

他看着她纤瘦的背影，又低头看着自己手里那几张沾着淡淡血迹的纸币。

这大抵是他见过的最温柔、最有教养的女孩子了吧。

他看着后视镜倒车离开。

可惜，这么好的女孩子，似乎并没有被命运善待。

岑鸢已经不记得她是怎么走进医院的，可能也没有走进去，因为她晕倒了。

眼前一黑，彻底没了意识，重重地摔在地上。

她醒来的时候，护士正在给她换药。

伤口已经做过止血处理了，不算严重。

她晕倒是因为失血过多，再加上本身就有些虚弱。

护士一边给她换药，一边说着注意事项。

岑鸢坐起来还有些费力，因为没什么劲。

换好药后，护士离开了。

岑鸢看了眼窗外暗下去的天色，突然想到了什么。

她拿起手机想给商滕打电话，却看到上面已经有三十几个未接来电，全是商滕。

她犹豫着停下了动作，最终还是解锁屏幕，拨了回去。

只响了几声，那边便接通了。

"我给你打了很多通电话。"

开口时，这句话却变成了："为什么不接电话？"

他仍旧平静的语气，却带着一些掩饰不住的疲倦。

他善于管控自己的情绪，无论何时，都是冷漠的。但此刻，他可能是真的累了，连伪装都再没了力气。

岑鸢想解释。

她是想告诉他的，她在路上出了车祸，她得了血友病，晕倒了，刚醒，所以才没有接到他的电话。

商滕却在她开口前打断了她的话，语气淡漠："就这样吧，我不勉强你。"

电话很快就挂断了。

岑鸢看着逐渐暗掉的手机屏幕，又将视线移向窗外的夜色。

起风了，是她熟悉的天气。

她对陈默北印象最深的那天，好像也是这个天气。

岑鸢从小身体就不好，有一次她上课上到一半，高烧晕倒，被送去医务室，在里面输液。

隔着帘子，她听到外面的说话声。

陈默北轻软的声线，带着淡淡的哭腔："我好害怕。"

商滕语气温柔地安慰她："没事，不会痛的，很快就好了。"

岑鸢的药水对胃有刺激，医生特地在床边放了个垃圾桶，方便她随时吐。

岑鸢手撑着床沿，吐到没有力气。胃空了，又开始难受。

她听见商滕问陈默北："想吃什么，我去给你买。"

因为她起身去吐，以至于手背的针挪位，那里迅速鼓起了个小包，很疼。

护士进来给她拔了重新扎。

帘子掀开的瞬间，岑鸢看到商滕微俯上身，给陈默北盖上薄毯。

他和纪丞不光长得像,甚至连温柔讲话的声音也很像。

客厅没开灯,窗外那点微弱的路灯投射进来,也起不到多少照明的作用。

桌上的烟灰缸,零零散散地放着几个熄灭的烟蒂。

刚挂断电话的手机被随手扔在桌上,商滕西装笔挺地坐在沙发上。

领带是岑鸢去年给他买的生日礼物,袖扣是她今年买的。身上的西装,是他们结婚当天穿的。

他在家里拿着户口本,不吃不喝等了整整一天。

许是窗户没关严,有冷风吹进来。

商滕扯开领带,抽出,往楼上走去。

纪澜的电话是在一个小时前打来的,让他回家一趟。

他把衣服脱了,重新换了一件。

视线落在那枚袖扣上,最终还是转身下楼。

纪澜口中的家,指的是她在郊外的院落。

她和商昀之分居多年,也不是说闹矛盾了,或是感情淡了。

他们的结合,本身就是为了利益,与感情无关。

双方目的都达到了,自然也就没有再在一起的必要。

虽然他们还在同一个户口本上,也是法律上的夫妻,但也只是形同陌路。

纪澜吃斋念佛这么多年,早就把这种情情爱爱看淡了。

撩开垂落的竹帘,商滕走进了里厅。

屋里燃着熏香,类似寺庙里的那种。

纪澜穿着一身素色旗袍,从楼上下来,看到他,只轻声说了一句:"来啦。"

他喉间低低地嗯了一声,并未给太多的反应。

纪澜也早就习惯了儿子的冷漠。

他是从什么时候开始改变的呢,具体她也想不起来了。

不过以前,他也是爱笑的。

至少不像现在,什么情绪都藏着,旁人看不穿,也猜不透,深沉内敛得让人害怕。但纪澜不觉得这有什么不好。

在这杀人不见血的地方,身为上位者的他,就该有这样杀伐决断的

狠劲。

没有软肋,才没有弱点。

她今天叫他过来,是有事要和他说。

流言传得太快,纪澜不能不管。

她说:"那个孩子就放在我这儿吧,我来养。"

商滕神色淡淡的,声音也淡淡的:"不了。"

纪澜叹了口气:"岑鸢那孩子再温顺,到底也是个女人,那个孩子在你们之间,时间长了,总会变成一个疙瘩。"

"如果你今天找我是为了说这件事,"他站起身,慢条斯理地把西装第二颗纽扣系上,"那我还有事,就先走了。"

纪澜叫住他:"这么久了,你还在耿耿于怀?"

离开的脚步顿住,但也只那一瞬,商滕没有再给任何回应,开门离开。

手里的佛珠紧紧攥在掌心,纪澜看着窗外厚重的夜色。

这么多年了,她不是没有后悔过。

可家族斗争本就残酷,优胜劣汰,更何况,他们姓商。

她也只能靠吃斋念佛,来缓解自己的愧疚。

出院手续是赵嫣然来帮她办的。

岑鸢思来想去,能告诉的好像只有她一个人了。

赵嫣然拿着检查结果的那一刻,手抖得厉害,她反复地揉眼睛,可能是自己看错了,或者是出现幻觉了也不一定。

可无论她怎么揉,眼睛都揉红了,那几个字都没有任何改变——血友病。

她当然知道是什么病。

岑鸢的脸色仿佛大病初愈一般,仍旧是憔悴的。

她轻笑着安抚赵嫣然:"医生说我这个是轻症,没什么大问题的,只要尽量不让自己受伤流血,和正常人就没有太大的区别。"

赵嫣然抱着她,一直哭:"怎么可能没问题!"

赵嫣然因为得知她生病,连抱她时的力气都变小了许多,生怕一不小心就弄伤了她。

她这个反应,让岑鸢无奈地轻笑,真把自己当瓷娃娃了。

这就是她不敢告诉他们的原因。

从医院离开后,赵嫣然送她回去。

路上她突然问道:"商滕知道了吗?"

岑鸢陷入了沉默,腿上盖着薄毯,视线移向车窗外。

"他还不知道。"

就在刚才,她是打算告诉他的,可是他没有给她说出口的机会。

今天这件事,的确是她的错。

她明明答应他,今天去领证的,却放了他鸽子。

不论是因为什么,都是她失约了。

赵嫣然其实不太知道他们之间的事情。

岑鸢很少说,她也没有窥探别人秘密的爱好,唯一知道的大概就是,岑鸢在很久很久以前就偷偷喜欢商滕了。

至少在高中时期,她从未表现得太明显,对他的好,也只在暗处,没让任何人知道,包括商滕。

想劝她,但想了想,赵嫣然最后还是没有开口。

很多事情,不是外人可以插手的,更何况,岑鸢并不是那种因为别人的只言片语就随意改变想法的人。

她比所有人都倔强。

车停在楼下,里面是暗的,没开灯。

幼儿园有活动,何婶带着陈甜甜去参加活动了,明天下午才回来。

看样子,商滕应该也不在家。

赵嫣然不放心岑鸢一个人在家,说要陪她。

岑鸢笑笑,拒绝了:"没关系的,我一个人可以。"

赵嫣然看着,欲言又止。

她哪怕再担心,最后也只能点头。

岑鸢洗了澡,把身上的血腥味冲洗干净。

在床上躺了半个小时,她还是毫无睡意,索性起来,去了三楼的工作室。

苏亦真的晚礼服,就差最后的领口了。

她今天去布料行,就是为了去拿这部分的布料,看来只能等明天再去了。

她坐着坐着,就开始发呆,不知道应该干吗。

胳膊上的伤有点疼,心里也有点难受,还有两天就是纪丞的忌日了。

他离开十年了,唯一留下的,只有那张合影。

岑鸢觉得,可能用不了多久,她就会忘记他长什么样子了。

她拿出笔,在纸上画下他的模样,他的眼睛,还有眼角下方那颗褐色的痣。

她从来不恨商滕,甚至感谢他。

这么多年,她能记得这么清楚,其实多亏了商滕。

她一直知道自己要的是什么,就好像这么多年,总有人劝她,干脆离开吧,离开商滕。

既然他不爱她,既然他要养白月光的女儿,但岑鸢每次都只是笑笑,并不言语。

这些她都无所谓的。

她只想留在商滕身边,能看见他,看见这双她日思夜想的眼睛,就知足了。

她从来不要求商滕给她什么,因为她想要的,商滕已经给了。

她把笔盖合上,将那幅画夹在书中,一起带走。

客厅里的电视,放着一部很老的片子。

岑鸢没开灯,安安静静地看着。

夜色,更静。

商滕开门进来,客厅灯没开,只有电视机微弱的光亮。

岑鸢坐在沙发上,身上盖着毛毯,已经睡着了。

开门的手停下,映着夜色的眼底,是晦暗的黑。

他将视线移开,径直上楼,轻微的声音,打破了夜的平静。

风吹开窗户,桌上的书页也被吹动了。

一张纸飘到了他脚边。

商滕停了很久,然后弯腰捡起来。纸上画的是一双眼睛,那颗泪痣,很明显。

眼底晦暗的黑变成诡谲的海面,仍旧是平静的,但随便一缕微风都能掀起巨浪。

他面无表情地将那幅画撕碎,然后进了洗手间,把那些碎片扔进马桶里,冲走。

他去洗手,反反复复地洗了很多遍,掌心都泛红了,还在不停地洗,仿佛要将和那个男人有关的一切,都彻底清除干净。

没想到自己居然看电视都能看睡着，岑鸢坐起来，看了眼墙上的挂钟，已经凌晨两点了。

她把薄毯拿开，从沙发上起身。

电视没关，已经从电视剧变成了综艺重播。

她看到桌上的书，不知道什么时候被风吹开，里面的画不见了。

她第二天八点就起床了，给周悠然打了个电话，明天就要回去了，想着带点这边的特产，顺便问周悠然还需要些什么。

周悠然说什么都不用带："这边啊，什么都有，你东西拿多了，路上也不方便。"

岑鸢说方便的，到时候直接在机场打车。

周悠然说："真的不用带，大城市里的东西我也用不惯。"

见她坚持，岑鸢只好顺从。

周悠然似乎有心事，这通电话，有好几次欲言又止。

岑鸢还沉浸在即将回家的喜悦中，并没有察觉。

岑鸢把手机开了免提，放在一旁，一边收拾行李一边和她打电话。

"这次回去以后，我就在家里多住一段日子，陪你过元旦。"

岑鸢前几天去商场给周悠然买了几件冬装，又给她织了件毛衣。

东西太多了，她专门找了一个箱子装着。

岑鸢似乎是因为终于能回家了，心情也好了许多，话也更多了。

"我最近厨艺长进了不少，和家里的阿姨学了几道寻城的本地菜，回去以后可以做给你尝尝，不过你可能吃不习惯，其实我刚来的那会儿也吃不习惯，但是时间久了，也慢慢喜欢上了。"

她的声音温柔，夹杂着淡淡的笑意，是发自内心的开心。

她已经很久没有这么笑过了，难得的轻松。

周悠然握着电话，犹豫了很久，最后还是开口道："窈窈前几天打电话了。"

岑鸢忽然顿住，大概能猜到她的后半句。

果然，周悠然叹了口气："我不知道你为什么要瞒着我，但结婚这么重要的事情，你怎么能一个字都不说呢？"

岑鸢无力地扯了扯嘴角，想用轻松的笑容让她安心。

她手上拿着刚从衣柜里取下来的外套,面前是化妆镜。

她看到镜子里的自己,笑容勉强,犹豫了很久,终于还是垂放下手,慢慢敛去了脸上的笑。

她轻轻地说:"本来想找个合适的时间告诉您的。"

周悠然问她:"都结婚两年了,还没找到合适的时间?"

岑鸢不敢告诉她,是因为怕她担心。

周悠然的身体本来就不好。

早些年,岑鸢的养父嗜酒,后来出了意外,在工地干活,摔了下来。

岑鸢可以说是周悠然独自抚养长大的。

她真的过得很苦,所以岑鸢不希望她到了晚年,还为自己的事劳心劳神。

"窈窈说,你们不光没领证,他还把自己初恋的女儿带回去,让你帮忙养?"

她没想到江窈连这个都说了。

岑鸢说:"我不介意。"

直到刚才,还对这些事持怀疑态度的周悠然,这下彻底信了。

一想到岑鸢在寻城被人这样欺负,她就气得身子颤抖,眼底泛红:"怎么能这样?再有钱也不能这么侮辱人。"

听出了她声音里的哭腔,岑鸢连忙安慰她:"真的没事,他对我很好,从来没有欺负过我。"

周悠然情绪激动:"都这样了,还叫对你好?窈窈说,他宁愿养自己初恋的女儿都不愿意和你生孩子!既然心里有别人,为什么还要和你结婚呢?!"

她不能有太大的情绪波动,不然就会喘不上气。

岑鸢让她先别想这件事,深呼吸。

周悠然怎么可能不去想。

昨天江窈和她说了以后,她急得一晚上没睡着。

"我现在就去寻城,我接你回来,那个破地方我们不待了!"

周悠然是个温暾性子,自岑鸢有记忆起,便从未与人争论过。

她待人处事,总是很温柔,这好像还是她第一次用这么重的语气说话。

岑鸢垂眸,轻笑了几声。

周悠然还在气头上呢,听到她的笑声,低头去抹眼泪,斥责她:"这么大的事,你还有心情笑?"

岑鸢微抿了唇,脸上笑意更盛:"我就是觉得,有人维护的感觉真好。"

就像漂泊无依的蒲公英,终于有了可以扎根的土地。

她哄了好久,才断了周悠然亲自来寻城接她的念头。

她身体不好,这么远的车程,还是别折腾了。

说到最后,周悠然试探地问了一句:"这次回来,是你一个人吗?"

岑鸢知道她想问什么。

商滕会不会陪她一起回来?

岑鸢把行李箱锁上,竖起来,放在一旁:"他工作忙,走不开。"

周悠然自然能猜到她这句话里的真实性,但也没有点明。

她知道岑鸢的性子,看着温顺乖巧,骨子里却是倔强的。

自己说再多,也只是给她徒添烦恼罢了。

电话挂断以后,岑鸢坐在床上发了一会儿呆,然后才起身。

她下午约了苏亦真,裙子已经做完了。

苏亦真每次来都弄得跟特务接头一样,鬼鬼祟祟的。

岑鸢到了有一会儿了,见她全副武装地进来。确认周围没有跟拍的狗仔,她把墨镜摘了,瘫在椅子上,长出一口气:"这几天都快被那些狗仔给逼死了。"

岑鸢倒了杯茶,递给她:"先喝口水吧。"

苏亦真坐直了身子,和她道过谢后,把水杯接过来,大口大口地喝着。

"裙子这么快就完工了吗?"

岑鸢点头,将旁边椅子上的纸袋递给她:"因为形制还算简单,除了细节方面多花了些时间,你先试穿一下,我看看有没有什么地方需要修改的。"

苏亦真对她很有信心:"不用试,就这个尺码,正好我这几天在减肥,到时候美炸他们!"

岑鸢被她的话逗笑了。

苏亦真以美貌出圈,在娱乐圈里,也见过不少美人儿,眼光自然被养刁了,但看到岑鸢的第一眼时,她还是难免恍了恍神。

她的美太独特了,遗世独立,不染尘埃。

说得夸张些,她的美就像是不属于这个世界一样。

注意到她左手无名指上的婚戒,苏亦真愣了一会儿,问她:"你都结婚啦?"

岑鸢点头,轻声道:"结婚两年了。"

"结婚"这个词对苏亦真来说,简直就是噩梦,就像是用枷锁锁住了自己的一生。

"真可惜,还不如趁着年轻多玩几年。"

岑鸢也只是笑笑,并未附和她的话。

天暗得快,待会儿好像有雨。

岑鸢和苏亦真说:"明天我就要回老家了,我待会儿发个地址给你,要是有需要修改的地方,你直接寄给我就行。"

苏亦真点头:"行。"

从这儿离开后,岑鸢打车回家。

这几天她都没开车,总是头晕眼花,注意力也不是很集中。

回到家后,何婶也带着陈甜甜回来了,正哄她吃饭呢。

岑鸢看见陈甜甜闷闷不乐,问何婶:"她怎么了?"

何婶脸色不大好看,把岑鸢拉到一旁,然后才说:"幼儿园里的那些人不知道从哪里听来的,说甜甜不是你们的亲生女儿,是捡来的。她到现在一句话都不肯说。"

岑鸢秀眉微蹙,童言无忌,身边的大人也应该管管。

她走过去哄陈甜甜:"我们的甜甜今天是不是受委屈了?"

陈甜甜不说话,小嘴委屈地撇着。

岑鸢微蹲下,轻轻捏了捏她的脸,声音温柔:"不理妈妈了吗?"

陈甜甜这才抬眼,摇头。

见她终于有了反应,岑鸢才放松地笑了。

陈甜甜还小,她什么也不懂,只知道自己终于有了爸爸妈妈,所以害怕再次被遗弃。

童年的伤是一辈子都无法治愈的,岑鸢希望陈甜甜能快乐地活着。小朋友是不该有烦恼的。

"甜甜不要听外面那些人乱说,爸爸妈妈永远都是甜甜的爸爸妈妈。"

陈甜甜泪眼婆娑地看着她:"真的……不会不要我吗?"

往日奶声奶气的声音,这会儿带着哭腔,哽咽得话都说不顺畅了。

岑鸢只觉得,自己鼻腔也跟着一阵阵泛酸,胸口也开始痛了。

她抱着陈甜甜,温柔地安抚:"不会的,不会不要甜甜的。"

商滕那天晚上没回来，岑鸢早就习惯了他夜不归宿。

她很少去过问他的事情，也可能是觉得，自己其实是没资格过问的。

他们的婚姻本身就是不平等的。

她属于被庇佑的那个，既然得了便利，就不该对他提太多要求。

他给什么，她接着便是，不给，也不会强求。

自知之明，她有。

只是后半夜，陈甜甜的高烧让岑鸢慌了神。

正在病中的她似乎对这种事情没办法保持淡定。

她一时间慌了神，不知道应该怎么办，最后想到的却是给商滕打电话。

他的声音暗哑，带着些微的疲乏：“怎么了？”

岑鸢看了眼墙上的挂钟，凌晨四点。

他应该是被她的电话吵醒的。

岑鸢声音颤抖，无措地道：“怎么办？”

商滕的心一下子提了起来，仅剩的睡意烟消云散：“出什么事了？”

他快速穿好衣服，从酒店离开。

夜，浓到像是不慎泼洒在宣纸上的墨。

他安抚好岑鸢的情绪，让她不要害怕，慢慢讲。

深夜的寻城，四周静得可怕，只余风声掠过耳旁，像是地狱里恶魔的哭喊，有几分凌厉、萧索。

岑鸢忍住眼泪，说：“甜甜身上很烫，我……我不知道该怎么办？”

霎时间，他紧绷的弦松开了。

商滕靠着驾驶座的椅背，紧握方向盘的手也松开了，闭眼，脖颈拉长的线条，喉结上下滚动，长长出了一口气。

明明陈甜甜生病，他也会担心。可不知怎么回事，他刚才满脑子都是岑鸢出了什么事。

她遇到了意外或者是得了病。善于管控情绪的他，却在那一刻慌了神。

商滕让岑鸢先别着急，说客厅药箱里有治幼儿感冒的药，让她先喂陈甜甜吃一粒，然后给陈甜甜贴一张退烧贴，他马上就回来。

直到电话挂断，岑鸢喂她吃完药，才渐渐回神。

她不该慌的。

那些事情，明明她知道该怎么做，可就是控制不住，莫名害怕，害怕身边人生病。

生病的感觉不好,太难受了。

正是因为亲身体会过,所以她才会害怕。

商滕很快就到了,连鞋也忘了换,着急地走进来。

"甜甜好点了没?"

岑鸢端着刚冲泡好的感冒冲剂:"烧退了一点,不过还是很烫。"

商滕开门的动作微顿,垂眸看了她一眼。

女人素白的脸上,没什么血色,看着比之前还要憔悴。

他喉间低低地嗯了一声:"你先去睡吧,我来照顾她。"

岑鸢犹豫了一会儿,还是把手里的冲剂递给他。

她裹紧了外套,往楼上走,走了两步,又停下。

她回头时,商滕还站在那里,没进去。

岑鸢觉得,自己还是应该和他解释一下那天没接他电话的原因。

"我昨天遇到了一点事,所以没去成,对不起。"

商滕也没看她,只淡淡地说一句:"没事。"他似乎并不在意,便开门进去了。

岑鸢在原地站了一会儿,从她这个角度,正好可以看到房间里。

商滕动作温柔地把陈甜甜抱在怀里,喂她喝药。

陈甜甜的眉眼和陈默北很像。

这样的一幕,莫名让岑鸢想起很多年前,在医务室里看到的场景。

那个时候的商滕,声音温柔地哄着陈默北,让她别怕。

她其实羡慕过陈默北。

那个时候是羡慕的。或许直到现在,她仍旧羡慕陈默北。

不是因为她拥有了商滕的偏爱,而是因为,那些偏爱,直到她死后都一直存在。

她是上午的飞机,可能是因为心里一直想着这件事,起得也早。

在房间里又收拾了一会儿,她给司机打过电话,他就在门外等着。

行李箱早在昨天就让家里的用人从房间拿下去了。

她换好衣服下楼时,商滕就坐在客厅里。

岑鸢走过去,只和他说了一声:"我这次回去,可能要半个月后才回来。"

商滕抬眼看她,那双深邃的眼里晦暗不明。

他总是内敛得让人觉得害怕。

岑鸢有时候很想劝劝他多笑笑，他笑起来时其实很好看，但最终，她还是没有开口。

他们并不是可以随意说话的亲密关系。

她开门的一瞬间，低沉喑哑的嗓音绊住了她的脚步，不算漠然，却也听不出太过具体的情绪。

"你把今天的机票退了，后天我陪你一起回去。"

因为他的这句话，岑鸢略微顿住了动作。

岑鸢最后还是摇头，轻声拒绝了："不用了，你工作忙，我一个人可以的。"

商滕没有说话，只是看着她，眼神是平静的。

他不说话，岑鸢也不知道他心里是怎么想的。

他能说出这句话，其实已经是最大的让步了。

岑鸢清楚，但她真的不需要。而且，今天是很重要的日子，她也不可能因为商滕的一句话而错过。

这两者之间孰轻孰重，她是明白的。

她的眉眼仍旧温柔。

安静持续了很长时间，她还是上前，替他把领扣系好。

"这几天气温低，注意保暖，不要生病了。"

她的指腹，不慎在他脖颈间轻轻擦过。温热的触感，也是柔软的。

商滕轻抬眼睫，眼底映出她的身影。

她往后退了一步，笑着和他说再见。

小镇的路并不好走，从机场离开后，中途又转了几趟车，最后才坐上大巴。

有小孩子闹腾地跑来跑去，家属也不管，忙着嗑瓜子聊天。

岑鸢能感受到，偶尔有视线落在自己身上。

那些刻意压低的声音应该是在议论她。

岑鸢把眼罩戴上，想睡一会儿，最后还是无果，太吵了。

她最终还是摘下眼罩。

窗外不断倒退的景色，在无声地提醒着她距离目的地越来越近。

路边的白桦树，枯萎的荷叶茎，熟悉到她曾经无数次在梦里梦到过。

故事是从这儿开始的,这条泥泞的小道,这个偏僻的街区。

大巴车就停在街口,周悠然一早就等在那里了。

她穿得多,围巾是岑鸢秋天寄给她的。

她比上次见还要瘦,身子也佝偻了一些。

人过了某个岁数,好像就会突然变老。但岑鸢没想到,周悠然的某个岁数,会来得这么快。

她裹紧了身上的外套,走过去。

周悠然笑着过来:"原本是想让你徐伯去接你的,但他家今天有老板过来钓鱼,所以他一时走不开。"

岑鸢把手上的外套给她穿上:"外面风大,你不用来的。"

外套是她专门带的,因为知道,不论她怎么说,周悠然都会来接她。

周悠然笑了笑:"还不是怕你这么久没回来,不记得回家的路。"

怎么可能不记得,岑鸢无数次梦见过,不可能忘记的。

她们从这里回家,得经过几条街,一路上都会遇到熟人。

他们笑着和岑鸢打招呼:"鸢鸢长这么高了呀!"或者是和周悠然说:"你家鸢鸢怎么出落得这么水灵了,刚刚离得远,我还不敢认,怕看错了。这长得就像明星,要不是你在旁边,我真以为是拍电视的来我们这儿了呢。"

和一个母亲夸她的女儿,似乎永远都合适。

周悠然并没有谦虚或是客气,笑容温柔:"她从小就好看。"

这话如果是别人说出来,可能会让人觉得不知羞。但从周悠然的口中说出,却没有任何违和感。

因为岑鸢的确很美。

好不容易到了家,周悠然把晒在外面的衣服收了。

厨房里炖着汤,是岑鸢最爱吃的玉米排骨汤。

十年前,有人找上门,说岑鸢不是她的亲生女儿,她的亲生女儿叫江窈,就像电视剧里演的那样,孩子被抱错了。

岑鸢被带走,而她的亲生女儿江窈不肯认她。

她的确会难过,尤其是当江窈给她打电话让她别去烦自己的时候,那种感觉,很难形容。

她说:"如果你不能给我现在的生活,就请不要打扰我,我永远姓江,不会姓岑。"

于是,她的两个女儿都成了江家的女儿。可是一向温顺听话的岑鸢,却坚持不愿改姓。

最后那家人还是同意了。

汤从中午就开始炖了，因为想着岑鸢回来就能喝上。

周悠然拿出碗，说要去给她盛。

岑鸢却笑笑："我想先去那里看看。"

周悠然自然知道她指的是哪儿。

这么多年了，岑鸢依旧没有放下。

她从小就是内向安静的性子，再加上长得好看，总会被人欺负，就连放学回家，都会被人半路拦住。

那些辍学在街上游手好闲的青年，似乎很喜欢她这样的女孩子。

后来纪丞出现了，一个人揍了他们一群人以后，他们终于放弃了，从此看到岑鸢都会绕着走。

周悠然的丈夫走得早，岑鸢是她一个人抚养长大的。

孤儿寡母，在这种偏僻的小镇很容易被人欺负。

幸好，岑鸢的身边有纪丞。

那孩子，总是时刻跟着她、保护她。

哪怕没伞，也会冒雨去接她。

从小一起长大的情谊，是很难割舍掉的，更何况，他的离世，本就充满了苦情色彩。

冬日天黑得快，岑鸢专门去附近的香烛店买了些纸钱和香。

最近城区开始翻新，这里被规划到了新项目中，老旧的墙壁上用红笔画了一个很大的"拆"字。

这里已经很久没有住人了。

五楼是被烧得焦黑的墙壁以及破旧的窗户。

岑鸢依稀记得，那天正好下雨，她接到那个电话后，光脚跑过来，甚至连鞋子都来不及穿。

周围停着几辆警车，拉满了警戒线，周围是看热闹的人。

纪丞的尸体被盖上白布抬出来，她看见了焦黑的右手。

桀骜恣意的少年，曾经用那只手在靶场打出过无数次十环的好成绩。

他原本会成为和他父亲一样的缉毒警察，穿上那身警服。可他的人生，在最美好的年华突然中止，岑鸢怎么可能会甘心呢？

她这一辈子都不会甘心的，也不可能放下。

打火机是买纸钱的时候,香烛店的老板送的。

她把纸钱一张张折好,堆在一起,点燃。

橘黄色的火光,在黑夜中,格外显眼。

岑鸢坐在那里,抬头看向天空。

小镇的夜晚和大城市里不同。

晴好的时候,这里的天空抬头就能看见星星,不过比起十年前,还是少了许多。

她在那里坐了很久,冷风肆虐,她也像感受不到一样,甚至连包里手机振动的频率都被她一起忽略。

周悠然因为身体不好,最近已经没有去打零工了。但她还是闲不住,索性就把院子里的菜地翻了一下,种上白菜和土豆。

她和岑鸢说:"你小时候不是就爱吃我给你做的酸辣土豆丝吗?"

她手上纳着鞋底,是给岑鸢做靴子用的:"听窈窈说,你们家里都有厨师,他们做饭应该比我做的要好吃吧?"

岑鸢在一旁给她卷毛线,摇头:"没你做的好吃。"

周悠然就笑道:"你就会逗我开心。"

岑鸢说:"真的没你做的好吃,我在那边住了十年,每天都想吃你做的饭。"

她说这话的时候,表情很认真。

周悠然眼底笑意更盛:"想吃的时候就回来,我给你做,反正现在交通便利,前些天听你徐伯说,明年镇上就开始通公交车了,到时候更方便。"她叹了口气,"就是不知道这路什么时候修好,屋门口这泥巴路,不下雨还好,一下雨根本就没处落脚。"

这里到底还是落后,除了街区是水泥路,村与村之间,还是十年前的老样子。

岑鸢把毛线卷好,放在桌上的手机响了。

她垂眼去看,屏幕上方的名字写着商滕。

见她一直没动,周悠然提醒她:"来电话了,怎么不接?"

岑鸢拿起手机,忽略了那通电话,直接把手机关机。

"是推销电话。"

周悠然虽然老了,但眼睛还是好使的。

她刚才分明看见了上面的名字——商滕。

江窈告诉过她，岑鸢的老公就叫商滕。

听说他们结婚两年都没领证，听说他有个一直念念不忘的初恋，听说他那个初恋还有个女儿，听说那个女儿现在喊岑鸢妈妈、喊他爸爸。

周悠然不知道这些年岑鸢到底发生了什么，但是她知道，岑鸢这个温暾性子，是很容易被人欺负的。

她好像对什么都不在意，清冷到被人欺负了也无所谓的程度。但周悠然也知道，很多事情，她没办法插手。

那些日子天气恶劣，雨从小镇下到寻城。

陈甜甜每天都问商滕："妈妈什么时候回来？"

他替她把踩掉的鞋子重新穿上："快了。"

他每次都是这两个字。

陈甜甜干脆不理他了，双手捧着脸，看着窗外的雨。

何婶从楼上下来。

她今天刚打扫过屋子，包括岑鸢的房间。

她提着一小袋垃圾下楼，正要出门，小周在楼上叫她，说是卫生间的门卡住了。

何婶轻斥她一点小事都做不好，却还是放下手里的垃圾，上楼去了。

司机把车开过来了，在门口停着，等商滕过去。

今天公司有个会议。

他穿上外套起身，慢条斯理地把第二颗纽扣扣上。

步伐停顿，是因为他无意间瞥见脚边垃圾袋里的那封信。

落笔处的字迹，清秀得格外熟悉，一如岑鸢这个人。上面写着：纪丞收。

商滕在原地站了许久，最终还是把那封信从垃圾袋里翻了出来。

信纸已经开始泛黄，明显有些年头了。

他安静地看完，那双阴沉的眼，不知是受这恶劣的天气影响，还是在无声地诉说着他此刻的心情。

原本他还存着一丝侥幸，现在彻底被撕裂。

难怪她所有的柔情都只在看到他这张脸的时候才会出现。

他给她打了无数遍电话，回应他的永远都是无人接听，她却又在见到他

的时候，无限温柔、百依百顺。

他因为用力，骨节泛白。

手机一直在响，他干脆把手机砸了，发泄着情绪。

好在陈甜甜早就被何婶抱走了，客厅里只有他一个人。

手机砸在柔软的地毯上，都四分五裂了，可见力道有多大。

所以这么多年，他一直是顶着这张脸，以另一个男人的身份在她心中活着。

他扯了扯嘴角，阴冷的脸带着一抹浮于表面的笑，真恶心。

司机在外面等了很久，男人才从里面出来。

一向喜怒不形于色的人，情绪外露。像是盛满水的容器，再能装，水多了也会漫出来。

他不是好人，利益至上，冷血又薄情。

哪怕有人跪在他面前，不断恳求，他也不会看一眼，而是直接离开。

除了那副好皮囊和无人能及的家世，他实在没什么多余的优点。

岑鸢不在乎长相，也不爱财。

对啊，这样的她，完全没理由陪在他身边，受辱也不肯离开。

商滕屏住了呼吸，在极力克制自己此刻的情绪。

司机察觉到他的异样，迟疑了很久，才低声问道："去公司吗？"

沙哑到令人可怕的声音，像是砂纸摩擦过声带，安静持续了很久，商滕眼神阴鸷地开口："去医院。"

那段时间，岑鸢偶尔会给家里打个电话，不过都是打给何婶。

幼儿园放假了，陈甜甜这些日子在家里也不知道有没有哭。

何婶笑道："听话得很，还会帮我做家务，就是总念叨着想你。"

在房间里睡觉的陈甜甜费力地从床上爬下来，扑腾扑腾地往外跑，急切地问道："是妈妈的电话吗？"

何婶无奈地笑了，摸了摸她睡乱的头发，和岑鸢说："甜甜在旁边，要不要和她说几句？"

直到耳旁传来女人的应答声，何婶这才把手机递给陈甜甜："妈妈说想跟你说会儿话。"

陈甜甜高兴地接过手机，爬上沙发。

她奶声奶气地喊岑鸢："妈妈，我好想你呀。"

温柔的声音，夹杂着淡淡的笑意："妈妈也很想甜甜。"

陈甜甜一听到她的声音就委屈了。

妈妈走了这么多天，爸爸也因为工作经常很晚才回来，那个时候她早就睡了。

她委屈得整个身子都在抖："妈妈，你什么时候回来啊，我好想你。"

岑鸢这些天帮周悠然做了些农活，又陪她回了趟娘家，今天正好闲下来，所以就给家里打了个电话。

她听到小家伙的哭腔，心也揪了起来。

她语气轻柔地哄着："外婆身体不太好，妈妈不是很放心。等妈妈再陪外婆几天，然后再回去陪你，好不好？"

陈甜甜听到岑鸢的话，有点害怕："可是外婆好凶。"

上次吃饭，她看见了外婆凶妈妈。

她怕这次也会。

岑鸢告诉她："不是有点凶的外婆，是另外一个很温柔的外婆，等甜甜再大些，妈妈带你回来见外婆，好不好？"

一听到不是那个很凶的外婆，陈甜甜使劲点头，似乎害怕岑鸢会反悔一样，说："骗人是小狗。"

小朋友认真起来，格外可爱。

岑鸢点头："骗人是小狗，甜甜也要听话哦。"

"我特别听话，连何奶奶都夸我懂事。"

她一旦开了头，接下来的话就源源不断了。

陈甜甜一直讲自己最近都帮何婶做了哪些家务，小手指掰着数，邀功一样。

岑鸢安静且有耐心地听着，直到她全部说完，才夸她真乖。

电话挂断后，周悠然见她心情似乎很好的样子，便笑着问她："谁的电话？"

岑鸢把手机锁屏放在一旁："那个小女孩。"

周悠然的神色怔住了，但很快就释然了。

看岑鸢的表情，那个小女孩应该很听话、很可爱。

"家里的毛线正好还剩一些，我给她也钩一双鞋子，到时候你一起带回去。"

岑鸢把手里的青菜洗净，倒掉水，又重新洗了一遍："她现在这个年纪，

个子长得快,可能明年就穿不了。"

周悠然觉得有道理,点了点头:"那商滕呢,他穿多大码的,我给他钩一双。"

岑鸢迟疑了一会儿:"还是算了,他不会穿的。"

这儿没暖气,冬天也冷,实内和室外没区别。所以岑鸢前些天专门去街上买了个电暖器。

打开以后,整个屋子都是暖和的。

周悠然平时一个人住,所以养了只猫,她去看病的时候在路上捡回来的。

岑鸢来了以后,它便一直黏着岑鸢。

岑鸢从小就招这些小动物的喜欢。

以前镇上总有人家里养狗,也不爱拴绳,见着人就叫,吓得很少有行人敢往那边走。但神奇的是,那些狗唯独不冲岑鸢叫,反而摇着尾巴主动跑到她身边,脑袋在她裤腿上蹭来蹭去,想让她摸。

周悠然想不明白,这么招小动物喜欢的人,为什么却不被人珍惜?

元旦那天,镇上有小孩子在路边放起了烟火。

岑鸢穿了件外套,站在二楼阳台,看着烟花在天上炸开,转瞬即逝。

往年,每次元旦,纪丞都会来家里找她。

周悠然管得严,十点以后就不许她出去了。

纪丞就软磨硬泡,又是撒娇又是耍赖,甚至还管周悠然叫姐,把周悠然逗得合不拢嘴,这才松口:"不许超过十一点。"

那些日子,就和这烟花一样,短暂,但是美丽。

她怎么可能忘掉,没办法忘掉的。

针在胸口扎一下,伤口是一直存在的,只是肉眼看不见罢了。

她很快就要返程了,回去之前,徐伯亲自在自家鱼塘里抓了几条鲫鱼,用鱼篓子提来,让周悠然给岑鸢熬鱼汤。

岑鸢倒了杯茶,递给他:"谢谢徐伯。"

快十年没见了,小姑娘长高了不少,和从前比起来,多了几分温婉。

她从小就文静,纪丞那孩子闹腾,但在她面前,也是极为小心,生怕弄碎了她。

被保护得很好的小姑娘很文静,但眼里是有光的,如同黑夜里的灯,是纪丞亲手用自己的火替她点燃。可现在,那盏灯灭了,她眼里的光也没有了。

她待人温柔，对自己却显得随性。

这其实是一种不太好的预兆，仿佛做好了随时离开的打算一般。

岑鸢拎着那几条鱼，去厨房处理。

徐伯落座后，叹了口气，低声问周悠然："那孩子在寻城，没被欺负吧？"

周悠然把切好的水果端上来，手稍顿了一瞬："那孩子向来报喜不报忧，但……应该过得不算好吧。"

她从窈窈说的话可以听出来，那家人只拿她当绑住商滕的筹码。

而商滕娶她，只是因为她温顺听话。毕竟以他的身份地位，娶一个比她更美的女人，是件很简单的事情。

徐伯又是长叹一声："要不干脆让她回来算了。"

周悠然何尝不想呢？她苦笑道："还是算了，她在那边起码衣食无忧，还能实现自己的梦想，更何况，那边才是她的家。"

中午吃完饭后，徐伯说难得今天出了太阳，让岑鸢出去逛逛。

她白得没什么血色，所以总给人一种病弱的美感。

徐伯担心她的身体，岑鸢便轻笑着说："好。"

隔壁几个小孩在玩，岑鸢在徐伯的怂恿下无奈加入。

虽然是个陌生的姐姐，但他们并不排斥。

因为她看上去好温柔，就连看他们的眼神都带着一种宠溺。

岑鸢也没真的和他们玩闹，而是坐在一旁，看着他们在艳阳下奔跑。

无忧无虑的童年，连摔倒都带着笑声。

岑鸢走过去，把她从地上抱起来，温柔地拂去裤子上的灰尘："有没有摔到哪里？"

小姑娘摇摇头，眼睛红了，趴在她肩上告状："哥哥不等我。"

跑在最前面的那个男孩子，穿着和她相同的款式却不同颜色的衣服，应该就是她口中的哥哥了。

岑鸢拿出手帕，替她擦净眼泪。

干裂的脸颊，带着一抹怪异的红，是被冬天干燥的风吹出的皲裂。

岑鸢牵着她进屋，拿出面霜，给她涂上。

"这样就不会痛了。"

小女孩眨了眨眼，闻到一股花香，是从面前这个姐姐身上传来的。

岑鸢把那盒面霜送给她："以后每天晚上洗完脸了就擦一点儿。"

她只知道点头，眼泪还挂在脸上呢。

岑鸢笑着摸了摸她的头："宝宝真乖。"

她还是有些遗憾，不能有自己的宝宝，明明是那么喜欢小孩子的人。

回寻城的那天，周悠然给岑鸢带了很多特产，还有她给商滕准备的茶叶，自己种的。

她也不知道商滕喜欢什么，就准备了这些。

徐伯开车把岑鸢送到机场，上车前，周悠然一直拉着她的手，各种嘱咐："在那边不要事事都忍着，你呀，就是脾气太好，所以他们才会欺负你。"

岑鸢笑笑，轻声说："知道了，你不用担心。"

直到车开离小道，岑鸢回头，隔着玻璃，看到周悠然还站在路口偷偷抹泪。

岑鸢眼睛一酸，忍了许久的眼泪也终于落下。

离开故乡，去一个讨厌的城市，没人知道，她有多不舍。

短暂的真情流露，在她擦干眼泪的那一刻起，又重新变成了温婉贤淑的岑鸢。

阔别了一个多月的家，第一个出来迎接她的是陈甜甜。

何婶在后面追："祖宗，你慢点，别摔着了。"

岑鸢松开握着行李箱拉杆的手，蹲下身，方便她扑进自己怀里。

陈甜甜跑过来，搂着她的脖子，带着奶香的小脑袋在她脖颈间蹭来蹭去："我这些天都有好好听话哦。"

岑鸢欣慰地笑了笑，一手揽过她的腰，起身的同时也把她抱了起来。

何婶在一旁看得心惊胆战，生怕岑鸢这只脆弱的花瓶不慎摔破。

在外人看来，她的确是柔弱易碎的。越美好的东西，就越容易消逝。

说话间，何婶就要伸手把陈甜甜从岑鸢的怀里接过来。

陈甜甜立马抱紧了岑鸢的脖子，不肯松开。

何婶轻声斥责她不懂事，岑鸢却纵容地笑了笑："没关系的，我抱得动。"

一路抱着她进屋，岑鸢看了眼空旷的客厅，问何婶："他不在家？"

何婶自然知道她问的是谁。

"这些日子很少回来，公司那边出了点状况，老爷子病情又加重了，他这几天公司医院两头跑。"

岑鸢若有所思地点头："这样啊。"

何婶观察着她的情绪，在合适的时间问道："你走了一个多月，今天要不要去公司看看他？"

岑鸢刚走的那几天，商滕给她打过电话，但不是关机就是无人接听。

商滕的性子，本身就寡言少语，喜怒不显。

岑鸢一直失联，他先低了头，找到何婶，让她给岑鸢打个电话，电话只响了两声就接通了。

女人温柔的声音在轻声询问："何婶，怎么了？"

她并不像是出了什么意外。

那一刻，何婶看到商滕的神色肉眼可见地发生了变化，从微不可察的担心，化为阴鸷的冷。

她是故意不接他电话的。

何婶觉得他们之间可能发生了什么误会，不然以岑鸢的性子，是不可能无缘无故不接他电话的。

于是她试探着问出了这句话。

岑鸢没有表现出任何异样，很快就同意了："好。"

她平静无波的情绪，看不出任何不妥，仿佛那段时间对商滕的冷漠，只是所有人的错觉罢了。

她亲自下厨做的饭，都是一些商滕爱吃的，甚至还特地把周悠然让她带来的茶叶泡上，一起带过去。

公司前台不认识她，听说她找商滕，也不拿正眼瞧她："有预约吗？"

在这种大公司待久了，前台都有种鼻孔看人的高傲。

岑鸢迟疑了一会儿，轻声询问道："可以麻烦您给总裁办打个电话吗？就说是岑鸢来找他。"

前台白眼一翻，还自报姓名了。

岑鸢不蠢，自然也看出了她眼里的鄙夷。

沉思片刻，她也不再勉强，而是走到一旁，拨通了商滕的电话。

回应她的，是机械的女声，提醒她："对不起，您拨打的电话已关机……"

岑鸢盯着逐渐暗掉的屏幕,无奈地轻声低笑。

是从什么时候开始,商滕也幼稚成这样了。

因为工作,他的手机不可能长期关机,所以岑鸢给他发了一条短信。

岑鸢:"我在你们公司大厅这里,给你做了点饭菜,你要是饿的话,就下来,或者我给你送上去也行。"

旁边有供人休息的桌椅,简洁的白与黑。

岑鸢很少来公司找他,这好像还是第一次。

前台见她居然直接坐下来了,白眼都快翻上天了,但是下一秒,特助的到来,似乎狠狠打了她的脸。

男人走到岑鸢身边,语气恭敬:"岑小姐。"

岑鸢看清来人,站起身。

她记得他,那天在酒店就是他给的房卡。

于是她礼貌地和他打招呼:"你好。"

女人身上的清香,在她起身的同时,淡淡散开。

特助说:"那……那个,商总让我下来,说拿什么东西。"

岑鸢微抿着唇,看向紧闭的总裁专用电梯,轻声询问:"我可以亲自送上去吗?"

特助听到她的话,有些为难。

放在外套口袋里的手机,上面显示着电话接通中,是他下楼前,商滕打给他的,并且不许他挂断。

特助觉得自己很无辜,这对小夫妻闹矛盾,怎么他就被迫充当中间人?

岑鸢垂下眼睫,握紧了保温桶的把手,声音很轻:"我一个多月没见到他了,有点想他。"

这是有些卑微的请求。

这话是实话,她的确很想见他。

特助左耳戴着的耳机,持续很久的安静,男人声音低沉,带着浓重的哑:"让她上来吧。"

特助松了口气,走在前面给岑鸢带路。

直到他们一前一后进了电梯。

前台惊讶地张大的嘴巴,迟迟没有合上。

总裁办内很安静,大家各忙各的。

在商滕手底下做事的人，都不敢有丝毫松懈。

谁不知道这位年轻的总裁，手段狠辣，做事不讲情面。

特助把岑鸢带到总裁办公室门前，就先走了。

岑鸢礼貌地敲了敲门，里面没人应。

过了一会儿，她把玻璃门推开。

男人坐在沙发上，隔着长排书架，只能看见他的背影。

岑鸢走过去，把东西放在桌上："何婶说你这些日子工作忙，担心你又忘记吃饭，所以我专门做了点给你带过来。"

饭菜的香味掩盖了办公室里清冷的草木熏香，多了些人间烟火气。

岑鸢把饭菜摆好，贴心地倒了杯茶，喊他的名字："商滕。"

酥软的声线，因为她惯有的温柔，像是在心上浇了一盆温热的水。

商滕不太喜欢这种感觉。

他讨厌被人左右情绪，尤其是在这样的情况下，得知了自己一直是替代品。

高高在上的他，是不可能甘心成为谁的替代品的，所以才会毫不犹豫地把自己和他唯一相似的地方也给抹去。

从沙发上起身，走到她面前，他垂眸看她，深邃的眸子带着沉静，在等待她的反应。

岑鸢的话在看到他的那张脸时，突然停住。

他算不上温柔的长相，眉骨硬冷，线条也凌厉，光是那双眼，就透着拒人于千里之外的冷漠，天神不容亵渎，却也让人惧怕。

唯一让他显得稍微柔和些的泪痣，此刻却消失了，仿佛被突然卸掉了力气，手上的茶杯摔在地上，溅起的水淋湿了地毯。

呼吸似乎也被扼住，她往后退了几步，后背抵在书架上。

突然的撞击，让放在外面的几本书掉落在地上。

岑鸢只觉得眼前一阵一阵发黑。

她难受到极致的时候，最严重的反应就是恶心想吐。

这无异于斩断了她对纪丞唯一的念想。

等着看她反应的商滕，在看清她眼底的泪时，神色逐渐阴沉下来。

她无力地垂着手，失望地摇了摇头："不像他了。"

他原本以为岑鸢还会隐瞒，却不想她居然说得这么直白。

一向善于管控情绪的商滕，罕见地被情绪左右了。

他捏着她的下巴,让她被迫仰头,与她对视。

那双漠然的眼,此刻带着不加掩饰的盛怒。

"把我当成别人的替代品,岑鸢,你以为你是谁。"

触感温热,他的体温,总是要比岑鸢高出许多。

商滕就像容器,岑鸢把自己无处寄托的感情存放在他这儿。

见到他的第一眼,她就做起了梦,一做就是十年。

那个时候纪丞去世不到半年,她几乎崩溃,精神恍惚时,遇到了商滕。

她对这个世界仅有的念想,就是这张和纪丞极为相似的脸,但是此刻没有了,梦也碎了。

明明是自己故意而为之,可看到岑鸢露出这副失望落寞的神情时,他却并没有预想中报复成功的快感。

岑鸢脸上除了失望落寞,没有任何其他的情绪。

商滕是个聪明人,善于察言观色,自然也能看出,剥离了她幻想的个体,商滕这个人,在她眼里,根本就不占据一丝一毫的地位。

他完全就是以另外一个人,在她心里活下去的。

她的温柔、体贴,也只是因为他长得像她心里的那个人。

办公室里,安静得有些诡异。

岑鸢捂着脸,眼泪浸湿掌心。悲伤到极致,是哭不出声音的。

就连最后的寄托也没了,她突然觉得,这个世界好像也就这样了。

她终于,连纪丞最后一眼,也见不到了。

女人逐渐直起了腰,哭到红肿的眼,此时安静地看着他。

"这些日子谢谢你了。"

她的鼻音有点重,没了往日的温柔,像是在一个字一个字地念。

商滕眸色低沉,一言不发。

她转身离开,纤瘦的背影随着玻璃门关上,逐渐消失在他的眼底。

商滕不可能听不出来,她刚才的话,是在和自己告别。

他不是不知道,那些明面上拍他马屁的人,在背地里称他什么。

姓商的,没一个好东西,他商滕自然也不例外。

的确,他不是好东西。

骨子里的恶劣是改不了的,所以他就是想让岑鸢亲眼看看,她日思夜想的这张脸,是怎么彻底从这个世界上消失的。

明明以他的性子,对这种事是无所谓的。可偏偏这次,他钻了牛角尖,非要让她清醒。

岑鸢的反应似乎是他想看到的。

她以为自己是谁,拿他当别人的替代品。

这种恶劣的报复心理是他先开始的,可是他也没有好受到哪里去。

他不知道自己是怎么了。

涌上来的烦躁像是有一双手,死死掐着他的脖子,呼吸艰难。

商滕扯开领带,仍旧得不到丝毫缓解。

他撑着桌面,低头大口喘气。

下颌绷紧,半敞的领口能看见脖颈处的青筋。

明明只是各取所需而已,她对自己没有感情,反而更好甩开不是吗?

可是为什么,他为什么会不高兴?

他到底在不爽些什么?

特助拿着资料进来,忘了敲门。

商滕眼神阴鸷地吼道:"滚出去。"

特助吓得双腿发软,以最快的速度离开。

哪怕这位年轻总裁的脾气再不好,但从未在公司发过脾气,他的恶劣只体现在他对任何事情的淡漠上。

因为他不在意,所以连脾气也没必要发。

在他看来,这些人的存在渺小到连他的情绪都无法撼动。可是现在,他发这么大的火,似乎也从侧面表明了他的在意程度。

只是他自己不知道罢了。

几个秘书见特助吓得脸都白了,纷纷小声问他:"怎么了?"

他拍了拍胸口,后怕地走过去:"撞枪口上了。"

八卦似乎是人的天性,不分地点不分时间。

秘书小声道:"我刚刚看到那个女人哭着从商总的办公室里出来,该不会是吵架了吧。"

对于她的身份,他们似乎都很好奇。毕竟商滕的办公室,还从来没有女人进去过。

他们纷纷将眼神移到了唯一知道其身份的特助身上。

他也不知道怎么说,毕竟那个女人,他也只见过两次而已,今天是第二次。

"她和商总的关系应该不简单,两次来找商总都是给他送饭,上次还直

接去了他住的酒店。"

这话说出口,几个人面面相觑,你看看我,我看看你,都觉得不可思议。

这位年轻的总裁接管公司没多久,就不留情面地送那些思想老旧迂腐的高层回家养老去了。

手段狠辣决绝,全然不顾上一辈人的交情,他不光利益至上,野心也大。

丰钧被他接手没几年,就到了现在的规模,连带着股价也一路上涨。

不得不说,高门大户出来的富二代,在经商方面,的确比普通人要有头脑。

这种野心大、事业心强的男人,儿女情长对他们来说就是累赘。

这样的人,是很难被感情绊住脚步的,可看他现在这个反应,似乎还有待商榷。

里面传来动静,椅子被踢开,重重地砸在地上。

大厅似乎都跟着晃了下。

商滕拿着手机接电话,从办公室里出来,空出来的手去正领结。

脸色阴沉,甚至连答话也是喉腔发出简短的单音节:"嗯。"

他将不耐烦表现得淋漓尽致。

几个人见他出来,纷纷噤声。

商滕摁亮电梯,在进去之前,他让特助把他下午的应酬全部推了。

特助刚点完头,电梯门开了。

不等他再开口,商滕已经进去了。

电话是医院打过来的,商昀之不肯吃药,还把病房里的仪器也给砸了。

等商滕赶到的时候,他刚拔掉针头,挣扎着要从病床上起来,试图上前注射镇静药的护士也被他推开。

商滕正好进来,在护士摔倒前及时伸手扶了她一把。

小护士年纪不大,之前也碰到过无理取闹的病人,可脾气这么大的还是头一回遇见,早就吓得脸色苍白了。

手臂被人扶住,她诧异地抬眸。

模样清冷的男人松开扶着她胳膊的手,往后一步:"还好吗?"

没有任何感情的询问,顶多算教养使然。

小护士脸一红，小声说："还好。"

他低低地嗯了一声，注意力便不在她身上了，走到病床前，表情漠然地看着病床上的男人发疯。

他把能砸的东西全砸了，商滕全程不为所动。

直到他实在没东西可砸了，商滕淡声问道："闹够了？"

商昀之气得指着他的鼻子破口大骂："你这个逆子！我没病你送我来什么医院，你是不是就是想害死我？"

地上一片狼藉，医院里的仪器大多是六位数的，他这一通乱砸，几百万就打水漂了。

哼，发个脾气还挺贵。

商滕在那堆狼藉里捡起一个打火机："来医院都不忘抽烟，你都能把自己送走，还用得着我害？"

他说话的语气，没有太明显的起伏。

小护士在一旁看愣了，总觉得这两个人的关系不太像父子，非但不融洽，反而有些吓人。

商滕没有在这里待多久，医生很快就过来了，他们按住商昀之的手，注射了镇静药。

这个病房短期内是没办法再住人了，只能把商昀之先转到其他病房。

VIP病房到VIP病房，没有什么区别。

商滕简单地询问医生他的状况。

医生说目前来说商昀之的病不容乐观，因为病人不配合。

不算意外，商滕早就料到了会是这个结果。

他等电梯上来的时候，刚刚那个小护士过来，递给他一张创可贴。

"你手上的伤还是先处理一下吧。"

她说话的时候，不敢抬眼看他。

经她提醒，商滕才注意到自己手背被划伤了。伤口不深，属于时间久点就能自己愈合的皮外伤。

他接过创可贴，礼貌地向她道谢。

护士红着脸，小声说："不用谢。"然后她娇羞地转身跑开。

与此同时，电梯门开了。

他把创可贴随手扔进一旁的垃圾桶里，进了电梯。

屋子里没开灯,窗帘也拉得严严实实的。

岑鸢坐在地上,靠着墙,看着无边的黑暗发呆。

这家酒店的隔音很好,她完全听不到一丁点儿外面的声音。

整个世界像是陷入沉睡了一般。

她也不知道自己保持这个姿势有多久了。

时间在她这儿似乎停止了,她想哭,可是哭不出来。

眼泪早就流干了,眼睛开始酸疼,伸手去揉,越揉越痛。

这是纪丞去世以后,她第一次这么难过、无助。

原本她还抱着一丝微弱的希望,却被商滕给毁了。

他是绝情的刽子手,把她最后的那点寄托也给斩断了。但她没办法怪他,毕竟做错事的,是自己。

谁都不愿意被当成替代品。

酒店的服务员过来敲门,担心里面的人是不是出了意外。

里面的人两天两夜没有出门,也没有叫过任何服务。

门铃声把岑鸢从失神中叫醒,连起身都没了力气。

她扶着墙,把灯打开。

在黑夜待久了,眼睛还没办法太快适应光亮。

她闭着眼,等了一会儿,才把眼睛睁开。

过去开门的时候,经过洗手间,她看见镜子里的自己,也被吓了一跳。神色憔悴,整个人肉眼可见地瘦了一圈。

如果说平时的她是脆弱的玫瑰,那么现在,则是即将枯萎的花。

她把门打开,酒店服务员确认了她没什么事以后,询问她有没有需要帮助的地方。

岑鸢轻声道谢:"不用了,谢谢。"

往日酥软的声音,因为缺水而沙哑。

两天两夜没进食,岑鸢却并不觉得饿。

这段时间,也足够她想清楚了。

哪怕仍旧走不出来,但她还得好好活着,面对现实。

她还算坚强,也正是因为坚强,所以才能在接连经历过这么多事情之后,仍旧可以用最大的善意去对待每一个人。

她想清楚了,这场闹剧是时候该落幕了。

她回去的路上,天下起了雨,风吹在脸上也跟刀割一样。

再过一个月，就是春节了。

这种合家欢乐的日子，岑鸢却是一个人。

她莫名畏寒，裹紧了外套，视线落在车窗外，一言不发。

出租车司机见她这样憔悴，担心她出了什么事，遂关心地问了一句："姑娘，你没事吧？"

岑鸢收回视线，明明已经虚弱到连说话的力气都没了，却还是冲他笑了笑："我没事。"声音温柔，一如她这个人一样，哪怕身处绝境，仍旧用温柔回应别人给的善意。

高级住宅区，外来车辆是进不去的。

出租车司机只能在入口处停下，外面的雨比起刚才小了点，却还在下。

司机把自己的伞给了岑鸢："拿着吧。"

岑鸢没接，道过谢，说不用了。

司机却坚持给她："没事，我车上还有一把。"

说完，他把伞塞到她怀里，似乎是怕她还回来，便脚踩油门，走了。

岑鸢在原地站了一会儿，然后才撑开伞。

雨水滴落在伞面上，溅起一圈一圈的小水珠，沿着伞骨滑落。

雨后，寒意更甚。

呼吸间升起了白雾。

这个点，暗蓝色的天际透着一抹白。

客厅里的灯是亮的。

岑鸢在门口停下，要进去，可是脚像固定在路边一样。

直到，听见门外有声音的何婶过来把门打开。

屋内的暖意泄出来，在何婶惊讶的表情下，岑鸢唇角微挑。

她明明是温柔的，却又因为无力而泛起几分苦涩。

她这几天没回来，何婶给她打电话也一直是无人接听的状态。反而是商滕，每天都回来，就是不说话，总是阴沉着一张脸，气压低得很，连甜甜都不太敢靠近他。

直觉告诉何婶，商滕和岑鸢之间肯定发生了什么，不然这两个人不会这么反常。

往日里，一个喜怒不显，一个温婉贤淑。从不被情绪左右的两个人，这会儿反倒成了情绪的奴隶。

这下见到岑鸢，她悬着的心也终于放下了。

这几天她也不知道去了哪里,越发消瘦,脸上都可见骨了。

何婶急忙侧开身子,让她进屋:"外面冷,没冻着吧?"

岑鸢把伞收了,挂在玄关旁的架子上,轻笑着摇头:"还好。"她依旧是温柔的语气。

脸上的笑容,在看到客厅里吃早餐的男人时,有些怔住。

何婶走过来,视线被挡住。

何婶问岑鸢吃了没,去帮她盛粥。

"是你最喜欢的南瓜粥。"

轻轻的声音,像风一吹就散了,微弱到,不仔细听都听不见:"不用了何婶,我不饿。"

男人也没看她,视线落在手里的报纸上。

何婶自然注意到了异常。毕竟在岑鸢进屋之前,那份报纸还折叠整齐,放在一旁。

虽然她不知道他们之间到底发生了什么,但肯定不是什么好事。

商滕的冷漠也不是一天两天了,但岑鸢对他始终都是包容的,她的爱意与柔情始终都在,可这次,她突然离开,以及商滕每次回家,视线都像是在家里寻找着谁。

种种端倪,何婶怎么可能看不出来?

岑鸢两天两夜没有进食,身体早就虚弱不堪,但她不饿,没有食欲,也知道自己什么也吃不下去。

"何婶,我这次回来,是来收拾东西的。"

听到她的话,何婶愣住了:"收拾东西?是老家那边又出了什么事吗?"

岑鸢摇头笑笑:"我打算搬出去住。"

何婶下意识地看向商滕,他没有任何反应,报纸被他折叠好放在一旁,神色淡漠地吃着早餐。她想说的话哽在嗓子眼里,知道岑鸢是那种一旦做了决定就不会被人左右的人,她也就没有多费口舌去劝了。

他们之间的事情,从一开始其实就不被看好。她走了也好,至少不会再受委屈了。

岑鸢只把自己的衣服拿走了,商滕给她买的那些,她一件也没动。

既然他已经跟她没有任何关系了,那么从他这里得的便利,也就不再属于她了。

岑鸢温柔,但也决绝。

任何关系，断了就干干净净，是不会再给自己留回头路的。

商滕那顿饭，吃了很久。

如果是以前，这个点他早就不在家里了。可当岑鸢把东西收拾好，他仍旧坐在客厅里。

面前是空盘子。

岑鸢想了想，还是松开扶着拉杆的手，走过去，看着商滕："我们谈谈，好吗？"

他神色淡漠地看她一眼，起身的同时把西装纽扣扣上，并没有理会，而是绕过她离开了，形同陌路。

在他离开前，岑鸢走到他面前挡住他的路："不会占用你太长时间的。"

她觉得，还是得把事情说清楚，这样才能断得彻底。

陈甜甜刚睡醒，揉着眼睛从房间里走出来。

她看到岑鸢，眼睛一亮，刚要跑过去喊妈妈，就被何姆捂住嘴，抱回了房，还是留点时间给他们把这一切说清楚。

客厅里只剩下他们两个。

窗户关得严实，安静得连风声都听不见。

岑鸢的身高在女生里还算高，但在商滕面前，她仍旧得抬头看着他。

其实很久以前，她就偷偷测量过两个人的身高差距。

那个时候篮球队每个月都会测试。

她站在商滕测量身高的地方，踮脚，拿手去比画。

她想象着，如果纪丞还活着，应该也长到这么高了吧。

高中时期的商滕，的确和纪丞有很多相似之处。那双桀骜的眼，如原野上难以驯服的狼。谁也不服，谁也不放在眼里。

岑鸢来到寻城以后，见到商滕的第一眼，那颗和纪丞一起死去的心，仿佛又重新开始跳动起来。可是他身边已经有了想保护的人，她叫陈默北，是一个站在聚光灯下跳舞的女孩子。

的确很巧，不是吗？

商滕和纪丞，甚至连想保护的女孩子都这么相似。

岑鸢没想过要打扰他们。

她只是把对纪丞的那份好，转移到了商滕身上。

她做的那些事，都是不留任何痕迹的，没人看出端倪。

她已经没办法去疼爱自己喜欢的男孩子了，因为这个世界上，再也没有

他了,所以只能卑微到,把这份好全部寄托到另外一个和他相似的人身上。

"对不起,这些日子以来,是我太自私了,没有考虑过你的感受,我向你道歉。"顿了顿,她又说,"但同时,也谢谢你,这些日子以来,谢谢你陪我做了一场梦,现在梦醒了,我也该回归现实了。"

她说得慢,但句句都是真心话,带着绝望后的释然。

两天的时间,也足够她想清楚了。

"你胃不好,早饭要记得吃。晚上最好不要喝咖啡,容易失眠。"她的视线落在他歪了的领结上,片刻后,还是走过去,替他扶正系紧,动作自然,一如往常,他每次出门前,她都会亲手替他系好领结。

她松开手,往后退了一步。

"以后还是要多笑笑,这样心情都会好许多。"

一切都想通以后,从前她在商滕面前的卑微顺从,似乎也消失殆尽。

现在的岑鸢,是以朋友的语气和他说出这份忠告的。

故事的最后,是她把无名指上的婚戒摘了,放在桌上。

她保持体面,笑着和他说了再见,没有半点留念。

门开了,又关上。

商滕始终保持着他惯有的淡漠,但是在他不知道的时候,似乎有什么逐渐裂开,出现细微的缝隙。

客厅里没了声音,何婶这才打开房门出来,只看见商滕一个人站在那里。

她迟疑着走过来,问他:"鸢鸢呢?"

商滕没有回答她的问题,而是面无表情地把自己无名指上的婚戒摘下来,和岑鸢的那枚一起扔进垃圾桶,如同垃圾一般遗弃。

她都不在意的东西,他凭什么要在意?

岑鸢暂时先住进了酒店。

她在寻城没有房子,结婚前,她是住在江家,但现在显然是没办法回去的。

她还不能让刘因知道她和商滕离婚的事,甚至都没资格用到"离婚"的字眼,他们连证都没领,连婚礼都是低调举行的,他们充其量只能算同居。

和商滕分开的事情,她只告诉了赵嫣然。

有些事情,在心里憋久了,是会憋出病来的。

赵嫣然第一反应是惊讶，第二反应是松了口气："你早该和他离婚了，姓商的没一个好东西。"

她也是这个圈子里的人，又和陈默北玩过一段时间，关于商滕家里的事情，多少也有些耳闻。

那个地方，是不念及亲情的，比地狱好不到哪里去。

在那里长大的商滕，完美地继承了他父亲的冷血。

"那你现在打算怎么办？"

岑鸢刚吃完药，已经开始乏了，坐在沙发上，轻声道："昨天联系了中介，还在找房子。"

赵嫣然一听到她说在找房子，立马说道："找什么房子，来我家住啊，我这儿空房间多的是。"

赵嫣然最近坠入爱河了，和她那个大学生男友发展迅速，已经到了同居这一步。

岑鸢笑了笑，还不至于那么没有眼力见儿去打扰她的二人世界。

"不用了，中介应该明天就会给我答复了。"

赵嫣然就没有勉强，感叹了一声："还好你想通了。"

唇边的笑意微滞，她没有再开口，只是安静地听着。

没人知道，她想通的这两天，是怎么过的。

大概相当于，纪丞在她心里死了两回。

电话挂断后，她终于能将那张合照摆出来了，在房间最显眼的位置。

照片上的少年，那双恣意桀骜的眼，因为少女的头轻轻靠在他的肩膀上，而闪过一丝慌乱，是紧张和暗喜。

年纪小，总是藏不住自己的情绪。

第四章

我不是死缠烂打的人

房子找了快一周,依旧没找到合适的。转眼又到了岑鸢去医院复查的日子,结果不算好,也不算差。

医生已经习惯了她每次都是一个人,一边写病历一边说:"药千万要记得吃,不然稍微出现一个伤口都有可能出现生命危险。"

岑鸢轻声应道:"嗯,谢谢医生。"

她接过药单起身,开门离开。

病房里的小护士看着她的背影,问医生:"主任,她得的什么病呀?"

医生叹了口气:"血友病,遗传的,每次来看病都是一个人,可怜啊。"

小护士也跟着叹气,长得这么漂亮,可惜了。

岑鸢在医院门口碰到了刘因。

她穿着一身高定,脖子上的珠宝重到都快把她压出颈椎炎了。

她是一个目的很明确的人,嫁给江巨雄,只是为了钱。

她对他,没有任何感情,看到岑鸢手上的病历本,不用想也知道她过来是为了什么。

"你的病,好点了没?"

岑鸢没想到会在这里遇见她,有些心虚地移开视线:"还好。"

刘因就是腰有点不舒服,所以想来开点药,没想到居然这么巧,竟然在这儿和岑鸢碰到了。

她很少回娘家,上一次,还是和商滕一起回去的那次。

正好今天有时间,刘因也懒得再去开药了,毕竟见女婿更重要。

她上半辈子靠老公,现在老公靠不住了,自然得换个依附对象。

"走吧。"

岑鸢愣住了:"走去哪?"

刘因皱眉道:"还能去哪儿,当然是回你家啊。"

很久以前,岑鸢从来没觉得这个世界是不公平的。

那个时候还小,生活在民风淳朴的小镇上,周围都是疼爱她的人,后来她再大一些,生活接连的重创,让她开始对这个世界改观了。

这个世界其实也没多好,她终于瞒不住,说出了真相。

她已经和商滕分开了。

刘因皱眉,眼带戾气:"什么,分开了?"

岑鸢点头:"我们已经没有任何关系了,希望您以后……"

她剩下的半句话,被那记响亮的耳光盖过。

"什么叫没有任何关系?我告诉你,不管你是跪着求他还是怎样都得给我把这婚给复了!"

他们没有离婚,拿什么来复婚呢?

他们顶多算同居了一段时间。

脸颊上的痛,像是火灼一样。

岑鸢仍旧心平气和地和刘因解释:"我和商滕本身就是一段错误的关系,及时止损,对我和他都好。"

刘因压根就听不进去她的话,拨通了商滕的电话。

"你现在向他道歉,说你后悔了。"

电话拨通以后,根本没人接。

岑鸢反倒松了一口气。

也是,毕竟以商滕的性子,不是谁的电话他都会接的。

刘因没放弃,让岑鸢用自己的手机给他打。

这几天的事情,折腾得她筋疲力尽,她已经没多少精力去和刘因周旋了。

她无力地请求:"你放过我好吗?"

突然拔高的音量尖细到刻薄:"什么叫我放过你?你是我女儿,难道不应该听我的话?"

岑鸢性子随和,但这并不代表她是任人随意拿捏的软柿子。

"你有尽过一天母亲的责任吗?"

这句话,她是以十分平和的语气问出来的。

因为并不在意,她不在意刘因怎么对待她。

到底是有着生育之恩,所以在某些事情上面,她对刘因还算纵容。但并不代表,她会事事都顺从刘因。

刘因刚要开口,岑鸢打断她:"我现在很不舒服,就当是放我一天假吧。"

明知道刘因不可能善罢甘休,岑鸢在她再次开口之前拦了辆出租车坐了上去。

报出酒店的地址以后,她虚弱地靠着车窗,太累了。

她现在只想好好休息一会儿,有什么事,以后再说吧。

商滕开完会出来,秘书把手机递给他:"刚才有个备注伯母的电话打过来,要回拨过去吗?"

商滕解开西装纽扣,往办公室里走,淡漠地道:"不用,直接拉黑。"

秘书愣了一会儿:"什么?"

开门的手顿住,商滕转头看他,用平静的语调说道:"需要我再重复一遍?"

秘书吓得缩了下脖子,道:"不用。"

老板最近这几天心情好像不是很好,虽然外表看不出什么异样,但平时和他一起工作的人还是能感觉出来的。

他把那个号码拉黑,以至于忽略了信息里刚弹进来的短信。

伯母:"商滕,你今天有时间吗?伯母想和你聊聊。"

万事小心翼翼、生怕做一点儿错事的秘书,在看到面前这个女人时,仿佛闻到了被辞退的气息。

商滕面无表情的脸上,不着痕迹地露出厌烦。

他的视线越过站在他办公桌前的刘因,落在秘书身上。

后者哆哆嗦嗦,都快哭了:"我……我拦过了,拦不住。"

他不光拦不住，还差点儿被她扇耳光。

这个阿姨实在太凶了。

最主要的是，她说自己是商总的丈母娘，他根本不敢还手。

商滕把手里的钢笔合上："行了，你出去吧。"

秘书跟得了特赦一样，一刻也不敢在这儿多待，开了门就离开了。

虽然对她没什么耐心，但商滕还是保持着应有的教养和礼貌，让人倒了茶水。

刘因把自己手里的爱马仕稀有皮包放在一旁，笑容殷勤，哪里还有半分面对岑鸢时的狠厉刻薄："我刚刚在医院碰到岑鸢，听她说，你们两个好像有点矛盾。"

商滕原本淡漠的神情，在听到她说出来的话时，有片刻的异样。

桌上的文件被他无意识地翻动着。

"医院？"

意识到自己说漏嘴了，刘因敷衍过去："应该是感冒了吧，最近不是变天了吗？"

关于商滕，刘因还是有些惧怕的。

虽说他是小辈，就算不是因为岑鸢，他也得尊称她一句伯母，但他这样叫，纯粹是出于教养。

抛开这些，她在商滕眼里，什么也算不上。

这些刘因都明白，所以这次过来，也是鼓足了勇气。

"岑鸢那孩子现在也在后悔，但是拉不下这个脸向你道歉，所以就拜托我过来。"

她到底是在质疑他的智商，还是在质疑他对岑鸢的了解，才会说出这番不过脑子的话？

"伯母，"男人的声音，像是染了冬日的霜，冷得彻骨，甚至连眼神，都带着冷冽，"岑鸢是您的女儿，不是您用来巩固地位的筹码。"

刘因被他的语气镇住了。

他分明没有一句重话，但莫名，就是让人从心里开始惧怕，仿佛是警告。

刘因之前见过商昀之。

在某个慈善晚宴上，他是主办人。

那个时候的商昀之，三十来岁，正值壮年。

商滕的眉眼和他有八分像。

天生的狩猎者,哪怕伪装得再好,自然流露出的狠和冷血,还是有迹可循的,就像此刻。

如果说以前是那层薄弱的关系压制着他的天性,那么现在,他则是连伪装也嫌麻烦。

刘因心里自然也清楚。

岑鸢现在已经和他没有任何关系了。

商滕自然也没有理由尊重她。心里再不甘,她还是只能乖乖离开。

她那点狠,也只能欺负家里人。

岑鸢回到酒店后就睡下了,从中午一直睡到下午,是中介的电话把她吵醒的。

西城那边有个合适的房子,周边地理位置很好,就是价格有些贵。

岑鸢看了他发过来的图片后觉得还不错,当天就约好了去看房子。

她去看过以后,发现的确很不错,隔音也好,于是就定下来了。

合同是第二天上午签的。

赵嫣然让岑鸢别管,搬家的事情包在她身上。

然后第二天,林斯年就红着脸出现在她家里了。

他支支吾吾地解释,说是今天天气太热。

岑鸢起床前特地看过气温,最高温度才十度,却也没有戳破他,而是笑着向他道谢:"东西可能有点重。"

林斯年卷着袖子过来:"没事,我体力好。"

岑鸢拖着都觉得费劲的箱子,他轻松地扛在肩上往外走。

虽然他和江祁景是朋友,但他们完全不同,性格完全是两个极端。

岑鸢询问他们是怎么认识的时候,林斯年漫不经心地笑了下:"我们小学就认识了。"

岑鸢点了点头:"这样啊。"

林斯年心里也有很多疑惑。

关于岑鸢和江祁景的关系。

他知道他有个姐姐,但不是岑鸢,好像叫江窈,烦人精一个。她们都是江祁景的姐姐,怎么区别这么大?

但是他没问,既然岑鸢不愿意说,那肯定有她的理由。

他没有窥探别人隐私的欲望，能帮到她就很满足了。哪怕只是微不足道的忙。

东西不算多，很快就收拾好了。

岑鸢专门点了外卖，作为答谢。

"今天姐姐太累了，等下次单独找个时间请你吃饭，好不好？"

这温温柔柔的声音，就跟有只猫在他胸口挠痒痒一样。

林斯年觉得自己今天脸红的频率太多了，担心岑鸢觉得自己是变态，于是生硬地转移话题："这暖气是不是坏了，怎么这么热？"

岑鸢的注意力果然被他带歪："很热吗？我记得里面好像有个小风扇，我给你找出来？"

林斯年急忙摇头："不用不用，应该是刚刚累的，我坐会儿就好了。"

与此同时，桌上的手机响了，是外卖的电话，这里有门禁，外卖小哥上不来。

岑鸢让林斯年先在这坐一会儿，她下去拿，林斯年立马站起身："我和姐姐一起去。"

岑鸢没有拒绝，笑着点了点头："好。"

这几天天气不好，雨断断续续地下个不停。

外卖小哥穿着雨衣，把东西递给他们，有点多。

她食量一般，但是考虑到林斯年是男孩子，再加上今天又干了一下午的体力活，所以就多点了些。

林斯年把东西全部接过来，岑鸢怕他一个人拿着重，说帮他分担一点。

林斯年忙说："不重的。"

岑鸢在他看来，就是一个脆弱的瓷娃娃。

林斯年不敢让她受一丁点儿的罪。

因为总感觉，她会碎掉。

电梯门开，又关上。

从重型机车上下来的赵新凯，把头盔摘了，疑惑地盯着逐渐关拢的电梯门。

这不是岑鸢嫂子吗？她怎么和别的男人在一起？

他迷茫地眨了眨眼。

滕哥这是……被绿了？

纪澜的电话打过来的时候，商滕正在哄陈甜甜睡觉。

这些天她一直哭，说想妈妈，也不肯睡觉。

商滕哄了很久才把她哄睡着。

怕吵醒她，他拿着手机，出了房间。

纪澜给他打这通电话的目的就是为了让他回去吃顿饭。

"马上就是你的生日了，你生日当天没办法帮你庆祝，就提前一天过了吧。"她说，"把甜甜也一起带上。"

商滕用淡漠到不见任何起伏的语气说道："不了。"

这是预想中的结果，自己的儿子，最懂他的，当然也是自己。

"就当是让我弥补一下曾经缺失的母亲责任吧。"

她的笑容里，带了些苦涩。

这么多年，纪澜一直后悔。

商滕变成如今这样，有她一部分责任。

如果当初她没有袖手旁观，而是选择站在他这边，他是不是就不会完全被同化？

他曾经也用自己的方式反抗过，妄想脱离这个冷血绝情的群体，但所有人都在伸手将他往深渊里推。

纪澜眼睁睁地看着自己曾经还算阳光、对这个世界满怀憧憬的儿子，变成如今这副利益至上的阴沉性子。

如果说商家人是主谋，那么她就是帮凶。

她在商滕向她伸手的时候，选择了无视。

这么多年，她一直在后悔，也恨商昀之把自己的儿子折磨成这样，但她真正亏欠的，又何止商滕这一个儿子。

电话在她说完这句话后的下一秒挂断了。

静默许久，纪澜盯着暗掉的屏幕，捂着脸，肩膀轻微地颤抖着。

人上了年纪，总爱回忆。可是每次，只要她想起虚弱到连知觉都彻底失去的商滕，被人从那间屋子里抬出来的时候，她就觉得，自己的心如同被绞过一样。

刚出生时，爱笑的儿子，被他们这群魔鬼折磨成这样。

他们只想要优秀得凡事都得第一的继承人，却不许他犯一丁点儿错，不允许他不是第一，不允许他屈居人之后。

从小到大，商滕都是在这种压抑的环境下活着。

所以纪澜能接受陈甜甜的存在，最起码，她的母亲曾经在商滕最昏暗的那段时间陪过他。

用人从厨房里出来，询问纪澜还要不要继续准备。

纪澜别开脸，用帕子擦净脸上的泪："准备吧，那孩子嘴硬心软，会来的。"

用人这才应声，重新进了厨房，厨师做的都是商滕爱吃的菜。

纪澜也是大家闺秀，从小便是十指不沾阳春水，唯一会做的就是南瓜焖饭。

商滕最爱吃的就是她做的南瓜焖饭。

这次的主食也是她亲手做的南瓜焖饭。

最近气温降得很快，湖面都开始结冰了。

商滕替陈甜甜把衣服穿好。

陈甜甜指着衣柜方向："还有围巾。"

商滕让她先坐好，自己起身去拿。

他打开衣柜后，粉色的围巾挂在一旁。

他的动作有片刻的愣怔。围巾是岑鸢织的，他记得。

那些天每次回到家，她手里都拿着这条未织完的围巾。

陈甜甜闷闷不乐："周阿姨都跟我说过了，妈妈是因为和爸爸吵架才离开的。"

商滕替她把围巾戴上，没有开口。

陈甜甜说："爸爸，要不你去向妈妈道歉吧，这样她就会回来了。"

商滕其实不太会给女孩子梳头发。

马上就要过春节了，商滕给何婶和小周放了一段时间的假，所以梳头发这种事，只能他亲自来。

陈甜甜的发质有些硬，再加上她睡姿不太好，所以第二天早上起来头发总是乱糟糟的。

商滕怕弄疼她，动作很小心。

没有得到回应的陈甜甜不甘心地继续撒娇："爸爸，你就去和妈妈道歉好不好，周阿姨说了，男孩子是得包容女孩子的。"

外面冷，商滕怕她冻着，就给她穿得很厚。

这会儿裹得跟头熊一样,胳膊都抬不起来,她摇摇晃晃地要他抱。

商滕把她抱在怀里,拿着伞出门了。

"爸爸会处理好的。"

她在他怀里闷哼一声,生气了:"你别看我年纪小就想骗我,周阿姨说了,你还把戒指都扔了,你们就是想离婚。"

外面风雪很大,商滕把伞撑开,护着她。

司机从驾驶座下来,绕到后排,接过商滕手里的伞,把车门打开。

这还是陈甜甜第一次见到纪澜,和外婆不一样的女人。

她穿着一身素雅的衣服,面容温柔,属于那种第一眼就让人喜欢的人。

商滕肩上落了雪,头上也是,可他怀里的陈甜甜被护得极好,一点冷风也没吹着。

纪澜很少见他对谁这么上心。

用人拿着羊毛薄毯过来,纪澜朝商滕伸出手,说:"我来吧。"

后者没动。

纪澜笑了笑:"总得让我看一眼孙女吧。"她又去逗陈甜甜:"让奶奶抱抱你,可以吗?"

陈甜甜先是有些不好意思地往商滕怀里缩了缩,然后才小心翼翼地伸出手。

纪澜满意地把她抱过来。

饭菜已经摆上桌了,她是断定商滕今天会过来的。

进屋以后,纪澜才注意到还缺了个人。

"岑鸢呢,她怎么没来?"

不等商滕开口,陈甜甜就抢着回答了:"爸爸坏,和妈妈吵架。"

光是这一句,纪澜大概就猜到了。

毕竟没有哪个女人愿意替其他女人养孩子。

那顿饭吃到一半,陈甜甜就睡着了。

她好像总是很容易在吃饭的时候睡着。

纪澜放下筷子,拿着手帕擦嘴。

她的视线落在对面安静吃饭的商滕身上。

她已经有好久没有像现在这样仔细看过儿子了,对他的印象,好像还停留在他读高中那会儿。

那个时候他就不常笑了。

褪去了少年的稚嫩青涩，现在的商滕已经彻彻底底成了一个可以给人依靠的男人了。

他足够强大，却也足够冷血，感情于他来说，似乎只是可以随时丢弃的累赘。

那双凌厉的眼，与他父亲越来越像了。

这并不是一个好兆头。

没有哪个母亲希望自己的儿子变成一个眼中只有利益、冷血到没有感情的人。

纪澜修剪素净的手指抵着桌边的玻璃杯，略微思索过后，轻声开口："甜甜放在我这里吧，我来养，岑鸢是个好孩子，也是最适合你的，你不该让她受委屈。"

过了很久，他才低声道："我们分开，并不是因为甜甜。"

"就算不是因为甜甜，你一直养着她，又算什么？你知道现在外面都在怎么议论吗？你无所谓，但你也要顾虑一下人家女孩子的脸面。"纪澜难得态度强硬一回，"甜甜就放在我这儿吧，我来养。"

"你养？"他压低的嗓音，带着一抹不易察觉的笑，笑意却不达眼底，"养成我这个样子吗？"

她垂在腿上的左手，死死扣着佛珠。

她知道，商滕还在恨她。

对啊，他怎么可能会不恨呢？是她亲手"杀"了他，在他还只是孩子的时候。

可他既然姓了商，很多事情，就不是他能够做主的。

就算重新来一遍，她还是会做出同样的选择，不然的话，他的下场只会比现在还要惨一千倍一万倍。

陈甜甜醒过来的时候，已经在家里了。

旁边是家里新来的保姆。

她端着一碗米糊，问陈甜甜饿不饿。

陈甜甜坐起来，揉了揉惺忪的睡眼："爸爸呢？"

保姆姨舀了一勺米糊，吹凉了些，然后递到她嘴边，喂她："先生出去了，晚上会回来的。"

爸爸工作总是很忙,这些陈甜甜都知道,所以她乖乖地把米糊都吃完了,想做一个听话的孩子,这样爸爸就不会不要她了。

岑鸢搬家的事情,不知道是怎么传到江祁景的耳朵里的,可能是刘因,也可能是林斯年。

他来的时候还特地买了水果,表情不太自在:"就……路过的时候随便买了点。"

岑鸢看了眼,都是她爱吃的,甚至有的水果摊都很少有卖的,完全不像路过的时候随便买的。

岑鸢没有拆穿他,而是给他倒了杯水:"刚搬进来没多久,还有点乱。"

他坐下后,环顾了下四周:"我明天正好放假,可以顺便过来帮你收拾一下。"

他说话的语气也很随便。

岑鸢笑了笑:"好啊,谢谢。"

江祁景不太自在地摸了摸后颈:"谢什么谢,我就是顺便。"

他看到玄关鞋柜上放着一双穿过的男士拖鞋:"林斯年是不是来过?"

岑鸢把江祁景拿过来的水果洗净切好,端出来:"嗯,还是他帮我搬的家。"

江祁景拿了块苹果放进嘴里。

江祁景本来还在担心岑鸢会难过,但看到她现在这样,心也稍微放了放。

她早该从那个家里出来了,姓商的就没一个好东西。

"对了,"江祁景像是突然想到了什么,他把那个盒子拿出来,递给她,"随便做的,也没处扔,你要是喜欢的话,就摆上吧。"

岑鸢接过以后打开,是一个很可爱的雕塑娃娃,做工精细,连细节处都挑不出一丝瑕疵,压根就不像他口中所说的随便做的。

江祁景是个很拧巴的人,这种拧巴,似乎也只对他在意的人。

岑鸢垂眸轻笑:"谢谢,我很喜欢。"

他越坐越不自在,干脆站起身,岔开话题:"我有点饿了。"

今天早上岑鸢刚去了一趟超市,冰箱里都是新鲜的蔬菜、鱼和肉。

听到他说饿,岑鸢把手里的东西放下:"我去给你做饭。"

"不了,就你那个厨艺。"江祁景打开冰箱,上下看了眼,"还是我自己来吧。"

岑鸢有点惊讶,他居然还会做饭。

直到几道色香味不全的菜端出来的时候,她才发现,是自己想太多了。

江祁景还在试图为自己解释:"厨房太小了,用得不顺手。"

岑鸢为了不辜负他辛苦了一个多小时做的饭菜,每样都尝了一点:"其实也挺好吃的。"

瞎子都能看出来,她是在安慰人,更何况,江祁景又不瞎。

岑鸢把碗筷简单收拾了一下:"你先坐一会儿,我去给你下碗面。"

她刚起身,就被江祁景拉着坐回去了。

"你手都伤了,还做什么饭?"

他不知道从哪里拿来的创可贴,抓着她的手,给她贴在指缝间。

那是昨天收拾屋子的时候,不小心被竖起来的木刺划伤的。

她觉得不严重,所以也没有处理。

难怪江祁景突然自告奋勇地要做饭。

这些天来,岑鸢不算太好的心情,似乎稍微被他治愈了一点。

他把创可贴的包装纸扔进垃圾桶里:"点外卖吧,你这几天别碰水,当心感染。"

岑鸢听话地点头:"好的。"

江祁景刚拿出手机,准备点外卖。

门铃响了。

他看了眼岑鸢,想不到她这刚搬家,就有朋友找上门来了。

人缘还挺好。他起身去开门。

看到门口的林斯年,脸一黑,又把门给关上,哦,孽缘。

林斯年凭借一己之力把门给推开了,不爽地骂道:"江祁景,你……"他脏话都到嘴边了,看到沙发上表情发蒙的岑鸢时,硬生生地转了话头,脏话变成了问候,"你妈她老人家身体还好吗?"

江祁景冷笑一声:"好得很,抽人耳光比以前更有劲儿了。"

看来他这气魄丝毫不减当年啊。

林斯年和江祁景很久以前就认识了,有幸见过一次刘因抽人耳光的名场面。

江祁景和同学打架,双方都被叫了家长。

对方的家长话说得难听了些,说江祁景这种刺头以后得坐牢。

刘因护犊子，那几巴掌抽的，胳膊都抡圆了，还带助跑的。

学生打架，最后家长进去了。

也是因为这件事，导致后来林斯年都不敢去江祁景家。

因为他怕见着刘因。

难得有客人上门，岑鸢去给林斯年倒了杯水，温声问他："吃饭了吗？"

林斯年接过岑鸢递给他的水，垂眸时，正好撞进她那双带着温柔笑意的眼里，话也说不利索了："还……还没。"

江祁景说："那正好，厨房还有饭菜，我姐刚做的，你要是没吃的话，趁热。"

那些都是岑鸢准备倒掉的。

林斯年捕捉到江祁景话里的关键词——我姐刚做的。

这还是第一次，他可以吃到姐姐亲手做的饭菜。

林斯年觉得自己胸口就跟有一百头鹿在蹦迪一样。

"谢谢姐姐！"

岑鸢刚要开口，林斯年已经进厨房了。

饭菜摆在灶台上，他个子高，站直了身子，下巴差点撞上抽油烟机。他咬下那一口蒸肉，表情有一瞬的变化。

岑鸢走过去，想让他不要吃了。

那碗蒸肉她刚刚吃过，咸就不说了，还没熟。

林斯年却一口全吞下去了："想不到姐姐连做饭都这么好吃。"

明明难吃到恶心了，他却还是不忘昧着良心夸她。

岑鸢把水拿给他，中止了江祁景的闹剧："不是我做的。"

林斯年好不容易顶着恶心硬咽下去了，听到岑鸢的话，愣了愣："那是谁做的？"

岑鸢笑道："是祁景。"

林斯年看了眼坐在客厅沙发上的罪魁祸首，好不容易才忍住上去揍他一顿的冲动。

他一副恍然的模样走了出来："这样啊。"然后他摸了摸后脑勺，笑道，"没事儿，其实也挺好吃的。"

他这副献殷勤的样子，就差没叼个骨头在岑鸢面前摇尾巴了。

江祁景眉头微皱，不爽地啧了一声。

岑鸢手伤了，江祁景不让她碰水，原本碗是准备他去洗的。

但现在……

他不动声色地挑了下唇，和岑鸢说："你手都伤了，碰水的话会感染的，那些碗还是留着伤好了以后再洗吧。"

岑鸢看了眼被创可贴包裹严实的小伤口："没关系的，只是破块皮而已。"

听到江祁景的话，林斯年立马紧张地说："哪儿伤了？我看看。"

岑鸢被他的反应弄得有片刻的愣怔，而后淡淡地笑道："小划伤，不严重的。"

林斯年眉头皱着："这都贴上创可贴了，怎么可能不严重？！"

说完他就卷着袖子进了厨房。

她怎么能让客人洗碗呢？

岑鸢刚要过去，厨房门就被林斯年从里面关上了。

他的声音和流水声一起传来："姐姐你先坐着，碗我洗就行。"

江祁景啃着苹果看电视，眼睛也懒得抬一下。

岑鸢轻笑了下，隔着门向他道谢。

里面冲水的声音更大了，直接把林斯年磕巴的声音给盖了过去。

赵嫣然原本是想和林斯年一起过来的，但中途被她爸妈叫回去相亲，也没抱任何想法，纯粹就是应付下她爸妈。

目前，她还没敢告诉家里人自己再次脱单的事。

她男朋友还在读大学，年纪也小。

赵嫣然主要是怕她爸妈让她把男朋友带回去给他们见见。

她怕吓着他。

刚好到了饭点，她特地买了些吃的——烧烤和小龙虾。

她知道岑鸢吃不了太辣的，小龙虾特地要了份蒜香的，烧烤也是微辣。

"怎么就你们两个，林斯年呢？"

得知她今天要过来，林斯年可是一早上给她打了十几通电话，生怕她不带他去。

结果她就晚两个小时，他都等不及，自己提前过来了。

江祁景把手上的书合上，随手放在一旁："里面洗碗呢。"

赵嫣然笑道："看不出来，这小弟弟还是贤惠型的。"

这边话音刚落，里面就传来东西摔碎的声音，像是碗碟。

岑鸢把门打开，就看见林斯年蹲在地上，用手捡那些碎片。

听到开门声,他抬头,委屈又有点内疚道:"姐姐,对不起……"

他应该是刷锅的时候没注意,胳膊撞到放在一旁的碗碟上了,一地的碎片。

岑鸢绕开那些碎片走过去,眉头微皱,眼底是关心:"别用手碰,都受伤了。"

因为他长期在健身房锻炼而长出薄茧的手掌,出现了一道不深不浅的伤口。

他低着头,没敢吭声,要是摔碎一个还好,这……一下子全军覆没了。

她站起身,柔声说:"正好这些碗的花纹我不太喜欢,原本就打算换掉的。"

林斯年迟疑地抬头:"可是这些碎片……"

"你不用管,先去医院处理一下吧。"

林斯年这才听话地站起身,跟在她身后一起出去。

江祁景双臂环胸,靠着沙发坐着,语气懒散地问道:"你该不会是专门过来报复的吧?"

林斯年没心情回应他的调侃。

岑鸢随便披了件外套,和赵嫣然说:"我先带他去附近的医院处理下伤口,你们要是饿就先吃,不用等我们的。"

赵嫣然来之前看见了,这附近就有一家诊所,离得不远,一来一回估计十五分钟就够了。

她说:"没事,不着急。"

林斯年的手拿纸巾捂着,很快就鲜红一片。

电梯里,岑鸢轻声问他:"疼吗?"

他摇头:"我皮糙肉厚的,这点小伤算不了什么。"

原本紧绷的心,也因为他无所谓的语气,稍微放松了些,可能是病后的阴影吧,她对血莫名惧怕。

岑鸢转头去看电梯楼层的时候,林斯年偷偷站得离她更近了点。

他离她越近,越能直观地感受到两个人之间的身高差异,姐姐真的好小。

他一只手,就可以抱起来。

岑鸢似乎察觉到了,正好回头。

林斯年顿时涨红了脸，咳嗽几声，移开目光。

赵新凯死赖着让商滕来他家吃饭。

打第一通电话的时候，商滕没等他说完就挂了。等他打第二通电话的时候，人家直接不接电话了。

最后实在没办法了，他只好打电话给他外婆，让他外婆给商滕打电话。

他外婆是商滕的老师，这人虽然性子凉薄，但还是很尊重长辈的。

赵新凯约商滕来家里吃这顿饭，就是想隐晦地告诉他他被绿了这件事。

厨师从上午就开始忙活了。

赵新凯趴窗户那里看着，直到看见那辆银色的车开过来，他才急匆匆地往楼下跑，亲自去迎接。

商滕从车上下来，手扶着领结，面色不豫地左右扯了扯。

工作忙到一半被叫过来吃饭，偏偏是老师亲自打的电话，他也没办法拒绝。

赵新凯深知拿自己外婆出来压他这事不对，也不敢和商滕对视，声音也哆嗦个不停："我……就是太想你了。"

商滕没理他，进了电梯，气压低得很。

赵新凯也委屈，但只要一想到商滕可是头戴绿帽子的人，顿时觉得自己的委屈不算什么。

人也到了，赵新凯通知厨师上菜，几乎都是些素菜，清炒西蓝花、水煮莜麦菜、凉拌黄瓜、鸡蛋丝瓜汤、辣椒炒豇豆……

商滕放眼望去，全是绿的。

他跟旁边盛汤的小保姆说："去把我冰箱里的雪碧拿过来。"

商滕放下筷子："有什么话直接说吧。"

他这问出口了，赵新凯倒是突然不知道该怎么回答了，支支吾吾了好半天，正好小保姆拿着雪碧过来，急忙岔开话题："要不先喝点雪碧？"

商滕无动于衷，仍旧面无表情地看着他。

赵新凯见敷衍不过去，只能叹了口气，一五一十地全说了，包括他是在几点钟看到岑鸢和那个男人在一起的。

商滕听完后，其实没太大的反应。

只是眼神飘忽了一会儿，像是在沉思，筷子没拿稳，掉在地上。

他想着安慰商滕几句，结果男人已经恢复了往日的淡漠，说话的语气也

淡淡的:"我和她已经分开了,所以她和谁在一起与我无关。"

赵新凯惊得眼睛都瞪圆了:"分开了?"他显然不太相信,"怎么可能,嫂子那么喜欢你,怎么舍得和你分开?她看你那个眼神分明……"

商滕淡漠的神色在听到他这番话时有些难看。

他很明显是不想谈论这个话题,在赵新凯说完这句话前,拿着外套起身,连伪装都嫌麻烦。

"饭就吃到这里了,我还有事。"

赵新凯尿了,也不敢跟上去,只能目送他离开。

好在林斯年的伤口不算深,也不需要缝针,医生给他消了毒,又打了消炎针,嘱咐他这几天别碰水。

回家的路上,岑鸢在楼下的超市买了包盐。

江祁景今天那顿饭把家里的盐都快用没了。

林斯年自告奋勇地说他厨艺还可以,等下次他手好了,就给她露两手。

岑鸢轻声笑笑,应道:"好啊。"

他们走进去,正好电梯门开了。

夜风刺骨,头顶的灯是惨白的光。

谈笑声在看到电梯里的人时,有片刻的顿住,正好四目相对。

商滕面色平静,眼底却一片深邃,晦暗不明,如同深夜不得窥探的海面,波澜都隐藏在最深处。

没想到会在这里遇到商滕,岑鸢微愣了一瞬。

男人从电梯里出来,眼神淡漠地看了眼林斯年,视线又重新回到岑鸢身上。

彼此都算体面的人,并不会因为分开而撕破脸皮,老死不相往来。

岑鸢礼貌地和他打招呼,声音一如往常:"真巧啊。"

商滕没太大的反应,只是喉间低低地嗯了一声。

外套搭在他的臂弯,衬衫是深灰色的,身形修长。

男人的气场太过强大,极具压迫感,哪怕只是站在那里,一言不发都给人一种需要仰望的感觉。

看二人之间怪异的氛围,并不像是普通认识的人,林斯年不太喜欢这种感觉。

他强行归纳为这只是年龄上的压制。

"姐姐,"他走过去,将岑鸢的注意力从商滕身上引过来,"我的伤口,好像又裂开了。"

岑鸢垂眸,脸上浮现出些微的担忧。

她轻轻握住他伸过来的手,小心翼翼地揭开速愈贴。

伤口的确有些裂开了,但是还好,不算严重。

"没事。"她轻声安慰他,"回家以后我再给你涂点药。"

林斯年乖巧地点头:"嗯。"

电梯亮了,岑鸢和商滕礼貌地道别:"那我们就先上去了,雨天路滑,你开车小心点。"

她的温柔语调并没有变,但商滕能听出来,有些东西变了,温柔之外,只剩下疏离的礼貌。

她的确放下得很彻底,仅仅因为眼角那颗泪痣消失就完全把他当成一个还算熟悉的人,仿佛之前住在一起的那两年只是幻影。

这么说好像也不太对。毕竟她对自己的感情,本身就是一种寄托,与他无关。

他只是一个载体,寄托没了,感情也就随之消失了。

从来都是他算计别人,想不到到头来,竟然被别人算计了。

商滕点头回应,想开口说些什么,喉咙却发涩。

电梯门开了,又关上。

他耳边仿佛还是那两个词,我们,回家。

什么时候,她也和别的男人这么亲密了?

他也不清楚自己此刻是什么感受,又应该有什么感受,是一种很陌生、从未有过的感觉。

哪怕聪明如他,仍旧不能迅速地判断出来,这是一种怎样的情绪,但是,与他无关了。岑鸢和谁在一起,与他无关,她早就不是他的所有物。

商滕像是在赞同自己此刻的想法,又像是在催眠自己。他点了点头,进入这无边夜色中。阴沉的天空,开始下雨。

电梯里,林斯年一直想开口问岑鸢,她和刚才那个男人是什么关系,但他总觉得,这样贸然开口,不太好。

电梯很快就到了八楼。

赵嫣然专门去煮了点粥,给岑鸢煮的。

她知道岑鸢的习惯,过了八点,主食只吃粥。

看到他们回来,赵嫣然把粥盛好,端出来:"怎么去了这么久?"

岑鸢把外套脱了,挂在架子上:"医院人有点多,就多等了下。"

赵嫣然点头,看着林斯年:"没什么大问题吧?"

林斯年说:"没事,小伤。"

岑鸢其实不太饿,那些烧烤她全程没怎么碰,安安静静地喝着粥。

电视里重播着某杂志的八十周年盛典。

就在前几天,苏亦真在这场盛典上,凭借颜值彻底出圈,完全盖过了她的绯闻,好几条热搜挂在前排:#苏亦真妆容#,#苏亦真古典美#,#苏亦真裸粉古典风晚礼服#

娱乐圈不缺美人,有时候,服化也能成就美人。

岑鸢的衣服被苏亦真穿上了热搜,网上都是夸裙子好看的。

好处大概就是,她的知名度也因此稍微大了一些。

苏亦真给她介绍了很多客户,订单都快排到两个月后了。

工作室装修好后,员工也很快就招到了,加上她,一共四个人。

两个都是比较有经验的,还有一个大学还没毕业,是出来实习的女学生,叫涂萱萱,很可爱的女孩子,笑起来时,有两颗小虎牙。因为她没什么经验,所以很多事情得岑鸢手把手地教。

她也有耐心,涂萱萱有什么不懂的,她都会轻声细语地给涂萱萱讲到明白为止。

为了祝贺她工作室开业,江祁景和林斯年特地提着花篮过来祝贺。

岑鸢刚从后面的工作台出来,手上还拿着打版画线用的笔。

她让涂萱萱给他们倒茶,她进去换完衣服就出来。

涂萱萱那双眼睛一时不知道该看林斯年还是该看江祁景。

老板长了张神颜就不说了,两个弟弟还这么帅,这么好的工作,就算不给她工资她也要来。

茶端上来了,她放在旁边的桌上,面带羞意地说:"慢用。"

这还是江祁景第一次过来,墙上挂着几幅简笔抽象画,还有几个半身模特摆在那里,上面用针扎了几块布。

桌上还放着本设计稿,都是草图,上面也有署名,岑鸢的名字缩写,这些草图应该全是她画的。

林斯年对这些很熟悉，本身就是学服装设计的，平日里也是和这些东西打交道。

他随便翻了翻："想不到姐姐在这方面的天赋这么高。"

江祁景不爽地踹了下他的椅背："别乱攀亲戚。"

林斯年把设计稿合上，放回原处，笑得有点欠揍："谁乱攀亲戚了，这可是姐姐让我这么喊的。"

江祁景知道林斯年在想什么，警告他："你打江窈的主意我没意见，但岑鸢不行。"

林斯年皱着眉，跟吃了苍蝇一样恶心："我为什么要打江窈的主意？"

正好岑鸢从洗手间出来，她拿了张纸巾在擦手，笑着问他们："聊什么呢？这么开心。"

林斯年哪里还有半点刚才和江祁景说话时的欠揍样，立马乖乖坐好："就随便聊了聊。"

岑鸢看了眼墙上的挂钟，四点半了："正好也快到饭点了，我请你们吃饭吧。"

江祁景说："不用，我们送了花篮就走。"

林斯年表现得很积极："姐姐，他来的时候吃过了，我没吃，我去！"

江祁景不爽地瞪了他一眼，最后就变成了三个人一起去吃饭。

江祁景还是不放心，总觉得林斯年心怀鬼胎，怕自己一不注意，他就成了自己姐夫。

他们去的是附近的一家西餐厅。

岑鸢点了份牛排，林斯年连菜单也没看，和服务员说："我和她的一样。"

江祁景接过菜单喷了一声。

中途岑鸢去了趟洗手间。

等她出来的时候，林斯年把自己面前的那盘牛排切好，和她的换了。

他知道岑鸢吃东西习惯细嚼慢咽，所以给她切得很小。

岑鸢向他道谢，笑意温和。

林斯年脸一红，有些无措地低下了头，握刀叉的手也抖个不停。

他也没恋爱经验，这还是头一回暗恋女孩子，而且还是大他几岁的姐姐。

姐姐什么都好，温柔又贤惠，会照顾人，而且还善解人意，唯独有一

点,就是太漂亮了。

林斯年每次看到她冲自己笑,就莫名紧张,心脏跳得很快。

好在岑鸢并没有过多地在意他,但凡是有江祁景在的时候,她的注意力总是大部分都在他身上。

"快期末考试了吧?"

江祁景回应得挺敷衍:"嗯。"

"考完有想去的地方吗?"

寒假一个多月,往年江祁景都出去,他似乎不太喜欢待在家里。

他用叉子随意地搅拌了下盘子里的意面:"还没决定好。"

岑鸢若有所思地点了点头:"这样啊。"

她像是在沉思,江祁景看了她一眼,神色有些不太自在,沉默了好久,才问道:"还有两天就是春节了,你回来吗?"

难怪最近街上的人明显多了。

她这段时间有点忙,再加上一个人住,都快忘了还有两天就是春节了。

"要回去的。"

江祁景欲言又止地抬眸,看到她的脸后,到底也没开口。

那天晚上,岑鸢给周悠然打了个电话,担心她春节一个人在家里冷清。

周悠然让她别担心:"你徐伯啊,让我到时候就去他家吃团年饭,说三个人总比两个人热闹。"

徐伯的老婆二十年前和他离婚了,嫌家里穷。

徐伯和儿子相依为命,这么多年了,靠着承包的那片鱼塘,也算衣食无忧。

他们一个丧夫,一个离异,很多年前就有媒人上门,和周悠然提过跟徐伯的这门婚事,但周悠然那个时候担心岑鸢会受委屈,就一直没松口。

徐伯是个很好的人,岑鸢觉得,周悠然能找到一个余生可以陪着她的人,也是一件不错的事,于是便和周悠然说了自己的想法。

她却只是笑道:"顺其自然吧,我不着急的。"

后面她们又聊了些其他的,快到十一点了,岑鸢才挂电话。

周悠然要早睡,不能熬夜。

夜间气温降至零下,雪下得很大。

早上起床,放眼望去,目光所到之处,都是一片刺眼的白。

陈甜甜很兴奋,说要出去堆雪人。

何婶替她把衣服穿好:"我的小祖宗,这么大的雪,别说堆雪人了,雪都能把你给堆了。"

何婶老家也没什么亲人了,这次回去,就是为了祭祖,在春节前赶了回来。

商滕也空了几天的时间出来,没去公司。

他换好衣服从楼上下来。

何婶看到他身上的衣服了,又是一丝不苟的正装。

家是供人休息的地方,可商滕自小接受的教育,好像就是在告诉他,无论何时,都不可以有一丝一毫的懈怠。他就是在这种长期重压的环境下长大的。

何婶笑道:"今天是春节,一年也就这么一天,还是穿得喜庆点儿吧。"

她拿了件毛衣递给他,粉色的。

某个清晨,岑鸢给他系好领带,柔声道:"以后多穿些亮色的衣服吧,这样心情也会好许多的。"她笑得很温柔,"我给你织了件毛衣,粉色的。"

那个时候,他并没有给任何回应。

过堂风从未关拢的窗户吹进来。

商滕垂眸,片刻后,伸手把毛衣接了过来。

商滕最终还是把那件毛衣换上了。

毛衣是比较浅的粉色,岑鸢买毛线的时候就考虑到了,如果太艳了,商滕是不会穿的。

他好像还是头一回穿成这样。往日里的沉稳内敛少了几分,更多的是这个年纪该有的活力。

除了岑鸢,好像所有人都忘了他才二十六岁,太多的重担压在他的肩上。

他不是没有喜怒哀乐,而是不配拥有。

何婶照顾了他这么多年,也算是看见了他的转变。虽然残酷了些,但是也不算意外。

他出生在这样的家庭里,背负着家族的盛衰,所以对于岑鸢的离开,何婶还是有很多不舍的。

她是最适合商滕的,也是最懂他的。

无论商滕面上表现得多漠然、多无所谓，但两年多的朝夕相处，怎么可能一点感情也没有呢？

哪怕是养了两年的宠物离开了，也会有一丝不舍，越淡漠，就越不正常。

但这一切，何婥是没有资格开口的。

商滕不是那种喜欢被人窥探心思的人，并且，在某些方面，他比任何人开窍都要晚。

这与他的成长环境有关。

从小到大，所有人只教会了他如何利用别人，如何做一个利益至上的人，如何行使上位者的权利，但没人教过他爱是什么，又该如何去爱人。

不是每个人都知道爱是什么。

这需要在幼年时期耳濡目染，但商滕没有经历过。

他身边的人好像都没有这种情感。

因为他们的结合都不是因为爱，只是因为利益。

所以哪怕是无意间流露出的情感，也只是互相利用。

你算计我，我算计你。

何婥欣慰地笑道："岑鸢织的时候还担心会不会太大，好在正合适，如果让她看到了，应该会很高兴。"

在听到何婥的话后，商滕的动作有片刻的停顿。

他不清楚，为什么在听到"岑鸢"这个名字的时候，会有一种很反常的感觉。

他并不是一个退缩的人。

公司最困难的时候，就是他刚接手的那段时间，到处都是漏洞，到处都是亏空。

商昀之把严厉都用在了儿子身上，对自己，却格外宽容。

因为自己无能而留下来的烂摊子，懒得处理了，便把儿子从国外叫回来。

商滕最难的那些日子，一周的休息时间十个指头都数得过来，他甚至一边输液一边开会，连去医院的时间都没有。

他和他父亲不同，遇到问题，他从未想过逃避，但是现在，面对胸口不断翻涌的怪异情绪，第一时间，他选择了无视。

他不明白那是什么。

因为无知,所以恐惧。

下意识地,他不太敢直面那些情绪。

他敏锐的洞察力告诉他,那些情绪不是他可以承担得起的。既然他承担不起,那就不要承担了。这是他第一次选择逃避。

新年就要穿新衣服,何婶给陈甜甜也换上了新衣服,红色的小裙子,连扎辫子用的头绳都是红色的。

那是岑鸢一个月前给她买的。

陈甜甜的衣服几乎都是岑鸢买的。

小孩子长得快,五官也越发清晰,她与商滕是有几分相似的。

何婶笑道:"都说两个人相处时间久了,就会长得越来越像,你看甜甜这鼻子、这嘴,和你多像。"

商滕唇间带着笑,缓缓蹲下,把脖子上的围脖围好。

看到这张脸时,商滕垂下眼睫,迟疑地问她:"甜甜想见爸爸吗?"

陈甜甜搂着他的脖子:"我天天都在见呀。"奶声奶气的声音,像在撒娇。

商滕微愣了一瞬,然后垂眸笑笑,单手把她抱起来,没有继续这个话题。

"去堆雪人吧。"

终于可以堆雪人了,陈甜甜在他肩上乖乖靠着,兴奋得不得了。

外面雪很大,积雪也很深。

她踩上去,半条腿都陷进去了,差点被雪埋在里面。

还是商滕把她从里面拎出来的。

陈甜甜堆了三个雪人,两个大的,一个小的。

她指着那两个大的,说:"这是爸爸和妈妈。"

商滕微垂眼睫,沉默了很久。

陈甜甜说:"何奶奶说,妈妈离开了,爸爸什么时候去把妈妈找回来?"

商滕把她抱起来:"外面风很大,我们进去吧。"

陈甜甜难过地抿了抿唇,然后不说话了。

岑鸢是中午过去的。

家里人都在，江祁景和江窈两个人不情不愿地坐在客厅看电视。

刘因则忙着和她的那些小姐妹打电话。

她的圆滑性格，让她俨然成了一朵交际花，在那些阔太太之间游刃有余。

江巨雄是最先看到岑鸢的，脸上的严厉稍微缓和了些："来啦。"

岑鸢点头，把外套递给用人，礼貌地道谢。

背对着门口坐着的二人听到声音，纷纷回头。

江窈翻了个白眼，懒得理她，继续看电视。

江祁景盯着她带着湿意的头发沉思了一会儿，应该是雪，落在上面化了："你要不先去洗个澡换身衣服？"

岑鸢笑了笑，走进来："不用。"

江窈剥了个碧根果，故意咬得很响："感冒了不正好，可以继续装可怜。"

江祁景不太客气地警告她："住在别人家里的寄生虫就该有点寄人篱下的自觉。"

江窈气得全身发抖，偏偏她又不敢和江祁景争。

往往想生儿子的家庭，不是极穷就是极富，中产家庭倒没有太多讲究。

江祁景在江家，从小就是被宠大的。

江窈深知自己不是亲生的，怎么敢和他吵？到时候吃亏的还是自己。

江巨雄把话题岔开，让厨房阿姨去给岑鸢倒杯姜茶，暖暖身子。

他虽然默许了刘因为了江家的生意，而把岑鸢嫁给商滕的事，但他心里还是疼爱这个女儿的，哪怕他嘴上不说。

这次岑鸢和商滕分开，他也是默许的。

原本他以为没了岑鸢这条纽带，商滕就会把所有的投资全部撤回去，但商滕没那么做。

岑鸢道过谢，在沙发上坐下。

电视里正放着一部比较老旧的片子。

岑鸢很小的时候看过，但已经记不太清了。

刘因的笑声不时地从旁边传过来："那是那是，你家杭杭本来就乖，上次鸢鸢和商滕的婚礼上，我见过他一次，又懂事又有礼貌。"

她口中的杭杭，大概就是楚杭了。

因为岑鸢和商滕的婚礼，他那边来的朋友只有楚杭。

岑鸢之所以对他有印象，是因为他无论对谁都是一副温柔的笑脸。

世家公子身上该有的礼数和气度，他一样不少。

刘因把电话挂断了，看着江祁景说："今天晚上楚家订婚宴，你和岑鸢一起过去。"

她为了这次的机会，可是在两个月前就开始讨好楚杭的舅妈了，又是送包，又是送珠宝的。

刚才那通电话自然也是打给他舅妈的。

楚杭的母亲，她是没资格联系的。

现如今商滕这条路子走不通了，那她就只能靠儿子了，替他多拉些人脉，总是好的。

江祁景身上有艺术家的孤傲，对阿谀奉承没兴趣，倒是一向沉默的江巨雄，罕见地赞同刘因的话。

"都是同龄人，只是吃顿饭而已。"

他对江祁景的爱好还算宽容。

他想学艺术，江巨雄就送他去最好的艺术学校，也默许了他报考现在的专业，但这不代表他可以一条路走到黑。

大学毕业后，他还是得老老实实回家继承家业。

这次楚杭的订婚宴邀请函就那么几张。

能拿到的，那可都是上层圈子里极少数的人。

他们随便结识几个，那都是以后能用上的资源。

刘因又把视线移向岑鸢："你和祁景一起去，盯着他一点，万一喝多了，还有个人照顾他。"

岑鸢不想参加这种宴会。

她知道，江祁景也不可能去。但是在她开口之前，江窈听到这话，也说要去。

她都二十五岁了。

前几天家里也安排她去相亲，那些人都来自小企业，她可瞧不上。

这次可是好机会。

楚杭那个圈子里的朋友，都是她平日里费尽心思都接触不到的人。

这次如果能一起过去，哪怕是随便搭上一个，她下半辈子就有指望了。

刘因语气冷漠地道："你去干吗，这拖家带口的，是想被人看笑话吗？"

江窈一听这话，嘴角的笑就不见了，不甘心，但是又没法反驳，毕竟自

己不是亲生的。

哪怕平时刘因骂岑鸢再凶,但和自己比起来,她还是无条件偏向岑鸢的。

江窈不爽地把怀里的抱枕扔回沙发,起身回了房间,甚至连年夜饭都没出来吃。

用人去叫过,被她骂回来了,就没人再管她了。

吃完饭,岑鸢接到了一通没有备注的陌生来电。

她走到静处去接。

不算太熟悉的声线,温柔中带着淡淡的笑意:"嫂子。"

岑鸢愣了一瞬:"你是?"

那边传来吞吐烟雾的声音:"是我,楚杭。"

岑鸢点了点头,不知道他为什么要给自己打电话。

楚杭说:"原本是想单独给你邀请函的,但因为这边有事,走不开。所以就想着,给你打一通电话。"

岑鸢其实不太明白,他为什么要邀请自己。

她怕楚杭叫她是因为商滕,于是轻声说道:"我和商滕已经分开了。"

"我知道。"楚杭的话里,仍旧带着淡淡的笑意,似乎并不意外,"就当是礼尚往来吧,嫂子的婚礼我参加了,我的订婚宴还是希望嫂子也能来。"

他似乎叫习惯了,一时改不了口。

哪怕知道她已经和商滕分开了,他还是叫她嫂子。

他说的话,也不无道理。

的确,礼尚往来,是这个道理。

迟疑片刻,岑鸢最终同意了:"好。"

和岑鸢想的一样,江祁景最后还是没去。

艺术家都是孤傲的,不愿意和那些身上都是铜臭味的商人打交道。

虽然这么说有些故作清高,但江祁景从来不在乎别人怎么想他,就连刘因也拿他没办法。

她只骂了他一句,又不忍心白白浪费了这个机会,好歹也是她花费了这么多财力和精力换来的,最后只能让江窈也一起去了。

去之前,岑鸢就想过,可能会在那里碰到商滕,但她也没有任何不适应,或是别扭。

她把商滕和纪丞剥离开以后，商滕只是商滕了。

在岑鸢眼中，他和楚杭、林斯年没什么区别。

她温柔，但也薄凉、清冷。

这种清冷无关对人的态度，只是她的情绪，很难因为她不在乎的人而有所起伏。

楚杭亲自出来迎接她。

他和商滕家世相当，年纪相仿，但性子却是两个极端。

如果说商滕是冬夜里的寒风，刺人骨髓，那楚杭就是夏日里的骄阳，极其热烈。

岑鸢对这两种性格都不讨厌，也谈不上喜欢。

这次的订婚宴，来的人并不多，除了两家的至交，就是双方的朋友，但来的几乎都是楚杭的朋友，听说新娘从小到大都是跟在楚杭身边长大的。

如果非要深究她有什么朋友的话，大概就是楚杭身边的那几个，甚至也算不上朋友，顶多算是和他们认识。

楚杭忙着招待客人，带着岑鸢入座后，就先告辞了。

岑鸢今天的打扮很简单，白色毛衣搭配浅色碎花长裙，外面是一件奶茶色的双排扣呢子大衣，微鬈的黑发用发带绑了个马尾，很简约温柔的打扮。

她哪怕只是安静地坐在那里，都给人一种婉约贤淑的印象。

这样的人，似乎格外讨小孩子喜欢。不知道是谁家的孩子，到处乱跑，险些撞到旁边的桌腿。

好在岑鸢及时用手挡住，他的额头磕在了她的手背上，他有些发蒙地抬头。

岑鸢见他身边没有大人跟着，温柔地蹲下，替他把松掉的领结系紧了些。

"怎么一个人乱跑，你家大人呢？"

小男孩抿了抿唇，大眼睛盯着岑鸢。

过了一会儿，他朝她伸出手，要她抱。

岑鸢笑了笑，伸手去抱他："以后不能随便让陌生人抱，知道吗？"

他才三岁，当然不知道，所以懵懵懂懂地问她："那陌生姐姐为什么要抱我？"

她伸手在他鼻子上轻轻地刮了刮，笑容里是对小朋友的宠爱："因为你

可爱呀。"她纠正他,"不是陌生姐姐,是陌生阿姨。"

小男孩摇头,去抱她的脖子,脑袋趴在她的肩上:"漂亮姐姐。"

岑鸢无奈地轻笑,抱着他起身:"你家人在哪?"

他指着前面,岑鸢便顺着这个方向走过去,她越往前走,越安静。

酒店在岛上,四面都是海,她过来的时候,有专门的轮渡,半小时一趟,只有拿了邀请函的人才能上船。

直到前面没路了,只有一扇玻璃门,门外的浅灰色窗帘,随风飘动。

小男孩的手还指着那里。

岑鸢迟疑地走过去,推开了门,冷风彻骨,夹杂着淡淡的烟草味。

男人听到动静,无声地垂眸,那冷冽的眉眼,比冬夜暖不上几分。

空气中,是海风的咸腥。

轮船行驶在海面上,灯光和酒店里的无甚差别。

商滕把指间的烟掐灭,放进手边的烟灰缸里。深邃的眼底,倒映出岑鸢的身影。

她是平静的,平静地冲他笑:"又见面了。"

捏灭烟蒂的手像沾了水的拖把一般,抬不起来。

小男孩看到他,大眼睛眨了眨,喊他爸爸。

岑鸢愣了一瞬,随即看向商滕。

他走过去,看着岑鸢:"给我吧。"语气平淡。

三岁的孩子也有些重量了。

岑鸢的力气并不大,这一路走过来,她也有些累了。

哪怕是寒冬,她额上也微微沁出了细汗。

从岑鸢手中抱过男孩后,商滕皱着眉,沉声训斥他:"说了多少遍,不要到处乱跑。"

他完全没有对待陈甜甜时的温柔。

小男孩明显很怕他,撇着嘴,又不敢吭声,最后委屈巴巴地看向岑鸢。

露台的门再次被推开,江言舟还喘着粗气,看到商滕怀里的江禹城,悬着的心这才放下。

"商滕,不厚道啊,自己没孩子就抢别人的。"

面对他的调侃,商滕无动于衷,好像很少对什么东西上心,甚至完全没有正常人的喜怒哀乐。当然也有可能是,他隐藏得好。

江言舟抱着江禹城,让他把这见到谁都喊爸爸的毛病改改:"可别哪天被人拐跑了，你妈得和我拼命，要是你妈因为你和我离婚了，我把你皮剥了。"

江禹城被他吓到了，用脸去蹭他，像小猫一样地撒着娇。

江言舟很好哄，气消了后便把自己的外套脱了给江禹城披上。

他撞了下商滕的肩膀："先进去了。"

商滕点头，喉间低低地嗯了一声，算是给过回应。

一大一小离开以后，偌大的露台便只剩下他们两个了，安静了不少。

岑鸢看到他手边的烟灰缸，上面零乱地放着几枚烟蒂，应该全是他刚刚抽的。

商滕没什么烟瘾，偶尔抽烟也就是一两根而已，但像现在这么无节制地抽烟还是头一回。

她离开的脚步稍微顿住，柔声叮嘱了他一句："少抽点烟，对身体不好。今天晚上让何婶给你煮点清肺润喉的茶，喝完了再睡。"

商滕对很多事情不过问，但并不代表他不懂，就好像现在，他能听出岑鸢一贯温柔的声线里微妙的不同。她不再非他不可了，甚至她只把他当成陌生人了。

她的确是个好女人，哪怕是对待陌生人也带着温柔。

那种奇怪的感觉又铺天盖地地涌了上来，像是有人拿针在他胸口反复刺着。

他迟疑了几秒，低声向她道谢。

男人骨子里便透着高冷和矜贵。

他下意识地转动袖间的银质袖扣，似乎想借此转移注意力。

因为他此刻的动作，岑鸢只能看见他的侧颜。额发是往后梳的，露出冷硬凌厉的眉骨，有一缕不听话的头发垂落下来，带着凌乱的美感。

他不论是长相还是气场，都给人一种难以接近的感觉。

岑鸢以前总让他多笑笑，因为他笑起来真的很好看。

那双桃花眼，含情一般。但他还是不爱笑，过于内敛的人，很难将自己的情绪通过表情表达出来。但现在，岑鸢并没有将那句话说出口，而是说："我先进去了。"

门打开，又关上。

商滕的视线被风卷过的窗帘挡住，他抬眸看向远处平静的海面。

下雪了。

订婚仪式很简单,结束以后,就差不多开席了。

饭菜依次被端上桌。

岑鸢随便坐在一个位置,应该是楚杭老家的亲戚,都是些老人家,对岑鸢有兴趣得很,正和她聊着呢。

楚杭走过来,对她说:"坐这儿多扫兴。"

那几个老人家佯装恼怒地指责楚杭:"和我们坐一起就扫兴了?"

最后他们被楚杭两句话就给哄好了。

他是家里最小的孩子,自然也是最受宠的,再加上乖巧会说话,人人都疼他。

不等岑鸢开口,楚杭就强行拽着岑鸢去了里面那桌。

他没牵岑鸢的手,而是隔着呢子外套,抓着她的手腕,和她保持着应有的距离。

他就抓了一下,等她起身以后,就松开了。

桌上放着好几瓶酒。

楚杭轻声笑笑:"看看我把谁带来了?"

所有人闻声抬眸,看到岑鸢以后,都下意识地去看一旁的商滕。

他们分开的事情,虽然没有往外说,但在这个圈子里早就传开了。

那些人说他们离婚了。哪怕他们两个人根本就没领证,顶多算没有感情地同居过一段时间。但商滕也没说过什么。一来,他本身就是那种别人怎么想他都无所谓的人,懒得为自己辩解。

二来则是,他为了岑鸢的声誉着想没有说什么。她以后还要嫁人的。

在岑鸢来之前,商滕应该已经喝了不少。

他面前的桌上,放着空酒瓶。深邃的眼底,带着醉意,染上了一抹红,安静看人时,仿佛连沉默都像是在撩拨人。

这桌好几个单身女孩子,多少对商滕有那么点意思,尤其是得知他已经离婚了。

优越的外表和钱,有了这两样,再黑暗的灵魂似乎都能被看成是洁白的。

频频有人向他示好,但他无动于衷。

这并不意外。

164

若是他给了回应,反倒让人意外了。

今天能来的,几乎都是这个圈子里的。

年龄相仿,再加上从小一起长大,哪怕有的人之前没和商滕接触过,但大多也听说过他,知道他性子极冷。

那顿饭,岑鸢吃得很安静。

她的确有点饿了,家里吃饭早,距离现在已经有差不多八九个小时了。

直到吃饱,她拿出纸巾擦嘴。

面前的座位,空出来一个。

楚杭意味深长地笑道:"看来嫂子离婚以后,真的对滕哥一点感情都没了。"她甚至都没看他一眼。

明明以前每次出来吃饭,那双眼睛好像长在他身上一样。可现在,商滕在她面前甚至还没有桌上那些菜有吸引力。

岑鸢有些疑惑,没太听懂他话里的意思。

楚杭也没继续说,只是笑笑,问岑鸢要不要去洗手间补个妆。

岑鸢今天没化妆,被楚杭这一提醒,她想起自己今天还没吃药。

她吃的药,药名太过显眼,为了防止被人询问,她几乎不在人多的时候服用。

她站起身,温声开口:"那我就先告辞一下。"

走廊旁的窗户开了一条缝,应该是通风用的。能闻到那股空气中的咸腥味,她把药从包里拿出来,刚要推开一侧洗手间的门,对面的男人摇摇晃晃地走过来。

他醉得很彻底,眼神都开始迷离了,手扯着领带往下拽了拽。

早就解开的那两粒领扣,致使领口微敞,甚至脖颈处都泛着一层暧昧的红。

吃完年夜饭,他就去见过客户,应酬时多喝了点儿。

直到刚才,他也分不清自己到底喝了多少。

岑鸢过去扶他:"怎么醉成这样?"

他垂下眼睫,眼底清晰地倒映出她的脸,然后他从外套口袋里摸出一个墨绿色的锦盒,递给她。

岑鸢迟疑了一瞬:"这是什么?"

被烟酒侵蚀过的声带,沙哑到像被火灼烧过一样。

他淡淡地开口:"我家传给儿媳妇的,之前一直忘了给你。"

岑鸢听到他的话，刚要把东西还给他。

他们都已经不在一起了，她怎么能要这个呢？

商滕没接："拿着吧，应该还值点钱。"

他说完这句话后，便绕过她离开了。

属于他们的故事早就谢幕了，岑鸢是一个干脆利落的人。

她并不觉得一直这样藕断丝连，对他们有什么好处。

百害而无一利的事情，她没必要做。

她算不上冷血，只能说，拎得清。

从前到现在，她一直都是这样的。只是对纪丞的那点留恋与爱短暂地蒙蔽了她的双眼，让她心甘情愿地去做一场盛大却荒诞的梦。

现在梦醒了，她又是那个理智的岑鸢，最后还是把东西还回去了。

"既然是你母亲给她儿媳妇的，那就不应该给我。"

商滕微垂眼睫，看着安静放在掌心的那个盒子。

岑鸢说得没错。

这是他母亲给她儿媳妇的。

之前他没拿出来，是因为一直确信他们的关系不会更进一步。

可现在呢？

现在为什么要给她，商滕自己也不清楚，可能是喝下去的酒全部进了脑子里吧。

商滕靠墙站着，目送岑鸢离开。

幽深的走廊里，她裹紧身上的大衣，身影依旧纤细、瘦弱，和他记忆里的没什么两样。

那种陌生的情绪又涌了上来，商滕急忙去摸烟盒，手拿着打火机，却止不住地颤抖，烟和打火机一起掉在地上。

他不知道自己这是怎么了，但他讨厌这种被情绪掌控的感觉，非常讨厌。

岑鸢吃完药过来，那边已经差不多快要结束了。

主人公被迫去送客人，其他人则自行准备回家。

他们都是开了车来的，轮渡运过去，路边就有司机等着。

岑鸢是打车来的，因为这种场合总免不了喝酒。

这地方不好打车，从船上下来以后，岑鸢在网约车 APP 上下了单。

预计时间是十分钟。

旁边有休息椅，岑鸢坐在那等车。

夜风很大，她裹紧了身上的外套，低头回复涂萱萱的消息。

今天有好几个客人上门，明天需要岑鸢亲自去谈一下细节。

岑鸢想过了，等赚够了钱就回老家。

她在镇上开家裁缝铺子，然后陪周悠然。

她没什么远大的梦想，就想和自己爱的人在一起。

今天的天气不是很好，雪下一阵停一阵，才停没多久，就又开始下起来了。

岑鸢穿得不算多，再加上她本来就畏寒，一到冬天手脚就容易凉。

以前和商滕在一起的时候，罕见的几次一起过夜，她总会离他很近。

因为她靠近他，就会很暖和。

他还是给过岑鸢缺失的安全感的，以商滕的身份，而非纪丞。

天气预报说，春节前后夜间气温骤降，提醒市民注意保暖。

岑鸢低头去看手机上有没有司机接单。

预计时间已经从十分钟变成了二十分钟。

今天是大年夜，又是大雪天，再加上在这么偏远的地方，完全具备了打不到车的三要素。

正当岑鸢犹豫着要不要给江祁景打电话的时候，黑色的保时捷在她面前停下，后排的车窗徐徐降下，男人冷硬的侧脸像被路边的灯光重新勾勒过一般，多了几分柔和。

车锁打开，他揉了揉醉后有些发晕的太阳穴："上车吧，我送你回去。"声音没有刻意压低，却依旧沙哑。

岑鸢犹豫了一会儿，没有立刻起身。

商滕似乎早就猜到她会是这个反应，也知道她在顾虑些什么。

他解释道："我不是死缠烂打的人，只是顺路而已。"

他好像总是什么都懂，将"运筹帷幄"这四个字诠释到了极点。

别人的内心，他一眼就可以看穿。

岑鸢知道，他刚才的话半真半假，前面真，后面假。

商滕的确不是死缠烂打的人，不是自大和狂妄，他本身就是不把任何人放在眼里的性子，不算优点，也不算缺点，本性而已。

岑鸢最后还是上了车，毕竟比起坐在这里吹着冷风，搭个顺风车似乎是

更好的选择。

她不能生病,身子已经够虚弱了,如果再因为生病进医院的话,又得花很长一段时间休养了。

她的事业刚处于起步阶段,她不能松懈,还要赚钱,搬回小镇。

上车以后,她能闻到车内那股浓郁的酒气,是商滕身上的。他也不知道喝了多久,眼底的醉意比岑鸢之前见过的每一次都浓烈。

两个人的座位一左一右,中间的扶手放下来,像是在他们中间画了一条线。

车开上高架桥,路边的灯光不时映照进来。

商滕把遮阳帘放下来,灯光被隔绝,车内陷入一片黑暗。

两个人都没出声,安静的氛围,被手机信息的声音打破了。

那是林斯年给她发的语音。

她原本是想转为文字的,却不小心直接点开了。

清冽干净的嗓音带着笑意,他应该在外面,周围有些嘈杂。

"姐姐新年快乐,新的一年希望姐姐身体健康,平平安安。"

手机屏幕上的时间正好是零点。

他是专门卡着时间给岑鸢发这条信息的。

她笑着回复,是温柔的语气:"你也新年快乐。"

黑夜中,商滕沉默地睁开眼睛,视线落在她脸上。

手机微弱的光将她半张脸都照亮了,唇边的笑在此刻的商滕看来有些刺眼。

她冲自己笑,是因为他是她深爱之人的替身。那她冲别人笑呢,也是因为那人是替身?又或者,她只把自己当成了替身?

商滕觉得自己可能只是不甘心罢了,不甘心被人当成替身,所以才会有这种怪异的情绪。

他越来越控制不了自己了,像野兽失控,有什么东西在体内疯狂地叫嚣着,急切地想要冲破本体脱离出来。

放在腿上的手下意识地握紧,西裤在他指间被挤压出了痕迹,他急切地想转移注意力。

他又把遮阳帘打开,车不知何时已经下了高架桥,城市的夜景出现他眼前。河滩那边,开始放起了烟花,在天空大片炸开,又消失。

人们都把烟花称之为转瞬即逝的美，可商滕不觉得到底哪里美了，除了污染环境，便没了任何意义。

岑鸢却靠着车窗，眼神落在车窗外，轻轻感叹了一句："真美啊。"

商滕微抬眼睑，看向她。

岑鸢没有注意到，因为她的注意力全在车窗外。

每年大年夜，寻城都会放烟花，但之前的那几次她都没有看成。

他们住的地方离这边远，一个南，一个北，光是开车过来，都得花费一个多小时。

岑鸢很想来看，但她知道商滕不喜欢这种虚无且不实际的东西，所以婚后的每一年，她都没有来过。

那个时候，她的温顺是盲目的，仿佛把自己当成商滕的一个附属品。

只要他在，她的目光所及便全是他。可现在，她终于看到了自己喜欢的烟花。

岑鸢没有告诉商滕她新家的地址，他也没问。司机却把车停在她家小区外。

雪越下越大，厚度已经可以没过鞋底了。

岑鸢向他道过谢，打开车门下去，走了没几步，司机跑过来，把手里的伞给她："岑小姐，这个您拿着吧。"

岑鸢笑着婉拒了："不用了，没几步路的。"

司机面色为难地道："您还是拿着吧，不然我不好交代。"

听到他的话，岑鸢明白了，伞是商滕让他拿来的。

片刻后，她接过伞，垂眸温声道谢："替我和他说声谢谢。"

然后她撑开伞，黑色的伞面很快就落上一层薄薄的雪。

直到她刷卡进了楼，身后的远光灯才消失。

她回头，那辆黑色的保时捷已经消失在夜色之中。

入目可见的只有这冷冽的夜。

岑鸢今天滴酒未沾。

虽然知道她已经和商滕分开了，但他们的潜意识里似乎依旧把她当成商滕的老婆。

商滕从来不带岑鸢去参加应酬。

少数几次带她出去，也是朋友间的聚会。偶尔会有人向她敬酒，最后都被商滕无声的眼神挡了回去。久而久之，大家就记下了，有商滕在，就不能让岑鸢喝酒，但这些岑鸢不知道。

在进电梯前，她把伞收了，抖掉上面的雪。不过是吃一顿饭而已，她却像跑了马拉松一样，累得不行。

岑鸢进屋以后就倒在沙发上不想动弹，又困又累。

放在茶几上的手机一直响个不停，都是别人给她发的新年祝福。岑鸢一条一条地回复着。

赵嫣然："新年快乐，祝我的宝贝儿新的一年早日找到一米八、八块腹肌、有钱有颜的男朋友！"

岑鸢无奈地失笑，手指轻触屏幕："谢谢，也祝你新年快乐。"

江祁景："新年快乐。"隔着屏幕她都能想象到他是用怎样的表情打出这句话的。

岑鸢有时候看到江祁景，会觉得其实人生对她不算太差的。

她是个很容易满足的人，有人关心她，有人爱她，就已经够了。

岑鸢："新年快乐。"

何婶发过来好几条语音，岑鸢点开以后，却是陈甜甜的声音。

"妈妈新年快乐，你吃饺子了吗？"

小家伙的声音稚嫩、软糯，很可爱。

岑鸢笑着长按语音键："吃了，甜甜也要快乐，最近有没有听话呀？"

"听话，我可听话了，今天我还帮何奶奶忙了呢。"

何婶在一旁吐槽："你那哪是帮忙，分明是帮倒忙。"

岑鸢笑了笑，说给她准备了新年礼物，明天给她送过去。

她们也没聊多久，陈甜甜就被何婶抱回房间睡觉去了。

岑鸢把外套脱了，刚准备洗澡，手机再次响了。

这次是电话，林斯年打过来的。

林斯年说他就在楼下，有东西要给岑鸢。

那是一只猫，蜷缩在林斯年的怀里。

他蹲在那里，哪怕身上全是雪，却把猫护得很好。但它还是冷得发抖，所以林斯年干脆把外套脱下来，给它裹上。

岑鸢从里面出来，头顶的灯光昏暗，林斯年像一只受冻的流浪狗，抬头看她。

自己都冻得发抖了，还担心怀里的小猫有没有被冻到。

他别开脸，打了个喷嚏，然后站起身，把用外套裹着的猫递给她："新年礼物。"

他的笑容很灿烂，露出那口大白牙。他和商滕截然不同。

他们一个阳光外向，一个深沉内敛，仿佛白昼与黑夜。没有人能拒绝温暖的白昼，阴冷的黑夜也是所有人避而远之的。

岑鸢微微皱眉，让他先进来："这么冷的天，怎么穿这么少，不冷吗？"

冷啊，林斯年刚才觉得自己差点儿就要在新年第一天被冻死了，但是他冷点没事，送给岑鸢的"礼物"得好好的。这可是他亲自去宠物店挑了半天的橘猫。

老板给他推荐了很多适合女孩子养的猫，但他还是一眼就相中了这只橘猫。

岑鸢太瘦了，他觉得她肯定没有好好照顾自己。

岑鸢明明对待别人时任何细节都考虑到了，在对待自己这件事情上，她却格外随意。所以林斯年觉得，橘猫这么能吃，耳濡目染，久而久之岑鸢也会很能吃。

岑鸢迟疑地接过他递过来的猫，猫还很小，缩在他的外套里，伸出个小脑袋看着她。

岑鸢抬眸，将视线移到林斯年身上："新年礼物？"她似乎有些难以置信。

林斯年有些无措地伸手按了按后颈，眼神也跟着闪躲。他还是年纪太小，不太敢和自己喜欢的人对视。

他轻咳一声，又推江祁景出来挡刀了："是江祁景，他说你一个人住，怕你无聊，所以……就让我给你买只猫养养。"

岑鸢听到他的话，那双好看的杏眼亮了一瞬："是小景让你买的？"

当然不是，但林斯年还是点头，道："对。"

他有时候也会嫉妒江祁景，岑鸢是个温柔的人，她对每个人都很温柔，但这代表不了什么，只能说她的脾性好。

岑鸢几乎把自己所有的偏爱都给了江祁景。

外面雪下得很大，林斯年的衣服又湿了，岑鸢总不能看着他这样回去。天这么冷，他会感冒的。于是她让林斯年上楼，先洗个热水澡，把衣服换了。

毛衣是岑鸢亲手织的，原本想着等下次有时间了给江祁景拿去。反正她有时间，以后再给他织也还来得及。

林斯年洗完澡出来了,头发吹了半干,被他随意地往脑后抓了抓。

岑鸢看到他身上正合身的毛衣,轻声笑笑:"我还担心小景的毛衣你穿着会小呢。"

江祁景体形清瘦,而林斯年长期运动让他看上去比同龄人要高大一些。

因为他之前和商滕站在一起,让岑鸢误以为林斯年其实也没那么高。但现在单独看,他的身高应该和商滕相近,只不过商滕的气场过于强大,轻易盖过了他的光芒。

听到岑鸢的话,林斯年眼睛亮了亮:"这是姐姐亲手织的吗?"

岑鸢被他的反应逗笑了,倒了两杯热水,一杯递给他,自己拿了一杯在他对面的沙发上坐下:"这次放假,打算去哪里玩?"

林斯年喝了口水,被烫得微微皱眉。

岑鸢轻声提醒他慢点喝,刚烧开的水,还很烫。

林斯年有些不好意思地笑了笑,把水杯放下:"本来和朋友约好了去滑雪的,但中途出了点意外,就决定临时不去了。"

岑鸢疑惑地问他:"意外?"

林斯年点了点头,也没说是什么意外。他总不能直接告诉她,意外就是她吧。

因为他喜欢上了岑鸢,所以想每天都能见到她。如果他去滑雪的话,没有半个月是回不来的。那就意味着,他将有半个月的时间见不到岑鸢。

滑雪和岑鸢比,孰轻孰重,他还是分得清的。天平无条件地倾向岑鸢。

"我听小涂说,姐姐店里最近好像很忙?"

那天和江祁景去工作室找岑鸢,林斯年就加了涂萱萱的微信,方便掌握岑鸢的第一手动态。

听到林斯年的话,岑鸢点头:"是比较忙,这个时间段,很少有人来应聘,暂时招不到人。"

林斯年自告奋勇地说:"我最近这半个多月都很闲,姐姐如果不嫌弃的话,我可以去你那里帮忙,正好我的专业也是这个。"

岑鸢抬眸,略微睁大的眼似乎在表达疑惑:"真的吗?"

林斯年拼命点头:"就是不知道姐姐要不要我?"

如果林斯年愿意来的话,她当然愿意让他来。

岑鸢之前看过他的设计稿,很有天赋,而且他对这个行业也熟悉。他和涂萱萱比起来,至少不需要她手把手教,省了很多精力。

岑鸢笑着点头:"如果你愿意,我当然欢迎。"

她说了薪酬待遇,虽然是兼职,但工资和涂萱萱一样,底薪四千元,有提成。

林斯年根本就没想过要工资,他就是想离岑鸢近一点,可以每天都看到她,可是做戏要全套,所以他乖巧地点头:"谢谢姐姐。"

岑鸢笑笑:"应该是我谢谢你才对。"

她笑起来,真的很好看。

林斯年觉得自己的心脏突然跳动得很快,有几分雀跃,还有几分无措。

他很难形容现在的感觉。

还没彻底醒酒的商滕,在回家途中就被一通电话叫去了医院。

老爷子又开始发脾气了,甚至还把一个护工给打伤了。

当他看见病房里一片狼藉后,醉酒后的头疼似乎加重了些。他不耐烦地扯开领带,那股窒息感才稍微减轻。

医生拿着镇静药,站在一旁想给商昀之注射,但他根本不让任何人靠近,抓到什么砸什么。

商滕靠墙站着,安静地看他折腾。

洋酒的后劲太大了,他感觉像是有人拿着铁线顺着他的太阳穴缠绕,然后逐渐收紧,头疼欲裂。

他没有任何时候比现在困。但他知道,面前这个正发疯的男人,是不可能让他安宁的。

商滕表现得过于无动于衷,甚至想出去抽根烟。

这么想着,他便真的拿出了烟盒,看着医生,语气平静地说:"他什么时候折腾完了您再给我打电话吧。"

不知道是商滕的话惹恼了商昀之,还是过于淡漠的语气惹恼了他。商昀之不再砸东西,转而变成指着商滕的鼻子骂商滕没良心。

"没有我,你算什么东西?"

商滕叼着烟,懒散地靠着墙,单手揣在西裤口袋里,下颌微抬,他看商昀之时,得垂眸。

是啊,没有他,自己算什么东西,能不能来到这个世上都两说。

医院不让抽烟,商滕也没抽,只是叼着。他突然也不想抽了。

商滕就这么安静地看着商昀之,安静地听他骂自己,听了有十来分钟,

把叼在嘴里的烟取下来,扔进手边的垃圾桶里。

"澳洲风景不错,气候也可以,我安排后天的飞机,您去那边养病吧。"

商昀之一听他这话,火更大了,冲过来就要掐他的脖子:"你说什么?!你说什么?!"

商滕也没躲。

幸好商昀之被医生及时给拉开,不然以商昀之现在的精神状况,后果不堪设想。

医生好不容易给他注射了镇静药,他睡着了,然后医生跟商滕一起离开了病房:"商老先生的精神是没问题的,但是……"

看着他一副欲言又止的样子,商滕知道他想说什么。

商滕点头,没有让他继续说下去,也不想听。

"麻烦了。"

商昀之中风住院这么多年,好不容易可以下床走动了,脾气却越发大了,有病情的影响,也有他自身的原因。

因为他发现,儿子不再受他掌控了,有了独立的思想,不再是个傀儡。

商昀之是在重压下长大的,这种重压是他给自己的。人越无能,就越急着要向别人证明自己。可能力就像一个瓶子,它的容量就那么大,你往里灌再多水也没用,最后只会溢出来。

久而久之,商昀之开始自卑,觉得全天下的人都在嘲笑他。这种自卑持续到他结婚生子。

第一个儿子继承了他的愚钝,从他身上,商昀之仿佛看到了自己的影子,所以很厌恶大儿子,不想见到大儿子,甚至不愿意向外界承认那是自己的儿子,直到商滕出生。

他和商昀之截然不同,他很聪明。于是商昀之开始花费巨大的精力培养他,商滕什么都得学,并且样样都得拿第一。

越到后面,商昀之的心理便越扭曲,他甚至变得不把商滕当成一个人来看待,而是他用来彰显自己能力的傀儡。

商滕性子淡漠,这段回忆对他来说不算什么,影响不了他的心情。但是此刻,他也不知道自己到底怎么了,可能是魔怔了吧,居然在上车以后,和司机说出了那个地址。

司机明显愣了一会儿,然后才踩下油门。

夜很冷,商滕没下车,应该说,他还没来得及下车。

里面走出来两个人，有说有笑，男人转身时，红着脸和身后的人不知道说了些什么，他慌乱地应答着。

离得远，商滕也听不清他们说了什么，但林斯年撑伞从他们这经过时，商滕还是看清了。他身上穿的那件毛衣，和自己衣柜里岑鸢亲手织的那件毛衣，除了颜色不同，其他的一模一样。

商滕不好去形容此刻的心情，如果非要用一个词大概就是"陌生"。这种陌生的感觉从岑鸢离开后已经持续了很长时间。

他一直不出声，司机也不敢动，车就停在那里。

车窗外的风雪逐渐加大，商滕却始终一言不发。

车内没开灯，漆黑一片。

商滕也不知道在看什么，他可能什么也没看，但他就是沉默地直视前方，原来只有他是替身，真可笑。

她身边出现的所有人都是独立的个体，只有他被当成另外一个人的替代品。

他只要想到他们在做那种事的时候，岑鸢心里想的可能都是另外一个男人，商滕就有种想砸毁一切的冲动。他不是太热切的性子，也很难被撼动情绪，因为没人教他。

商昀之过度注重他的教育培养，便忽略了他的人性成长。如同它是一株野草，风的轨迹就是它的生长轨迹。

商滕就像是在这条道路上自我摸索的一个人，可是他只靠自己，又能摸索出什么来呢。

没有人爱过他，这种感情对他来说，是陌生的。所以他不理解，以为有人对他好，那就是爱他。

陈默北对他好，他觉得陈默北爱他，所以想和她在一起。

从来没有人爱过他，他只是渴望得到这种感情罢了，无论那个人是谁，极度稀缺的东西，往往会让人变得卑微。

那个时候他还太小，十四五岁的年纪，正好处于叛逆期。

外部不断给他的重压，加上他想挣脱束缚的心理，两种不同的力碰撞，他想拥有爱，陈默北愿意给他爱，这更像一种交易。

不是因为那个人是陈默北，而是因为陈默北爱他。

雪越下越大，商滕缓慢地收回视线，连同一起放在腿上的手，沉声开口："走吧。"

岑鸢目送林斯年离开，刚要进去，视线隔着逐渐加大的风雪，落在前面那辆熟悉的保时捷上。

等她想再仔细看的时候，那辆车已经开走了，隐入夜色，消失在她的视野里。

林斯年第二天连年都没去拜，就急不可耐地穿着那件毛衣跑到江祁景面前炫耀："我以前怎么没发现毛线居然还可以这么软，我妈那会儿天天劝我穿毛衣我还不肯，我现在恨不得毛衣就长在我身上。"

江祁景正调着颜料，懒得理他。

按理说大年初一他应该去外婆家，但刘因的父母早去世了，所以今天也没亲戚可走，江祁景一早就出来了。

他单独在外面租了个房子，两室一厅，空出来的那间屋子用来放他的画作和雕塑。

他一个人住，大小正好。

林斯年一直炫耀他那件毛衣，被吵得烦了，江祁景终于肯施舍给他一个眼神，瞥了一眼，敷衍道："挺好。"

林斯年听到他开口夸了，立马坐过去："这可是姐姐亲手织的。"

江祁景举着画笔，因为林斯年的话，开头的那一笔被带下来一道很长的痕迹。

"岑鸢给你织的？"

在这件事情上，林斯年倒是挺有自知之明："应该是给你织的，但我昨天去得巧，衣服也全湿了，姐姐怕我感冒，所以就给我穿了。"

江祁景把手里的东西放下，抬手就要去脱他的衣服："还给我。"

林斯年急忙往后躲："你别动手动脚的，我喊非礼了啊。"

江祁景淡淡地瞥了他一眼，把手松开。

林斯年从他的眼神里看到了嫌弃，又坐下："你这眼神怪伤人自尊的，好像我多不值得被你非礼一样。我好歹也算是有不少追求者吧。"

旁边的工作台上放着好几个半成品，又是娃娃又是花的，一看就不是江大艺术家平时的风格。

艺术家的通病似乎都是特立独行，风格也并非大众喜爱的那种。

江祁景手下的画作和雕塑，都是极其阴暗与诡异的，如同潜伏在黑夜里的鬼魅，又或者是脱离了形体的灵魂。

他用自己的想法把它们塑造出来。诡异的东西多了，这些温暖美好就显得突兀了。

林斯年随手拿起了一个："改变风格了？"

江祁景冷冷地看了他一眼，让他放下。

林斯年后知后觉地反应过来，这种小女生才喜欢的东西，应该是做给岑鸢的。

他感叹了一会儿，觉得江祁景其实也没有看上去那么讨厌岑鸢。

"她虽然脾气好，但她也是女孩子，你总是这么口不应心地对人家，是个人都会难受的。"

林斯年苦口婆心地劝江祁景："对姐姐态度好点儿。"

江祁景皱眉："少在这儿攀亲戚，谁是你姐？"

要是以前，林斯年早反驳回去了。但今时不同往日，江祁景可是自己未来的小舅子，他可不能得罪江祁景。

江祁景也不画了，画笔搁在一旁，不知道在想什么，沉着一张脸。

过了一会儿，他问林斯年："你是真的喜欢我姐？"

林斯年反问他："我是不是真心，你看不出来？"

那倒也是。

江祁景和他一起长大，对他也算是知根知底了。

他之前也谈过恋爱，但都是女方主动追他。

长得帅、家里有钱的男大学生，没谈过恋爱的是极少数。

每一段恋情也都没有持续多久，女孩子是需要安全感的，这种东西，林斯年能给的都给了。至少在恋爱期间，他从来没有和任何一个异性走得亲密。

就算对方主动搭讪，他也以自己有女朋友为由回绝了。但恋爱中的女孩子需要感觉到自己是被爱的，这个林斯年给不了，他可以对她好，她想要什么他都可以给她买。但爱情本身就很玄乎，从好感开始升华，然后才会变成爱。

在遇见岑鸢之前，林斯年对女生的好感，从来没有多往前挪动一分，但岑鸢不同。

他直接跳过了好感，也不需要升华，像打怪升级，直接跳到了最后一关，仿佛在做某种承诺一样，林斯年一脸认真且严肃地看着江祁景："我真的特别爱她！"

他用的是爱，而不是喜欢。

江祁景皱了下眉，骂他恶心。

林斯年不乐意了："我难得认真一次，你就不能也认真点配合我？"

江祁景继续去画他那幅只开了个头的画作："我姐结过婚。"语气平淡的一句话，在林斯年这儿却跟原子弹一样把他整个人都给炸了。

他愣了好久，仿佛全身的力气都被江祁景的那句话炸没了。

江祁景不紧不慢地补充道："前些日子刚离。"

林斯年重新活过来，顿时松了一口气："你说话干吗大喘气，吓死人了。"

见到他是这个反应，江祁景问他："你不介意？"

林斯年觉得他莫名其妙："我介意什么？"

"介意她离过婚。"

"这有什么好介意的，姐姐这么温柔的人都能离婚，那就说明她前夫是个渣男。这么一想，我就更心疼她了。"

江祁景倒是罕见地同意了他的观点，确实，商滕不是什么好东西。

他说："你见过。"

他这句没头没尾的话，让林斯年愣了一会儿。

江祁景说："那个前夫，你见过。"

他见过？

林斯年看着江祁景，不等他开口说是谁，自己就猜得八九不离十了，应该是自己之前见过的那个男人——商滕。

如果是他的话，林斯年微皱了下眉，莫名生起危机感。

比起不懂事的弟弟，女生好像更加偏爱成熟有魅力的男人。

虽然他和商滕的接触不算多，但男人身上的气场林斯年还是能感受到的。

哪怕是面无表情地站在那儿，一言不发，也能让人感到一种无形的压迫。这不单单是年龄的原因。

林斯年有自知之明，自己就算到了他那个年纪，也不及他一半。

江祁景警告他："他对我姐不好，我觉得他们就应该离婚。如果你对我姐也不好的话，那我们也不再是朋友了。"

他这话的意思便是认可林斯年了。

林斯年顿时把刚才对那个男人的畏惧通通抛在脑后，握着江祁景的手："你放心好了，小舅子，我保证会对你姐姐好的！"

江祁景白了他一眼，把他的手甩开："滚。"

过年这几天，雪就没停过。

陈甜甜感冒了。

昨天她非要去看雪，商滕不在身边，周阿姨拗不过她，就抱着她出去玩，结果早上就开始发烧。

她一直咳嗽，因为感冒而导致的疲累，让她连睁眼的力气都没有。

商滕哄着她喝完了感冒冲剂，烧却一直没退。

周阿姨在一旁自责得要死，说都是自己不好，如果自己昨天没有带陈甜甜出去看雪的话，她就不会感冒了。

商滕说过一遍与她无关，让她别自责了，但她还是一直说，一直在道歉。

终于，男人眉头微皱，冷淡地说道："行了。"

周阿姨被他这句没什么起伏的话给吓住了。

论年龄，她只比商滕大两岁。

当初她应聘保姆，也是看中了三万元月薪。

她第一次见商滕的时候，是在咖啡馆里。

他抱着尚在襁褓之中连话都不会说的陈甜甜。

停在外面的豪车，周阿姨一看就价值不菲，他穿着昂贵的衣服。

周阿姨第一反应就是，这个孩子是他的私生女。不然他为什么不把她带回家里养着。除了三万月薪，她的衣食住行他全包了。

他好像很忙，也不常来，但是家里的角落都安装了摄像头，应该是怕她对陈甜甜不好。

周阿姨也算尽职尽责，这两年下来，甚至快把陈甜甜当成自己的女儿看待了。

陈甜甜抓着商滕的手，身上开始冒冷汗："爸爸，好难受。"

商滕把她抱在怀里，轻声哄道："睡一觉，睡一觉就好了。"

他让周阿姨回房，把陈甜甜的毛毯拿出来。

给她裹严实以后，商滕抱着她开车去了医院。

这个时间，二楼儿童门诊人很多，几乎都是感冒。

商滕花了十几分钟才挂上号。

陈甜甜得先抽血，等检查结果出来以后才能打针。

抽血检验科人更多，商滕抱着陈甜甜在那里排队。

身边偶有女生向他投来惊艳的视线，他全然察觉不到，不时垂眸，动作

温柔地替陈甜甜擦汗。

身侧一直有小孩子的哭声传来,陈甜甜却很乖,窝在商滕的怀里,不哭也不闹。

脑袋枕在他的肩上,模模糊糊地看见有道熟悉的身影走过去,手里的棉签按在胳膊刚抽过血的针眼上,裹在大衣里的身形纤细瘦弱。

陈甜甜眼睛亮了亮,急忙告诉商滕:"妈妈,我看到妈妈了!"

商滕抬眸,顺着她手指的方向看过去,那里不断有人进出,却不见岑鸢的身影。

他把不断下滑的毛毯扯上来一些,把她护得很好。

"妈妈不会生病的,甜甜应该看错了。"

陈甜甜点了点头。

生病太难受了,妈妈不能生病,不然就会和她一样难受。

检查结果要第二天才出来,抽完血以后,岑鸢在外面的休息椅上坐了一会儿。

外面在下雪,她是打车过来的。

雪天路太滑了,她那个车技,没有把握,更何况这几天她来例假,身子很虚。有时候多站一会儿,她都觉得眼前发黑,有一次甚至在洗澡的时候晕倒了,等她醒过来的时候,过去了十几分钟,还好没有发生意外。

一个人住似乎很容易出现这种状况。

前些日子经常有新闻报道,独居老人病死家中,尸体腐烂发出恶臭才被人发觉。

岑鸢甚至觉得,自己如果出了意外,可能也是这个下场。

她其实很怕孤独,也讨厌一个人住,或许真应该考虑考虑赵嫣然的话了,找个男朋友。

想到这里,她又无奈地轻笑,似乎是在笑自己突然生起的幼稚想法。

抽血的护士让她按两分钟,算算时间,差不多也到了。

岑鸢站起身,把棉签扔进垃圾桶里,穿好外套,准备离开的时候,视线不经意地撞入某个深邃的眼底。

商滕怀里抱着已经睡着的陈甜甜,手上还拿着病历本,看到岑鸢后,眉头微皱。

"你怎么了?"

她没想到会在这里遇见他，寒暄在看到他怀里的陈甜甜后，全部变成了担忧："甜甜怎么了？"

商滕没有回答她的话，他的注意力全在她身上。

"为什么来医院？"

岑鸢随便找了个理由搪塞过去："最近降温，有点儿感冒。"

商滕看着她的眼睛，没说话。

岑鸢不知道他到底信没信，但和她没关系。

她把商滕手里的病历本拿过来，翻开看了一眼。

医生特有的凌乱笔迹依稀可以看出"季节性流感"几个字。

岑鸢稍微松了口气，还好，陈甜甜只是感冒而已。

她还想再说些什么，但剩下的话被手机铃声打断。

她刚要去拿手机，纤细的那一截手腕，被商滕隔着大衣袖子抓住。

他眸色沉沉，不厌其烦地又问了一遍："为什么来医院？"

岑鸢看着他这么较真的样子，突然觉得有些好笑。

商滕是个没什么耐心的人，他很讨厌别人让他重复同样的话，第一遍没听见的话，那就不要听了。他就是这样的一个人，所以现在他的行为可以说非常反常。

岑鸢仍旧是那副温婉的笑脸，脸上不露破绽："你知道的，我的身体本来就不好。"她不像是在撒谎。

握住自己的手腕的那只手，没有松动的痕迹。

岑原垂眸看了一眼，又抬头去看他，唇边温和的笑，像是某种暗示。

她没直接说出口，但商滕怎么可能不明白？

他把手松开了。

二人之间奇怪的氛围，是被林斯年给打断的。

医院门诊和住院部不同，人一多了，就会很吵，尤其是小孩的哭声。

林斯年跑过来，还喘着气："姐姐，你没事吧？"

岑鸢因为他的到来而愣了几秒，似乎没想到会这么巧，先是在医院偶遇商滕，现在又偶遇了林斯年。

林斯年看懂了她的表情，有些不好意思地低下头："我去店里没看到你，就去问了小涂，她说你来医院了，我有点担心，就……"

他一副做错事的模样，也不敢看她。

岑鸢轻声笑笑："我没事，你别担心。"

检查也结束了,她现在要回工作室,林斯年是从今天开始工作的,也要回去,他们正好可以一起。

下楼前,岑鸢像突然想到什么一样。

她从包里拿出一个小盒子,里面是一个很精致的平安锁吊坠,开过光的。

原本岑鸢想亲手给陈甜甜戴上,可是怕弄醒她,就把吊坠交给了商縢:"甜甜的新年礼物。"

医院并不是适合闲聊的地方。

哪怕来的次数多,但岑鸢还是没有闻习惯这里的消毒水味。

等明天,她再回去看看甜甜。

东西也给了,她转身离开。

林斯年把来的时候专门买的热奶茶递给她:"姐姐,小涂说你今天没吃饭,我知道附近有一家生煎特别好吃,我带你去。"

岑鸢点头。

商縢安静地看着他们离开的身影,以及林斯年身上的那件毛衣。

他下颌轻抬,剧烈翻涌的情绪不露声色地藏在深邃的眼底,垂在身侧的手,微微握紧。

陈甜甜不知道什么时候醒的。

她揉了揉眼睛,看着站在岑鸢身边的男人,疑惑地问商縢:"爸爸,妈妈身边的叔叔是谁呀?"

商縢捂住她的眼睛,不让她看:"是不好的叔叔。"

陈甜甜不明白:"为什么不好?"

商縢把岑鸢送给她的吊坠给她戴上:"那个叔叔两天不换衣服,很脏。"

第五章
泪 痣

陈甜甜默默记下了,两天不换衣服的都是坏人。

她看着岑鸢和那个坏男人进了电梯,都没看她一眼,有些委屈地把脑袋枕在商滕的颈窝:"妈妈不要我们了吗?"

她一动,盖在身上的毛毯就往下滑。

商滕耐心地替她重新盖好:"只是不要爸爸了。"

刚刚她抽血的时候,身边的小孩子都在哭,哭得很大声,只有陈甜甜没哭。但是现在,她难过地红了眼睛,去摸商滕的脸,哄他:"我待会儿打针不哭,爸爸也不难受,好不好?"

她虽然小,但是周阿姨告诉过她,爸爸妈妈分开了。在她的认知里,分开是一个很严重的词语。

商滕垂眸轻笑:"嗯,爸爸不难受。"

陈甜甜这才放心地笑了。

小孩子的血管很细,输液速度也慢。

陈甜甜一开始还很有兴致地看电视,看了没一会儿就在商滕的怀里睡着了。

有护士贴心地拿了两个暖手袋过来:"放在输液管上,这样宝宝就不会

冷了。"

商滕道过谢，礼貌却疏离。

小护士犹豫了一会儿，还是小心翼翼地把另外一个暖手袋递给了他："这个，给你。"

她也没别的意思，人对美好的人或物总是会多些偏爱。

从他抱着孩子进来输液到现在，那些女孩子都议论他好一会儿了。

商滕没接："谢谢，不用了。"语气比刚才还要冷上几分。

小护士抿了抿唇，也没难过。

她只是觉得，他抱着孩子这么久，一动不动，怕他冷而已。他是个好丈夫，同时也是个好爸爸，儿科大部分是妈妈陪着孩子看病，虽然也有爸爸，但还是少数。

两个小时后，终于输完液了。

护士把针拔了，商滕隔着止血纱布，按着陈甜甜的针眼，抱着熟睡中的她离开。

雨下得很大，司机就等在外面，看见他们，立马撑伞过来。

商滕把怀里的人护得很好，自己的半边身子却全湿了。

家里的氛围有些怪异，何婶把刚煮好的茶端上来。

周阿姨站在那里，偶尔小心翼翼地看一眼坐在沙发上的女人。

女人脸上有岁月的痕迹了，但也不难看出，她年轻时是怎样的风华绝代。

商滕与她还是有几分相似的。

周阿姨看何婶对待她的态度，也不难猜出她的身份。

用人过去开门，商滕把陈甜甜的鞋脱了，替她换上拖鞋。

在车上的时候她就醒了，这会儿还在打哈欠。

听到动静，纪澜放下手中的茶杯，抬眸看去。

商滕的动作有片刻的顿住，他把陈甜甜抱给周阿姨："带她去洗个热水澡。"

周阿姨点点头，抱着陈甜甜进去了。

纪澜的视线随着房门关上，也从陈甜甜转移到商滕身上。

"今年过年缺了一个人，家里应该冷清不少吧。"

商滕知道她不会无缘无故过来。

"我在国外一直都是一个人,早就习惯了。"

纪澜有时候很想问问商滕恨不恨自己,但她对自己这个儿子太了解了。

恨的前提得先在意,他不在意。他对很多事情无法提起兴趣,包括人人都在意的节日,比起热闹,他反而更喜欢冷清。

这和成长环境无关,源于他的本性。就算他出生在父慈母爱的家庭里,他依旧是这样,本性是改不了的,但是作为母亲,纪澜还是没办法看着他孤独终老。身边有个人陪着,总是要好一些,这也是她今天过来的目的。

不管商滕爱不爱岑鸢,至少他愿意和她结婚,愿意和她一起生活,这就说明,他对她不反感。纪澜也给他安排过不少相亲,但商滕从来没去过。

这么多年来,他真正想过要结婚的,除了陈默北,就是岑鸢了。

纪澜也不知道商滕的性格到底像谁,既不像她,也不像商昀之。他太执着,自己做的决定,很难被改变。

那个时候的他羽翼未丰,还没变成如今翱翔天空的雄鹰。

他说要娶陈默北,商昀之不同意,毕竟门不当户不对。

关于这个问题,纪澜罕见地站在商昀之这边。

出身和婚姻,他们都没办法自己做主。对他们这些利益至上的商人来说,婚姻也是一门生意。可商滕并不是那种能被旁人的言语改变主意的人,他决定要做的事没有人能改变,他甚至直接休学,从国外回来。商昀之发了很大的脾气,对他又打又骂,他却依旧不为所动。

纪澜心疼地去劝架,让商滕先服软,剩下的她来想办法,可他不肯,仍旧是那副淡漠的神情,额头被砸得流血也无所谓。

故事的结尾还是带些戏剧色彩的,陈默北和商滕的哥哥商凛在一起了。

在商滕顶着所有压力坚持的时候,她先放弃了。

他的确是不顾一切,哪怕是被赶出商家也无所谓。

商昀之不是只有他一个儿子,他和陈默北之间的感情没有那么刻骨铭心,陈默北肯定是喜欢他的,毕竟商滕在同龄人中,已是翘楚,但陈默北没有他那么决绝。

在商滕被商昀之强行送出国以后没多久,她就和商凛在一起了。

商滕听到这一消息的时候,其实也没有太大的感觉,反而很平静。

他的确不爱陈默北,但渴望得到爱,想和她结婚也只是觉得她给了自己爱,自己就得回应同等的东西。既然他给不了爱,那就娶她吧,反正娶谁都是一样的。得知她和商凛在一起了,商滕并不难过,甚至连一点儿情绪波动

都没有。

纪澜是个聪明人,早就通过蛛丝马迹猜出来,陈甜甜是陈默北和谁的孩子。

"我前些天给那孩子打过电话,他不肯接。"

纪澜扯了扯披肩,轻声叹息:"说到底,造成这一切的,其实是我和你爸。"

现在发生的所有事情,不过是当年一碗水没有端平导致的结果罢了。

商滕面不改色,并不在意:"我知道您要说什么,没有谈的必要。"

纪澜这次过来,本身就没有抱太大的希望。

商滕决定的事情,除非他自己想通,不然是不会改变的。

除了那件事,她还有其他的话要和商滕说。

"岑鸢是个好孩子,也是最适合你的。做母亲的,都希望自己的孩子过得好,我还是希望你能好好考虑考虑。"

男人平静的眉眼因为她的这番话,而发生了细微的变化。

纪澜离开后,商滕在客厅里坐了很久才起身。

他和岑鸢当初结婚很仓促,也没来得及拍婚纱照,唯一的合影还是为了放在请柬里才拍的。

商滕把抽屉打开,那张照片被岑鸢特地用相框装了起来。

这个房间,其实是他们的婚房。

相框旁边,放着两个戒指盒。他又把戒指捡回来了。自己最近真是越来越奇怪了,昨天晚上居然还梦到了岑鸢。她和往常一样,温柔地给他系领带,温柔地送他出门,可是她说出的那个名字,却不是他,然后商滕就醒了,明明才凌晨四点,他却没了睡意。

他什么也没说,但他就是在意,在意那个男人的存在,在意到连他自己都觉得难以置信的程度。

自从林斯年来了以后,店里明显轻松了许多。

涂萱萱有问题也会先去请教他。

打版的刘师傅看到了,笑道:"现在的小年轻哦,就是容易擦出火花来。"

岑鸢在一旁打下手,她虽然也会,但在这方面还是师傅更专业。

听到他的话,她也笑了:"年龄相仿,又朝夕相处,擦出火花很正常。"

刘师傅又开始打趣她:"你呢,就没想过找个能和自己擦出火花来的?"

岑鸢垂眸,在纸上画线:"目前还没有这方面的打算。"

涂萱萱的问题实在太多了,一个接一个,林斯年想和岑鸢说会儿话都没机会。

"要不今天就先这样,你还有什么问题可以留着明天再来找我。"

好不容易摆脱了她,林斯年顿时松了口气,走到岑鸢旁边坐下:"待会儿下班了姐姐是直接回家吗?"

岑鸢点头:"要带饼干去打疫苗。"

林斯年愣了一下:"饼干?"

岑鸢笑道:"你送给我的那只猫,我给它取名叫饼干。"

明明是给猫取的名字,林斯年却害羞了:"好可爱的名字。"

"那……打完疫苗以后呢?"

岑鸢想了想:"还得去给它买点猫砂、猫爬架之类的,猫粮也得买。"

林斯年说自己可以去当免费的苦力。

岑鸢婉拒了:"我开车去,也不需要出多少力气的。"

林斯年却坚持道:"我好歹也算是饼干的半个爸爸,照顾它的事情,我当然也要出一份力。"

他说得理直气壮,但心里格外没底,尤其是那句"饼干的半个爸爸",他是有私心的。岑鸢是饼干的妈妈,他是饼干的爸爸,那他们……

林斯年有些忐忑地等待岑鸢的回答。但很显然,他们差了几岁,还是有代沟的。

岑鸢没有他想得那么多,只当林斯年是喜欢猫。

她最后还是同意了:"那就麻烦你了。"

林斯年忙说:"不麻烦的!"

只要能和姐姐在一起,他做什么都不麻烦。

他按捺着雀跃,和她一起回了家,不过没上去。

岑鸢让他在楼下等一会儿,她去把猫抱下来。

她让他等,那他就乖乖地等着。

没多久,岑鸢就抱着猫下来了,还拿着一盒她做好的蔓越莓曲奇饼干。

"先垫垫肚子,等给它打完疫苗,姐姐请你去吃好吃的。"

林斯年面色绯红,接过来道:"这是姐姐亲手做的?"

岑鸢笑了笑："嗯，无聊的时候会做些甜品打发时间，家里还有好多，你要是喜欢的话，下次带去店里给你。"

林斯年其实不太爱吃甜的，但他还是疯狂点头："喜欢，我特别喜欢吃甜食！"

现在的小朋友很可爱，乖巧又懂事。

岑鸢笑着提醒他："安全带。"

林斯年后知后觉地反应过来，连忙侧身，把安全带系上。

打疫苗的时间有点长，打完疫苗，岑鸢把缺的东西都买了。有的比较重，全是林斯年帮忙扛回家的。

"辛苦了。"岑鸢递给他一张纸巾擦汗，问他，"想好要吃什么了吗？"

林斯年试探地问道："我可以把这顿饭先攒起来吗？"

岑鸢愣了愣："攒起来？"

他有些不好意思地笑笑："我还没想好要吃什么，所以先攒起来，等下次想好了，再告诉姐姐。"

岑鸢点头，说道："当然可以。"

"那就这么定了。"

林斯年和饼干说了拜拜，然后又看着岑鸢："姐姐晚安，明天见。"

岑鸢笑道："明天见。"

事情的发展倒是没有如林斯年的愿。

因为还没到明天，他们又在医院见面了。

林斯年和赵新凯的脸上身上都挂了彩，不过程度不同。

赵新凯明显更严重。

看到岑鸢的瞬间，两个人都站了起来。

"姐姐。"

"嫂子。"

听到着齐声的招呼，坐在一旁等待他们处理伤口的警察神色怪异地看了岑鸢一眼。

她刚准备睡下，就接到了林斯年的电话，这才急忙赶来。眉梢轻拧，她走过去："这是怎么回事？"

林斯年微抿着唇，眼睫轻垂，模样可怜："我也不知道，莫名其妙就挨了顿揍。"

赵新凯一听他这话顿时火了:"少在这儿装可怜博同情,你刚才揍我的时候可不是现在这样!"

医生不耐烦地打断他们:"医院禁止喧哗!"

那个警察见岑鸢和他们都认识,便和她讲了下事情的经过。

林斯年从岑鸢家离开后,正巧碰到了回家的赵新凯,后者二话不说就冲上来给了他一拳。但因为赵新凯打不过林斯年,所以就成了现在的局面。

严格意义上来讲,虽然赵新凯的伤比较重,但林斯年属于正当防卫,他才是受害者。他伤情也不算太严重,如果不愿意私了的话,赵新凯就得被拘留几天。

岑鸢左右为难,两个人她都认识。

护士上药时,不小心重了点,林斯年疼得龇牙咧嘴。

"行了,私了吧。"

他看上去也挺无所谓的。平白无故被人揍了一顿,他当然不爽,但他也不愿意看到岑鸢为难。

赵新凯冷哼一声:"谁稀罕。"

两个人之间的气氛一时之间又凝固了不少,仿佛下一秒又得打起来。

他们都还小,平时又都被家里宠坏了,哪里受过这个气?但林斯年因为岑鸢还在这儿,就咽下了这口恶气。

从医院离开以后,岑鸢看到他走路一瘸一拐的,有些不放心他自己回家。

"还是我送你吧。"

林斯年现在这样子太没面子了,不想让岑鸢看见,于是背对着她,急忙拒绝:"不了,我这个样子也不敢回家,今天就去江祁景那凑合一晚,我刚给他打过电话了,他马上就过来。"

岑鸢若有所思地沉默了一会儿。

林斯年看了眼腕表上的时间,已经不早了。

他也不知道刚才为什么要给岑鸢打这通电话,反正就莫名其妙打给了她,现在才开始后悔。

"姐姐,这么晚了,你先回去吧。"

岑鸢还是不太放心:"可是……"

林斯年连忙打断她:"我真的没事,江祁景马上就要过来了,要是让他看到我大晚上的把你喊出来,非得和我拼命不可,你看我现在都伤成这样

了,要是再挨他几拳,可能就直接享年二十一岁了。"

见他坚持,岑鸢只好松口:"你们平安到家之后给我发个消息。"

林斯年点头:"好。"

直到岑鸢开车离开,林斯年才松了一口气。脸上的伤还挺疼,那个赵新凯真是便宜他了。

赵新凯揍他也没别的原因,纯粹就是想替商滕出口气。

他一直坚信商滕和岑鸢离婚都是因为林斯年在中间搞事。

男人最懂男人了,就刚才他那个演技,明明在嫂子来之前特凶,嫂子来了以后就开始装委屈了。

滕哥这种不苟言笑、不善言辞的老实人怎么可能玩过他?

虽然林斯年同意私了,但该走的流程还是得走。

赵新凯又不敢给家里打电话,最后思来想去,还是鼓足了勇气拨通了商滕的号码。

他是在半个小时以后到的,赵新凯坐在副驾驶座上大气都不敢出。

没多久,他的手机响了,赵新凯低头去看,发现是他妈打来的。

他都快吓死了,问商滕:"滕哥,你该不会告诉我妈了吧?"

前面是红灯,商滕踩了刹车,神色淡漠地看着人行道上脚步匆忙的行人,面无表情地反问他:"打架斗殴被抓到警察局,难道不该告诉你家人?"

赵新凯在心里骂他冷血。

那通电话他也没敢接,看商滕这样子,估计是打算直接把他送回家,到时候肯定要挨他妈训。

他试图求情:"哥,你把我送到我自己住的地方吧,我这副样子要是被我妈看到了,我这半个月就别想出门了。"

商滕道:"那就不出。"

赵新凯越想越委屈:"我可是为了替你出气才动手揍人的。"

听到他的话,商滕终于稍微有了点反应。

"哦?"

赵新凯说:"我今天回去的时候又看到林斯年从嫂子家出来,大半夜的,他分明就是对嫂子有意思,而且嫂子对他也很好,刚刚还亲自过来接他,两个人一起回家了。他们肯定在一起了!"

车子猛地刹住,停在路边。

· 190 ·

赵新凯觉得自己差点儿把副驾驶的安全气囊给弹出来。

还好这是偏僻小路，没什么车，要不然这种急刹早追尾了。

赵新凯后怕地捂着胸口，更委屈了："哥。"

商滕拿出烟和打火机："我下去抽根烟。"

他打开车门下去，嘴里叼着烟，站在路边点燃。

烟雾入肺，他的焦躁却没有缓解半分，这到底是为什么？

她对他的好，是把他当成了替身，可是她为什么对别人也好，对那些明明连替身都算不上的人好。

抽烟的手止不住地颤抖，商滕明明不冷，但是就是控制不住地手抖，手指夹着的烟，仿佛也受到了影响。

那点儿微弱的橘色火光在空中被带出一条不算太长的痕迹。

他其实早就想通了。这些天的反常和那些不断涌上的陌生情绪，他知道那是因为什么，只不过他选择了逃避。

他没办法承担这份感情，所以开始自欺欺人，可是现在，喜欢太满了，藏不住了，逃避的路上都会想起她，太想了，想见她。他也害怕，怕见到她，又怕她被别人抢走。

最后还是如赵新凯所愿，商滕没有送他回家，而是直接送去了他自己在外面的住所。

赵新凯感动得一把鼻涕一把泪，说商滕就是他亲哥，是他的再生父母，一边说着，一边还要抱商滕。

商滕也没躲，应该是忘了。

因为他的注意力一直停在还亮着灯的某个楼层。

赵新凯觉得商滕肯定是听到自己为了帮他才和人打架，被感动了，心里窃喜。

商滕对他还好，但这个好只能相较于他对其他人而言。

他打架进派出所商滕会去捞他出来，但平时不会管他，更不会苦口婆心地劝他别打架。

别人的人生，商滕不会过问。

赵新凯的母亲是商滕的姑姑，她管不住自己的儿子，所以就让商滕帮忙管管。

赵新凯谁的话也不听，唯独听商滕的，可能是仰慕，也可能是向往。

从小到大，商滕都是最受重视的，整个家族的目光和希望都在他身上。

嫉妒可能也有一点，但赵新凯还是有自知之明的。就他这木头脑子，几辈子的智商加起来估计都赶不上商滕的零头。

冬天夜冷，也不知道还要冷多久。

赵新凯在心里骂了句，冻得把外套拉链给拉上了："哥，那我先进去了。"

商滕点头，靠着车身站着。

赵新凯进电梯以后，看商滕还站在那里没动，心里还挺高兴，看来自己为他做的这些，他还是看在眼里的，都开始目送自己回家了，搁以前，自己哪有这待遇？这顿打挨得还挺值。

而此刻目送他回家的人，注意力却全然不在他身上，甚至连余光都未分给他分毫。

商滕能够理解自己此刻的感情，但他不知道该怎么去消化。就好像是，把真相剖析开了，他就不得不去面对，自己得知被当作替身以后会这么生气是因为嫉妒，他在嫉妒，嫉妒一个已经死去的人。

他点了根烟，抽烟的这段时间里，可能在犹豫，也可能在思考。烟抽完了，他还是没思考出什么来。脑子是空的，什么也没有，这是以前从未有过的状态。

别人都说他沉默寡言，但其实不是，他在沉默的时候，心里也装着很多事。

他城府深，话少并不代表他停止思考。

他整天都在思考该怎么算计别人，怎么将自己的利益达到最大化，怎么才能扩充丰钧的商业版图。

驱使这一切的，是他的野心。

他算不上一个好人，死后肯定会下地狱，但无所谓，他从来不考虑这些。

他把烟掐灭了，垃圾桶在很远的地方，他有耐心地走过去，把烟蒂扔在上面的灭烟盒里。

有门禁，他上不去，于是便在这天寒地冻的天气里，看着那层一直亮着灯的房间。

直到灯灭了，他才开车离开。

岑鸢回来以后，也没了睡意，索性把房间简单收拾了一下。

江祁景给她做了两个相框,他说是手工作业,懒得扔,就给她了。

岑鸢把照片装进去,一张她和纪丞的合影,一张她和周悠然的合影。

照片里的两个人以及做相框的人,都是她这一生中最重要的人了。

岑鸢希望能多陪他们一段时间,所以她想好好活着。

哪怕生病了,她也想好好活着。

岑鸢削了个苹果,放在她和纪丞那张合影的旁边,过了一会儿,她又被自己这个幼稚的举动给逗笑了。

他吃不到了,早知道在一起的时间那么短,她以前就应该对他好一点儿的。

岑鸢也不是一直这么懂事的。

周悠然一直靠那个小裁缝铺子赚钱给岑鸢交学费,但是后来周悠然眼睛不好,腰椎也开始疼,没办法久坐或者长期盯着一个地方。

铺子转让出去了,她开始打零工,赚的钱肯定不如以前,所以岑鸢就没有继续学跳舞了。

半个月后,纪丞拿了两千五百元给她,说他把零花钱凑了凑,刚好够她一学期的学费。

他笑着扯了扯她帽子上的耳朵:"你别怕啊,你丞哥罩着你。"

他不算听话,平时也没少干逃课、打架的事,所以纪叔叔管得很严,根本不可能给他这么多零花钱。

岑鸢问他钱是哪来的。

他一开始还不肯说实话:"我攒的。"

他不说,岑鸢也没收。

她本来就没打算要。

那几天岑鸢心情不太好,不是因为没办法继续学跳舞,而是因为周悠然的病。

她一直不肯去医院,每次不舒服了,都是随便去药店买点药,后来实在疼得受不了了,吃药也没用,才去了医院。

那几天岑鸢请了假,没去学校,一直在医院里照顾她。

直到晚上,她拿着保温饭盒回家,在家门口看到了蹲在那里睡着的纪丞。

听到声音,他还没太清醒,揉了揉眼睛,站了起来。

岑鸢问他怎么蹲在这儿。

他跟做错事一样，低着头向她道歉："我那天不该骗你，那些钱是我去工地打工赚来的，我骗他们说我满十八岁了，搬了半个月的砖才凑够两千五百元。我就是怕你知道了以后不要，所以才……"

话说得很流畅，也不知道他在心里打了多少遍草稿了。

自从上次那件事以后，岑鸢就跟消失了一样。

他去她学校找过，她同桌说她请假了，然后他就来她家找，也没人。

他没放弃，每天放学就在这儿蹲着，一直没人。他怕岑鸢因为他撒谎不理他。

"我以后再也不骗你了，你别不理我，也别躲着我。"他说得小心翼翼。

那笔钱岑鸢最后还是没要。

她本来就不想继续学跳舞了，周悠然的辛苦她看在眼里。

她不想周悠然为了自己的学费苦恼。

这次不过是契机罢了。

每次只要一想到以前的事，岑鸢就很难过。

故事的结尾太仓促了，她甚至都没来得及和他说一声再见。

如果她跟他好好道别，是不是就不会像现在这么不甘心？

第二天，江巨雄把岑鸢和江祁景都叫回来，说是一家人吃顿饭。

岑鸢在外面住，江祁景也在外面住，家里只有江窈。

江巨雄和刘因不同，他对岑鸢还是偏爱的，再加上之前为了生意，默许她嫁给商滕，他心里其实很自责。

江窈前几天被实习的公司开除了，因为连着半个月迟到早退。

她吃不了苦，没办法做到早上八点就起床。

吃饭的时候她还在埋怨："什么破公司，这么早就开始上班，别人都在放假。"

江巨雄刚吃过药，从楼上下来，听到她的话后，脸色稍微沉了些："我看你妈平时惯你惯得太狠，连这点苦都吃不了。"

他并没有因为江窈是抱错的而忽视她，都是他的孩子，他一视同仁，教育也是。

江窈不爽地嗫声，筷子使劲戳着碗里的米饭。

今天的汤是枸杞红枣乌鸡汤。

江窈质问厨师："不知道我对红枣过敏吗？"语气很不好，完全把自己的气撒在厨师身上了。

刘因让她安静一点:"是我让人煮的。"

说话的同时,她看了眼安静吃饭的岑鸢,皱了下眉。

岑鸢只想尽快吃完,她不喜欢这个家里的氛围,觉得压抑。

好不容易等到饭吃完了,她准备离开。

江巨雄却叫住了她,让她过来一趟。

书房里。

江巨雄拿着茶杯,透明的,甚至还能看见里面被热水烫得打卷儿的茶叶漂浮在水面上。

"你妈之前和你说的那些话,你别往心里去。"

岑鸢点头:"我知道。"

江巨雄叹了口气,把茶杯放回去。

他能感觉到,自己这个女儿和他并不亲近,她处处都是不露破绽的礼貌,但这些,也不怪她,是这个家没有给过她温暖。

江巨雄给了她一张卡:"我听祁景说你最近在创业,这里面有五百万元,就当是我给你的赞助。"

岑鸢没接:"您的好意我心领了,但我的积蓄还有一些,目前不缺钱。"

江巨雄说:"拿着吧,就算不缺也拿着。"

他低声笑笑,透着几分苦涩:"至少让我这个当爸爸的,也算为自己女儿做点小事。"

岑鸢眼眸微垂,看着那张卡,都说人老先老手,江巨雄的那只手,表皮苍老到有些发皱。

他比他同龄人看上去要老,尤其是和保养得当的刘因比起来。

岑鸢最后还是收下了,但那笔钱她不会用,纯粹只是为了让江巨雄安心一些。

从那个家里离开以后,岑鸢没有立刻回家,而是去看陈甜甜了。

小孩子体质弱,生个病得好几天才能康复,再加上又是流感,所以岑鸢有些担心。

她过去的时候,陈甜甜刚睡下。

何婶看到她回来了,高兴得不行:"正好我刚刚做了点儿糯米丸子,你

尝尝,味道怎么样。"

往年每次过年,那些糯米丸子都是岑鸢帮忙做的。何婶还是不适应,这个家里少了个女主人好像很多东西变了,甚至冷清了不少。

岑鸢走过去,接过何婶给她的筷子,夹起一个,尝了口。

何婶一脸期待地问她:"怎么样?"

岑鸢咽下去以后才笑着点头:"好吃。"

何婶顿时松了口气:"还是得等你说好吃我才放心,不管什么小周都觉得好吃。"

岑鸢笑了笑,没说话。

陈甜甜很快就醒了,被周阿姨抱了出来,头发睡得有点儿乱,看到岑鸢后,嚷着要她抱。

岑鸢笑着过去抱她,柔声问道:"甜甜最近有没有乖乖听话?"

想了好久的怀抱,陈甜甜似乎怕她会走一样,手紧紧地攥着她的袖子:"有听话的。"

岑鸢摸了下她的额头,还是有点儿烫。

周阿姨拿着刚冲好的感冒冲剂过来,故意跟岑鸢告状:"药都不肯喝,还说自己听话呢。"

像是为了证明给岑鸢看,自己真的很听话,她主动把药碗接过来,咕咚咕咚喝完了。

小孩的感冒冲剂不算苦,甚至有股甜味,但甜得很奇怪,总之味道不算好,所以陈甜甜痛苦地靠在岑鸢怀里。

岑鸢垂眸轻笑,动作温柔地把她嘴边残留的药汁擦去,还不忘夸她:"甜甜真听话。"

陈甜甜小心翼翼地问她:"我听话的话,妈妈可以不走了吗?"

岑鸢愣了一会儿,摸了摸她的脸:"可是这里已经不是妈妈的家了。"

陈甜甜急忙说:"是妈妈的家,妈妈的房间还留着呢!我昨天晚上看到爸爸从那里出来,爸爸肯定也想妈妈了!"

岑鸢不想骗陈甜甜。

对待小孩子,大人就应该以身作则,从小培养他们有正确的价值观。

如果遇到事情了大人就骗她的话,久而久之,她也会潜移默化地学会撒谎。

岑鸢觉得自己不应该骗她。

她和商滕没有可能的，这件事情的确是她的错。

她也想过，找个时间，好好向商滕道歉。

陈甜甜见她一直不说话，开始不安起来。

她还小，什么都不懂。在她的观念里，分开是一个很严重的词语。

这意味着，岑鸢会给她找一个新爸爸，商滕也会给她找一个新妈妈。她不想这样。

她的爸爸妈妈，只有他们，她不要别人。

见小家伙都快哭了，岑鸢抱着她哄道："就算爸爸和妈妈不在一起了，也不会不要甜甜的。"

陈甜甜委屈地撇嘴，快哭了："妈妈真的不要爸爸了吗？"

"妈妈不是不要爸爸。"岑鸢笑着捏了捏她的脸，"等甜甜长大了，会懂的。"

可能是哄小孩哄得太专注，以至于岑鸢都没听见开门的声音。

男人站在玄关处，大衣搭放在胳膊上，衬衣领扣系到最后一颗，一丝不苟。

他今天罕见地戴了眼镜，银色细边的眼镜，身周的清冷距离感，越发明显。

他的眼镜度数不高，平时他不戴眼镜也可以看得清楚，但他有个习惯，那就是前一天熬夜了，第二天就会戴眼镜。

陈甜甜最先看到他的，喊了声爸爸。

岑鸢看过去，正好对上商滕的视线。

他把眼镜摘了，低低地应了一声，过来抱她。

他从岑鸢怀里接过陈甜甜时，手背和岑鸢的手碰了一下。

他有片刻的停顿，然后微垂眼睫，不动声色地掩去眼底短暂流露的微妙情绪。

岑鸢没想到这次过来居然会碰到商滕，她是特地选这个时间过来的，因为这种时候，他一般都在公司。

他的事业心很重，在他这儿，工作永远第一。

岑鸢和他不同，她更依赖家庭，甚至连现在努力工作的目标都是想多攒点儿钱，为了以后和周悠然一起生活做准备。

他们两个就像是截然相反的两个人。

如果不是阴错阳差，他们这辈子应该都不可能有交集。

既然他回来了,岑鸢也想趁这个机会,把该说的都说了,于是她站起身,柔声询问他:"你现在有空吗,我们聊聊?"

他没看她,语气淡淡的:"有什么话等吃完饭再说吧。"

岑鸢点了点头,说:"好。"

何婶很有眼力见儿地把小周拉进厨房,给他们留下独处的空间。

过了一会儿,她又出来了,说陈甜甜今天还没午睡,然后把陈甜甜抱走了。

何婶的心思岑鸢怎么可能会看不出来,半个小时前,陈甜甜刚睡醒,但她也没戳破。

电视里,正播放着财经新闻,主持人正谈论着最近的股市。

他们一左一右地坐着,沙发是长条形的,中间隔了一段距离。

岑鸢对新闻没什么兴趣,爱看这些的是商滕。

岑鸢打了个哈欠,手撑着头,连自己是什么时候睡着的都不知道。

风太大了,哪怕窗户关紧了也能听见呼啸的风声。

她睁开惺忪的睡眼,身上不知何时盖了个薄毯。

客厅里只剩下她一个了。

何婶从厨房出来,见她醒了,笑道:"特地给你煮了排骨冬瓜汤。"

岑鸢刚想说自己来的时候已经吃过了,但看何婶那期待的笑脸,最后还是默默咽下已经到嘴边的话。

她轻笑着起身:"好久没吃何婶做的冬瓜排骨汤了,还挺想的。"

何婶说:"想吃的话以后就常回来,或者我做好了给你送去,反正家里也没什么事。"

岑鸢也只是笑笑,并没有说什么。她还是不太习惯麻烦别人。

餐厅里和之前其实没有太大的区别,甚至比他们分开前气氛要好一些,至少多了几分距离产生的客气。

岑鸢饭量小,再加上来之前刚吃过饭,胃里的食物还没消化完,也吃不下什么。

她随便喝了点儿汤,筷子没怎么动。

何婶看到了,心疼地劝道:"你看看你,又瘦了不少,最近肯定没有好好吃饭。平时非得我盯着才肯多吃半碗饭,这自己出去住了,估计连饭都不肯吃了。"

她训小孩的语气,岑鸢轻笑出声:"我不太饿。"

"不饿也得吃点儿,你看看你,那腰细得我一只手都能握住了。"

话虽然夸张了些,但也差不多了。

岑鸢的腰本来就细,现在更细了。

陈甜甜现在吃饭还得人喂,不然容易撒。

周阿姨把土豆压成泥,喂到她嘴边。

全程一言不发的商滕看了眼岑鸢空了的碗。

他夹了块酥肉,筷子却在半空中顿住,最后换了个方向,放进陈甜甜的碗里。

陈甜甜眨了眨眼睛,不解地看着商滕。

何婶笑着把酥肉从她碗里夹出来,提醒商滕:"甜甜不爱吃酥肉,喜欢吃酥肉的是岑鸢。"

她一边说着,一边把那块酥肉放进岑鸢的碗里,用开玩笑的语气说道:"你哪怕是把对甜甜的上心分十分之一给岑鸢就好了。"

她心疼岑鸢,小姑娘也没多大,二十三岁来到这个家,性格好,又温柔。

商滕工作忙,不管多晚回来,她都会乖乖地在客厅里等,就是为了给他留一盏灯,给他煮醒酒汤。

有时候何婶劝她早点休息,岑鸢却笑着说:"他在外面工作那么累,我也想为他做些什么,哪怕只是一些小事。"

何婶觉得,现在这一切都是商滕咎由自取,她恨铁不成钢的同时也觉得可惜。

她也算在商滕身边待了有些年了,对他的性子也很了解,他太过深沉内敛了,最后吃苦头的那个人反而是自己。

他什么事情都憋在心里,久而久之,是会憋出病来的,但这些话,显然不该她来说。

说到底,她也只是商滕花钱雇来的,与他非亲非故。但能说这些话的人,却从来不说,他们只会不断给他施压。

那块酥肉,岑鸢最后还是没有吃。

她把碗推开,说自己已经吃饱了。

商滕下颌微抬,也没看她,安静地吃着饭。

何婶微不可察地叹了口气,岑鸢明显是在避嫌,是真的一点儿关系也不想和商滕沾上,连她都能看出来的事情,商滕怎么可能看不出来呢?

想到这里,何婶下意识地看了眼一旁的商滕。

他脸上没有任何异样,似乎并不在乎。

他们吃完饭,何婶收拾碗筷,商滕起身准备离开,岑鸢叫住他:"商滕,我们聊聊吧。"

她的声线柔和,所以哪怕是再平常不过的语气,听起来都是温柔的。

男人刚把外套穿上,系着西装前扣的手,因为她的话,有片刻的停顿。

"嗯。"

他低下头,继续把扣子扣好。

书房有股淡淡的岩兰草香,是之前岑鸢特地为商滕换的,提神醒脑。

商滕总是工作到很晚,岑鸢怕他身体受不住。

他好像一点儿都不在乎这些,总是过度地透支自己的健康,但好在,他的身体很好,定期锻炼,也很少生病。

书房内只有他们两个人,商滕直入主题:"说吧。"

岑鸢把钥匙从包里拿出来,放在桌上:"这是家里的钥匙,上次走的时候忘记给你了。"

他低低地嗯了一声,算是给了回应,继续安静地等着,因为知道她想说的不是这个。

岑鸢轻声笑笑,突然问他:"你还记得我们第一次见面的场景吗?"

男人微抬的眉骨似乎在无声地给岑鸢回应。

他不记得了,岑鸢倒也不意外。

他不记得才是正常的,毕竟没有人会特意花时间去记住一个陌生人。

岑鸢说这些,也不是想和他叙旧,只是想把一切都说开,然后郑重地向他道歉。

"但是我记得很清楚,因为太像了。"

她仍旧在笑,笑容里多少透露出苦涩,岑鸢也没想过隐藏。

她对商滕还算了解。不管她隐藏得多深,商滕看她一眼,就能发现端倪。

他太聪明了,聪明到让人觉得恐惧。

"那段时间,我的精神甚至都有点儿恍惚,因为难过,太难过了。所以哪怕是遇到只有眉眼与他相似的你,都能当成救世主一般,想留在你身边。"

她说这些话的时候,手还有点儿抖,那种无力感再次涌了上来,就像是把愈合的伤疤重新揭开，又疼了一回。

她转过身去，把眼泪擦掉。

"我不该这么做，对不起。"

她微抿着唇，唇边重新扬起了笑容："但这些年，我这个妻子好像还算称职，如果能抵消一部分你对我的恨，我的愧疚也会少一点儿。"

商滕歪了下头，骨节分明的手指放在桌上，散漫地轻点桌面，自然垂放时，甚至能看见小臂延伸至手背的血管。

他把眼镜往上推了推，镜片过滤掉眼底大半的情绪，看上去只剩下漠然。

书房的隔音效果很好，因为商滕讨厌工作的时候被人打扰。

商滕不开口，岑鸢就一直安静地等着。

屋子里有暖气，玻璃窗上结了一层霜，衬着窗外的夜色像是冰雕。

商滕低沉的声音打破了寂静："他对你很重要？"

这是不见情绪起伏的一句话，仿佛只是好奇而已，别无他意。但他很少对什么事情好奇，所以也算是罕见。

岑鸢愣了一会儿。

每次想起纪丞，她都会难过。

她没有直接回答商滕的问题，而是轻垂下眼，苦笑着说："如果不是放心不下我妈，我可能就去找他了。"

岑鸢走了。

等陈甜甜洗完澡出来的时候，玄关处的女士皮鞋不见了。

她委屈地抱着周阿姨的脖子："妈妈走了吗？"

周阿姨颠了颠她的小屁股，哄她："妈妈下次还会再来的。"

陈甜甜不说话，觉得她在骗自己。妈妈这么久才回来一次，下一次回来，肯定还要更久。

她想每天都能看到妈妈。小家伙长大了，越来越不好骗了。

周阿姨哄了好久才把她哄睡着。

商滕今天突然这么早回来，也不知道待会儿有没有应酬。

何婶泡了杯咖啡给他端上去，敲了敲书房门，没人应，但门下有光渗透出来，说明里面有人。

犹豫了一会儿，她把门推开。

呛人的烟雾涌来，里面跟大雾天似的。

她捂着嘴一直咳嗽，嗓子眼总觉得像堵着什么。

商滕也没说话，面无表情地靠着椅背，一根接着一根地抽烟。桌上那盒刚拆封的烟，都空了大半了。

何婶知道，他没烟瘾，像这么不节制地抽烟，还是头一回。

她走过去，担忧地问："出什么事了吗？"

他没回应，目光无焦地盯着某处，像在思考着什么。

何婶停顿了一会儿，又喊了声："商滕。"

他这才稍微回神，视线落到她身上，把还剩大半的烟摁灭："没事。"语气平淡。

他怎么可能没事，现在的他太反常了，但他不说，何婶也不好再问，因为了解他的性子。

离开前她嘱咐了句："少抽点儿烟，对肺不好。"

商滕点头："嗯。"

书房门开了，又关上。

商滕再次无力地靠回椅背，甚至连他都不知道自己怎么了，像是生病了一样，不想思考，不想说话，灵魂剥离了肉体，变成行尸走肉。

这是他从未有过的状态。

金属质感的打火机，在他指尖被点燃，又熄灭。

火光是微弱的，却像是在这寒冬里仅剩的能给他温暖的唯一物体，所以他一根接着一根地抽烟，他想把温暖留住。

他好像真的病了。

把话都说开以后，岑鸢觉得一直压在心里的石头也算是彻底放下了。

店里最近生意还行，她做的不是走量的单子，都是细致活，所以规定了每个月的接单量。

林斯年工作很认真，每天第一个来，比岑鸢还早。

冬日天冷，地上都是霜。

岑鸢手上提着保温桶，装着起早床煮的汤——红枣山药乌鸡汤，补气血的。

林斯年拿着拖把在拖地，看到岑鸢，乖巧地和她打招呼："姐姐早上好。"

岑鸢笑着进来，把保温桶放在桌上，把围巾摘了："怎么来这么早？"

林斯年平时其实也挺赖床的,上课都会迟到,尤其是冬天,但他心疼岑鸢那么早就要过来,又是整理工作室,又是拖地的。她白皙娇嫩的手最近都长冻疮了。

林斯年让岑鸢在旁边先坐一会儿,他马上就拖完了。

岑鸢冲他招了招手,笑道:"先别拖了,过来。"

林斯年脸一红,乖乖地把拖把放好,拖了张椅子过去,在岑鸢旁边坐下。

岑鸢盛了一碗汤递给他:"我起早煮的,暖暖身子。"

林斯年接过碗喝了一口,顿时睁大了眼睛:"太好喝了!"

演技过于浮夸,把岑鸢逗得轻笑出声,难得也和他开起了玩笑:"那林师傅觉得可以打几分?"

"一百分,满分十分。"

岑鸢又给他盛了一碗,让他以后不用这么早过来。

"上午店里没人,可以多休息会儿,冬天冷,早上更冷,别冻感冒了。"

林斯年捧着碗,心疼地小声嘟囔:"可你自己来得比谁都早。"

岑鸢没听清,愣了愣,过了会儿才反应过来。

"我睡眠浅,容易醒,索性就过来了。"

林斯年也不算是心思太细腻的人,不能在第一时间发现别人情绪不对劲。

他也看不出岑鸢什么时候高兴,什么时候难过。

她好像一直都是这样,给人的感觉永远温柔。但林斯年知道,她过得并不好。

他是前些天才知道岑鸢为什么不姓江。

她婚前过得不好,婚后过得也不好,幸好,现在也算解脱了。

林斯年从外套口袋里拿出一管冻疮膏,是他昨天专门去药店买的。

他挤了一点儿在指腹上,然后小心翼翼地涂抹在岑鸢生冻疮的小指上。

只是刚有点儿红肿的征兆,他昨天看到岑鸢讲话的时候,下意识地在挠,所以才悄悄记住。

一边涂,他一边轻轻吹气,怕她痒,又去挠。

"姐姐这么好看的手,可不能被冻坏了。"

他皱着眉,脸上带着心疼。

岑鸢有时候觉得他很好笑,幼稚得好笑。

如果江祁景的性格不那么别扭的话，应该也和他一样可爱。

涂药的时候他倒没察觉，快涂完的时候才后知后觉地反应过来，自己正托着岑鸢的手。

手指放在她的掌心，温热的触感，软软的。

林斯年的脸一瞬间涨红，好在拖把此刻掉在地上，他正好有理由去掩饰。

他急忙起身过去，把拖把扶起来。

因为背对着岑鸢，所以不用担心被她看见自己脸上可疑的红晕。但扶拖把也就几秒钟的事，他只能随便找个话题，不让岑鸢注意到自己："姐姐老家的冬天，也这么冷吗？"

"也冷，虽然没有寻城冷，但是没暖气，小的时候都是用火盆取暖。"

"火盆"这个词语对林斯年都算少见，更别说是这个物件了。

他有点儿好奇："火盆？"

岑鸢手上拿着装着热水的水杯，手背贴在上面，汲取热气。

她有耐心地给林斯年讲解："放点儿木炭在上面烧。"

林斯年皱着眉，对这东西的安全隐患表示担忧："要是忘了开窗通风，那不就团灭了？"

岑鸢明明也不比他大几岁，但代沟好像还是有的。可能是因为她的兴趣爱好都少得可怜，听到林斯年的话后，蒙了一会儿，然后才反应过来"团灭"的意思。

她笑着点头，开玩笑一般说道："对啊，好在我记性好，每天都记得开窗，这才没有被团灭。"

林斯年觉得有点儿犯规，岑鸢哪怕是开玩笑，他都能不受控制地脸红。

他不敢让岑鸢看见，怕她认为自己是个随便的人。

玻璃门外，雪下得更大了。

涂萱萱头上、肩上全是雪，推门进来时，把外面的寒气也带了一点儿进来。

屋内的暖气瞬间让人体温上升，她把外套脱了，抖落头上的雪，埋怨着这几天的天气："出来的时候还好好的，刚下车就开始下雪了。"

岑鸢给她盛了一碗汤，端给她："先喝点汤暖暖身子。"

涂萱萱笑着坐过来，接过碗："还是岑鸢姐姐最好了。"

难得的独处时间就这么被她破坏了，林斯年不爽地继续去打扫卫生了。

林斯年家里有点事，下午得回去，他怕岑鸢忙不过来，就给江祁景打了个电话，让江祁景有空的话就过来，帮他代半天班。

江祁景同意了。

林斯年是中午走的，走之前还特地去附近餐厅给岑鸢打包了午餐，让她一定要全部吃完。

她太瘦了，饭量还小。

作为唯一能够监督她的人，涂萱萱也被林斯年用美食收买了。

她拍着自己的胸口保证："放心好了，保证完成任务。"

岑鸢看着面前这一幕，觉得自己的生活也被他们带得鲜活起来，就是最近莫名其妙地畏寒，医生说她太虚，得多喝些补气血的汤。

她知道，都是那个病的原因，但也没办法，她在坚持吃药，可一直不见好转，只能说是暂时控制住了。

有时候针戳破了手指她都会害怕。

涂萱萱出去扔了垃圾回来，看到岑鸢从一个透明的分装盒里倒出各种各样的药丸服下，她疑惑地走过去："岑鸢姐姐，你生病了吗？"

岑鸢笑了笑，不动声色地把分装盒放进包里："预防感冒的，你也知道，我身体本来就不好，最近天气冷，担心生病。"

涂萱萱年纪小，也好骗，倒也没怀疑她话里的真实性。

"还有多的吗，我也想预防一下。"

岑鸢无奈地笑笑："是药三分毒，你身体这么好，不用吃药预防的。"

涂萱萱觉得她的话也有道理，在她旁边坐下："我有时候觉得岑鸢姐和我妈好像。"

岑鸢因为好奇而侧眸："哦？"

"连说的话都很像。"涂萱萱调皮地吐了下舌头，"不过我妈可没岑鸢姐这么温柔。"

岑鸢也只是笑了笑，没再开口。

江祁景是打车过来的，在路口下车，往里走的时候，正好碰见了站在拐角处抽烟的商滕。

他穿了件深灰色的呢子大衣，哪怕是抽烟，气场也足，无形中就给人一种压迫感。

这里不是商业中心，也不是他最常去的高消费场所。

他出现在这里的目的太明显了。

商滕是从司机口中得知这个地址的。

明明今天要去视察一个新项目,他却把车开到了这里。

想做的任何事情,他从来不会犹豫,想做就直接去做了,犹豫是因为担心失败,但他不会失败。

这不算自负,而是因为,他的确有这个能力。可现在,他犹豫了,犹豫的同时点了根烟,想等这根烟抽完了就去,可已经是第二根了。

江祁景走过来,问他:"有意思吗?"

男人微垂眼睫,眉梢轻拧,指间的烟,火光几番明灭。

他没回答江祁景的话。

江祁景眼神冷,语气更冷:"已经分开了,就没必要再过来骚扰她了吧。怎么,还嫌她过得不够惨?"

商滕掐灭了烟,随手扔进垃圾桶里:"我只是过来看看。"

"没必要,您是她什么人啊,来看她?领导视察工作,还是看前妻离开自己以后过得有多惨?又或者,是希望她会求着你复合?"

江祁景和江家所有人都不同,对商家的钱和权没有半点儿兴趣,所以也不怕得罪商滕:"商滕,你亏心不亏心啊?"

他没说话,拿着打火机想再点一根,手却无意识地抖了几下。

几次错开,打火机都没有点燃烟,反而把他的手指给烫了。

岑鸢的店离这里太近,拐过去第二家就是,江祁景怕被岑鸢看见,更不客气了:"能麻烦您别在这儿挡路吗?挺碍眼的。"

被烫伤的地方开始红肿,商滕把打火机和烟盒一起放回大衣口袋,倒是没有继续开口。他没想过为自己辩解,或者是去和江祁景争论。这些不是他会做的事。

他下了台阶,往自己停车的方向走去。

气温没有上午那么低了,雪变成了雨,落在他身上,偶尔有追逐打闹的小孩子从他身旁跑过,不小心撞到了他,礼貌地向他道歉。他也像没听到一样,毫无感觉地继续往前走。

他清楚地知道自己的异样是因为什么,姑且称之为占有欲,但也没有那么贴切。

他很少对什么东西有占有欲,本身就不是偏执的性格,也不是非谁不可。

他从小就是这样，车也好，玩具也好，再喜欢，别人想要，都可以从他这儿拿走。但是现在他第一次这么迫切地想要拥有某样东西、某个人。

　　他城府深，真要手段、玩心机，没人能玩得过他，可是，商滕不知道应该怎么去和一个死人争。

　　那个人死在了岑鸢最爱他的那一年。

　　商滕第一次明白，喜欢人的滋味的确不怎么好受。

　　那几天他是在酒店过的，回去以后，面对满是岑鸢痕迹的房子，他会胡思乱想，也会不高兴。

　　如果像何婶说的那样，他能把对陈甜甜的上心分十分之一给岑鸢，她是不是在离开的时候也会稍微有点儿动摇，至少不会像现在，走得干脆利落，他甚至开始后悔，那粒泪痣应该让它一直存在的，连他都为自己的想法而感到不可思议。

　　他什么时候做过这样卑微的让步。

　　小时候，哥哥讨厌他，觉得他分走了父母的注意力，却不知根本就不是他分走的，因为他们已经把注意力全放在了商滕身上。

　　商凛嫉妒商滕，但商滕觉得他很可笑。

　　如果可以的话，商滕甚至希望能像商凛一样平凡。

　　那些压力和逼迫，不是正常人可以承受的。

　　他不是第一就要挨打，被关在十平方米、四面只有墙的房子里，两天两夜见不到阳光，不给饭吃也不给水喝，奄奄一息的那一刻才会被放出来，并且还得保证，下一次一定拿第一。

　　商滕反抗过，考试的时候交白卷，逃课去飙车，两个轮的重机车比四个轮的更刺激，抽烟也是那时候学会的。所以他爸才会送他去国外，因为觉得他已经不受自己控制了。

　　他应该早点用结婚证把她捆住的，这样她就不会那么容易离开了。

　　酒吧灯光昏暗，男男女女贴在一起，随着音乐暧昧地扭动着。

　　商滕单独开了个卡座，他除了应酬，其他时间是不喝酒的。这是第一次，他在非应酬或是聚会的情况下喝酒了。

　　洋酒辛辣，入喉有股灼烧感，他面无表情地又倒了一杯，一口饮尽，就这么一直反复着，也没个节制。

　　有穿着性感的女人过来搭讪，都被他冷漠地赶走了。

江言舟就是这个时候来的。

一个小时前,商滕给他打电话,约他出来。

江言舟忙着哄孩子睡觉,本来想拒绝的,让他找别人。

商滕在电话里沉默了一会儿,似乎真的在思考,除了江言舟,他还能找谁,思考的结果是没有人了。

他没朋友。

和江言舟甚至也算不上朋友,因为父辈之间有生意上的往来,所以从小就认识。

直到现在,两家的合作关系依旧存在,所以当商滕说出那句:"就当是谈生意吧,你现在提什么要求,我都会同意。"

这种白捡的便宜,江言舟不会不占,所以他出来了。

桌上的空酒瓶子很多。

江言舟坐下后问了句:"都是你一个人喝的?"

商滕没说话,只是扫了一眼他无名指上的婚戒。

出来之前,宋枳吩咐过,不许他喝酒,所以他让酒保上了杯冰水。

"说吧,找我过来干吗?"

"想找个人陪我喝酒。"商滕表情淡然,"你回去吧。"

江言舟侧身坐着,手肘搭在椅背上:"我和你不一样,我是有家室的人,有人管着。"

商滕倒酒的手有片刻的停顿,洋酒红酒混在一起喝,又辣又呛,他却没什么感觉。

他很少像今天这样,几乎从未有过,所以江言舟不知道他到底怎么了,于是随口猜了一下:"因为岑鸢?"

商滕微抬的眉骨以及看向他的眼神,越发让江言舟确定自己猜对了。

"何必呢?"他说,"人家爱你的时候你没感觉,人家不爱你了,你反倒难过上了,这不是有病吗?"

话糙理不糙。

商滕挨骂也没感觉,可能是喝酒喝麻木了。

他从来没说过,他和岑鸢分开的真正原因。

他们在一起,甚至都不是因为爱。

岑鸢不会难过,她走得挺洒脱的。

商滕有时候觉得,自己这个活生生的人,甚至还不如一颗泪痣。

"你说我,"他抬手,指了指自己眼角下方,"在这里文个泪痣,可以吗?"

江言舟没有仔细看过商滕,所以并不清楚他以前是有泪痣的。

其实很多人不知道。

江言舟皱眉,有些不解地道:"喝醉了?"

商滕靠回椅背,左手扶上领结,往下扯了扯。

酒后脖颈攀上了一抹红,眼里也是,偶尔被摇晃的灯光照到,越发性感。可能是他这副样子过于性感,又有人过来搭讪,问能不能加个好友。

商滕自顾自地灌酒,江言舟替他拒了。

人走后,他问商滕:"那你打算怎么办?"

商滕摇头:"没想过。"

他也想不出来。

"还是打算把你在生意场上的那些心机和算计都用在岑鸢身上?"

"她不吃这套。"

江言舟来了兴趣:"哦?"

商滕有自知之明:"她没欲望,也不想和我有关系。"

算计的前提是,知道对方的突破口在哪里。

可岑鸢没有。唯一的突破口应该是她死去的初恋,但是商滕不会这么做。

他不想和那个人有一丝一毫的牵扯。

江言舟说:"那挺难的。"

他想了想,给商滕出了个主意:"我以前追回我老婆的时候,就是装可怜,你要不也试试?"

说完这句话后,他看了眼商滕:"不过你也不用装,你现在就挺可怜的。"

"……"

商滕走了,他把"没耐心"这三个字表现得淋漓尽致,连装都不想装。

岑鸢今天不太想做饭,就在外面买了点儿速食,想回家热一热。

她开门进去,饼干就乖乖地蹲在门口等她。

饼干看到她,乖巧地过来,用头蹭她的脚。

岑鸢笑了笑,让它等一下。

她把东西放进厨房,给它煮了点儿鲫鱼汤。

鱼是上周徐伯给她寄过来的。

岑鸢喂饼干吃完饭后,才开始准备自己的晚餐,都是速食,只需要热一热,很快就弄好了。

她吃饭慢,因为喉管比较细,所以得细嚼慢咽,不然很容易噎住。

周悠然的身体调养得还可以,徐伯每天都会煮鱼汤给她端过去。

岑鸢吃完饭后,和她视频。

周悠然正戴着老花镜在织毛衣,是灰色的毛线。

"织给商滕的,上次只给你织了,所以想着给他也织一件。"

她还不知道岑鸢已经和商滕分开的事。岑鸢怕她担心,所以就没提。

周悠然担心商滕不喜欢,甚至还举起来,询问岑鸢的意见:"他喜欢这样的吗?"

"喜欢,不过,"她迟疑地看了一会儿,给周悠然提意见,"尺寸好像小了点儿,他个子高。"

周悠然把衣服放下:"那我再改改。"

她笑道:"说起来,我还没见过这个女婿呢,也不知道他到底长什么样,比小辉还高吗?"

小辉是徐伯的儿子,比岑鸢小两岁,她离开的时候他还很小,所以她对他没什么印象。

"小辉多高?"

周悠然想了想:"比你徐伯高点儿,一米七五吧。"

岑鸢说:"那应该要比他高一点儿,商滕一米八八。"

周悠然惊了一瞬:"那很高了,都快一米九了。"

岑鸢笑了笑:"是挺高的。"

她们又东扯西拉地聊了很久,岑鸢还把饼干抱过来给她看,说是自己新养的小女儿:"可爱吧。"

周悠然让她离近一点。

岑鸢便抱着饼干,离镜头更近。

周悠然笑道:"和你小时候真像。"

岑鸢也笑:"我小时候哪有这么可爱。"

她们不知不觉就聊到很晚了,周悠然也该去睡觉了。

岑鸢说等自己再多赚点钱就回去陪她。

周悠然笑得合不拢嘴:"那我可得好好活着,等我的宝贝女儿孝顺我。"

岑鸢看了眼时间,居然十点半了,于是催促她:"好啦,你先去睡觉吧,我明天再给你打电话。"

挂电话前,周悠然还不忘提醒她,有空了问问商滕,喜不喜欢这个花色,不喜欢的话自己还可以再改改。

岑鸢顿了片刻,到底没有说出口,而是点头道:"好,我有空会问他的。"

周悠然这才放心地挂了电话。

岑鸢肚子又饿了。

她突然很想吃草莓蛋糕,想着楼下那家蛋糕店应该还开着,于是她穿上外套,换了鞋子出了门。

难得的晴天,没下雨也没下雪。

小区楼下有个纳凉亭,这会儿还是坐了些人的,甚至还有约会的小情侣,在那你侬我侬。

岑鸢裹紧了外套,走进店里,运气还算可以,草莓蛋糕剩下最后一个。

店员给她打包的时候,还送了她一盒泡芙。

她笑着向他们道谢。

店员摸摸后颈,有点儿不好意思:"不用谢的。"

今天卖不完的,当天都会处理了,再加上岑鸢又是老客户了,她总是来买草莓蛋糕。

她是很温柔的姐姐,又有礼貌,长得还好看,不比那些电视里的明星差,看一眼就能记住,所以每次她都会给岑鸢送一盒泡芙。

岑鸢提着盒子离开,越往里走,便看得越清楚,绿化带旁的枫树下,站了个人,身形傲然修长,是她熟悉的。

江言舟给商滕发了条消息。

江言舟:"你去她家楼下等着,这么冷的天,她总会心软,让你上去坐坐。"

他说得言之凿凿,是因为他之前就这么做过。

商滕只粗略地看了一眼。

这种事,他做不出来,但他出现在这里的原因,自己也说不清楚。

出于礼貌,岑鸢还是过去和他打了个招呼:"这么晚了,你怎么在这里?"

商滕眉眼微垂,安静地看着她。

她的气色不太好,有点儿虚弱,最近她应该没有好好吃饭。

"等人。"他说。

岑鸢想起来了,赵新凯也住在这里,于是便认为商滕是在这里等他。

她点了点头:"那我就先上去了。"

商滕没说话。

岑鸢走后,没多久又下来了。

"我不太放心,今天太冷了。"

商滕的喉结轻微地滑动,这招好像是有用的。

岑鸢把手里的薄毯递给他:"披上这个,会稍微暖和一些。"

见商滕一直没反应,岑鸢喊他的名字:"商滕。"语气温柔。

商滕抬眸,视线从那个薄毯移到她身上,最终还是伸手接过,礼貌地道谢。

岑鸢说:"不用谢的。"

她也没在这里多留,东西给他以后就离开了。

手机一直在响,是江言舟发过来的消息。

江言舟:"成功了吗?她有没有邀请你上去?"

商滕没说话,把他拉黑了。

商滕不知道自己到底在期待什么,现在的他太反常了。

他垂眸,无声地看着自己手上的薄毯,上面还有淡淡的花香,是岑鸢身上的味道。

毛毯是干净的,但从她手上接过,难免沾染了些她身上的味道。

商滕没有说过,他喜欢闻她身上的味道,让浮躁的心莫名平和下来。

所以为什么呢,当初可以结婚的人那么多,他为什么偏偏选了她?

商滕讨厌现在的自己。他习惯了掌控一切,可是现在,他连自己都控制不了了。

在他准备离开的时候,赵新凯搂着一个辣妹从他那辆粉色玛莎拉蒂上下来。

前一秒还和辣妹你侬我侬的赵新凯,看到商滕后,立马把手撒开了,乖巧且温顺地走过来喊道:"哥。"

辣妹一下子被冷落了,有点儿受不了,刚准备骂他,眼神落在商滕身上后,又默默闭上了嘴。她问赵新凯:"这是你哥?"

赵新凯心里正犯怵呢,担心商滕觉得他不务正业,只知道在外面瞎玩,含糊地应了句:"嗯。"

辣妹从头到脚把商滕打量了一遍。

商滕和赵新凯是完全不同的类型,矜贵疏离。他看人时,眼里没有任何多余的情绪。

当然,手上那条碎花毛毯和他有些不搭。

赵新凯还挺高兴的:"哥,你是专门来找我的吗?"

商滕面无表情地看了他几秒,没说话。

赵新凯认为他默认了。

他把车钥匙扔给辣妹,让她自己开车回家。

辣妹不太高兴:"我不能一起上去?"

赵新凯见她的眼神一直有意无意地往商滕身上瞥,不太高兴地挡在她面前:"别乱看,这是我哥!"他这幼稚的占有欲。

辣妹白了他一眼:"喊。"

最后她还是拿着车钥匙开车走了。

商滕几乎从未主动来找过他。

他高中那年不爱学习,经常逃课,他妈没办法了,就把他送到国外的商滕身边。

赵新凯在那边和商滕一起待了一年,后来因为语言不通,哭着喊着要回来。

那一年,都是商滕在照顾他。也不能说照顾吧,家里有保姆,也有厨师,衣食住行都有人解决,但因为商滕在,赵新凯不敢早出晚归,每天十点就回来了。

商滕似乎就有这个魔力,天生就能让人臣服。

赵新凯天不怕地不怕,只听商滕的话。

"我今天给你露一手,昨天刚和家里的厨师学的惠灵顿牛排。"

他兴致十足地边说边去按电梯。

商滕没动,看了眼某个楼层亮着灯的房间,窗帘上的碎花,和他手里的毛毯是一样的。

电梯下来了,赵新凯回头看着商滕:"哥?"

商滕收回视线,把手里的毛毯拿紧了些,走过去。

赵新凯的家很乱,哪怕收拾的阿姨每两天来一次,但他依然有能力把客厅弄成猪圈,到处都是快递纸箱,以及拼了一半的高达,还有乱放的衣服,

根本无处落脚。

商滕看了他一眼。

他明明没说话,但赵新凯就是从那个眼神中感受到了无形的压迫感。

他急忙把东西收拾好,一边收拾一边辩解:"我平时很少在这边住,所以就没怎么收拾。"

好不容易整理到至少能容纳下两个人了,商滕在沙发上坐下,后背被硌了一下,他站起身,把靠枕拿开,后面放了本杂志写真,封面上是身材丰腴的模特。

商滕把杂志砸到赵新凯身上。

赵新凯吓得大气都不敢喘,缩在墙角,想把碍眼的封面给撕了。

"哥,你渴不渴?我去给你倒水。"

"不用。"

商滕眼神冷,语气更冷:"先走了。"

很显然,他不想在这个无处落脚的"猪圈"多待。

赵新凯有些挫败,早知道他今天过来,应该提前叫阿姨过来收拾的。他起身跟在商滕身后,说送他出去。

楼梯口蹿下来一只猫,橘色的,还挺可爱。

赵新凯蹲下,把它抱在怀里,伸手顺它后背上的毛:"怎么跑出来了,你主人呢?"

商滕听到猫叫,垂眸看了一眼,那只猫后背的毛顿时竖了起来,直接挠了商滕一下。

手背上多出了几条血痕,他微皱了下眉。

赵新凯像突然想起了什么一样,立马抱着猫,离商滕好几步远:"我差点儿忘了……"

他的后半句话被女人的叫声打断,从楼梯上方传来。

"饼干,你跑去哪儿了?"

熟悉的声音,让赵新凯和他怀里的猫一起有了反应。

岑鸢顺着小猫的叫声找下楼,看到了抱着猫的赵新凯,顿时松了口气,走过去:"不好意思,小猫乱跑,没有给你添麻烦吧。"

赵新凯把猫还给她:"没麻烦我,就是……"

他欲言又止地往商滕那边看去。

岑鸢顺着他的视线也注意到了,他垂在身侧的左手,手背上多出了几道抓痕，于是急忙向他道歉，还不忘问他："疼不疼？"

疼不疼？

他以前开车追尾，额头撞伤了，那个时候，她也问过他同样的话。但语气和眼神与现在截然不同。

那个时候的岑鸢是心疼他的，很心疼。可是他却挡开了她想触摸他伤口的手，用冷漠回应了她的关心。但这次，他听见自己用几近沙哑的嗓音说道："有点儿。"

他有点儿疼。

岑鸢还在抱歉，脸上是愧疚："它性格温顺，平时不挠人的，也不知道今天怎么了。"

赵新凯安慰道："嫂子，您也别太自责，我哥他从小到大就不讨这些小动物的喜欢。别人都说过街老鼠人人喊打，但他属于老鼠看见了都得踹一脚的类型。"

岑鸢听到赵新凯的话，以为他是在逗她开心，她也的确笑了。

"这个时间疫苗接种医院好像已经关门了，这样，你明天几点有空？我陪你过去，医药费我出。"

他们是一家人，分得这么清干吗？

赵新凯刚想替商滕拒绝，男人微沉的声音在这安静的走廊响起："都有空。"

岑鸢问他："十点可以吗？"

商滕点头："可以。"

饼干还在冲商滕龇牙，凶得很。岑鸢干脆捂住了它的眼睛："可能是应激反应，我楼上泡了茶，要不要上去坐坐？"

她想借此机会赔罪，所以当商滕再次点头时，她顿时松了口气。

她家的面积比赵新凯家小，但东西收拾得很整齐，给人的感觉完全不同。

桌上放着一个透明的水晶花瓶，里面的花应该是她自己插的，桌布也是小碎花。

岑鸢把猫放回猫窝，洗了两个干净的茶杯，倒了茶以后端出来。

茉莉花茶，带着淡淡的茉莉花香。

岑鸢把茶杯递给商滕，商滕没接，因为他的视线落在书架上的相框上。

两个放在一起的木头相框，一张是她和一个陌生女人的合影，应该是她

在老家的妈妈。另外一张,则是他之前见过的,纪丞。那个人好像是叫这个名字。

商滕突然想起了自己以前问过她的那句话:"他对你很重要?"

当初他为什么要这么问呢?明明早就知道答案了,可能是想最后确认一次,让自己死心。

他不是死缠烂打的人,但这次,故事的走向不受他控制了,哪怕知道她的心里已经有了其他人,但还是想再试试。他不想就这么放弃,不是不甘心,而是觉得可能会难过。

最近他只要想到岑鸢,胸口就会有刺痛感,以前从未有过。

他喝完茶以后,时间也不早了,商滕没有在这里多待。

岑鸢送他下楼,到了门口,他看了眼她有些发白的唇,说:"不用送了,我的车就停在前面,很近。"

岑鸢点头:"路上小心。"

他点头,转身离开。

夜色昏暗,如浓稠的墨汁,而他是被墨汁同化的那一抹灰色。

因为接种疫苗的医院就在岑鸢的店附近,走过去五分钟就到了,于是岑鸢到了店里后,给商滕发了个定位,让他可以先过来。

很快,他给了回复,非常简洁的一个"好"字。

大概半个小时,商滕开车过来了。

他手里提着一个小盒子,是过来的时候顺路买的,也不算顺路吧,开车的时候他就一直在留意附近的蛋糕店。

他记得昨天晚上,岑鸢顶着寒风下楼,就是为了买那块草莓蛋糕,所以他特地给她买了一块。

涂萱萱刚给打版师傅帮完忙出来,手上全是粉笔灰,正打算去洗手,便看到有人进来。

她这些天跟着岑鸢耳濡目染,也算对服装品牌有了大致的了解。

男人身上这身高定一看就不便宜。

这些天她也量过不少男性客户的尺寸,可面前这个,光是目测一下,她就觉得不比那些男模差。宽肩窄腰,哪怕是连脚踝都没露出来,但仍旧给人一种禁欲的性感。

涂萱萱承认自己犯了花痴,但面前这个男人,换了其他人,也会和她有一样的想法。

似乎是为了印证自己的想法,她把视线移向在场除她以外的唯一一个女生——岑鸢。

岑鸢却淡然地冲他笑了笑:"先坐会儿吧,我马上就好。"

男人点头,走了进来。

他把手里拎着的精致盒子递给她:"来的时候顺便买的。"

盒子有一层透明的塑料膜,可以看见里面的草莓。

岑鸢笑了笑:"谢谢。"

他摇摇头,没说话。

涂萱萱羡慕岑鸢,她不光长得美,又有才华,而且身边的异性还全是顶级帅哥。

岑鸢让她给客人倒杯茶,她急忙应了一声,转身去了茶水间。

林斯年家里出了点事,请了几天假,原本以为他今天不会过来,结果他还是来了。

他专门早起床给岑鸢做的蛋糕,特地和家里的厨师学的。

上次店里聚餐,饭后甜点是蛋糕,别的她一点儿没动,唯独把那块草莓蛋糕吃完了。所以林斯年猜测,她应该喜欢草莓蛋糕。

等他推开玻璃门进来时,最先看到的是放在桌上的草莓蛋糕,盒子上面的商标是某个比较知名的甜品店。再然后,他看到了坐在里面的商滕,不用想也知道蛋糕是谁买的。

逐渐黯淡的神色,他敛了脸上的笑,下意识地把蛋糕往自己身后藏。

涂萱萱眼尖,一眼就看到了,走过来:"不就是请个假嘛,怎么还带礼物来?"

她接过他手里的东西,睁大了眼睛道:"今天草莓蛋糕打折吗?怎么都送这个?"

林斯年把东西抢过来:"这个做坏了,我准备拿去扔的。"

岑鸢不解地道:"为什么要扔呢?"

林斯年轻垂下眼眸,声音仿佛透着几分失落:"我自己做的,肯定没有别人从店里买的好吃。"

岑鸢有点儿惊讶,笑着问他:"你还会做蛋糕?"

林斯年摇头:"第一次做。"

涂萱萱在一旁觉得莫名其妙,初学者刚做的肯定没有店里的好吃,但也

不至于拿去扔掉吧。

到底年纪还小,失落和不高兴也不懂隐藏。

岑鸢把蛋糕从涂萱萱的手里接过来:"不管好不好吃,我都很喜欢,谢谢你。"这句话像是给他打了一针强心剂。

林斯年喉结微动,心里是喜悦的,但还是小心翼翼地问了句:"姐姐应该会吃完吧?"

他知道岑鸢饭量小,很多东西吃几口就饱了,所以他特地做了个小的。

他不要岑鸢对他好,他想要她的偏爱,也想成为她的唯一,喜欢本来就是自私的,他也自私。

岑鸢说:"会的。"

隔壁店里的小孩子跑进来玩,不小心绊到地上的拖把,差点儿摔倒,好在被商縢及时扶住。

她礼貌地道谢,在看到他后,又吓得哭了起来,直往林斯年的腿后缩。

商縢神情依旧很淡,仿佛并没有被这个插曲所影响。

他本身就不是讨人喜欢的类型。

岑鸢蹲下哄她:"桃桃,怎么哭了?"

她泪眼婆娑,指着商縢:"怕……叔叔。"

岑鸢突然想起赵新凯说的话。

商縢长得并不吓人,相反,他是那种一眼就能让人记住的长相,很好看,好看到,无论他犯了多大的错,人们都会因为他的外在而原谅他。但,这不代表所有人都会这样。

他的冷是由内而外的,说他冷血也不为过,小动物和小孩子都是最敏感的,所以他们害怕商縢。

岑鸢抱着小女孩哄了很久:"叔叔不是坏人,他是阿姨的朋友。"

他们是朋友吗?

商縢微垂着眼眸。

林斯年不知道从哪里摸出来的棒棒糖,拆开以后放进她的嘴里:"再哭鼻子可就不好看了,到时候哥哥就不喜欢桃桃了,要喜欢别的小朋友。"

小女孩听到林斯年说要去喜欢别人,立马不哭了,抱着他的脖子道:"不要!"

虽然岑鸢和林斯年也没有相差几岁,但在小女孩这儿,辈分差了一大截。

为此，林斯年没少骗她改口，可她就是坚持喊他哥哥。

商滕安静地看着面前这一幕。

他面上很平静，内心的波动也不算太大。不能说他没感觉，只是，他不知道应该怎么去形容自己此刻的心情，是连他自己都不确定的情绪。

他是一个局外人。

涂萱萱不忍看到帅哥被冷落，拿了糕点干果过来，放在桌上："这个，还挺好吃的。"

商滕朝她点了点头，算是给了回应。

他这几天的睡眠状况其实不算好，心里装着事，经常失眠。

他没有可以诉说的对象，而且，他也不是那种会和人诉说的人。

防备心重的人，对身边的人都无法完全信任。

林斯年抱着孩子，说带她去附近的超市买糖果，走之前还问岑鸢，要不要给她也带一点。

岑鸢摇头，笑了笑："不用了。"

林斯年走后，涂萱萱也被师傅叫进去了。

前厅就只剩下岑鸢和商滕两个人了。

那种一阵一阵的寒意又涌了上来，岑鸢把外套穿上，突然想起了什么，问商滕："甜甜的病好了吗？"

商滕点头："好了。"

他的声音有点儿哑，昨天晚上岑鸢就发现了。

"还是少抽点儿烟，对身体不好。"

她的声音轻柔，她出于礼貌劝了一句。

商滕依旧点头："好。"

岑鸢是个心思细腻的人，自然也发现了商滕的不对劲，比起从前的冷漠，现在的他可以说太好说话了。

就好像，不管她说什么，他都会同意。

关于商滕家里的事情，岑鸢甚至还不如那些外人知道得多。

她没有见过他的父母，甚至连婚礼他们也没有露过面。

林斯年很快就回来了，买了几杯奶茶。

他不知道商滕喜欢喝什么，所以全部买的一样的。

岑鸢提醒林斯年："他不喝奶茶的。"

商滕不爱吃甜食，更别说奶茶了。

林斯年动作微顿,点了点头:"这样啊。"

他知道岑鸢和商滕的关系,他们之前是夫妻,在同一个屋檐下一起生活过几年,所以对于商滕的喜好,她很清楚。

对于这点,林斯年觉得自己毫无胜算。

林斯年和商滕可谓两个极端。

生活的环境不同,心理的成熟度也不同。

商滕二十二岁时,已经接手家里的生意了。他顶着来自四面八方的压力和嘲讽,手段狠绝,不留情面,而二十二岁的林斯年,心理年龄恐怕还比不上十五岁时的商滕。

他的那点小心机,在商滕这儿,和小朋友胡闹没什么区别。

林斯年说蛋糕放久了口感会不好,让岑鸢先吃一点。

他看上去很期待她的反馈,毕竟是自己第一次亲手做的蛋糕。

岑鸢倒也没有浇灭他的热情,小朋友嘛,总要多给些鼓励的。不过林斯年做的蛋糕的确很好吃,虽然卖相不怎么样,但口感很好,动物奶油入口即化,还带了点儿草莓的清香。

她毫不吝啬自己的夸奖:"很好吃。"

林斯年像只温顺的大型犬一样,乖巧地在她旁边坐下:"姐姐要是喜欢的话,我下次还给你做。"

气氛很和谐,也很温馨。

商滕下意识地把手伸进西裤口袋里,指腹触到尖锐的烟盒棱角时,顿了顿,想到自己刚答应过岑鸢少抽烟。

他以前从未对某个人或某件物上瘾。

他对这种依赖很不适应,但不厌恶。

涂萱萱控诉林斯年,难得做次蛋糕也不做大一点,这么小,就够一个人吃,她都吃不到了。

林斯年随口提了句:"桌上还有一块。"

涂萱萱不说话了。

那又不是给她买的。

林斯年开玩笑一般说道:"姐姐应该吃不下了,这蛋糕不能放太久,不然味道会不好的。"

说完后,他故意把视线移向商滕。

商滕无所谓地点了点头:"随意。"

那点小心思太幼稚，他懒得纠缠，也不屑于迎合。所以这也是他不太愿意和别人深交的原因。

人都是自作聪明的生物，以为能够算计别人，在商滕看来，与其和他玩心机、耍心眼，那些人倒不如直接把想法说出来，他至少还会欣赏他们的坦率。

岑鸢把手上的工作忙完以后，把围巾戴上，和林斯年说："我有点事出去一下，待会儿有个客人过来，手机尾号是1137。"

林斯年看了眼她身旁的商滕，对岑鸢说："要不我和你们一起去吧？"

岑鸢拒绝了："不用，只是去附近的医院打疫苗而已，很快就好了。"

林斯年这才不舍地松开手。

他们离开后，商滕看着岑鸢身旁呼啸而过的机车，不动声色地站在了她左边。

他们之间很安静，林斯年张口就来的撒娇语气，商滕说不出口。

人是不能一朝一夕就突然改变的，太不现实。

二十多年的性情塑造，就像是把一个刚开始结果的藤蔓塞进瓶子里，久而久之，果子成熟了，但长期被容器挤压，为了能够生存下去，它把自己变成了最适合的形状，这就是性情塑造。

商滕就是这样生存下来的。

他在成长的过程中受了很多苦，但他从来没有和任何人说过，更没有和岑鸢讲过。

"我不是天生就这么冷漠的，因为我从小生活的环境太压抑了，没人教过我，什么是爱，又该怎么去爱别人。"

如果他能在岑鸢离开的时候，适当地卖惨，说出这句话，可能岑鸢会对他产生同情，同情加重愧疚，她走的时候是不是也会犹豫，但商滕没说，他也不可能说。

颜值高的人，总会有很高的回头率，更别说是两个。

岑鸢能感受到，这一路上频频有路人回头看他们，偶尔还会和身边的朋友窃窃私语。

岑鸢听不清他们说的是什么。

她下意识地看了眼走在她身侧的商滕，他神色平静，并不受影响。

他们步行五六分钟就到了医院，接种疫苗的大多是小孩子，医院里面一

片哭闹声,甚至还有家长追赶不愿打针的小孩,总之混乱得很。

挂完号后,岑鸢陪商滕去了二楼。

前面站着几个排队的人,等到叫号器叫到商滕的名字时,他才过去。

一共要打四针,今天打了两针,左右手各一针,剩下的两针在一周后打。

岑鸢把病历本收好,看了眼手机上的时间,已经中午了,正好是饭点。

她问商滕:"吃了午饭再回去吧?"

商滕低低地嗯了一声。

他们出了医院,外面风不算大,岑鸢却被冻得打了个冷战。

肩上微沉,岑鸢闻到熏香味。

那是商滕的外套,还带着他身上的温热体温。

"岑鸢。"

他很少直接喊她的名字。

所以岑鸢微愣了一瞬,也忘了要把外套还给他。

因为身高差,男人和她说话时,甚至还得低头。

"你跟我说实话。"他皱着眉,神情不太好看,"你是不是生病了?"

"你的气色很差。"他说,"以前不会。"

昨天他就注意到了,她的唇色发白,一丁点儿血色也没有。

岑鸢想过商滕会看出来,他很聪明,很多事情瞒不了他,但他很少对自己不在意的事情上心,岑鸢一直有这个自知之明,她对商滕来说,只是一个可有可无的人。可就是这样的人,现在主动关心起她的身体状况。岑鸢觉得有些不可思议,但她也想得很清楚了。

既然他们已经没关系了,她就没必要让他知道了,而且她已经决定了,再过半年,她就给自己放个长假,到时候回老家待一段时间,可能会久居。

寻城太压抑了,她不喜欢这里,还是榕镇更适合她。

"可能是最近工作太忙,经常忘记吃饭,所以身体有些虚弱。"她笑了笑,"没大碍的。"

商滕听后,只是垂眸看了她一眼,并没有追问下去。

他的表情没什么异样,岑鸢也不知道他信了没有。但无论他信不信,她都没办法左右。

随便吧,这些都与她无关了。

商滕打完针以后就直接回去了,岑鸢让他下次来的时候提前给她打个电话。

她可以出去接他。

她能看出来，刚才的氛围不算融洽，商滕仿佛是局外人一样。

"林斯年年纪还小，所以有些行为比较幼稚。"

她像在替林斯年跟他解释一样。

他幼稚与否，商滕并不关心。

"他喜欢你。"他很直白地把林斯年自认为掩藏得很好的感情就这么赤裸裸地剖开了。

岑鸢愣了一会儿，似乎真的不知道。

当局者迷，是这么个理，所以商滕才会告诉她。

他知道岑鸢的性子，她不愿意伤害别人，所以会在这段感情发芽之前掐断，现在就是最好的时机。

他不屑于跟林斯年玩心机，他都是明着来。

商滕走后，岑鸢花了很长时间来消化商滕刚才和她说的话。

很奇怪，她对商滕有一种莫名的信任。

哪怕她没有察觉出来，但是经由商滕说出来，她是信的。

她仔细回想，似乎也能察觉出蛛丝马迹。

岑鸢回到店里时，林斯年正和涂萱萱下五子棋。

前段时间他们刚忙完，这几天比较闲。

他单手撑着头，眼里透着几分散漫。

直到看到岑鸢的那一刻，他整个人瞬间来了精神，把棋子扔回棋盒里，起身喊她："姐姐。"

岑鸢冲他笑了笑，不动声色地岔开话题："客人来了吗？"

林斯年说："还没有，刚刚打了电话，说今天有事，明天再来。"

岑鸢点点头，看了眼时间，已经十二点半了。

刚才他们明明说好了商滕吃了饭再回去的，结果他答应以后，又直接离开了，想来他也只是客气的回应。

涂萱萱正在考虑待会儿吃什么，岑鸢的手机响了，是江窈打来的，让她回家吃饭。

江窈最近对岑鸢也没有刚开始的敌意了，可能是逐渐发现，岑鸢并没有和她争宠的意思。

"你老不回来也不是个事,要是让外人看见了,还不得说爸妈苛待你,到时候被议论的又是我。"

江窈似乎有点儿不满。

岑鸢搬出去住的事情在圈子里也是尽人皆知了。

江家虽然不是名门望族,但岑鸢好歹有个商滕前妻的头衔,外人对她的关注自然也因为商滕而多了一些。

亲生的女儿在外面租房子,抱错的外人却死皮赖脸地住在家里,明显就是鸠占鹊巢嘛。

江窈最近没少被嘲讽。

她之前的工作丢了,现在在江巨雄的公司当一个小会计,倒也没有指望那点儿工资过活,纯粹就是江巨雄觉得她也不小了,不能一直这么无所事事。但她平时也不老实,仗着老总女儿这层身份,每天迟到早退,也没人敢说她。

岑鸢上一次回去,好像还是半个月前。

岑鸢觉得自己的确要回去一趟。

她简单收拾了一下,让林斯年他们今天可以早点回家。

"既然没什么人,也不必一直待在店里。"

林斯年见她要走,连忙问她去哪儿。

岑鸢说:"回家一趟。"

他说道:"我开车来的,可以送你。"

"不了。"岑鸢笑着婉拒,"我自己也开了车。"

林斯年这才失落地低下头,却还不忘嘱咐她:"路上滑,你开车注意安全。"

"嗯,知道。"

从这儿开回家,车程有点远,得一个半小时。

江窈正坐在那里挨批,她迟到早退的事不知道被谁捅到江巨雄那里。

"你连这点苦都吃不了,你说说,你以后能做什么?!"

他是真的恨铁不成钢。

江窈抿了抿唇,差点儿哭出来的时候,看到了岑鸢。这还是她第一次觉得岑鸢这么顺眼。

她被江巨雄训了一个多小时了,看他这么激动,很有可能还会继续训她一个多小时,还好岑鸢回来了。

果然,江巨雄的脸色稍微缓和了些,他拿起桌上的茶杯,看向岑鸢,温声开口:"来啦。"

岑鸢点头,在沙发上坐下:"嗯。"

"你妈在美容院,晚上才回来,祁景去山里写生了,今天就我们三个人简简单单吃顿饭。"

岑鸢再次点头:"好。"

不变的单音节回应,唯一不同的大概就是字变了,从"嗯"变成了"好"。

阿姨把饭菜端出来,岑鸢吃得慢,细嚼慢咽。

这顿饭吃得很安静,唯一话多的江窈刚刚被训过,这会儿不敢发出一点声音,生怕吸引了江巨雄的注意力。

冬天不是一个特别好的季节。

小时候,镇上的老人大多死于冬季,萧索、凋零、终结。

江巨雄吃完饭后,接了个电话就回了书房。

客厅里,只剩下岑鸢和江窈。

江窈看腻了自己三天前刚做的新美甲,打算趁现在有空再去美甲店重新做一个。

出门前,岑鸢叫住了她:"江窈。"

她不太耐烦地回头:"干吗?"

岑鸢犹豫了一会儿,方才开口:"妈最近身体不太好,你给她打个电话吧。"

江窈皱了皱眉:"妈身体挺好啊。"

"是榕镇的妈妈。"

江窈神色不太自在:"关我什么事。"

她伸手去开门,岑鸢的声音从她身后传来:"就当是我拜托你,可以吗?"岑鸢的语气里的确带了些许哀求。

江窈也不是完全对周悠然没有感情的,只是害怕周悠然会带自己回去,害怕回到那个贫穷的地方,她过不惯苦日子。

所以听到岑鸢的话后,她犹豫了一瞬。

最后她还是打了电话,用的是岑鸢的手机。

在听到江窈的声音后,那边的女人声音虚弱,却明显带着喜悦:

"窈窈?"

那通电话讲了很久,江窈甚至开始不耐烦。

周悠然在电话里嘱咐她注意身体,寻城天气冷,风也大,当心感冒,每天适当运动一下,强身健体,也别为了好看穿得单薄,现在可能没什么,以后老了就会落下一身病。

她敷衍地应着:"知道了。"

"嗯。"

"我会注意的。"

"行了,我又不是三岁的小孩子了。"

"哎呀,这些事情都是常识。"

趁周悠然没有开始新一轮的长篇大论之前,江窈及时挂断了电话。

她把手机递给岑鸢:"真是啰唆。"

岑鸢说:"妈是担心你。"

江窈没理她,换了鞋子就走了。

岑鸢看到上面的通话时间,眼睫轻垂,把手机锁屏放回大衣口袋里。

家里没醋了,回家的时候,岑鸢顺路去超市买了一瓶。

旁边双开门的冰箱上贴了个很大的牌子,上面写着新货上架,限时促销。

店员小姐姐过来推荐:"果酒,度数不高的,味道很好,非常适合女孩子,可以买点儿回去尝尝的。"

岑鸢有点儿心动。

她因为酒量不好,所以平时几乎滴酒不沾,但今天不知道怎么了,突然很想尝试一下。

度数高的她肯定喝不了,这种低度数的好像还可以。于是她随便挑了两瓶喜欢的味道。

小区楼下的花店还没关门,剩了点儿橘色的澳洲蜡梅,岑鸢过去买了一束。

老板娘用牛皮纸给她包好。

旁边的健身器材区域,正坐着带着小孩闲聊的老人家,他们笑着和岑鸢打招呼。

连玩耍的小朋友,都奶声奶气地喊她:"姐姐晚上好。"

岑鸢笑了笑，从怀里抽出一支蜡梅递给她："你也晚上好呀。"

微风正好，带了几分凉意，却又不那么冷，天气应该快回暖了吧。

回到家里，她把灯打开，饼干正乖巧地蹲在门口迎接她。

岑鸢把鞋子换了，让它稍微等等，马上就来喂它。

她走过去，把客厅花瓶里的花换了，插进自己今天刚买的蜡梅，空气中带着淡淡的花香。

喂完猫以后，她才开始准备自己的晚餐。

明明和酒最配的不是面条，她却煮了面。

也不知道为什么，生日还早着，她却突然很想吃长寿面。

以前纪丞每次过生日，他都会把自己的长寿面偷偷端给岑鸢，骗她吃光。

"只有你先平安长寿，我才能平安长寿。"

岑鸢那个时候总笑他："明明是自己不爱吃面条，还用这种幼稚的话骗我。"

可是现在，岑鸢觉得，是不是因为她吃了纪丞的长寿面，所以他才没有平安长寿。

果酒的度数的确不高，可还是能醉人。

岑鸢喝了几杯后，就觉得眼前的东西开始变成重影了。

桌上的电话一直在响，饼干在她脚边急得喵喵直叫。她却像听不到一样，趴在桌子上，肩膀微颤，像是在哭。

何婶今天特地做了冬瓜排骨汤，想给岑鸢送去，可是又不知道她住在哪里。

电话打过去也没人接。

商滕换好衣服从楼上下来，有点事要去公司一趟。

何婶看到他，急忙过来，问他知不知道岑鸢住在哪里。

商滕把袖扣挽上："知道。"

何婶说："上次她回来，我见她好像瘦了不少，所以给她炖了汤，想给她补补，但是电话打过去没人接。"

商滕看到桌上的保温桶了。迟疑了片刻，他说："我去吧。"

何婶愣了一会儿："啊？"

商滕罕见地多了点儿耐心，重复道："我去。"

在他说第一遍的时候,何婶就听清楚了,只不过商滕一向是事业优先,他并不会因为私事而影响到工作,所以有些迟疑:"公司不是还有事吗?"

商滕把领带戴好,漫不经心地开口:"可以取消。"

商滕的脾气实在算不上好。

这一点甚至不需要过多解释,与他相处过一段时间的人都会感受到。

这里的脾气不好,指的并非他性情暴躁,爱发脾气。相反,他很少发脾气。

商昀之把所有的精力都放在商滕身上,除了长期第一的教育,他也没有疏忽商滕的家教。

商滕的恶劣之处在于他的感情缺失,很难和谁共情,哪怕再可怜的人在他面前苦苦哀求,他也做不到心疼或是怜悯。

经常有人用这点来说他,说他冷血,唯利是图,不管他人死活。

商滕觉得那些人很有趣,他是生意人,不图利图什么,图别人对他的夸奖吗?他不需要。

所以何婶在听到商滕用无所谓的语气说出"可以取消"时,还是愣了好久。

不等她再开口,商滕已经拿着东西离开了。

晚上车辆不多,也不堵车,他很快就到了。

楼下健身器材坐着闲聊的老人已经回家,只剩下一排排的路灯。

商滕没有门禁卡,进不去,所以给赵新凯打了个电话。

赵新凯正在外面蹦迪呢,接到他的电话后也不管自己刚组好的局,扔下那些辣妹就回来了。妹子哪有表哥重要。

在赵新凯心里,商滕排在第一位,然后才是他爸妈。

想不到商滕居然特地过来看他,赵新凯简直受宠若惊:"哥,这么冷的天,你怎么还专门来这一趟?"

闻到他身上那股浓重的酒气,商滕微微皱了下眉:"酒驾?"

赵新凯急忙解释:"没,我带了司机的。"

他看到商滕手里提着的保温桶,笑道:"来就来嘛,怎么还带东西呢?"

商滕提醒他:"电梯。"

赵新凯这才想起正事,拿出门禁卡,把电梯刷开。

商滕进去后,赵新凯也要进去,却看到他按下了八楼。

他刚要提醒，自己住在七楼，不住八楼，却突然想起，住在八楼的是岑鸢，看来是他自作多情了。

工具人赵新凯难过地回到家，躺在床上痛不欲生。

商滕按了好几下门铃都没有动静，看了眼门下透出来的光，知道里面有人。

岑鸢很细心，无论是出门还是睡觉，都会关灯。

他拿出手机，刚要拨她的电话，里面传来猫叫，过了一会儿，才是椅子拖动时，摩擦地面的刺耳声。

然后门开了，岑鸢手撑着门框，才堪堪站稳，往日沉静的眼此时一片红肿，应该刚刚哭过。

身上只穿了件吊带长裙，碎花的，胸口雪白的皮肤露了一大片。

门外有监控，商滕微皱了下眉，脱下外套给她裹上。

岑鸢意识还很模糊，也忘了门是怎么开的，她坐在沙发上，泪眼蒙眬，只能看见一个背影。

餐桌的高度对男人来说，还是太矮了点儿，他还得弯腰。

他的外套此时穿在岑鸢身上，只剩下一件灰色的毛衣。

从后面看，他肩宽腿长，让她很有安全感。

岑鸢犹豫地喊了一声："纪丞。"

男人手里的动作停下，保温桶里的汤汁倒了一半，因为他的恍神而洒了出来，正好淋在他的手背上。

保温桶保温效果的确很好，这么久了，还是刚煮好的那个热度，很烫，烫到他的手背都开始泛红。可是商滕像没感觉一样，他停在那里。

岑鸢顾不上穿鞋子，走过来从身后抱住他，似乎生怕他会离开一样。

女人纤细的手臂像绳子一样，沿着他的腰缓缓收紧，颤抖的哭腔，带着委屈控诉道："你就是个大骗子，总是骗我。"

桌上有纸抽，商滕拿过来，仔仔细细地将手背上的汤汁擦干净，然后才转过身，耐心地询问："说说看，我怎么骗你了？"语气和平时没什么区别，但莫名多了几分温和。

岑鸢揉了下眼睛，看见他的脸。

酒精不光会导致人的大脑反应迟缓，视力好像也会受到影响。

岑鸢看着面前这双眼睛，和记忆里的那双好像没什么区别。

"你说过我每个生日你都会陪我过的，我的生日马上就要到了。"

她看起来真的很委屈,紧咬着下唇,也不愿把眼泪忍住,就一直哭。

她好像还是第一次,在商滕面前这么失态。

商滕还挺好奇纪丞到底是个怎样的人,能让岑鸢这么念念不忘。

如果有机会的话,他真的很想和纪丞见一面,可惜没有机会了。

他知道,岑鸢是把自己当成纪丞了。

眼底微不可察地闪过某种异样的情绪,他轻轻地把她抱到怀里,抽了张纸巾给她擦眼泪:"今年生日会陪你过的。"他像是在做某种承诺一样。

怀里的女人瞬间抬起了头:"真的吗?"

商滕沉默片刻,然后点头:"嗯。"

喜悦也只持续了几秒,岑鸢说:"你骗我。"

她像在喃喃自语一样:"你都不在了,还怎么陪我过生日?"甚至连在梦里,她都不得不逼着自己接受现实。

"纪丞,一个人很冷吧,其实我也很冷,等我看着我妈妈幸福以后,我就去找你,去陪你,好不好?"

一种陌生又久违的痛感自商滕胸口传来。

商滕不是一直都这么冷漠的,也曾是一个感情丰富的人,是父母听话懂事的儿子,是兄长乖巧的弟弟。可是他们没有给过他应得的爱。

父母逼着他变成他们想要的样子,哥哥嫉妒他,嫉妒他得到了所有的关注。

现在的痛觉,和那个时候有点儿相似,他微微抬起了手,想摸摸她的头。

这是他仅知道的表达安抚的动作。

这个动作,他只对陈甜甜做过,犹豫了很久,最后他还是放下手。

他不留情面地戳破她仅有的幻想:"人死之后就会从这个世界上彻底消失,你们不会再碰到的。"

他是唯物主义,不信那些鬼神之说。

岑鸢听到他的话,那双好看的眼睛立马委屈地蓄满了眼泪。

一旁的饼干似乎察觉到了主人被面前这个男人弄哭了,这会儿正试图用爪子挠他,后背的毛都竖起来了。

岑鸢说:"可是我很想你,想见你。"

他淡淡地道:"现在不是见到了吗?"

岑鸢的手还紧紧攥着他腰间的毛衣,她似乎生怕一不留神,他就会从自己面前消失一样："那你以后还会来见我吗？"

长久的寂静，商滕只能听见脚边的猫叫。

商滕听到自己的声音，比平时还要低沉："你好好活着，我就来见你。"

岑鸢拼命点头："好，我答应你！"

醉酒后的她，好像才是最真实的她，至少在商滕的印象里，她从未这样过，此时的她，有女孩子该有的娇憨和柔弱，而不是一味地温柔、包容。

平时的她就像一池缓慢流动的水，任何东西都可以砸向她，她不会喊痛，而是微笑着接纳。

可能是哭累了，她倒在商滕的怀里睡着了。

她迷迷糊糊中也分不清到底是谁的怀抱，但莫名安心。

商滕看了眼墙上的挂钟，不知不觉中，已经过去了两个小时，甚至连饼干都睡着了，桌上的汤也凝固了一层薄薄的油。

商滕抱着岑鸢，推开她房间的门。

她好像对小碎花格外钟爱，就连床单也是小碎花。

床垫是软的，把她放上去后，略微往下陷。

她翻了个身，握住他的手，纤细的手指挤入他的指缝，与他十指相扣。嘴里喃喃念着的，是纪丞的名字。

商滕也没什么太大的反应，只是替她盖被子的手稍微顿了顿。

"酒量不好就少喝一点，连累你的猫都跟着你熬夜。"

他戳了戳她的额头，像是在训斥，但是语气一点儿也不重。

人这一生总会遇到独一无二的人，就连商滕自己都没发现，岑鸢早就成了他生命中的独一无二。

他带着侥幸低喃了一句："一点儿喜欢都不能分给我吗？就一点点。"

回应他的是岑鸢逐渐平稳的呼吸声。

窗外，风停了。

醉酒的后遗症就是头昏脑涨。

岑鸢从床上坐起来，饼干不知道什么时候进来的，此时正窝在她的被子上，冲她叫。

岑鸢把它抱过来，温柔地抚摸着她的脑袋。

"妈妈做了一个梦。"

饼干歪着脑袋："喵呜。"

这还是纪丞去世以后,岑鸢第一次梦到他。

她平时醒得早,一般九点左右就到店里了。

今天她一觉睡到了十二点,手机里好几通未接来电。

她穿上鞋子,回拨过去。

那些未接电话都是林斯年打来的。

他语气担忧,带着几分急切:"你是不是哪里不舒服?我去看看你。"

岑鸢笑了笑:"没事,就是昨天喝了一点酒,所以睡过头了。"

林斯年这才松了一口气:"对了,店里来客人了。"

岑鸢把牙膏挤到电动牙刷上,听到他的话,愣了愣:"客人?"

不等林斯年开口,电话那边传来小女孩奶声奶气的声音:"妈妈,是我呀,你想不想甜甜?"

明明不久前才回去见过她,可再次听到她的声音,岑鸢还是会想她。

她宠溺地笑道:"想啊,很想,我们的甜甜最近乖不乖?"

小孩语气中带着几分得意,但仍旧掩饰不住那点儿稚嫩:"当然乖,老师说我写的字全班最好看,还给我发了一朵大红花呢!"

何婶也来了,在一旁笑话陈甜甜:"所以今天一大早就缠着我,非要过来找你,说要把大红花送给你。"

岑鸢夸她:"这么棒呀,你先和何奶奶在店里乖乖坐一会儿,妈妈很快就过去,好不好?"

陈甜甜拼命点头:"好的,我会很乖的!"

岑鸢快速洗漱完,换上衣服出门之前,却看见了放在桌上商滕忘了收走的保温桶。

粉色的,她记得,当初还是她去买的,为了方便给商滕送汤。

岑鸢动作微顿,只是片刻,她开门离开。

店里,涂萱萱正抱着陈甜甜,逗她玩。

"我用棒棒糖换甜甜手里的大红花好吗?"

陈甜甜虽然想吃糖,但还是很有原则地摇头,把大红花往自己身后藏,似乎怕涂萱萱抢:"不要,这是我给妈妈的!"

涂萱萱说她小气:"给姐姐和给妈妈不都一样吗?"

陈甜甜小嘴噘得老高:"才不一样呢!"

现在的小朋友还真是不好糊弄呢。

她和岑鸢长得不太像，应该是更像爸爸，五官精致得像洋娃娃，粉雕玉琢的。

　　涂萱萱只是店里的普通职员，来这儿上班也没多长时间，平时岑鸢也几乎不在这里聊她的私事，所以不知道岑鸢居然已经结婚了，而且还有个女儿。

　　涂萱萱捏了捏陈甜甜的脸，逗完了，还是把糖给她了。

　　陈甜甜却生气不肯要。

　　岑鸢在外面看见了，推开玻璃门，笑着走进来："姐姐是在逗你玩呢，怎么还生气了？"

　　陈甜甜听到她的声音，眼睛都跟着亮了，伸手要她抱。

　　岑鸢把包放在一旁，过来抱她。

　　这个年龄的小朋友都长得快，她比上次见面又长高了不少。

　　岑鸢刮了刮她的小鼻子："再长几年，妈妈就抱不动你了。"

　　陈甜甜的胳膊圈着她的脖子，撒娇地在她身上蹭了蹭："何奶奶说了，我再大几岁就不能让你们抱了。"

　　岑鸢温柔地笑笑："怎么会？只要甜甜想，不管几岁，妈妈都会抱的。"

　　但岑鸢也不敢抱她太久，虽然出门前岑鸢注射了凝血因子，也没办法保证不出意外。

　　医生本就不太赞成她现在的工作，长期在外面，还经常和那些尖锐物打交道，但岑鸢无法接受他的意见，想趁这些日子多赚点钱。

　　她的药太贵了，虽然现在医保可以报销，但总得留点钱，以备不时之需，万一出了意外呢。所以她给自己一年时间，等这一年过了，就彻底和这个地方说再见。她还是更向往安静的小镇生活。

　　到时候买个带院子的小独栋，种点儿花和蔬菜，和周悠然还有饼干一起度过余生。

　　她不确定自己能活多久，虽然医生说，她这个病多加注意还是可以和正常人一样生活的，但她的运气一直都不好，可能很小的概率被她给撞上了呢。

　　死倒没什么好怕的，比起自杀，这样因病去世，她反倒没有罪恶感，至少她没有浪费自己的生命。

　　店里的地址是何姊找商滕要的。

　　她特地做了岑鸢爱吃的饭菜，打开盖子后，一一端出来："都是些你爱

吃的，酥肉也是特地炸的。"

涂萱萱闻到香味了，在一旁咽口水。

岑鸢看到她这副小馋猫的样子，笑出了声，让她也过来一起吃。

涂萱萱有点不好意思地拒绝了："不用了。"

岑鸢拖出一张椅子放在自己身侧："过来吧，我一个人也吃不完。"

何婶也笑道："准备得有点多，你要是不吃的话，最后又得全部倒掉，多浪费。"

涂萱萱这才坐过来："那我就……不客气了。"

她接过筷子，尝了一块酥肉，丝毫不吝啬自己的夸奖："太好吃了！"

何婶满足地笑道："岑鸢也最爱吃我做的炸酥肉。"

林斯年今天出去见客户了，路上有点儿堵车，所以回来得晚了一点，他正好看见岑鸢抱着陈甜甜温柔地喂她吃饭。

他虽然从江祁景那里知道这孩子不是岑鸢亲生的，而是商滕领养回来的，但看到她们这么亲密，心里还是不太舒服。

小孩子就像一条纽带，牢牢地把两个人绑在一起。

就算他们现在分开了，只要有这个孩子，岑鸢和商滕就永远不能彻底地划清界限。

看到林斯年，岑鸢问他谈得怎么样。

林斯年收敛了自己刚涌上来的怪异情绪，笑道："谈好了，她说等下周有时间了就过来量尺码。"

岑鸢点了点头："吃饭了吗？"

"刚刚在餐厅吃过了。"

陈甜甜莫名对林斯年不太喜欢，在她看来，长得好看的叔叔都会和爸爸抢妈妈，所以她急忙去搂岑鸢的脖子，不许岑鸢看林斯年："妈妈，我想吃那个红色的辣椒。"

岑鸢笑着捏了捏她的小圆脸："不是一吃辣的就肚子疼吗？"

她在岑鸢怀里撒娇："我就想吃嘛。"她像只爱动的小猫，皮得很。

岑鸢无奈只能应下，夹了块甜椒喂给她："这个也是红色的辣椒。"

虽然和自己想吃的那个不一样，但陈甜甜还是听话地吃下去了。味道甜甜的，一点儿也不辣。

何婶说家里还有点事，得先回去了，甜甜就放在这儿，忙完了就回来接她。

"她天天在家里念叨着想你，好不容易来一趟，就让她多陪陪你。"

岑鸢的气色很差，何婶看出来了。

这些日子，她住在外面，也不知道有没有好好吃饭，看着瘦了许多。

只有心情好了，身体才会跟着好起来，但岑鸢向来都是报喜不报忧，所以何婶很担心她。

美好的东西总是易逝的，人也是。

何婶走后，陈甜甜一个人霸占了岑鸢，黏着她的同时还防着林斯年。

林斯年也很无奈，这小孩怎么对他敌意这么大，他只是过去拿马克笔，她就往岑鸢怀里扑，似乎怕他会抢一样。

小家伙幼稚的举动，过于明显。

岑鸢笑着跟林斯年道歉："小朋友有些敏感，占有欲强，你别太往心里去。"

林斯年也笑道："我都多大了，怎么会和一个小孩计较？"

"对了。"岑鸢像是突然想起了什么一样，"祁景最近有和你联系吗？"

他去山里写生，一个礼拜了，那边信号不太好，岑鸢几次给他打电话都没打通。

林斯年在牌子上写字："昨天给我打过电话。"

"那他有说什么时候回来吗？"

"下周才能回来，教授不肯放人。"

岑鸢若有所思地点了点头："这样啊。"

林斯年问她："姐姐有什么事吗？"

岑鸢淡笑着摇头："没事，就是问问。"

之前预约好的客人今天过来试样衣了，岑鸢和她一起进了试衣间。

腰那里宽松了点儿，要再改小点儿。

客人扯了扯裙子，觉得还是有点短，显得不够端庄："裙摆再长点儿吧，在脚踝上面一点儿。"

她提完意见，看到岑鸢还站在那里发呆，于是喊了一声："老板娘。"

岑鸢回过神，手挽着耳边碎发，轻声跟她道歉："不好意思，刚刚有些走神，您是觉得裙摆短了些对吗？"

冬末春初是岑鸢的生日。

在她看来，生日是个很重要的日子，应该和很重要的人一起过。

小时候是周悠然和纪丞陪她过的。来了寻城以后，她就不过了。

因为和江窈是同一天生日，所以家里都是买两个一模一样的生日蛋糕，让她们一起过，但岑鸢从来没吃过。

久而久之在他们眼中便成了岑鸢压根就不在意生日的仪式感。但其实相反，她非常在意，在意到如果不能和最重要的人一起过，她宁愿不过。

这次，她原本是想和江祁景一起过的。但既然他回不来，那就算了。

下午的时候，商滕来店里接陈甜甜。

他应该是从公司直接过来的，西装革履，一丝不苟，银色细边眼镜衬得他有几分斯文。

陈甜甜看见他，高兴得不得了，跑过去牵他的手。

她看着林斯年，像是在炫耀："我爸爸长得很帅吧。"

林斯年："……"

商滕并没有理会她幼稚的举动，单手抱着她，走到岑鸢面前："今天麻烦你了。"

岑鸢摇头："不麻烦的。"

涂萱萱听到陈甜甜称呼这个帅哥为爸爸，眼睛都瞪大了。

所以……岑鸢姐和他是夫妻？

商滕离开之前，岑鸢犹豫地叫住了他。

男人顿下脚步，安静地等待她的下文。

岑鸢微抿着唇，到底还是没有问出口，而是转移话题："你……领带歪了。"

商滕垂眸，看了眼自己一丝不苟的领带，并未戳破她的谎言，似乎是为了做得真切一些，岑鸢走上前，象征性地替他正了正领带。

一切都很熟悉，是曾经的她做过无数次的举动。

商滕每次出门前，领带都是她系的。

"路上开车小心点儿。"

"嗯。"

岑鸢想问他，昨天是不是来过她家。最后没有问出口的原因是答案好像显而易见。

原来昨天不是梦，她见到的不是纪丞。

他们走后，涂萱萱兴奋地跑过来，问岑鸢："岑鸢姐，想不到你居然结婚了，而且老公还这么帅！呜呜呜，你能传授我秘诀吗？我也想找个帅气的老公。"

岑鸢无奈地笑了笑:"找老公不能只看长相的,得综合来看,性格怎么样,对你好不好,顾不顾家,这些才是重点。"

涂萱萱年纪还小,没想这么远:"我就想找个帅哥,岑鸢姐老公那样的,光是看着那张帅脸我就心情好。"

岑鸢轻声开口:"我们已经分开了。"

涂萱萱愣住了:"啊?"

意识到自己说错话了,她向岑鸢道歉,岑鸢却无所谓地笑道:"没事。"

与此同时,放在桌上的手机响了。

她看了一眼,是陌生的号码,犹豫了一瞬后,她还是按下接通键。

那边的声音有些陌生。

"岑鸢。"

岑鸢愣了片刻:"您是?"

女人轻声笑笑:"我是商滕的母亲,冒昧打扰,请问你今天有空吗?我们见一面。"

第 六 章

喜欢的话，就不远

约见面的地点在纪澜家，位置已经是郊区了。

岑鸢开车过去，风景很好，连天都是蓝的。

路边新长出的嫩芽、清澈的湖水，以及空中浮动的薄雾让这一切像是处于仙境之中。

岑鸢还是第一次知道，原来寻城也有这么美的地方。

有专门的人出来替她泊车，打扮简约的女人语气恭敬地询问："是岑鸢小姐对吧？"

她把车钥匙递给泊车员后，点了点头。

那个女人道："请跟我来。"

院子的装修是中式的，红木镂空雕花窗、半垂落的竹帘，以及随处都有的沉香，难怪有时候商滕晚归时，身上多少会有一些沉香味，想来是在这儿沾染的。

这还是岑鸢第一次见到商滕的母亲。她穿着一身素色的旗袍，肩上搭了条披肩，哪怕已经上了年纪，仍旧风韵犹存，气质温婉。在某些地方，商滕与她还是有几分相似的。

纪澜淡笑着看向岑鸢，丝毫没有初见的陌生："先坐。"

岑鸢礼貌地和她打过招呼后，方才落座。

纪澜吩咐厨房可以把饭菜端上来了，都是些素菜，主食是小米粥。

"阿姨平日里吃斋念佛，忌讳杀生，所以准备的都是些素菜，但味道还不错，厨师都是名厨，你应该会喜欢。"说着她便亲手给岑鸢盛了一碗汤。

"当归面筋汤，虽然有股药味，但味道不错。"

岑鸢道过谢后，并未立刻动筷。

大抵是猜出了她在想什么，纪澜笑了笑："放心好了，我不是替商滕做说客的，他自己犯的错，应该自己去挽回。但他是我儿子，所以我不能不管他。"她给自己也盛了一碗，"阿姨今天是想替我儿子向你赔礼道歉，我身体不好，受不得寒，没办法亲自登门拜访，所以只能麻烦你过来了。"

岑鸢忙说："您不用这样的，他没有对不起我。"

纪澜的笑容仍旧温和："商滕是从我的肚子里出来的，他是什么性子，我再了解不过。他应该没有告诉过你，他还有个哥哥吧。"

岑鸢听到她的话，愣了一会儿："哥哥？"

"他叫商凛，比商滕大几岁，我和他爸工作忙，所以商滕也算是被他哥一手带大的。"

原本关系很好的两个人，却因为他们没有做到一碗水端平，而导致商凛心里的怨恨越积越多。本身就是自卑敏感的孩子，在弟弟天之骄子的光环之下，他的心理防线轻易就崩塌了。他动不动就对商滕恶语相向，有时候甚至还会动手揍商滕。

商滕从来没有还过手，他只是不太理解，为什么自己什么也没做，却要挨打。

提到那些往事，纪澜心里也不太好受，拿着手帕轻轻擦拭着湿润的眼角。

"甜甜是商凛和陈默北的孩子，我也是前段时间才知道，让你受了这么多委屈，是我们家亏欠你的。"

岑鸢摇头："伯母，您不用道歉的，这件事，我也有错。"

她和商滕的婚姻本就是各有所图，没什么委屈不委屈的。

她是个温柔乖巧的孩子，就连眉眼都透着温婉。

"是我们家没有这个福分，留不住你这么好的媳妇。"

岑鸢谦虚地笑了笑："商滕也很优秀的，以他自身的条件，只要他想，随时都可以找到比我更好的女孩子。"

她们吃完饭以后,因为这里位置太偏僻,纪澜也没多留她。

"天色也不早了,山路不好走,我让司机送你。"

岑鸢不想麻烦别人:"没事的,我自己开了车。"

纪澜也不勉强,只说:"以后有空可以常来我这儿坐坐,虽然我家那个小兔崽子没这个福分,但我觉得我们两个应该可以相处得很好。"

岑鸢笑着答道:"我会的。"

这是岑鸢第一次见纪澜,但并没有那种疏离或是压迫感。

她是个很温柔的人,也会很周到地顾虑别人的感受。

开车回家的路上,岑鸢想到纪澜刚才的话。

陈甜甜是商滕兄长的女儿,那他和陈默北岂不是由情侣变成了叔嫂?握着方向盘的手稍微收紧了一点。

晚上的时候,苏亦真给岑鸢打了个电话,说下个月是她出道四周年纪念日,她打算找岑鸢定做一条裙子。

她借着上次那条裙子的话题度也算是重新拉回了关注,后续和在场的男星还有一番炒作,虽然她的做法不太合适,褒奖参半,但也算是借着那些热度重新翻身了。

苏亦真一直都记得岑鸢的好,如果不是她做的那条裙子,自己有可能不会再次翻红了。

岑鸢接到她电话后,和她约好了时间。

挂电话前,苏亦真随口提了一句:"你身体最近好点儿了吗?"

她记得上次和岑鸢见面的时候,岑鸢给人一种虚弱到随时都会晕倒的感觉。

岑鸢轻笑着向她道谢:"谢谢关心,我很好。"

"那行,我先去工作了,回头再联系。"

因为是出道四周年要穿的服装,所以苏亦真提的要求有点儿多,设计稿也改了好几版,好在林斯年在设计方面很有天赋,这次都是他与苏亦真在对接。

林斯年好不容易和苏亦真敲定了最终稿,正好赶上周末,岑鸢说:"附近新开了一家烤肉店,我请客。"

涂萱萱高兴地附和:"好久没吃烤肉了,正想着呢。"

林斯年一脸期待地看着岑鸢，问她："姐姐也去吗？"

岑鸢摇头："我周末有点事，你们去吃吧，到时候找我报销。"

林斯年的期待值瞬间从一百降到负数。

岑鸢不去的话，他也不想去了，但他怕自己不去的话，涂萱萱可能也不会去。毕竟剩下的两个师傅都是四五十岁的年纪了，涂萱萱肯定会觉得尴尬而找借口不去。

岑鸢的心意就被拒绝了，所以哪怕不想去，他还是点头应下了。

岑鸢口中的事，就是想在家里陪陪饼干。最近工作太忙了，她都有些疏忽它。

猫和人类不同，它不知道你在外面赚钱养家，只以为你不爱它了。

最近饼干情绪不高，猫粮吃得也不多。它明明以前吃完一整碗还饿得直叫，现在连半碗都吃不下了。

回家前，岑鸢专门去宠物店给它买了一罐猫罐头，算是加餐。

饼干见她今天回来得这么早，高兴地用头蹭她的脚踝。

岑鸢蹲下，把它抱在怀里："吃完饭妈妈给你洗个澡，好不好？"

它依旧叫个不停，岑鸢便当它同意了。

猫怕水，所以在洗澡的时候都会拼命挣扎。但饼干很乖，每次岑鸢给它洗澡，它都安静地蹲在那里，不过抖得厉害，应该还是怕的。所以岑鸢每次都尽量速战速决，然后用毛巾包裹着它出来，用吹风机吹干。

岑鸢的生日在周末，但她没打算过，充其量在生日那天给周悠然打一通电话。

可能是最近这些日子太累了，她晚上十点躺上床，第二天中午十二点才醒。

厚重的窗帘遮得严严实实，外面的光半点儿都没有透进来。

如果不是看到墙上挂钟的时间，她可能以为现在还是深夜。

手机上有好几通未接来电，都是周悠然打来的。

睡的时间越长，就越困，岑鸢在床上又坐了一会儿，缓过劲来以后，才给周悠然回拨过去。

她那边有点儿吵，应该在外面。"刚睡醒吗？"

岑鸢点头，穿上鞋子进了洗手间："忘了定闹钟。"

周悠然听到她的话皱眉道："定什么闹钟，好不容易周末，多休息会儿。"

岑鸢妥协地笑了笑:"知道了。"

周悠然说她提前几天给岑鸢寄了生日礼物,今天或者明天应该会到,让岑鸢注意下快递的信息。

"今年生日也是和家里人一起过?"

岑鸢怕周悠然担心,所以每年生日都会骗她,说和家里人一起过,很热闹,礼物收到手软。

"是啊。"她好像很苦恼,"太受欢迎了也不好呢。"

周悠然笑骂她不正经,骂完以后又开始叹气。

"妈妈没用,身体不好,不能过去陪你过生日,我的宝贝女儿,生日快乐,多吃点儿生日蛋糕。"

岑鸢安慰了她一会儿,然后笑着点头:"嗯,我会的。"

电话挂断后,她面对空旷无人的家,沉默片刻,把手机放下,过去洗漱。

这么多年了,她甚至都快忘了生日蛋糕是什么味道了。

既然今天是生日,应该可以任性一点儿。

她不想做饭,索性点了外卖,炸鸡配可乐。

她已经很久没有吃这种油炸食品了,意外地发现,味道其实还不错。吃完以后,她又简单地把屋子收拾了下,然后天就黑了。她好像还什么都没做,就已经八点半了。

桌上的手机连续响了几声,她起身去看,江祁景给她发了微信消息。

江祁景:"生日快乐。"

然后是一条转账信息,五万两千元。

他还挺有仪式感。

岑鸢给他回的语音,声音里带着淡淡的笑意:"谢谢。"

江祁景:"我余额里刚好就剩这么多了,你别想太多。"

岑鸢犹豫了下,没有立刻回,因为不知道该说什么。

过了一会儿,手机又响了。

江祁景:"我本来打算今天回去的,但是教授不肯放人,老迂腐,怎么讲都讲不通。"

他像是在和她解释自己今天赶不回来给她过生日的原因。

岑鸢说:"没事,你安心写生,我生日和朋友一起过。"

江祁景:"你哪来的朋友?"

岑鸢"……"

她朋友不多，唯一一个朋友赵嫣然也在两个月前出国了。

她一直没回消息，话题是被江祁景中止的。

江祁景："我要进山了，待会儿就没信号了，先不说了。"

岑鸢："好的，注意安全。"

江祁景："嗯。"

岑鸢的心情好了很多，原来还是有人记得她的生日的。

晚上她不想吃东西了，不是不饿，而是没有食欲。

她把投影仪拿出来，打开电脑，想随便选一部片子打发下时间，还没想好看什么，有人在外面敲门。

这个点不应该有人过来，除了物业人员。

她刚好想起，昨天自己给物业打过电话，厕所里的灯坏了，总是忽明忽暗。

她过去把门打开，刚要说话，却看见门外不是物业人员，而是商滕。

岑鸢迟疑地问他："你怎么进来的？"

没有门禁卡是进不来的。

商滕言简意赅地道："赵新凯。"

岑鸢沉默了一会儿："你老这么麻烦他，会不会不太好？"

商滕淡淡地道："他整天混在夜店也不太好。"

商滕见她一直堵在门口，没有让开的趋势，略微抬眸，安静地等着。

最后，是岑鸢先妥协的。

商滕前不久刚来过，对这儿还算熟悉。

饼干还是老样子，警觉地弓着腰，嘴里发出的叫声类似威胁。

商滕不在意地绕过它，把手上的盒子放在桌上。

岑鸢愣了片刻："蛋糕？"

商滕点头。过了一会儿，他补充道："生日蛋糕。"

岑鸢当然知道是生日蛋糕，但是她难以置信。

"你买的？"

商滕倒也没有因为她的问题太多而不耐烦，只是神色显得有些不太自在。

上一次他买的蛋糕岑鸢没吃，分给别人了，所以商滕今天尝试着自己做了一次，但那个味道……

他皱了下眉。

岑鸢注意到他的微表情了,只说:"你不用特意买的,我过生日不吃蛋糕。"

他点头,也不勉强:"那就扔了。"

岑鸢:"……"

好歹也是他的一片心意,岑鸢倒也不会扔。

她把蛋糕放进冰箱里:"还是谢谢你。"

商縢没有回应她的感谢,而是把视线移向一旁的投影仪。

岑鸢看他似乎没有立刻离开的打算,于是礼貌性地询问他:"要一起看会儿电视吗?"

这也算是他送自己蛋糕的答谢。

商縢将眼神从投影仪放到她身上。片刻后,他答道:"好。"

他们在沙发上坐下,中间躺着饼干,它似乎时刻都在防备着,不许商縢靠近岑鸢。

岑鸢选的片子是《萤火之森》。

那是一部动漫,她看了很多遍,但还是很喜欢。

时长相比电影来说很短,故事也不复杂,影片讲述了戴着狐狸面具的少年银和女孩萤相遇相知的故事,银是妖怪,不能被人类碰触,一旦碰触就会消失。

虽然岑鸢看了很多遍,但每次看到银消失的片段,还是会难过,替萤感到难过。

陪着她长大的人,永远从这个世界上消失了,从此她的思念像一艘永远不会靠岸的船,漂泊无依地在海面游荡。除非她也去世,否则这艘船将会一直漂荡。

岑鸢把投影仪关了,开了灯。

她刚哭过的眼睛有点儿红,商縢看见了,眉骨微抬,脸上的情绪虽然没有太明显的变化,但岑鸢还是可以看出来,他在疑惑自己为什么会哭。

"你以前看过类似的动漫吗?"

商縢摇头:"我不看动漫。"

对啊,她差点儿忘了,商縢的人生是压抑的,他根本就没有空余的时间用来消遣娱乐。

其实从某种意义上来讲,他又何尝不是可怜的呢?

岑鸢问他："那你觉得好看吗？"

商滕简短地给出点评："不合逻辑。"

岑鸢抬眸："哦？"

"他们相处那么长时间，却没有碰过，这一点不合逻辑。"

这点的确是一个漏洞。

距离那么近的两个人，哪怕只是无意也会不小心碰到，但人们很少会注意到这些，在意的是内容、是泪点，以及他们之间的感情。

商滕考虑问题总是很严谨。

岑鸢是感性的，而商滕则理智得过了头。

在某些方面，他们其实正好互补。

商滕没有告诉岑鸢，在观影中途，她的手机响了。可她看得太投入，并没有听到。

商滕刚想提醒她，结果看到手机屏幕上的来电联系人写着林斯年。

他低垂着眼眸，然后不动声色地将电话挂断，顺手调了静音。

电影也看完了，商滕并不打算在这里多留。

走之前，他低声问了一句："可以送我下楼吗？"

岑鸢抬眸。

商滕安静地等着。

过了一会儿，她点头："好。"

这个时间人不多，岑鸢之所以选择住在这里，就是因为环境好，也安静。

两人一起下楼，出了小区大门，商滕停下脚步："好了，就送到这里吧。"

岑鸢点头："路上小心。"

"嗯。"

他转身离开，视线不经意地落在暗处的某个角落，商滕晦暗如夜的眼底依旧沉静。

林斯年没有门禁卡，进不去，给岑鸢打电话也打不通，只能在楼下等，蛋糕是他提前一天订的，想给岑鸢一个惊喜，结果看到了和岑鸢一起出来的商滕。他们仍旧亲密。

在这件事情上，林斯年没办法和商滕比，他们既然曾经在一起过，就说

明岑鸢对他是有感情的。这样的关系太容易死灰复燃了，林斯年觉得自己没什么胜算。

他失魂落魄地坐在花坛边，脚边放着准备送给岑鸢的生日蛋糕，还有一个精致的礼盒。

商滕上了车后，也没有立刻离开，而是开了车窗，点了根烟。一根烟抽到一半，吹够了冷风的林斯年终于起身离开了，商滕把烟掐灭，这才发动车子。

林斯年已经好几天没来了，给他打电话也没人接，岑鸢担心他是不是出了什么意外，所以给江祁景打了个电话。

他今天下午的飞机，现在在民宿收拾东西。

"他能有什么事，你别担心，估计是学校事太多，忙忘了。"

岑鸢听到没事，这才稍微松了口气："没事就好。"

江祁景安静了好一会儿，然后不太自在地咳了咳："对了，那个……这里手编的手链还挺好看的，你要吗？我顺便给你带几条。"

岑鸢一直都对这种有着地方特色的手工艺品感兴趣，立马点头："好啊，多带几条吧。"

那边又半天没说话，江祁景的声音磕磕巴巴的："行了，信号不好，就这样吧。"

电话挂断后，岑鸢盯着传来忙音的手机发了一会儿呆，然后淡淡地笑开了。

店里突然少了个人，工作量好像比之前多了一倍。

以前林斯年在的时候还不觉得，他离开以后，涂萱萱才后知后觉地反应过来，原来他一个人干了这么多活。

原本这些重活岑鸢是做不了的，但看到涂萱萱一个人忙前忙后，她还是有点儿心疼。

小姑娘年纪不大，身材又瘦弱，没多少力气，累得脸色都白了。

岑鸢和她一起把布料抬进来。

"我已经在网上挂了招聘，先辛苦这两天。"

涂萱萱拿了纸巾擦汗："没事，不辛苦。"

岑鸢笑笑，问她："想喝什么？"

"多肉葡萄，少冰，全糖。"

岑鸢拿出手机开始点外卖。

苏亦真是下午来的，过来量尺码，她站在那里，手臂伸开，任凭岑鸢拿着皮尺在她身上比画："那个小帅哥今天没来？"

岑鸢知道她说的是林斯年。"他开学了，最近可能都不会来了。"

苏亦真看上去似乎有点儿扫兴："可惜了。"

岑鸢抬眸："可惜？"

苏亦真笑道："本来还想跟他聊聊的，年轻的男人常见，但是年轻的帅哥可是稀有品种。"

岑鸢无奈地笑了笑，尺寸量好了，她把皮尺收好："腰细了好多，你最近好像又瘦了。"

"没办法啊。"苏亦真叹了口气，走进来，坐在沙发上，"我们当艺人的不瘦成纸片人，上镜就不好看。"

岑鸢的客人也有不少是娱乐圈的，不过大多是没有什么名气的。哪怕上镜的机会不多，但她们还是时刻坚持控制饮食，一米六八的身高，体重一旦过了九十斤就会紧张。

涂萱萱给苏亦真泡了咖啡，出来的时候还小心翼翼地询问她："可以麻烦您帮我签个名吗？"

"当然可以。"苏亦真看了眼空无一物的四周，"不过好像没有笔。"

涂萱萱从兜里拿出早就准备好的纸笔，递给她："这儿，有。"

苏亦真接过笔后，在上面写下自己的名字，然后把东西一起还给她。

涂萱萱立马高兴地去了大厅。

苏亦真问起岑鸢的身体状况："你的气色好像还是很差。"

岑鸢笑了笑："可能是最近工作太忙，没休息好。"

"可你看上去不像是特别有事业心的那种人。"

苏亦真的直觉挺准的，岑鸢的确没什么事业心。

她轻声开口："我只是想趁自己还有时间，多赚点儿钱。"

这话听上去怎么像是在交代后事一样，苏亦真虽然心里疑惑，却也没问出来。

她和岑鸢算不上亲密到可以畅所欲言的关系，她纯粹只是出于对岑鸢的那点儿关心才问的。

离开前，苏亦真还是嘱咐了句："身体要紧。"

岑鸢点头，脸上笑容温和，向她道谢："谢谢，我知道。"

她不确定自己还能活多久，这个病没办法治愈。所以她只能在自己还活着的这些日子里，多赚些钱，这样以后她离开了，周悠然的日子也会好过一些。从一开始，她就做好了随时会离开的准备，也选择了接受。

人各有命，强求不来。

江祁景刚回学校，就去找了林斯年。

他在图书馆写论文，电脑开着，除了题目，一片空白。

他也不知道在想些什么，整个人魂不守舍。

身旁有女生过来问他的联系方式，他也像没听到一样，毫无反应。

江祁景走过去，看着那个面露尴尬的女同学，指了指自己的脑子，又看了林斯年一眼，然后摇头。

那个女生笑了笑，离开了。

江祁景坐过去："怎么回事？"

林斯年这才稍微回神，看着江祁景，不知道怎么跟他讲。

这几天他一直很乱，岑鸢给他打过电话，他不敢接，怕她会说出一些他不想听到的话，譬如她决定要和前夫复婚了，毕竟在年龄上他就不占优势。

"没事。"他拍了拍江祁景的肩膀，把电脑收好，然后站起身，"待会儿还有课，我先回教室了。"

江祁景看着他离开的背影，皱了下眉。

那几天，林斯年没来，商滕倒是一有空就会过来。他话本来就不多，来了也只是安静地坐着，偶尔会给岑鸢带一点何婶专门给她做的糕点。

岑鸢问他："草莓味的？"

这话似乎把商滕问住了，他微皱着眉，像是在思考。

"或许吧。"

岑鸢高兴地把盒子打开，结果是香草味的。

她喜欢吃这种甜甜的小糕点，偶尔也会自己做一点，但商滕不喜欢，他对食物其实没有太高的要求。他不喜欢把时间浪费在这种事情上。关于这点，他们截然相反。

有时候岑鸢会委婉地表达，他不用每天都过来的。

商滕自然能听出来她话里的意思，但他假装听不明白。

"那我隔天再来。"

岑鸢："……"

"我的意思是，"岑鸢决定和他把话说开，"我们已经分开了，没有任何关系。"

商滕沉默了一会儿，手指抵着盛着热水的杯壁，放了有一会儿了，温度开始变冷，可能是回暖前的最后一次降温，最近天气又开始冷了，连着下了好几天的雨。

商滕点头："那我过几天再来。"

岑鸢："商滕，你知道我想说什么的。"

他看着她，没说话。

香草味的饼干烤得有点儿煳了，形状也很奇怪，应该是新手做的，火候掌握得不好。

她把东西装好，递给他："以后不必在我身上浪费时间。"

何婶做的饼干不会煳，更别说是家里那些专业的糕点师傅了。

商滕没接。他站在那里，无声地垂眸，看着岑鸢仍旧温柔的眉眼。

时间线再往前推十几天，连他自己都无法相信，他会做出这种卑微的举动，来讨别人的欢心。

商滕知道自己为什么会变成这样，既然掩饰不了，那就接受。

如果你足够冷漠，那么你将永远不会拥有软肋，但若是感情强烈到你的冷漠也没办法抵御，与其自欺欺人，倒不如坦然面对。

岑鸢的手一直这么举着，到了后面，她的手开始抖，有些酸涩。

商滕注意到了。

她的身体太差了，还是需要多锻炼。

他把东西接过来："我明天要去一趟法国，有什么想要的吗？"

岑鸢摇头，揉了揉发酸的手腕："不需要，我什么也不缺。"

"名牌包、珠宝首饰？"商滕不清楚女人喜欢什么，"算了，我到时候自己看着买吧。"

他忽略了岑鸢的话，也可能是一开始就猜到了她会这么说。

在他离开之前，岑鸢还是叫住了他："商滕，你没必要在我身上浪费时间。"

这是很标准的拒绝人的话。

外面开始下起了雨,很小,但还是带着凉意。

商滕的西装是浅灰色的,雨水淋湿的地方,留下很小的深色印记。

"浪费就浪费吧。"

他说得风轻云淡,仿佛真的不在意。但他明明是连睡觉的时间都要分出一半用来工作的人啊。

"我的意思是,"岑鸢停顿片刻,尽量用婉转的方式来劝退他,"万一我的时间不多了呢。"

听到她的话,商滕眉头皱紧:"什么意思?"

岑鸢摇头:"我的意思是,万一我的时间不多了,那么你在我身上做的这些就全部打了水漂,我知道的,你不会做没有回报的事。"

她说了一大串,但商滕听进去的,只有那一句"万一我的时间不多了"。

"你的时间不多了。"商滕难得态度强硬,逼问她,"这句话是什么意思?"

"我打个比方而已。"

源源不断的压迫感,全部来自站在她面前的这个男人。

他咬字很重:"岑鸢,你别想骗我。"

岑鸢有些无力地垂下手,是啊,她怎么忘了这茬。商滕太聪明了,她的谎言无处遁形,但这一切的确与他无关。

她的病没必要让他知道。

"我真的没事,只是体虚而已,你知道的,我身体不好,经常三天两头生病。"

她说得越多,就越容易被他看出破绽。

岑鸢不希望被其他人知道她的病。她早就做好了离开寻城的准备,不想再和这里的人扯上任何关系了。

"趁着雨还小,你先回去吧。"

商滕站着没动,那双深邃的眼眸无声地看着她。

岑鸢被看得有些不自在。

在商滕面前,她觉得自己任何微表情都逃不过他的眼睛,于是她转身离开了,似乎怕他会跟进来,甚至还把门也给关上了,挂上暂停营业的牌子。

今天太冷了,涂萱萱给自己泡了一杯麦片,用小勺子搅拌着。

见岑鸢把门关了,她疑惑地问道:"怎么突然暂停营业了?"

岑鸢笑了笑:"想休息一下。"

涂萱萱点头,左右看了一遍:"那个帅哥呢,怎么不见了?"

"回去了。"

涂萱萱一愣:"回去了?"

岑鸢点头。

涂萱萱走过去,手扶着玻璃门,看着外面突然变大的雨势:"也不知道他带了伞没有,可别淋感冒了啊。"

给每一个帅哥送去关怀,是涂萱萱毕生的梦想。

听到涂萱萱的话,岑鸢才后知后觉地反应过来,自己竟然忘了给他一把伞。

刚才她太慌乱了,仿佛多待一刻就会被他猜出来。

商滕的确淋了雨,这附近没地方停车,所以他的车停在前面比较远的地方。

长得好看的人,不论在哪,似乎都会拥有别人最大的善意。

不时有年轻女孩子撑着伞过来,小心翼翼地挡在他的头顶,尚且稚嫩的脸还有点儿红。

商滕却没有任何反应,看上去冷静且沉稳,和平时没什么区别,但那双深邃的眼,却罕见地开始飘忽。

他拉开驾驶座的车门坐进去,把湿透了的外套脱了,随手扔在后座,然后拨通了特助的号码。

响了两声那边就接了,那边传来丝毫不敢松懈的声音,可商滕没有和他聊工作,而是让他去查一个女人的行踪。

"两个月内有没有去过医院,去的哪家医院,哪个诊室,哪个医生,通通给我查出来。"

听到岑鸢的名字,特助愣了一下:"岑小姐生病了吗?"

商滕没说话,把电话挂了。

他其实很早以前就察觉到了岑鸢的反常,也问过她是不是生病了,但她只是敷衍过去。

他不是没有怀疑过,而是不敢去怀疑。

商滕也不知道自己是怎么想的,现在的他实在太反常了,一次又一次地自欺欺人,可能他也病了吧,不然他没办法解释自己的反常。

商滕原本是打算直接回家的,却在半路接到了医院的电话。

　　这些年来,每次这个号码打过来,都不会有什么好事。这次自然也不例外。

　　老爷子吵着要出院,他不知道是从哪里听来的,陈甜甜是陈默北和商凛的女儿。

　　"我是不可能让那个小孽种进我们商家的门的!"

　　商滕看了眼地上的狼藉,连落脚的地方都没有。

　　"我已经把她接回去了,她现在是我的女儿。"

　　他很平静地说出这句话,平静到连情绪都不见起伏。

　　这话彻底惹恼了商昀之,他指着商滕的鼻子破口大骂,什么难听的话都用上了。

　　如果不是有医生在旁边拉着,他甚至可能会动手。

　　商滕早就习以为常。

　　商昀之的脾气,本来就阴晴不定,暴躁易怒。从小到大,商滕不知道挨过多少次打。

　　每次商滕来医院,商昀之都闹得很凶,仿佛面前站着的不是自己的儿子,而是他的仇人。

　　商滕不想管他,但又不得不管,偶尔也会恶毒地想,他活着,是不是就是为了折磨自己。

　　商昀之的骂声中气十足,压根就不像病人。

　　商滕单手扯开领带,说话的声音有气无力:"就当是放我一天假吧,让我喘口气。"说完这句话后,他不顾身后的喧闹,转身离开了。

　　客厅里,陈甜甜正在周阿姨的教导下完成今天幼儿园老师布置的作业。

　　她连握笔的方式都不太对。

　　商滕也没立刻进来,而是靠着墙,站在门口,安静地看着这一幕。

　　陈甜甜偶尔会痛苦地往周阿姨怀里扎:"呜呜呜,周阿姨,我不想写了。"

　　周阿姨一点儿也不心软:"快点写,明天要交的。"

　　陈甜甜一边痛苦地落泪,一边写。

　　商滕突然有点儿想抽烟。

　　原来人开始有了畏惧心理时,是很容易对某件事或者某件物上瘾的。

　　他摸到西裤口袋里的烟盒了,转身出去,在外面抽完了一支烟,然后才进来。身上的烟味早就散了。

陈甜甜看到他,顿时高兴地朝他伸手,要他抱。

商滕走过来,抱她。

她很轻,小屁股坐在商滕的手臂上,高兴地说自己比爸爸还高了。

商滕安静地看了她一会儿,然后问她:"甜甜想去找爸爸吗?"

陈甜甜不解地问道:"我现在不就和爸爸在一起吗?"

商滕淡笑着摸了摸她的头,没再开口。

今天的主食是荞麦面,岑鸢还做了水煮西蓝花和玉米,为了荤素搭配,她还特地煎了半片鸡胸肉。

电视是随便选的,轻喜剧,虽然笑点比较尴尬,但用来打发时间似乎也还不错。

饼干乖巧地窝在岑鸢身旁,和她一起看。单调又有点儿枯燥的晚饭时间很快就过去了。

岑鸢把碗筷收拾了,洗完澡后,照旧给周悠然打了视频电话。

她这几天都在徐伯家吃饭。

"原本是不想去的,怕麻烦你徐伯,可他每次都说家里的饭菜做多了,我不去就全浪费了。"

岑鸢笑了笑,问她:"今天都做了些什么好吃的?"

周悠然一一给她列出来:"粉蒸肉、莲藕排骨汤,还有糯米圆子。"

岑鸢哀怨地叹着气:"我回去的时候,徐伯都没做这么多好吃的,果然人和人还是有区别的。"

周悠然笑骂她不正经:"你徐伯就是看我一个人可怜。"

徐伯人很好,对周悠然也好,岑鸢知道他对周悠然有意。她是希望周悠然能和他在一起的。这样至少在自己离开以后,周悠然能有人照顾。

"对了,我前几天买了两条新裙子,给你看看。"

岑鸢说着,把手机放在茶几上,起身回卧室,把裙子换上了。一条是雾霾蓝的,POLO领连衣裙,中间是一排白色透明的小纽扣,还有一条是她最喜欢的小碎花连衣裙。

周悠然特地戴上了老花镜,把手机拿远些,仔细端详了好久,然后夸岑鸢:"我们鸢鸢身材好,穿什么都好看。"过后她又担心地问了句,"不过寻城现在的天气可以穿裙子了吗?"

岑鸢重新坐下来:"明天就开始升温了,寻城的天气本来就是降得快,升得快,以后只会更热。"

"那正好,等夏天了,就回来避避暑。"

岑鸢笑道:"我刚好也是这么想的。"

周悠然也笑:"我让小辉开船带你去捞鱼,上次给他看了你的照片之后,他一直有意无意地向我打听你的情况。"

二人聊着聊着就忘了时间,天色也不早了,岑鸢抱着饼干,挥着它的小爪子:"和外婆说声再见。"

它看着手机屏幕,喵呜了几声。

岑鸢挠了挠它的下巴:"真乖。"然后她和周悠然说:"那我先挂了,你早点儿休息。"

周悠然点头:"你也是,记得多吃点儿,可不能再往下瘦了。"

"好的。"

和周悠然打电话,似乎是岑鸢疲累的一天当中难得可以稍微喘息一下的时间。

那天晚上,她睡得依旧不太好,做了一整夜的梦,至于梦到了什么,她又不太记得了。

早上起床,随便热了两块面包,她涂上果酱吃了两口就吃不下了,牛奶也只喝了一半,然后去拿注射器。每天出门前,她都得给自己注射一管凝血因子,这样才能保证她在接下来的八个小时里可以像正常人一样生活。

一个人注射,有很多不方便的地方,譬如拔针的时候,得用什么按着。这样的生活,她几乎每天都在经历。其实她算是幸运的,这个病,有很多人至死不知道自己到底怎么了。

今天涂萱萱来得很早,甚至还主动把地给拖了。

招聘发出去以后,已经有好几个人联系过岑鸢了。

有一个约好了今天过来。岑鸢把时间安排在了下午,快下班的时间,那个时候刚好店里没什么人。只不过她没想到的是,商滕又来了。

"不是要去法国吗?"

他看到她身上的裙子了,收腰的,衬得她那细腰越发纤细,仿佛两只手就能握住。

"晚上的机票。"

商滕今天带的不是饼干,而是其他的,应该是他买的,可能是上次做得太失败，打击到他的自尊心了。

他淡淡地道："想好去法国应该给你买什么了。"

"什么？"

岑鸢问这个，纯粹只是好奇，商滕送给她的东西，她不会收。

"你不是在招人吗？我给你挖个设计师回来，你想要哪种类型的，或是喜欢哪个品牌？"

他说得云淡风轻，仿佛挖人是一件很简单的事情，不过对他来说，也的确不是难事，只要他想。

岑鸢摇头："不用了。"

涂萱萱似乎也已习惯了商滕的每日到访，想不到以前只在电视里见到过的偶像剧情节，有朝一日居然能在现实生活中碰到，冷漠话少霸道总裁和他的温柔小裁缝前妻。这个CP还挺好嗑。

商滕每次过来，也不会做什么，绝大部分时间是安静的。因为他知道，岑鸢不太想和他讲话。他偶尔也会帮忙，递把剪刀或是抬个重物之类的。

那个时候岑鸢会礼貌地和他说声谢谢。

约好面试的那个人中途有点事，没过来。

到了下班时间，岑鸢还没忙完手里的活，也不想把涂萱萱留下来加班，于是让她先走。

裙子的尺寸是按照客户之前的做的，不过她最近胖了些，腰围那里有点紧，所以岑鸢就帮她把腰稍微放大了些。

她太专注了，也就忘了时间。

商滕眉头紧皱，起身走过来，握着她的手："胳膊怎么肿了？"

岑鸢这才后知后觉地感觉到疼痛。

她这个病，很容易关节出血，如果没有及时注射凝血因子的话，严重点可能导致手臂无法动弹。现在胳膊肿得还不是特别厉害。

岑鸢脸色有些泛白，起身把包拿过来，翻找了半天，越急越乱，最后直接把包里的东西全部倒了出来，没有。她今天出门走得急，忘记带药了。

她稍微动一下，手臂都是钻心地疼。明明气温不高，她的额头却出了汗。

商滕的手一直在抖，他控制不住。

他没有问岑鸢怎么了，而是让她在这里等一会儿，声音沙哑到连他自己都觉得诡异。

他是跑出去的，一路跑到自己停车的地方，中途不小心撞到了几个行人，他魂不守舍地道着歉，把车开过来。

那个时候，他不清楚自己在想什么，可能是害怕吧。

因果循环，是有报应存在的。他应该是遭报应了。

岑鸢记忆中的商滕好像永远冷静且沉稳。

他的情绪很少会被外界所影响，可能有过，但他不会表现出来。

岑鸢觉得这些年的朝夕相处，自己对他还算了解，可是现在，他好像和自己印象里的那个商滕，背道而驰了。

岑鸢也不是第一次关节出血了，虽然慌乱，但很快就强行让自己冷静下来。

商滕把车开过来后，拉开副驾驶座的车门让她坐进去。

他眉梢紧拧，看着她肿起的手臂："怎么越来越肿了？"

商滕不是热情的人，好像在关心人这方面，天生就缺乏天赋。

岑鸢不知道自己应不应该庆幸，他用这种姑且算得上关心的口吻询问她。但她实在没有力气去开玩笑，太疼了，哪怕已经经历过很多次，可她还是没办法适应。

那只手维持着原状，稍微动一下都是钻心地疼。

她不知道该怎么去和他解释，太复杂，她现在实在是没有这个精力了，于是她选择了沉默。

商滕眸色微沉，也没有继续问下去。

从这儿去医院，不算远，但中间红绿灯有点儿多。

痛感越发强烈，岑鸢疼得呼吸都开始急促了，除了疼痛，更多的是恐惧。

疼痛让人思维混乱，最后变成了恐惧。

得这个病的人，很多人因为关节出血而残疾。她觉得自己无法去承担这个后果。

她一直在抖，明明车内开了暖气，可寒意就像从体内源源不断地往外涌一样。

商滕把外套脱了，搭在她的肩上，然后将暖气开到最大。

忘了是谁说过，如果你想知道一个人的性格，那就去坐一次他开的车。人的性格好像会从各个方面体现出来。性格毛躁的人，开车也会很毛躁。

岑鸢觉得这句话也不是完全没有依据。

她坐过好几次商滕的车，的确和他这个人一样，都是沉稳的。

他不会突然急刹，也不会因为前车随意变道而生气，他的性子太淡了，淡到你不知道他在意什么、不在意什么。

前面那辆车不知道因为什么，突然停下来不动了，商滕疯狂按喇叭。

他捶了下方向盘，低沉的声音说了句法语。岑鸢没听清他说的是什么，但从他此刻的表情来看，应该不是什么好话。

他以前是没有路怒症的，非但没有，反而在这件事情上显得很随意。所以岑鸢觉得，现在的商滕，好像不是她所熟悉的那个商滕了。但手臂上的痛觉让她没有精力去分析人的性格为什么会突然在一朝一夕之间发生了改变。

她太疼了，手臂比刚才还要肿。

好在他们及时到了医院，护士给她注射了药物。

因为手臂实在太肿了，袖子脱不下来，所以护士只能用剪刀把她的袖子给剪掉了。

岑鸢看着被随手扔进垃圾桶里的半截袖子，有点儿心疼。可惜了新买的裙子。

她没看到商滕的人，于是叫住护士，礼貌地询问："请问刚才和我一起过来的那个人去哪里了？"

护士说："他被主任给叫走了。"

主任就是岑鸢的主治医生。

岑鸢沉默了一会儿，和她道谢。

虽然注射了药物，但疼痛感还是存在的。

和她同病房的是一个六十多岁的女人，眼神因为苍老而浑浊，却又带着纯真，明明矛盾，却又不觉违和。

她拿着遥控器，笑着问岑鸢："姐姐爱看动画片吗？"

岑鸢淡笑着点头："爱看的。"

她立马高兴地拍手："我也爱看！我们一起看好不好？"

岑鸢轻声应道："好。"

她躺在病床上，手臂保持原来的动作，压在白色的被子上。

病房里的电视机，正放着动画片的片头曲，一群羊从草原上依次滑下来。

岑鸢看完了一整集，商滕才进来。

他手里提着一个外卖盒，看上面的LOGO是岑鸢最常吃的那家。

岑鸢从床上坐起身:"你还没回去吗?"

"嗯。"他走过来,把包装盒拆开,里面是个很精致的碗,岑鸢看不出是什么材质的,粥熬得很浓稠,"不知道你不能吃什么,所以买了点粥。"

岑鸢不希望他继续留在这里:"商滕,你先回去吧,我给我朋友打了电话,她会来照顾我的,你不用担心。"

"哪个朋友,赵嫣然?她现在从国外回来,估计明天晚上才能到。"他抬眸,那双深邃的眼只是安静地看她,都带着莫名的压迫感,"或者说你还有其他的朋友?"

岑鸢移开视线,没有再说话了。

是啊,就像商滕说的这样,她没有其他朋友了。听起来好像很凄凉,但岑鸢不觉得有什么。

维护一段感情需要花费的精力和时间太多了,温柔耐心的人,总是下意识地会优先考虑到身边的人。

她不知道自己还剩下多少时间,所以不想再浪费了。可能是意识到自己刚才的话稍微重了点儿,商滕放缓了语气:"先吃饭吧。"

岑鸢挪了下身子,不小心碰到了左手,疼得轻嘶一声。

商滕立马紧张地站起身,没了遮挡,她整只手臂完全展露在他眼底。

他眸色微沉:"怎么还是这么肿?"

岑鸢深吸了一口气:"消肿也是需要时间的。"

"我让护士给你开点儿止痛药。"

岑鸢摇头:"不用,这点儿疼,我还可以忍的。"

商滕沉默地看了她一会儿,似乎在分辨她话里的真实性。

最后他还是重新坐回来:"手还方便吗?不方便的话我喂你。"

岑鸢轻声婉拒了:"我现在还不饿。"

"嗯。"商滕也不勉强她,"口渴不渴?"

不等岑鸢开口,隔壁病床的老奶奶急忙举手:"哥哥,我渴了!"

因为她的称呼,商滕略微皱起了眉。

商滕看了岑鸢一眼。

岑鸢冲他摇了摇头,小声提醒他:"奶奶的精神状态不太好,你态度好点儿。"

"嗯。"

他意外地好说话。

商滕站起身，给她倒了杯热水。

老奶奶向他道谢："谢谢哥哥。"

他摇头："不用谢。"

电视里的动画片放完了一集，立马自动跳到下一集。

岑鸢安静地看着，商滕替她把脚边的被子掖好："饿的话就和我讲。"

"商滕。"她轻声喊他的名字。

岑鸢很快就得到了回应——"我在。"

岑鸢一直想找个时间好好和他谈谈，他不应该在自己身上浪费时间的。

"我们现在已经没有任何关系了，你没有义务照顾我。"

"嗯。"他轻声应完，然后问她，"吃苹果吗？我给你削一个？"

岑鸢："……"

那个苹果他最后还是削了，连皮都没断。

不过岑鸢没吃，而是被邻床的奶奶吃了。

老奶奶念叨着："皮没断掉的苹果是带着福气的，吃完身体会好。"

岑鸢把苹果送给她了，笑容温柔："那我把福气送给您，您吃完以后，一定要早日康复。"

老奶奶接过苹果，笑着向她道谢。

商滕坐在那里，不知道在想什么。

过了一会儿，他又从袋子里拿了个苹果："我再给你削一个。"

岑鸢把他的手按住："你刚刚送我来医院的时候，是不是闯红灯了？"

"嗯。"他点头，坦然地承认了，"两个。"

岑鸢叹了口气："还好今天路上车少，你知道平时这个时间闯红灯会有什么后果吗？而且还是连闯两个。"

他把椅子往后挪了一点，让自己手里的水果刀远离岑鸢。

现在削苹果的他，比刚才还要专注，还要小心翼翼。

"知道，但我也知道如果我不闯红灯会有什么后果。"

苹果削好了，这次的皮也没断。

"以后不闯红灯了。"他像是在做承诺，起身把水果刀放在离岑鸢最远的地方，然后把苹果递给她，"吃掉。"

岑鸢拒绝了："我不喜欢吃苹果。"

"那就咬一口。"

他很坚持，岑鸢知道，这个苹果如果她不吃的话，商滕会一直坚持。为

了避免更多不必要的纠缠,她把头靠过去,咬下一小口。

商滕看着被咬掉的苹果,眼睫轻垂,像是在沉思。

岑鸢见他一动不动,问他在想什么。

他回过神,嗓音沙哑:"在想,你吃了没有断皮的苹果,病会不会好?"

在开车过来的路上,他想了很多种岑鸢手臂肿的原因,可能只是脱臼了,或者是骨折。

她会有点儿疼,但不会有大碍,好好养伤,很快就会康复,他像在自我催眠一样。

他那么聪明,怎么可能会猜不到,可还是不敢往那方面去想。

直到他被医生叫走,在询问了他和岑鸢的关系以后,医生脸色凝重,斥责他这个丈夫是怎么当的。

"老婆得了血友病你不闻不问,每次复查都让她一个人来,就算没有感情也应该考虑到病人的特殊性。患了血友病的病人之所以被称为玻璃人就是因为他们像玻璃一样易碎。"

商滕知道血友病是什么,但他从未想过岑鸢会得这个病。

医生后面好像还说了些什么,可是他一句都没听进去。

他整个人像是僵在那里一样,手和脚都是凉的,如同掉进了冰窟里。

他的声音沙哑到像是被砂纸打磨过一样:"多久了?"

医生对他的态度不是很好:"大半年了。"

大半年,她一个人默默治病,谁也没告诉。刚得知病情的她,会有多绝望?

明明那么温柔的人,为什么要得这种病?

可能无意中的一个举动就会造成关节出血、肌肉出血,甚至还有肌肉萎缩和组织坏死等各种并发症。

疼痛和恐惧的双重折磨,她是怎么挨过来的?

自己给自己注射药物,她应该也害怕过吧?

她从不熟练,到熟练,到底经历了什么?为什么是她来承受这份痛苦?为什么不是他呢?该死的那个人,明明是他才对。

护士让岑鸢先躺一会儿,等手臂消肿了再出院。

岑鸢安静地看着电视,商滕坐在床边的椅子上,陪她一起看。氛围有种诡异的和谐。

偶尔岑鸢会侧眸看一眼,商滕看得很认真,现在的他仿佛和平日里那个清冷矜贵、高高在上的掌权者不同，具体是哪里不同，岑鸢也说不上来，就像是不入凡尘的神祇，最终也被染上人间烟火气。

岑鸢知道，商縢不爱看电视，这种消遣娱乐的方式不适合他，更别说动画片了。

他没有必要为了自己去适应这种和他完全背道而驰的生活方式。他们已经没有任何关系了。

岑鸢的裙子被护士剪坏了，身上搭着商縢的外套。

由于男女身高的差异，商縢的外套下摆刚好在她的大腿处。

如果是以前，她可能会拒绝他的好意，但现在处境不同，她没有更好的选择。

"你先回去吧，我想睡一会儿。"顿了顿，她又说，"谢谢你的衣服，明天我会洗干净了再还给你。"

商縢将视线移回岑鸢身上，没有回应她的话，而是站起身，走到窗边。他拉上窗帘之前，还礼貌地询问了住在同一病房的老奶奶的意见。

直到老奶奶同意，他方才把窗帘拉上。

病房内暗了些，是最适合睡觉的亮度。

他重新在椅子上坐下："睡吧。"

岑鸢沉默了一会儿："商縢，可能是我之前的话说得还不够明白，所以让你误会了。"

"你说明白了，我也没有误会。"商縢声音微沉，替她把被角掖好，生怕有一点儿冷风吹到她，"是我死皮赖脸、厚颜无耻。"

他的确是一个沉稳淡定的人，哪怕用这种贬义词形容自己，也面不改色。他平淡到好像是在告诉岑鸢，自己今天中午吃了什么一样。

商縢的外套穿在她身上，实在是太大了，她攥着被角，想说些什么的，最后还是忍住了，算了，说了应该也没什么用。

她太累了，只想好好睡一觉。

也不知道是不是因为在医院，那天晚上，她睡得很踏实，难得没有做噩梦，早上七点半就自然醒了。

邻床的老奶奶今天出院，她的家人过来替她收拾东西。

她的精神还不错，正坐在沙发上揉着小腿，看到岑鸢醒了，和蔼地冲她笑笑："小姑娘是怎么了，怎么还住院了？"

睡饱以后，精神状态似乎也好了许多，岑鸢的脸色比昨天红润不少：

"身体有点儿不舒服。"

老奶奶叹了口气:"年轻人,还是要多注意,现在抵抗力好,等老了可就不同了。"

岑鸢点头:"嗯,以后会多注意的。"

老奶奶的女儿从外面进来,手上拿着刚去接满热水的茶杯,递给她:"慢慢喝,还有点儿烫。"

老太太笑着应道:"知道了。"

见岑鸢醒了,她女儿冲岑鸢点点头,算是打过招呼:"早上好啊。"

岑鸢笑容温柔地道:"早。"

她女儿把老奶奶的衣服和那些私人用品收好,还不忘和岑鸢闲聊几句:"刚才那个帅哥是你老公吧?"

岑鸢愣了一会儿,反应过来她说的应该是商滕。她摇了摇头:"是我前夫。"

女人有点尴尬地笑道:"看我这嘴,实在是不好意思啊。"

左手已经消肿了,岑鸢试着动了动,也没有任何痛感。她稍微松了口气。

八卦似乎是女人的天性,刚为自己说错话而道歉的女人,没过多久,就因为实在好奇,没忍住又问了一句:"可我看他对你好像挺上心的,怎么会离婚呢?"

毕竟是陌生人,岑鸢不希望自己的私事成为别人茶余饭后的谈资,只是礼貌地抿唇笑笑,并未再开口。

相邻病床的老奶奶离开后,整个病房便只剩下岑鸢一个人,太安静了。

日出时的太阳,总是格外耀眼,阳光透过窗户照进来,那片暖黄洒在白色的被面上。

她伸手,似乎想抓住,但虚无缥缈的东西,怎么可能会抓得住呢?

好在医院附近没有更高的建筑物遮挡,这里似乎是看日出的最佳地点。

她把商滕的外套披上,穿上鞋子下床,站在窗边看了很久。

人在发现自己得病以后,都会有个依次转变的心理过程,譬如她,从难以置信,到无能为力,再到无奈接受。

她接受了自己随时会从这个世界上消失的事实,但偶尔也会想,如果她能成为风,成为地上的石头,或是清晨的第一缕阳光,那该多好啊。

虽然没有得到这个世界对自己太多的善意,但她还是有很多牵挂,想得太入神了，连病房里多了个人也不知道。

商滕推开门进来，见她站在窗边看日出，看得很认真，就没打扰她，放轻了动作，把东西一一摆放出来。

闻到空气中飘浮的饭菜香味，岑鸢疑惑地回头。

商滕把筷子和勺子放好，还贴心地倒了一杯热水。

拒绝的话已经说了太多遍，岑鸢实在不知道应该怎么做了。

"商滕。"

她走过来，喊他的名字。

"我们已经没有任何关系了，你不用这样对我。"商滕非常贴心地替她把她要说的后半句补齐，"我知道。你先把早餐吃了，我让何婶特地给你做的。"

岑鸢没动。

也不知道是不是因为她穿了完全不合身的外套，本就瘦弱的身子，这会儿显得越发单薄，唇色也淡，看上去憔悴得很。

商滕突然觉得自己的嗓子有点儿干涩，像是极度缺水。

他一晚上没睡，怕岑鸢压到胳膊。中途一直替她调整睡姿，又怕把她弄醒。

他不善于照顾人，很多事情做得也不够好。

"先吃饭吧，我不碍你的眼，你吃完了跟我打个电话就行，我过来把东西收拾了。"

他站起身，开门离开。

空气中有股淡淡的尤加利香，应该是商滕身上留下来的。

肚子叫了几声，岑鸢也没坚持多久，最后还是坐过去，夹了一张鸡蛋饼，细嚼慢咽地吃着。

她也记不清有多久没吃过这么丰盛的早饭了。

她没有给商滕打电话，吃得差不多了，喝了口水，准备自己把碗筷收拾了。

像是专门在外面等着一样，商滕手上提着一个纸袋走进来。

他把纸袋递给她："家里还有几件你忘了带走的衣服，我给你拿过来了。"

她身上的裙子肯定没办法穿出去，原本还在苦恼怎么换衣服，也不敢给江祁景打电话，怕他担心。

"谢谢。"

她接过纸袋,进了洗手间。

她换好衣服后出来,桌子已经被收拾干净了,商滕把她随身携带的水杯拧紧,装进她的包里。

商滕的视线触及包里的东西后,手有片刻的顿住,深邃的眼喜怒不辨。

岑鸢走过去,和他道谢:"今天真是麻烦你了。"

她忘了到底和他说过多少次谢谢了。

商滕收回手,沉声道:"没事。"

岑鸢过去拿包,看到钱包里的照片不知道什么时候掉出来了。那是她和纪丞的合影。

以她现在的身体状况,目前没办法去店里,所以岑鸢给涂萱萱打了个电话,说放几天假。

涂萱萱虽然因为放假而欢呼,却还是担忧地问了一句:"出什么事了吗?"

岑鸢笑了笑:"没事,就是突然想休息几天。"

涂萱萱松了口气:"没事就好。"

电话挂断后,岑鸢将视线移向车窗外。

路边的早点铺子已经开始营业了,来来往往的人很多。

"小的时候,老家也有很多这样的路边摊,卖什么的都有。"

可能是触景生情了吧,岑鸢突然开始回忆起了从前。原来人到了一定的年龄,真的会怀旧。

这还是她第一次和商滕提起以前。

前面有点儿堵车,因为正好是上班高峰期,商滕踩了刹车:"要不要下去逛逛?"

岑鸢摇头:"不了。"

商滕握着方向盘,沉思了一会儿:"想回去看看吗?"

想啊,她当然想,做梦都在想,但岑鸢不敢回去,怕周悠然看出来她生病了。

周悠然的身体本来就不好,最近有了徐伯无微不至的照顾,才稍微有了好转,岑鸢不想让她为自己担心。

她不动声色地转移了话题,问商滕:"你不是要去法国吗?"

道路总算疏通了,前车开始移动,为了让岑鸢适应,商滕的车速是缓慢加快的。

他云淡风轻地说了一句:"不去了。"

这不像他。

岑鸢所熟悉的那个商滕,公私分明。他不会因为私事而影响工作。

她一晚上没回来,饼干也饿了一晚上,门从外面打开,看到岑鸢的那一刻,一直蹲在门口的饼干紧张地围着她的脚转来转去。

岑鸢蹲下抱它,看到它的碗里还剩一半的猫粮,问它怎么不吃。

它喵呜两声,头蹭着她的下巴。

岑鸢笑了笑,安抚它:"我没事,不用替我担心。"

她抱饼干过去,它这才肯吃点儿东西。

赵新凯蹦迪蹦到一半被商滕一个电话叫了回来。

他特地洗了个澡,换了身衣服,和朋友们确认了好几遍,直到自己身上真的闻不到半点儿烟味和酒气了,才敢回家。

商滕有他家的门禁卡,这会儿坐在客厅里,气定神闲地喝茶。

赵新凯走过去:"哥,我今天没去夜店,不信你闻,我身上只有书本和墨水的清香。"

商滕眼睫轻抬,把手里的茶杯放下,递给他一串钥匙。

赵新凯愣住,眨了眨眼:"这是……"

"我给你买的房子。"商滕淡淡地道,"你搬家吧。"

赵新凯原本还在不安地等着商滕开口。

没办法,自己这个表哥太聪明了,不管他撒什么谎,他一眼就能看出来。唯一的区别大概就是,看他愿不愿意戳穿。

绝大多数的时候,商滕是懒得管他的。

商滕本身就是清冷疏离的性子,之前也是因为赵新凯他妈强行把他塞给了远在国外的商滕。

商滕才给他下了门禁,晚上十点前必须到家,但他没想到,商滕一开口居然直接让他搬家。

赵新凯愣了好久,以为商滕生气了。心里有点复杂,一方面是恐惧,另一方面则是因为他终于愿意管自己了。这说明表哥的心里是有他的!

"哥,我以后再也不去蹦迪了,真的,我发誓。"

他信誓旦旦地举着三个手指头发誓。

茶杯里的茶水有些凉了,商滕放回桌上。

他慢条斯理地把袖扣解了:"搬家公司下午过来,你先把东西收拾一下。"

见真的没有任何商量的余地了,赵新凯苦着一张脸都快哭了:"我住得好好的,怎么突然让我搬家?"

商滕起身准备离开,听到他的话,又站定,眼神淡淡的,语气也淡淡的:"因为我要搬进来。"

赵新凯愣了好一会儿:"啊?"

他花了十分钟才消化完这个信息量。

反正他平时也很少回家,住哪不是住。而且这边还是他租的房子,他妈每个月给他的那点儿零花钱都不够他和那群朋友出去玩的。

这下商滕直接给他买了一套,还省了房租。他立马回房间收拾东西了。

楼下好像有人在搬家,搬家公司进进出出的。好在隔音效果好,岑鸢也听不到多大的声响。

难得的假期,可以放松一下,岑鸢和饼干一起在家里看电视。

桌上放着切好的水果,花瓶里的花也是今早刚送来的,还带着露水。

岑鸢在小区楼下订了一个月的花,每天早上花店的人都会按时送上来。

可能是嫌电视太无聊了,饼干伸了下身子,跳下沙发,趴回自己的小窝,继续睡觉去了。

岑鸢笑了笑,把音量调小。

今天天气不错,很适合散步。

午饭是海米冬瓜汤和番茄炒蛋,很简单,也很清淡。

门外有人敲门,她腰间的围裙还来不及解开,匆匆忙忙地过去开门。

她以为是物业人员。卫生间里的灯坏了好几天了,还是没有人过来修。

她把门打开,但是很遗憾,这次来的,依旧不是物业人员。

每个月交的物业费都没办法让他们动作稍微快一点儿,能拖到最后一天完成的事绝不提前完成。

岑鸢看着站在门外的商滕,居然不是一身正装,粉色的毛衣穿在他身上,意外地没有违和感。

可能是他的身材和长相都过于优越了，任何颜色都可以驾驭。

闻到屋子里的饭菜香了，商滕还是问了一句："做饭了吗？"

岑鸢点头："刚做好。"

"嗯。"

应完后，他也没打算离开，手里拿着保温桶。

他不会为难岑鸢，也不强求。但他总有办法让岑鸢放他进去，仿佛是吃准了她容易心软。

果然，僵持了一会儿，她最终还是侧身让他进去了。

"喝点儿什么？我家里只有牛奶和水。"

"水，谢谢。"

商滕进来后，沉默地扫了一眼餐桌。

上面放着一碗冬瓜汤，以及一碟不算多的西红柿炒鸡蛋。

"你身体不好，多吃点儿有营养的。"

岑鸢想不到自己已经沦落到被长时间饮食不规律的人叮嘱了。

岑鸢倒了温水出来，递给他，轻声笑笑："你自己不也经常只顾工作，忘记吃饭吗？"

商滕接过水杯的手顿了顿："我不同。"

她轻挑了眉："哦？"

商滕没再开口。

安静持续了很长时间，最后被醒过来的饼干给打破了。

商滕来了好几次，饼干对他的敌意依旧很大，每次见到他，都得弓着背冲他龇牙咧嘴。

面对它卖力的威胁，商滕表现得并不在意，而是问岑鸢："喜欢猫？"

她给它倒了点儿猫粮："嗯，喜欢。"

"以前怎么不养？"

耳边有一缕碎发垂落下来，她轻轻挽在耳后："怕你不喜欢。"

他像是在沉思，指腹抵着温热的杯壁，轻轻摩挲。

好一会儿，他方才漫不经心地低声开口："他呢，他喜欢猫吗？"

岑鸢有片刻的愣怔，反应过来商滕口中的他指的是谁。

哪怕商滕没有提过，但从他从来不肯说出纪丞的名字就可以看出，他是介意的，介意纪丞的存在。

岑鸢摇了摇头："他对猫毛过敏。"

商滕微垂着眼睫,不动声色地掩盖住眼底的情绪,喜怒不辨:"所以你不养猫,是怕我不喜欢,还是怕他不喜欢?"

手里的猫粮没拿稳,掉在地上,好在她已经密封好了,这才没有撒出来,她弯腰去捡。

岑鸢没有回答他的问题,而是跟他道歉:"对不起。"

商滕知道答案了,笑了一下,摇摇头,没再开口。

碎花的窗帘拉开一半,阳光照进来,春天的太阳,温度正好。

可能是觉得自己的威胁没什么用,饼干最后还是放弃了,跳上窗边的猫爬架上,晒着太阳睡午觉。

商滕今天过来是专门给她送饭的。

何婶做好以后,司机开车送过来的。

"先吃饭吧,不然凉了。"

岑鸢闻到熟悉的饭菜香味,都是一些她爱吃的。

书架上摆着几本书,商滕随便抽了一本,站在那里,安静地翻阅着。

从这个角度看过去,岑鸢正好可以看见他的侧脸,鼻梁高挺,眉骨精致,其实抛却他的疏离与清冷,他与纪丞还是有许多相似之处的。

阵雨来得毫无征兆,和阳光一起洒落,这场雨并没有持续很长时间,天晴的那一瞬间,能看见很浅的一抹彩虹。

岑鸢只吃了半碗米饭就饱了,刚把筷子搁下,商滕眼睫微抬,视线从手里的书移回餐桌。

他把书合上,放回原处。

"吃饱了?"

岑鸢嗯了一声,把碗筷收拾好:"你以后不用再给我送饭了,何婶要照顾甜甜和家里,已经很辛苦了。"

商滕点头道:"好。"

沉默片刻,她又补充了一句:"你以后也不用再过来了。"

这次商滕没有回应她,装没听到。

于是岑鸢又重复了一遍。

商滕转移了话题:"楼下新开了一家餐厅,离得也近,你以后不想做饭的话,可以去那里。"

虽然这个话题转移得有些生硬,但岑鸢还是顺着他的话问道:"什么时候开的?"

她在这儿住了这么久,居然不知道。

"半个月后吧,我尽量让他们快一点。"

岑鸢疑惑地皱了下眉:"你,让他们快一点?"

他淡声应道:"装修需要点时间。"

"店是你开的?"

"嗯。"

岑鸢:"……"

"商滕,你没必要这样。"

饼干在猫爬架上蹦来蹦去,好几次都差点儿掉下来,商滕安静地看了一会儿。

他觉得它有点儿闹腾,不知道会不会打扰到岑鸢休息。

她的睡眠质量不太好,以前他们还住在一起的时候,她就经常失眠。

他经常工作到很晚,从书房出来,大部分时间能看见她房间里的灯是亮着的。

"我是生意人,没有利益的事情,我不会做。"

他像是在和她解释自己这么做的原因,是为了利益,不是为了她。

餐饮方面,商滕也有涉足,但位置都在繁华奢靡的高端场所。

他并不靠这个赚钱,而住在这里的人,都算不上有钱有势,顶多算中产,消费水平也一般。

岑鸢实在想不出他有什么利益可图,但这些是商滕的私事,她无权过问。

岑鸢也没再多说。

离开之前,商滕告诉她:"我搬过来了,就在楼下,以后有什么事,可以找我。"

楼下以前住的好像是商滕的表弟,岑鸢和他见过好几次。每次他都会喊她嫂子,虽然岑鸢提过几次,她已经和商滕分开了,让他以后不要这么喊。他答应得挺爽快,但下一次见面的时候,还是嫂子嫂子喊个不停。

"他在这里住得好好的,怎么突然搬走了?"

商滕面不改色地开口:"这里离学校太远了,不方便学习。"

岑鸢微讶:"想不到他还挺爱学习?"

"或许吧。"

赵新凯的东西都搬走了,商滕把之前的家具全部扔了,又重新换了一套。

他对这些没有太高的要求,只是受不了那些花花绿绿的颜色,看久了头疼。

书架上除了一些忘记带走的动漫手办,剩下的都是一些杂志。

他不用翻阅,光看封面就知道内容了。

商滕皱了下眉,打算拿去扔了。

岑鸢有睡午觉的习惯,商滕走后,她回房间睡了一会儿,也没睡多久,就被快递的电话给吵醒。

周悠然给她寄的香肠到了,在楼下驿站放着。

岑鸢从床上起来,简单扎了个马尾,穿上针织衫,里面的连衣裙很长,都快盖住脚踝了。

外面的太阳还没完全落山,夕阳前的那一抹暖黄很美。

岑鸢想着散完步回来,正好可以把快递拿了。

她进了电梯,电梯又在七楼停下。

电梯门开后,站在外面的是商滕,手上还拿了几本杂志。

似乎没想到会在这里碰到岑鸢,他迟疑了片刻,没有立刻进来。

电梯门快关上了,岑鸢按着开门键,问他:"你不进来吗?"

商滕沉默了很久,最终还是进来了,和她道谢。

他不动声色地把手里的杂志往身后藏,但岑鸢还是看见了杂志上穿着暴露的封面女郎。

可能在别人看来,这是一件很尴尬的事情,但以岑鸢对商滕的了解,他并不是看这种书的人。

岑鸢没问,商滕也没解释,似乎只是一件稀松平常的事情。安静在二人周围蔓延。

直到电梯门开了,岑鸢把外套拢紧了一点,礼貌地和他打过招呼:"那我先走了。"

商滕颔首,低低地嗯了一声。

他目送她下了台阶,离开。商滕随手把杂志扔进路边的垃圾桶里。

有小女孩被她妈妈牵着,进了电梯。

电梯门关上之前,小女孩礼貌地询问他:"叔叔要进来吗?"

商滕逐渐回神:"不用,谢谢。"

岑鸢随便逛了逛,这个时间公园里都是带孙子、孙女的爷爷奶奶,还有几个玩滑板的学生。

岑鸢以前玩过一次。她从小就文静,不像纪丞那么好动,她绝大部分的时间是在家里待着的。

纪丞每天都来找她,次数多了,周悠然担心岑鸢早恋,就不许他再来了。

正门进不了,纪丞就翻墙进来,隔着一扇窗户和岑鸢说话。

"你别总闷在家里,一个人待久了会生病的。"

他说得挺严肃的,却把岑鸢给逗笑了:"为什么一个人待久了会生病?"

纪丞说不出来,直接跳过了这个问题。他说教她滑滑板,把她从家里骗出来。

岑鸢原本是想拒绝的,可看纪丞很有兴致的样子,最后还是答应了。

第一次滑就摔了一跤,她平衡能力差,也没什么运动细胞,好在只是膝盖破了一点皮,不算严重,在小镇医疗室随便涂了点儿碘附消毒。

纪丞那天却很安静,除了送她去医院时说的那句对不起,后来的好几天,岑鸢都没有见到过他。

因为担心,所以她去了纪丞家找他,纪妈妈刚泡了花茶,看见岑鸢,热情地邀请她过来尝尝。

岑鸢在沙发上坐下后,接过茶杯道谢,然后才问她:"阿姨,纪丞在家吗?"

纪妈妈眉头皱着,似乎有点儿困扰:"那孩子前天回来以后就把他的滑板全送人了,问他出什么事了也不说。可能是比赛输了吧,你知道的,他好胜心强。"

岑鸢端着茶杯,喝了一口,花香味很浓。

那年的盛夏,天是蓝的,湛蓝如洗。

往后下了几天雨,天晴的时候,纪丞翻墙来找她,向她道歉。

他不算好学生,三天两头惹祸,经常被学校请家长,每次回到家都会挨打。但他就是不记打,永远都是我知道错了,但我下次还敢。可岑鸢只要受一丁点儿伤,在他这里都跟天塌下来了一样,更何况这次受伤还是因为他。

难怪他这几天总是躲着她。

岑鸢说:"我没事的,伤早就好了,就是擦破了一点儿皮,疤都没留。"

他低着头,不说话。

岑鸢把窗户打开,喊他的名字:"纪丞。"

他还是没动。

她的声音温柔了许多:"纪丞啊。"像是四月的微风吹散心中燥热,他终于肯抬头了。

"我以后再也不会让你受伤了。"

他是很严肃地说出这句话的,和平时那个桀骜不驯的纪丞一点儿也不像。但是属于他们的夏天,已经永远定格在了那一年,再也回不去了。

她的纪丞,已经没办法保护她了。

岑鸢也深知,自己不可能永远活在过去,她总要试着走出来的。

商滕不知道是什么时候来的,等岑鸢注意到他的时候,他已经在她身旁坐下了。

看样子,他应该来了有一会儿了。

岑鸢问他:"什么时候来的?"

他的视线落在公园开阔的广场上,岑鸢刚刚目光所至的地方。

"刚到。"

岑鸢点了点头,她本身就只是礼貌的寒暄,并不打算顺着这个话题去延展更多。

有小孩没站稳,从滑板上摔下来,没了人为控制的滑板因为惯性继续往前冲。

经过商滕身边时,被他用脚踩住了,这才避免了小孩子直接冲进身后的湖里。

小男孩痛得一瘸一拐地走过来,捡起滑板向他道谢:"谢谢叔叔。"

商滕没说话,只是轻微颔首,算是给了回应。

岑鸢看到他胳膊上的灰了,拿出一包纸巾给他:"擦擦吧。"声音温柔。

小男孩脸一红:"谢谢姐姐。"称呼上的差异让商滕微抬眉骨。

他走后,商滕看着岑鸢,神情透着疑惑:"我看上去很老吗?"

岑鸢反应过来他指的是什么以后,笑了笑:"不老,就是有点儿严肃。"

商滕点头,似懂非懂。

岑鸢又说:"你平时可以多笑笑,这样心情也会变好。"

商滕不太懂这里面的逻辑是什么。难道不应该是,心情好了才会笑?

沉默片刻，他还是试着牵动嘴角，往上扬起一道不太自然的弧度。

岑鸢有些不可思议地看了一会儿，然后捂着嘴，肩膀轻轻抽动。

"对……对不起。"她知道自己这样有些不太礼貌，但她忍不住。她只能一边笑一边跟他道歉，现在的商滕实在是太奇怪了。

不知不觉中，公园里的人陆陆续续变少，甚至连街边的路灯都亮了。

那一抹抹暖黄，将开阔的广场映亮。

这好像还是第一次，她在自己面前笑得这么没有防备。

商滕其实从一开始就知道，岑鸢对他的感情并不纯粹。

情感都是有迹可循的，他不可能看不出来，岑鸢有所保留的爱。

她甚至连对他笑都带着距离感。

春天的风不冷，是人体可以适应的程度。

黑夜与灯光交错，岑鸢的眉眼被勾勒出他从前没见过的纯真。

岑鸢内心最真实的那一面，是不对外开放的。

直到现在，商滕才突然醒悟，原来他和岑鸢之间的距离比他想象中的还要远。

他推开她的同时，她也把他推开了。

岑鸢也没有在那里坐太久，在天色彻底暗下去之前，她起身往回走。

商滕全程都很安静，他本身就不是话多的人。

偶尔岑鸢会问一些无关紧要的问题，来缓和下气氛。他很有耐心地一一回答。

刚好在驿站下班之前过去，岑鸢把快递拿了，东西很重。

周悠然高估了她的饭量。

见她拿得吃力，商滕把盒子从她手中接过来："是什么？"

岑鸢向他道谢："我妈给我寄的腊肠，她自己做的。"

想了想，她又问他："你喜欢吃吗？我切点儿给你？"

他不爱吃腌制的食物，吃不惯。

他刚要拒绝，对上岑鸢的眼神后，沉默片刻，最后还是点头："谢谢。"

岑鸢轻笑道："不客气的，东西很多，我一个人也吃不完，放着也是浪费。可以让何婶给甜甜做腊肠炒饭，炒甜豆也可以，我们那边的腊肠是甜口的，不辣，甜甜应该吃得惯。"

说到陈甜甜，岑鸢这才后知后觉地想起，自己已经很久没有去看她了。

等过些天身体好些了,她就过去一趟吧。

她想得入神,丝毫没注意到身侧眸色黯淡的商滕。

原来这些东西不是给他的。

他低低地嗯了一声,把电梯门按开。

回到家后,岑鸢把快递拆了,将腊肠切了一半,用保鲜膜封好,放进冰箱里,剩下的准备拿去给商滕。

明天还可以休息一天,她想着,正好趁这个时间回去看看甜甜,也不知道小家伙有没有想她。

第二天过去之前,岑鸢给何婶打了个电话,怕她不在家。

有时她会带陈甜甜去外面玩。

听到她要回来,何婶笑得合不拢嘴:"那我做些你爱吃的菜。"

陈甜甜在旁边一直嚷着要接电话。

何婶不让:"你要是再不听话,我就不让妈妈回来了!"

陈甜甜果然被吓唬到了,这下也不敢吵了。

何婶拿着手机去了客厅,和岑鸢告状:"这次回来你好好管管她,最近是越来越不听话了,在学校还欺负同学,把人都给打哭了。"

岑鸢皱眉:"严重吗?"

"小孩子打架,没什么的。"

岑鸢这才松了一口气:"商滕怎么没告诉我?"

何婶说:"估计是怕你担心。"

电话挂断以后,岑鸢简单收拾了一下,准备注射完药物就出门,刚把注射器拿出来,有人在外面敲门。

她不用想大概也能猜到是谁。

门开后,商滕看到她手腕上绑着的压脉带,又看到了桌上的注射器。

她转过身去,把包装拆开,动作熟练。

商滕知道她注射的是什么药,眉梢轻拧。

岑鸢捏着针头,试了几下都对不准位置,她的血管太细了。

自己注射,总是不太方便,于是她求助商滕:"可以麻烦你帮我个忙吗?"

他抬眸,视线从她的手腕移到脸上。

商滕没有学过医,自然也没有给人打针的经历。

哪怕他已经很小心了,可还是扎偏了。

岑鸢轻嘶一声,唇色有点儿发白,却还是故作轻松地笑着:"有点儿疼。"

商滕的手控制不住地抖了几下,最后还是岑鸢自己扎进去的。

她将药物慢慢往里推,动作熟练。

商滕突然觉得喉咙干涩得厉害,像是极度缺水一样。

"以前……"他开口,声音是他自己都觉得可怕的沙哑,"也扎偏过吗?"

岑鸢点头:"第一次还不太熟练,扎偏了四次,最后只能换到另一只手上。"

她说得云淡风轻,也不知道是在安慰自己,还是在安慰商滕:"其实习惯了就不那么疼了。"

商滕其实不太理解她口中的有点儿疼,到底是一种怎样的概念。

从小到大,他的身体都很好,只有少数几次去过医院。

尖细的针扎入他的血管,他没什么太大的感觉。但此刻,他突然很想再试一次,亲身感受一下岑鸢所经受的痛苦。

他没办法去形容此刻的感受,可能是因为以前从未有过。那是一种陌生的情绪,突然涌上来,席卷了他所有感官。

岑鸢轻垂眼睫,安静地一言不发,一管药全部注射完,没有花费太长时间。

那条棉麻的长裙穿在她身上,不是特别合身,有点儿宽松,尤其是腰那里,显得空落落的,应该不是尺码买错了。至少在几个月前,这条裙子应该还是合身的。

"商滕,"她抬眸冲他笑,眉眼仍旧温和,"可以再麻烦你一下吗?"

他回过神,点头道:"什么事?"

其实打针还好,主要是心理这关,刚开始会有点儿怕。最麻烦的是拔针。

一个人做起来,还是有点儿难度的。

商滕坐过去,撕了张止血纱布,贴在针尾处,怕弄疼她,手上没有使太大的劲,轻轻按着。

他拔针的动作很快,因为怕慢了她会疼。

针尖带出一些斑驳的血迹,在白色的止血纱布上形成诡谲的红色。

岑鸢松了一口气,语气故作轻松地笑道:"每天都像完成任务一样,还好今天有你在,不然我又得弄好久了。"

商滕却笑不出来。

岑鸢有点儿尴尬地看了眼四周,生硬地转移话题:"你吃饭了吗?还剩一点儿面,我去给你煮一点儿。"说着,她从沙发上起身。

商滕看了眼她还需要按压止血的手背,拒绝了:"不用,我吃过了。"

岑鸢这才停下:"这样啊。"

他知道岑鸢今天要回去,何婶给他打过电话,所以他特地把上午的工作挪到了下午。

他抬起手腕,看了眼腕表上的时间,九点半了。

时间还早。

"我出去打个电话,你弄好了直接出来就行,我在楼下等你。"

岑鸢听出了他话里的意思,她不想麻烦他,刚要拒绝他。

商滕又说:"正好我也要回去一趟,顺路。"

岑鸢沉默片刻,若有所思地应道:"这样啊。"

商滕看到放在沙发旁的箱子:"这个是要带回去的?"

岑鸢点头:"给甜甜做的衣服,也不知道她长高了没有?"

商滕没有立刻回答,眼眸深邃,像是在沉思。

他伸手比了个长度:"大概这么高了。"

这个年龄段的孩子,长得都很快,一段时间不见就会长高不少。

"幸好我做大了点儿。"

商滕嗯了一声,走过去把箱子提起来。

箱子很重,里面除了衣服,还放了点儿其他的,都是她给甜甜准备的礼物。

原本岑鸢还在苦恼,应该怎么把箱子弄出去,没想到在商滕手中,那箱东西丝毫不费力,显得格外轻松。

果然男人的力气和女人不在一个量级。

岑鸢怕商滕等久了,简单收拾了一下,把香肠装好带上,然后下了楼。

商滕已经打完电话了,也没在车里坐着,而是站在外面等她。

今天的天气不是很好,下着细雨,好在不大,连头发都不会淋湿的那种。

商滕撑开伞过来,动作自然地接过她手里的东西:"怎么不多穿点儿?"

她只穿了件薄外套,起不到御寒的作用:"没想到今天这么冷。"

商滕把衣服脱了,搭在她的肩上。

车就停在前面,大概两百米的距离。

雨势稍微加大,黑色伞面往她这边倾斜,商滕站在风口,不动声色地挡住。浅灰色的衬衣,肩头那一处,被雨水浸成了暗色。

他走到副驾驶,把车门打开,让岑鸢进去。

这个时间小区很安静,早起上班、上学的全走了。

岑鸢只能听见雨滴落在伞面上的声音,以及微风吹过时,枝叶碰撞发出的那点儿声响。

春天是万物生长的季节,同时也象征着希望与重生。

陈甜甜知道岑鸢今天要回来,也不赖床了,七点就乖乖起床,把早饭吃完,现在正伏案认真学习。

何婶端了一碗洗干净的车厘子出来,斥责她:"你要是每天都这么听话,我也不至于被你弄得头疼了。"

陈甜甜手里握着笔,歪歪扭扭地写着字:"明明是何奶奶自己脾气不好。"

也不知道小丫头是不是叛逆期提前了,最近不听话得很。

何婶去拧她的耳朵,也只是吓唬吓唬她,并没有用力:"还敢顶嘴了。"

正好,门开了。

陈甜甜转头看向声源处,眼睛顿时亮了。

她从小熊凳子上蹦下去:"妈妈!"

她卖力地往门口跑,岑鸢走过来接她,还不忘小心叮嘱:"慢点儿跑,别摔着了。"

陈甜甜扑到岑鸢的怀里,眼眶一红,委屈巴巴地流眼泪:"我好想你。"

岑鸢动作温柔地替她擦眼泪:"妈妈也想甜甜。"

"骗人。"她噘着嘴,话里带着很重的哭腔,"你要是想我,就不会这么久都不回来看我了。"

小孩子动作大,商滕担心陈甜甜会弄伤岑鸢,于是把她从岑鸢的怀里抱走。

"作业写完了吗?"

这话算是戳到陈甜甜的痛处了,她低垂着头:"还有几个韵母没写完。"

他把她放下:"乖,先把作业写完。"

陈甜甜这才不情不愿地坐过去。

商滕中途又接了个电话,他说还有点儿事,要先出去一趟。

"我很快就回来。"

岑鸢点头:"路上开车小心一点儿。"

"嗯。"

他离开后,何婶把岑鸢做的那些衣服从箱子里拿出来:"居然做了这么多,小孩的衣服随便买点儿就够了,这个年龄长得快,穿不了多久。"

岑鸢把那些衣服一件一件叠好:"店里最近不忙,闲着也无聊。"

何婶故意和陈甜甜说:"你看妈妈对你多好,给你做这么多好看的衣服,你以后还敢不敢在幼儿园和同学打架了?"

陈甜甜一听这话,立马委屈地跑过来,像是在和岑鸢解释:"我不是坏孩子。"

岑鸢放下手里的衣服,蹲下去捏她的脸,笑容温柔:"妈妈知道甜甜不是坏孩子。"

周阿姨在厨房炖汤,何婶闻到煳味了,急忙进去:"你别把我厨房给烧了。"

陈甜甜的外套扣子散开了,岑鸢重新给她扣好:"为什么打架?"

陈甜甜低垂着眉眼,两只小肉手捏在一起,声音很小:"他说妈妈的坏话。"

岑鸢挑眉:"说我的坏话?"

"他说,妈妈是为了钱才和爸爸在一起的。"陈甜甜怕岑鸢听到这些话难过,急忙抱着她,"他乱说话,所以我才打他的,他以后要是再说,我还打他!"

这个年纪的小孩子什么都不懂,但是学习能力强,大人说了什么,他们都会去学。但岑鸢不觉得有什么,她对这些一向看得很开。

她和商滕的婚姻本身就是不被祝福的。

婚姻讲究门当户对,他们之间的差异过于悬殊,会被质疑,也在情理之中,不算意外。

岑鸢摸了摸陈甜甜的头:"甜甜听话,遇到事情可以告诉老师,或者给爸爸打电话,以后不许再打架了知道吗?"

陈甜甜点头:"知道了。"

"乖。"

商滕去了医院。

他约见的医生是血友病方面的专家，与他们家也算有些交情，按照辈分来说，商滕还得喊他一声周叔叔。

"你这个大忙人，怎么突然有时间来找我？"

周医生刚开完会过来，手上还拿着一个茶杯，透明的玻璃杯都被茶叶长期浸泡到变成了茶色。

商滕站起身，礼貌地喊了一声周叔叔。

周医生笑着点头，拖出椅子坐下："说吧，今天来找我有什么事？"

商滕沉默片刻："我这次过来，是有问题想请教您。"

"哦？"

也没有多余的寒暄，商滕开门见山地问他："血友病能治愈吗？"

周医生敛了脸上的笑，眉头紧皱："你有亲人得这个病了？"

商滕摇头，没有回答他的问题，只是问他："可以治吗？"

周医生的脸色变得有些凝重起来："很遗憾，就目前的医疗水平来讲，这个病是没有办法彻底治愈的。"

商滕心里其实早就有了答案，但亲耳听到，那种感觉还是难以言说的。

周医生想安慰他，但也知道，商滕并不是那种需要别人安慰的人。不过他也好奇，商滕这种冷淡的性子，怎么可能会因为身边的人生病而露出这样的神情？

"甜甜病了？"

"不是。"

周医生松了口气："我说呢，得这病的女人还是少，除非母亲携带，父亲发病。"

商滕的动作顿住，他紧皱着眉道："什么？"

从医院离开以后，商滕绕远路开车回去，特地去蛋糕店买了两块草莓蛋糕。

岑鸢正陪着陈甜甜在客厅里看动画片。

商滕换了鞋子进来，把外套脱了，走到岑鸢身旁，动作自然地坐下："吃饭了吗？"

岑鸢摇头:"何婶还在炖汤。"

小周没看好火候,那汤炖废了,何婶只能重新炖。

她闻到商滕身上的消毒水味:"你去医院了?"

"嗯。"他不动声色地转移话题,"给你买了蛋糕。"

他把盒子放在桌上,两块,一块大的,一块小的。

岑鸢看了外包装,道:"我记得那里好像很远。"

他贴心地把盒子拆开,将蛋糕拿出来,放在她面前:"喜欢的话,就不远。"语气温和。

岑鸢盯着他看了一会儿,商滕把包装盒扔进垃圾桶里:"我脸上有东西吗?"

岑鸢笑了笑:"没有。"

他抬眸,迎着她的目光和她对视,眼眸深邃且柔和:"怎么一直看着我?"

岑鸢说:"就是突然觉得,你好像变了很多。"

"是吗?"他拿着叉子,看着面前的蛋糕,沉思了一会儿,然后问她,"需要我喂你吗?"

他应该很少说这种话,整个人看上去认真又违和,好像在一本正经地开玩笑一样。

虽然说最近的他一直都很反常,但今天好像格外反常。

岑鸢也难得开起了玩笑:"怎么突然对我献殷勤了,是不是做了对不起我的事?"

原本岑鸢只是为了缓和一下这尴尬气氛才开的玩笑,商滕却承认了:"嗯,可能是突然觉得,我以前太不是个东西了。"

苦难不公平地全部落在她一个人身上,她的人生太苦了。商滕不想让她一直这么苦下去。

岑鸢难得回来一次,何婶都快做出一桌满汉全席来了,要不是岑鸢阻止,恐怕她做的菜都可以再开一桌了。

陈甜甜全程都黏着岑鸢,一刻都不想和她分开。

一顿饭吃完,天色也不早了。

离开之前,陈甜甜抱着她哭了好久,说舍不得岑鸢。

岑鸢抱着她,摸了摸她的头:"等你放假了,妈妈接你过去玩几天。"

陈甜甜泪眼婆娑地从她怀里离开:"不许骗我。"

岑鸢点头:"不骗你。"

陈甜甜伸出小指:"拉钩上吊,一百年不许变,谁撒谎谁是小狗。"

岑鸢无奈地笑道:"好,谁骗人谁是小狗。"

商滕开车很稳,不会突然急刹,也不会突然发动,所以岑鸢每次坐他的车都会睡着,这次也不例外。

也不知道是不是她的心理作用,每次和商滕在一起的时候,她都睡得很踏实,不会做那种乱七八糟的梦,也不会突然惊醒。

身侧突然驶过的车辆红色的尾灯把她弄醒的。

她揉了揉惺忪的睡眼,看到车窗外熟悉的街景,已经到楼下了。

商滕安静地坐在驾驶座上,车内灯没开,漆黑一片。

岑鸢能看清他的侧脸,还是因为窗外路灯投进来的那点儿微弱的光亮。

"怎么不叫醒我?"

商滕把自己的安全带解开,然后靠过去,把她的安全带也解开了:"还困吗?"

"还好。"

"嗯。"他把车锁打开,"你先上去,我去把车停了。"

岑鸢下车以后,在电梯口碰到了等在那里的赵新凯,他没有门禁,也进不去,只能等着。

因为四周太暗了,所以岑鸢一开始还不确定是他,直到走近了才看清。

她笑着问他:"来找你哥哥吗?"

赵新凯都快冻死了,看到岑鸢,就跟看到亲人一样:"嫂子,你可算回来了,你知道我哥每天几点回来吗?"

他给商滕打电话也没人接,没办法,只能在这儿等了。

"你哥去停车了,估计马上就过来。"

赵新凯松了口气:"那就好,我的杂志忘记带走了,所以特地回来拿。"

岑鸢迟疑了一会儿,方才小心翼翼地问他:"杂志?是风格比较……性感的那几本吗?"

虽然她形容得很含蓄,但赵新凯也能从她的话里判断出来,她应该已经看到了。

真是令人尴尬的场面,太丢人了。

岑鸢非常贴心地告诉他:"那些杂志好像被你哥拿去扔了。"

赵新凯的脸顿时黑了:"我哥也看到了?"

"嗯。"

赵新凯也二十一岁了,从小被他爸妈娇生惯养,爱看美女也很正常。

这次他专门回来,倒不是舍不得那几本写真集,而是担心被商滕看到。

没想到商滕居然已经看到了,他得在商滕过来之前赶紧开溜。

他开溜之前还不忘嘱咐岑鸢:"嫂子,你千万别和我哥说我来过了!"

不等岑鸢开口他就急急忙忙地跑了。

商滕只看见一个人影,从岑鸢身边离开。

现在的小朋友,真可爱啊。岑鸢脸上的笑还没来得及收回,她就看到了走过来的商滕。

他的视线落在落荒而逃的赵新凯身上。

想到他刚才嘱咐自己的话,岑鸢觉得自己还是得替他打下掩护,于是不动声色地挡在商滕面前:"车停好了吗?"

商滕收回视线,把电梯按开:"停好了。"

两人一前一后地进了电梯,岑鸢按下八楼,商滕却没动。

安静没有持续多久,商滕问她:"赵新凯来了?"

岑鸢愣住:"你怎么知道?"

商滕没有回答她的问题,眉梢微拧,眼底带了些不可察觉的嫌弃:"你以后离他远一点。"

岑鸢不解:"为什么?"

"别被他带坏了。"

他说得很认真,有点像担心自己女儿学坏的父亲。

岑鸢无奈地轻笑:"我觉得他还挺可爱的。"

商滕眉头皱得更深,似乎对她的话不太认可。

电梯门开了,停在八楼。

岑鸢提醒他:"你刚刚忘了按楼层。"

"没忘。"他低声开口,"灯泡不是坏了吗?"

岑鸢疑惑地眨了下眼:"你怎么知道?"

"那天听到你给物业打电话了。"

停车的时候,他顺路在旁边的便利店买了一个灯泡。

"这种事情,以后不用找物业。"他把灯泡拿出来,又将腕间的袖扣取下,袖口往上卷了几截,"我也会的。"

那双白皙修长的手,仿佛只适合用来在那些过亿的合同上签字,现在却在洗手间里替她换灯泡。

和赵新凯的心直口快、可爱纯真不同,少言寡语的商滕给人一种值得托付的安全感。

岑鸢给他冲了咖啡,知道商滕不爱喝茶,所以特地准备的。

他们刚结婚没多久的时候,岑鸢给他泡过茶。

她很会泡茶,除了会做衣服,大概也就只剩下泡茶这一个优点了。

她很用心地给他泡了第一杯茶,商滕只看了一眼,跟她道过谢,便再没碰过那杯茶。

等岑鸢再次去书房的时候,那杯茶依旧保持原样。

那次之后,岑鸢便再也没有给他泡过茶了。

她不是觉得自己的心意被辜负了,心灰意冷,而是觉得,既然对方不喜欢,那就没必要让对方困扰。

"洗手间的凳子不好踩,有点儿滑,你用这个吧。"

她从客厅里拿了个小木凳进去,却发现以商滕的身高,根本不需要踩凳子,只要伸手,就可以碰到了。

很奇妙不是吗?三年前那个连她泡的茶都不碰一下的人,现在居然纡尊降贵给她换灯泡。

岑鸢没有打扰他,把刚冲的咖啡放在桌上。

走到门口处,她又停下,折返回来,轻声问他:"我去扔垃圾,需要我带点儿什么回来吗?"

同样轻缓的语气,从洗手间的方向传出:"不用。"那分明是低沉的声线,却一点儿不显凌厉。

若是熟识他的人听到了,肯定会讶异,包括岑鸢。

傲慢冷漠、高高在上的商滕,原来也有这样的一面呀。

岑鸢下楼,把垃圾扔了。

正当她准备进去的时候,余光无意中瞥见躲在香樟树后的林斯年。

他好像忽略了自己的肩宽,以为香樟树干能完全把自己给遮住。

岑鸢无奈地轻笑,走过去。

林斯年下意识地就要转身离开,岑鸢叫住他:"林斯年。"

普普通通的三个字,却如同藤蔓一样,<u>丝丝绕绕地缠住他的步伐</u>。

他走不动了,在那里站定。

岑鸢走过去,问他:"来多久了?"

有些日子没见了,他的头发剪短了,五官越发俊朗。青涩糅杂着成熟,是一种无法用文字形容的气质。

"没多久。"

他说话的时候,不敢看她的眼睛。

岑鸢笑了笑:"那为什么要躲着?"

林斯年不说话了,头埋得很低,像做错事的小朋友一样。

岑鸢对小朋友总会多些包容,也不催他,而是安静地等着。

好一会儿,林斯年才终于抬头:"我不敢给你打电话,也进不去……"

岑鸢眉眼温和地笑了:"有什么不敢的,我又不会吃了你。"

她爱开玩笑,尽量用轻松的语气说出这句话,想让林斯年不至于这么紧张。

林斯年不是空手来的,还买了岑鸢爱吃的甜品,连饼干的那份也没忘,各种罐头和猫粮。

"饼干它……"进了电梯以后,他支支吾吾地找着话题,"最近听话吗?"

他手上的东西有点多,岑鸢怕他提久了手会疼,于是帮他分担了一点:"很听话。"

林斯年松了一口气:"那就好。"

他还担心饼干太闹腾了,会吵到岑鸢。

门没锁,虚掩着,轻轻一推就开了。

饼干像是察觉到什么,隔着老远就从里面跑出来,围着林斯年的脚边转圈边叫唤。

林斯年欣慰地蹲下,去抱它:"还记得爸爸啊。"

它叫个不停,脑袋往他身上蹭。

他抱着饼干,揉了揉它的脑袋:"长这么胖了。"

岑鸢给他倒了杯水:"它很能吃,一天好几顿。"

林斯年抱着猫撸了一会儿,然后才想起正事。

他把猫放下,神情正经了点儿:"姐姐。"

洗手间的门关着,里面没有声响,岑鸢猜测商滕可能已经走了。

她在沙发上坐下:"怎么了?"

林斯年这些天想了很多,也想通了。喜欢虽然是自私的,但这种自私不能成为自己伤害别人的理由。

他不会阻止岑鸢去找自己喜欢的人,但前提是,那个人能给她幸福。

"我这次过来,是想为我之前一声不吭地离开跟你道歉。"

他坐姿端正,乖巧得跟做错事主动找老师的小学生一样。

"我没有怪你,你不用道歉,而且是你帮了我的忙,应该我跟你道谢才对。"

她好像对谁都很包容。

林斯年觉得这样不好,人总得有点儿脾气,才不至于被人欺负。

小年轻都心直口快,大脑还没来得及反应,就先说出来了:"你不能总这样,你偶尔也得发下脾气,不然谁都会来欺负你。"

岑鸢被他的话弄蒙了一瞬,然后轻笑道:"没有人欺负我的。"

林斯年急道:"商滕啊,他不就欺负你了吗?江祁景全跟我说了,他把自己初恋的女儿带回来养,让她叫你妈妈,还当着叔叔和阿姨的面说自己只有甜甜这一个女儿,他这种人根本就是一个……"

他应该是想骂脏话,张了几次嘴,最后都没骂出来。

"反正他……"

岑鸢刚要开口,洗手间的门不知道什么时候打开了。

林斯年总感觉哪儿不对劲,背后凉飕飕的,他顺着岑鸢的视线回头看了一眼。

商滕就站在他身后,双臂环胸,斜靠着墙,正面无表情地看着他。

说人坏话结果发现正主就在旁边的尴尬只持续了一会儿,林斯年神色复杂,看着商滕:"你怎么在这里?"

商滕没有回答他的问题,直接忽视了他。

他把卷上去的袖口放下来,抽了张纸巾仔细擦掉手上的水渍:"你浴室里的玻璃门好像也有点问题,我没有工具,修不了,你今天去我那边洗澡吧,明天等物业来修,或者我去五金店买点维修的工具再修。"

岑鸢把有些放凉的咖啡递给他:"我待会儿再给物业打个电话。"

"嗯。"

他接过以后,跟她道谢。

岑鸢笑了笑:"应该是我谢谢你才对,今天麻烦你了。"

林斯年眉头越皱越紧,从商滕的话他可以听出来,商滕也住在这里。

岑鸢看着林斯年,像是在解释:"他住在楼下。"

她不是怕他误会,而是在替他答疑解惑,商滕为什么会在这里。

林斯年其实知道,岑鸢只是拿他当弟弟,对待他和对待江祁景一样。

他和商滕压根就不在同一起跑线上。

商滕的年龄优势,有着他无法企及的成熟与风度,如高山之巅的松柏,在高位,矜贵冷傲,自成风骨。而他,则是随处可见的悬铃木。

二者之间的悬殊让他有了些微的自卑感。

岑鸢见他走神,温声问他:"今天没有课吗?"

林斯年回过神来,摇了摇头,又点头:"有课,下午有。"

岑鸢不管对谁,都是标准的温柔笑脸:"上课重要,别因为我给耽误了,下次有机会的话,你和小景一起过来,我给你们做些好吃的。"

"那我……"他站起身,有些不放心地看了眼旁边的商滕。

商滕神情淡漠,喝了口咖啡。

"那我就先走了。"

岑鸢站起身:"我送你吧。"

林斯年连忙摇头:"不用不用,我自己下去就行。"

岑鸢身体不好,很多时候说话就很虚弱,时间长了,在林斯年心中,她和林黛玉仿佛完全重合了一样,都是吹不得冷风的。

岑鸢也没勉强,叮嘱了一句:"走路别看手机,注意路边的车,平安到学校以后,给我发个消息。"

这种叮嘱小孩的话,让林斯年微抿着唇,虽然心有不甘,可是他也无能为力。

既然改变不了现状,那就等现状先改变。

他总有长大的那一天,也会长到二十六岁,和现在的商滕一样。到时候,岑鸢就不会拿他当小孩子看待了。

林斯年离开以后,屋子里重归安静。

他的水只喝了一半,岑鸢拿去倒掉,将杯子清洗了一遍,放回原位。

忙完这一切后,她重新坐回来,问商滕:"刚才林斯年的话,你听到了多少?"

咖啡是现磨的,不过凉了以后,味道就一般了。

商滕晃了晃,还是喝光了。

"都听到了。"

他神色平常,似乎并不在意林斯年说的那些话。

岑鸢松了一口气:"小朋友有时候心直口快,难免口无遮拦。"

"岑鸢,"因为她的这句话,商滕古井无波的神情终于有了点改变,"二十二岁,不小了。"

商滕像是在提醒她,林斯年已经不是孩子了,她不应该用对待小孩的思维去对待他。

他懂情爱,什么都懂。

岑鸢恍了一下神,像是在回味他话里的意思。

可能是在生意场上算计人习惯了,商滕说话总是说三分留七分。他从不给人抓住把柄的机会,连身边人都在提防。这的确不是一个好习惯,但没人希望这么如履薄冰地活着。生活环境不同,为了活下去,被迫适应罢了。

商滕也没有给她解释这句话的话外音,二人又沉默了很长时间

"上一次去你家吃饭,我说的那些话,"咖啡杯已经空了,可他还是拿在手中,五指收紧,轻轻握住,"那个时候我只是想安抚甜甜的情绪,其实……"

岑鸢并没有给他说完这句话的机会:"不重要了。"

商滕迟疑了一会儿,然后点头:"嗯。"

他不说了。

店里面最近都很闲,备用钥匙在涂萱萱手上,她每天中午会去守半天,然后准时关门离开。

岑鸢索性在家里休息了几天,直到有客户上门预约,她才过去。

早上起床,她随便煮了点儿小米粥,用破壁机打了点儿豆浆,又煮了两个鸡蛋。早餐不算丰盛,但还是有营养的。

她慢条斯理地吃完,还不忘给饼干把猫粮倒上。

有人在外面敲门,这些天,岑鸢也习惯了商滕的每天到访。

她过去把门打开,商滕手上提着几个袋子,里面是新鲜的蔬菜和鸡鸭鱼肉,他买了很多。

岑鸢愣住:"怎么买这么多?"

"不知道应该买什么,就每样都买了点儿。"

他走进来,动作自然地打开冰箱门,把东西一一放进去。

饼干对他的态度也从一开始的愤怒、威胁,到现在的无所谓了。它跟完成任务一样咬了几下他的裤脚,然后又摇着尾巴继续吃自己的早餐。

商滕垂眸，看了眼被咬出褶皱的裤腿，猫粮的残渣还留在上面。

他很爱干净，脾气其实也一般。

他比寻常人能忍，喜怒不显，所以总给人一种脾气还不错的错觉。但他的脾气实在不算好，这点高中时就可以看出来，叛逆期那阵，他也惹了不少事。

成绩和家世成了他的护身符，学校不会放弃一个好苗子的。

他是从什么时候开始改变的呢，开始连一只猫都包容。只是因为，它是岑鸢的猫。

岑鸢吃完饭把一次性注射器拿出来，刚把压脉带绑在手腕上，拍打手背，让血管明显些。

商滕走过来："我来吧。"声音温和。

岑鸢抬眸，有些迟疑，却也没开口。

他低垂着头，将针头推入她的血管，神情专注。

和第一次比起来，现在的他明显熟练了很多，手也不抖了。

如果不是看到他两只手背上的血管处密密麻麻的针眼，她可能真的会以为，他在这方面有天赋。

岑鸢眼睫轻颤了几下，低声问他："你用自己的手试过？"

今天下雨了，气温很低，冷空气进入咽喉，有些刺痛感。

他将注射器的药慢慢往里推："一开始是用模型，但模型和人体还是有区别的，所以就拿自己练了下手。"

他说得云淡风轻，仿佛这只是一件稀疏平常的事，平常到，和他给岑鸢倒了一杯水、给她换了灯泡，没什么区别。

岑鸢跟他道谢，她最近好像一直在跟他道谢。

他的确帮了她很多，而且是不求回报的那种。

岑鸢其实很怕欠别人人情，因为她觉得，自己可能没有能力去还了。

这种没有能力，不是她还不了，而是她担心自己没有时间。

对生病的人来说，未来的日子是倒计时，像加速的沙漏，比普通人流逝得还要快。

一管药注射完，商滕把针拔了，替她按着。

他的指腹温热，触碰到她的手背，是微妙的触感。

岑鸢下意识地想把手往回缩，不料被他握紧。

他一副若无其事的样子，淡声问她："今天几点下班？"

岑鸢恍惚了一下："不忙的话，应该是五点半。"

"嗯。"他怕按疼了她，力道小了些，"我去接你。"

"不用的。"

商滕不理她，装没听到。

岑鸢沉默了一会儿，最后无奈地叹气。

她以前怎么不知道，商滕还有这样的一面，碰到自己不喜欢的话题，就装聋作哑。他明明是成熟理智的人，现在却变得幼稚、不讲道理。

岑鸢觉得好笑，没忍住，便真的笑了出来。她只是抿唇浅笑，但商滕看到了。

他抬头，安静地看着她。

偷笑被发现，岑鸢的脸有些泛红，她微抿了唇，想跟他道歉，不该取笑他的。

男人深邃的眼，像是深潭，荡起一圈涟漪。

商滕伸手摸了摸她的头，动作温柔，声音也温柔："在我面前，情绪不用藏着。"

窗帘被风吹开，和煦的阳光洒在他们身上。

饼干在猫爬架上睡得很熟，岑鸢有种岁月静好的安稳感。

言欢（下册）

扁平竹 著

长江出版社

第 七 章

我最爱你

好几天没有见到岑鸢,涂萱萱看到她以后,都快哭了,抱着她,一直说想她。

"姐姐的病好点儿了没?这几天没看到你,我都快想死你了。"

岑鸢平白无故休息,涂萱萱肯定会担心,怕她胡思乱想,所以岑鸢骗她说自己感冒了,有点儿发烧。

岑鸢回抱住她,轻声安抚道:"没事,小感冒,已经好了。"

涂萱萱抱着她蹭了好一会儿,余光无意中瞥见站在门口目光微暗的男人,他正好也在看着她,神情不太好看。

不知道为什么,涂萱萱突然有一种自己是第三者的错觉。

她悻悻地把手松开。

岑鸢也看到商滕了,把被涂萱萱蹭皱的领口抚平后问他:"你还没回去吗?"

商滕点头,走进来,把手里的东西放在桌上:"在附近的水果店给你买了点儿水果,洗过的。"

他买了草莓和车厘子,还有荔枝,都是岑鸢喜欢吃的,用盒子装着,好几盒。

"午饭记得吃,我下午过来接你。"

似乎怕岑鸢会拒绝,所以不等她开口,商滕就转身离开了。

即使是汇入来来往往的人流之中,他仍旧是最显眼的那一个,剪裁合体的高定西装,身形修长傲然,如玉如松,哪怕只是一个背影,仍旧带着浸入骨髓的矜贵、疏离。

岑鸢有时候其实也挺心疼他的,他像是在自己周围砌起了高墙,不容许任何人靠近他,拒人于千里之外。可是岑鸢不知道,无论是多高的墙,只要是她在的地方,商滕都给她留了门,亲手打开的,求着她进去。

没有偏爱,是专属,也是唯一。

虽然商滕来好几次了,可每次见到他,涂萱萱都按捺不住疯狂跳动的心脏。

"岑鸢姐,前姐夫这么帅,你是怎么舍得和他离婚的?我肯定不舍得放手,就算是摆在家里当花瓶,每天看一眼心情都会变好啊!"

她一脸花痴模样,捧着自己那颗少女心,恋恋不舍地目送着商滕离开。

岑鸢无奈地轻笑:"等你再大些,自然就会明白了。"

大街上人来人往,立马就看不见人了。没了目标,涂萱萱将视线收回,在椅子上重新坐下:"就算我到了八十岁,我也爱帅哥。为帅哥生,为帅哥死,为帅哥奋斗一辈子!"

岑鸢笑着把剪刀递给她:"可以先帮帅哥把他的样衣做出来吗?"

这单的客户是男性,还是涂萱萱亲自去洽谈时量的尺码。

回想起他的五短身材和那张脸,涂萱萱撇着嘴:"他算哪门子帅哥。"

这么多天下来,涂萱萱已经熟练很多了,很多事情也不需要岑鸢亲自上手。这样一来,她也清闲了不少。

看着桌上的草莓,岑鸢拿了一颗,咬下一小口,汁水很多,也很甜。

她仔细想想,这个世界好像也有很多美好的东西,譬如这盒草莓,再譬如,她还没有拥有属于自己的家,带着院子的小楼房。所以她还是想好好活着,为了这些微不足道但是能够治愈她的美好活着。

等她再多赚点儿钱,足够养活她和周悠然了,她就搬回去。过上她自己想过的生活,清闲,但是自在,不需要思考太多。

可能是早上吃多了草莓,到了中午饭点,岑鸢还是不太饿。

涂萱萱点外卖的时候问岑鸢要不要吃点儿,她摇头笑笑:"你们吃吧,我就不吃了。"

她有些无聊,拿着笔在纸上写写画画,画了周悠然,也画了江祁景,还有饼干。

涂萱萱每天光是考虑吃什么都要纠结半天,正当她想着是吃拌饭还是吃河粉的时候,外卖推开了门:"您好,您的外卖。"

涂萱萱疑惑地伸手接过:"现在的服务都这么好了吗?我还没下单呢,就已经送过来了。"

店是岑鸢以前经常去的那家,她不是土生土长的寻城人,对这边的口味吃不太习惯。

这家店是岑鸢老家那边的人开的,口味清淡,所以她经常去吃。

外卖全是岑鸢爱吃的,还有鸽子汤,补血的,砂锅揭开以后,淡淡的中药味散开。

涂萱萱一脸蒙:"送错了吧?"

岑鸢放在桌上的手机响了,拿过来,解锁点开。信息是商滕发给她的。

商滕:"没胃口也要记得好好吃饭。"

涂萱萱正准备出去,把外卖小哥叫回来,可别因为送错了餐被人投诉。

她刚把门打开,岑鸢叫住她:"没送错。"

涂萱萱愣了一下,很快就反应过来,意味深长地笑道:"该不会是岑鸢姐的追求者给你点的吧?"

岑鸢略过她的问题,递给她一份餐具:"一起吃吧。"

涂萱萱接过筷子,笑着坐下来:"那我就不客气了。"

不过砂锅里的鸽子汤涂萱萱一口没碰,因为她看到上面贴了一张写了字的便笺纸,上面写着"喝完"。

她可不是没有眼力见儿的人,这一看就是专门给岑鸢准备的爱心汤。而且中药味太浓了,她也喝不习惯。

吃到一半,涂萱萱总觉得最近太冷清了一点儿,连吃饭都不热闹了:"也不知道林斯年还会不会回来,他这一走,都没人和我聊天了。"

此刻,被涂萱萱念叨的林斯年,正百无聊赖地等江祁景把作业弄好,然后一起去吃饭。

他的心思也不在吃饭这件事上,懒散地靠着椅背坐着,有点儿走神。

江祁景把手洗了,穿上外套,喊了他好几声都没回应。

江祁景皱眉,踹了他一脚:"死了?"

林斯年回过神来,恹恹的,说话也有气无力:"离死也不远了。"

他从椅子上起身,把书包挂在左肩上,和江祁景一前一后出了教室。

这几天学校有篮球比赛,啦啦队在操场训练,都是舞蹈系的,肤白貌美,腿又长,学校那些男生连饭都不吃了,都围在那看。

林斯年对此嗤之以鼻。

江祁景冷笑:"说得好像自己多清高一样。"

林斯年:"……"

"我这叫专一,我只喜欢姐姐一个。"

江祁景:"行了啊,谁是你姐,少乱叫。"

林斯年脸一红:"我倒是也想换个称呼,但是也得姐姐同意才行。"

"你俩干吗呢?"一道有些欠揍的声音从斜前方传来,林斯年抬头看过去。

赵新凯靠墙站着,白色卫衣,浅灰色运动裤,单手揣着裤袋,下颌微抬,鸭舌帽的帽檐都挡不住他那张欠揍的脸。

他八百年不来学校,今天还是听说舞蹈系的妹妹在操场排练,所以特地过来看一眼,没想到刚来就碰上了倒胃口的人。

赵新凯把帽子摘了,挂在手指上,慢悠悠地转着。

他头发剪了,笑容痞气,又欠揍,挑衅地问道:"今天怎么不去楼下蹲点了?"

林斯年冷笑一声:"还想挨揍?"

赵新凯笑得吊儿郎当的,一副玩世不恭的样子。

"我劝你啊,还是少打我嫂子的主意,我哥现在都搬过去和她一起住了,你就别当第三者了,是男人就给自己留点儿脸。"

江祁景听到他的话,眉头皱紧:"你说什么,商滕现在和我姐住在一起?"

赵新凯瞥他一眼,两个人其实也没见过,但都知道对方。

他没想到林斯年心机还挺重,为了追人,连嫂子的弟弟都开始讨好了。

他说得理直气壮:"我嫂子和我哥是夫妻,他们住在一起不是理所当然的事吗?"

江祁景怒道:"少把商滕和我姐扯一块儿去!"

赵新凯也火了:"你管得太宽了吧!"

他们都是年少气盛的年轻人,谁也不肯服软,言辞越往后越激烈,火药味极大。

江祁景一字一句地重复:"你哥,商滕,不是个东西!"

赵新凯直接一脚踹过去。

那一脚是下了力气的,江祁景是艺术生,和经常运动的林斯年不同,他一天二十四小时有十几个小时都是待在工作室里,和那堆泥巴在一起。

他捂着肚子,堪堪站稳,然后抡起身侧的椅子砸过去:"让你哥这个垃圾,趁早离我姐远一点儿!"

"你才是垃圾!"

他们两个扭打在一起,你踹我一脚,我给你一拳。

周围很快就围满了人,这两个人也算是寻大的名人了,一个是艺术系的高才生,另外一个则是学校有名的富二代。

八竿子打不到一起的二人,这会儿却打得难分你我。最后还是校方出面,才制止了这场混乱。

岑鸢把今天的账记了,让涂萱萱先走。

好不容易忙完,她打了个哈欠,有点儿困了。

手边的花茶凉了,已经不能喝了,她把杯子放进包里,准备离开。起身的同时,她看到了早就等在外面的商滕。

也不知道来多久了,他安静地站在那里,也不打扰她,只是等着。直到她看见自己,他才过来:"忙完了?"

岑鸢点头:"嗯。"

过了一会儿,她又问他:"来多久了?"

"刚来。"

他伸手去接她手中的东西,被岑鸢躲开了。

"商滕,我很感谢你这些天对我的帮助,但是你真的没必要这么做。"

因为她躲避的动作,商滕伸出去的手就这么尴尬地停在半空,他缓慢抬眸,那双深邃的眼看着她。

岑鸢对他还算了解。

这个世界不缺理性的人,也不缺聪明人。但同时拥有这两点,并且发挥到极致,则是可怕的。他们不会被情绪左右,任何事情都在他们的考虑范围内。

没有感情的聪明人,是最可怕的。商滕就是这样一个可怕的人,冷血、做事狠绝、不留情面、利益至上。他从小接受的教育就是这样的,所以他不

觉得自己这么做是错误的,哪怕是被人议论,被人憎恶,他也无所谓。他从来不在乎别人的看法。可是现在,他突然开始后悔,如果以前的他能有点人情味,对岑鸢不那么冰冷,她是不是也会被他感动?

两年的时间,她总会被他焐热。

喜欢是茧,很久以前就在他心里织起了网,只是他未曾察觉。

听话的人那么多,为什么偏偏选了她呢,一切都是有迹可循的。

岑鸢的声音仍旧温柔,她好像永远都是这样,不管对谁。

"有时候其实我也会好奇,为什么我们在一起的时候,你并不在意我,可是分开以后,怎么就非我不可了呢?"

对啊,他也很好奇。拥有的时候不珍惜,等到失去以后,才从那些蛛丝马迹中,后知后觉地反应过来。

哦,原来自己是喜欢她的。

看到她和别人在一起,这种感觉会加重,看见她不断远离自己,这种感觉也会加重,不断叠加下,情感被放到最大。

面对这种陌生的情愫,商滕一开始选择了逃避。潜意识里,他觉得自己承担不起,可是逃不掉,没办法逃。

他觉得自己应该是病了,不然为什么会这么反常?

他不知道该怎么办,遵从本能地对她好,想要弥补过去,可是她就像一堵不透风的墙,把他的好原封不动地返还了回来。

岑鸢离开了,商滕还站在原地,一动不动地看着她的背影,胸口好像有什么被撕裂,具体的疼痛他也感受不到,只是有种窒息感。

要是能早点知道喜欢一个人会这么难受,他当初就不应该和她结婚。可是如果不结婚,那么他连最后这点关系都会彻底失去。

她总要结婚的,不和他结,也会和别人结。

商滕没办法往这边深想,如果岑鸢和别人结婚了,他会怎么样。

他想不出来,索性就不想了。

岑鸢原本想去附近的宠物医院咨询一下绝育的事情,半路上手机响了,是林斯年打过来的。

她按下接通键:"怎么了?"

林斯年的语气有些奇怪,说话也没什么底气:"姐姐,你现在……有时间吗?"

岑鸢将手机拿开,看了眼上面的时间,才五点十分。

"有。"

那边磕磕巴巴地说完一整句话,岑鸢的瞳孔放大,呼吸也加重了些:"什么?"

江祁景和同学打架,被带到办公室了,两个人都受了不同程度的伤,所以校方让家长过来一趟。

岑鸢急急忙忙拦了车过去。

她的手一直在抖,江祁景是好孩子,他不可能打架的,他怎么会打架呢?

他有没有受伤,严不严重?

她开始胡思乱想,最后只能拼命忍住不断蔓延的念头。

司机可能是看出了她的异样,轻声安抚道:"小姑娘,人生没有什么过不去的坎,凡事想开点儿。"

她勉强挤出一抹笑:"嗯,我知道。"

好不容易到了学校,她扫码付款,下车离开。

她是一路跑过去的,忘了自己不能有太大的动作,也忘了自己容易受伤。

校长办公室里,站着两个人,一个是江祁景,另一个则是赵新凯。

听到声音,他们一齐回头看了过来。

"姐。"

"嫂子?"

他们几乎异口同声地喊道。

校长眯着眼睛,疑惑地看着出现在门口处的女人:"你是……他们哪位的家长?"

岑鸢没想到和江祁景打架的那个人会是赵新凯,他们之间好像完全没有联系,所以愣了片刻。

她走进来,礼貌地向校长做了一遍自我介绍:"校长您好,我是江祁景的姐姐,真的很抱歉,是我没有管教好他,给学校添麻烦了。"

她言行举止都很温和,柔柔弱弱的,看上去好像风一吹就会倒。

这样的女人总是容易惹人心疼。

校长也不忍为难她,无意识地放轻语气:"江祁景和同学打架,按理说这个程度是要记过的,但看在他和对方都是初犯,我就想着等双方家长过

来,商谈一下细节,看看你们想怎么解决。"

岑鸢松了一口气。

如果是赵新凯的母亲的话,那么她有几分把握。

那个女人,她见过一次,虽然心直口快,但是个好说话的。

她正想着,办公室的门从外面被推开了。

岑鸢抬眸,走进来的,是半个小时前刚见过面的商滕。

他也看到她了,进门的那一瞬间,看向的第一个人就是岑鸢,不过也只是一眼,很快就挪开了。

校长看到他,急忙起身:"商总,好久不见。"

他颔首轻笑,握住校长伸过来的右手:"给您添麻烦了。"

"不麻烦不麻烦,小年轻嘛,脾气都冲,难免有摩擦,这都是可以调和的。"

校长面对商滕时,客气极了。毕竟商滕每年往学校赞助的钱都有八位数了,又是捐楼又是设立专项奖学金的。

两个罪魁祸首站在那里,脸上的伤最为直观,一个脸肿了,一个眼青了,都没好到哪里去。

既然双方家长都到了,如何赔偿,怎么处理,都轮到他们自己去解决了。

岑鸢没想到他们这么快又见面了,而且还是以这种有些尴尬的方式见面的。

"实在不好意思,我弟弟给你添麻烦了。"她真诚又礼貌地跟商滕道歉。

商滕盯着她的眼睛,想从里面看出一点儿别的情愫。

她不应该对自己这么客气,他们不是陌生人。

他看了很久,半点儿多余的东西都没看见。

"不用道歉,他也有错。"他的声音很沙哑。

岑鸢看着江祁景,让他道歉。

江祁景别开脸,没开口。

岑鸢很少生气,总是温柔地笑着,对每个人都很包容。可是现在,她动怒了,眉头微皱,声音也染了几分厉色:"江祁景,你现在是谁的话也不听了是吗?"

江祁景迟疑地垂眸看她,岑鸢呼吸急促,眼眶微微泛红,他分不清她是气的,还是难过。

江祁景一下子就慌了:"姐,我没有……"

她打断他,语气坚决:"道歉!"

商滕看着这样的岑鸢,是陌生的,陌生到他从前竟然不知道,她还有这样的一面。

他习惯了她好的那一面,似乎就理所当然地觉得她永远都是温柔的,但人怎么可能只有单调的一面呢。

原来她也会害怕,原来她也会紧张,原来她也会生气。

他好像突然明白了什么,她对他的包容和温柔,是因为她根本不在乎他。所以无论他做了什么,她都不会生气。

商滕垂眸,笑了一下。

江祁景沉默了一会儿,虽然不情愿,但还是跟赵新凯道歉了。

商滕看了赵新凯一眼,赵新凯立马乖乖低头:"我也有错,对不起。"

刚刚还跟仇人一样互殴的二人,这会儿仿佛变成了被驯服的野兽。

事情都解决了,他们也可以离开了。

从学校出来以后,商滕看了眼低眉顺眼跟在他身后的赵新凯:"为什么给我打电话?"

赵新凯结结巴巴地道:"因为……因为你是我哥。"

商滕没有理会他的话,语气平静:"我已经给姑妈打过电话了,她应该快到了。"

赵新凯脸色瞬间变得惨白:"哥,你怎么给我妈打电话了?"

"犯了错就得挨着。"

赵新凯的性子,不挨打不长记性,商滕懒得管他,那总得有个人管他。

从学校离开后,岑鸢在路边拦了辆车,和江祁景坐上去。

看着出租车从自己面前开走,商滕靠着墙,点了根烟。

回到家后,江祁景全程低着头,也不说话。

岑鸢把医药箱打开,从里面拿出一管药膏,涂抹在他的伤处。哪怕动作再轻,他还是会疼。

江祁景皱了下眉,岑鸢紧张地收回手:"我弄疼你了吗?"

江祁景见她终于肯跟自己说话了,摇了摇头:"不疼。姐,你还在生我的气吗?"

岑鸢比刚才更小心地给他涂药:"我没有生你的气。"

江祁景不信,伸手捏着她的外套下摆,毛线很软。

"你明明生气了,还凶我来着。"他好像有点儿委屈。

岑鸢放下手,叹了口气:"你还小,还在读书,我怕你学坏。"

"是他先动手的。"

"我不管是谁先动手的,做错了事就得道歉,知道吗?"

江祁景难得有这么乖的时候,可能是真的怕她生气。

他温顺地坐在她面前,半晌不吭声。

岑鸢看着他,温声道:"姐姐不能一直管着你的,所以你得自己学会懂事,知道吗?"

江祁景不解:"为什么不能一直管着我?"

岑鸢怔了很久,然后才轻声笑笑:"你以后会结婚,会有自己的家庭,难道那个时候姐姐也要管着你吗?"

江祁景别扭地低下头,想说什么的,嘴巴嗫嚅了几下,最后还是没开口。

药也上完了,岑鸢简单地做了点儿饭菜,留他在家吃了晚饭。

"在家要听话,别总和江窈吵架,爸……爸妈年纪也大了,让他们多省点儿心。"

岑鸢替他把衣领上的褶皱抚平:"路上小心点儿,到家了给我打个电话报平安。"

江祁景点点头,道:"那我走了。"

"嗯,走吧。"

江祁景出了电梯,外面的天早黑了,夜晚有风,好在最近气温升上来了,有风也不冷。

江祁景走了两步,看到路边的男人后,脚步顿住。

那点儿微弱的橘色火光夹在修长细白的指间,商滕把烟掐灭。

他应该在这等了很久了,从零零散散的烟头就可以看出来。有些甚至还冒着灰白色的烟雾,仿佛在极力证明它们的存在。

商滕走过去,递给他一袋子药,是他特地去附近药店买的。

"活血化瘀和去肿的。"

江祁景接过,冷笑一声,全扔进旁边的垃圾桶里了。

垃圾桶应该刚清理过,东西扔进去,发出很重的撞击声。

"你放过我姐吧,你们不适合,她已经过得很苦了,我希望她能找一个让她快乐的人，那个人不是你。"

商滕看着他，像是在承诺："我能让她快乐。"

江祁景又是一阵冷笑："你家都一堆烂事等着你去处理，你怎么让她快乐？"江祁景警告他，"我会撮合林斯年和我姐，希望你能识相点，别捣乱。"说完这句话以后，江祁景就离开了，似乎一分一秒也不想和他多待。

他走后，过了很久，商滕才终于有了一点反应。

他伸手去拿烟盒，手抖得厉害，啪的一声，打火机冒了点儿火苗。

他咬着烟去点，却几次都错开了。

微弱的火光将他的五官轮廓短暂映亮，泛红的眼底，泣血一般。

江祁景说的撮合两个人，其实就是帮林斯年把岑鸢约出来。

两个人都没有追女生的经验，关于约会的细节都得专门研究，比应付考试还难。

"我觉得应该带姐姐去一些她没有去过的地方，譬如游乐园、蹦极啊，还有滑翔伞。"

江祁景皱了皱眉，否了林斯年的建议："我姐身体不好，受不得刺激，你别把你自己的爱好强加到她身上。"

林斯年摸了摸后脑勺，带着歉意地笑道："我差点儿忘了。"

对江祁景的请求，岑鸢一般都不会拒绝。

他说自己答应了放假要陪林斯年去美术馆，但因为临时有事，去不了，票也买了，不想浪费，所以让岑鸢替他。

岑鸢接到电话的时候，正在给客户试衣服，尺寸刚好，不用改。

她把皮尺收回，淡笑了下："以后如果瘦了或者胖了，都可以拿回来，半年内免费修改。"

女人满意地对着镜子左看看、右看看，笑道："老板手可真巧。"

岑鸢把东西收好："衣服不是我做的，是店里的小朋友做的，都很有天赋。"

女人是老客户了，几年前就在岑鸢这儿做衣服，那会儿从打版到剪裁，以及做出成品，都是岑鸢自己。

她愣了一会儿，打趣道："成大老板了，现在都退居二线了？"

岑鸢摇了摇头，唇角仍旧带着笑，只是有些微不可察的苦涩。

她也想像正常人一样生活，但是没机会了，只能寄希望于下辈子。

刚好桌上的手机响了,她和女人说了声抱歉,然后过去接电话。

电话是江祁景打来的,他把自己早就组织好的语言又重新复述了一遍,然后说:"你要是不去的话,票就浪费了。"

岑鸢问他:"是明天吗?"

"嗯,明天一整天。"

她翻了下预约名单,若有所思地想了一会儿,最后还是道:"可以的。"

江祁景松了口气:"那就这么定了?"

"嗯,好。"

电话挂断以后,客户走过来,见她脸上带着笑,问她:"老公啊?"

岑鸢摇头,把手机锁屏放回原处:"是我弟弟。"

她显然很有兴趣:"你那个帅弟弟?"

她虽然没有见过真人,但见过照片。

"嗯。"

"有女朋友了吗?"

"还没有呢。"岑鸢笑了笑,客套地说道,"您要是有合适的女孩子,可以帮他留意一下。"

她答应得爽快:"好啊!"

第二天其实约好了客户,但因为江祁景,岑鸢不得不把约见的日子往后推了一天。

她跟对方道歉,非常有诚意地提出打七折:"实在是很抱歉,因为临时有事。"

好在对方也是个好说话的,并且也不怎么着急,她也乐于接受这个折扣,于是就这么定下了。

岑鸢是个有原则的人,但在重要的人面前,她的原则其实也算不上什么。

人无完人,她也有偏爱。

第二天简单收拾了一下,怕回来晚了饼干会饿肚子,所以她多准备了一些猫粮。

林斯年早就等在楼下了,为了彰显出自己成熟的一面,甚至特地穿了西装。

岑鸢看到后,愣了一瞬。

他有点儿紧张地紧了紧领带:"我……那个。"

岑鸢挑唇轻笑:"领带不是这么打的。"

他眨眼,有点儿蒙:"啊?"

岑鸢用手比了一下:"像这样,往后绕。"

林斯年涨红了脸,把领带解开,按照她教的又重新系了一遍。

"我……我不太会。"

岑鸢笑道:"多系几次,就熟练了。"

这算是他们第一次真正约会,所以林斯年非常紧张,不知道该说什么,只能没话找话:"姐姐是怎么学会的?"

岑鸢愣了一下,而后轻声开口:"商滕的领带都是我系的。"

商滕其实不太喜欢打领带,他本身就不是那种甘愿被束缚的人。虽然他的人生早就被束缚在那一方天地里,但可能是从这些细微的举动中抗议吧,他很抵触系领带。

他讲话的时候,会下意识地扯开领带,思考的时候,也会扯开。

每次他出门的时候,岑鸢都会不厌其烦地一次又一次解开,再重新系好。看上去严肃沉稳的人,偶尔也会幼稚得要命。

岑鸢想到这里,下意识地垂眸轻笑,连她自己都没意识到。

林斯年微抿了唇,别开视线,心里很不是滋味。

每次只要想起商滕曾经拥有过岑鸢,他就会嫉妒,嫉妒得发疯。

年纪小,也不懂隐藏情绪,岑鸢看出了他的不高兴,从包里拿出一瓶酸奶,草莓味的,递给他:"吃过早饭了吗?"

林斯年伸手接过:"吃……还没。"

"前面有一家面馆,那里的牛肉饼很不错,要去尝尝吗?"

他急忙点头:"要!"

可能是觉得自己表现得过于主动了,他又放轻了语气,温和地又重复了一遍:"要的。"

岑鸢笑了笑:"走吧,姐姐请客。"

那是林斯年第一次希望时间能慢点儿,再慢点儿。

他带岑鸢去了美术馆,今天展出的作品是一个挺小众的艺术家,江祁景喜欢的,听说只有十九岁,是个华人,从小在国外长大。

她的画有种荒诞和野蛮的美感,稻草田里赤脚躺着的女孩子,以及污水里的鲜花。

"这幅画刚展出的时候,就备受争议,也有很多人因为这幅画去攻击这个画家。"

岑鸢对艺术一知半解,听到林斯年的话,疑惑地抬眸:"为什么?"

林斯年不过是阐述江祁景曾经讲过的话罢了。

他好像对这个作者很感兴趣,关于她的作品他都有留意。

"有人觉得这个女孩子是刚被蹂躏过,她笑容的弧度,其实是鲜血的痕迹,画里的她已经死了。"

岑鸢听到他的话,眉头轻微地皱在了一起。

林斯年和她讲这些,原本只是为了让自己看上去不至于太无知,没想到说完以后,反倒惹得岑鸢心情不好了。

他跟她道歉:"姐姐,对不起啊,我是不是说错话了?"

岑鸢抬眸,虽然在笑,但总有些无力:"没有,是我太感性了。"

生病的人对生死这个话题,似乎都是敏感的,哪怕只是画中的人物,可岑鸢还是会难过,为那个小女孩难过。

这也是她第一次发现,原来自己面对生死,一点儿也不豁达。

她想活着,想好好活着。

她在这个世界上,有太多牵挂了。

似乎是为了让岑鸢心情好一点儿,林斯年又带她去了水族馆,看了电影。

一天的时间,就这么结束了。

林斯年依依不舍,连一分钟都不想浪费。

"我知道前面有一家法餐,特别好吃。"

林斯年对这一片挺熟的,他家就住在这附近,寸土寸金的地界。

虽然他家算不上头号,但也算是有头有脸的人家。

餐厅装修风格是简约风,像是用不起电一样,有点儿暗。桌上的雕刻蜡烛很美,颜色像巧克力。

服务员把菜单拿上来,安静地在一旁等着。

岑鸢对法餐不太了解,所以林斯年就按照自己对她口味的了解,帮她点了。

等待上餐的时间,林斯年一直在努力找话题,岑鸢的笑点很低,很容易被逗笑。

林斯年觉得她笑起来很好看,应该多笑笑,所以总是弄些搞怪的表情,或是说些冷笑话。

　　自己说了这么多，面前的男人却是一副心不在焉的模样，眼神也不在他身上，许志心里有点儿没底。

　　这次机会难得，提前一个月联系上商縢，中间又各种找关系，好不容易才争取到这次和商縢见面的机会。

　　他有些紧张地握紧了放在腿上的手，又松开："我们这次的新产品研发算是走在这个行业的前端，虽然外在风险看起来可能很大，但我们整个团体对这次的产品还是很有信心的，只要商总同意投资，资金上来了，我可以给您最大的回报。"

　　男人细长如玉的手指，握着餐刀手柄，慢条斯理地将面前的牛排切开。

　　对面的男人没有说话，不安在许志心里扩大。

　　在许志以为自己没机会的时候，男人点头同意了。他意外地好说话，和他的长相气质不太符。

　　原本以为他会提出很多无礼的要求，譬如盈利他要拿几成、研发成果归公司所有等。

　　商縢按着杯托，贴着桌面，轻晃了几下。在幽暗灯光的映照下，他一时分不清是酒还是血。

　　他面无表情地看着距离他不过一条走廊的餐桌。

　　林斯年不知道说了什么，岑鸢笑得很开心，真好啊。

　　商縢笑了一下，端着酒杯，仰头饮尽。

　　吃完饭以后，林斯年又带着岑鸢去逛了夜市。

　　这一天下来，岑鸢其实很累了，但看林斯年正在兴头上，她也不忍心扫了他的兴，只能强撑着陪他继续逛。

　　他开车送她回来，车停在路边，他一直送进了小区。

　　"姐姐晚安。"

　　岑鸢笑了下："你也晚安。"

　　这几天的天气都还可以，晚上能看见月亮，带了点儿朦胧的光亮。

　　林斯年站在那里，目送岑鸢进了电梯，然后才依依不舍地离开。

　　可能是月光也有所偏爱吧，有些没被照顾到的暗处，总有阴郁滋生。

　　商縢一根接着一根地抽烟，从白天抽到晚上，等岑鸢回来，然后看到了

和她一起回来的林斯年。

江言舟接到电话过来了,商滕已经喝了很多了,深邃的眼底有几分醉意。

领带不知道是什么时候扯开的,虚虚地搭在胸前,手肘撑着桌面,轻晃着手里的酒杯。

被酒精浸染得有些泛红的眼尾,卷至小臂处的衬衣袖口,甚至能看见一路延伸到手背的血管,上面的针眼还没完全恢复。

许是这副样子过于诱惑,他的身边围着好几个搭讪的女人。

江言舟走过去,礼貌地将她们打发走:"不好意思,我朋友已婚。"

听到他的话,她们顿时觉得扫兴,纷纷离开了。

江言舟扫了眼他手边的酒瓶子,种类很杂,洋酒、啤酒都有,这还真是不要命的喝法啊。

他屈指敲了几下大理石桌面,把商滕的注意力引回来:"我这要是再来晚点儿,你估计能被她们分走吃了。"

商滕抬眸看他,眼里有失落,摇了摇头:"不是。"

江言舟疑惑地道:"什么不是?"

可能是嫌酒杯限制了他的发挥,商滕索性直接拿着酒瓶子喝了起来。

他喝得急,大部分酒洒出来了,沿着他修长的脖颈流进领口,白色的衬衣染上一抹淡红色。

江言舟把他手里的酒瓶抢走:"别喝了。"

他只是摇头:"不是。"

她以前都会劝他少喝点酒的,可是为什么现在不管他了呢?

他问江言舟:"你说,她是不是真的不要我了?"

江言舟皱眉:"谁?岑鸢?"

他喝得人事不省,听不清他说的是什么,但江言舟还是敏锐地捕捉到了他话里的名字——岑鸢。

"你帮我给她打个电话吧。"

认识这么多年,江言舟还是第一次看到商滕像今天这样失态。

他偶尔也会喝多,但理智的人,连喝醉酒都是理智的。可现在不是了,他像是丢了理智,从人变成野兽,完全遵从本心。

酒精把他深藏在心里不为人知的那一面全部剖开了。

江言舟拿出手机，拨通了岑鸢的号码。

响了几声后，那边接通，因为开着免提，所以能听见女人温柔的声音："请问哪位？"

江言舟问商滕："说什么？"

他连坐都坐不稳了，手撑着桌面，方才不至于摔下去。

"你就说……"他连话都说不利索，"让她来接我回家。"

根本就没有转述的必要，因为江言舟直接把手机放在了商滕脸边。

他说的话，岑鸢全听见了。

女人礼貌地询问："商滕他现在是和您在一起吗？"

江言舟点头："他喝醉了，你来把他接走吧。"

那边传来一阵急促的脚步声："麻烦您了，实在是很抱歉，您可以把地址发给我吗？我现在就过去。"

江言舟把酒吧的名字说了一遍。

中途短暂地没了声音，她应该是进了电梯。断断续续的电流声划过，然后才重新响起女人的声音。

"可以麻烦您让他多喝些水吗？如果有醒酒汤的话，麻烦您帮他点一碗，我大概三十分钟就到了。"

有的酒吧是有醒酒汤的，江言舟看了眼酒水单上最下面的醒酒汤。

"没有，你还是尽快过来吧，我估计他也坚持不了多久了。"

"好，我尽快。"

商滕趴在桌上，睡着了。

江言舟叹了口气，既然要当坏人那就当一辈子坏人，怎么中途又变成了一副离了别人就活不了的窝囊样？

他看着表算了下时间，三十分钟后他起身离开了，也没真的走。毕竟现在的商滕就跟带着香气的猎物一样，等着狩猎的妹妹太多了。

江言舟担心自己这一走，商滕真被人拖走了，那清白可就没了。

男人的清白也是清白嘛。

他在旁边另外开了个台，坐着等了会儿。

想不到就几分钟时间，就有女人靠近商滕："帅哥，三楼的酒可比这儿的好喝，一起去喝一杯？"

三楼是酒店。

江言舟叹了口气，商滕还真是不让人省心。

他刚要过去,身形纤细的女人走过来,礼貌地替商滕回绝了:"不好意思。"

她刚洗完澡,头发都还没完全吹干,就接到了电话。

长发还带了点儿湿意,气质温婉,带了点儿出尘的仙气。

看两人的长相,似乎不用特意介绍都能知道他们是一对,那个女人不爽地走开了。

商滕看到岑鸢了,站起身,他也不知道喝了多少,别说走路了,站都站不稳,虚晃了几下,差点儿摔倒。

岑鸢扶住他。

两人的身高和体重有些悬殊,她有些吃力,靠着吧台站着。

"商滕,你怎么喝了这么多?"

他不说话,抱着她。

岑鸢等了很久都没等到回应,以为他喝醉了,又喊了一声:"商滕?"

"我以为你不会管我。"他的声音喑哑,因为喝醉有些吐字不清,"不管我变成什么样子你都不会管我。"

他第一次像今天这样难过,难过到想要用酒精麻痹自己。

冷漠的商滕,因为岑鸢的病,也开始迷信起来,以为自己多做点好事,就能帮她积福。

今天见面的那个客户,放在以前,哪怕是求他一千次一万次,他都不会浪费时间去听那些逻辑不通的项目方案。但是他突然想到了岑鸢,如果他能多帮一些人,她的病会不会好点儿?

这听上去好像很可笑,甚至连他自己都觉得可笑,可是如果不是走投无路,谁又会去相信这种荒诞至极的事情呢?

岑鸢能感受到,抱着自己的手臂,逐渐收紧,就像是一个不断缠绕的藤蔓,她挣脱不开,可是此时,这根藤蔓在颤抖。

"岑鸢,我很没用。我想了很多办法,找了很多医生,可是他们都说没办法治愈。"

肩膀处,他枕着的地方,有温热的湿润感。

"但是你不用怕,我不会再让你一个人面对了,以后不管你去哪里,我都会陪着你,哪怕你离开了,我也……岑鸢啊,我爱你,我最爱你。"

岑鸢见过醉酒后的商滕。

以前他们还在一起的时候,他偶尔应酬喝多了,都是她在照顾他。

他喝醉后安静，不吵不闹，她给他脱衣服，他也很配合。

岑鸢其实也好奇过，他是不是永远都不会有丧失理智的时候，可是现在，她好像有了答案。

她想逃离他的桎梏，手肘抵着他的胸口，推了推，许是察觉到了她想要逃离，商滕抱得更紧。

她有点儿喘不过气来，于是说："商滕，你喝醉了。"

他摇头，声音嘶哑："我没喝醉的时候也爱你。"

江言舟觉得自己在这里有点多余，于是非常识相地起身离开。

想不到，那个冷血寡言的商滕，最后还是栽了。

江言舟原本以为他这样的人，永远不会被感情左右的。

商滕即使喝得再多，仍旧有一部分意识是清醒的，就像此刻，他清楚地知道自己在做什么，可他就是不想松开手。

平时压抑得太久了，他的性子让他做不出太出格的举动，他没办法像林斯年那样落落大方地表达爱意。

如果，他的生长环境可以稍微轻松一点儿，肩上背负的责任没有那么多，他是不是也可以毫无顾忌？

"岑鸢。"他一遍又一遍地喊着她的名字，像是在用这种方式弥补曾经错过的遗憾。

"怎么了？"她温声询问，替他把外套穿好。

在生死面前，他们都太渺小了，他想和她白头偕老，哪怕最后他们没能在一起，只要她活着，他也是愿意的。可是他没办法，连他也没办法了，他找过很多医生，国内外的，但凡是有点儿名气的，他全都联系了，可他们都说治愈不了。

"我很没用。"他声音微颤，"岑鸢，我唯一能做的就是陪着你，我甚至连我们以后埋在哪里都想好了。"

岑鸢眉头微皱，语气难得强硬了些："商滕，你别说胡话，你好好活着。"

他摇头："活不下去的，你要是不在了，我也活不了。"

他想过了，想了很多，也想清楚了。

"我不会再松手了，你嫌我烦也好，报警也好，我都不会再松手了。"

他要一辈子陪着她。

　　岑鸢叹了口气,声音无奈地道:"商滕,你的人生属于你自己,不应该捆绑在别人身上。"
　　"不是。"商滕染了醉意的声音很温和,也很坚定,"我的人生是属于你的,岑鸢,我也属于你。"
　　他好像突然间想明白了,在生死面前,一切都不重要了。
　　他的那些责任、那些束缚都无所谓了,他什么都可以不要。
　　哪怕只剩下最后一天,他也要好好陪着岑鸢。
　　如果说生命开始倒计时,那么岑鸢闭眼前看到的最后一个人就是他,也必须是他。

　　那天晚上,岑鸢带他回了自己家。
　　岑鸢不知道他家的密码,她问他,他也不肯说。
　　还是司机帮忙把他扶上来的,她跟司机道谢,送人出去,然后才进来。
　　沙发上,商滕眉头微皱,应该是酒劲上头了。
　　他也不知道喝了多少,岑鸢到酒吧的时候,看到上面放满了空酒瓶。
　　她叹了口气,从冰箱拿出食材,去给他煮醒酒汤。
　　一切都很熟悉,就好像在重复她之前的生活一样。她在家里等应酬结束的丈夫回家,然后给他煮一碗醒酒汤。
　　谁的人生都不容易,商滕也不容易,年纪轻轻就接手了家里的企业,那个时候,无数双眼睛都盯着刚大学毕业的他,像是在审视。
　　他们等着看他笑话,等着企业毁在他手上。
　　不少人暗中给他使绊子,可他从来不抱怨,也不会和任何人诉苦,肯定也是有过难过的,但他从来不说,他在自己的人生里,独自负重前行。
　　没人心疼,也没人管他。没有人爱他,但是他得让岑鸢有人爱,所以他爱她。
　　岑鸢把醒酒汤端过来,还带着热气,商滕应该是睡着了,安静地躺在沙发上。
　　岑鸢坐过去,轻轻推了推他的肩膀:"商滕。"
　　他缓慢地睁开眼,泛红的眼底,依稀可见她的身影。
　　"把醒酒汤喝了,不然明天起床头会疼的。"
　　他闻到味道了,眉头微皱,把头别开,不肯喝。
　　他不喜欢醒酒汤的味道,岑鸢以前就发现了。

她每次煮的醒酒汤,他都很少喝,偶尔只喝一口,岑鸢也从来不勉强。可是这次他喝得太多了,如果不喝完的话,明天肯定会难受一整天。

她轻声哄道:"听话,不喝的话,会难受的。"

这句话让他稍微有了点反应,他抬眸看着她,距离实在太近了,岑鸢甚至能看清他的睫毛,根根分明,很长,不算翘。

岑鸢有时也会好奇,他的睫毛会遮挡视线吗?但也只是好奇而已,她从未问过。

她又耐心地哄了一遍:"听话好不好?"

商滕深深地看了她一眼,没说话,从沙发上坐起身,接过她递过来的碗。

那碗醒酒汤,他全部喝完了,一滴都没剩。

岑鸢松了一口气。

那天晚上,商滕住在岑鸢家。

另外一间房原本是给江祁景准备的,他偶尔也会过来,所以岑鸢每天都会打扫。

饼干刨了半晚上的房门,可能是不满商滕在这里留宿。

第二天一大早,岑鸢不想去菜市场买菜,就在手机上随便买了点儿。

送货员把菜送到楼下,她下去拿,有鸡蛋、西红柿、挂面以及面包片。

她下了两碗西红柿鸡蛋面,把面包放进面包机里加热,又煎了两个鸡蛋。

两个鸡蛋都是给商滕的。

可能是昨天喝得太多的缘故,商滕很少这么晚起床。

他打开房门出来,身上的衬衣纽扣解开了几颗,领口微敞着,锁骨深邃,甚至还能看见若隐若现的肌肉线条。

岑鸢微怔,匆忙转过身子,提醒他:"你的扣子。"

商滕愣了一会儿,这才注意到自己的衬衣纽扣开了。

他慢条斯理地系好:"抱歉。"

岑鸢摇头:"盥洗室里有新牙刷和毛巾。"

"谢谢。"

"不用。"

经过她身旁时,商滕脚步微顿:"昨天的事,麻烦你了。"

岑鸢有片刻的惊讶,以为他已经不记得了。

似乎是看穿了她的心思,商滕非常善解人意地替她答疑解惑:"我喝酒不会断片儿。"

也就是说,昨天的事他全记得。

那他说的那些话岂不是也记得,很显然,商滕似乎没打算继续这个话题,他将衬衣袖口往上卷了一截,然后进了盥洗室。

岑鸢看着他高大傲然的背影,微抿着唇。

她把早餐端出来,顺便给他热了杯牛奶。

商滕出来的时候,看到牛奶,眉头微不可察地皱了一下。

岑鸢轻声开口:"早上还是少喝点儿咖啡。"

商滕安静地看了她一会儿,然后点头:"好。"

这顿饭吃得很安静,偶尔饼干会爬到岑鸢的腿上,撒个娇打个滚。

岑鸢抱着它哄了一会儿:"妈妈先吃饭,晚上再陪你玩。"

商滕听到这个称呼抬眸看着她。

岑鸢面对它的时候,很温柔,像真的在哄小孩子一样。

把饼干放下以后,注意到他的视线,岑鸢轻声笑笑:"以后再胖点儿,我就抱不动它了。"

商滕点头,问她:"喜欢猫?"

"嗯,狗也挺喜欢的。"她咬了口面包片,开玩笑道,"再养一只狗,我的人生就完整了。"

商滕嗯了一声,没再开口。

岑鸢问他:"你呢?"

商滕:"我?"

"你喜欢小动物吗?"

他摇头:"从小到大,那些猫猫狗狗看到我不是吓得逃走,就是冲上来咬我。"

他说得过于平静了,平静中又带着正经。

原本是一句不算特别好笑的话,但被他用这种正经的语气说出来,有一点好笑,又觉得可怜。

岑鸢笑了一下,觉得不太礼貌,又忍住了:"那你的童年,是怎样的?"

"很普通。"商滕回答得有点儿漫不经心,"除了学习,就是大大小小的竞赛。"

高中叛逆过一阵,但也没持续多久,他就被送出国了。

在那边其实也没好到哪里去,异国他乡,身边一个熟人也没有。

商昀之除了给了他一张卡,就再也没有管过他。

岑鸢若有所思地点了点头,依稀记得高中的时候,商滕好像的确很忙。

她偶尔几次见到他,还是在学校的篮球场。

那个时候的岑鸢是台下的观众,安静地看着他收获鲜花和掌声,夺目且耀眼。

商滕好像一直都是众人的焦点。

后来他和自己结婚,甚至连岑鸢都觉得不可思议。

他想结婚的话,其实可以找到比她条件好的女孩子,所以刘因一直觉得,是岑鸢用了什么手段才把商滕勾引到手的。

虽然刘因之前闹过一通,但是刘因现在也已经接受了岑鸢和商滕分开的事实。

现在不过是暴风雨前的宁静,她还没有物色好下一个女婿人选,所以暂时放过了岑鸢,没有来烦岑鸢。

吃完早餐,岑鸢收拾好桌子准备去洗碗。

商滕站起身:"我来吧。"

她抬眸看着他,有点儿惊讶:"你还会洗碗?"

他淡淡地道:"我刚到国外的时候,都是自己做家务。"

他走过去,把她腰上的围裙解开。

距离一下子拉近,岑鸢没有反应过来,甚至还能闻到他身上清爽的皂角香。

"你坐着等我一会儿,我把碗洗了,开车送你过去。"

岑鸢拒绝了:"你刚刚醒酒,还是在家里好好休息一下吧。"

她走去玄关换鞋子:"那我先走了。"

商滕点头,目送她离开:"嗯。"

岑鸢离开后,他站了一会儿,然后走到窗边,从这里正好可以看见她的背影。

她走到路边打了一辆车,身形纤细,她吃得太少了,应该多吃点儿的。

饼干在旁边不满地冲他叫。

蓝色的出租车在路口转弯,消失在他的视野里,商滕收回视线,垂眸看着脚边的橘猫。

沉默了一会儿,他蹲下摸了摸它背上的毛,诱哄它:"叫爸爸。"

今天店里不忙，涂萱萱家里出了点事，她爷爷奶奶吵架闹离婚。

正好她爸妈又去外地旅游了，安抚老人这一重任就落在了她身上。

她觉得头大得很，在店里拿着手机唉声叹气了半天。

岑鸢柔声安抚了她一会儿，然后给她放了半天假："老人多多少少情绪会有些敏感的，你说话的时候注意一下语气。"

涂萱萱感动地抱着她："老板真是人美心善。"

岑鸢无奈地轻笑："好了，快点回去吧。"

涂萱萱把东西收好："要是店里来人的话，你给我打电话，我从家里过来很快的。"

岑鸢点头："店里的事不用你操心的。"

"那我先走了。"

"好。"

许早是店里新招的员工，用来顶替林斯年的，年纪也不大，刚毕业没多久，性格内向，很听话。

岑鸢坐在椅子上织毛衣，给饼干织的。

上次她带它去宠物店洗澡，它盯着别人那只穿着衣服的布偶猫看了很久，估计是羡慕了，所以岑鸢就想着也给它织几件。

反正她也没什么事，闲着也是闲着。

许早从后面工作台出来，身上都是粉笔灰，岑鸢把纸巾递给他："下次可以穿工作服，这样不会弄脏自己的衣服。"

他轻声应了一句，接过她递来的纸巾："谢谢。"

岑鸢摇头，看了眼墙上的挂钟，已经一点半了："今天也没什么事，你先回去吧。"

许早愣了下："这么早？"

她笑道："我有点想我家猫了，想早点回去看它，正好今天也不忙。"

这个理由……好吧。

许早点头："那我去把外面的东西搬进去。"

他是男孩子，一些力气活他刚好可以做，岑鸢偶尔会打打下手，不过每次都被许早拒绝了。

他很有礼貌，也懂分寸，知道岑鸢身体不好，所以很多事情尽量不让她做。

岑鸢有时候觉得，其实生活也没这么糟，譬如她遇到的，都是一些很好很好的人。

这个时间坐车的人很少，岑鸢搭乘五路车回家，直接到了家门口。

在楼下的蛋糕店，她买了点蛋糕和牛奶。

结账的时候，她犹豫了一会儿，又走到冰箱旁，多拿了两瓶牛奶。

她经常在这儿买蛋糕，收银员都认识她了，礼貌地提醒她："这个鲜奶存放日期很短的，你买这么多，一个人喝不完的话，很容易变质。"

岑鸢笑了笑，轻声说："不是一个人。"

收银员愣了下："啊？"

她拿出手机扫码，付了款，然后拎着塑料袋，跟他道过谢，推门离开。

门上的风铃被撞击得发出清脆的声响，很悦耳。

旁边有人打趣那个收银员："你女神谈恋爱了，你没戏了。"

被戳中心思，他红着脸踹了那人一脚："少乱说。"

岑鸢回到家，饼干安静地躺在它的小窝里睡觉，听到声音，它睁开眼，从窝里出来，围着岑鸢转圈。

她把冰箱门打开，将塑料袋里的东西一一放进去："稍等一下，妈妈忙完了再陪你玩。"

饼干像是听懂了，喵呜一声，在她脚边趴下。

今天天气不错，窗帘开着，阳光洒进来，整个房间都是温暖的。

岑鸢喜欢这样的天气，会让人心情变好。

饼干在被阳光照射的地板上打滚，小碎花的窗帘被风吹开，像少女的裙摆。

忙完手上的事情以后，岑鸢把它抱过来，先用温柔的语气和它商量："不可以乱动，也不可以抓妈妈，知道吗？"

它睁着那双圆溜溜的大眼睛，喵呜一声。

岑鸢把袋子里的小毛衣拿出来，粉色的。

她怕弄疼饼干，所以动作很轻地给它穿上。

饼干也听话，不反抗也不动，安安静静地趴在她腿上。

给它穿好衣服后，岑鸢笑了一下，捏了捏它的大肥脸："太胖了，压得妈妈腿疼。"

它傲娇地喵呜一声，生气了，从她腿上跳下去。

"生气了吗?"岑鸢跟过去,抱着它,"我们家小饼干怎么生气了都这么可爱?"

饼干在她怀里蹭了蹭,又不生气了。

有人在外面敲门,岑鸢透过猫眼看了看。

敲门的人是商滕。

她已经习惯了他的造访,把门打开,商滕手上拿着维修工具。

岑鸢愣了一下:"这是?"

他走进来,言简意赅地道:"水管。"

岑鸢说:"上次让物业来看过了。"

"我知道。"他说,"但我还是有些不放心。"

岑鸢现在一点儿磕碰都会受伤,他不敢让她身边出现任何不可控的危险。

岑鸢看到他手背上的伤了,眉头微皱:"怎么回事?"

他下意识地把手往身后放:"没事,摔了一跤。"

岑鸢显然不太相信:"看着像抓伤。"

商滕沉默了一会儿,问她:"上次打疫苗,有三个月了吗?"

岑鸢:"……饼干抓的吗?"

商滕没说话。

岑鸢皱了下眉,过去抱饼干:"怎么回事,又乱抓人?"

似乎是察觉到她生气了,饼干一直缩着尾巴想逃,又被岑鸢给抓回来,她语气难得带了厉色:"为什么这么不听话?"

商滕迟疑了一会儿,替它说话:"是我的原因。"

岑鸢抬眸,面带愧疚地跟他道歉:"你不用这么纵容它的。"

"没事。"商滕沉默片刻道,"它还小。"

岑鸢说:"不小了,都八个月了。"

她也只有在这种时候,身上才有点儿烟火气。

之前的她总是给人一种虚无缥缈的感觉,仿佛随时会离开一样。

商滕莫名害怕,害怕她有一天会在自己的生活里消失。他更喜欢现在的岑鸢。

只是一个普通的女孩子,会生气,也会发脾气。

他微不可察地掩去唇角抿起的弧度,卷着袖子,进了洗手间。

岑鸢站在门外看着,他的手指细长白皙,骨节分明,虎口处有薄茧,此时正专心地拧着螺丝。

以前还很小的时候,她和周悠然相依为命。

那会儿周悠然总说,家里还是得有个男人。不然有什么东西坏了,你也只会无措,不知道该怎么办。

别人对岑鸢的印象好像都是她什么都会。

其实她也只是个普通的女孩子,面对突如其来的意外,也会难过、害怕。

如果有避风港的话,谁又愿意独自在海上漂浮呢,迫不得已罢了。

修好水管以后,商滕把该检查的全检查了一遍,确认无误后,方才洗净了手出来。

岑鸢给他倒了杯热水:"今天的事,谢谢你了。"

他伸手去接,岑鸢看到他手背上的抓痕了,还是新鲜的,甚至都没结痂,看上去总觉得有点儿可怜。

"实在是……很抱歉。"

商滕微抬眉骨,神色如常,似乎并不打算在这个话题上浪费时间。

他轻声问她:"后天有时间吗?"

岑鸢的注意力轻易地就被他转移:"后天?"

"嗯。"他把水杯放下,"回去吃顿饭。"说完这句话后,他没有看岑鸢,而是将视线移开,看着别处,越是闪躲就越证明他心里没底。

以前那个运筹帷幄、善于算计别人的商滕,仿佛一夕之间变成了另外一个人,会担忧,会有顾虑,也会变得不自信。

岑鸢可以以任何理由拒绝他,可是他说服自己不难过,却需要找很多理由和借口。

商滕手指微屈,轻轻放在桌面上,仍旧清冷寡言,但在岑鸢看不见的地方,那张薄唇不安地紧抿。

"好。"她终于开口道。

霎时,紧绷的神经松开,商滕将头转过来,视线重新回到她身上,像是不确定,又确认了一遍:"好?"

岑鸢点头:"正好我做了桃酥,甜甜最喜欢吃了。"

商滕没说话,也不算意外,她答应回去,不可能是为了他。

虽然他早就知道答案,但也不是没有奢望过,或许,有百分之一的可能是因为自己呢。

现在看来,"奢望"这个词,本身就是不现实的。

这个年纪的小孩子,长大好像就是一眨眼的工夫。
离上次见面,好像也没有多久,岑鸢再次见到陈甜甜,她又高了许多。似乎是得益于良好的基因,她比同年龄的小孩子要高。
看到岑鸢,她也不敢让岑鸢抱,只是抱着周阿姨的腿。
岑鸢对她突如其来的生疏感到疑惑,还有不知所措,下意识地看向一旁的商滕。
他轻声安抚她:"可能是害羞,你们也有两个多月没见了,小孩子都这样。"
岑鸢点了点头。
商滕走过去,替陈甜甜把裤子穿好,她刚刚也不知道玩了多久,裤子都跑掉了:"不认识妈妈了?"
陈甜甜点头:"认识。"
商滕摸了摸她的脑袋,小声说:"别让妈妈难过,知道吗?"
"嗯。"她咬着手指头,小心翼翼地走过去。
她记得岑鸢,也喜欢岑鸢。但这个年纪的小孩子,感情好像都很奇怪,跟风一样,很容易吹散。
两个多月对他们来说就像是一个世纪。对她来说,她和岑鸢已经很久很久没有见过了,除了喜欢,又好像有点儿拘束,没办法像之前那样在岑鸢怀里肆无忌惮地撒娇了。
岑鸢蹲下,把自己做的桃酥给她:"妈妈给你做的,你最喜欢吃的桃酥。"
她礼貌地跟她道谢:"谢谢妈妈。"
岑鸢看了她一会儿,沉默地抿着唇,眼眶有点儿泛红。
商滕微皱了眉,急忙走过来:"哪里不舒服吗?"
她摇头,冲他笑笑:"没事。"
他沉声道:"岑鸢,看着我。"
她有些茫然地看着他。
四目相对,商滕这才确认她的确没有哪里不舒服,遂松了口气,应该是在为陈甜甜疏远她的事难过。
小孩子都这样,尤其是这个年龄的孩子,太小了,很容易忘记一些事情。

商滕道:"何婶,您和小周今天先回去休息吧。"

何婶疑惑地看着他:"那岑鸢她……"

他看了眼正蹲着和陈甜甜说话的岑鸢:"我今天不去公司了,在家陪她们。"

女孩子丰富又感性的情绪,商滕其实不太能理解。

他是完全相反的性子,没有同理心,也很难做到和人共情,所以没办法理解,但如果那个人是岑鸢的话,他愿意花费时间慢慢了解。

只有了解了,他才可以离她更近。

岑鸢正柔声和陈甜甜说话,跟她道歉,自己这么久才来看她。

"以后不会了,妈妈有空了就会来看你。"

陈甜甜下意识地看了眼一旁的商滕,似乎想寻求他的意见。

商滕走过来,问她:"怎么不说话?"

陈甜甜这才点头,怯生生地说了一句:"好。"

岑鸢微抿着唇,虽然仍旧是在笑,但笑容里多少有些苦涩。

商滕沉默了一会儿,把陈甜甜抱走,对岑鸢说:"你先坐一会儿,我带她换衣服。"

回到她的房间,商滕从衣柜里拿了件薄点儿的外套出来。

她身上穿的外套太厚,这会儿太阳出来了,阳光正烈,怕她热着。

他替她把外套穿上:"刚刚为什么不理妈妈?"

她低着头,不说话,坐在床边,脚还太短了,吊在半空。

商滕蹲下,轻声哄她:"就当爸爸拜托你,和妈妈亲近一点儿,别让她难过,好吗?"

她抿着嘴,两条小短腿晃来晃去:"嗯。"

商滕放心地笑了,摸了摸她的头:"乖。"

岑鸢有点儿不安,自己也不清楚这种不安是源自什么,可能是因为陈甜甜对她的疏远。

她喜欢小孩子。小时候写作文,别人的梦想都是当警察,或是成为医生。而岑鸢则是想成为一个妻子,一个母亲。

年幼的她把自己的梦想写在作文上,被老师当成范文在课堂上念了出来。

作为一个老师,他并没有点评岑鸢这个梦想有什么不对,而是让其他同

学好好学习一下她的遣词造句。但那个年纪的学生理解不了，都在笑话她那个梦想。

父亲去世得早，周悠然一个人把她拉扯大，小时候家里很穷，勉强能吃饱饭。

周悠然为了给岑鸢好的教育环境，每天早出晚归地干活。

她省吃俭用地把钱攒下来，留着给岑鸢买好看的裙子、好看的发卡。

别人有的，岑鸢也都有，所以岑鸢觉得母亲是这个世界上最伟大的职业。

他们都嘲笑她，可她觉得自己的梦想很伟大，比他们的都要伟大，但她好像没这个机会了。

有时候想想，也会觉得很遗憾。她有太多想做的事情，也许都只能寄托下辈子了。

陈甜甜从房间出来，商滕靠墙站着，没跟过去。

她一步三回头地看他，像是在寻求他的意见。

他点了点头。

陈甜甜这才小心翼翼地走到岑鸢面前："妈妈。"

她环住岑鸢的脖子，轻轻蹭了蹭："我好想你。"

岑鸢微愣了一瞬，然后挑唇轻笑："我也很想你。"

商滕不知道什么时候过来的，也没敢让陈甜甜抱太久，小孩子不知轻重，他担心陈甜甜会弄伤岑鸢。

"作业还没写吧？"他不苟言笑的时候，陈甜甜有点儿怕他。

商滕对她算不上溺爱，中规中矩吧，该严厉的时候也不会纵容。

周末放假，今天是最后一天了，她作业一个字也没动。

陈甜甜听到这句话，这才不情不愿地从岑鸢怀里起身。

岑鸢看了眼商滕："你别这么凶。"

他语气放轻了许多，像是在跟岑鸢解释："我没凶她。"

岑鸢没有理他，牵着陈甜甜的手带她进了房间，陪她一起写作业。

看着关上的房门，商滕沉默了一会儿，没有说话。

何婶煮了奶茶，就在锅里放着，商滕倒了两杯，想到岑鸢爱吃甜的，就给她多放了一点糖。

端着奶茶进去，他空出一只手敲门："我可以进去吗？"

陈甜甜的声音立马传了出来："可以的！"

商滕把门推开，岑鸢就坐在书桌旁，身侧是窗户。

夕阳洒在她身上，整个人仿佛都置身于温暖之中。

商滕安静地看了一会儿，突然很想抱抱她。

她是他温暖的来源，他偶尔也会觉得冷，想要取暖。

这种想法一旦涌上来，就和潘多拉的魔盒一样。

商滕止不住这个念头，只能将注意力移开。

他把奶茶放在桌上："写多少了？"

这句话是问陈甜甜的。

他在刻意躲避岑鸢的视线，担心自己会忍不住。

如果他抱了她，她应该会害怕吧。

现在太早了，他再等等吧，等她开始接纳自己再说。

陈甜甜炫耀一样把写字本递给他："还有最后一页就全部写完了。"

他粗略地看了眼，把本子还给她："嗯，写完了出去吃饭。"

岑鸢手抵着唇，打了个哈欠。

商滕注意到了，轻声问她："困了？"

她摇头："还好。"

商滕很体贴："会热吗？我把空调打开？"

他很少有这么温柔的时候，但一点儿也不违和。

看着这张温润儒雅的脸，岑鸢竟然连他的半点儿冷漠都记不起来了。

商滕这个人，喜怒不显，冷漠疏离，不管对谁，都是无形中拒之千里。可是最近，他好像在慢慢改变，变成он陌生却又熟悉的模样。

岑鸢一时分不清，到底哪个才是他，或许，两个都是。

商滕对待岑鸢，除了无微不至的关心，还多了些小心翼翼，就像是一件无价的易碎品。

他怕把她碰碎，特别怕。

他每天都在害怕，夜晚睡着了都会突然惊醒，怕岑鸢不在了，怕她离开，怕到不敢让她离开自己的视线，哪怕一分一秒。

如果可以的话，他甚至想一天二十四小时守着她。

很多时候，他甚至希望在岑鸢身上发生过的那些事情，可以全部转移到自己身上。

他本身就对很多事情不在意，虽然也不是从一开始就不在意，但他的抗压能力，总比岑鸢要好得多。

不管多大的磨难，在他这里，都不会有太大的波折。

他也没别的愿望了，就想岑鸢能身体健康，幸福快乐地活着。

当然，那份幸福快乐里，有一部分是因为他，那就再好不过了。

哪怕只是百分之一、千分之一、万分之一，他也是知足的。

很讽刺吧，以前那个唯利是图的商人，居然也开始做起了这么不划算的生意，可是他不觉得这是生意。

他爱她，爱面前这个女人，很爱很爱，爱到，就算是死亡，他都可以毫不犹豫地陪她一起。

人和这个世界是需要枢纽才有联系的。

岑鸢就是商滕与这个世界的枢纽。

他们不会再分开了。商滕很理智，也知道自己在做什么。

他在用自己的办法，把岑鸢留在身边。

他不想和她耍心机，也不想在她身上用什么套路，虽然他很擅长这些，但他不会这么对岑鸢做那些事，永远都不会。

温柔是茧，他想用自己的真心，来换岑鸢的真心。

吃完饭，岑鸢又陪陈甜甜看了会儿电视。

这一下午的时间，她和岑鸢终于又亲近了一点儿，还缠着岑鸢下次带她回去看饼干。

商滕看见岑鸢眼底的倦色，她是强撑着精神在陪陈甜甜。

商滕把陈甜甜抱走："八点了，你该去睡觉了。"

陈甜甜刚玩到兴头上，但她又不敢不听商滕的话。

他对她很好，但大多时候是严厉的。

不苟言笑的家长，总是更能震慑住小孩子。

陈甜甜不情不愿地回了房间，商滕替岑鸢把包拿了，见她穿得少，把外套脱了搭在她肩上："夜晚有风，小心着凉。"

她也没拒绝，跟他道谢。毕竟她也没有任性的条件，就她这个身体状况，吹会儿冷风估计就感冒了。

车开到楼下，岑鸢却说想下来走一走。

总是在家里待着，她觉得自己都快要被闷坏了。

商滕轻声应道："好。"然后他就近把车停在附近的停车场里。

他和岑鸢一起下了车,这个时间天已经黑透了,路边算不上热闹,但人也不少。偶尔有小孩子打打闹闹地跑过,那个时候商滕会很紧张地把岑鸢护在自己身侧,生怕她被磕到、碰到。

她笑他大惊小怪:"我又不是玻璃做的,哪有那么脆弱?"

他看着她,没说话。

然后岑鸢就沉默了,是啊,她的病,也被称之为玻璃人。

她就像是玻璃做的。

看出了她眼底的失落,为了不让她继续在这件事上多想,商滕只能将她的注意力往其他事上引:"其实我一直都很好奇……"

岑鸢安静地等待他的后半句。

商滕停下来,看向她的眼神是带了点儿侥幸的。

"你当初和我在一起,是完完全全把我当成那个人的替代品吗?"

或许也是有一部分是因为他这个人。是因为,他是商滕。

岑鸢无声地垂眸,避开了他的视线。

沉默是最好的答案。

商滕轻笑了下。

他觉得自己的性子好像在潜移默化中被岑鸢改变了。

如果是以前,他可能会发很大一通脾气。

他是喜怒不显,但他不是没有脾气。

当然不会和岑鸢发,面对她,他总是狠不起来。

刚结婚的时候就是,他虽然对她冷了点儿,但几乎没有大声说过话,可能他早就喜欢上她了吧。不然他为什么在得知自己只是她心上人的替身后,发那么大的火?

羞辱感和不甘心都有,但除了羞辱感和不甘心,占比最大的是另一种连他也说不清楚的情愫。现在他大概明白了,是嫉妒。

"如果我能早点儿认识你的话,在那个人之前,我还有机会吗?"

他用假设的语气问道。

如果他能早点儿认识她的话,那么一切肯定会和现在不一样。

他不会变成后来那个冷血漠然、唯利是图的商滕。他会用自己年少的热忱去爱她。

"商滕,"她并没有直接回答他的问题,"如果是以前的我,就算我们认识了,我们应该不会有太多的交集。"

岑鸢以为,商滕之所以喜欢她,是因为习惯了她的无微不至、她的体贴。

这些都是经过时间磨炼出来的,以前的她,有自己的骄傲和小脾气,实在算不上一个性格特别好的女孩子。

如果换个时间遇见,他们只会是擦肩而过的路人,可是她低估了商滕的爱。

如果不是有了第一眼的惊艳,几年后回国,他又怎么会在宴会中一眼就认出她呢?

晚上气温似乎正好,虽然有风,但穿上外套就不觉得冷了。

商滕的衣服搭在她身上,就显得有些滑稽了。衣摆直接盖过了大腿,肩膀那处肥肥大大的。

商滕把外套给她了,自己只穿了一件衬衣,深灰色的。

他的衣服好像都是黑白灰这三种色调,简单得要命。

岑鸢怕他冻着,把外套还给他,商滕没接:"我不冷。"

岑鸢不信:"这么大的风,怎么可能不冷?"

可能是觉得解释再多都不如直接证明,商滕抬手轻轻握住了岑鸢的手。不算太亲密的碰触,蜻蜓点水一般。

他原本只是想让她感受一下自己的体温,却在碰到她冰凉的指尖后,微微皱起了眉:"很冷?"

岑鸢相信了他说的不冷。

他应该是真的不冷,手很热。岑鸢甚至怀疑他是不是发烧了。

她摇头,笑了笑:"我的手脚一年四季都是冷的。"

前面有长椅,岑鸢走过去坐下。

商滕沉默了一会儿,在她身旁坐下。

他记得的。岑鸢的手脚总是很凉,连做那种事的时候都没什么温度,商滕那会儿以为她是冷的,每次都会把空调温度开到很高。

她身上在流汗,不知道是累的,还是热的,但手脚还是很凉。

前面有小孩子在追逐打闹,视野开阔的广场,路边都是灯,像一个巨大的舞台,岑鸢无声地看着舞台上的人们在表演。

他们笑得很快乐,肆无忌惮,真好啊,无忧无虑的童年。

有人扛着摄像机过来,说是街头采访,隔着老远就看到长椅上的二人了。

他们应该是情侣，长相不光属于路人中的神颜，就算放在众星闪耀的娱乐圈也属于翘楚。

带着私心，他们将摄像机对准了岑鸢和商滕。

男人看上去有些不好接近，清冷漠然，所以他们把话筒递到岑鸢面前，先是礼貌地介绍了一下自己。他们是本地某大学的学生，这次的采访也算是一个作业，要按时上交的。

许是怕岑鸢拒绝，他们又轻声拜托了几句，说这次作业对他们很重要。

岑鸢笑了笑，并未为难他们："你们问吧。"

见她同意，他们都松了一口气。

他们看上去年龄应该都不大，十八九岁的模样，声音还带着点儿稚嫩："如果给你一百万元，但是要拿走你五年的寿命，你愿意吗？"

因为听说是学校布置的作业，原本以为是很专业的问题，岑鸢还在担心自己会不会答不上来，没想到是这种幼稚得有些过头的问题，但她还是很认真地回答了："我觉得生命是比金钱要可贵得多的东西，这两者没办法放在一起衡量。"

他们点了点头，似乎想去询问坐在她身侧的男人。

镜头刚转过去，男人神色不豫，眼神带了点儿寒意。

很显然，他并不打算回答他们的问题，甚至还给人一种，他们再多说一句，他就会起身砸了摄像机的错觉。

几个人在心里嘀咕，长得挺帅，怎么脾气这么差？真是可惜了这位人美心善的神仙姐姐了。

不过走之前他们还是礼貌地祝福了岑鸢一句："祝姐姐和你男朋友百年好合，我们就不打扰你们约会了。"

她愣了一下，不等她再开口，他们就走了，寻找下一个采访对象。

商滕的脸色因为他们的话而稍微好看了点儿，他眉头微皱："问的什么破问题。"

岑鸢无奈地叹气："你刚刚太凶了。"

商滕罕见地没有应和她的话，似乎真的生气了，没有半分退让，语气罕见地带着强硬："岑鸢，是你太好说话了。"

她抬眸，有些疑惑："是吗？"

岑鸢不是一意孤行的人，别人的劝诫她是可以听进去的。

每个人的性格都不同，她习惯了善待别人，很多时候是无条件包容的。

这样其实不好,到头来只会委屈自己。

"可我觉得那个问题很正常,不算过分。"

商滕沉着脸,没说话。

他好像十分介意那个问题,刚才岑鸢回答完以后,无意间看了他一眼,他的神色比现在还要难看,眼底怒意翻滚。

商滕不是那种做事不考虑后果的人,他的成熟理性压制住了他想要砸掉那台摄像机的冲动。

自从知道岑鸢生病以后,他就对死亡和寿命这种话题格外敏感。

知道他还在生气,岑鸢柔声说道:"他们会问我这种问题,可能是觉得我看上去很健康,不像生病的样子。"

听到她这话,商滕终于好了些,他垂眸,那双深邃的眼安静地看着她:"你刚刚是在哄我吗?"

可能是觉得他的关注点偏得太多,也可能是被他的问题给问住了,岑鸢愣了好一会儿:"什么?"

商滕耐心地又重复了一遍:"所以你刚刚是怕我不高兴,在哄我?"

比起岑鸢是不是在哄他,他现在的语气更像是诱哄,诱哄她点头。

岑鸢无奈地笑了一下,眼神落到远处的广场,没再开口。

那几天商滕一有空就会来找她,但大部分时候,他很忙。

他身居高位,也有很多身不由己。

依附他的人太多了,他们像绞杀榕,依附于商滕,同时也想吞噬他。

这太正常了,人都是不甘于平凡的,在选择了生存的同时,都想拼命往上爬。

商滕理所当然地成了所有人眼中的踏板。能在这种前狼后虎的局面中生存下来,商滕自然也非善类。

听到公司上个季度的亏损,商滕眼眸微抬,看着负责这个项目的高管。

钢笔在他指骨间转着圈:"刘总不好好解释一下?"语气散漫,却又透了几分寒意。

刘总年过五十,是当初跟着商昀之一起创业的老将。

商滕甚至还得尊称他一句刘叔叔,可现在是在公司,公私得分明,更何况……

商滕把钢笔合上,扔回桌面,声响有点儿大,震得所有人心头一惊。

他却很平静，下颌微抬："公司也不是做慈善的，刘叔叔既然脑子不好用了，不如提前退休，把位置留给有能力的年轻人。"

一听他这话，刘松吓得腿都软了，他一家老小可都指着他生活呢。

"是……是老商总让我这么做的。"

商滕目光瞬间冷了，他就知道，那份合同漏洞那么大，以刘松多年的经验，不可能看不出来有问题。

他也没了开会的心情，再大的理智也被消磨殆尽。

他推开椅子站起身："今天就到这里吧。"

从电梯出来，他不爽地扯开领带，忍不住爆了句粗口。

商滕不是因为公司亏损生气，那点儿钱他还不放在眼里，而是因为得知这一切是商昀之在背后指使的。

他到底想怎样？他还想怎样？自己已经按照他的规划活了下来，他让自己学什么自己就学什么，他让自己考第一自己就考第一，他让自己从商自己就从商。他为什么不肯放过自己？

医院一周前给商滕打过电话，说商昀之出院了，商滕大概能猜到他去了哪里。

一路猛踩油门，他把车开到了郊外。

对于商滕的到来，纪澜并不意外。

她正给那些盆栽浇水："你爸在楼上，刚睡下。"

商滕呼吸有点儿重："他为什么来找你？"

小时候，商滕也奇怪过，为什么别人的父母恩恩爱爱，自己的父母却相敬如宾，如同陌生人一样。

直到再大些，他也就习惯了这种奇怪的家庭氛围。

他的家庭氛围，本身就和别人不同，他也不奢望更多。

纪澜把披肩往上扯了扯："他从医院出来后，没地方去，也不敢去找你，担心你会把他送出国。"

商滕的确说过，如果他再闹，就把他送去澳洲养病的话。

"我知道你是吓唬他，但你清楚，你爸那个人，从前就敏感，越是自卑的人，就越是急于表现自己的强大。"

他在暗中做的那些手脚，不过就是想警告商滕，他并没有老到任商滕宰割的地步。

纪澜自然也不想看到这一幕，丈夫和儿子反目成仇。

她深知自己的丈夫是改不了的,但儿子还是可以听进去话的。

她苦口婆心地劝道:"商滕,他到底也是你爸爸,就算以前对你再不好,你也不该这样对他。"

商滕轻笑了下,问她:"我怎么对他了?"

所有人都说他狠。

人类好像都有个通病,他们永远只相信传闻,甚至连生他的那个人也是。

听到商昀之中风的消息,商滕连夜买了机票回国,顾完公司还要顾家里。

一个人扛着所有压力将商昀之整垮了一半的公司给拉了回来。

商滕到处找关系联系国内外最好的医生给他治病,忙完公司的事情以后直接来医院,连续半个多月的时间,都没有好好睡过一觉。

在外人眼中,这些却成了他势利,眼里只有钱。四年没有回来一次,他得知自己父亲生病了,就马不停蹄地回来把公司抢了。

对于这些,商滕从来没有解释过,懒得解释。

他不在乎外人怎么看他,问心无愧就行。

他回国后裁掉了那些老员工,他们当初就是靠着这张会拍马屁的嘴才被商昀之留在身边,公司换主后,商滕根本就不吃这一套。

人裁了,商昀之反倒觉得商滕在向自己示威,矛盾越来越大。

商滕解释过一次,商昀之不听,他就懒得再说了,说再多都只是浪费口舌而已,这个人从以前到现在压根就没变过,永远以自我为中心。

岑鸢最近和楼下花店的老板娘关系处得还不错,每天下午都会在花店坐一会儿。

老板娘是一个浪漫主义者,因为觉得和前夫的灵魂做不到完全契合,所以毅然决然提出了离婚。可能是因为都有过一段不算成功的婚姻,在某些方面,她们有很多共同的话题。

老板娘端了两杯咖啡出来,一杯递给岑鸢:"明天会有一批新鲜的黄秋英过来,我给你留一束。"

岑鸢笑着跟她道谢。

女人的天性似乎都是很八卦,她好奇地问岑鸢:"今天怎么没有看到那个帅哥和你在一起?"她说的应该是商滕。

岑鸢吹散热气，喝了一小口，没放糖的美式咖啡，很苦。

"他工作忙，也不是长住在这里的。"

"你们是什么关系呀？我看他好像对你挺有意思的。"

岑鸢笑了下，也并不怕别人知道他们之间的关系："他是我前夫。"

老板娘愣了一会儿，意识到自己说错话了，向她道歉："对不起啊，我不知道……"

岑鸢摇头："没事，我不介意的。"

两人又聊了一会儿，但是老板娘再也没有提起这个话题。

从店里离开后，岑鸢把外套裹紧了些，这几天有点儿冷。

她走到小区门口，在拐角处看到一抹熟悉的身影，在夜色中，像是被勾勒加深过轮廓一般。

岑鸢迟疑了一会儿，走过去。

商滕垂眼看着她，很安静，一言不发。他似乎心情不太好。

岑鸢担忧地问了一句："怎么了？"

他没有回答她的问题，而是反问道："要抱吗？"

她愣了一下："什么？"

商滕自问自答："要。"

然后他走上前，紧紧抱住她。

他似乎突然想到了什么，手上的力道稍微放轻了些。

岑鸢推了几下，没推开，迟疑了片刻，还是垂下想要推开他的手。

她柔声询问道："怎么了？"

他不说话，脸埋在她的肩上。

岑鸢身上有一股好闻的花香，应该是刚才在花店的时候染上的。

或许是这股香味有安神的作用，也或许是，岑鸢的怀抱能给他缺失的那部分情感。他的情绪也慢慢平复下来。

岑鸢等他急促的呼吸变得平稳些了，然后才开口问他："吃饭了没？"

他摇头。

纪澜留他吃晚饭，但商滕一刻也不想在那里多待。

想见岑鸢的念头越发强烈，所以他就直接开车过来了，家里没人，他就在楼下等，等了很久，总算见到了。

以往不管什么时候身上都是温热的商滕，也不知道吹了多久的冷风，连手都是凉的，比她的还要凉，于是岑鸢开口道："先进去吧，外面冷。"

电梯门打开,从里面出来一对母女,她们经常外出,所以遇到过很多次。

小姑娘每次都会礼貌地和他们打招呼:"漂亮姐姐晚上好,叔叔晚上好!"

商滕听到这个称呼,微皱了下眉,不顾岑鸢还在和她说话,把电梯门关上了。

岑鸢轻声斥责他:"你这样很没礼貌。"

她又开始教训他了。

她直接按了八楼,电梯匀速上升。

"你最近好像越来越暴躁了。"

不管岑鸢说什么,他都只是安静地听着,仿佛深谙越狡辩越挨骂的真理。

虽然岑鸢不可能骂他,的确,他最近的情绪好像一直在爆发的边缘游走。

岑鸢的病以及家里那点儿破事,他觉得自己的理智岌岌可危,但是,结果好像不太差,甚至连岑鸢自己都没发觉,她开始管他了。

以前无论他做什么她都无所谓,因为不在意。

他是不是可以大胆假设,其实岑鸢也开始在乎他了?

不然她为什么要管他呢,明明没有必要。

不管是不是自己的一厢情愿,想通以后,商滕还是很高兴的,心情也终于好了起来。

饭是岑鸢做的,但是切菜商滕不敢让她来。

即使岑鸢说了,她还没有娇气到这个地步,但商滕仍旧坚持。

两个人对峙,总有一方先败下阵来。

岑鸢就是投降的那一方。

她很少和谁有太激烈的争执,更何况只是切菜而已,如果商滕想来的话,就让他试试吧。

岑鸢今天想换换口味,做点儿咖喱,所以她把土豆和胡萝卜洗净,让商滕切成块。

她在客厅逗了会儿猫,又进来查看进度。

看到那些大小不一的土豆时,岑鸢突然开始质疑之前说自己在国外留学时做过一段时间家务的人到底是不是商滕。

她刚要开口,要不还是她来吧。

商滕听到声音,抬眸看她,下意识地把刀具放在离她很远的地方。

"你先去外面坐着,我马上就好了。"

岑鸢沉默了一会儿:"大小最好切成差不多的,不然味道可能不会很好。"

商滕微抬眉骨,似乎不知道食材和大小也有关系。

他独自前往国外求学的时候,的确做过家务,但也只是简单地打扫卫生。

后来招到用人以后,他就再也没有管过这些,更别说亲自下厨了。

有了岑鸢的提醒,他这次很小心,每一块的大小都用目光精心测量过。

如果条件允许的话,他甚至会用工具。

对于岑鸢说的话,他总是会认真对待。

江言舟那个时候是怎么形容他自己来着?

对,恋爱脑。

江言舟自嘲地说自己成了恋爱脑,离了女人就活不下去了。

那个女人商滕见过几次,不过每次都没记清楚长相,不是她长得没有辨识度,而是他压根就没有认真看过。

他对江言舟自嘲的那些话毫无感触,不理解,也不过问,甚至连旁观者都算不上,顶多算偶尔聚在一起喝酒玩乐的朋友。

生意场上结识的人,与利益挂上钩,感情就不可能纯粹,但因为父辈是多年旧相识,所以商滕就和他的联系稍微多了一点。

商滕想不到曾经对他的情场失意冷眼旁观的自己,这么快就尝到了风水轮流转的滋味。

商滕摇了摇头,无奈地低笑。

现在的自己,不也成了一个离了女人就活不了的恋爱脑吗?

饼干最近对商滕的敌意好像少了许多,应该是他经常过来的缘故,不顺眼也硬生生地看顺眼了。

岑鸢把咖喱煮好,盛了米饭装好,端出来。

她吃不了太辣的,所以做之前先询问了商滕的口味。

如果他想吃辣的话,她可以分开做。

商滕摇头:"不用这么麻烦,按照你的喜好来。"

饼干闻到香味了,也翘着尾巴在客厅里边转圈边叫。

岑鸢给它倒了点儿猫粮,又挖了几勺猫罐头,让它自己在那儿吃。

商縢看了它一眼,问岑鸢:"你上次不是说想养狗吗?"

岑鸢倒了两杯水,分别放在她和商縢面前。

"嗯,但是顾虑到狗要经常遛,我怕我没有这个精力。"

商縢若有所思地点了点头。

他见岑鸢全程只吃土豆,碗里的胡萝卜碰都没碰,于是拿着公筷,把自己碗里的土豆全部夹给她。

"胡萝卜补肝明目,多吃可以增强免疫力,别挑食。"

他对她既纵容,又忍不住多说几句。

她能改掉这个习惯再好不过,改不掉的话,也没什么。

岑鸢像是听进去了,点了点头,伸向土豆的筷子犹豫了一会儿,最后还是转了方向,夹了块胡萝卜。

她不是那种油盐不进的人,别人为她好的建议,她都会听,虽然仍旧不太喜欢吃胡萝卜。

她做菜并不会刻意不去买自己不喜欢的食材,毕竟有些食物需要搭配这些食材才好吃,不过每次她都会下意识地避开这些她不爱吃的。

胡萝卜奇怪的味道在她嘴里蔓延开,她微不可察地皱了下眉。

吃完一块就要喝一大口水,企图压下嘴里这股奇怪的味道。

"实在吃不下去的话,就别硬逼自己。"商縢放下筷子,把她手里的水杯接过来,"吃饭的时候喝太多水容易胃胀气。"

难怪她觉得自己的胃有点儿不舒服。

岑鸢早就饱了,光是喝那点儿水就占了她饭量的二分之一。面前的那盘咖喱还剩一大半。

她说:"那我还挺好奇的。"

商縢听到她的话抬眸,安静地等着。

岑鸢抽了张纸巾擦嘴:"你对养生这方面好像也算了解,为什么还总是过度消耗自己的健康?"

她的确只是好奇。

商縢的事业心太重了。刘因总爱以一种过来人的身份告诫岑鸢,她说这种男人虽然城府深,不好拿捏,但只要依附上他,这一辈子就不用愁了。

刘因看待事情,总是和别人的角度不一样,她觉得能给岑鸢荣华富贵的男人，那就是好男人。

他们婚后没多久，商滕就出了国，因为工作。

他不可能只留在一个地方。

他的野心是不甘于被局限在寻城这个一千五百万人口的一线城市。

这样的工作量，似乎注定了他很少有时间睡个好觉。

熬夜本身就损害健康，看来他自己也很清楚。

"以后不会了。"他像是强行把岑鸢的好奇扭曲成了在关心他，起身收拾碗筷，"还是要好好活着才行。"

岑鸢沉默了一会儿，想解释，但想了想，解释又会很奇怪。

"不是你想的那个意思，我没有关心你，我只是好奇。"这么说好像不近人情了一点儿，所以她最后选择了沉默。

饼干最近不知道怎么了，老叫，夜晚叫，白天也叫。

岑鸢去阳台把衣服收了，叠好放进衣柜里，出来的时候，看到商滕皱着眉，站在客厅，而饼干主动咬着他的裤腿去蹭他。

岑鸢愣了一下，然后淡淡地笑开了，她走过去："它最近好像开始慢慢亲近你了。"

商滕神色不太好看，像是在极力忍耐着什么。

饼干咬着他的裤腿，蹭来蹭去。

商滕抬眸，沉声问她："你的猫绝育了没？"

岑鸢怔住："还没，本来打算这个月去的，但因为预约的医生有点儿事，临时改到下个月了。"

商滕咬牙深呼吸了一下："它应该是发情了。"

沉默持续了很长时间，岑鸢站在那里，像是僵住了一样。

好半天她才回过神，急忙把饼干从商滕脚边抱走。

"那个……你和它，你们……"

她罕见地慌乱，第一次面对这种情况，突然不知道该干吗了。

她是先道歉，还是先赔他一条裤子？

可能是她的眼神过于复杂，复杂到像是给人一种她无意中撞破了别人行苟且之事的画面。

商滕的脸色更难看了。

岑鸢可以看出来，商滕的脸色肉眼可见地变得难看。

饼干还在叫个不停，她把它放下以后，带着歉意说道："上次小景来我

这里住,放了一些他的衣服,我去给你拿一条裤子先换上吧,不过你个子比他高,可能会短。"

商滕爱干净,更何况是刚发生了这种事。

"不了。"他眉梢微拧,像是在极力忍耐着,低声开口,"我先回去洗个澡。"

岑鸢慌乱中居然差点儿忘了,他就住在楼下。

"那……"虽然知道自己已经和他说过很多句对不起了,但除了对不起她也不知道应该说什么,"真的非常抱歉,裤子我会帮你洗干净。"

商滕没说话。

出去之前,他看了眼始作俑者,而后将视线移到岑鸢身上:"你还是尽早带它去绝育吧,它这么叫,也会打扰你休息。"

"嗯,我明天去联系下其他的宠物医院。"

商滕在浴室里待了很久,那条裤子他直接扔了,反正也不会再穿。

头发半干,搭了块毛巾,他随意地擦拭着。身上穿着简约的家居服,灰色运动裤,抽绳随意地系了个结,他的样子有几分随性和懒散。

他刚打开冰箱,拿了瓶水出来,就有人过来敲门。

他过去把门打开。

岑鸢手上提着一个粉色纸袋:"我亲手做的桃酥。"

她道完歉还不忘赔礼。

商滕放下拿着矿泉水瓶的手,他把毛巾从头顶扯下,因为他此刻的动作,还带着湿意的额发垂下来几缕。

他抬眸看她时,眼底凌厉的光被遮盖几分,看着竟没了平日里的距离感。

以往的商滕,总是过分成熟且理性。而此刻,他罕见地多了些少年感。

岑鸢手里的桃酥他也没接,而是侧身进去,问她:"喝什么?"

他擅自做主把岑鸢留了下来。

他知道岑鸢不会拒绝,东西都还没给他,她是不会这么离开的。

果然,门外的女人犹豫了一瞬,最后还是进来了。

"果汁吧。"进门以后,她大致地扫了一眼客厅。

明明是差不多的户型,但商滕家就给人一种冰冷的感觉,没有温度。

商滕打开冰箱,又关上:"你先坐一会儿,我去楼下便利店买,很快。"

她把桃酥放在桌上："不用这么麻烦的，没有果汁的话，水也行。"

商滕点了下头，给她倒了杯水，一半热一半冷，兑成温的。

他把水杯递给她，岑鸢闻到一股清爽干净的香味，是沐浴乳混着洗发水的味道。

她喝了一小口，温度正好。

夜里起了风，窗户应该没关严，一整扇都被吹开了，深灰色的窗帘卷着夜风的凉意吹了进来。

岑鸢鼻子突然有点儿痒，打了个喷嚏。

商滕很快就起身把窗户关上了，同时把空调打开。屋子里的温度瞬间上去了。

商滕紧张地问她："还冷吗？"

岑鸢无奈地轻笑，以往那个泰山崩于前而色不变的人，现在好像被拉下凡尘了一样，一点儿风吹草动都能惊扰他。

"没事，应该是饼干的毛沾到身上了，所以鼻子有点儿痒。"

空调温度开得很高，岑鸢甚至觉得身上热，犹豫了一会儿，她礼貌地开口："要不还是关了吧。"

她一热耳朵就会泛红，看到她透着点儿粉的耳尖，商滕嗯了一声，拿着遥控器把空调关了。

没了空调运作的声音，房间里更安静了。

最后还是岑鸢按捺不住地问道："你弟弟现在不住在这儿了？"

商滕把电视打开，随便调了个台，音量减小。

"嗯，搬去学校附近了。"

岑鸢和商滕在一起那么多年，也见过赵新凯好几次。

他虽然纨绔，但人不坏。

家庭氛围好，一大家子人宠着他，但该罚的时候也没有心慈手软过。可能是在这种"压制"下，他才没有走上歪路。

"平时见他好像对学习一点儿都不上心，想不到他成绩还挺好。"

寻大是名校，岑鸢没有戴有色眼镜看人，但得知赵新凯也是寻大的学生后，还是免不了有些惊讶。

对于她的反应，商滕表现得也是习以为常。

"他只是长得比较蠢。"

听到他一脸正经地说出这句话，岑鸢没忍住，扑哧一声笑出了声。

商滕的视线从电视屏幕转向她。

岑鸢微抿着唇,为自己的失礼和他道歉。

眼角还有没来得及完全收回的笑意,她的眼睛是很典型的桃花眼,笑起来眼尾上扬。

商滕以前总觉得,岑鸢就像一个虚无缥缈的存在。

他刚回国的那段时间,整个人的状态其实一点儿也不好,公司、医院两边跑,好在年轻,身体还能扛,但肉体凡胎的,时间长了总会觉得累。

那次的晚宴,他本来不打算去,也不记得是婚宴还是寿宴了,反正不是特别重要的人。

他原本是打算推掉的,但最后还是鬼使神差地去了。

那是他回国后,第一次见到岑鸢,对她还有点儿印象。

说实在的,岑鸢的长相无论在哪都是出众的,再加上他们又在同一所学校读过书。

因为岑鸢微妙的小心思,他们无数次在学校"偶遇"。

第一次见面,她被几个女生按在地上欺负。

商滕就顺手帮了个忙,篮球砸过去,好像砸中了谁。

他听到女生的哭声,只觉得烦躁,不耐烦地让人赶紧把篮球拿过来。

他离开的时候,视线在她身上停了几秒。

他对她也算不上一见钟情吧,但他记住了这张脸。

以至于四年后,他仍旧能在人群中一眼认出她。

她像是一株快凋谢的花,省略了枯萎的步骤,直接从绽放到最美的瞬间凋谢。

见到她的第一眼,商滕就有这种感觉。

他们再次相遇,这种感觉越发强烈,哀莫大于心死。

那个时候商滕不理解她为什么会这样,但是现在他理解了。

电视里的节目从时事新闻变成狗血伦理剧,男主抱着自己尚在襁褓中的儿子质问女主,这到底是不是他的孩子,撕心裂肺,令人烦躁。

商滕把电视关了。

等安静下来以后,他才问岑鸢:"你以前,怨过我吗?"

岑鸢摇头:"没有怨,我们本身就是各取所需,如果说有错,你和我都不无辜。"

这是实话,但实话往往伤人。

商滕觉得自己胸口突然有点儿闷，带着锋利的刺痛感。

他们是各取所需。

既然是各取所需，那就说明，自己在她眼中，的确只是一件有利用价值的商品，那点儿价值就是他的脸。

他其实也没资格难过，毕竟他做的那些事也挺不入流的。

他厌恶那些不断假装偶遇，有意无意地想和他有肢体碰触的女人。

她们自以为把心思掩藏得很好，却不知道欲望就写在眼底。

他拒绝过几次，但那些人仿佛听不懂人话，觉得真爱高于一切，既然爱了，就得大胆一次。

商滕没有精力去应付她们所谓的真爱，最好的办法就是让她们知道，自己的身边已经有人了，所以才有了那场婚姻。

结婚之前，他就对岑鸢说，想反悔还来得及。

他向来不爱强迫人，没必要，他真想结婚的话，也不缺人。

后来岑鸢同意了，于是他们就这样在很短的时间内结婚，甚至连房间都是分开的。

第一次的时候，商滕询问过她的意见，这种事情本身就需要双方同意，更何况他们还是以这种奇怪的方式在一起的。

岑鸢点头后，他才把灯关了。

杯子里的水也喝完了，岑鸢站起身："那我就先上去了。"

商滕也起身："我送你。"

岑鸢笑笑，拒绝了："楼上楼下有什么好送的。"

她开门离开，商滕跟出去，看着她离开的背影，在电梯门前停下。

直到她进了电梯，彻底消失在他的视野里。

饼干已经睡了，岑鸢怕吵醒它，动作很轻。

客厅灯也没开，借着窗外那点儿月光回了房间。

她刚躺下，涂萱萱给她发了一个视频。

涂萱萱："岑鸢姐，你火了，你知道吗？"

被她这句话弄蒙了一瞬，岑鸢把视频点开，就是前几天她在楼下接受采访的那个片段。

哪怕她和商滕之间的座位隔了一段距离，但摄像师还是利用角度，非常

巧妙地把两个人都给录了进去。

相比岑鸢的温柔和善,坐在她身侧清冷话少的商滕倒显得有些不近人情了,尤其那个问题问完以后,他一改放松坐姿,直起腰背,眉峰微抬。

难怪他们问完以后就立刻离开了,商滕这副他们再多说一句就要起身砸摄像机的不爽神情,的确让人有几分胆寒。

手机接连响了好几声,都是涂萱萱发过来的。

涂萱萱:"那个视频的点赞量都破五百万了。"

涂萱萱:"果然长得好看的人都不怎么上相,我真的好想告诉评论区里那些犯花痴的人,你们比视频里还要好看得多!"

往下,是几张评论区的截图。

"是情侣吗?是情侣吧?帅哥和美女都内部消化了,剩下我们这些丑的可怎么办?"

"一百万换五年寿命?问这种问题也要看准人好吧,旁边那哥们儿戴的百达翡丽都不止这个价了。"

中间有几条评论被涂萱萱打了马赛克,但涂抹得有些潦草,所以岑鸢还是看了个大概。

"长得再漂亮有什么用,还不是有钱人的玩物。"

可能是后知后觉地反应过来,自己马赛克没打好,涂萱萱赶紧把图片撤回了。

涂萱萱:"现在网上喷子很多,有夸的肯定也有酸的,他们就是嫉妒。"

岑鸢笑了一下,给她回了一条,然后就把手机锁屏放下了。

别人说什么,她并不在意,夸她也好,骂她也罢。

晚上的时候下起了雨,又急又大,商滕刚躺下,就被手机铃声吵醒。

声音还带着倦意的哑,没看清电话号码就按下了接通键:"谁?"

那边沉默了很久,男人声线温和:"阿腾。"

商滕怔住,困意彻底消散。

迟疑了好久,他才试探地开口:"商凛?"

那场雨下得太大,以至于第二天出行都不太方便,岑鸢干脆直接放了一天假。

她最近也不知道是怎么回事,整个人都很倦怠,什么也不想做,也不想动,只想安安静静地躺着。

饼干跳上床，在被子上窝成一团躺下。

岑鸢略微坐起身，把它抱过来："肚子饿了吗？"

它叫了几声，在她脖子上蹭来蹭去，有点儿痒。

她穿上拖鞋出了房间，把窗帘拉开，雨还没停，整个城市仿佛被雨水重新冲洗过一样，很干净。

她把花瓶里的花扔了，又给饼干倒上猫粮。

花店的姐姐说，今天会有黄秋英，比起那些备受追捧的玫瑰，她更爱这种平平无奇的花，有种肆意生长的美感。

饼干吃饱了就开始睡觉。岑鸢简单洗漱完，给自己煮了一碗小米粥，又煎了一个鸡蛋。

这个时间还在播早间新闻，窗外的冷风裹着雨水，路上没什么行人。

她不爱在雨天出行，也讨厌下雨天。

早餐吃到一半，周悠然的电话就打了过来，她那边声音嘈杂，偶尔夹杂着徐伯中气十足的骂声。

"你这个败家子，我都说了让你把网拉紧点儿，这鱼多了爱扑腾！"

周悠然笑道："你徐伯今天在和小辉捞鱼呢，市里有个饭店订了几批，最近都挺忙的，所以我过来帮忙做饭。"

岑鸢把最后一口粥喝完，将碗筷收拾了："妈，我先把电话挂了，然后给你打个视频过去，我想看看你。"

周悠然说："好啊，不过我这边可能信号不太好，我这个网卡。"

周悠然平时也不用手机看短视频之类的，办的就是普通套餐，一个月没多少流量，打个视频很快就用完了。

徐伯在旁边听到了，立马接茬："拿小辉的手机打，他那个手机看电视都不卡，很顺畅的。"

徐辉听到以后，在自己的防水连体衣上擦干了手，把手机掏出来："婶子，我先加下岑鸢姐的微信吧，这样视频才能拨通。"

"真是太麻烦你了。"

周悠然把岑鸢的电话号码报出来，徐辉在添加好友那一栏输入，很快就出现了一个账号，头像是一只橘猫，名字也很简单，只有两个字母CY，岑鸢的缩写。

他点击添加好友，在验证消息上写了：小辉。

那边很快就通过了，徐辉怕周悠然不会弄，非常贴心地替她拨通了

视频。

徐辉小时候倒是见过岑鸢，不过那会儿太小了，也没什么记忆。

虽然他们同住一个小镇，但他初一没上完就辍学了，去了外地一家修车厂当学徒，近几年家里的鱼塘生意好起来了他才回来，自然不记得岑鸢的模样了，所以当视频接通后，他看清出现在屏幕里的人时，愣了好久。

长发随意地绾在脑后，只用了一根类似筷子的东西绾着，眉目温婉，像一幅会动的水墨画。

她似乎也愣了一下，轻笑着问他："你就是小辉吧？"声音也好听，丝丝绕绕地缠着他的神经一般。

他觉得自己的手脚都麻了。

直到徐伯皱眉喊道："发什么愣呢，还不快把手机给你婶子然后过来帮忙！"

徐辉回过神来，把手机递给周悠然，脸还红红的："那个……婶子，我先去忙了。"

周悠然和他道过谢以后笑笑："去吧。"

岑鸢刚洗完碗，手上还有水，她抽了张纸巾擦干，拿着手机去了客厅："最近身体怎么样，还会不会难受？"

周悠然应该是坐在岸边，身后放着捕鱼的器械："好多了，这些日子多亏了你徐伯的照顾，不然我都不知道该怎么办了。"

岑鸢很感激徐伯，也很自责："都是我不好，你生病了我也没办法回去照顾你。"

周悠然轻声安抚她："你那会儿工作室刚开业没多久，回来了反而让我担心。"

微信视频没有美颜功能，岑鸢看着手机屏幕里周悠然的气色的确好了许多，红光满面的。

她遂松了口气："下次回去，我专门找个时间和徐伯道谢。"

周悠然笑道："用不着这么生疏，你徐伯那个人，大老粗，你要是跟他道谢，他反倒先不好意思了。"

岑鸢看见她眉梢眼角的笑，万种情绪一起涌了上来。

小时候，父亲刚去世那会儿，家里总有媒人上门，说要给周悠然再介绍一个。

她长得好看，是十里八乡出了名的美人儿。

岑鸢每天晚上都躲起来哭，怕周悠然改嫁，不要她了。

小孩子的心思，自以为隐藏得很好，却不知早就尽人皆知了。

周悠然抱着她一直哄："妈妈不会不要我们鸢鸢的，我们相依为命，永远都不会分开。"

从那之后她把那些媒人都给拒了。

等到再大些，岑鸢反而希望周悠然能找一个可以给她幸福和安全感的人。她先是一个女人，然后才是母亲，她有追求幸福的权利。

岑鸢看到周悠然的笑颜，心里仿佛有什么悄悄放下了。

"对了，纪丞那孩子的忌日是不是快到了？"

周悠然的问题让岑鸢愣了下，然后她点头道："快了。"

周悠然问她："那你今年还回来吗？"

饼干应该是睡醒了，叫了两声，然后跳到岑鸢的腿上。

它最近胖了不少，岑鸢都快抱不动了。

她说："回的。"

她其实也知道，烧的那些纸钱去世的人是用不到的，但这也算是一种寄托吧，或是在以另一种方式告诉他，这个世界上还是有人记着他的。

人的一生有三次死亡，第一次是肉体死亡，第二次是葬礼，而第三次，则是他被世人所遗忘的时候。

纪丞没有他父亲的丰功伟绩，无法被人们牢记。他只是一个高中生，在风华正茂的年纪离开了。

电话挂断以后，岑鸢又坐着发了一会儿呆，饼干像察觉到她的坏心情一样，也不闹腾了，乖巧地趴在她身旁，无声地陪伴她。

这场雨下得太大太久，范围面也广，覆盖了整个寻城，连郊区也没能幸免。

商滕站在外面抽烟，走廊很长，雨水顺着黛瓦往下落。

他微抬下颌，喉结上下滚动，有些烦躁地抓了抓额发。他实在是讨厌下雨天。

书房内传来男人的暴怒声，因为生病而有些中气不足。

过了十来分钟，门开了，从里面走出来一个面容清俊的男人。

他慢条斯理地把衣领扶正，左边脸颊很肿，巴掌印若隐若现。他笑容温和地问商滕："去吃饭吗？"

商滕微不可察地皱了下眉。

注意到他的视线了，商凛摸了摸左脸："是有点儿疼，可能会耽误吃饭，但用右边咬应该没事。"

商滕绕过他进了客厅，背影冷漠。

商凛叹了口气，仍旧在笑，好像他还在生自己的气呢。

商凛很久没回来了，对于这个多年不见的大儿子，纪澜有种失而复得的喜悦，忙着让厨房去准备些他爱吃的饭菜。

商滕穿上外套准备离开。

用人去酒窖拿了瓶红酒，纪澜刚接过来，见商滕要走，急忙追过去："你哥难得回来一趟，我们一家人好久没有在一起吃过饭了。"

"没必要。"他语气冷漠，显出几分不近人情。

商凛走过来："阿滕，你是不是还在恨我？"

商凛深知自己之前做过很多对不起商滕的事，商滕是他的弟弟，他当然爱商滕，但这并不影响其他情绪滋生，譬如嫉妒。

人一旦开始嫉妒，就会变得面目可憎。

"恨倒不至于。"他微垂了眼，不冷不热，"只是有点儿恶心。"

商凛的眼神暗了下去，脸上仍旧是那副他惯有的温和笑脸，但是唇角在发抖。

"阿滕。"

商滕走了。他并不觉得现在是什么一家人团聚的温馨场面，他的家庭像是缠绕在一起的树根，扭曲到看不清头尾。他厌恶这种环境，但偏偏他就是在这种家庭里长大的，所以更让他恶心。连带着他自己，他都觉得恶心。

陈甜甜睡了，何婶在炖骨头汤，想给商滕补补。

他工作忙，还得分出时间来陪岑鸢，所有的工作全部积压在一起，休息的时间自然就不够了。

听到动静，何婶从厨房里出来，接过他手里的外套，上面带着淡淡的烟草味。

"锅里炖着汤，喝点儿再睡。"

商滕闻到香味了，沉吟片刻："您拿个保温桶帮我装起来吧。"

何婶愣了一下："什么？"

商滕没有重复，知道她听见了。

他抽烟，但是又讨厌自己身上有烟味，回家的第一件事就是洗澡。

进浴室前他给岑鸢发了一条消息，洗完澡出来后，做的第一件事就是去拿手机，屏幕干干净净，什么也没有。

他又点开对话框，只有他刚才发的那句"睡了没"。

他垂下眼，把手机锁屏。

何婶将骨头汤装好，单独给商縢盛了一碗出来，让他喝了再走。

商縢没喝，语气淡淡的："您喝吧，喝完早点儿休息。"然后他提着保温桶离开了。

前面在修路，立了块牌子，车辆禁行。

他微皱了眉，又绕了一大圈，从另外一条小路进来的。

街区之间的路灯都亮了，门口三三两两坐着聚在一起谈天说地的人，还有下棋下到忘记时间的。偶尔车辆开过，行人会自觉避让。

带了点烟火气的地方，黑色的迈巴赫格外显眼。

商縢的视线落在某一处，他把车窗降下来，花店门口，男人怀里抱着一捧花，岑鸢笑容温柔地正和他说着些什么。

商縢眼眸微沉，身后的车一直在按喇叭，他握紧方向盘，踩了油门，随便找了个最近的地方把车停了。

等他下车过来，那个人还站在那儿，眼里笑意盈盈。

商縢走过去，不动声色地挡在二人中间，将那个男人看向岑鸢的视线隔开。

他轻声问岑鸢："来买花？"

岑鸢看到商縢了，愣了好一会儿，似乎没想到会在这里遇见他。

"你怎么来了？"

他说："回家。"

岑鸢这才想起来，前面在修路，他只能从这条路走。

许是觉得两个人的长相过于般配了点儿，那个男人理所当然地把他们当成了一对。

他有点尴尬地笑了笑："那我就先走了，不打扰你做生意了。"

岑鸢笑了一下："慢走。"

商縢眼中有警惕："你们认识？"

他虽然不高兴，但还是注意着语气，努力表现得并不在意，仿佛只是随口一问。毕竟他和岑鸢现在没有任何关系，不论那个男人是谁，都轮不到他

来质疑。

岑鸢过去把剩下的花纸收好："来买花的客户，老板娘去洗手间了，让我帮她看一会儿店。"

商滕眉间的弧度松展开："送女朋友的？"

岑鸢摇摇头："他说是给母亲买的。"

商滕哂笑："送母亲玫瑰？"

那人说这种话不过是想证明自己没女朋友，摆明了就是想追岑鸢。

岑鸢神色平常，手上的动作也没停："谁知道呢。"她似乎对于他给谁送花，并不感兴趣。

商滕半天没说话，确认她眼里没有多余的情愫，那种警惕终于放下。

"吃饭了吗？何婶炖了骨头汤，我给你带过来了。"

他把手上的保温桶放在桌上。

岑鸢闻到香味了，还没吃饭。一个人在家里待着总是容易胡思乱想，所以她干脆出来了，想找个人说说话。谁知道一说就忘了时间，不知不觉间竟然这么晚了。

老板娘走进来，话是和岑鸢说的，视线却落在商滕身上："我是不是打扰到你们约会了？"

岑鸢摇头，笑了笑："没有，他只是回家路过。"

老板娘笑得意味深长："洗手间排队的人多，所以多等了一会儿，我刚才离开以后，是不是有客人来了？"

她手机收到了一笔转账。

"有一个，买了一捧玫瑰。"

老板娘说："辛苦你了，改天请你吃饭。"

岑鸢点头："那有空再约。"她看了眼暗下来的天色，"时间也不早了，我就先回去了。"

"等一下。"老板娘拿了一束包装好的黄秋英，送给她，"特地给你留了一束。"

岑鸢笑着和她道谢："谢谢。"

"哎哟，客气什么。"她眼神暧昧地看着商滕，"祝你们度过一个美好的夜晚。"

商滕极轻地歪了下头，视线又移回岑鸢身上，岑鸢仍旧是那副温柔的笑脸，没有任何多余的反应。

进了电梯后,岑鸢按下楼层,七楼和八楼,然后问他:"你吃了吗?"

商滕看着被摁亮的按钮,上面的七很显眼:"没有。"

岑鸢若有所思地点了点头:"我锅里煮了饭,你要是不介意的话……"

她话还没说完,就被商滕打断了:"我不介意。"他表现得过于积极了一点儿。

看来他是真饿了啊,岑鸢笑了笑:"那就一起吃吧。"

她一个人吃饭,做得很简单,西红柿炒鸡蛋、清炒土豆丝,还有一盘外面买的熟食,简单加热了一下。

她盛了饭出来,给商滕盛的那碗她特地压实了。

"你最近工作忙,不必每天往我这里跑的。"

她和商滕在一起这么久,对他的工作还算了解。以往每到这个时候,他都是住在酒店不回来的。酒店离公司近,十分钟的车程。

他如果回来,最少一个多小时。他是个懂得把自己的时间最大化利用的人,所以干脆直接住在酒店,偶尔回来。

商滕握着筷子,突然想到了商凛和陈默北。

陈默北是在生完孩子以后,因为和商凛异国,再加上他的冷暴力而得了产后抑郁的。

很多时候他也会想,自己也挺浑蛋的。因为觉得他和岑鸢的婚姻没有感情,所以他并未打算投入过多的感情,他对她又比商凛对陈默北好多少呢?性质都一样。

岑鸢见他不动了,以为是嫌饭菜不合胃口:"我再去给你炒点儿味重的菜?"

她喜欢的都是些清淡的菜,怕商滕吃不习惯。

他摇了摇头,声音沙哑:"岑鸢。"

"嗯?"

"我以前对你做的那些,你恨过我吗?或者,有没有一点儿怨?"

他其实是希望岑鸢怨他的,他可以改,也可以弥补。无论她让自己做什么都可以的。

岑鸢先是一蒙,理解了他话里的意思后,摇头笑笑:"没什么的。"

商滕手肘撑着桌面,漆黑的眸子盯着吊灯的流苏。

岑鸢爱干净,吊灯应该也是天天擦,半点儿灰尘都没有。

商滕从小就很自负,性格恶劣。和岑鸢在一起后,他其实没有把她当成自己的妻子。

只觉得二人是合作关系,他给她父亲的公司带去投资,完善她父亲公司的资金链,她顶着他老婆的头衔在他身边。

如果是在以前,可能他仍旧不会觉得自己哪里错了,本性太难改变,所以当感情刚生出点儿苗头,他强迫自己掐灭。

那个时候岑鸢决心要从他身边离开了,他做不出低声下气挽留别人的事。直到感情越发强烈,藏不住了,他才开始难过,尤其是当他想起,岑鸢接过血友病的检查结果时,他应该还在喝酒应酬。

那个时候,她的天应该塌了一半吧,可没人给她撑着,内疚与悔恨如同血液流向四肢百骸。

他的声音也没了平日里的清冷、淡漠,像是机器年久失修发出生锈的低鸣。

他说:"岑鸢,你恨我吧,或者怨我。我会听话,我会把欠你的都还回来。"

第八章

委 屈

商凛说想见见陈甜甜,这也是他这次回国的主要目的。

陈默北是寄养在她舅舅家长大的,爸妈在她很小的时候就过世了,从小寄人篱下的生活,让她想寻找一个能给自己依靠的丈夫。

舅舅家或许有点儿钱,但那些钱到底不是她的,她还有两个表妹和一个表弟。

陈默北离世以后,到处都是风言风语。

谁知道这个孩子是不是商家的,看商家的态度,如果真是亲孙女,恐怕早认回去了。

陈默北的舅舅也嫌丢脸,压根就没想蹚浑水。

刚出生的孩子,就被遗弃了。

商滕不能不管,他不管,就没人管了。他给商凛打过电话:"你的孩子,你不要了?"

商凛的声音仍旧温和,和以前一样。

每次动手前,商凛都会用这种温和的语气和商滕讲话,商滕和他相差不了几岁,再大些的时候,他当然打得赢商凛,但他从来不还手。

从小到大,最疼他的,就是商凛。可是电话里的男人语气温和地说道:"我还没结婚,哪来的孩子呢。"

商滕没再说话,把电话挂了。自己养吧,反正也养得起。

起床穿衣服时,陈甜甜不高兴地在床上滚来滚去,都快把自己的身子拧成麻花了。

她大声抗议:"我不想去幼儿园!"

何婶拿着毛衣给她套进去,脸都扯变形了:"头大了点儿,衣服都穿不进了。"

毛衣穿好后,她继续抗议:"何奶奶,我不去幼儿园!"

"你要是不去幼儿园我就打电话给你爸爸让他回来揍你!"

她苦着一张脸,不敢说话了。

商滕虽然不会打她,但陈甜甜还是有点儿怕他。他管得严。

好不容易穿好衣服了,何婶牵着她的手出去,一只手提着她的小书包,刚出去,何婶就看见了站在外面的男人。

她眨了眨眼,又去看何婶。

何婶愣了一会儿:"大少爷?"

商凛笑着过来:"何婶,好久不见。"

何婶自然也是见过商凛的,对于陈甜甜和他的关系,也是略有耳闻,但也不确定其真实性。

看到他了,陈甜甜非常有礼貌地喊了一声:"叔叔好。"

商凛垂眼,在她面前蹲下:"叫我什么?"

陈甜甜不怕他,甚至觉得很亲切,可能是因为他和商滕长得很像吧。

"叔叔。"

商凛替她把外套拉链拉好,哄道:"叫爸爸好不好?"

陈甜甜摇头:"我已经有爸爸了。"

商凛笑容温柔:"他不是你爸爸,他是你叔叔,我才是你爸爸,甜甜乖,叫爸爸。"

陈甜甜的电话打过来时,哭得上气不接下气,商滕刚开完会,秘书说刚才就打了好几个电话,但因为他在开会,没敢和他讲。

商滕只告诉过他,如果是岑小姐的电话,要第一时间告诉他,可没说过这个陈甜甜的电话也得第一时间告诉他。

陈甜甜哭得凶,话也说不利索,旁边的何婶叹气道:"大少爷把事情全部告诉甜甜了,就算他真是甜甜的爸爸,孩子还这么小,怎么不能慢慢来呢,突然告诉她这些,她怎么可能受得了?"

商滕皱着眉,让何婶先把陈甜甜哄好,他马上回去。

电话挂断后,他开车回去,在家门口碰到了商凛,商凛应该从刚才就一直站在这儿,看到商滕了,抬眸轻笑。

"阿滕。"

商滕蹙眉:"别这么叫我。"

商凛愣了一下,笑容淡了几分,但仍旧温和,他知道商滕这么急匆匆赶回来是因为什么。

当初他被嫉妒和自卑淹没,也不想让商滕好过,于是他和陈默北在一起了。后来她怀孕了,要和他结婚,商凛知道,商昀之是不可能同意陈默北嫁进来的。

长期在这样的家庭中长大,商凛见商昀之如同见到魔鬼一般可怕。

他知道商滕不会不管这个孩子,商滕会养她的。

"商滕,她总要知道这一切的,她是我的女儿。"

商滕眼神阴鸷地看着他,大抵是爆了一句粗口,商凛没听太清。

商凛不觉得年纪小,很多东西就得慢慢接受,这种东西是不需要过渡的,正因为她年纪小,才更容易接受一些事物。小朋友的情绪和感情来得快,去得也快。

何婶好不容易拿吃的把陈甜甜哄好了,客厅门开了。

陈甜甜看到商滕,委屈巴巴地跑过去,又看见站在他身后的怪叔叔,吓得抱着商滕的腿,一直往他身后躲。

商凛见她嘴里咬着棒棒糖,轻声嘱咐道:"吃棒棒糖的时候别到处跑,碰到其他地方了,容易受伤。"

她不理他,脸贴着商滕的裤子,只敢露出一双眼睛偷偷看他。

她不讨厌商凛,甚至觉得他有些亲切,可能是因为他和商滕长得像。

商凛很会哄小孩,这次过来,他也是有备而来的,带了不少小孩爱吃的零食。

商滕看着那堆糖,眉头皱了一下:"她牙不好,不能吃太多甜的。"

商凛拍了下自己的额头,轻笑道:"是我疏忽了。"

商滕中途去接了个电话,时间有点儿长,大概半个小时。等他回来的时候,客厅里,陈甜甜已经没有刚才那么抵触商凛了。

他抱着她,拿小饼干喂她。

一旁的何婶笑道:"亲父女到底是和我们这些旁人不同,有血缘的,更

容易亲近。"

商滕垂下眼睫,点了点头,没说话。

陈甜甜玩得够久了,下午的课得去上。何婶将她送去幼儿园以后,家里就只剩下商滕和商凛了。

"那次的事,恨我吗?"

商滕知道他指的是什么事——陈默北。

他摇头,不恨,也没任何多余的感觉,那个时候所有人都在笑话他,说他被自己的亲哥哥戴了绿帽子。但他没有任何感觉,不生气,也不觉得羞辱。

商凛也不意外,他早就看出来了,商滕和陈默北那复杂且奇怪的关系。

安静片刻,他又开口:"和岑鸢,还好吗?"

不同于刚才的面无表情,商滕眼神警惕地看着他。

商凛笑了笑:"放心好了,不会抢的。"

商滕轻哂:"你也抢不走。"

最近天气转凉,店里的生意也日渐好了起来,岑鸢那几天都待在店里。

聊到放假后的打算,涂萱萱说,等再冷点儿的时候想去滑雪,问岑鸢去不去。

岑鸢还没滑过雪,应该和滑滑板差不多吧。其实挺想试试的,但没办法,她玩不了,这辈子的遗憾还挺多的。

许早和涂萱萱同龄,男女长期相处,很容易碰撞出火花,岑鸢虽然对这种事情不是特别敏锐,但她还是捕捉到了蛛丝马迹。譬如两个人无意间的对视都能引得其中一方脸红。

许早说话有些结巴,应该是紧张导致的:"你……你待会儿想吃什么?"

涂萱萱神经大条,倒是没察觉出不对劲,问岑鸢:"岑鸢姐想吃什么?"

岑鸢笑道:"炒河粉。"

她站起身:"我去买。"

许早红着一张脸跟过来:"我也去。"

涂萱萱见他说要去,又坐下了:"我也要一碗炒河粉,谢谢。"

许早愣了一下,心里是想和她一起去的。

岑鸢轻声笑笑:"两碗不好拿,萱萱,你也一起去吧。"

许早没说话,但眼神期待地看着涂萱萱。

涂萱萱很快就点头道："好。"

打版的师傅出来喝水，茶杯里的茶叶都被热水烫得打卷儿了，看着二人离开的背影，带着这个年纪的青春和活力。他喝了一口茶，笑道："现在的小年轻啊，就是浪漫。"

岑鸢也笑了，用沉默表示赞同。

打版师傅看向岑鸢，笑得意味深长："你呢，你这也不大啊，也赶紧找个伴吧。"

岑鸢把手里的线筒卷好："没有那个精力。"

"你呀，这是没碰到合适的，要是碰到了，肯定就是另外一种心态了。"他一副过来人的模样。

岑鸢笑了笑，也没急着否认。

商凛回了寻城，也没打算立刻走，他在国外的这些年，一直都在搞基金和股票，也算是赚了些钱。他没有靠家里，是自己打拼出来的。但有钱人的起点本来就比普通人高，没靠家里的钱，但人脉这种东西，有的时候比钱更有用。他现在有了点儿成就，似乎到了衣锦还乡的时候了。

他一直很在意商昀之对自己的看法，长期在弟弟光环下压抑生长的人，是很容易因妒生恨的。他对商滕算不上恨，但至少是不甘。可是现在，他再回头看，觉得自己对这个弟弟好像还是太坏了点儿，最起码不该这样。但也不后悔，他对自己做过的任何事情都不后悔。

商滕今天在家，陈甜甜一直缠着他，让他给自己讲故事。

最近气温降得厉害。何婶说担心岑鸢一个人住着，照顾不好自己，让商滕有空的时候就多回来，带点儿她炖好的汤过去。

"那孩子一到冬天就容易手冷脚冷的，身子本来就虚弱，我担心她要是再受个寒生病了，也受不住，所以想着多给她做点儿养生的汤。"

商滕点头："嗯。"

岑鸢的确需要好好补补了，吃得也少，最近也是越发消瘦。

在床上的时候，陈甜甜把口袋里的小饼干悄悄拿出来，递给商滕："这是今天那个叔叔送给我的，我吃了一个，很好吃，特地留给爸爸的。"

小孩子很容易对那些跟自己好的大人产生好感，陈甜甜并不是很能理解商凛说的那些话，这些天的接触下来，她只觉得他是一个很好的叔叔。

商滕垂眼,看着那些包装可爱的小零食,摸了摸她的头:"乖。"

陈甜甜抿了下唇,小手扶着床沿:"何奶奶说,爸爸最近经常熬夜。"

商滕替她把被子掖好,夜晚风大,怕她冻着。

"没有熬夜,只是睡得比较晚。"

意思一样,但小朋友也没这个概念,她似懂非懂地点头,很容易就糊弄过去了。

"没熬夜就好,何奶奶说,熬夜会长不高,还会变丑,以后没人喜欢。"

她用很可怕的语气说出这句话,似乎是想吓唬他。

商滕点了点头:"嗯,知道了,你也早点儿睡,别熬夜。"

"嗯!我现在就睡!"

她说完,就乖乖地躺好,小手捏着被子往上拽。

商滕替她把灯关了,出门前,陈甜甜的小手捏着他的衬衣下摆:"爸爸。"

他垂眸,轻声问:"怎么了?"

陈甜甜摇了摇头:"你今天忘记跟我说晚安了。"声音有点儿委屈。

"对不起,差点儿忘了。"商滕笑了下,声音温柔,"晚安。"

何婶照旧把炖好的汤装好,让商滕给岑鸢带去:"鸡肉不吃没关系,但汤得喝完,这是老母鸡炖的,大补。"

商滕垂眼,迟疑了片刻,问何婶:"女孩子那种时候……肚子疼的话应该怎么做?"他说得吞吞吐吐。

何婶愣了很久,才弄懂他话里的意思。

"是来例假腹痛吗?"

商滕神色不太自在地咳了一下,然后点头:"嗯。"

何婶欣慰地笑了笑,似乎是觉得他们两个人的关系终于亲近到这种程度了。

她说:"用糖水给她煮几个鸡蛋,睡觉前最好在小腹处贴个暖宝宝,如果条件允许的话,给她揉揉肚子。"说到最后这句话的时候,她脸上笑容暧昧。

这个条件允许,似乎是得岑鸢同意,不过应该实现不了。

商滕是在岑鸢家的日历上看到的,她圈起来的日期。

他听说,女人这种时候都会不舒服。

开车回去,路过超市的时候,商滕特地下车进去买了点儿红糖。

他在家不做饭,东西几乎是全新的,第一次用,但最简单的糖水煮鸡蛋，这些他还是会做的。

他知道岑鸢爱吃甜的，还特地多放了些糖。

岑鸢的确挺难受的，但也不是像别人那种痛到下不了床的程度。

挂了和周悠然的视频电话以后，她买了下周回去的机票。

买返程票的时候，她犹豫了一会儿，这个地方其实没有太多让她留恋之处，如果生命只剩下最后一天，她也想回榕镇待着，可还不是时候。

饼干做完绝育手术以后，心情显然不太好，饭量也一般，最近经常在她怀里躺着，不叫也不闹腾。

医生说这是正常反应："被绝育后，它肯定也郁闷，给它点儿时间缓缓。"

医生的话让岑鸢对饼干又心疼又想笑，这几天也是好吃好喝地供着它，仿佛一个坐月子的小猫咪。

电视里放着一部悬疑片，情节发展到高潮，最恐怖的地方，岑鸢捂住了饼干的眼睛，不让它看，怕它晚上做噩梦。

正好门铃响了。

岑鸢抱着饼干过去开门，商滕一只手提着保温桶，另一只手则端着碗。

岑鸢愣了下："这是？"

他言简意赅，语气也淡淡的："夜宵。"

岑鸢点点头，让他进来，给他倒了杯水。

要是以前，饼干早冲过去咬他裤腿了，可是今天显然没什么心情，被岑鸢放在沙发上后，就一动不动地趴着了。

商滕看了它一眼，问岑鸢："生病了？"

岑鸢摇头，把水杯递给他："前几天带它做了绝育，心情不太好。"

电视声音有点儿大，因为剧情到了高潮，背景音乐比较诡异。

商滕看了一眼，正好看到吊在房梁上的尸体。

他问岑鸢："不怕吗？"

虽然她提前看过剧情梗概，知道这个片子比较恐怖，但看到这么灵异的场景，还是会怕。

岑鸢诚实地点头："怕。"

玻璃杯不隔热，水是温的，但和商滕此刻的体温比起来，也算不上太烫。

屋子里的暖气开得有点儿大，因为岑鸢怕冷。

这其实不是一个太好的兆头,身体不好的预警似乎都是畏寒。

商滕心不在焉地喝了口水,把杯子放回面前的方几上:"那个鸡蛋,凉了会腥。"

他不敢直接让岑鸢吃,怕被拒绝,所以只能用这种旁敲侧击提醒她。

汤用保温桶装着,应该是何婶煮好以后让商滕带来的。而那碗糖水煮鸡蛋,很明显是刚煮好没多久,还带着热气。

红糖水稀释煮沸后,颜色不算太浓,鸡蛋看上去倒是挺嫩的。

不用开口问,岑鸢也能猜到,这是商滕煮的。

她眼尾稍弯:"谢谢。"

商滕没说话,拿起刚放下的玻璃杯,又喝了一大口水,眼神闪躲。

鸡蛋煮得太多了,岑鸢没吃完,但是红糖水倒是全喝了。因为商滕一直在旁边盯着,好像她不喝完他就不会罢休一样。

岑鸢喝完了,肚子也饱了,有点儿遗憾:"何婶炖的汤今天是喝不成了。"

"我让她明天再给你炖。"

商滕起身把碗筷收拾了,洗干净后出来,岑鸢正看着自己小臂处的瘀青,脸色有点儿惊讶。

看到商滕出来了,她急忙把袖子放下来,挡住瘀青,笑容轻松:"今天谢谢你。"

商滕没有被她转移注意力,而是直接开口问她:"又有瘀青了吗?"

她脸上的笑容有几分尴尬:"你看到了?"

商滕抬眸,将视线从她的手臂移到脸上,没说话。

"其实没什么的,我这个病,有瘀青很正常,也不影响什么。"

商滕看着她:"痛吗?"

可能是觉得他足够聪明,再怎么撒谎也骗不了他,也可能是他此刻的眼神过于认真,岑鸢没办法忽略,也没办法再去敷衍,她轻声道:"有点儿痛。"

他像是在极力忍耐着什么,最后忍耐不住了,坐过来:"去医院看看吧。"

岑鸢无奈地笑道:"几处瘀青而已,没必要小题大做去医院的。"

他眼睫轻垂,手抬起来,想要握住她的胳膊,又怕弄痛她,最后还是放下了。

"不是痛吗?"声音很轻,和以往的漠然不同,现在的他好像很难过。

那双受到此刻情绪影响下垂的眼尾,岑鸢很熟悉。

岑鸢想,现在的商滕像一条受了委屈的大型犬。

时间在变，故事在变，故事里的人也在变。

商滕一直不说话，薄唇紧抿。

老家隔壁的爷爷是给人看面相的，他告诉岑鸢，以后结婚，千万别找唇薄的男人，唇薄情也薄，这类人都冷血。

岑鸢不信面相。因为那个老爷爷还说，她这一生幸福康健，但好像，也没幸福到哪里去，健康更不用提了。

岑鸢笑了一下，也不知是在笑商滕，还是在笑从前。

"我听何婶说，甜甜的爸爸回来了？"

何婶一直和岑鸢有联系，但她因为家里的事走不开，所以送汤送饭这种事情只能找商滕。她私心里自然还是希望岑鸢能和商滕复合的。

商滕看到方几的角有点儿锋利，用手碰了一下，有点儿硌得慌。如果岑鸢不小心磕到的话，肯定会受伤。

那些存在安全隐患的地方，他都应该处理掉的。听到岑鸢的话，他将视线从那些可能造成她受伤的家具上收回。

"回来有半个多月了。"

屋里很暖和，但岑鸢还是在腿上盖了个薄毛毯。

关于商凛的事，其实这些日子以来，岑鸢也多少听说过一些，一部分还是从江祁景那里听来的。似乎是怕岑鸢和商滕死灰复燃，他隔三岔五就会和岑鸢细数与商滕在一起的坏处。

他的家庭挺复杂的，原生家庭很容易影响人的一生。

有那样的父亲，商滕的童年似乎也没好到哪里去。

过度自卑怯懦的人，总是会用伪装的强大来掩藏自己。往往这种伪装，最大的受害者就是其子女。商滕和他哥哥就是商昀之伪装的受害者。

在原生家庭的影响下，性格很容易被扭曲。

"所以你别和他复婚，先不提他的为人，单说他那种家庭，谁嫁进去都得被逼疯。"江祁景是这么劝她的。

"他是回来接甜甜的？"

商滕摇头："可能不会走了。"

岑鸢嗯了一声，没有再问。

屋子里安静，她端着保温杯，小口小口地喝着热水。

"如果碰到他，你别理他。"商滕说，"他不是什么好人。"

商滕语气也算不上厌恶，平静淡漠，仿佛口中的那个"他"不是与自己

有着血缘关系的兄长,而是一个不入自己眼的陌生人。

岑鸢疑惑地抬眸:"可他不是你哥哥吗?"

可能以为她不信自己的话,商縢抬眸,那点儿极力维持的平静破碎了:"是我哥怎么了?我也不是什么好人。"

岑鸢觉得,现在的商縢陌生,又有点儿熟悉。

他好像本应如此,不过是那些过早就压在他肩上的责任让他变成了别人所期待的样子。

岑鸢垂眸轻笑:"知道了,我不理他。"

时间也不早了,商縢没有耽误她休息,从她家离开后,他去了阳台抽烟。

他不迟钝,微不足道的纵容他都能够感受到。

如果说花在绽放前,需要经过很多道步骤。那么现在,则是刚播完种,再多时间他都可以等的。

工作室的生意也分淡季和旺季,这会儿正好赶上旺季,店里那些人手忙不过来,所以岑鸢又找了几个零工。偶尔她也会留在店里帮忙。她晚上回到家,已经很晚了。

她拖着疲乏的身子进了小区,在门口碰到了商縢。

他的唇色被冷风吹得有点儿泛白,应该在这儿站了很久了。

岑鸢问他:"怎么站在这里?"

他说:"等你。"

岑鸢没有问他为什么等自己,而是疑惑:"是很急的事情吗?"

商縢点头,手伸进大衣口袋里,摸出一盒糖,草莓味的,递给她。

寻城的蛋糕店关门都早,他买不到草莓蛋糕了,只能先用草莓软糖替代。

今天他去西郊查看新楼盘开发的进度,回来的路上有点儿堵车,所以晚了点儿。下次他想在蛋糕店关门之前回来。

"不算太急,但还是想先问问你的意见。"

岑鸢把电梯门按开:"可以给我打电话,不用站在这儿吹冷风的,容易感冒。"

商縢说:"打过了,没人接。"

他语气挺平静的,和往日无异,但是少了点儿惯有的冷漠,也没有任何怪罪的意思。

岑鸢愣了一下，把手机从包里拿出来，触亮屏幕，看清上面有两通来自商滕的未接来电。

她跟他道歉："我今天早上把手机静音了，忘了调回来。"

电梯正好下来。

商滕先进去，把楼层按亮："我昨天看了一下，你家里的那些家具，边角有些锋利，容易受伤，所以想给你换一套。"

他说的这些，岑鸢其实也考虑过，但因为最近工作忙，所以耽搁了。

"还是不麻烦你了，等这段时间忙完了，我自己去家具店看看。"

"不麻烦，做生意而已。"

他不是只做房地产，日化家具、影视娱乐、货运物流也是他生意的一部分。这些也不过只是冰山一角。

他递给她一张名片："联系这个人就可以了，其他的不需要你操心。"

岑鸢的确有点儿心动。

家里那些家具是该换了，胳膊上的那些瘀青就是之前不小心撞的。

她早就想去家具城重新挑一套了，但因为一直没时间，所以就暂时搁置了。

迟疑了很久，她还是接下了名片："谢谢。"

电梯门正好开了，停在七楼。

在出去之前，他和她说了一句晚安，语气罕见地温柔。声音很轻，像是在和她说悄悄话，可惜他没有靠近她的耳边，所以听起来并不清晰。

他走得很快，往日高大傲然的背影都像是在害羞。

楼道的灯，每晚七点就打开了，亮一晚上。

岑鸢盯着缓缓关闭的电梯门，眼睛一眨不眨。

直到电梯门再次打开，在八楼停下。

她想，窗帘除了小碎花，深色系的似乎也不错，更遮光，肯定能让她睡个好觉。

第二天中午，忙完手头上的事情后，岑鸢拨通了商滕给她的那张名片上的号码。

电话那端，男人客气且耐心。

他询问过岑鸢对家具的要求后，按照她的条件给她挑选了几套。

他应该在这个行业做了很久了，非常懂得揣摩客户的心理，发过来的几

套家具岑鸢都很喜欢。但合心意的东西,价格同样让人为之犹豫。

这几套家具一看就很贵,全部置办下来,肯定不便宜。

岑鸢算不上节俭,但她想攒钱买房,很多不必要的开支,是能省就省。

家具而已,用不着太贵的,更何况,她也不会在这儿久住,总有一天是会离开的,这些家具肯定也带不走,所以她先咨询了一下价格。

很快,那边就给出了报价单,一整套,2999元。

那个羽毛水晶落地灯,岑鸢之前偶然在官网看到过一次,价格都不止这个数。

面对她的质疑,男人笑道:"这个灯是仓库存货了,本来就滞销,卖不出去,正好现在做活动,搭配着当赠品。"

岑鸢半信半疑。

家具是送货上门,那个男人找她要了三百元的运输费。

离开前工人甚至还免费送了福利,替她把家里那些坏掉的水管或是接触不良的灯泡全部换了一遍。

商滕接到电话从公司回来,纪澜正抱着陈甜甜,笑容温柔地逗她。

小家伙长得比同龄人快,个子也高,抱着甚至有些吃力了。

何婶听到动静过去开门,商滕穿着黑色的毛衣,高领柔软地折下来,露出坚韧凌厉的下颌线条,修长的脖颈被挡了半截。

何婶接过他臂弯的外套,挂在架子上:"夫人是中午来的,我想给你打电话,但夫人不让。"

商滕点了点头,只说:"您去忙吧。"他走进客厅。

陈甜甜在纪澜的怀里很乖,也很听话,一口一个奶奶叫得很亲昵。

这也算是她们第一次见面。

她和商昀之不同,没有那么多讲究。

小孩子是无辜的,既然来到这个世界上,就说明她的存在是有意义的。

这个家里终于也有了一抹鲜艳的色彩。

商滕看了眼桌上的茶具,这是纪澜最爱的一套。

"我的东西太多了,今天只搬了一部分,明天应该会全部送到,三楼空出来给我吧。"

商滕极轻地皱了下眉。

纪澜看到了,笑道:"怎么,连妈妈也不欢迎了?"

商滕摇头，只问："为什么这么突然？"

不算突然，她早就打算要搬过来的，在商滕刚结婚的那一年。没有哪个母亲是想和自己儿子长期分开的。

"你工作忙，家里也难得顾上，有我帮着操持，总会好一些。"她揉了揉膝盖，"而且不服老也不行，最近身子也开始出毛病了，这膝盖一到雨天就疼，郊外潮湿，不能久待。"

商滕沉默了很久，方才开口："我明天找医生帮你看看。"

纪澜有点儿自责地想，看来自己还是陪伴他的时间太少了。人们都说，父母才是孩子最重要的老师，她好像什么也没教过他，他连表达关心的方式都这么生涩无力。

纪澜笑道："没大碍，看过医生，最近也在吃药。"

"对了，"她又问，"你和岑鸢最近还有联系吗？"

岑鸢的消息发过来的时候，商滕刚脱了衣服准备去洗澡，那是一笔转账，三万元。

岑鸢："我不知道那套家具的价格，所以就大概估算了一下，你已经帮了我的忙了，我不能再让你做亏本的生意。"

他把钱退回去了。

商滕："用不了这么多。"

商滕坐在椅子上，盯着屏幕上的头像看了很久。

那只橘猫盯着镜头，旁边入镜的是岑鸢的手，它姿势亲昵地靠在她胸口。

他好像，连一只猫都开始嫉妒了。

岑鸢最后还是给他转了一万五千元。

他这次没退回，收了。他知道，他如果不收，岑鸢总会再找机会给他的。

回榕镇之前，岑鸢回了趟家。

江祁景得知她要回去，怕她受欺负，专门和学校请了假，回去陪她。

没了商滕这个金龟婿，刘因最近在贵妇圈的地位一落千丈，别说是合影被剪，她压根就不配出现在合影里。

岑鸢刚嫁给商滕那会儿，她仗着自己这个能干的女婿，到处嘲讽别人。

虽然大家都在背地里吐槽她，但面上也深知得罪不起她。不过现在可不

同了,之前捧着她的那些人,现在都开始奚落她了。

在外面受了气,她也没给岑鸢好脸色。

反倒是江巨雄,虽然不苟言笑,但还是关心她的。

"最近怎么样?"

岑鸢握着筷子,点了点头:"挺好的。"

他松了口气:"好就行。"

那顿饭吃得挺平静的,因为刘因中途扔了筷子回房了。

江窈脸色不太好看。

想来这些天她也被折磨得够呛:"爸,我最近看了个房子,就在公司附近,我想搬出去住。"

江巨雄知道她在想什么,也没拒绝:"我待会儿把钱转给你。"

江窈抱着他的胳膊撒娇:"还是爸最好了。"

江祁景夹了一块酥肉放在岑鸢的碗里:"待会儿我要回学校,顺路送你回家。"

岑鸢摇了摇头:"不了,吃完饭我得去机场。"

这会儿不只江祁景,江巨雄和江窈都把视线移了过来。

江巨雄问她:"要去哪里吗?"

"有点儿事,要回榕镇待几天。"

江巨雄点了点头,也没问她回去干吗,只是叮嘱了一句:"路上注意安全。"

岑鸢嗯了一声:"会的。"

江祁景神色有点儿紧张:"还会再回来吗?"

看到他这副表情,岑鸢有点儿想笑:"会回来,事情处理完了就回来。"

察觉到自己刚才的情绪过于明显,他神色不太自然地咳了咳:"你别误会,我就是好奇而已。"

岑鸢脸上笑容很温柔:"我知道。"

在去机场之前,岑鸢把饼干托付给了江祁景。

她回榕镇的这些天,饼干总得有人照顾。

还好,它是个自来熟,对谁都很热情、乖巧,唯一讨厌的好像只有商滕。

从某些方面来说,商滕也能称得上是它的"例外",这话听起来还挺浪漫。

当然前提是,忽略他一年内打的两次疫苗。

上了飞机，岑鸢戴着眼罩睡了一小会儿。

徐辉很早就过来了，在机场外等她，似乎怕认错人，手上还举了块牌子。不过鸢字写错了，写成了元。

上次在视频里见过一面，岑鸢对他的长相有点儿印象。

她拉着行李箱从里面出来，试探着喊了一声："小辉？"

女人那张脸比视频和照片里还要好看千倍万倍。

徐辉对上她那双温柔的眉眼后脸一下就涨红了，喊她："岑鸢……姐。"

风有点儿大，岑鸢把长发拢在脑后，随意地扎了个低马尾："今天真是麻烦你了，这么冷的天，还专门开车过来接我。"

他摇头，把岑鸢的行李箱接过来："不麻烦的，平时婶子也帮了我们不少。"

上了车后，他把暖气打开："婶子本来也打算一起来的，但我爸怕她身体吃不消，就没让她来。"

岑鸢一听这话，瞬间紧张起来："我妈身体又不好了吗？"

"没有没有，是我爸怕这天太冷了，婶子会受凉冻着，我们这边和寻城可没法比，暖气都没供上呢。"

徐伯的确对周悠然很好，心疼她，也尊敬她。

听到这些，岑鸢也释怀地笑了："榕镇是南方，没供暖气也正常。"

徐辉这辈子还没去过北方，所以一路上问题不断。

"寻城应该很冷吧，我听说我们这边是湿冷，那边冬天是干冷。"

"是挺冷的。"

刚到寻城的那一年，岑鸢十个手指头都长了冻疮，痒得要命。她又不敢挠。

那个时候她觉得整个世界都和她无关，关心她的人在榕镇，没人心疼她多少根手指生了冻疮。

她总是一个人偷偷躲起来哭，哭完以后又怕被人看出来，等到眼睛不肿了才敢出去。

以前她觉得如同地狱一般难熬的时光，想不到如今成了一段偶尔回想起的往事，很奇妙，不是吗？

开车大概两个多小时才从市里到家里。

榕镇比较落后，路也没修，很多地方甚至还是土路。

前几天刚下过雨，道路泥泞不堪，车轮轧过去，带起的淤泥四溅。

徐辉叹气："也不知道这儿的路什么时候才会修好？"

岑鸢没说话。她安静地看着道路两旁，明明熟悉，却莫名让她觉得陌生的建筑。

每一年回来，这里都在变。

周悠然早早就做好了饭菜，在家里等她。

她时不时地出来看一眼，直到那辆白色的大众出现在巷头，才满脸笑意地迎过来。

车停下，徐辉走到后备厢把行李箱拿出来。

"婶子，那我就先把岑鸢姐的东西搬进去了。"

周悠然笑道："辛苦了。"

他一摸脑门，笑容羞涩："不辛苦。"

徐伯和小辉今天也在周家吃饭，冷清的屋子似乎一下子有了些许温度。

周悠然一直给岑鸢夹菜，说她瘦了，得多吃点儿补补。

徐伯笑道："现在的小年轻不都讲究以瘦为美吗？前些天小辉相亲时，五金店那个儿媳妇给他介绍的，说是自己同学，结果小辉嫌弃人家长得胖，也不看看自己啥样，就敢嫌弃人家了。"亲爹损起来，似乎比陌生人还狠。

小辉急忙为自己辩解："那哪是我挑，她才一米五，就一百四十斤了，本来就胖。"

周悠然把鱼腹最嫩的一块肉夹给岑鸢："你徐伯啊，每天吃饭都要和小辉斗嘴，一点儿也不沉稳。"

岑鸢轻声笑笑："说明还年轻。"

徐伯似乎是被岑鸢的话给逗乐了："岑鸢这孩子，嘴真甜。"

晚上的时候，岑鸢在周悠然的房间里陪她说话。

周悠然几番欲言又止，每每又在最关键的时候停下。

岑鸢把衣柜里的衣服重新叠好："和我有什么不能说的。"

周悠然笑了笑，像是在探话："就是想知道，如果家里多了几个人的话，你会介意吗？"

其实她这个年纪，有没有人陪也不重要的，她怕的就是岑鸢以后会嫌不方便，然后不回来了。

岑鸢知道她想问什么,把整理好的衣服放进衣柜里,关上柜门。

"我觉得徐伯人很好,小辉人也好,以后我不在了,有他们照顾你,我也放心。"

周悠然眉头一皱:"说什么胡话?什么叫以后你不在了。你还年轻,就算是走,也应该是我走在你前头。"

岑鸢轻笑着改口:"是,我说错话了,我该罚。"

白炽灯明亮,岑鸢安静地站在那里,认真地看着周悠然。眼角那几条皱纹,以前是没有的,鬓间的白发也长出来了。

小时候,父亲去世,周悠然的命就丢了一半,后来是为了照顾尚且年幼的岑鸢才强撑着的。

岑鸢不敢离开。她怕,怕她要是再走了,周悠然最后的半条命可能也没了。

所以岑鸢想,在自己离开之前,要给她找到一个好归宿。

她背过身去,忍住了眼角的泪:"妈,我今天想和你睡。"

她像小时候一样,在周悠然怀里撒娇。

周悠然无奈地轻笑,摸了摸她的头:"怎么还跟小孩子一样?"

岑鸢回榕镇的第三天,接到了商滕的电话。

他去岑鸢家敲门没人,以为岑鸢回江家了,后来见到江窈,才从她口中得知岑鸢回了榕镇。

"什么时候到的?"

岑鸢说:"前天下午到的。"

他那边很安静,应该是在一个相对密闭的空间,可能是在家,也可能是在办公室。

他再无话了,沉默了很长时间。

岑鸢知道,他应该还有其他的话要说。

商滕的确不是一个能言善辩的人,他的做事准则就是快准狠。

看重时间的人,不愿意在废话上浪费时间。但现在的商滕,好像和以前相互矛盾。

岑鸢看了眼墙上的挂钟,像是在数,这场沉默到底持续了多长时间。

终于,他开口了:"还回来吗?"

岑鸢点头:"会回去。"

他低低地嗯了一声,听不出喜怒。

徐辉在旁边喊她:"岑鸢姐,能帮我个忙吗?"

她应了一声,说完结束语后,挂了电话。

渔网被积水压下去了,他得重新捞上来,但需要有个人在旁边扶着。

这些天一直在下雨。

徐伯穿着雨靴进来,在外面的花坛上蹭掉脚上的泥:"这破路,一下雨就没法出门。"

岑鸢给他倒了一碗刚煮好的姜茶:"先喝点儿姜茶暖暖身子。"

徐伯接过碗,和她道谢:"我家小辉要是有你一半听话,我也就放心了。"

岑鸢笑道:"每个人都有属于自己的性格和优点,小辉只是嘴笨,但他心地善良,也很难得。"

徐伯被她两句话给逗乐了:"在你眼里就没坏人。"

岑鸢没有睡午觉的习惯,但下雨天总是容易让人疲乏。

她睡完午觉出来,徐伯正和谁坐在客厅里说要修路了,前些天收到的消息。

"城里的大老板做慈善,亲自捐的款,给我们修路。"

徐伯抽着烟:"哪儿的大老板这么心善,我们这儿也没有穷到出名啊。难不成是从榕镇走出去的大老板?"

"也说不准,兴许是赚了点儿钱,想着回馈老家了。"

"那是好事啊。"

听到身后的动静,徐伯回头看了一眼,急忙把烟掐了,手在空中乱挥,想把那些呛人的烟雾挥开:"吵醒你了吧?"

岑鸢摇头:"没有的。"

外面的雨停了,她把外套穿上,拿了钥匙:"徐伯,我今天晚上还有点儿事,得出去一趟,麻烦您和我妈说一声,今天晚饭不用做我那份。"

"你路上小心点儿。"

"嗯,会的。"说完她就离开了,也没有听到身后的谈话声。

"这是周悠然的女儿吗?好些年没见,长这么大了。"

"嗯,前些天刚回来,听说是为了纪丞的忌日特地回来的。"

"纪丞啊,那孩子我还记得,挺可惜的,他爸爸是个英雄啊。"

徐伯叹了口气:"是国家的英雄,可惜不是孩子的英雄。"

乡间的路不太好走,好在镇上是水泥路,不用担心鞋底会糊上厚厚的淤泥。

岑鸢买了点儿香烛和纸钱，在纪丞家楼下的路边坐着，燃了香，又烧了纸钱。

回去的时候，她特地去以前的学校看了看。

体校早就荒废了，还没来得及建别的，铁门没有锁，轻轻一推就开了。

她走进去，看到被玻璃罩保护的光荣墙，上面的长跑最快的人还是纪丞。

这好像是仅存于世的，少数几个能证明他存在过的痕迹。

她看着上面的照片，看了很久，最终眼底泛红，释怀地笑了："纪丞啊，我不等你了。"

照片里的少年，眉眼坚毅地盯着镜头，唇角却带着笑，带着几分桀骜和痞气。

岑鸢曾经因为他，无数次想过要离开这个世界。以前从来没有想过，她有一天也会放下，其实早该放下的。

旁边保安室还住着人，是之前的保安，现在年纪也大了，学校体谅他没地方住，就把这个保安室留给了他。

他听到外面有动静，端着茶杯出来，看到岑鸢，愣了很久。

他觉得熟悉，但因为时间过于久远，一时想不起她是谁了。

他努力地在记忆里搜刮，终于记起，笑着调侃她："又没考好？"

小姑娘每次没考好就来校门口站着哭，等人来接她。

那个男孩子他有印象，挺聪明，属于学校重点培养的优等生，但太闹腾，三天两头就被带到保安室请家长，所以他才会记得这么清楚。

"他今天没来接你吗？"

岑鸢跟他道歉："不好意思，打扰您休息了。"

细雨蒙蒙，空气中都带着凉意，岑鸢转身准备离开。

雨幕之中，男人撑伞站着，快要被这夜色吞噬了。

对于他的出现，岑鸢应该感到意外的，却怎么也意外不起来。

他们没有多余的寒暄，连问候都直接省略了，商滕走过来，把伞撑在她头顶。

他的半边身子暴露在雨水之中，很快就被淋湿。

保安看着二人离开的背影，笑道："看来是换人接了。"

这条路，岑鸢走了十几年，闭着眼睛都可以走回家。

她没有问商滕为什么会过来，他也没有说。

两个人一路上都很沉默,伞面不断地往岑鸢所在的方向倾斜,哪怕后来,雨越下越大,她也没淋到半点儿。

这么晚了岑鸢还没回来,周悠然担心岑鸢路上会出什么事,刚穿上雨衣,拎着手电,准备去找她。

前方的路灯下面,两道人影被拉长。

周悠然看见岑鸢了,松了一口气。

站在她身旁给她撑伞的男人却很面生,周悠然走上前,哪怕是斥责,语气却没有半分严厉:"怎么这么晚才回来?你吓死我了。"

岑鸢说:"回来的路上去以前的学校看了看,所以就耽误了些时间。"

听到岑鸢的话,周悠然点了点头:"看看也好,听说那边要拆了,重建成幼儿园。"她又将目光移到岑鸢身侧的男人身上,"这位是?"

商滕礼貌地做着自我介绍:"伯母您好,我是商滕。"

周悠然惊讶得嘴唇微张,似乎没想到他会出现在这里。毕竟她从江窈口中得知的,商滕并不爱岑鸢,可是……

他把伞收了,语气温柔地询问岑鸢:"冷不冷?"

岑鸢摇头:"不冷。"

倒是他,半边身子都在雨里,衣服不用拧都可以出水了。

"你先进去洗个热水澡,然后把衣服换了,当心感冒。"

商滕站在那里,没说话,也没动,只是用那双好看的眼睛看着岑鸢。

他长得好看,身上的每一个部位都好看,包括那双没有任何感情的眼睛也好看,可是现在,那双眼睛有了感情,并且还挺复杂的。

想到他来时是空着手的,岑鸢问他:"你没带衣服?"

他摇头:"没带。"

他本来就是临时决定过来的,担心岑鸢不回去,唯一能做并且敢做的事情就是给她打那通电话。

即使她说了会回去,可他还是担心。他连续好几天都在失眠,今天也是,所以他干脆买票过来了。

岑鸢还回不回寻城,其实也不是他能改变的,他深知自己在她心中没什么地位,也没想过要改变她的想法,就是想看看她而已,顺便看看她从小生活过的地方。

周悠然说:"先进屋吧,身上都湿透了,还站在外面吹冷风,更容易感冒。"

屋内开了空调,暖和但是有点儿干燥,岑鸢把加湿器打开。

这还是去年，岑鸢买了寄回来的，但周悠然一直舍不得开，怕费电。

岑鸢让商滕先进浴室洗澡，老穿着这身湿透的衣服也不好。

她自己撑着伞去了徐伯家。

徐辉正拿着手机蹲在堂屋打游戏，手机屏幕里闪着五颜六色的光，伴随着他的一句脏话化作灰色。

看到岑鸢，他急忙起身："岑鸢姐。"

岑鸢笑了笑，收了伞走进来："徐伯还没回来吗？"

他把手机放在一旁，给她倒了杯茶："我爸去小卖铺打牌了，估计今晚都不会回来。"

岑鸢点了点头，接过茶杯，喝了一口。

徐辉问她："找我爸有事吗？我现在去叫他回来。"说罢他就要出去。

岑鸢叫住他："我不找徐伯，我找你。"

他停下，面带疑惑："找我？"

岑鸢把茶杯放下："家里来了客人，他衣服被雨淋了，所以想找你借一套。"

徐辉眨了眨眼："男人？"

岑鸢点头。

徐辉虽然心里好奇，婶子家怎么会有男人？但也没多问，他让岑鸢先等一会儿，回房在衣柜里拿了一套衣服。

"还是新的，我也没穿过，我外婆给我买的，大了点儿，就一直放着。"

岑鸢接过，和他道谢："后天洗干净了给你送回来。"

徐辉笑道："不用，反正我也穿不了，就当是送给你朋友了。"

"谢谢。"

岑鸢回到家，浴室的灯亮着，周悠然先回了房，估计是想避嫌。毕竟她在这儿，也不太好。

岑鸢抱着衣服过去，敲门："商滕，你把门打开。"

里面的水声早就停了，他轻咳一声，语气有几分不自然："开门？"

"开一道缝就行，我把衣服递给你。"

"嗯。"

浴室的门有点儿破旧了，总有咯吱声。开门的那一瞬间，浴室内的热气涌了出来。

岑鸢把衣服递进去。

现在还很早,她坐在沙发上,抱着抱枕看电视。

商滕换好衣服从里面出来,他和徐辉身高差异实在是太悬殊了,哪怕徐辉穿着大的衣服,在他身上仍旧短了半截。

看到他露在外面的脚踝,岑鸢笑道:"看来长得太高了的确不太好。"

商滕没说话,走过来,在她旁边坐下。

电视里放的是地方台的节目,就连广告也是讲方言,商滕听不懂,全靠字幕。

为了缓解沉默带来的尴尬,岑鸢问他:"你应该是第一次来这么偏僻落后的地方吧?"

"以前参加学校的活动,去过连车都开不了的山区。"

商滕的回答的确让岑鸢惊讶了好一会儿。

不是她戴着有色眼镜看人,而是因为,商滕的确不像那种会对学校活动感兴趣的人。

对于她的反应,商滕也不意外,毕竟那是很久以前的事情了,好像还是初二的时候。

"是关于考古的课外活动,车开不进来,进了小镇就开始步行,等爬上山,已经过去八个小时了。"

那时候他很累,甚至有很多同学开始哭着要回家,但他一句抱怨的话也没有。

从小学开始,他的梦想就是成为一名考古学家,一直持续到初中。直到初三那年,他被迫正视了自己的命运。他这样的人,不配拥有梦想,一生都只能做个傀儡。

岑鸢不知道是什么时候睡着的,脑袋一直慢悠悠地往旁边靠,又慢悠悠地抬起来。

商滕小心翼翼地坐过去一点儿,动作很轻地扶着她的头,让她靠在自己肩膀上。

那点儿重量压过来时,他能清楚地感觉到自己的脊背下意识地挺直。他不敢动,怕弄醒她。他全程保持一个动作,只有眼睛在动。

她睡着以后,很安静,比醒着的时候还要安静,偶尔会皱下眉头,应该是做噩梦了。

迟疑了很久,他最终还是缓缓抬起了左手,刚洗完澡的指腹还是温热的，动作温柔地在她眉间轻轻摩挲，抚平了那点儿褶皱。

"睡个好觉吧。"他刻意压低几分的声音，却也藏不住快要渗出水的温柔。

岑鸢醒过来的时候，已经凌晨一点半了。

她靠在商滕的肩上，从八点睡到现在。

男人眼睛紧闭，哪怕是睡觉，也仍旧保持着脊背挺直的姿势，一动不动。

察觉到肩上的重量消失，他睁开眼睛。

岑鸢跟他道歉："我刚刚好像睡着了，不好意思啊。"

商滕没说话，那双有些疲乏的眼睛生出些许红血丝。

他从桌上抽了张纸巾，想给她擦眼泪，手在空中停住，片刻后，他把纸巾递给她："怎么哭了？"

岑鸢愣了一下，摸了摸脸，上面的确湿润一片。

乡下的夜，安静得半点儿多余的杂音也没有。

她说："我好像做了一个梦，我梦到纪丞了。"

商滕眼睫轻抬，微抿着唇。

"他一点儿都没变，还是那么年轻。明明我比他小几个月的，可到头来，我反倒成了姐姐。可能以后我还会成为阿姨、奶奶。但是还好，还好他在我还算年轻的时候来见我，至少现在的我还是年轻漂亮的。

"你说，他是不是怕我忘不掉他，所以才一直不肯来见我？不然的话，为什么我刚说不等他了，他就来找我，和我说再见。"

听到这些话，商滕不可能无动于衷，但他最大的感受就是无力。活在回忆里的人，往往是最难以割舍的。凡事都讲究先来后到，如果先来的那个人是他的话，他也可以把她保护得很好，但没有如果。

岑鸢还是第一次在商滕面前哭成这样，半点儿也没有她平时的稳重。

现在的岑鸢，只是普普通通的女孩子。

"商滕，你说我是不是很坏，纪丞对我那么好，我却想着忘记他。"

她哭得脱力，身子虚弱地靠在他的肩上，全身都在颤抖："可是我想活下去，我想好好活下去。"

商滕轻轻拍打着她的后背，像哄小孩子一样哄她："你没有错，你们都没有错。"

岑鸢在他肩上睡着了，就连商滕把她抱回房间，她都没醒。

第二天岑鸢起床时，已经快中午了，头昏脑涨，眼睛还肿着。

她刷牙的时候用冷藏过的冰敷了一下眼睛，想消消肿。

院子里传来周悠然的声音："小心点儿。"

岑鸢疑惑地走出去，正好看到周悠然扶着梯子，眼睛盯着上面。

岑鸢顺着她的视线看过去，商滕卷着袖子站在屋顶，手边放着一摞瓦片。

周悠然看到岑鸢，让她过来扶一把："厨房里的屋顶缺了一块，昨天下雨，全漏了，本来想去叫你徐伯过来修的，不过商滕说不用那么麻烦，他也会。"

岑鸢听到以后，眉头瞬间就皱了起来。他会什么，十指不沾阳春水的大少爷，估计就没有住过瓦片盖的小平房。

周悠然让岑鸢先扶着梯子，她去里面倒杯茶。

岑鸢担忧地看着屋顶，手和脚一起使劲，生怕梯子会晃动。

她在下面紧张得要命，上面倒是半点儿动静也没有。

也不知道过了多久，男人终于踩着梯子下来了，手上、脸上全是黑色的煤灰。

"好了。"

岑鸢递给他一块毛巾，让他把手擦擦："以前修过吗？"

他接过毛巾，擦手的力道很重，像是要直接搓掉一层皮。

这种事也是难为他了，这么爱干净的一个人。

"没有，第一次。"

岑鸢惊讶地道："第一次就能修得这么好？"

手干净了，毛巾脏了，上面全是煤灰。

岑鸢又递给他一块："脸上也有。"

脸脏在哪他也看不见，只能胡乱地擦，语气平淡："可能因为我聪明吧。"

这种话如果是别人说，岑鸢可能会觉得有几分自负，但如果是商滕，她则觉得很正常，他的确聪明。

左边脸颊那块他一直没擦到，在他白皙的脸上显得有几分突兀和滑稽。

岑鸢无奈地叹了口气，接过他手里的毛巾："我来吧。"

商滕没动，站在那里，像愣住了一样。

煤灰不好擦，她用了点儿力气，但怕弄疼他，所以动作仍旧温柔。

因为距离的拉近，商滕闻到了她身上清清淡淡的花香。他微抿着唇，喉结轻微滚动，放在身侧的手也缓慢握紧。那双眼睛左右闪躲，偶尔在她脸上停留几秒，都像是被烫伤，又立刻挪开。

周悠然端着茶从堂屋出来，递给商滕："今天真是麻烦你了，先喝杯茶。"

商滕看了眼岑鸢,她冲他点了点头,他这才把茶杯接过来:"谢谢。"

岑鸢把毛巾浸在盆里,搓洗干净之后挂在晾衣绳上。

周悠然笑道:"是不是岑鸢这孩子平时对你太凶了,怎么连喝杯水都得看她的脸色?"

岑鸢笑道:"乱说什么。"

商滕没说话,他本来就不是话多的人,眼神从始至终都在岑鸢身上。

岑鸢怕他一直在这里待着不自在,说带他出去转转。

"正好今天天气不错,我带你去附近逛逛。"

周悠然听到了,也连连点头:"你带商滕去你徐伯那里钓鱼,小辉今天应该也在家,他们两个年龄相仿,共同的话题肯定也多。"

岑鸢想到小辉平日里的爱好,他和商滕的话题应该八竿子打不到一起去吧。

她问商滕:"想去钓鱼吗?"

商滕反问她:"你去吗?"

"去啊。"她当然不可能把商滕一个人扔在那儿。

得到肯定的答案以后,商滕点头:"想。"

岑鸢沉默了一会儿,突然说:"如果我不去呢?"

"那就不想。"

"……"

周悠然在一旁看着,眼角的鱼尾纹都笑出来了。

她先前还因为江窈的话担心,电视里不都这么演的吗?有钱人家的大少爷都和自己明媒正娶的妻子没有感情。可现在看来,他们好像也并不是一点儿也没有感情呀。

这里的气温比北方要暖和,少了点儿寒意,出门不需要穿太多。

岑鸢随便穿了件外套,两个人就沿着乡间小路一直走,偶尔碰到熟人,会停下来打声招呼。

臂间挎了个竹篮子的妇人笑眼和善地问岑鸢:"是岑家那个小丫头吧?"

岑鸢点头笑笑:"婶婶这是要去田里吗?"

"对,摘点儿苔菜,家里小家伙嚷着要吃。"她的眼神落在商滕身上,八卦的成分多了许多,"这位是你老公吧?"

乡下流言总是多一些,传得也快,岑鸢虽说没想过要隐瞒这种事,但她

也不想沦为被议论的对象。

她笑了下，没承认，也没否认。

"小伙子长得可真俊啊，这个子也高，得有一米九了吧？"

她跟打量物品一样上下打量商滕，就差没直接上手摸了。

如果是以前，商滕早冷着一张脸了。

不得不说，他虽然外表看着光风霁月，其实脾气差到极点，不过是比普通人能忍罢了。

在岑鸢提心吊胆，以为他会发脾气的时候，他却无动于衷。

他真把自己当一件供人随意观赏的物品了。

岑鸢挡在商滕面前，礼貌地对她说："婶婶，我们还有事，就先走了，等有空了我再去您家坐坐。"

妇人乐道："那敢情好，到时候你给我家二妞洗洗脑，她最近老想着退学进厂打工，说什么老家太落后了，连个星巴克都没有。我怎么说都不听，你是从大城市回来的，你说的话她肯定听。"

岑鸢点头："嗯，好的。"

"那行，那我就不打扰你们了。"她说完，眼神暧昧地看了他们一眼，然后才离开。

直到她走远了，岑鸢才和商滕解释："她没有恶意的，只是过分热情了点儿。"

商滕只是点头，仿佛并不在意。直到往前又走了一段路，他才说了出门到现在的第一句话："还有多久到？"

岑鸢以为他累了："就在前面，如果你累的话，我们可以先坐下休息一会儿。"

商滕盯着她的脸看了会儿，而后才缓慢点头："那就休息一会儿吧。"

旁边新建了个广场，也不知道是谁规划的，健身器械和篮球场弄在一块儿，后面就是小卖铺。

岑鸢的确也有点儿累了，自从生病以后，她就很少有这么大的运动量，平时出行都是坐车。

她在椅子上坐下，揉了揉有些发酸的小腿。

商滕走过来，手上拿着两瓶刚去小卖铺买的水，拧开了瓶盖递给她："先喝点儿水。"

他个子高，岑鸢坐着，他只能蹲下把水递给她。

两人一坐一蹲，往日那个高高在上、清冷矜贵的商滕竟然也显出了几分卑微。

岑鸢最终还是垂下拿着水瓶的手："商滕，你不用这样的。"

她不觉得自己拥有改变一个人的能力。

如果让一个曾经万分强大的人变得软弱，岑鸢觉得这是自己的罪过，担不起。

商滕的语气透着无所谓："我是自愿的。"

他曾经的位置是别人给他搭建的神坛，他靠自己的能力不断增加高度，可是现在，他是自愿走下来的，一步一步，走到岑鸢面前。

他什么也不要了，钱、权、名、利，全不要了。

野心家没了野心，他只想要一个家，有岑鸢的家。

商滕的骨子里带着倔强，从小到大都是如此，哪怕他过早成熟，比同龄人要早熟得多。

又坐了一会儿，不那么累了，岑鸢方才起身。

"大概再走十分钟就到了。"

商滕点头，手里拿着她刚刚喝过的矿泉水瓶。

今天徐伯不在，又去打牌了，最忙的时间过去，好不容易得空歇歇。

徐辉留在家里看鱼塘，经常有偷钓的人过来，所以得常有人守着。

家里那条老黄狗拴在门口，平日里看到岑鸢了，都会乖巧地走过来，等她摸，可是今天叫个不停，跟发疯了一样。

徐辉拿着赶鸟的藤条过来："又乱叫什么？"

老黄狗不理他，仍旧龇着牙，面目凶狠地冲着商滕叫个不停。

看到岑鸢，徐辉把藤条放下，惊喜地道："岑鸢姐，你今天怎么来了？"

岑鸢笑了笑："家里来了客人，怕他无聊，所以就带他过来钓鱼。"

她口中的客人，应该就是站在她身侧的男人了。

他身上穿的衣服是自己昨天拿给岑鸢的，袖子和裤腿明显短了点儿，但穿在他身上也不觉得滑稽，可能这就是帅哥的魅力吧，穿抹布都好看。

地摊上九十九一件的外套被他穿成了品牌高定。

女人会嫉妒女人，男人当然也会嫉妒男人。

徐辉把老黄狗牵进牛棚里，要是没有绳拴着，它恐怕早就扑上去了。

"岑鸢姐，你这朋友好像不太讨小动物喜欢啊。"

岑鸢倒是挺赞同他这句话的。

徐辉拿了两根鱼竿出来,穿上饵食,又找了个适合垂钓的好位置。

商滕以前应酬的时候钓过,比起去夜店或者KTV,他更喜欢这种安静点儿的氛围,也不用听别人讲一堆废话。

徐辉不钓,搬了个凳子坐在旁边和岑鸢闲聊,偶尔视线会在商滕身上停留一会儿。

因为袖子短了点儿,而露出了手腕以及那个百达翡丽的腕表。能让男人感兴趣的,除了美女,就是手表和豪车了。

虽然徐辉买不起,但架不住喜欢,所以还算了解。

他戴的这只表不光贵,而且还限量,有钱都未必买得到。

徐辉用手里的藤条戳着面前的杂草,酸溜溜地想,估计是假的。

买得起这么贵的腕表的人,怎么可能来这种穷乡僻壤?他体验生活?这话鬼都不信。

岑鸢钓起一条手掌大小的鲫鱼,笑得眼睛都快弯成月牙了:"今天晚上可以喝我自己钓的鲫鱼汤了。"

她的脾气太好了,不管发生了什么,不管自己有多难过,她总是会笑着先去安慰别人。可来了这里以后,商滕才发现,原来她发自内心地开心时,笑容也可以这么灿烂。

他的目光从始至终都在她身上,连浮漂被鱼咬动也没有察觉。

岑鸢钓起鱼来全神贯注,完全被吸引了。

倒是徐辉,虽然对商滕的第一印象不太好,但还是主动和他搭讪:"你玩游戏吗?"

商滕把鱼饵穿上,重新抛入河中:"很少。"很少那就是玩了。

徐辉顿时来了兴趣:"什么游戏?王者的话咱们可以开黑。"

男人言简意赅地道:"摇骰子。"

徐辉嫌弃地皱了下眉,看来他还是个夜店咖啊。

真不知道岑鸢姐这么纯粹的人,怎么会和这样的男人扯上关系?

他搬着凳子,远离了商滕。

下午开始下雨,钓鱼也被迫中止,岑鸢还有点儿意犹未尽。

徐辉让他们先进屋坐一会儿,等雨小了再走。

刚好徐伯回来了,和他一起回来的还有那天岑鸢在家里看到的长辈。

岑鸢他们在房间里看电视,徐伯则在堂屋和那人讲话。

"钱拨得快,已经下来了,下个月都是好天气,正好可以开工。"

徐伯感叹道:"好人啊,你说我们这小地方,要是没有善人的资助,估计还得迟上好几年才能修上路。要想富,先修路,看来我们这儿也要富了。"

男人笑道:"可不是嘛,听说捐钱的大老板不是榕镇出去的,是寻城本地的。"

"寻城?那和我们这八竿子打不到一起去啊,怎么想到要资助我们这儿的?"

"谁知道呢,好像还是寻城有头有脸的高门大户,姓商,反正挺有钱。"

房间隔音不好,他们讲话的声音又大,这些话全部落进岑鸢的耳中。

她看了眼坐在她身旁的商滕,他仍旧无动于衷地看电视,像完全没听到一样。

外面雨停了,岑鸢和徐伯说了一声之后,和商滕一块儿离开。

岑鸢看得出徐伯眼里有好奇,好奇商滕的身份。

毕竟是他从前没有见过的人,但也没问。

从他家离开以后,都是土路,下过雨后,更是难走。

商滕看了眼她脚上的白色鞋子,绕到她面前,蹲下:"上来吧。"

岑鸢拒绝了:"没事,我可以自己走的。"

"上来。"声音温和,却带了点儿不容反驳的语气。

迟疑良久,岑鸢最终还是爬到他的背上。

商滕手扣住她的腿,站起身:"鞋子会脏。"

可能是觉得自己刚才的语气强硬了些,所以他在和她解释。

岑鸢没说话。

安静持续了很久,直到前方可以看见一点儿屋内的光了,岑鸢突然开口问他:"给镇上捐钱的是你吗?"

他没否认:"嗯。"

"为什么?"

是啊,为什么?

他大概是为了岑鸢的鞋子能够一直干干净净的吧。

商滕知道,岑鸢总有一天会回到这个地方,他除了有一点儿钱,也没其他的东西能帮到她了。他只能尽自己最大的努力,让她未来的日子好过一些。

他曾经做过很多对不起她的事,还自私地想把她留在身边,可是现在,他只想让她开心。

为了欢迎商滕来榕镇,周悠然一大早就去菜市场买好了菜,鱼和虾是徐伯送过来的。

岑鸢刚起床,商滕还在洗手间里洗漱,他的衣服已经让人送过来了。

岑鸢出来后,正好看到徐伯在院子里杀鱼。

听到动静,他往堂屋内看了一眼,笑道:"他还没起呢?也对,现在的年轻人觉都多,我家辉仔每天跟死猪一样睡到中午十二点。"

岑鸢笑了笑,坐过去:"他醒得早,每天差不多七点半就醒了。"

徐伯一刀下去,剁掉鱼头:"我还以为这种城里来的大户人家的孩子都被家里人宠坏了呢。"

岑鸢没说话。

商滕的确是城里来的大户人家的孩子,但他好像并没有被宠过。

徐伯嗓门大,习惯了,但他自己不觉得,所以刚才那句话也没刻意压低音量。

商滕洗漱完出来,额发沾了点儿水,带着湿意。

刚说完人坏话就被抓了个正着,徐伯看到他了,有些尴尬地放下手里的杀鱼刀:"那个……昨天晚上睡得好吗?"

"嗯。"他语气淡淡的,但还是礼貌地打招呼,"您好。"

衣服是何婶准备的,可能是以为他在外地出差,所以拿的都是一些正装。

在这种场合,穿正装显得有些突兀。

岑鸢走过去,替他把领口折好:"刚才的话都听到了?"

她身上有股淡淡的沐浴乳香,商滕盯着她的脸,不同于前几日的憔悴,最近好像慢慢恢复了些血色,他的心也暂时放下了。

"听到了。"

也对,那么大的声音想听不到都难。

她的声音小,像是在耳语,只有商滕可以听到:"徐伯心不坏的,就是心直口快,你别多想。"

商滕点头:"嗯,我不多想。"

岑鸢一时无话。

可能是她觉得现在的商滕过于好说话了一些,反而让她有些束手无策。可是她没发现的是,商滕只是在面对她的时候,变得好说话。

人的本性哪有那么容易改变,他仍旧是那个外冷内也冷的商滕。

醋不够了，周悠然让岑鸢去隔壁借点儿。

她一个人去的，回来的时候除了手上多了瓶醋，身旁还多了个小孩，被她牵着手。

周悠然看见了，笑着走过来，捏那小孩的脸："颜颜怎么来了呀？"

小女孩乖巧地喊道："婶娘好。"

岑鸢垂眸看着她，眼里带着笑："她妈妈不在家，爸爸又要出去干活，所以我就把她带过来了，一起吃饭。"

周悠然接过岑鸢手里的醋："你先陪她玩一会儿，饭菜马上就好了，待会儿我让你徐伯把小辉叫过来，那孩子睡到现在，还一顿饭都没吃呢。"

商縢很少下厨，更别说做这种杀鸡、杀鱼的事情了，这还是他第一次干。

他满手鲜血，皱着眉从厨房里出来的时候，颜颜先是愣了一下，然后躲到岑鸢的背后，哭得撕心裂肺。

岑鸢蹲下，捂着颜颜的眼睛，一边哄她一边让商縢赶紧去把手洗干净。

商縢脸上没什么表情，但眼神看着有点儿无辜。

他被讨厌的次数多了，其实也算习以为常，但明明什么坏事也没做，光凭第一眼就被讨厌，的确有点儿无辜。

商縢洗了很多遍，洗洁精都快用完半瓶了，直到手上完全没了血腥味，他才擦干了手出去。

颜颜已经被哄好了，坐在小凳子上喝着草莓牛奶，应该是岑鸢刚才带她去附近小卖铺买的。

喝了一半，她看到从堂屋里出来的商縢，嘴一撇，又要哭。

岑鸢急忙起身："颜颜不哭，姐姐这就赶他走。"说完她就将商縢推了进去，反手关上了门。

商縢没说话，伸手去拿桌上的纸巾。

岑鸢喊他："商縢。"

他没反应，只是一直重复擦手的动作。

岑鸢把他手里的纸巾抢过来："别擦了，都擦红了。"然后商縢就停下动作，垂眸去看她。

商縢给人的第一印象就像一把冰刀，又冷又锋利。

如果不是因为他让人惊艳的表面，恐怕他走在路上都会被警察拦下查身份证，过个安检都会被要求打开行李箱检查。

岑鸢觉得，他之所以不讨小动物和小孩子的喜欢，就是因为他总是一副生人勿近的冷漠神色。

"知道你委屈。"岑鸢把纸巾扔进垃圾篓里，"你以后多笑笑，别总冷着一张脸，小孩子和大人不同，不会伪装，他们的喜怒哀乐都表达得很明显。"

目的过于明确的人，是不会被路上的风景所吸引的。

这样的人，总是让人惧怕，为达目的，好像什么事都能做出来，但现在不这样了。

之前一直视为目标的东西，早就被商滕扔下了。

他现在想要的，只有一个。为了她，他可以放弃自己现在拥有的一切。

这其实也算是一场豪赌，因为他不确定，抛开了带给他光环的身外物，这么平凡普通的自己，还能不能被岑鸢看到。

原来喜欢一个人，真的会变得卑微。

岑鸢抱着颜颜，轻声细语地哄她："叔叔只是不好说话，他人很好的，也很爱小朋友，颜颜如果一直这么讨厌他的话，叔叔也会难过。"

小女孩抿了抿唇，有些内疚地去抓岑鸢的衣摆。

她一直不说话，像是在给自己做思想工作，过了很久，终于点头："嗯！"

岑鸢这才放心地笑了，摸了摸她的头："颜颜真乖。"

徐辉是饿醒的，前一天晚上徐伯就和他讲了，今天来周婶子家吃饭。

他随便换了身衣服就过来了，路上接到他爸的电话，让他从家里带几瓶酒过来，又不耐烦地往回走："也不早说，我都出来了。"

徐伯嗓门大，骂他："小兔崽子，让你多走两步路能把你累死啊？"

徐辉在他开骂之前急忙把电话挂了。

周悠然把汤端出来，劝徐伯："小辉年纪还小，他在同龄人中已经算听话的了，忙的时候起早贪黑地干活也没喊过累，你呀，别老是凶他。"

徐伯每次面对周悠然都是一副笑脸："行，都听你的，我不凶他了。"

岑鸢在一旁看着，嘴角也带着笑。

周悠然照顾自己，累了大半辈子，终于也遇到一个愿意宠着她、疼她的人了。

那顿饭吃得还算热闹，徐辉话多，男人上了酒桌似乎就彻底抛开了之前的那点儿成见。

他一直给商滕敬酒："我听婶子说了，你是岑鸢姐的老公，不管是按年龄还是按辈分，我都该喊你一声姐夫，这杯酒算我敬你的。"

那是自家酿的白酒，一直放在地窖，舍不得喝。

今天他们为了招待客人，特地拿出来的，度数挺高。

徐伯冲徐辉使了个眼色："商滕好不容易来一次榕镇，你别把人给灌醉了。"

商滕拿起酒杯，和他简单地碰了一下："没事。"然后他一饮而尽，眉头都没皱一下。

他长期应酬，生意都是在酒桌上谈的，度数更高的酒他都喝过，酒量早就练出来了。

一顿饭吃完，徐伯和徐辉反倒先倒下了。

徐辉喝醉了还好，只是睡觉。徐伯则话多得不行，一直拉着商滕，说有话要和他讲。

"鸢鸢命苦啊，从小就没了爸爸，我们这种小地方，好多小孩连小学都没读完就出来混社会了。鸢鸢长得好看，因为长得好看，就总受欺负。"

"你是不知道，她们孤儿寡母的，日子有多难过，碰到个事了都没个能帮她们出头的。"徐伯眼睛红了，低头抹眼泪，"以前有纪丞那孩子寸步不离地守着她，遇到事了第一个挡在她面前。从小一起长大的情谊，后来他也没了，被活生生地烧死了。"

"我和你说这些不是为了给你添堵，我就是希望你能好好保护她。她是个好孩子啊，没有做任何伤天害理的事，可不好的事情全让她碰上了。你要是真喜欢她，你就对她好，别再让她难过，也别再让她受欺负了。"

徐辉在房间里睡觉，岑鸢给他倒了杯热水端进去。

等她出来的时候，徐伯趴在桌上哭。

岑鸢担忧地看着商滕："怎么回事？"

商滕摇了摇头，一手搂着他的腰，他的手顺势搭放在商滕的肩上了。

他抬起头，一边哭一边说："你要是敢骗我，我就带着我家辉仔去找你，就算你躲在寻城我也要把你找出来揍一顿。"

商滕扶徐伯进屋："嗯，不骗您。"他像是在做着某种承诺。

这没头没尾的对话，让岑鸢更疑惑了。

那天晚上，商滕的房间被喝醉酒的徐伯和徐辉占了，他没地方睡，岑鸢就把自己的房间收拾出来让给他。

岑鸢可以去周悠然的房间和她一起睡。

房间里开了空调总是格外干燥,岑鸢把加湿器打开了。

"徐伯刚刚和你说了什么?怎么哭得那么伤心?"

商滕看着她的手背,上面有几处新的针眼,她担心被周悠然看见,所以总是用袖口盖住。这会儿因为开加湿器的动作,而不小心扯开了一点儿。

他喉咙突然干涩难耐,可能是空气过于干燥了点儿吧。

开口时的声音,沙哑到商滕自己都被吓了一跳。

"他说,让我好好对你。"

岑鸢愣了一下。

商滕又说:"我答应他,会好好对你,他怕我骗他,所以才有了后面那句话。"

这个世界上,没有谁的人生是容易的,也不存在什么救人于水火的英雄。

商滕有自知之明,他当不了英雄,也没办法去拯救谁的人生。他只想陪在岑鸢身边。

他运气好点儿的话,他们以后会一起变老,牙齿掉光,头发花白。

他比岑鸢大一岁,应该比她老得更快,但他会尽量死在她后面,等安葬好她以后,再去找她。

岑鸢突然觉得有些讽刺,没有血缘关系的叔叔担心她过得不好,而她的亲生母亲一直想将她往火坑里堆。

没有人是不渴望亲情的。

岑鸢打开柜子,拿了一床干净的被子出来:"这个是前天刚晒过的,干净的,你要是不想睡我睡过的床,可以换掉。"说完以后,她走到门边,"需要我给你关灯吗?"

商滕摇头:"不用。"沉默片刻,他又说,"晚安。"

岑鸢笑了下:"晚安。"然后她开门离开。

房间一下子安静下来,商滕看着岑鸢刚刚拿出来的那床叠好的被子,最后还是将它重新放回衣柜里。

房间是岑鸢的,有她的痕迹。墙上的海报,以及书架上那些因为年岁太长而开始泛黄的书本。

他随手拿了一本,是初中的数学教材,第一页就写着她的名字——岑鸢。一笔一画,写得格外认真。

光是透过那两个字,他都能想象到,她刚领到新书时,认真且虔诚地在书本上写下自己的名字。

商滕垂眸轻笑,指腹轻轻抚摸过那个名字,这个动作好像还挺蠢的。

他把书放回去,旁边放着一本相册,他取下,翻开。

照片的顺序是按照岑鸢的年龄放的。

婴儿时期他们还是一家三口,后来等她再大些,就只剩下她和周悠然。

她小小的,穿着影楼劣质的裙子,额头还贴个红点儿,傻乎乎地盯着镜头,估计是摄影师嫌她表情过于僵硬,让她笑笑。谁知道她笑起来更僵硬。

后面,她长高了不少,穿着跳舞练功服,在教室里压腿,柔软的身子折下来,身上不见一丝赘肉。

她太瘦了,应该多吃一点儿的,商滕想。

她第一次拿奖,站在舞台上,手里抱着花,拿着奖杯,开心地看着镜头,像是隔着漫漫年岁与商滕对视。

原来岑鸢也有这么活泼可爱的一面。

那个时候的自己在做什么呢,往返各个城市参加各种竞赛,不爱说话,把自己关在房间里,孤僻得要命。如果他们能在这个时间相遇的话,该多好。

商滕把那张照片抽出来,悄悄放进自己的外套口袋里。

他想把岑鸢的可爱珍藏,只有他一个人看得见。

岑鸢在榕镇待了这么久,也到了该回去的时候了。

那天周悠然拉着岑鸢的手,说了很久的话,都是各种叮嘱,全然不说自己舍不得她,但字字句句都在表达着不舍。

岑鸢抱住周悠然:"不用太久,等我处理好寻城的事,我就回来,再也不走了。"

周悠然没说话,只是一直叹气。

回到寻城后,岑鸢先回了趟家,把东西放好,都是周悠然给她装的腊肉和泡菜,其实这么多,她也吃不完。

但她也知道,这些是周悠然能为自己做的力所能及的事,如果自己还拒绝的话,她肯定会难受。

东西很多,她想着改天让商滕带回去一点儿。

她刚到家没多久,江祁景不知道从哪里知道她回来了,立马从学校赶过来了,一起过来的还有林斯年。

岑鸢泡好茶端出来，笑道："刚到家，还没来得及收拾，所以有点儿乱。"桌上放着切好的水果以及糕点。

江祁景拿了块哈密瓜，咬了一口，漫不经心地问道："你明天有空吗？"

涂萱萱今天早上给她打过电话，这几天的订单有点儿多，后天好像也有客人预约了。

岑鸢有些遗憾地道："明天好像没空。"

江祁景动作停了，把手里还剩一半的哈密瓜扔进垃圾桶里："哦。"

他不再说话，而是拿着遥控器看起了电视，偶尔岑鸢问他什么问题他也一副没听到的样子。

林斯年眉头皱着，撞了他一下，小声警告他："你别这么过分。"

江祁景干脆站起身，拽着书包背带挂在肩膀上："走了。"他也不看岑鸢一眼，径直开门离开。

岑鸢起身跟过去，但他走得太快，等她出去的时候，人已经进了电梯。

林斯年在旁边，为难地用手蹭了蹭鼻子，欲言又止了好几次终于说道："明天是他的作品第一次展出，他前几天还担心你回不来，今天萱萱告诉我你回寻城了，他高兴得立马就打车过来了，本来是想给你门票让你去的，结果……"

岑鸢听到他的话，愣了很久，自责地抿唇："是我不好。"

林斯年摇头："没事的，姐姐如果有事的话，我到时候可以拍照发给你。"

岑鸢心不在焉地和他道谢："谢谢你。"

林斯年的脸顿时红了："不……不用谢的。"

江祁景都走了，他也没不好意思继续打扰她，岑鸢今天刚下飞机，现在肯定有很多事要处理。

林斯年也非常有自知之明地走了，刚出电梯就和站在外面的男人打了个照面。

西装革履的商滕身上总有种浑然天成的强大气场，这是还在读书的学生没法比的，所以林斯年才迫切地希望赶紧毕业，进入社会。但是现在，哪怕对方不发一言，他也觉得自己被压了一头。

商滕淡漠地看了他一眼，而后绕开他，进了电梯。

相比林斯年的暗自较劲，商滕却从来不将他放在眼里。

林斯年也没立刻离开，而是站在那里，盯着电梯楼层，看到它停在了八楼。

他微垂眼睫,眼神黯淡了几分。

商滕离开的这些天,公司一大堆事情等着他处理。

楼下新开了一家奶茶店,平时他对这些是不感兴趣的,但最近也不知道怎么了,开完会出来,听到公司的女员工在议论:"楼下新开的那家奶茶店,里面的红丝绒奶茶太好喝了,我超爱上面的奶油。"然后他也去买了一杯。

他怕奶油化掉,就直接开车过来了。

他把奶茶放在桌上,看了眼岑鸢家有些杂乱的客厅,快递盒子堆在一起,应该是刚回来,还来不及整理。

商滕把外套脱了,衬衣袖口往上卷了两截:"我来吧。"

岑鸢不是喜欢麻烦别人的人,如果是以前,她肯定会拒绝。可是现在,她只是递给他一条围裙,温柔地叮嘱:"别把衣服弄脏了。"

商滕垂眸看她,岑鸢冲他笑了笑,手里拿着他专门买来的红丝绒奶茶,咬着吸管喝了一口。唇角的弧度不明显,商滕柔声问她:"好喝吗?"

"挺好喝的。"

她看了下杯子上的LOGO:"是在楼下那家奶茶店买的吗?"

商滕愣住:"楼下也有?"

"对呀。"岑鸢迟疑地问他,"你不是在楼下买的?"

"是,就是在楼下买的。"

他不自在地咳了几声,移开视线。

他总不能说是在其他地方买的,然后专门开了半个多小时车特地送来的吧。

房间很快就收拾好了,商滕在洗手间里洗干净了手:"那我先走了。"

岑鸢让他先等一下,进了厨房,把事先准备好的腊肠和泡菜拿给他:"这些你拿去给何婶,甜甜爱吃。"

商滕伸手接过。

岑鸢问他:"甜甜最近还好吗"

之前岑鸢答应了要带她去店里玩,但因为太忙了,又正好赶上回榕镇,这件事也暂时耽搁下了。

"挺好的,最近她奶奶在带她。"

对于甜甜的身世,岑鸢早就了解了。

岑鸢问道:"你父母终于肯认回她了吗?"

商滕点头："也许吧。"

岑鸢松了口气："那就好。"

认祖归宗，终归是好的。

商滕走了，回了家，带着岑鸢给他的腊肠和泡菜。

他去榕镇的这些天，冷清的家里热闹了不少，不该来的也都来了。

看着客厅里的祖孙三代，商滕面无表情地开口："我家是收容所吗？什么人都收。"

陈甜甜听到他的声音了，从纪澜怀里下来，跑过来："爸爸！"

这么多天没见，她都快想死他了。

"爸爸有给我带礼物吗？"

商滕动作温柔地摸了摸她的头："带了，在车上，待会儿拿给你。"

陈甜甜神秘兮兮地笑道："我也给爸爸准备了礼物。"一旁商凛笑容温和地看着这一幕。

自己的女儿叫其他男人爸爸，他当然也会吃醋，但如果那个人是自己的弟弟，就另当别论了。

甜甜亲近他，那就说明他对她好。

未来还长，她年纪又小，商凛并不担心她改不了口，时间问题而已。

商昀之是商滕去榕镇的第二天搬来的，纪澜说一家人长期分居不好，倒不如趁这个机会，重新聚在一起。

商昀之算不上好人，脾气是没办法在一朝一夕之间改变的。

生活不是电视剧，不会因为某个画面突然被感化。

商昀之一点儿都没变，但人老了，总是会下意识地向往亲情，更何况，他也并非那种不爱儿子的父亲，只是自卑胜过了爱，最后便只剩下压迫与胜负欲。

如今那点儿压迫和胜负欲因为他的目的达成，早就不复存在了。

纪澜让商滕留下，今天全家人一起吃顿饭。

商滕却只觉得碍眼，把东西放下以后就离开了。

每到这种时候，他就会发了疯一样想岑鸢，想见她，全身每一个感官都在无声叫嚣着思念。但他没去，只是站在楼下，看着八楼亮着灯的房间，一根接着一根地抽烟。

看到商昀之的那一瞬间，他突然想起了从前的自己。

他对岑鸢又好到哪里去呢？

每次想到这些，他都会难过、自责，就像是有无数只蚂蚁在蚕食着他的心脏。

他会忍不住回想，当时的岑鸢得有多难过。

他甚至希望，岑鸢不要那么快原谅他。那样的痛苦，也应该让他去体会才行。

岑鸢给那个约好的客户打了电话，和她说明了原因，希望能把见面的日子往后推一天，好在对方也是个好说话的，很爽快地同意了。

门票是林斯年给她的："姐姐就算去不了也可以留着门票当纪念，毕竟是江祁景第一次个人展出。"

展出的地址在一个算得上景区的地方，废旧的工业区，斑驳的白色墙面，以及生锈的铁门，看起来倒有几分颓废的艺术感。

被人群簇拥着的江祁景，正讲解着身旁那尊雕塑的灵感来源。

他身上本就有种艺术家自带的遗世独立的冷傲感，因为此刻不那么好的心情，显得更没什么好脸色，做起讲解来也带着不耐烦，但人们往往就吃这一套。

江祁景一抬眸，视线掠过面前的人，看到了岑鸢，脸色有一瞬间的惊诧。

岑鸢眼角含笑地走过去，和那些人一起听着他的讲解。

江祁景将视线收回，脊背挺直，相比刚才的散漫，明显认真了许多。

他讲解结束，岑鸢和众人一起鼓起了掌，除了和他们一样惊叹，脸上还带着点儿自豪。

那群人在仰慕之中离开后，江祁景扯了扯绑得他快喘不过气的领带，语气不咸不淡："你今天不是没空吗？怎么还来了？"

岑鸢把手里的水递给他："再大的事也不如来看你的展出重要。"

"喊，鬼才信。"他低头拧开水，不耐烦地说了一句，但唇角按捺不住的笑意还是被岑鸢捕捉到了。

他嘴上说着岑鸢麻烦，之前还没有看过艺术展出，肯定看不懂，还得麻烦自己从头到尾带着她。

岑鸢温柔地笑了笑："那就麻烦小江老师了。"

江祁景别开视线，脸上染上一抹不自然的薄红："什么小江老师，你

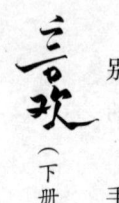

别……别乱讲。"

商滕今天是过来看场地的,这片儿已经被他收购了,再过半个月就要着手拆除,建成旅游酒店。

负责人带着他参观完,说道:"前面有艺术展出,听说是个新生代艺术家,挺有名气的,要不要去看看?"

商滕对艺术没兴趣,就像江祁景说的那样,他就是个满身铜臭的商人,这话的确不假。

别人能看出这里的建筑有艺术美感,而他只看中了这里得天独厚的地势,可以帮他赚钱。

他准备离开时,有从展出离开的人拿着相机议论:"江祁景真的太帅了,我刚才就站在第一排,那么近距离地看他,那张脸完全没有一点儿瑕疵,皮肤比女生还好。"

"我看你今天过来压根就不是为了展出,而是为了看江祁景吧。"

"在学校没机会看,现在好不容易有机会了,说什么也不能放过。"

商滕脚步顿住,换了个方向:"去看看吧。"

正殷勤地去拉车门的负责人愣了好一会儿,立马跟过去。

岑鸢没想到会在这种地方遇到商滕,江祁景自然也没想到。所以在岑鸢问出那句"你也喜欢这个吗"时,江祁景才会冷冷地说道:"能看懂吗?"

岑鸢看他一眼:"不许这么没礼貌。"

江祁景不爽地移开视线,不说话了。

岑鸢好奇地问江祁景:"不过这个展出场地是你选的吗?"

江祁景点头:"我之前写生的时候来过这里一次,觉得特有感觉。"

岑鸢表示赞同:"是挺有感觉的。"

"不过下个月就要拆了。"他皱眉骂道,"该死的开发商,要在这儿搞什么破旅游酒店。"

该死的开发商此刻就站在旁边,不发一言。

项目负责人进来,看到商滕,脸上重新扬起谄媚的笑,刚要过来,商滕眼眸微眯,无声地警告他。

负责人立马会意,赔着笑说:"不好意思,认错人了。"然后他就离开了。

江祁景本来就对商滕没什么好感,尤其是看到他和岑鸢在一起的时候。

他皱着眉,把岑鸢挡在身后:"你来干吗?"

这句话似乎问得有点儿晚了，商滕不打算回答。

他从口袋里掏出一把糖果，递给岑鸢："几点回去？我开车送你。"

岑鸢笑道："给甜甜准备的吗？"

草莓味的糖果，的确是甜甜爱吃的。

商滕摇头："给你买的。"

她今天背的包没拉链，就这么敞着，商滕把糖果放进去。

"我在外面等你，你不用着急，慢慢看，我今天一整天都有空。"

他的意思就是，哪怕她看到晚上也没事，他都会等她。

江祁景不耐烦地打断他："不劳您费心，我姐有我送。"

商滕没理他，转身离开，仿佛自动过滤了江祁景这个人一样。

果然，他还是那个没耐心、脾气差的商滕。

他走远后，岑鸢正了神色，批评江祁景："小景，你以后不许这么没礼貌了。"

她温柔好说话，但在这方面，向来都是强硬的。

江祁景没说话，眼神移开。

岑鸢轻声叹息："小景，论年龄，你该叫商滕一声哥，我知道你不喜欢他，但基本的礼貌还是要有，知道吗？"

江祁景不情愿地点头："知道了。"

岑鸢走过去，替他把扯松的领带重新系紧："小景长大了，成大人了。"

小时候，江祁景和她并不亲近。

他本身就是有点儿傲娇的性子，哪怕心里在意，面上却不会表现出来，从小到大都是如此，所以总会让人误会，觉得他不好相处。但是岑鸢知道，他也是为人着想的好孩子。

以前那个混世魔王，也成了他人尊敬仰慕的艺术家，看着西装笔挺的江祁景，不知道为什么，岑鸢突然万分感慨。

她被接回来以后，唯一值得庆幸的事，大概就是没有错过他的成长吧。

看到她脸上的泪，江祁景顿时慌了神："是哪里不舒服吗？"

岑鸢摇头，擦干眼泪："没事。"

可能人生病以后，就会变得特别感性，一丁点儿小事都能让她引发感触。

岑鸢没法在这里待太久，展厅没有凳子，站久了太累。

江祁景说送她回去，但那群人很快就围了上来，询问他下一件展品的创

作灵感。

岑鸢笑了笑,说:"去吧,不用担心我。"

江祁景还是不太放心,但又确实走不开,毕竟是他的第一次展出,他也没办法提前离开。

岑鸢不打扰他了,穿好外套离开。

商滕就等在外面,她一出门就可以看到的地方。

以前休息时间长了,他会抽根烟解闷,但今天等了这么久,他连烟盒都没碰过,只是安静地站在那儿。

岑鸢走过去:"怎么不坐在车里等,不冷吗?"

他说:"怕你找不到我。"

岑鸢笑道:"我认得你的车。"

商滕嗯了一声,把副驾驶的车门打开:"里面有毛毯,干净的。"

岑鸢和他道谢,坐进去。

毛毯是小碎花的,岑鸢问他:"何婶买的?"

商滕看着后视镜倒车:"我买的。"

她有点儿惊讶:"哦?"

她似乎很难想象商滕会亲自去商场买日用品,而且还是这种女孩子才会喜欢的小碎花,但其实,商滕早就做了很多她以前觉得他绝对不会去做的事情,譬如随身带着她爱吃的草莓味糖果。

这儿的位置太偏了,再加上堵车,开回家花了两个多小时。

岑鸢中途小睡了一会儿,是被路上货车的远光灯刺醒的。

车内很暗,没开灯,只有她一个人,商滕已经不在车里了。

她疑惑地把车窗打开,看了眼外面。

商滕站在绿化带旁,应该在接电话,脸上的表情不算明显,但也不是完全没有。所以岑鸢可以断定,这个电话应该不是工作上的事,而是家里打来的。最后他皱眉挂断了电话。

他走过来,又在车外停下,动作很轻地打开车门。

看到坐直身子的岑鸢,他垂眸,声音轻:"吵醒你了?"

岑鸢摇头,把安全带解开:"刚才就醒了。"

"嗯。"

从停车场离开后,商滕把自己的外套脱了,给岑鸢穿上。

夜晚冷,风也大,他怕岑鸢冻感冒了。

岑鸢这次没拒绝，手扯着衣服，防止它掉下去。

"家里打来的？"

"嗯。"

岑鸢观察着他的神情，发现并没有变化，他好像习惯了不露声色。

哪怕再难过，他也不会表现出来。这样说不上坏，但也算不上好。

如果作为丈夫，他的处变不惊似乎可以给足另一半安全感，但也会让对方感到无措，连一个人的心思都摸不透，怎么朝夕相处？

当然，这一切的前提是，两个人是因为爱而结合的。

现在回头看，岑鸢并不觉得他们的结合算婚姻，充其量是搭伙过了两年日子罢了，他们连结婚证都没领。

岑鸢声音温柔："把难过表现出来，是不违反任何法律的。"

"可是我现在抱你的话，算猥亵吗？"

岑鸢愣住："嗯？"

看到她的反应，商滕突然觉得，因为家里那点儿破事而郁闷的心情烟消云散了。

他笑着揉了下她的头发："这就是我表现难过的方式，已经在违法的范畴了。"

这个举动好像永远都不属于他们两个人，但商滕做起来很自然，以至于岑鸢成了没有反应过来的那个人。

如果她眼神再好一些，说不定还能看见商滕转身瞬间染上薄红的脸。

那个摸头杀岑鸢没有记太久，洗完澡就上床睡下了。

始作俑者反而失眠了。

房间内没开灯，屋子里仅剩的那点儿微弱的光线还是从没关严实的窗帘外透了进来。

商滕坐起身，穿着灰色宽松的家居服，半张脸都隐在黑暗里。

他盯着自己的左手看了很久。

想到自己刚才洗澡的时候都尽量避开这只手，他嫌弃地皱了下眉。

他太蠢了，蠢到不像是他会做出来的事。

那通电话是纪澜打的，让他把岑鸢带回去一起吃顿饭。

她好像永远带着息事宁人的心态。

过去的事都过去了，一家人没有隔夜仇。

　　她总是把事情想得很简单，但商滕从来不怪她。毕竟她的生活也不算如意，和一个不爱自己、自己也不爱的人结婚，如果不是拥有这种姑且称之为豁达的心态，她恐怕早就抑郁了，但是她不应该把自己的想法强加到他身上。

　　他没打算带岑鸢回去，她现在需要一个好的环境来养病，而不是看一群表演型人格的人表演家庭和睦。

　　因为这段时间的生意还可以，所以岑鸢离开寻城的进度也缩短了许多。

　　她看着手机短信里的账户余额，再过半年，就可以毫无顾虑地回榕镇了。

　　到时候她买个带院子的独栋，和周悠然还有饼干一起，提前享受退休生活。

　　涂萱萱见她笑得开心，坐过来问她："看什么呢？这么高兴。"

　　岑鸢把手机锁屏，拉开抽屉，从里面拿了两盒巧克力递给她。

　　涂萱萱疑惑地接过："怎么突然送我巧克力？"

　　她像是突然想到什么，眼神暧昧地笑道："难不成岑鸢姐和姐夫复合了？"

　　岑鸢笑了笑："是送给你和许早的。"

　　涂萱萱脸一红："你都知道了？"

　　她觉得自己平时隐藏得还挺好的。

　　岑鸢把抽屉关上，轻声调侃她："你们两个天天在我眼皮子底下眉来眼去，我要是再看不出来，那真是白长这双眼睛了。"

　　涂萱萱抱着巧克力，笑容甜蜜："也不算正式在一起，就是先试试。"

　　她好像对岑鸢和商滕能不能复合这件事格外在意。毕竟对于重度颜控的人来说，没有什么比看两个好看的人谈恋爱更养眼的事了。

　　"岑鸢姐，我看前姐夫平时对你也挺好的，你真不打算和他复合吗？"

　　"复合"这个词好像不太适合他们。

　　岑鸢没说话，像是陷入了思考，但在思考什么，甚至连她自己也不知道。

　　商滕依旧每天都会来接她，明明公司在完全相反的方向，他绕远路，提前一个小时离开，就是为了不让她等太久。

　　店里不忙的时候，岑鸢都会让涂萱萱和许早先走。

　　年轻人谈恋爱，好像都需要充足的时间。

　　她看久了账本，眼睛有点儿累了，岑鸢点了眼药水，坐在那里闭目养神。

等到那股疲劳感消失以后,她把眼睛睁开,商滕不知道是什么时候到的。

他就站在那里,没发出半点儿声响。

岑鸢问他:"来多久了?"

"没多久。"

岑鸢把账本合上:"你等我一下,我去换件衣服。"

商滕点头。

她开门进了房间。

商滕站在外面等她,看到桌上的素描本了,犹豫片刻,还是翻开看了一眼,应该都是她无聊的时候随手画的,有花草,也有人像。

第三页,是一双眼睛。

商滕再熟悉不过的眼睛,每幅画都标了日期,这双眼睛是几个月前画的。

她每次翻开素描本的时候,看到这双眼睛,应该也会想起纪丞吧。

她看自己的时候,会不会也在尽力寻找自己身上另一个人的影子。

如果是以前的自己会怎样?

他会撕了这幅画,然后一言不发地离开,照常过自己的生活,不接她的电话,无视她的关怀。

岑鸢开门出来:"等久了吧。"

商滕把素描本合上,语气温柔:"不久。"

第 九 章

你明明也爱我

　　生活好像没什么变化,仍旧平淡。但还是有点儿区别的,那就是,时间好像流逝得更快了。以往那些度日如年的感觉没有了。
　　岑鸢觉得,现在的她,只是在为自己而活。
　　商滕的变化也挺大的,今天借口家里保险丝坏了,明天又借口家里灯泡烧了,理由不重样地来岑鸢这儿蹭饭。
　　久而久之,岑鸢也就习惯了每天煮饭多放一碗米。
　　饼干也从最开始的厌恶到无视,再到现在的还算亲近,偶尔也会在他吃饭的时候跳到他的腿上,窝着打瞌睡。
　　它很少在岑鸢的腿上睡觉,估计是怕弄伤她。
　　电视换了个台,放着新闻,也就听个声儿,不至于吃饭的时候太安静。
　　炒肉里的胡萝卜丝被商滕夹走以后,岑鸢才夹了一块炒肉:"你最近不用回家吗?"
　　他以前虽说大部分时间在这边住,但隔一段时间还是会回去小住的。
　　商滕摇头:"不回去。"
　　联想到前些日子看到他接电话的神情,岑鸢估计他家里出了些问题。
　　吃完饭后,他把碗筷收拾了,进厨房洗碗。
　　岑鸢把刚收进来的衣服叠好,放进衣柜里。

最近天气不太好，又是下雨又是刮风的。衣服总是得晒好几天才干，岑鸢在网上买了个烘干机，这几天应该就能到了。

商滕还是回去了，在和岑鸢说完不回去的当天晚上回了家。

陈甜甜生病了，发高烧，一直哭着要爸爸。

商凛怎么哄都没用，只能给商滕打电话。

外面在下雨，商滕开车回去的。

凌晨一点，家里还亮着灯。

家庭医生刚离开，陈甜甜在里面输液，唇色发白。

纪澜心疼得不行，怕她嘴巴苦，手上拿了瓶牛奶喂她。

商滕进来，眉梢轻拧："怎么回事？"

陈甜甜看到他，伸着手要他抱，眼睛立马就红了。

纪澜连忙起身，扶着她的手："别乱动，小心漏针。"

把陈甜甜哄躺下后，她看着商滕："今天早上带她出去吃饭，回来的时候冻着了。"

商滕把手放在她的额头上，探了下体温，很烫。

"为什么不给她多穿点？"

纪澜叹气，满是自责："穿了，她身上一直出汗，我怕热着她就把里面的毛衣脱了，谁知道下午突然降温了。"

陈甜甜拉着商滕的手，怕他走。感冒引起的困倦，再加上爸爸在旁边的安心，让她很快就睡着了。

这些天他一直在外面，很少回来，纪澜让人倒了杯茶过来，递给他："你爸年纪大了，也折腾不动了，虽然他嘴上不说，但从他肯答应回来，就说明了他也想一家人其乐融融地住在一起。"

商滕低声冷笑："那我是不是还得感谢他的大度？"

纪澜叹了口气："商滕，我知道你还在怪他。"

"既然知道，就别浪费时间了。"他把茶杯放下，里面的茶水洒了些出来，在白色的桌面上留下一圈水渍。

商滕离开了。

或许他以前渴望过父爱，但现在，他不需要。

岑鸢准备把店转租出去。

周悠然给她打了个电话，吞吞吐吐地告诉她，自己接受了徐伯的求婚。

她说,她也想不到自己这个年纪,居然也会被别人如此郑重地对待。

她吞吞吐吐的原因,是在自责。

她明明说好了要一辈子陪着岑鸢的,可是这条路,她却中途撇下了岑鸢。

岑鸢眼眶红了,不是难过,而是高兴。

"日期定了吗?"

周悠然说:"还没有,你徐伯想先请村里人和亲戚吃顿饭,说是订婚,然后再商量日子。"

岑鸢点头,看了眼日历,最近这些天她都走不开,估计是赶不上订婚宴了。

周悠然沉默了很久,然后才迟疑地问她:"你生妈妈的气吗?"

"为什么要生气?"岑鸢垂眸,浅浅地笑开,"我比谁都希望你得到幸福。"

从不懂事到懂事这个阶段,一直无条件爱她的那个人是周悠然。

同样,她也很爱周悠然,也最爱周悠然。

周悠然笑自己杞人忧天。

对啊,岑鸢怎么可能会因为这种事情去怪她呢?

"过些天,小辉应该会去趟寻城,那边的酒楼,有老板订了鱼,他去谈价格。"

连着下了几天的雨,天气终于放晴了,岑鸢过去把窗户打开,想让屋子里透透气。

"什么时候过来呢,我要是有空的话,正好可以去机场接他。"

周悠然说:"应该是后天,他坐火车去。"

岑鸢微讶:"坐火车应该得一天一夜才到吧。"

"你徐伯嫌机票太贵。"

周悠然提前半个月就做了点儿地瓜干,想着等这次徐辉去寻城,让他带过去。

"如果是以前,小辉肯定要和他爸吵上一会儿的,但这次意外地好说话。自从你们走了以后,他就总念叨着也要去寻城看看,他觉得大城市里遍地都是有钱人。"

他年纪不大,也没读过几年书,对外面的世界,肯定是向往的。

周悠然说:"如果商滕有时间的话,你就让他带小辉到处转转。"

岑鸢有点儿为难:"商滕工作忙,偶尔还得出差。"

周悠然忙说:"忙就算了,正事要紧。"

其实还有一句话岑鸢没有说出口。

商滕没有这么好的耐心，会带别人到处转转。但这么直接说出来的话，好像有种在背后说他坏话的错觉，所以岑鸢选择了闭嘴。

她本身就有回榕镇的打算，再加上周悠然的婚礼，便将进度加快，已经开始着手店铺转让了。

得知她以后会离开寻城，涂萱萱不舍地抱着岑鸢："那以后还回来吗？"

"回来。"岑鸢摸了摸她的头，"会回来看你和小早的。"

涂萱萱撇着嘴，又要哭了。

岑鸢唇角上扬，眼中笑意温柔，可能是那天的阳光太好了，暖黄色的光落在她身上，涂萱萱总感觉，她的岑鸢姐像一个天使，人美又心善的天使。也不怪前姐夫这么死缠烂打地在她身边献殷勤，如果自己是男人，也会喜欢她。

工业区那边开始着手拆除工作，商滕也没有之前那么忙了。

他给岑鸢打了个电话，让她今天不用做饭，他来做。

岑鸢的声音，隔着电流都能听出质疑："你行吗？"

男人似乎都对"你行吗"这三个字格外敏感。

商滕没说话，把电话挂了。

岑鸢盯着暗掉的手机屏幕，回想自己刚才哪句话说错惹他生气了。

她在这方面，反应总是比别人要迟钝一些。

饼干在她脚边蹭来蹭去地撒娇。

它快一岁了，越来越胖，岑鸢蹲下，挠它的下巴："妈妈抱不动你了。"

岑鸢只要挠它的下巴，它就会肚皮朝上地躺在地上，舒服地叫着，眼睛都眯起来了。

饼干总是不分季节地掉毛，岑鸢一度怀疑，如果猫真的能变成人的话，那它肯定是一个谢顶的大胖子。

她把它抱到沙发上，拿着吸尘器清理掉在地毯上的猫毛。

门铃响了。

饼干比她动作快，猛地从沙发上蹿下去，趴在门口等着。

最近它也开始亲近商滕了，可能是觉得，他现在是唯一抱得动自己的人了。

岑鸢把吸尘器放下，过去开门。

商滕手上提着很多塑料袋，应该刚从菜市场回来，身上还沾染了些许水产区的腥味。

岑鸢问他怎么买了这么多。

商滕不理她,绕过她就进了厨房,只留下岑鸢一个人站在客厅里发呆。

她的脸上有疑惑,但很快就消失了。

这种感觉不陌生。他们刚在一起那会儿,岑鸢也无措过,不知道自己哪里让他生气了。

过度理性的人,是不会通过发脾气来宣泄自己的情绪的,但比起发脾气,冷处理似乎也好不到哪里去。

岑鸢总是弄不明白商滕为什么生气,他也从来不说,甚至连眼神都不愿意多给她。

屋子里灯光明亮,岑鸢站在那里,安静地垂眸,再然后,面前的光被男人高大的身躯遮挡。

"我刚刚是有一点儿生气,因为你说我不行。"他主动跟她解释,"但我已经把自己哄好了。"

他不会隐瞒自己的情绪,本性本来就难改变,但他会慢慢去改,以后也不会让岑鸢再因为他而难过了。

最后那句话,是怕她再次把他抛下,而特地补充的。

他不是累赘,甚至不会浪费岑鸢的任何时间,他的情绪是可以自己调节好的。

岑鸢说:"我没有嫌弃你。"

商滕点头:"好。"

那顿饭,从洗菜到做饭,全是商滕动手做的,他像是为了向岑鸢证明,自己是行的。

当他喝下第一口汤的时候,神色变了变,他把汤勺放下,故作镇定:"我知道附近有一家餐厅,挺清淡的,你应该会喜欢。"

岑鸢抿唇轻笑:"你做了这么多,不能浪费。"

汤有点儿凉了,她干脆也不用汤勺了,直接端着碗喝了一小口。

商滕倒了水端过来:"油好像放多了。"

岑鸢笑出声:"谁煮鸡汤还放油?"

她用汤勺把上面的那些油捞出去:"第一次做,已经很不错了。"

商滕又不是小孩子,是不是真心话,他立马就能听出来,但听到岑鸢这么说,他莫名生出几分满足感。

岑鸢和他提起了徐辉过几天要过来的事。

"我妈让你有空的话带他转转,我帮你拒绝了。"

他停下筷子,不解地道:"为什么拒绝?"

他问得坦荡,不近人情的那个人反倒成了岑鸢。

她愣了一会儿:"你工作忙。"

"还好。"

岑鸢点头:"哦。"

商滕问她:"他几号到?"

"明天。"

"嗯。"

商滕找岑鸢要了徐辉的电话,说自己那天刚好有空,可以去接他。

他像一个笨拙的小朋友,在努力改掉自己不好的习惯,让自己尽量变成一个乐于助人的人。

岑鸢盯着头顶的蓝天,脸上是她自己也没察觉到的温柔笑意。

徐辉是晚上八九点钟的时候到的,虽然买的卧铺票,但睡得也不好,邻床的人一直打呼噜,比他爸得还响。

他眼睛肿着,背着一个大包从车站出来。

火车站内,都是些穿着朴素的人或是准备回家过年的农民工,现在但凡有点儿钱的,似乎都不愿意坐火车了。

徐辉一眼就看见了商滕。

那种与这里的违和感,让商滕格外显眼。

他来到一座完全陌生的城市,见到熟人,简直有种他乡遇故知的感觉。

从火车站出去,徐辉的话全程都没断过。

"来的时候婶子给我装了好多腊肠,让我给你们带过来。"他四处看了看,"岑鸢姐没来吗?"

商滕按了下车钥匙,停在路边的迈巴赫车灯亮了亮,走过去把后备厢打开:"她今天有事。"

徐辉借着隔壁大厅里渗出来的那点儿光,看清了车标,两个 M。

他眼睛顿时亮了:"商滕哥,你这车是迈巴赫?"

商滕见他站在那儿没动,皱了皱眉:"把东西放进来。"

徐辉回神,拖着行李箱过去,眼睛却像是用了胶一样,一直黏在车标上,似乎忘了自己之前还在心里说商滕戴假表、装有钱人,想不到人家居然是实打实的有钱人。不过也正常,他听他爸说过,岑鸢姐的亲生父母家本来

就有钱。要不然为什么婶子的亲生女儿不愿意回去呢。

徐辉问题很多,但不代表商滕每一个都会回答,除非是关于岑鸢的。

手机铃声响了,商滕看了眼来电联系人——岑鸢。

他空出手,按下接通键。

那边风声很大,嘈杂又急促。

半天没有人说话,商滕疑惑地开口:"岑鸢?"

"姐……姐夫。"

涂萱萱的声音在抖,她哭得喘不过气。

人活在这个世界上,运气的占比好像更大一点儿。

运气好的话,你这一生会过得很容易;运气不好,那一生可能都是坎坷。

商滕没听完她的话,好像瞬间便丧失了五感。

车轧着实线转弯换向,是去医院的方向。

涂萱萱哭得很凶,明明只是普通的追尾,伤口虽然有点儿深,但也不是致命的地方,可为什么血会止不住,为什么最后居然进了急救室抢救?

医院走廊的灯总是亮得晃眼,涂萱萱身上也受了点儿伤,不严重,小擦伤,简单上了点儿药。

她坐在外面的椅子上,一直哭。

商滕是一路跑过来的,电梯太慢,他等不了,一口气跑上九楼,头发乱了,领带也不知道什么时候被扯开了。

人在遇到害怕的事情时,第一反应都是逃避。

过了很久,他颤抖着声音,嗓音低哑地问出口:"她还好吗?"

他没有问发生了什么,也没有问是怎么出的车祸,只关心岑鸢好不好。

涂萱萱哭得说不出话来,一直摇头。

商滕站不稳,手扶着墙,才勉强没有摔下去。

他在抖,手在抖,心也在抖。

岑鸢现在一定很疼,可是他什么也做不了,不能陪着她,没办法替她分担痛苦,只能像个废物一样在外面等着。

护士从里面出来:"请问哪位是病人家属?"

商滕急忙上前:"病人现在情况怎么样?"

护士神情严肃:"不乐观,术后出血不止,还是早点儿把她的家属叫过来吧。"

她离开后,商滕站在那里,半天没反应。

不乐观是什么意思,她会离开,会再也醒不过来吗?

商滕最后还是给江祁景打了电话,他听到商滕的声音,不耐烦地刚要挂断。

商滕说:"来医院吧,看看你姐姐。"

江祁景听到他的后半句,猛地站起身:"我姐怎么了?"

他那边很安静,安静得有些过分,只是偶尔能听见低低的哭泣声,像是在很远很远的地方传来的。

商滕没再说话,把电话挂了。

江祁景回拨过去,没人接,他罕见地爆了句粗口,穿上外套出门。

涂萱萱还在哭,眼睛都肿了。

商滕双眼无神地坐在那儿,一动不动,如同行尸走肉一样。

他看上去似乎也没多难过,反倒像是在发呆。所以江祁景刚过来,扯着他的衣领,给了他一拳:"是不是你害我姐?"

商滕没还手,也没说话。他不想说话。

嘴的一侧破了,流了点儿血。

还是一旁的涂萱萱过来解释,她把事情的来龙去脉全部讲了一遍,包括医生刚才说的那句,病人有血友病。

江祁景愣住了:"血友病?"

在过来之前,他就给江巨雄打了电话。

江巨雄刚好被刘因拉着去参加她的同学聚会了,饭吃到一半,就火急火燎地赶来了。

江祁景的目光落在一旁眼神闪躲的刘因身上:"妈,您是不是早就知道我姐得血友病了?"

"血友病?"江巨雄看向刘因。

再精妙的骗局,也终有被拆穿的一天。

故事好像终于被拉开了帷幕。

刘因哭着和他解释。

女儿在急诊室内命悬一线,她在外面为了自己即将破碎的梦哭得撕心裂肺。

护士好几次过来,提醒道:"麻烦保持安静。"

刘因不听,非拉着江巨雄解释,说当初自己也是被骗了,她没办法啊,那个人是骗子,她也是受害者。

江祁景看着面前这个女人,不意外,但感到寒心。

他一直都享受着宠爱,所以体会不到岑鸢的感觉。但是现在,他终于明

白。他的姐姐,曾经过着怎样的生活。

她一直都是最苦的那个人,却总是对每一个人都保持着最大的善意和温柔,不应该这样的。

她偶尔也应该发发脾气,或是控诉一下她所感受到的不公平。

她不应该把所有的事情都一个人承受的,明明她也没多大。

商滕把自己钱夹里的卡全部抽出来,都给了刘因:"您要是想要钱,我可以给,多少都行,但是能麻烦您滚吗?"

他的眼神是冷的,语气更冷。

什么绅士风度、教养礼仪,他懒得再管了,只是觉得恶心。

他的岑鸢,在急救室里那么努力地活着,他不希望她从里面出来,看到这么恶心的一幕。

刘因最后还是没走,可能是受最后一点儿为人母的良知所影响吧。

时间缓慢地流逝,这个夜,长得似乎有些过分。

刘因双手合十,嘴里小声念叨着什么,像是在祈祷。

到了后半夜,哭累的涂萱萱被许早接走了。

走廊仍旧安静。

天色渐亮,医院内部也逐渐开始变得热闹。

楼下的早点摊子也支起来了。

整整一个晚上,急救室内进进出出,那些护士医生的脸上神色严肃。

上午十一点,江巨雄接了个电话,公司有点儿事等着他去处理。

他挂了电话,走过去,和江祁景说:"小鸢要是醒了,给我打个电话。"

到底是养了这么多年的女儿,他多少也是有感情的。

一晚上没睡,江祁景的眼里红血丝有点儿多,他点头:"嗯。"

刘因几次想和江祁景说话,都被他冷漠的态度给挡回去了。她能在这里陪着等一晚上,似乎也已经是极限,江巨雄走了没多久,她也走了。

走廊里只剩下商滕和江祁景。

徐辉打了好几通电话,商滕都没接。

来医院的路上,商滕半道把他放下了。

如果他知道岑鸢生病的事,那么周悠然肯定也会知道。岑鸢怕周悠然担心,所以商滕就替她瞒下了。

急救室的灯灭了,医生从里面出来,做了这么久的手术,他也是一身疲态。

商滕和江祁景一齐起身,他比江祁景动作更快地走过去:"医生,请问病人现在情况怎么样？"

他不敢呼吸，像等待判刑的囚徒。

医生："脱离生命危险了。"

他顿时松了一口气。

一整晚没睡，加上高强度的精神折磨，商滕像在瞬间被抽走了脊梁，无力地瘫在椅子上。

岑鸢在ICU（重症监护室）又观察了一天，各项指标都正常以后，这才转到普通病房。

她的麻药还没退，还在昏睡。

岑鸢看到了一片海，榕镇是内陆城市，看不到海。

她小时候最想做的事就是去看海。后来再大一些，她最想做的事情，依旧是去看海。

纪丞手里拿着篮球，从左手抛到右手，又从右手抛到左手。原来她已经死了啊。

岑鸢笑着问他："是来接我的吗？"

"当然不是。"他走过来，摸她的头，笑容仍旧吊儿郎当，"我的鸢鸢可是要长命百岁的，等鸢鸢变成一百岁的老婆婆了，我再来接你。"

"那要是我一百岁还活着呢。"

"就继续等，不会让别人有机可乘，也不会再让别人抢走你。"

岑鸢醒了。她第一眼看到的是坐在病床边的商滕。

他嘴边长出了青色的胡茬儿，眼底因为熬夜泛出了乌青色。他少有这么不修边幅的时候。

看到岑鸢睁眼，他黯淡无光的双眼瞬间恢复了些生机。

"还痛不痛？有没有哪里不舒服？想喝水，还是先吃东西？医生说你刚做完手术得忌口，我就下楼给你买了点儿水果，你要是饿的话，我现在就去给你买点吃的。"

她有气无力地道："不用。"

商滕刚起身，听到她的话，又听话地坐下："医生说全身麻醉后会有副作用，你要是哪里不舒服就跟我讲，别自己忍着，知道吗？"

岑鸢刚经历了一场大手术，脸色还是很苍白，嘴唇也因为缺水而有些干裂。

商滕倒了一杯温水，用吸管喂她。

岑鸢问他:"小景呢?"

昏睡的时候,她好像听到他的声音了。

商滕避开了她的视线:"你先养病,其他的事情,等病好了再说。"

"是不是我家里出了什么事?"

她不可能猜不出来。

她都进手术室了,她家人肯定也都知道了。

商滕最终还是告诉她了:"你爸跟你妈离婚了。"

在得知岑鸢脱离生命危险以后,他们离婚了。

江巨雄其实已经仁至义尽了,被骗了这么多年,哪怕心里再气,仍旧以最温和的方式去处理这一切。

商滕怕她躺久了累着,动作温柔地扶起她的身子,将枕头垫高了些,让她躺得更舒服一点。

岑鸢看着天花板发呆:"这样也好,本该这样的。"

她的头发有些乱了,总有几缕不听话地垂落下来,偶尔挡住她的眼睛,偶尔垂在她嘴角。

商滕找护士借了根发绳,替她把头发扎好。

怕岑鸢无聊,他把电视打开,特地给她找了个她爱看的频道,然后去楼下买了点儿洗漱用品,简单洗漱了一下,把胡子刮干净。

江祁景很快就过来了,来的时候特地在楼下买了点儿粥。

岑鸢的右手在输液,左手又不方便,所以江祁景一口一口地喂她。

他把粥吹凉了,然后才递到她嘴边:"以后不管发生什么事,都可以和我讲。"他说,"我早就长大了,可以保护你。"

岑鸢看着他,欣慰地笑了笑:"对啊,我们小景也长大了,可以保护姐姐了。"

他低着头,继续去舀粥,眼泪却滴到了碗里。

岑鸢摸了摸他的头:"姐姐已经没事了。"

江祁景把碗放下:"我待会儿再去给你买一碗。"

他始终不敢抬头,怕被她看见此刻的样子,肯定很蠢。

岑鸢抱着他:"不哭。"

江祁景也想抱她,但又怕不小心碰到她的伤口。他第一次哭得这么凶。

好不容易把他哄好了,岑鸢让他先回去休息一下。

他肯定一整晚没睡,眼睛都肿了。

江祁景说他不困。

岑鸢说:"听话,快回去休息,不然我会担心的。"

她劝了好久,他才终于松口。

"那我明天早上天一亮就过来。"

岑鸢点头:"好。"

"你想吃什么,我让家里的阿姨给你做。"

"嗯,我待会儿好好想想,想好了就发给你。"

江祁景走了,病房没安静多久,商滕一直等在外面。

他买的粥早就凉了,随手放在桌子上。

"会冷吗?我把暖气开大一点儿?"

岑鸢看着他,眼睫轻垂。

她说:"商滕,重新考虑一下吧,你的人生不应该被我这样的人拖累。"

她想清楚了,她不该奢望被爱的,她这样的人,活在这个世界上已经是个累赘了,她不能再去拖累别人。

她有些无力地抬起手,这只手昨天刚注射过凝血因子,针眼还在。

她握紧,那里便泛起了淡青色:"你看,我又流血了。"

商滕不看她:"不要。"

岑鸢低声叹息,叹他的固执:"我陪不了你多久的。"

"能活一天,我们就在一起一天;能活一个小时,我们就在一起一个小时;哪怕只剩下最后半个小时、十分钟、一分钟,甚至三十秒,我都不想浪费。"商滕语气平静地说出这番话。

早就想通的事情,他不纠结。

岑鸢不可能没有感触的,一直受苦的人,被人这么对待,是会动心的,但她不应该这样连累商滕,于是她狠了下心:"可是我不愿意。"

商滕停下,垂眸看着她。

他太聪明了,聪明到一眼就能看清人心,所以岑鸢在他看过的那一瞬间,把视线挪开了。

她轻飘飘地说了一句:"我试着和你在一起过,但我还是做不到,我忘不掉纪丞。"

商滕沉默了很久,然后背过身去,偷偷把眼泪擦了:"你知道的,我这个人,不达目的不会罢休的,既然一开始让我看到了希望,就别想再次甩开我的手。"

他开门离开,自以为伪装得很好,可是哭腔太明显了,连肩膀都在颤抖。

他当然委屈,她出了车祸,他担心得要死,饭吃不下,觉睡不着,在手术室外等了一晚上,结果她醒了就赶他走,还说她忘不掉纪丞。

直到他离开,岑鸢才将眼神重新移回来。

她盯着病房门看了很久,这样挺好的,也应该这样。

她太理解被抛下的那个人有多痛苦了,所以不希望商滕也去体会一遍。

他不应该被痛苦圈禁,他这样的人,有更远大的未来。

岑鸢现在还没办法下床,太虚弱了。

护士时不时会进来看看,替她把输液的速度调慢一点儿:"要是不舒服的话,就按床边的按钮,护士站的人马上就会过来。"

岑鸢点头,和她道谢:"谢谢。"

人温柔,声音也温柔。

小护士被她看着,脸颊微红,移开视线:"不……不用谢。"

涂萱萱在病房外守了半夜,被许早接回去睡了一觉,刚醒就直接过来了。

小姑娘应该是哭了一晚上,眼睛都肿得快睁不开了。

她怀里抱着一捧花,还提了箱奶,旁边许早更夸张,又是果篮又是各种营养品的。

岑鸢无奈地笑道:"你们是要把超市也搬过来吗?"

见她没事,涂萱萱又哭了,放下手里的花就要扑过来。

许早拉住她的卫衣帽子,生生把她扯了回去:"岑鸢姐身上有伤,你别弄疼她了。"

涂萱萱后知后觉地回过神:"我差点儿忘了。"

她拖了张椅子坐过来:"岑鸢姐,你是不知道我昨天有多担心你,我怕死了,又慌,只能用你的手机给前姐夫打电话,要不是有他在,我都不知道该怎么办。"

她提到商滕,岑鸢的表情僵了一瞬,但也只是片刻。

身上还没什么力气,她缓慢地抬手,摸了摸涂萱萱的脸:"谢谢你。"

涂萱萱眼眶一红,又要哭了。

岑鸢笑容无奈,用手给她擦去:"今天是怎么回事,大家都组团来我病房里哭吗?"

涂萱萱听到岑鸢的话,眼泪暂时停了,她好奇地眨了几下还挂着泪珠的眼睛："岑鸢姐，你是不是和前姐夫吵架了？"

他们不算吵架吧，只是把有些话说开了而已。

岑鸢摇头："没有。"

涂萱萱疑惑地皱了下眉："那我刚刚过来的时候怎么看到前姐夫的眼睛红红的，好像还……还哭了？"

她的停顿是在质疑，质疑自己是不是看错了。

毕竟像商滕那种不苟言笑到可以称之为冷漠的人，居然也会哭，这好像的确是一件非常不可思议的事情。

岑鸢愣了一下："他还没走吗？"

"没走，就在外面坐着，但好像心情不太好，我和他打招呼他也没反应。"

岑鸢点头："嗯。"

涂萱萱没眼力见儿，但许早有。

他自然可以看出来这两个人的不对劲。

今天的岑鸢和商滕都很反常，一个永远清冷淡漠，一个永远温柔如水，此刻却都沉默了。

许早觉得，还是得把时间留给他们，所以也没让涂萱萱在这里待太久，拉着她离开了。

病房内再次陷入安静，搭在白色被面的手，缓缓收紧。

岑鸢也说不清自己此刻的心情，反正不能称之为好。

手机响了两声，她转头去看，联系人写着商滕。

商滕："我什么也不介意，只要你别再推开我。"

商滕："我给你一天的时间考虑，先别急着拒绝。"

在外面的那几个小时，他都陷在自我挣扎里。

他从小到大都处在被人仰视的位置，哪怕再目中无人，也没人敢挑他的刺。因为他的确有目中无人的能力。

可就是这样的人，只花了半个小时就说服了自己，哪怕剩下的时间里，只能当个替身，他也认了。

他没办法争，也争不了，只能顺从，他没办法离开她，就算是和别的男人一起平摊她的爱，他也只能这样了。

只要她爱他，哪怕只是一点点，万分之一也足够了。

他一退再退，把自己所有的底牌全部交出去，像是抵死挣扎的囚徒。

理智的那个人，好像只剩下岑鸢。

她看着聊天界面上的那两句话，沉默了很久，最终还是将手机锁屏，没有回复他。

其实她也是有过期待的，医生说过，她的病并不致命，日常生活中多注意，还是可以像个正常人一样生活的。她是有机会活到白发苍颜。但是车祸发生的那一瞬间，她好像终于明白，她到底是和正常人不同的。

她不想拖累任何人。同样，她也不希望自己将商滕从神坛上拉下来。

他们注定不是一路人。

她不像商滕，有着豁出一切的决心，她顾虑的事情太多。

医生说岑鸢还得在医院多观察几天，看后续情况。

为了方便照顾岑鸢，江祁景专门请了几天假。

岑鸢现在得忌口，只能吃些清淡的饭菜，他特地让家里的阿姨做的。加湿器是江窈让他带来的。

"她难得好心一次。"江祁景把加湿器的电源插上，"我请假的时候林斯年问我出什么事了，我说我回老家，没告诉他你住院了。要是让他知道了，非得住在医院，到时候你就别想睡觉了。"

他话里带着满满的嫌弃，脸上的表情也是。

岑鸢被他逗笑了。

江祁景看她终于笑了，也松了一口气。

从进门到现在，她就装出一副轻松的模样。

江祁景知道，她是怕他担心。可她也太小看自己了，艺术家的观察力最敏锐，如果连这点儿微妙的情绪都察觉不出来的话，他还怎么找灵感？

岑鸢小口喝着汤，江祁景就坐在一旁看电视。

江祁景又给她盛了一碗："等过几天，我亲自下厨，让你尝尝我包的饺子。"

岑鸢抬眸，饶有兴致地笑道："我怎么不知道你什么时候学会了做饭？"

他挺直了腰背："你别小看人了，我要是想学，分分钟的事。"

岑鸢笑着点头："那我就拭目以待了。"

"除了饺子你还想吃什么，我记下来。"一边说着，他还一边把手机拿出来了。

岑鸢其实没什么胃口，但是为了不打击他的积极性，还是非常认真地想了想。

"糯米团子,别放生姜。炸酥肉,花椒少放一点儿。还有粉蒸肉,但我不爱吃肥的。对了,饺子馅也不要放生姜。"

江祁景皱了皱眉:"你也太挑食了吧。"

岑鸢承认得挺坦荡的:"好不容易生一次病,可以被人宠着了,当然要抓住机会。"

江祁景仔细回想了一下,岑鸢从来不说自己爱吃什么、不爱吃什么。

江窈整天和厨房阿姨提一堆意见,今天哪道菜咸了、汤里放了葱、羊排有膻味,明天她想吃什么、想喝什么汤。但岑鸢从来不说,厨房做什么,她就吃什么。所以家里的阿姨都很喜欢岑鸢,说岑鸢不挑嘴、好养活。

没有不挑食的人,更何况是来到一个口味完全陌生的城市。她不说,只是因为她知道自己的处境,不被人爱,就没有恃宠而骄的资格。

江祁景眼眶又红了:"蔬菜你也得吃点儿啊,光吃肉的话,容易便秘。"

岑鸢递给他一张纸巾:"又哭了。"

江祁景摇头,死鸭子嘴硬:"我才没有。"

他又去牵岑鸢的手,她的手软软的,手指细长,指甲修剪得整洁干净,也不像江窈,总是做些乱七八糟的美甲。

"等出院了,你就在家里好好养病,我可以赚钱养你的。"

他不需要靠家里,自己就能够养活岑鸢。

岑鸢看着面前的江祁景。

时间真的是个很奇妙的东西,以前那个冷着脸说"她才不是我姐姐"的小男孩,已经成为可以给她依靠的大人了。

岑鸢说:"好。"

热水瓶空了,江祁景起身去开水房接了一瓶,回来的时候看到商縢还坐在那里,一动不动。

水很烫,江祁景倒了一杯放在旁边过凉。

他试探地问了一句:"姐,你和商縢是不是吵架了?"

这句话,她今天已经听到两遍了。

岑鸢没有回答他的问题,只是反问:"他还在外面?"

江祁景点头。

虽然平日里他看不惯商縢,但这时候,他也有些看不下去了。

从她出事到现在,商縢就一直在医院里,没有离开过。

他比他们都忙,却是唯一一个寸步不离地守在这里的人。

"姐,我不是替他说话,他在医院陪了你这么久,不吃不喝的,你们……"

岑鸢眼睫轻抬,把手里的保温杯递给他:"这个,你帮我拿去给他吧。"

江祁景点头,接过水杯,出去又进来。

"他不要。"

岑鸢微抿了唇,看向窗外,不说话了。

商滕说的一天,就真的是一天。

岑鸢吃的药有助眠作用,等她醒来的时候已经中午了。

护士给她换了药,医生过来查房,说她状态不错,再过几天就可以出院了。

岑鸢笑着跟他道谢。

医生刚走没多久,江祁景就带着午饭来了,还有鲜榨的果汁。

岑鸢欲言又止,最后终于问出了口:"商滕他,走了吗?"

江祁景点头:"走了。"

岑鸢松了一口气,又有点儿难过,一点点而已。

那次之后,一切好像全都回归原状了。

商滕没有再找过岑鸢。

江祁景倒是每天都来,变着花样地给她带吃的,都是些补汤,让家里的阿姨做的。

有一次他带的是饺子,岑鸢吃了几个,有的熟了,有的夹生,还有一些没包好的,饺子皮和饺子馅分离了。

江祁景红着脸说这是他在楼下的饺子馆买的。

"下次不在他家买了。"他把东西收拾好,语气有点僵硬地说。

岑鸢笑了笑,没说话。

休养了这么久,她已经可以下床自由活动了。

赵嫣然前两天才知道岑鸢住院的消息。

她出国的这段时间,和岑鸢一直有联系,最近她给岑鸢发消息没人回,担心岑鸢出了什么事,就给江祁景打了个电话。这才从他口中得知岑鸢出车祸的消息。

她当天就买了机票,今天下午到。

岑鸢让江祁景待会儿要是没什么事的话,就去机场接一下赵嫣然。

江祁景点了点头,说:"好。"

赵嫣然早就和她那个大学生男友分手了,两人甜蜜了一段时间,后来她嫌他太黏人，以出国的理由把人给踹了。

想到赵嫣然待会儿就过来了，江祁景甚至有点儿担忧："她嗓门那么大，待会儿要是来医院了，你还能休息好吗？"

岑鸢拿着保温杯，小口小口地喝着热水："她有分寸的。"

江祁景给她剥了根香蕉，递给她："那我就先走了，有事的话记得给我打电话，知道吗？"语气就像在哄小孩一样。

岑鸢笑道："知道了。"

下午的时候，开始下雨，很小，雨滴砸落时都听不见太大的声响。

窗户关着，但窗帘没拉，几滴雨水被风吹得挂在玻璃窗上。电视里正放着电视剧。

一直都是这个台，岑鸢也没换过，里面放什么她就看什么，她也不是真的想看，就是一个人待着的时候，总是容易胡思乱想，必须做点儿什么转移下注意力。

赵嫣然直接从机场过来的，还拖着一个超大的行李箱。眼泪早从下飞机就忍着了，到了医院才彻底忍不住。

她算是第一个知道岑鸢病情的人，因为家里的生意，她被她爸强制性赶到国外，这一年来，除了过年回来待了一周，其他时间都在国外。

岑鸢被她抱着，喘不过气，却还是轻笑着安抚她："我没事，医生说我再过几天就可以出院了。"

明明需要被安慰的那个人是她，赵嫣然从她身上离开，抽了张纸巾擦眼泪："你肯定没事，你可是要长命百岁的。"说完，她从包里拿了一条手链给她戴上，"我让我妈专门去庙里给你求的，开过光的，可以保佑你。"

岑鸢说："替我谢谢阿姨。"

赵嫣然哼了一声："是我让我妈去庙里求的，你不谢谢我，反而谢我妈。"

岑鸢笑她幼稚："嗯，也谢谢你。"

病房是单人间，这种时候病房短缺，病床都得等，更别说是这种单人间。

赵嫣然倒了杯水，四处打量："还好运气好，弄了个单人间，就你那个睡眠质量，如果和别人一起住，肯定整夜睡不着。"

岑鸢没说话。

这个病房是商滕帮她弄来的。

她最近不太想提起他，所以当赵嫣然说起这个名字的时候，她选择了沉默。

医院统一的条纹病号服,穿在她身上,显得格外宽松。

她垂着眼睫,手放在被面上,手腕白皙纤细,很安静。

虽然平时的她也很安静,但现在的安静和以前不太一样,好像多了点儿其他的情绪在里面。

赵嫣然不算迟钝,所以她察觉到一些和以往不同的东西。或许,商滕对岑鸢,不再是那个可有可无的人了。

赵嫣然走过去,在她身侧坐下:"岑鸢,发生什么事了?"

听出了她话里的担忧,岑鸢笑容轻松地摇了摇头:"什么也没发生。"

她看着窗外逐渐变大的雨:"我只是觉得,对商滕,我有些内疚。"

"内疚?"赵嫣然疑惑地道,"为什么内疚?"

是啊,为什么呢?

岑鸢自己都说不出来。

在医院的这些天,岑鸢恢复得很好,伤口也没有感染。

病房里经常有人来探望,涂萱萱早上做好的饼干,下午就被赵嫣然吃光了。

她躺在岑鸢的病床上看电视,一颗一颗地往嘴里扔葡萄,偶尔对着电视里的人指指点点。

江祁景带着午饭过来,看到赵嫣然,眉头皱着,一脸嫌弃:"不知道的还以为你是病人。"

赵嫣然闻到饭菜香,噌的一下就从床上坐起身:"今天带的什么?"

江祁景不理她,用脚拖着桌角,把圆几拖过来。

"我让阿姨给你煮的薏米粥,放了点儿糖。"

赵嫣然一听是粥,顿时又痛苦地躺下了:"我最讨厌喝粥了!"

最近温度降了不少,外面都开始下雪了,岑鸢看到江祁景肩上的雪,把自己刚倒的热水递给他:"外面冷不冷?"

江祁景接过杯子,也没喝,只是暖了暖手:"还好,不是特别冷。"

岑鸢嗯了一声,坐下后,安安静静地喝粥。

午饭吃完,医生过来查房,大概检查了下她伤口恢复的情况:"恢复得很不错,明天就可以办理出院手续了,但是半个月后还是得来医院复查一下。"

岑鸢点头,跟他道谢。

出院那天，赵嫣然和江祁景都来了。

岑鸢上午就把东西收拾好了，行李箱是江祁景拿来的。

她在医院住的这些天，日用品和换洗的衣物还是有点儿多的。

办好出院手续后，江祁景把自己的外套给岑鸢穿上，又是围巾又是帽子的，生怕她吹一点儿冷风。

岑鸢甚至觉得自己有点儿像刚生完孩子的孕妇。

她把帽子摘了："我头发多，不冷。"

江祁景又重新给她戴上："不冷也戴着。"

"……"

赵嫣然这几天就赖在岑鸢家，美其名曰留下来照顾她。

岑鸢住院这些天，饼干都是江祁景在照顾。

看到岑鸢的第一眼它就兴奋地冲了过来，要往她怀里扑。

被赵嫣然在半路拦住，她嫌弃地捏了捏它的圆脸："想压死你妈妈吗？"

赵嫣然还没抱多久呢，就觉得自己的胳膊快断了，把它放在地上："它也太胖了吧。"

岑鸢笑着应声，把帽子和围巾摘了："橘猫都容易胖。"

那些天有了赵嫣然的陪伴，家里好像终于不再那么冷清了。

岑鸢想起了正事，给之前的客户打电话。

她当时就是在去见他的路上出的车祸，原本是最后一单生意，因为对方是提前半个月就预约的，结果中途又出了这件事。

岑鸢觉得自己还是得单独找个时间，好好和他表达下歉意，所以她约了他吃饭。

对方很爽快地就同意了。

吃饭的地点就在一家星级酒店。

对方很守时，点好餐后，岑鸢跟他道歉，只说去的路上出现了一点儿小意外。

她知道，如果说得太仔细的话，对方肯定会带着同情询问。

岑鸢不太喜欢这样。可能自己比起别人，的确有点儿不那么幸运，但她不希望被怜悯。

不是说她多清高、多有骨气，人是种很奇怪的生物，一旦有了怜悯，就会由此延伸出一些其他的情感。

岑鸢疲于应付这些。

苏洛宁见她气色不怎么好,关切地问了一句:"是身体方面的意外吗?"

岑鸢摇头,笑了下。

苏洛宁也只是出于礼貌询问一下:"没事就好,我的事你也不必太过自责,意外属于不可控因素,而且我已经解决了。"

岑鸢说:"真的很抱歉。"

"没事。"

两个人都是温和斯文的性子,在一起倒是没有什么化学反应。

徐辉后天就要回去了,岑鸢想着,她和苏洛宁吃完饭以后,陪徐辉去附近逛一下,他难得来一次寻城,因为自己的事情,也没个人陪他。

那顿饭吃得安静,直到商滕进来。

他不是一个人来的,身边还跟着几个同样一身正装的男人,谢顶啤酒肚似乎是成功男人的标配,西装被那个大肚子撑起来,纽扣仿佛都要被绷开了一样。

那个男人笑容殷勤地和商滕说着话:"专门在三楼包间预订的位置。"

商滕没看他,视线落在罗马柱旁的餐桌上。

后面是一整面的落地窗,雪景很美。

岑鸢和她对面的男人说着话,笑容轻松。

商滕收回视线,手搭上温莎结,往下扯了扯:"就在一楼吧。"

吃完饭,苏洛宁说送她回去,被岑鸢婉拒了。

"我还有个地方要去,现在不回家。"

苏洛宁也不勉强,刚好他停车的地方和打车的位置顺路,所以就一起走了一段路。

岑鸢去徐辉住的酒店找了他。

酒店是商滕的,徐辉在这儿吃住全部免费,这里的工作人员对他也都客客气气的,住的也是豪华套间。

徐辉长这么大还没住过这么高档的酒店,平时出差都是住一百一晚上的小旅馆。

"岑鸢姐,我房间里还有个游泳池,你待会儿要不要去游一下?"

岑鸢见他一脸兴奋,只轻声笑笑:"我待会儿带你去附近逛逛,看看有什么想要买的。"

徐辉点头，回房间加了件外套。

他们也没逛多久，岑鸢的身子刚恢复，不能在外面待太久。

他劝岑鸢："岑鸢姐，你这次要不和我一起回去算了。"

他说："刚好这次回去还可以陪婶子一段时间。"毕竟半个月之后，她就会嫁到徐家。

岑鸢犹豫了很久，最终还是点头，说："好。"

这次回榕镇，就是在那边彻底定居了。

她早在网上看好了房子，位置也好，周边环境也可以，最重要的是清静，以后她又要重新开始一个人的生活，没什么太特别的感觉，可能是习惯了吧。

徐辉把她送到小区门口，岑鸢就让他回去了。

她一个人走进来，路灯昏暗的光将她的影子拉得很长。

再过一天，她就要和这个地方说再见了。

不舍，当然也有，到底是待了十年的地方。

岑鸢在楼下看到了商滕，他应该等了很久，肩上落着雪，薄唇被风吹得不见血色。

他很白，现在更白了，带着一点儿病态的白，像感冒了一样。

看到岑鸢，他连抬眸都显得有几分艰难。

雪花挂在他睫毛上，融化成雪水，衬得他那双眼睛雾蒙蒙的。

"他可以，我不可以？"

岑鸢知道他说的是什么。

刚才在酒店，她也看到他了。但她不打算和他解释："商滕，对不起。"

"我不要对不起。"他抱着她，抱得很紧，近乎哀求，又带着点儿诱哄的语气，"你把这声对不起讲给他听。"

她总这样，总和他说对不起，说完对不起以后就会让他难过。

"你喜欢纪丞，我喜欢你，这两件事不冲突的。"

爱可以让卑微怯弱的人变得自信，也可以让高傲强大的人变得卑微怯弱。

这些日子，他每一天都活在患得患失之中。

他一退再退，甚至连最后一点儿底线也彻底放弃了。

不要她万分之一的爱了，只要她愿意让自己陪着她。

呼啸的冷风割裂冬夜的安静。

岑鸢再一次推开了他:"对不起。"

她又说对不起。

无论他退让多少步,她好像永远都是这样一副无动于衷的样子。

她对任何人都温柔大度,却一点儿缝隙都不肯留给他,像是一堵不透风的墙。

商滕真的不知道该怎么办了。

他只差没把尊严也踩在脚下,求着她看看自己。

其实他也没资格说其他的,这些都是他自作自受罢了。

如果以前他能对她好点儿,她离开的时候,是不是也会心软?

所以说,是他活该。

商滕就站在那里,看着岑鸢离开,一直看着。

这是他第二次这么无力。

第一次是在发现岑鸢得病的时候。

他有什么用呢,救不了喜欢的人,也留不住喜欢的人。

他就是一个废物。

岑鸢上了楼,走到窗边,她只敢把窗户撩开一道缝隙,却也能看清楼下。

商滕没走,还站在那里,一动不动的。

寻城的冬天,冷风刺骨,他穿得也不多,却像毫无感觉一样。

岑鸢微抿了唇。

那个晚上,她又开始失眠了。

她明明很困,却怎么也睡不着,在床上翻来覆去。

那些杂乱的画面跟幻灯片一样,在她脑海里回放,却也没有规律。

她不知道商滕是几点回去的,他这个人,不太懂得怎么照顾自己,感冒了都是硬扛,实在扛不了了,才会吃药。

岑鸢不否认,自己的确在担心他。

有很多事情发生了改变,她的心意好像也是。她努力说服自己,不要心软,然后就真的没有心软。

第二天一早,睡眠不足的她有点儿没精神,就连饼干都感受到了,一直担心地跟着她。

早餐随便吃了点儿，岑鸢把行李收拾好。

徐辉给她打了个电话，说他把火车票退了，买了两张机票，不过是经济舱。

他怕岑鸢坐不惯："要不你的那张我退了再买？"

"不用这么麻烦。"岑鸢笑道，"我这边离机场远，你不用等我，醒了就直接过去。"

电话挂断后，岑鸢把机票钱给他转过去。

很快，徐辉又转回来了。

岑鸢没有再管。

她打车回了江家。

短短的几天时间，江巨雄却像老了好几岁，两鬓生出了白发，面容也很憔悴。

看到岑鸢，他并不意外，冲她点点头："来了。"

岑鸢嗯了一声，坐过来。

江巨雄喉咙不舒服，喝了口茶润嗓子："身体好点儿了没？"

"好多了，已经开始结痂了。"

"那就好。"

岑鸢能够理解江巨雄此刻的心情，失而复得的女儿，却在某天被告知不是亲生的。任谁都会心里有道坎。

虽然不是亲生的，但养在身边这么多年，从十五岁养到二十六岁。这十一年，不可能没有感情。

岑鸢这孩子，心细又敏感，总是喜欢站在别人的角度考虑问题，却从来不替自己想想。

江巨雄知道，她这次过来是想安慰自己，同时也想道歉。但谁又和她道歉呢，两个爸爸都不是自己的爸爸。

"是你母亲的错，苦了你了。"

江巨雄叹了口气。

岑鸢摇头："不苦。"

"好好养病，其他的别多想，我和你妈的缘分到头了，但你还是我的女儿，江家永远都是你的家。"

岑鸢突然觉得，自己的人生其实也不是过得一塌糊涂，还是有很多人在爱着她的，所以她不孤单。

"爸，我明天的机票，回榕镇。"她说。

江巨雄抬眸："还回来吗？"

岑鸢笑了笑："应该不回来了，会在那边定居，那里安静，也适合养病。"

江巨雄愣了一会儿，然后才点头："也好，在这边反而闹心的事情更多。"

他口中闹心的事情指的是刘因。

他担心刘因会去烦岑鸢，但他的担心好像有些多余，刘因走了，带着离婚分得的那点儿财产去了国外。

江家和商家比起来不算什么，但瘦死的骆驼比马大，刘因分走的那些钱还是足够她下半辈子挥霍的。

岑鸢说不上难过，但也不是毫无感觉，毕竟是自己的母亲。

她一声不吭远赴国外，可能她们再也见不到了。

刘因出国之前，也不是谁都没找，她去见了江祁景。

她最爱的，除了自己，就是这个宝贝儿子了，但也没靠近，只是远远看了一眼，然后就离开了。

这件事，除了刘因没人知道。

岑鸢走了，走之前把那张银行卡放在了茶几上。

这还是之前江巨雄给她的，里面的钱她一分都没动。

她本来就没想过要这些钱，现在就更加没资格了。

江祁景偷听到了他们的对话内容，他就是故意偷听的。

果然，岑鸢说了她想离开，连机票都已经买好了。

从书房出去，她看到了站在走廊上的江祁景。

他个高，都快比她高出一个头了，明明小时候还是个什么也不懂的小孩，嘴硬脾气横，可是现在，居然长成大人了。

时间真是个奇妙的东西。

岑鸢却不希望他长大，成年人的世界太累了，她希望江祁景永远开心。

他是她最爱的弟弟，也是她最不舍的人。

她走过去，替他把衣领理好："爸年纪大了，你以后听话点儿，别老和他对着来。还有江窈，她从小被宠坏了，你别总和她吵架。"

"我没和她吵架。"

他平时连话都懒得和她讲。

岑鸢笑着点头："嗯，我们小景最乖了。"

他移开视线，不去看她。

过了一会儿，他又一声不吭地往楼下走，步子大，脚步也急，光看背影就知道他生气了。

岑鸢追不上，只能在身后喊他："小景。"

他不理她，自顾自地往前走。

她没声了，站在原地。

江祁景犹豫地停下，最后还是转过身。

四目相对，她脸上笑容淡淡的，眼眶却红红的："姐姐追不上你了。"

她活得小心翼翼，不敢有太大的动作，怕受伤。

疾病缠身的人，好像都有很多身不由己。

江祁景跑过来，那张素来冷傲的脸上此时满是担心："哪里不舒服了吗？"

岑鸢摇了摇头，笑道："不要生姐姐的气，我最近已经很难过了。"

江祁景担忧地垂下眼睫，没有问为什么难过、是谁让她难过的。但他知道，岑鸢应该是真的扛不住了。

她不是诉苦的性格，能够让她主动说出来，应该是超过了临界值。

江祁景点头："我不生气。"

岑鸢放松地笑了："不气就好。"但她的笑容里，依旧带了点儿苦涩。

机票是上午十点半的，江祁景送她去的机场，徐辉早就等在那里了。

他第一次坐飞机，什么也不懂，也不敢乱走，票也没取，就坐在那里等岑鸢。

江祁景过来以后，先把行李箱弄去托运，然后给机票升舱。

他让徐辉在路上照顾好岑鸢，一边说着，一边往徐辉的黑色背包里塞了一个装满热水的粉色保温瓶。

"她要是渴了你就把保温杯拿给她。"

徐辉点头："你放心好了，我肯定会照顾好岑鸢姐的！"

江祁景眉头紧皱，醋意上来了："谁是你姐？"

他知道，岑鸢在榕镇的妈妈要嫁给面前这位的爸爸了。

到时候岑鸢就真成了他姐姐。

江祁景一想到以后他们会变成一家人，就很不爽。

登机之前，江祁景和岑鸢说："以后不许喊他弟弟。"

岑鸢笑容无奈："我也没喊过你弟弟啊。"

"那你不能让他喊你姐。"

"我妈没嫁给他爸之前他就喊我姐,只是一个礼貌的称呼而已。"

江祁景不说话了,他像哥哥一样保护她,却在这种事情上幼稚得像个刚满三岁的孩子。

岑鸢最后还是宠溺地点头应下:"嗯,我答应你。"

江祁景说,为防止她骗自己,他以后会时不时地去榕镇检查,如果发现徐辉还在继续喊她姐,他就半个月不理她。

岑鸢笑他幼稚。心里却知道,他只是在用这种方式告诉她,他会去看她的。

飞机飞了两个小时,终于到了目的地,徐伯亲自开车过来接的他们。

周悠然也在。

确定了关系之后的二人明显亲密了许多。

徐伯下车替岑鸢把东西放进后备厢里:"小辉那兔崽子没给你添麻烦吧?"

岑鸢笑道:"没有,他很乖的。"

徐辉不满地嚷道:"我能添什么麻烦。"

车内有股淡淡的鱼腥味,应该是之前装过鱼,味没有全部散完,再加上车内暖气一烤,那股味道就更难闻了。

岑鸢胃里不太舒服,晕晕乎乎了一路,好不容易才到家,刚下车她就吐了。

周悠然给她倒了杯热水:"是不是晕车?"

岑鸢摇头:"可能是路有点儿颠簸。"

周悠然替她拍着背:"镇上已经开始修路了,等再过些日子,这些土路就全没有了。"

岑鸢喝着水,沉默不语。

镇上修路的钱是商滕捐的。

就算她离开了寻城,身边好像还是有他的痕迹。

早在岑鸢回来之前,就和周悠然说了,想在这边定居。

周悠然当然希望她回来,但看到她是一个人回来,又有点儿疑惑。

"商滕没和你一起回来吗?"

岑鸢轻声开口:"我们很久之前就离婚了。"

周悠然愣住:"什么?"

岑鸢和她解释,之前是因为怕她担心所以才没有和她讲。

周悠然问她:"那你和商滕……"

她像是释怀地笑了笑:"我跟商滕,不会再有任何关系。"

周悠然不知道他们之间发生了什么,但看岑鸢的样子,好像并不想谈论这件事。

商滕这个女婿,她还是挺满意的。不过既然他们无缘,只到这里也好。"房间给你收拾好了,坐了一天的车,肯定累坏了吧,先去休息一下。"

岑鸢点点头:"嗯。"

她回了房间。

她的确有点儿累了,但躺在床上,却怎么也睡不着。

距离上次从这里离开,好像也没多久。

既然睡不着,岑鸢也不想强迫自己去睡。于是干脆从床上起身,她走到书架旁,看到自己的手账本。

她有很多手账本,初中开始有的爱好,直到去了寻城。

她把旁边的那本抽出来。

封面是粉色的,她最喜欢的一本,也是她做的最后一本。

那个时候纪丞刚离开没多久,江巨雄和刘因找过来,说他们才是她的亲生父母。

离开榕镇的前一个晚上,她一边哭,一边在上面写下:"岑鸢讨厌这个世界!"

眼泪浸湿的地方,留下了几处硬硬的痕迹,哪怕这么多年过去了,依旧存在。

旁边多出的笔迹明显是刚写下没多久。

厌恶两个字被划掉了,重新写下:热爱。

商滕陪着岑鸢热爱这个世界。

周悠然婚礼的日期在春节之后,这些天又是准备婚礼上用的东西,又是年货,岑鸢觉得自己已经好多年没有这么忙了。

闲暇的时候,徐辉会和她聊天:"商滕哥家那么有钱,过年应该需要准备很多东西吧,你是女主人,肯定很忙。"

岑鸢笑了笑:"有专门负责的阿姨处理,我只需要看一下采购单。"

徐辉好像对阔太生活非常感兴趣,每次聊到这个他都有很多话。

他好像有点儿遗憾:"我还以为商滕哥也会和我一起过来呢。"

她像是突然想到什么，唇角的笑容微滞，岑鸢没再开口。

婚纱照是前些日子去市里拍的，说是婚庆公司那边会安排跟妆师过来，今天过来简单试了一下妆。

岑鸢在旁边陪周悠然，她眼角的皱纹深得遮不住。

周悠然这些年太辛苦了，明明是和刘因差不多的年纪，看上去却比刘因老了十多岁。

化妆师给她化完底妆，笑道："阿姨的骨相真美，难怪生了个这么好看的女儿。"

美人在骨不在皮。

哪怕岑鸢现在是素颜，甚至还有点儿憔悴，但仍旧美得让人挪不开眼。

她不光骨相美，五官也很美。

周悠然笑道："她从小长得就好看。"

定好妆以后，周悠然想把妆卸了，岑鸢说很美，让她就这么留着。

"晚上再卸。"

周悠然有些难为情："我这么大年纪了，还弄得这么花枝招展的，像什么样子。"

岑鸢替她把头发理顺："不管多大年纪，妈妈在我眼里都是最美的。"

周悠然眼眶一热，又要哭了："我已经和你徐伯说好了，等我嫁过去了，你也跟我一起过去，我们一家四口永远在一起。"

岑鸢笑道："我已经看好了房子，离得不远，想看你随时都可以过来。"

周悠然知道，她是不想麻烦自己，毕竟徐辉也到了快结婚的年纪，如果岑鸢一直跟他们住在一起，肯定也会有诸多不便的地方。

"我也习惯了一个人住，到时候安顿好了，把饼干接过来，它可以陪我。"

周悠然还是不太放心："房子已经定下了吗？下次带我过去看看，我看看位置怎么样。"

岑鸢点头："好。"

岑鸢看过周边的环境，很安静，听说房子的原主人是个画家，性子温和，前段时间嫁人，搬去国外了，所以就把这间房子挂了出售。

那里风景好，环境也好。

岑鸢请保洁公司把房子打扫了一遍，然后又去家具城挑了一套新的家具。

她还特地让人在院子旁边砌了一栋迷你的小房子，以后饼干过来了，可以躺在里面晒太阳。

徐辉感慨道："人不如猫啊。"

岑鸢把刚剥好的橘子递给他，笑容无奈："相亲相得怎么样？"

徐辉一听她提这个就头疼："别提了，那女的一上来就问我有多少前任，我说我没有谈过恋爱，她居然嫌弃我没人要。"他问岑鸢，"岑鸢姐，你谈过几次？"

岑鸢说："以后叫我岑鸢就行。"

徐辉点头，还不忘之前的问题："岑鸢，你谈过几次？"

他也没别的意思，就是好奇而已。毕竟像岑鸢这样的大美人，追求者肯定很多。

她沉默片刻，像是在认真回想，最后摇头："没有。"

她和纪丞，还没等到他们恋爱他就离开了。

至于商滕，他们好像直接跳过了恋爱，成了没有感情的夫妻。

有时候她也会觉得遗憾，看偶像剧的时候会羡慕里面的主角。

女孩子都有一颗少女心，只是有的人藏得很深，但不代表没有。

她当然也想好好被爱，她比任何人都渴望。

大年三十，徐伯和小辉是在她们家吃的年夜饭，徐伯掌勺，岑鸢就在旁边打打下手，偶尔往灶里塞两根柴火。

周悠然最近变得很爱回忆往事，总是会讲起岑鸢之前的事。

那个时候她没这么乖，有小脾气，一生气就把自己关在房间里不吃饭，怎么劝都不出来。到晚上饿了，她又偷偷摸摸地出来，在冰箱里找吃的。

有一次周悠然还以为家里进了小偷，把灯打开，却发现岑鸢蹲在地上，正啃着手里的干脆面。

她不是一直都这么懂事的，只是不能不懂事。

日子过得很快，转眼岑鸢的生日到了。

一家人一起吃了顿饭，晚上在客厅里看电视，周悠然手上织着毛衣。

岑鸢的毛衣最先织好的，她已经穿上了，现在的这件是给徐辉织的。

岑鸢手里拿着茶杯暖手，看着电视里重播的春晚，徐辉急急忙忙跑进来，让岑鸢帮他个忙。

徐伯皱眉训他:"多大的人了,还这么急躁,不知道沉稳一点。"

徐辉不理他,他捂着肚子,看样子是真的很难受:"我那个相亲对象和我约了在广场见面,但我突然拉肚子,去不了,给她打电话也没人接,要不你帮我过去和她说一声,我怕这么冷的天,让人家一直等着也不好。"

岑鸢看了眼窗外的雪,轻声应下:"地址在哪里?"

"就在中心广场那里,她穿得还挺显眼的,你去了就能看到。"他脸色变了,说完这句话后就脚步艰难地冲进了洗手间。

徐伯骂骂咧咧的,骂完徐辉,又立马换上一张笑脸,和岑鸢道歉:"你别理那兔崽子,他自己的事情他能处理好的,这么冷的天,就别出去了,免得感冒。"

岑鸢把外套穿上,笑道:"没事,反正也不算远。"

她最后还是去了。

榕镇在外面打工的人都回来过春节了,往日冷清的中心广场热闹得不行。

雪下得小,几乎可以忽略不计,到处都很喜庆。

她四处看了下,并没有看到穿着显眼的女孩子,只有一只正在发传单的熊。

这么冷的天,人们都不愿意把手从温暖的外套口袋里伸出来去接一张没什么用的传单,所以它一直都在被人拒绝。

它只是一个熊而已,也看不出来有没有失落。

后来熊看到岑鸢了,朝她走过来,将手里的传单递给她,仿佛也不抱太大的希望,但是岑鸢伸手接了。

安静在二人中间持续了一会儿,那只熊又递给她一张传单,上面写着:恭喜你成为今天的第一百名顾客,获得新春特奖。

新春特奖?

岑鸢疑惑地抬眸,对方把提在手里的纸盒打开,里面是一个蛋糕。

它的爪子很笨拙,试了好几次才成功插上蜡烛,用打火机点燃,递到她面前。

岑鸢愣了好一会儿,见她没动静,小熊又把蛋糕往前递了递。

岑鸢接过来:"谢……谢。"

她依旧没太反应过来。

它没理她,转身离开了。

蛋糕上的蜡烛还在不断燃烧,岑鸢的脸也被火光映上柔和的暖色。

她最后还是没有等到徐辉口中的那个相亲对象,手里的蜡烛都快烧了一半了,她也准备走了。

可是前面突然传来一阵急促的狗叫声,狗主人懊恼地道歉:"实在是对不起,我家球球平时很温顺的,今天也不知道怎么了,叫个不停。"

她离开的脚步顿住,犹豫了一会儿,岑鸢最终还是过去了。

那里是一个凹进去的墙面,上面放了一张休息椅,那条大叫不止的金毛最后还是被狗主人艰难地拉走了。

面对道歉也无动于衷的男人,在听到身后传来的脚步声后,手足无措地把头套戴上。

他起身想走,但是慌乱之中头套戴反了,眼前一片漆黑,他什么也看不见,刚走了两步就撞到前面的墙。

岑鸢无奈地笑了一下,走过去:"这么招狗厌恶的,除了商滕,我也想不出第二个人了。"

她走到他面前,把他的头套摘下。

也不知道他穿着这身等了她多久,明明是零下的冬夜,他却在流汗。

距离上次见面,好像有大半个月了吧。

岑鸢压下突然涌上来的情绪,和他打招呼:"好久不见。"

商滕看着她。

一点儿也不久,他像一个胆小的偷窥者,只敢在远处偷偷看她。

他的脸有点儿红,应该是在玩偶头套里闷了太久。眼睛也有点儿红,他一言不发地看着她。

岑鸢不想去看他,但怎么也挪不开视线。

太坏了啊,这个人总是喜欢利用别人的弱点。

他知道她容易心软,就故意在她面前装可怜。

"你现在真的很像一只被遗弃的流浪狗。"

商滕紧抿着唇:"本来就被遗弃了。"

岑鸢拿出纸巾,替他擦掉脸上的汗,动作温柔。

"等了多久了?"

纸巾在他额角轻轻擦拭着,带着点儿淡淡的清香,他坐着不动,又怕她擦不到,头主动往前凑了凑:"没多久。"

这个细微的动作让岑鸢微怔了一会儿。

她把手收回来。

商滕抬眸,眼里带了点儿失落。

岑鸢移开视线,问他:"有住的地方吗?"

"嗯。"

他低下头,去看那块被岑鸢放在一旁的蛋糕,他自己做的。

他试过多次才做出一个稍微像样点儿的,但和蛋糕店里的肯定没法比。

冬末春初,是岑鸢的生日,他一直都记得。

岑鸢把蛋糕吃了,雪早就停了,广场上的人随着时间的流逝,非但没有减少,反而越来越多。

那个蛋糕的造型虽然一般,但味道还不错,里面是新鲜的草莓,还非常细心地切成了小块。

岑鸢知道,是商滕自己做的。

因为蛋糕店不可能卖这么丑的蛋糕。

"你要吃吗?"她问他。

商滕点头。

岑鸢给他切了一块,商滕吃了一口,觉得腻。

他不太喜欢吃甜的,但还是把那一整块全部吃完了。

余下的时间里,他们就安静地坐在那里。彼此之间都没有太多的话。

商滕是不敢说,怕自己一开口,吸引了岑鸢的注意力,她又会赶他走。

他好不容易和她见了面,舍不得就这么离开,更何况这次过来,他没给自己留退路。

人生本来就是一场赌博,如果赌注是岑鸢,他心甘情愿把所有筹码全部交出去。

雪虽然停了,但是开始刮大风,夜晚的冷风跟刀子一样凌厉。

岑鸢站起身,说:"回去吧,外面冷。"

商滕没动。他不想回去。

岑鸢看到他身旁的头套,那么大,而且他身上还穿着小熊玩偶的衣服。

"先去把衣服脱了吧,不然坐车也不方便。"

商滕看着她:"又要推开我吗?"

岑鸢愣住:"什么?"

从看到岑鸢的那一刻起,商滕的眼圈一直都是红的,但是现在他笑了,只是笑意太过浅薄,流于唇角,却不达眼底:"你就这么不想看到我吗?这么急着赶我走,哪怕半个月没有见面,你也不想和我多说一句话吗?"

每天失眠的人只有他一个,难受的也只有他一个。

他觉得自己就像小丑一样,想她想到茶饭不思、抑郁成疾。

他的自尊心明明告诉他,不要再去找她了。

人家已经把话说得那么明白,没必要去自讨没趣,可是他早就病入膏肓了,治不好,所以他还是来了,不要尊严地找过来。

因为没有什么比岑鸢更重要,但是她还在想着把他推开,推得远远的。

商滕哭不出来,他本身就不是那种轻易落泪的人,只是觉得难过,心脏仿佛都被撕碎了一样,是岑鸢亲手撕碎的。

岑鸢想狠下心来,但话到嘴边,却怎么也说不出口。

看着商滕这张受尽委屈却还努力忍着的脸,她无论如何也狠不起来。

他从前不是这样的,可能越是强大的人,软弱起来,越具有杀伤力。

你不能拿走他的盔甲,却还责怪他有了软肋,这不公平。

既然她狠不下心,那就干脆和他说实话。

岑鸢说:"商滕,我这样的人,只会拖累你。"

她希望他能迷途知返,他的人生注定不平凡,他家里花费了那么多精力和财力把他培养成现在的精英,他有更远大的抱负和目标。

他不应该整天胆战心惊地陪着她。

"这根本就不算是为我好,你只是为了不让自己愧疚而已。"

他太聪明,聪明到一眼就看穿了她的内心,并且毫不留情地戳破。

岑鸢低垂下眼睫,手轻微地颤抖。

他走过来,扶着她的臂膀:"岑鸢,看着我。"

她犹豫地抬眸,四目相对。

商滕深邃的眼眸,没了往日的清冷和淡漠。

"你觉得你会拖累我,所以愧疚,你想用远离我的方式来弥补。"

岑鸢紧抿着唇,他一点儿也没变,他总是能很容易就看穿她。

她连说出口的话,都显得有几分无力:"商滕,这样对你、对我都好。"

"我不要这种好。"冷静的那个人,反而成了商滕,"我爸也觉得他的所作所为是为我好,你觉得那是真的为我好吗?"

岑鸢不说话了。

她找不到话来反驳商滕。

"岑鸢,你先冷静下来,别想你的病,跟着你的心走。"商滕第一次开口

问她,"你想和我在一起吗?你爱我吗?"

他看上去很冷静,但内心早就开始颤抖了。

从开始到现在,他都在强装镇定。

岑鸢是一个有想法的人,但她的想法不一定正确,所以他要慢慢引导她。

"万分之一的爱也是爱,怜爱也是爱。"

岑鸢不敢看他,一直觉得自己做得对。

她觉得自己的所作所为是在为商滕好,哪怕她心里也有不舍,也有难过。可现在,他告诉她,她做的这些只是在自我感动。她和推他进火坑的父亲没有两样。

她对他一点儿也不好,只是在让他难过而已。

看穿了她的动摇,商滕一点儿喘息的机会也不给她:"岑鸢,你没反驳,你明明也爱我。"

他走过去抱住她,她好像又瘦了,最近应该没有好好吃饭。

商滕一低头,下巴碰到她的头顶,轻轻地蹭了蹭。

她身上总是有股淡淡的花香味,商滕从来都分不清是什么花的味道,但是很好闻。可能把花递到他面前,他不会喜欢,但在岑鸢身上,他就觉得很好闻。不是因为花的味道好闻,而是因为是岑鸢身上的。

"我没地方去了,我把公司给了商凛,我爸知道以后揍了我一顿。"

岑鸢被他抱住的那一瞬间愣住了,听到他的话,又愣了片刻:"为什么这么冲动?"

她只是这么问,却没有推开他。

商滕悬着的心便稍微往下放了放,但他还是不敢太用力地抱她,怕弄伤她。

"没有冲动。"他说,"从知道你生病的那天起,我就在考虑这件事了。"

他没有想道德绑架岑鸢,告诉她这些,不过是想让她明白自己的决心。

他早在很久以前就开始谋划和她的未来了,并非一时起意。所以她口中的对他好,根本就不是真的对他好。

"我只是在没有岑鸢的未来和有岑鸢的未来中间选了后者而已。所以你不用感到愧疚,你应该替我高兴。"

他说话的语气突然温柔得要命。

比任何人都要成熟的岑鸢,在商滕面前,仿佛只是一个不谙世事的小孩。

他老奸巨猾、城府深,三言两语就让她动摇。

难怪那么多人讨厌他。

岑鸢把他往外推了推:"你先去洗澡,一股汗味。"

商滕还抱着她,喉间轻笑:"不该愧疚的时候你愧疚,应该愧疚的时候反而不愧疚了,我闷在这身衣服里等了你三个小时。"

商滕抱着她,一直抱着。

这个拥抱于他来说,太过来之不易,所以他不敢松开,能多抱一会儿就多抱一会儿。

小镇到底不同于寻城,路上多是带着孩子出来玩的爷爷奶奶,看到这个画面,纷纷拎着自己的孙子孙女嫌弃地走开,并不忘训导一句:"长大以后可不能这么不知羞。"

商滕听到了,换了个方向,挡住岑鸢的脸,不让人看到她。

岑鸢无奈地叹了口气,伸手推他:"你先松开。"

商滕不松。

她这次没拒绝可能只是一时心软,下次肯定又不让他抱了。

他在她面前好像不怎么伪装了,摘下了面具,以真心待她。

成年以后,他很少这样,这算是第一次。

岑鸢看穿了他的害怕。

她轻声安抚他:"我不是要赶你走,只是这里人多,影响不好。"

他半信半疑地从她身上离开:"真的?"

岑鸢点头:"真的。"

她看到他被头套压乱的头发,伸手给他理顺:"你住在哪里?"

二人的身高差有点儿大,商滕怕她手抬得累,非常贴心地把头往下低了低。

"后面的酒店。"

小镇没有星级酒店,就是最普通的那种大床房。

商滕的确是带着在这儿定居的决心来的,他的行李能带的全带来了。

饼干就躺在阳台旁的猫窝上打盹,看到岑鸢,瞬间清醒了,跑了过来。

岑鸢惊喜地蹲下,去抱它:"你怎么把它也带来了?"

她是坐飞机来的,没办法带饼干,所以就把它寄养在赵嫣然家,准备等自己在这边安顿下来以后再回去接它。

商滕靠墙站着,眼睫微垂,看着高兴的岑鸢,他的嘴角同样也带着淡淡的笑意:"我去找的赵嫣然。"

岑鸢愣住,抬眸问他:"她居然肯见你?"

"我是挺招人厌的。"商縢有自知之明,不过,他停顿了一会儿,"但也没到那种程度。"

他找到赵嫣然,说他正好要去榕镇找岑鸢,可以帮她把猫带过去。

赵嫣然一开始的确不同意,骂商縢是渣男,一点儿情面也没留,丝毫没有想过他们两家还有合作。

她骂爽了,站在那里看着无动于衷的商縢,有点儿惊讶。

商縢虽然总是一副云淡风轻的禁欲脸,但不代表他是个好脾气的主。

赵嫣然既然敢骂,那肯定是做好了准备的,手机早就按了110,就等着拨通了。

只要商縢敢动手,那就直接成为证据,他就应该进去待几天。

时间缓慢地流逝,电话里的那通110最后还是没有拨通。

商縢不算热情,仍旧是那种不轻不重的语调。

他说变其实也没变,那点儿仅有的温柔全给岑鸢了,在别人面前,他仍旧是那个拒人于千里之外的商縢,本性难改,不过态度算得上诚恳:"我知道我之前的做法不对,所以我想弥补。"

赵嫣然愣住,对他算得上熟悉,除了幼儿园不在同一所学校,他们从小学一直到高中都是同学,再加上父辈之间也有联系,都是这个圈子里的人,平日里也算有些交集。

以自己对商縢的了解,他不像是会说出这种话的人。但他也没必要撒谎,所以赵嫣然动摇了。

"你知道她得病的事了吗?"

商縢点头:"知道。"

"那你还愿意和她在一起?"

"嗯。"

赵嫣然把饼干给了他。

她不确定岑鸢会不会接受商縢,但她知道,像商縢这样的人,一旦付出了真心,那就是一辈子的事情。

你说他冷血,他的确冷血,但又比任何人都痴情且长情。

比起孤独终老,赵嫣然还是希望能有个人陪着岑鸢,就当是她自作主张一回吧。

饼干在她怀里蹭来蹭去，这么久不见，想得要命。

岑鸢摸着它背上的毛，问商滕："酒店还许带宠物进来？"

"多给了点儿钱就同意了。"

岑鸢抱着饼干逗它，商滕就站在旁边看着她。

明明都是一双眼睛、一个鼻子、一张嘴，可是他怎么都看不够，想一直这样看下去。

于是他走过去，还想抱她："今天晚上，不回去好不好？"声音沙哑，怎么听怎么不对劲。

岑鸢说："要回去的。"

商滕失落地低下头。

他送她回去，一起回去的还有饼干。

见到房子了，商滕没再往前走，岑鸢说："就送到这儿吧。"

她甚至都不让他进去坐坐。

商滕又不说话了。

岑鸢最后还是抱了他一下："徐伯也在，看到你肯定又要拉着你喝酒，最近他还忙着准备婚礼的事，我怕你又像上次那样把他喝倒。"

商滕一脸认真地和她保证："不会的。"

岑鸢说："听话。"

然后商滕就听话了。

他依依不舍地目送她回去，实在忍不住了，又说："我明天过来。"

岑鸢点头，笑了笑："想吃什么提前告诉我，我给你做。"

乡下的夜晚很黑，岑鸢刚进屋，就听到村里的狗全开始叫了。

她不太放心，给商滕发了一条消息。

岑鸢："没有狗咬你吧？"

那边很快就回复了，似乎专门拿着手机等着。

商滕："没有。"

岑鸢松了一口气。

婚礼的日期逐渐逼近，商滕三言两语就让周悠然主动说道："总住酒店也不是回事，就搬过来吧，家里正好还有空房间。"

商滕心机重得要死，非常擅长利用人性的弱点去攻克一切问题。

唯一不同的是，他以前是用在生意场上算计别人，现在是用来讨好丈

母娘。

他搬过来了,离岑鸢只有一墙之隔。

岑鸢体寒,尤其是冬天,手脚都是凉的。

以前他们还在一起的时候,偶尔也在同一张床上睡过。

她睡着以后会下意识地把脚放在他身上取暖。他没有推开她,而是直接起床离开了。

每次想到从前的事情,他都讨厌那个时候的自己。

他接了一盆热水去岑鸢的房间。

她还在看书。

看到商滕,她从床上起来:"你怎么来了?"

商滕把盆放在床边:"脚冷不冷?"

"还好。"

她穿着袜子,又在袜子上贴了暖足贴,想等被窝暖和一点儿再睡,不然到了半夜暖足贴没了作用,她又会开始脚冷。

寒冬里一个人睡,普通人都会觉得冷,更何况她本身就体寒。

商滕动作温柔地把暖足贴撕下来,又将白色棉袜脱掉:"试下水温,看烫不烫?"

她用脚尖碰了下水,不算烫,于是整只脚浸入。

商滕就坐在一旁陪着她。

他没有说话,就只是安静地坐着。岑鸢也没有说话。

商滕本身就是沉默少言的。

他是从什么时候开始改变的呢,比从前稍微话多了点儿。但她没注意到的是,那只是在她面前。他一直都在给她安全感和偏爱。

"阿姨结婚了,你会不舍吗?"

他终于开口,说不出话的那个人,反倒成了岑鸢。

她一直沉默,微抿了唇,低下头:"我很自私。"

她并没有回答他的问题。

商滕过去抱她:"不舍也没关系,难过也没关系,不用伪装,没人会怪你。岑鸢,你可以犯错,你也可以有负面情绪。"

他像是在教她,教一些从前没有人和她说过的话。

你只是一个普通人,有嫉妒、悔恨、懊恼,甚至连偶尔浮现的恶念,这种负面的情绪都是正常的。没有这些的人,才是不正常的。

她习惯了从别人的角度去思考问题,一次又一次地原谅伤害过自己的人。

人们好像把她这样的人称之为圣母。

这听起来似乎是个好词,却带着贬义。

商滕拿了块毛巾,给她把脚擦干,手捏着她纤细的脚踝,没多少肉,骨头很明显。

在岑鸢陷入沉思的时候,他抬眸,得寸进尺地问她:"今天晚上我可以留下来吗?"

传授她人生经验的良师突然变成色狼,岑鸢把他赶出去了。

徐伯结婚的时候,商滕被弄去当伴郎,最后因为他的外表实在过于出众,把新郎的风头都给抢了,所以被徐伯无情地剔除了伴郎名额,并且连正装都不许他穿。

婚礼当天商滕穿了件黑色的绞花毛衣,里面的白色内搭露了点儿边,很休闲。

没办法,他人只要往那里一站,无论身上穿的是什么,那张脸和出挑的身高都足够吸引在场所有人的注意力了。

不少看着年纪没多大的小妹妹悄悄拿着手机缩在一旁拍照。

商滕一颗心早就扑到距离不过一千多米的岑鸢身上了。

这边的习俗是必须得开车绕小镇一圈,然后才能接走新娘子。

商滕不是伴郎,但徐伯还是让他坐上了婚车。因为那辆用来当作婚车的迈巴赫除了他也没人会开。

商滕自然而然地成了司机。

他给岑鸢发了条消息:"我感觉我现在好像就在迎娶你的路上。"

徐伯把周悠然娶走了,岑鸢没有跟着一起离开,因为家里这边还有客人要招待。

小镇的习俗是各自在家里宴请客人,而不是像寻城都在酒店。

商滕把车开出去了,然后一个人又回来了。

岑鸢问他怎么回来了。

他笑容温柔:"怕你哭鼻子,所以着急回来哄你。"

商滕像摸饼干那样摸她:"阿姨嫁人了,娘家总得有男人吧。不然以后

她被欺负了,你都帮不上忙。"

岑鸢急忙开口:"徐伯是好人,他不会欺负我妈。"

商滕笑她:"我说假如,怎么还认真起来了。"

商滕的确在改变,从下决心要陪着岑鸢的那天起,他就将自己过往的三观都推翻了,然后重塑了一个自己。

吃完饭,客人纷纷离席,有住得远的,甚至连车都打不到的亲戚,商滕听到岑鸢喊她二姨。

岑鸢让商滕开车送她回去:"二姨年纪大了,住的地方又远,也不会打车,乡下路不好走,有的地方又没灯,我担心她摔着。你开车送她回去吧。"

商滕点头,说:"好。"

有一就有二,商滕当了一整天的司机,连晚上都在当司机。

以前那个出行都是别人给他当司机的商滕,现在反而主动当起了别人的司机。

他好不容易把所有的客人都送走了,隔壁的阿姨帮着岑鸢把东西收拾干净。

那些租来的桌椅都叠好在一旁放着。

商滕洗完澡出来,客厅里放着一碗面,还冒着热气。

岑鸢就坐在一旁。

商滕走过去:"给我做的?"

毛巾还搭在头顶,他胡乱地擦了几下。

岑鸢替他把毛巾拿下来:"今天晚上辛苦你了。"

"是挺辛苦的。"筷子递过来,他没接,"吃面没用。"

他看着岑鸢,眼里的欲望呼之欲出,藏都藏不住。

他要是想藏,当然可以藏得不留破绽,但他压根就没想藏。

岑鸢脸红了:"你为什么总想着那种事?"

商滕却笑了:"那我想别的。"

他说的别的,就是和她一起看月亮。

枯燥无味的举动,但因为是和她在一起,那么一切都变得有意义起来。

今天的月亮很圆,也很大,仿佛伸手就能碰到。

岑鸢是这么想的,也真这么做了。

她伸手,闭上一只眼睛,试着抓了抓:"小时候我妈告诉我,不能用手指月亮,不然的话它会在你睡着以后割掉你的耳朵。"

商滕没说话,安静地听着。

岑鸢问他："你家里人这么骗过你吗？"

商滕摇头："他们不会骗我。"

岑鸢又觉得他可怜了。

她对他感情的起始，好像就是怜悯，从怜悯到怜爱，最后转化为爱。

"后来我就不敢用手指月亮了，我每次都用手抓，我觉得抓到了就是我的了。"

她那么聪明，怎么可能不知道徐辉那天是在撒谎，但她还是去了。

这段感情里，他们都是始作俑者。

"商滕。"

商滕抬眸："嗯？"

岑鸢问他："要抱吗？"

不等他开口，岑鸢自问自答地说："要。"然后她抱住了他。

这好像是，她第一次主动抱他。

商滕愣了很久，睫毛轻颤，喉咙异常干涩，他艰难地开口："岑鸢，是你先抱的我，休想我再松开。"

她点头："嗯，不松开。"

年年岁岁，岁岁年年，他们还有很多年。

就像商滕说的那样，哪怕只剩下最后半个小时、十分钟、一分钟，甚至三十秒，他们都可以在一起。

商滕做了个梦，梦到岑鸢终于愿意和他在一起了。

他不敢醒，怕醒了发现这只是一个梦。

直到岑鸢过来敲门："商滕，今天要去徐伯那边，你起床了吗？"

他睁开眼睛，看到头顶的天花板。

岑鸢家真的很朴素，房间里的灯没有灯罩，刺眼的光就这么直直地映进他的眼睛里，应该是他昨天忘了关灯。

他从床上起来，把门打开。

他不确定是不是做梦，所以他在等，等岑鸢先开口。

他希望不是做梦，手都有些紧张地攥成了拳。

岑鸢看到他睡乱的头发，伸手帮他理顺："快去刷牙，小辉刚刚给我打了个电话，他就快到了。"

他不是做梦。

商滕顿时松了口气，走过去抱她。

岑鸢愣了片刻:"怎么了?"

他摇头:"没怎么,就是突然想抱你了。"

岑鸢也不推开他,只是提醒了一句:"还有半个小时。"

他说:"来得及。"

"嗯。"

岑鸢点了点头,没再开口,让他抱,抱多久都行。

本来是来得及的,可是他一直不愿意松手。

等他抱够了,时间也没剩多少了,小辉的车就停在门口,黑色的大众。

今早刚去提的车,他爱惜得跟宝贝似的,刚下了车就趴在车身上哈气,用袖子把上面的脏点儿擦干净,嘴里骂骂咧咧的:"这瞎眼的,看到水坑了也不知道避避,还直接迎着开过来,全弄我车上了。"

看到岑鸢过来,他又急忙忍下还没全部骂完的话,笑容热情:"岑鸢。"

岑鸢有些不好意思地开口和他道歉:"商滕今天起得有点儿晚,现在还在洗漱,要不你先坐一会儿。"

徐辉眨了眨眼,脸莫名地有些泛红:"没……没事,不着急。"

岑鸢不知道他为什么脸红,但也没问,转身回屋给他倒了杯热水出来。

商滕洗漱完,换了衣服出来,是岑鸢以前给他织的那件粉色毛衣。

他最近变了许多,不再像以前那样不苟言笑,总是冷着一张脸了,所以看起来好亲近许多,没有那种让人下意识避开的距离感。

岑鸢看见他挡住眉毛的额发:"头发好像长长了不少,明天带你去剪个头发。"

他温顺地点头,都听她的。

临上车前,岑鸢忘了拿给周悠然带的东西,让商滕在这等着,马上出来。

她进去以后,徐辉笑容暧昧地看着商滕:"没什么不好意思的,挺正常。"

商滕垂眸,淡淡地看着他:"什么?"

徐辉却是看透一切的眼神:"别装了,我都知道。"

商滕移开视线,懒得再理他。

不知道为什么,徐辉总觉得自己从商滕平静无波的眼神里看出了一句没说出来的脏话。

直到岑鸢从里面出来,商滕主动过去,接过她手里的东西:"怎么不让我和你一起进去?"

岑鸢觉得他过于大惊小怪:"又不重,而且这个也应该是我给我妈拿过去。"

商滕不说话了。

岑鸢停下上车的脚步，看了他一眼："我总觉得你有话要对我说。"

商滕摇了摇头："我又不是你家里人，有什么资格说话。"

他的语气初听挺正常的，但仔细回味，又觉得有点儿阴阳怪气，却不招人厌，反而有点可爱。

原来他是因为她刚才的那句话生气了。

岑鸢笑了笑，伸手去捏他的脸，力道不重。

他皮肤很好，甚至比她的还要好，手感也不错。

岑鸢以前都没注意过。不过也正常，从前他们做那种事情，彼此都有种完成任务的感觉。

年轻气盛的男人，有欲望很正常。

商滕是为了排解欲望，岑鸢则是为了帮他排解欲望。

他们甚至很少接吻，做到浓时，商滕才会吻住她的唇。但也只是唇，所以岑鸢没有碰过他的脸，自然也不知道原来手感这么好。

她都有点儿不舍得放开了。

徐辉在车上轻声咳了咳："那个……"

他欲言又止。

岑鸢的手像被烫伤一样，瞬间收回："上……上车吧。"

商滕不满地看了徐辉一眼，徐辉莫名觉得后背传来阵阵凉意。

周悠然作为新娘子，事多得很，一早上都在招待客人。

她四十多岁了，因为常年劳心劳神，鬓间有白发，眼角有细纹，但仍旧可以看出年轻时的风韵。

周悠然很美，即使上了年纪，仍旧很美。

最近她的脸上也常有笑容，岑鸢看见了，也很欣慰。

客厅里坐着七大姑八大姨，看到从徐辉车上下来的岑鸢和商滕，纷纷把注意力从周悠然的身上移了过来。

嘈杂声四起："这就是岑鸢吧，悠然的女儿？"

"长得真好看啊，跟明星一样。"

"旁边那个是？"

周悠然端着茶出来，还冒着热气，看见岑鸢和商滕，笑着做了个介绍："我女婿，商滕。"

商滕闻言,看了眼岑鸢,她接过周悠然递给她的茶杯,和周悠然说了句什么,却没有反驳。

大姑挑了下眉,嚷道:"好福气啊,女儿长得漂亮,女婿也帅。"

小镇当然也有好看的,但像商滕这种养尊处优、家里费时费心又费钱教导出来的,自然有着普通人身上没有的气质。自成风骨也好,矜贵禁欲也罢,明眼人都能瞧得出来,他不属于这里。

所以她们聊天的话题自然就换到商滕身上了。

"我之前听小辉说,你女儿打算在榕镇定居,连房子都买好了,那以后他们小两口岂不是要开始两地分居了?"

周悠然笑道:"不分居,商滕也过来住,东西都搬过来了。"

大姑愣了一下,看着商滕,似乎不信。

他一看就是有钱人家的大少爷,过惯了大城市里纸醉金迷的生活,在这小地方能住得惯?

商滕好像看不见这满客厅的客人,也看不到他们不断打量自己的眼神。因为他的眼里只有岑鸢。

不管她在哪儿,他的视线都丝毫不差地跟着,连别人的问话也一并忽略了。

岑鸢用手肘轻轻撞了下他的腰,他回过神来。

岑鸢代他和大姑道歉:"不好意思,他刚刚走神,所以才没听到。"

大姑虽然八卦,但性子爽朗,六十多岁的人了,充当着村里头号狗仔。村里就没有她不知道的事。

徐辉说她就是个移动广播站,还总乱播、瞎播。

当然,这些他也只敢偷偷在背后讲,不敢真当着她的面说。

大姑又重新问了一遍:"你老家是哪的?"

商滕礼貌地回答:"寻城。"

大姑眼睛亮了:"寻城好地方啊,那里的房价可贵了,我家小孙子在那边打拼了七八年,刚在外环付了首付。你是寻城本地人吗?"

商滕点头。

大姑的眼睛又亮了:"本地人好啊,本地人都有房,可以少打拼几年。"

她那双眼睛就跟可调节灯泡一样,亮来亮去。

徐辉很想在旁边提一句,商滕哥可不一样,他家不光在寻城本地有房子,连酒店都有好几家。但想了想,他还是觉得别说了,免得又重新挑起新的话题。

这在座的也就商滕是陌生人,所以理所当然,他就成了话题的中心。

"你现在做什么工作呢?"

商滕如实回答:"刚辞职,目前还没工作。"

大姑有点儿嫌弃:"无业游民啊?"

"嗯。"

"那你家是做什么的,开店做生意的?"

他可能是觉得总回答"嗯"过于冷漠了点儿。

她们是长辈,也是岑鸢的长辈,他应该表现得稍微热情些。

商滕点头:"嗯嗯。"

最后还是周悠然强行打断了这个话题。

如果她不阻止,还不知道她们要问到什么时候。

大姑笑着打趣她:"丈母娘心疼女婿了。"

周悠然也笑:"你们难得过来一趟,总得好好招待你们。"

她递给岑鸢一个崭新未拆封的围裙:"我昨天刚包的饺子,你进厨房煮了,我去炖个汤。"

岑鸢接过后拆开,戴在腰上,又把头发扎成马尾。

她刚进去,商滕没多久也进来了,说要帮她忙。

岑鸢四处看了看,也没什么需要他帮的。但她也知道,如果这时候让他出去的话,最后肯定又会沦为话题中心,索性就让他帮忙洗些青菜。

"她们没恶意的,就是过度热情了点儿。"

商滕认真地洗着青菜,听到她的话,点头嗯了一声。

岑鸢转身看他:"你别往心里去。"

商滕抬眸,笑道:"我为什么要往心里去?难道我在你心里就这么小心眼?"

岑鸢抿了抿唇,看着他,没说话。

商滕的笑容垮了,看来她还真是这么觉得的。

他又开始小心眼了,青菜也不洗了,放回池子里。

岑鸢柔声哄他:"没有说你小心眼,只是怕你不习惯,她们也不是对谁都这样的,你是大城市来的,长得又好看,所以她们才会对你感兴趣。"

她前面说了那么多,商滕一句也没听进去,就听见了那句"长得又好看"。

"你也觉得我好看?"

岑鸢很坦然地承认了。她没有否认的必要,他的确长得好看,这是有眼

睛的人都能看出来的。

商滕唇角露出了一点儿笑:"那我尽量一直这么好看。"

这样她的眼里就不会有别人了,只有他。

饺子煮好了,岑鸢捞了一个,放在碗里给商滕尝味道。

"好吃吗?"

他吃完了,点头:"好吃。"

岑鸢笑了笑,又去给他盛了一碗:"你今天没吃早餐,待会儿也不知道什么时候才开饭,你先吃点儿垫垫肚子。"

商滕看着岑鸢,好半天没说话。

他觉得岑鸢应该是真的喜欢他,不然为什么会心疼他呢?

他还是不太确定岑鸢对自己的心意,可能爱情就是容易让人自卑吧。

商滕意识不到自己的魅力,也意识不到自己这张脸有多出众,觉得自己身上好像没有能够吸引岑鸢的优点,所以总是担心,担心岑鸢会很轻易地不再喜欢他。

听到岑鸢关心自己,他很高兴。那碗饺子也全吃完了,一个也没剩。

只要岑鸢爱他,那他所做的一切就都是值得的。

他又想抱她了,明明她就在自己面前,与他不过只隔几步远的距离,可他还是很想她。

他们总有不在一起的时候,总不能时时刻刻都黏在一起吧,只要想到这里,商滕又开始难过了。

他觉得自己有点儿矫情,他从前也不这样的。

岑鸢把火关了,商滕不知道什么时候过来的,就站在她身后。

厨房不算窄,还挺大的,站五六个人都没问题。

岑鸢以为他没吃饱:"我再给你盛一碗。"

商滕摇了摇头:"风大,我给你挡住。"

岑鸢看了眼关得严严实实的门窗,哪儿来的风,但她也没戳穿他的小心思,点了点头,又和他道谢。

商滕带了点儿得逞的笑,但是又很温柔,说:"不用谢。"

客厅里的七大姑八大姨早就聊高兴了,哪怕商滕不在那里,也避免不了沦为她们的话题。

她们好像真的对商滕挺感兴趣的,吃饭的时候甚至还不忘跟他打听,家里有没有单身的兄弟姐妹。

他这个好基因可不能浪费了，他家里人肯定和他一样，也都这么好看。

商滕如实回答："有一个哥哥，未婚，但有个女儿。"

大姑看了眼身旁的老姐妹，像是在交换意见。现在离异也没什么，小年轻谈恋爱不都是冲着真爱去的吗？

她的大孙女，二十七八了，在市里工作，当老师，身边也没碰到合适的。

大姑问商滕："有照片吗？"

商滕的手机里没有商凛的照片，但有人有。

商滕找了赵新凯，不到十分钟，他就发过来好几张。

赵新凯有点儿受宠若惊，这可是商滕头回主动找他。不过同时他还有点儿好奇："你要大表哥的照片干吗？"

商滕没理他，把手机递给了大姑。

大姑接过手机，戴上老花镜，和身边的老姐妹一起研究。

"这小伙子面相不错，一看就性子温柔。"

她把手机还给他："我那个小孙女就在市里工作，到时候安排个时间见见？"

这种事情商滕不可能做。

长辈问问题，他自然得如实回答。长辈的要求，他也不能拒绝。

既然是岑鸢的长辈，他就得有礼数。

但关于商凛的事情，他不想沾半点儿关系，所以他礼貌地婉拒了。

大姑不解，问他："为什么？"

商滕不语，关系再不好，家丑不能外扬，所以他保持沉默。

这种沉默在那些长辈眼里似乎就是不礼貌。

岑鸢给大姑夹了一个肉丸子，缓和气氛："您尝尝这个，我妈亲自做的，说是您最爱吃的。"

好在她成功将话题岔开。

岑鸢重新坐下后，手在桌下，握住商滕的手，不轻不重地捏了一下，像是在告诉他，没事，安心吃饭。

她很快就把手松开了，又被商滕握住。

他面上却还是不动声色，沉稳得不行，旁人看了压根就想不到他们在桌下的小动作。

商滕好像还是第一次被人维护，以前都是别人仰仗他，拿他当主心骨，但再强大的人，偶尔也会累。被依靠的人也会有想依靠别人的时候。

商滕突然不太想吃饭了,就想赶紧和岑鸢一起离开这里。

他只想和她在一起。

岑鸢给他盛了一碗汤:"趁热喝,凉了会腥。"

他点头:"好。"

那顿饭吃了很久,徐家不像商滕家,对饭桌礼仪管得不严。

话题一个接着一个地换,中途还得停下来喝点儿酒。

和商滕碰杯的时候,徐伯的手还是软的。他可还记着上次被商滕喝趴下的事,第三天头都还疼着。

周悠然管着他,让他少喝点儿。

岑鸢笑了笑,没说话。

大姑看到了,调侃岑鸢:"你就这么纵着商滕啊?我告诉你,千万别让男人碰酒,一喝多就坏事。"

她也不算纵着吧,只是因为了解,商滕并不是那种会喝多的人,有分寸,除非是为了应酬不得已。

商滕主动把酒杯放下,给自己倒了一杯水,看着岑鸢:"我喝水。"

周悠然看到了,欣慰地笑了笑。

饭吃完了,他们也不能立刻离开,因为下午还有一顿。

岑鸢在厨房帮忙准备下午的饭,商滕也想帮忙,被岑鸢赶出来了。

隔壁的小朋友被她奶奶牵过来,说要来看新娘子。

见着商滕,她抿了抿唇,有点儿害羞地往奶奶身后藏,手抓着奶奶的裤子,只敢露出一双眼睛。

商滕递给她一个橘子。

奶奶拍她的背:"还不快谢谢叔叔。"

她咬着自己的手,犹犹豫豫说道:"谢谢叔叔。"

薄唇抿成一道弧线,他笑得挺温柔的。

那句话说得挺对,近朱者赤,他和岑鸢在一起久了,她好像慢慢洗净了他身上那点儿深藏的戾气。

"要叔叔帮你剥开吗?"

小女孩点头,夹杂了点儿南方口音的普通话,软软糯糯的:"谢谢叔叔。"

岑鸢出来的时候正好瞧见这一幕,客厅里,商滕陪着她一起看动画片。

他应该也没真看进去,但也坐在那里,眼神落在电视屏幕上,坐姿有点儿随性。

看到岑鸢，他直起上身："忙完了？"

岑鸢点头，擦干了手。

她拿着巧克力递给小女孩："吃糖吗？"声音温柔，人更温柔。

动画片的吸引力似乎都不如温柔姐姐大。

没多久，小女孩就赖在岑鸢的怀里不肯走了。

商滕在一旁看着，嫉妒得眼热。

他不想掩饰对岑鸢的占有欲，她好不容易开始有点儿喜欢他了，他得行使自己应有的权利，包括吃醋，哪怕对方只是个四五岁的小女孩。

饭吃完了，周悠然把他们送到门口，不舍地低头擦眼泪，虽然离得不远，但感觉到底不同。以后她们就从一个家变成两个家了。

她心里有失落，也怕岑鸢心里有失落。

这孩子从来都是有苦自己咽，就怕她担心，好在，现在终于有个人能陪岑鸢了。

周悠然又说了几句话，然后才让他们上车。

徐辉今天忍着没喝酒，因为还得开车。

他问商滕："商滕哥，你觉得我这车咋样？"

商滕说："挺好的。"

徐辉顿时觉得自己的腰杆挺得更直了，不枉费自己选了这么久，平时开车随随便便都是几百万几千万的有钱人都夸他车好。但其实，商滕根本没心思去感受他的车到底好不好。

他坐在副驾驶座上，心里想的都是岑鸢。

他不想坐在副驾驶座上，想坐在岑鸢身边。但副驾驶总得有人坐，不然实在不礼貌。

总不能让岑鸢坐在徐辉旁边吧，商滕自然不会允许。

十多分钟的车程，在商滕这儿度日如年，等到了家门口，他觉得好像已经过去了漫长的十年。

下了车，看到岑鸢后，他又突然放松了。

他不贪心，就想一直陪着岑鸢。

不是岑鸢陪着他，而是他陪着岑鸢，顺序不同，意思其实也不太同。

她先洗澡，洗完以后商滕再去洗。

里面甚至还有她遗留下来的身体乳的味道，带了点儿清淡的绿茶味。

他脱去上衣，视线往上抬，瞥见她忘记拿走的衣服了。白色的内衣，边

缘有一圈蕾丝。

商滕像被烫到一样,急忙移开了视线。

他洗完澡出来,岑鸢没有回房,而是裹了张薄毯,站在那里看月亮。

商滕走过去:"不想睡?"

听到声音,岑鸢回头看了他一眼,仍旧是清淡又从容的笑脸:"想看会儿月亮再睡。"

她有心事的时候,都会看月亮。

商滕知道,但他没问。

他不想强迫她,她愿意说就说,不愿意说的话,那他就陪着她。

时间缓慢地流逝着,也不知道过了多久,岑鸢问他:"喜欢小孩子吗?"

商滕垂眸看她。她应该是看到他下午陪隔壁那个小女孩看动画片了,所以才会这么问。

商滕说:"还好。"

他没什么太特别的感觉,不讨厌也不喜欢。

岑鸢仍旧在笑,但笑容多少有些失落:"商滕,我生不了小孩的。"

她不想为了自己的一己私欲,让自己的孩子也遭罪,更何况,她这个病如果生育的话,危险系数也很高。

商滕过去抱她:"我知道。"

他看出了她的担忧,她那么喜欢小孩子,肯定会难受。

"我们彼此相爱,彼此陪伴就够了。所以没有也没关系,到时候我去结扎。"

他知道岑鸢会有遗憾,但没关系,他可以用自己的爱填满她的遗憾。

既然生育会让她有生命危险,那就不要生。

在他这儿,没有什么事情比岑鸢更重要。

第十章

吃 醋

他们现在依旧是分房睡的,商滕当然想和她一起睡。寒冷的冬夜,谁不想怀里抱着自己喜欢的人。但每次他磨磨蹭蹭地想赖在她房间,都会被不解风情的岑鸢赶出来。

次数多了,商滕也就不勉强她了。

反正有的是时间,他可以等。

周悠然嫁去徐家以后,岑鸢在镇上买的房子也差不多装修好了。

上一个住户的品位和岑鸢很像,也不需要重新粉刷,就是家具之类的重新换了一套,还有院子,翻新一下就行。

她喜欢种点儿花花草草,专门空出来一块地方留给饼干晒太阳。

东西全都搬进来了,商滕看着岑鸢的房间,半天没动。

岑鸢问他怎么了。

商滕说:"你房间风水不太好,阳气太弱。"

岑鸢疑惑地道:"你还会看风水?"

商滕点头,面不改色地道:"你一个人住压不住,必须得我陪着你。"

岑鸢笑了,笑他幼稚。

从前他总让她难过,她也总让他难过,他们两个好像就是互相克对方的,可偏偏就是这么不相容的二人,反而走到了最后。

不算容易，甚至有点儿意外，所以岑鸢不想再让他难过了。

即使知道他是在耍无赖，她还是听他的："那就压一压吧。"

似乎没想到她会这么好说话，商滕迟疑地抬眸："你同意了？"

岑鸢非常善解人意地说："你要是不愿意的话，现在还可以反悔。"

商滕怎么可能反悔，他想这一天都快想出癔症来了。

收拾好房间后，他们又去了趟超市，岑鸢想买点儿生活用品。

那天晚上洗完澡，岑鸢躺坐在床上看书。

她看到五分之一的时候，商滕洗好进来，头发已经吹干了，清清爽爽的。

上身没穿，就穿了条灰色的抽绳运动裤。

岑鸢听到声音抬眸，房间里灯光明亮，她自然是该看的都看到了。

商滕常年健身，身材不错，肌肉线条明晰，壁垒分明，再配上他那张禁欲十足的脸，莫名有种撩人的诱惑力。

岑鸢起身走到衣柜前，拿了一件衣服给他："怎么不穿件衣服再出来，不会冷吗？"

商滕是想穿的，但忘了拿，之前的那件去超市的时候，被后面排队抽烟的人弄上烟味了，他有洁癖，不想再穿，只能光着出来。

他接过衣服，穿好，衣摆往下扯，劲腰拉扯出的线条非常性感。

岑鸢后知后觉地察觉到了什么，脸颊微烫，移开视线。

商滕坐过去，问她看的什么书。

岑鸢往旁边挪了挪："上一个住户留下来的，随便看看。"

商滕点头。

安静了好一会儿，他往岑鸢身旁靠近了点儿："你身上喷了香水吗？怎么这么香？"

岑鸢抿着唇，撑着床面的手紧紧攥着床单："我刚洗过澡，喷什么香水？"

商滕似乎不信："难道我们用的不是同一瓶沐浴露，我怎么觉得你的比我好闻。"

岑鸢抬眸看他，他也垂眸看她。

四目相对，他深邃的眼此时暗红一片，岑鸢知道他在想什么。

商滕抱着她，只是问："可以吗？"声音哑得像钝刀锯木。

他身上挺烫的，抱她也抱得紧，岑鸢没有推开他。

那个夜晚挺漫长的。

昏昏沉沉地到了第二天，岑鸢身上酸软得要命，想动一下身子活动活动。可是商滕抱她抱得太紧了，他的下巴就在她的头顶。察觉到怀中人的动作，他用下巴轻轻蹭了蹭："乖，再睡一会儿。"然后岑鸢就没动了。

他昨天也不知道是几点睡的。

赵嫣然以前总骂商滕渣男，偶尔也会调侃几句："你说他渣吧，他还挺守男德。这么多年了，身边除了你也没其他的女人。要知道就算撇开他的家世，就靠那张脸吃饭，他白手起家也能成为首富了。"

岑鸢每次听了，也只是笑笑，并不言语。

她身边的朋友，好像没有一个喜欢商滕的。

这么一想，她又觉得他好可怜，人憎狗嫌的。

怎么能有人这么不讨别人喜欢，甚至连小动物都讨厌的人呢？

岑鸢想，换了其他人的话，估计早抑郁了，还好商滕脸皮够厚。

她在他怀里躺着，一抬头，正好能看见他的下巴。

嘴唇破了一块，应该是昨天被她咬的，都开始结痂了。

岑鸢心疼地伸手碰了一下，商滕顺势握住她的手，放在唇边吻了吻，然后把她搂得更紧："不困吗？"

他早起鼻音很重，显得嗓音更沉了。

岑鸢摇头："不困，你要是困的话就再睡会儿。"

"嗯。"

他嘴上应着，却又睁开了眼睛，看着岑鸢。

岑鸢问他怎么不睡了。

他说："想多看看你。"

岑鸢笑道："我又不会跑。"

是啊，她又不会跑。可能是习惯了吧，他突然间被爱，依旧改变不了患得患失，怕突然又不被爱了。

岑鸢摸到商滕后背上的伤了，一道一道的，她心疼又愧疚："疼不疼？"

商滕想让她心疼，但又不想让她难过。

所以他摇头："不疼。"

疼倒不至于，他还没到这种皮肉外伤都忍不了的程度，但也不是完全没有感觉，岑鸢昨天晚上神经紧绷，力气全到手上了，抱着他，使劲挠，他的后背全是伤口。

岑鸢坐起身,身上穿了衣服,是商滕帮她穿的。

就这么不着寸缕相拥的话,那她干脆不用睡了。

岑鸢去客厅拿了药箱,让他坐起身:"我给你擦药,这样不会留疤。"

商滕拒绝了:"留疤吧,这样我身上也有你的痕迹了。"

岑鸢笑骂他蠢,商滕也不反驳,他就是蠢,最后岑鸢还是给他上了药。

岑鸢一边上药一边心疼地说:"下次我把指甲剪了。"

商滕说:"不用剪,好看。"

"可是我怕我又会抓伤你。"

"不疼。"

岑鸢笑了一下,说:"好。"

商滕是真打算在这儿定居了,能带的东西全带过来,剩下带不了的也都让人给寄了过来。

他把公司给商凛了,但不代表他就身无分文了。他仍旧有股份,地产多到数不清,酒店、酒庄也遍布世界各地。但是岑鸢说她这么多年省吃俭用攒了不少钱,可以养他。

商滕就不管了。

他好喜欢这种感觉,被自己爱的人养着,感觉原来这么好。

"嗯,那以后我在家里伺候你,我做饭给你吃。"

岑鸢看到他这副小媳妇的样子,有点儿想笑,摸摸他的头:"好。"

商滕偶尔也会短暂地离开一段时间。

商凛目前还没有管理那么大公司的能力,很多事情还得商滕去坐镇,再加上之前谈的那些客户,他们也只信商滕,都是商界摸爬滚打的老油条,他们愿意合作原本就是冲着商滕。

商滕是天生的领导者,他的狠绝和雷厉风行是商凛学不来的。

他不得不回去,但每次都会以最快的时间解决完所有问题,然后迫不及待地赶回来。

不是岑鸢离不开他,而是他离不开岑鸢。

赵嫣然找了个时间也过来了,说是庆祝岑鸢搬新家,一起过来的还有赵新凯和江祁景。

林斯年倒是没来。目前他还没从失恋的痛苦中走出来,整天浑浑噩噩地待在家里，也没有上学的心力，干脆直接请了很长一段时间的假。

江祁景看着商滕，火又上来了："我姐去哪儿你都赖着？"

护兄狂魔赵新凯第一个开骂："怎么着？你姐现在谈个恋爱你都得管了，你变态不变态啊。"

这一路上赵新凯就跟个炮仗一样，专骂江祁景。

江祁景不会骂人，赵新凯简直就是本脏话大词典，江祁景看见他就烦。

岑鸢担心他们又像上次那样打起来，缓和气氛："先进来坐吧，我今天刚煮了柚子茶。"

赵新凯立马换了张脸，笑容带着几分老实人的憨厚："早就想尝尝嫂子的手艺了。"

赵嫣然四处看看："装修不错啊。"

岑鸢给他们倒了茶端出来，听到她的话笑道："没怎么装修，就是简单弄了一下，房子本身就很好。"

江祁景对商滕的确没什么好感，但既然岑鸢喜欢，他也不会去做什么扰乱他们感情的事情。但他就是喜欢不起来。

岑鸢知道，江祁景是在为商滕之前对自己做的那些事耿耿于怀。

他没有上帝视角，不认识纪丞，也不知道她当时的情感，只知道商滕让她难受了。

岑鸢在江祁景身旁坐下，把他平坦的唇角往上提，柔声哄道："笑一笑。"

商滕看见了，垂眸不语。

江祁景不喜欢商滕，自然不会给他好脸色。

他们在客厅里看电视，岑鸢切了点儿水果端出来，说家里还有点儿乱，没收拾完，让他们别介意。

赵嫣然抱着抱枕盘腿坐在沙发上："你没收拾完的家都比我那整洁多了，我那就跟一猪圈似的。"

赵新凯疯狂拍岑鸢马屁："嫂子谦虚了，我刚进来就觉着这里给人一种非同凡响的艺术感。"

江祁景轻声冷哼。

赵新凯强忍着没开骂，就是讨厌江祁景这种自视清高的什么文人风骨。

他拽什么啊，还不是个破玩泥巴的。

岑鸢有些日子没见到江祁景了，看到他，心里也高兴，有很多话想和他说。

刘因出国后，江巨雄虽然什么话也没说，但他肯定也不好受，先后经历这样的打击，原本精神矍铄的人一夜间变老了许多。

吃完饭后，岑鸢把江祁景叫上楼，她给他织了毛衣，让他试试尺寸。

江祁景脱掉外套后，里面还穿了件薄T，直接套头穿上，大小挺合适的，颜色也适合他。

岑鸢替他把领口整好："最近有没有好好休息，还在熬夜吗？"

灵感是不分时间的，他的作息经常日夜颠倒，虽然他现在还年轻，可岑鸢怕他身体吃不消。

江祁景点头："有好好休息。"

虽然岑鸢不知道他是不是想让自己安心故意说的这番话，但目的还是达到了。

岑鸢松了一口气："那就好。"

"对了。"江祁景从外套口袋里拿出一张卡，递给她，"爸让我拿过来的，他说你在这边定居，怕你手上钱不够花。"

他手里的卡正是之前江巨雄给岑鸢，又被岑鸢还回去的那张。

岑鸢没接："我有钱的。"

江祁景握着她的手，把卡放上去："拿着吧，不用也没关系，至少能让爸安心。"

江巨雄是真的拿岑鸢当女儿看的，哪怕她不是自己亲生的，但她永远都是他的女儿。

江巨雄不否认，自己用她商业联姻这件事的确不太对，但这个圈子里就是这样，婚姻永远在利益后面，外人看来可能匪夷所思，可是对他们来说，这是很正常的事情，更何况他们家算是高攀，但是现在，他只想让岑鸢高兴。

她的前半生已经过得不算如意，后半生就应该幸福，不为柴米油盐担忧。

岑鸢手里攥着那张卡，心里五味杂陈。

其实也有很多人爱她，只是她一直没察觉而已。

那天晚上，岑鸢为他们准备好了房间，又单独做了点儿夜宵给他们端过去。

家里已经很久没来客人了,这次一下子来这么多,饼干都乐疯了。

趁岑鸢推开赵嫣然的房门时,它快准狠地钻了进去,岑鸢想抱它出去,它就到处乱跑,不愿意出去。

赵嫣然最后还是抱起了它:"没事,今天就让它陪我一起睡吧,我家的猫也经常和我一起睡。"赵嫣然也养猫,是只布偶,很漂亮。

饼干不愿意出去,岑鸢也就没有勉强了。

她回了房间,商滕还没睡,坐在床上等她。

他的睡衣是岑鸢给他买的,很淡的粉色,衬得他皮肤更白了。

岑鸢突然想到了赵嫣然的话,他这张脸,如果没有出生在这个厉害的家庭里,很适合去当一个靠脸吃饭的小白脸,肯定很招富婆喜欢。

她当时听了没什么感觉,但是现在看见商滕,又仔细回想了一下,似乎也不无道理。

见她看着自己笑,商滕问她:"在笑什么?"

如果让他知道自己此刻在想什么,岑鸢不知道他会有什么反应,所以她只是摇头:"没什么。"

商滕自然看出了她在敷衍自己,从江祁景来的那一刻起,她的眼里就没有他了。

在她眼中,江祁景比他重要得多。

商滕知道,自己不该在这种事情上争风吃醋。他和江祁景不同,他是岑鸢的男人,而江祁景是她弟弟。

她这个人的亲情观念似乎很重,之前刘因那么对她,她都没有和刘因闹翻,但商滕就是没办法说服自己。

他羡慕江祁景,很羡慕。

商滕有自知之明,如果他和江祁景一起掉进水里,岑鸢肯定会先救江祁景。

他不和江祁景争,但也免不了有点儿难过和失落。

他隐藏得好,岑鸢没注意到。

岑鸢倒了杯温水过去,递给他:"后背的伤好点儿了没?"

他点头:"好多了。"

岑鸢坐过去,让他背对着自己。

商滕听话地转过身去,岑鸢把他的衣服掀上去,后背的伤已经开始结痂了,一道一道的,很长。

伤口周边的红肿还未消。

她有点儿心疼,但想起商滕那天晚上的举动,她的脸又烧得慌。

他声音好听,语气都带着低沉的哑,说了些让人面红耳赤的话。

她平时没听人讲过,不适应,可身体似乎很喜欢。

想到这里,她脸又红了。

商滕没注意到,把衣服放下来。

岑鸢说:"等他们走了以后,我给你做点儿好吃的补补。"

商滕突然眉头紧皱,开始解释:"我不需要补,这也不至于吧!"

岑鸢被他的反应弄得愣了好久:"我是说你后背上的伤。"

商滕沉默了一会儿,原来是自己会错意了。

他轻咳几声,像是在缓解尴尬,别开视线:"哦。"

岑鸢觉得他最近变得有点儿可爱了,开始喜欢一个人生闷气,不会说出来,但也不会用恶劣的冷战向她表达自己的情绪。

他只是一个人生闷气,对岑鸢仍旧是温柔的。反正只要给够时间,那些不好的情绪他很会自我消化。

岑鸢摸了摸他的头,像摸小狗一样:"如果是在生小景的气,那我代替他向你道歉,他从小就是个别扭性子,可能不是真的讨厌你。"

"我知道。"他口中的知道指的是知道江祁景是个别扭性子,但同时他又很肯定,"他的确很讨厌我。"

他又说:"我没有生气,你别担心。"

他确实没生气,他只是有点儿吃醋而已,吃江祁景的醋。

说出来太丢人,所以他也不打算说。

他不说,岑鸢就没问了。

那天晚上,商滕抱着她,让她把脚伸进自己的睡裤里面,贴着他的腿取暖。

她的手也放在他的腰上,没有一丝多余的赘肉,硬硬的,但是暖和,像暖炉。

岑鸢的手脚终于不凉了。

商滕动作很轻,手臂越过她,把床头灯关了,屋子里顿时陷入黑暗之中。

小地方不比寻城,这里的夜晚只有月光,没有整夜亮着的霓虹灯和路灯。

今天正好没月亮,所以更暗了,伸手不见五指。

商滕抱着岑鸢,声音温柔:"晚安。"

回答他的是沉稳的呼吸声,她不失眠了,在他怀里睡得格外熟,也不做梦,闭上眼睛就能睡着。

赵新凯夜晚像个蝙蝠,整夜不睡觉,白天又化身为野猴子,上蹿下跳的。

他去外面转了一圈,说发现附近有个池塘,里面的鱼多得直往外跳。

"待会儿我亲自下河去捞几条。"

岑鸢盛了粥端出来,笑着提醒他:"那里的池塘是私有的,不让人下河。"

赵新凯财大气粗得像个土财主:"我给钱,给双倍的钱,我就不信他这都不让我下。"

商滕冷冷地睨他一眼,赵新凯立马规矩坐好,不说话了。

有商滕在,他这只野猴子也上不了树,但屁股底下就跟有针扎似的,没坐多久又开始浑身难受了。

好不容易来一趟乡下,他也想体会一次纯正的农家乐,起码也要让他有点儿参与感吧。

他拉着岑鸢的袖子撒娇:"嫂子,好嫂子,你就满足我这个小小的要求吧。"

商滕把他的手拽开。

江祁景的醋他没办法光明正大地吃,那是因为他管不了江祁景,但赵新凯不同。

"坐好。"

商滕语气严厉,像是在以一个长辈的身份管他。

赵新凯兴奋了,这还是表哥第一次管他。这足以证明自己这个表弟在他心目中还是有点儿地位的。

赵新凯听话地坐好,但也没忘了刚才的事。

他可怜巴巴地看着岑鸢,岑鸢同意了。

她笑着点头:"我院里是有一小片菜田,不过刚播种,什么也没长出来,不过倒是可以带你们去我妈妈家。"

江祁景和赵嫣然也跟着一起去了。

赵嫣然本身就是个热爱参与的性子，至于江祁景，他只是不得不去。

半个小时后，赵新凯盯着边上那桶粪陷入了沉思。

徐辉捂着鼻子，庆幸可算来了个傻子，把这苦差事从他手里接过去了。

"浇完这块就行，我先进去了。"他走了。

江祁景和赵嫣然去河里帮着徐伯捞鱼去了，剩下赵新凯一个人在这儿体会参与感。

赵新凯骂了一句脏话。

赵新凯忍着恶心把那一桶全给浇完了，参与感不太好，他一直在干呕。

菜田旁边的小路上不时有人经过，大家都很热情，问他是不是徐家的亲戚，长得可真俊。

他虽然浑，但对长辈还是很礼貌的，不得不把半张脸从围巾里露出来："您好。"

客客气气地打过招呼，等人走后，他立马趴到一旁开始疯狂干呕。

以至于吃饭的时候他都没什么胃口，满脑子都是粪。

岑鸢给他盛的饭他一口没动，脸色苍白，一点儿血色都没有。

岑鸢以为他身体不舒服，给他倒了杯热水："是哪里难受吗？"

他接过杯子，欲言又止，看了眼还在吃饭的人，摇了摇头："没什么。"

他怕他现在说了大家也都没胃口了。

中途商滕出去接了个电话，回来的时候，脸色不太好看。

岑鸢问他怎么了，他笑了笑说没什么，然后岑鸢就没再问了。

她知道肯定是有事，他这样处变不惊的人，如果没事的话，他不会是这个神色。但岑鸢也知道，他这么说是怕她担心。

他不愿意说，那她就不问。

那顿饭吃完，徐辉带着赵新凯他们去附近的篮球场打篮球。

赵新凯忍了半天，终于问道："你们平时都用粪浇菜？"

徐辉点头："也会用化肥，但是浇粪的菜长得更好。"

赵新凯眉头皱着，脸上的表情一言难尽："能吃？"

"当然能啊。"他说，"刚刚那盘苔菜，就是用粪浇的。"

江祁景听了，干呕了一下。

徐辉和赵新凯一齐将视线移过去，他捂着嘴，跟他们道歉："不好意思。"

徐辉耸了耸肩，有点儿无奈，还真是一群大城市来的大少爷，讲究真多。

"我们和你们城里人可不同，吃了用粪水浇的菜才能长得强壮。"

这两人平时娇生惯养，一看抗压能力就差。

徐辉经常来这儿打球，一有空闲就过来，球场里的人他也都认识，大家都对自己的球技很有信心，看到多了两个生面孔，还长得这么帅，就问徐辉："这俩谁？"

徐辉拿着球在手指头上转了一圈："岑鸢的两个弟弟，城里来的，家里都有钱，你看到他们脚上的鞋了没？"

"嗬，联名限量款，这得五六万吧。"

"何止啊，现在都被炒到六位数了。"

那人抱着球感叹："有钱。"说完，他又嘲讽地笑了下，"有钱也没用，今天就让他们瞧瞧，八九百的运动鞋照样能把他们打得屁滚尿流。"

他很有自信，结果反而被赵新凯打得屁滚尿流。

江祁景对这种运动没什么太大的兴趣，偶尔会打，但都是和认识的人。

他讲究多，这种难免会有肢体碰撞的运动，他不和陌生人一起玩。

可能艺术家或多或少都有点儿特殊的怪癖。

他坐在一旁看着，一局打完，赵新凯全场MVP（指比赛中最有价值选手）。

徐辉坐在地上累得直摆手："不来了不来了。"

赵新凯把球从左手抛到右手，又从右手抛到左手："看来吃了粪水浇的菜也未必长得就强壮啊。"

这话里的嘲讽意味太明显了，徐辉装没听出来。

徐辉原本是想给他一个下马威，结果反被将了一军。

回到家，徐辉整个人都有点儿蔫，提不起劲来。

岑鸢问江祁景："小辉怎么了？"

江祁景看了眼赵新凯："你问他。"

赵新凯顿时如演讲一般，绘声绘色、添油加醋，讲了自己是如何瞬间移动越过拦截他的人，又是如何在空中三百六十度来了个漂亮的回旋投中球的。

江祁景听不下去了，去后院看徐伯杀鱼。

岑鸢听得似乎很开心，夸他厉害。

赵新凯有点儿飘飘然,被岑鸢夸得脸都红了。

他承认,自己的确是有些夸张,但他就是这样一个人。

长这么大,岑鸢还是第一个安安静静听他讲完,还会夸他的人。

赵新凯红着脸,挠了挠头。

商滕过来后没理赵新凯,把手里的薄毯搭在岑鸢肩上:"外面这么冷,怎么不进去坐?"

岑鸢笑道:"里面待久了有点儿闷,所以想出来透透气。"

商滕在她旁边坐下:"嗯,我陪你。"声音温柔。

赵新凯顿时觉得如坐针毡。

人家小两口恩恩爱爱,他在这儿好像不太合适。

赵新凯随便找了个借口就溜了。

他走后,岑鸢指责商滕:"你不要总对他那么凶,你看他怕你都怕成什么样了,你一来他连话都不敢说。"

商滕觉得自己有点儿无辜:"我什么都没说。"

"你刚刚那个眼神就不对。"

商滕点头:"好,我下次不这样了。"

岑鸢说的都是对的。

今天的天气还可以,有太阳,也不算冷,气温已经开始回升了。

乡下的猫都是散养的,隔壁的猫跑过来找饼干玩,两只猫直接蹿进了菜地。

岑鸢看向商滕:"明天可能又要辛苦你重新翻一遍地了。"

商滕低眸浅笑:"不辛苦。"

有时候她也觉得很奇妙,以前那个衣不染尘、高高在上的商家继承人,居然会陪她搬到偏僻的小镇,偶尔还得帮她种种田。

岑鸢不是自私的人,她想在这里生活,但她也不愿意将一只原本翱翔在天际的雄鹰扯下来。

他有他的归属,不是这里。

"是家里的电话?"

岑鸢指的是他吃饭中途接的那个电话。

商滕知道她会猜出来,也没想过隐瞒:"嗯。"

他刚开发的项目,最难的那段时间过去了,等到没什么风险的时候他才全权交出去,给了商凛。但他没想到,商凛连这种稳赚不赔的项目都能搞砸。

亏损严重，后续的影响也很大，那个项目的员工也受到波及。

商滕让岑鸢别多想："到时候我回去一趟，处理完了就回来。"

他每次回去，也不会在那边待多久，很快就回来了。

何婶告诉岑鸢，他根本就不怎么休息，就连从公司回来，也是整夜整夜地把自己关在书房里。

她知道，商滕是因为放心不下她，所以想在最短的时间解决好一切然后回来陪她。

他从来不提她的病，但这些日子来，他私下里找各种关系联系了不少医生。

一个人生病，往往是身边的人更难受。

他担心哪天起床，她就不在了。

商滕每天提心吊胆，甚至不敢离开岑鸢一步，必须时时刻刻都看着她才能安心。

他什么也不说，什么都放在心里。

徐辉又被安排相亲了，听说女方比他大几岁，但家里条件不错，自己在镇上开店，卖男装。

赵新凯和赵嫣然图新鲜，也跟着一块儿去了，江祁景原本没打算去的，对这种事情不感兴趣。

他觉得这儿挺适合写生，甚至连位置都找好了，最后还是被赵嫣然一起拉去了："你得合群，听姐姐的。"

江祁景："……"

赵新凯长这么大还没相过亲呢，对这种场景格外感兴趣。

他从徐伯那儿得知徐辉前前后后相了不下十个了，问徐辉："你相了这么多就没一个看中的？"

这话也不能这么说，徐辉纠正他："大部分的时候是别人看不上我。"

赵新凯沉默了，估计是觉得徐辉可怜。

他长这么大，都是妹妹们主动找他，想不到这个世界上居然还有行情这么差的男人。

他挺可怜的。

他们走后，家里清静。

岑鸢询问了商滕回去的日期,并让商滕也给她买张票。

商滕停下,垂眸看着她:"你也要回去?"

岑鸢笑了笑:"商滕,你愿意陪我回来,我也愿意陪你回去。"

感情是相互的,不能总是一方付出、另一方索取。

她的根在榕镇,所以她总是想回来,但商滕的根在寻城,他从小在那里生活,那里有他的父母家人,也有他的朋友。

虽然他好像没什么朋友,但是岑鸢不想一直锁着他。

他离不开她,所以他心甘情愿地放下一切和她回到榕镇,但岑鸢并不觉得自己可以仗着他的喜欢就一味索取。

两边都是他们的家,他们随时都可以回去。

商滕不希望她多想,抱着她:"你不用担心,这种小问题,我很快就能解决。"

岑鸢不是担心这个。

"离开这么久了,我也有点儿想回去了。"岑鸢的脸在他肩上轻轻蹭了蹭,声音跟小猫儿撒娇一样,"好不好?"

商滕的心脏莫名抽搐了一下。

他拒绝不了,也没法拒绝:"好。"

他们票买得晚,没办法和赵新凯他们同一天回去。

得知他们要回寻城,赵新凯兴奋地说要给他们办个party,被商滕一票否决了。

赵新凯委屈地过去拉岑鸢的衣角。

不等岑鸢开口,江祁景就把他的手打开了:"拿开你的脏手。"

赵新凯不爽了:"我手哪儿脏了,我刚洗过!"

江祁景说:"你全身哪儿不脏?"

以前他们吵架的时候,岑鸢还会从中调解,次数多了,她也就习惯了。

他们年龄相仿、性格迥异,再加上之前就有过节,有点儿小摩擦也正常。年轻人嘛,都这样。

临登机前,岑鸢嘱咐赵嫣然看着点儿,别让他们真打起来。

赵嫣然点头:"放心好了。"

他们的机票是两天后,商滕提前和家里说过,岑鸢也会回去。

何婶早就做好了一大桌子岑鸢爱吃的饭菜。

陈甜甜看到商滕，开心地从沙发跳下来，跑过来让他抱。

她长高了不少，称呼也被纠正过来了，开始喊他叔叔。

她被商滕抱着，眼神却落在岑鸢身上。

她有点儿害羞，脸红红的。

商滕说："叫婶婶。"

陈甜甜探出头，小奶音乖乖地喊了一声婶婶。

岑鸢笑得温柔："要婶婶抱吗？"

她把胳膊伸过去："要。"

这里好像什么都没变，又好像什么都变了。

岑鸢已经抱不动陈甜甜了，还得商滕在一旁护着。他护着岑鸢："她长大了，可以自己走。"

岑鸢垂眸，有点儿难过："我力气太小了。"

商滕把陈甜甜从岑鸢怀里抱过来，放在地上，哄她一句："自己去玩。"

她抱着岑鸢给她买的玩偶小熊，点了点头，听话地跑开了。

商滕握着岑鸢的手，不轻不重地捏了几下："是她长得太快了。"

岑鸢抿唇不语，商滕又去抱她。

她身上总有股淡淡的花香，她喜欢花，每天都会去花店买一束新鲜的回来。

商滕对香味不敏感，但只要是岑鸢身上的，他都喜欢。

"下午不在这里吃饭了，我们回西城，那边的房子我已经提前让人收拾干净了。"

岑鸢走之前把她的房子卖了，但商滕的还在。

岑鸢摇头拒绝了："你刚回来，这么早离开不太好。"

商滕无所谓，早就习惯了这样的家庭氛围，但他怕岑鸢不适应。

她本身就是个敏感的性子。

商滕不想让她受一丁点儿委屈。

他没说话，岑鸢大概也能够看穿他的心思，笑了笑："没关系的，我没你想的那么柔弱。"

她只是身体不好而已，心理还是很健康的。

这种一塌糊涂的人生都没能让她抑郁，其他的也算不得什么。

商昀之从楼上下来，看了他们一眼，没说话，在沙发上坐下。

岑鸢握住商滕的手，冲他笑了笑。

她一句话也没说,但商滕可以感受到,她在用自己的方式告诉他,别怕,她在。

可能是知道自己对这个家没感情,对面前这个男人也有点儿心理阴影。他家里的那些事,她应该都知道。所以,她应该也爱他。

商滕从来没有要求过,但是他很想听岑鸢说一句我也爱你,很想很想。从开始到现在,好像只有他一个人说过。

商昀之先是看了眼商滕,然后才将视线移到岑鸢身上。

他对这个儿媳妇没什么意见,已经拆散过一桩商滕的姻缘了,没必要再拆一桩,更何况,商滕也的确用自己的能力向他证明了,自己不需要靠联姻来稳固产业。

饭好了,何婶和帮厨把饭菜端上来,还专门盛了汤。

陈甜甜现在已经可以自己吃饭了,坐在儿童椅上,握着儿童训练筷,慢慢悠悠地夹着自己面前那盘菜。

商凛是从外面回来的,手上拿着买给陈甜甜的玩具。他最近在尽力弥补陈甜甜。

看到岑鸢了,他笑容温柔地上前打招呼:"今天风大,没吹着吧?"

岑鸢笑着摇头:"坐车过来的,没有吹到风。"

商滕微皱了眉,伸手将岑鸢拉到自己身后,隔绝了商凛看向她的视线。

他柔声问岑鸢:"渴不渴?我去厨房给你倒杯热水。"

岑鸢笑他:"都要吃饭了,喝什么水。"

商滕点头,握着她的手不肯放。

商凛看到面前这一幕,眼底笑意更盛,看来商滕是真的动情了啊,他和对待陈默北时太不一样了。

等纪澜下楼,就算正式开饭了。

岑鸢和商滕坐在一起,商滕把螃蟹剥壳,蟹黄和蟹肉全部夹出来,放在她的碗里:"尝尝看。"

岑鸢以前经常吃螃蟹,也很爱吃,生病以后就不怎么吃了,主要是怕被蟹壳弄伤。

她吃了一口。

商滕问她:"好吃吗?"

她点头:"好吃。"

商滕就笑了,又给她剥了一个。

纪澜在一旁看着,也觉得欣慰,一直悬着的心也算放下了。

商滕其实很听话,比起性子温柔但过于深沉内敛的商凛,他这样冷淡的性子,其实更可控一些。他很少会做出一些出格的事情,一点也没犹豫地离开寻城,算是他做过最出格也是最决绝的事情了。

纪澜怎么可能不担心呢?但好在,情况似乎比她想的要好太多了。

有岑鸢陪着他,她也能放心许多。

他们家和徐家不同,饭桌礼仪严格,吃饭的时候都没什么话。

只是偶尔,商滕会询问岑鸢想吃什么,他给她夹。

岑鸢无奈地笑了笑:"我想吃什么自己会夹的。"

陈甜甜两条小短腿在空中晃来晃去,咬着筷子看他们,笑起来时,那两排小乳牙白晃晃的:"周阿姨说,叔叔是婶婶的'舔狗'。"

她其实不太懂"舔狗"是什么意思,以为是在夸人。

因为狗狗很可爱,所以她觉得,"舔狗"也很可爱。

她懵懂地问商滕:"叔叔,什么是'舔狗'呀?"

一时间气氛似乎有点儿凝固。

拿着被陈甜甜尿湿的裤子从楼上下来,准备去洗衣房里洗干净的小周脚步瞬间顿住,像被点了穴一样。

她不过是和家里那些帮佣随口闲聊的一句话,不知道什么时候被陈甜甜给学去了,还当着这么多人的面说了出来。

她恨不得当场挖个洞把自己给埋了。

商滕脸色没什么变化,只是在听到陈甜甜说出那个词语后稍微抬了下眉。

商凛把陈甜甜抱过来,让她别什么话都乱说:"这是脏话,以后不能再讲了,知道吗?"说完后,他看了眼站在一旁的小周。

小周立马吓得低下头,不敢说话了。

陈甜甜点头,知道错了,说:"好。"

绕过了这个不算插曲的小插曲,岑鸢差不多也吃饱了。

纪澜看到她放下了筷子,就和她寒暄了几句:"这次回来打算在寻城待多久?"

岑鸢说:"可能会多待一段时间。"

其实她也没想好要待多久,但她怕商滕为了陪她早点儿回去,又不要命地没日没夜工作,再好的身体也架不住这样透支。

听到她的话,纪澜点了点头:"也好,等过些天我带你去庙里拜拜,虽然现在的年轻人不信这些,但拜一拜也没什么损失。"

她从商凛口中知道了岑鸢的病,心疼岑鸢,也心疼自己的儿子。

岑鸢答应了:"好。"

反正她在家也没什么事,闲着也是闲着,还不如找点儿事情做,也好让商滕不那么担心自己。

纪澜喝了口茶,轻叹了口气:"那个叫纪丞的孩子我也听说了,你们……"

这句话的后半句在商滕突然起身后就终止了,因为动作太大,连带凳子也被拖动,哪怕铺了地毯,仍旧发出很大的摩擦声。

所有人都短暂地愣住,因为他的反应。

总是不动声色的人,被骂舔狗都没多大反应,这会儿却反常得要命。

商滕没有让纪澜把后半句话讲出来,语气冰冷:"我还有点儿事,先走了。"说完他就牵着岑鸢的手离开了。

岑鸢不明所以地问他还有什么事,他也不说话,只是默不作声地牵着她的手。直到上了车,他仍旧一言不发。

岑鸢重重地出了口气,批评商滕:"刚才伯母也没说什么,你那个反应、那个语气,不礼貌。"

前面有人倒车,挡着路,几次都没倒好,进进出出的。

商滕不耐烦地扯开领带,捶了下方向盘,车鸣声刺耳,他没听到岑鸢的话。

人往往在遇到自己解不开的死结时,都容易钻牛角尖,一点儿小事都容易把他的情绪弄崩溃,现在的商滕,就是这样。

岑鸢不说话了,想等他自己恢复过来。

前面的车终于在第十二次的时候倒成功了,商滕踩了一脚油门离开了。

早知道这么麻烦,他就应该直接把车停在他家地下停车场;早知道会发生这样的事,他就不应该过来;早知道他妈会说这种话,他连寻城都不应该回来。

商滕魂不守舍,车开到路边,停下了。

岑鸢还在车上,他不能拿她的安危开玩笑。

他无力地闭上眼:"等我缓一下,马上就好。"

岑鸢看着他,还是没说话。

商滕伸手想去拿烟盒,欲言又止地看着岑鸢:"可以吗?"

他已经戒烟了,车上的烟应该是司机留下的。

岑鸢打开车门,下车走了。

她想给他留个空间,让他自己好好想清楚。

附近的花坛旁有个椅子,她准备先去那里坐一会儿,没打算离开。可商滕在她下车以后,也立刻追了过来。

他太着急了,连车门都忘了关。

他抱着她,不让她走,左手还拿着烟盒,一直在抖。

"我不缓了,也不抽烟了,是我不好,你别走。"

岑鸢不知道他到底怎么了。

他现在的语气和在医院求她的时候一模一样,低声下气。

岑鸢的心脏也开始痛了起来。她最看不了这样的商滕,让她也跟着难过。

"我没想走的。"岑鸢抱着他,轻声哄道,"我知道你心情不好,但你好像不肯和我讲,所以我想让你一个人待一会儿。"

商滕摇头:"不要让我一个人待着。"

岑鸢答应他:"好,我陪着你。"

商滕还是没告诉她,为什么突然变得反常。

哪怕岑鸢就在他身边,哪怕她此刻正温柔地抱着他,但他还是会害怕。

他怕岑鸢再想起纪丞,他很怕。

最好永远没人提起来,最好连字典里都不要出现这两个字。

他知道自己很自私,但没办法,那个已经死去的人,永远是他心里的一根刺。

岑鸢很努力地回想了一下,商滕的反常是从什么时候开始的,大概也明白了点儿。

她松开手,让他看着自己:"商滕,你看着我。"

商滕听话地垂眸,看着她。

岑鸢伸手摸了摸他的脸,原本是想哄哄他的,但他的皮肤实在太好了,摸起来很舒服。

他经常熬夜,又不用护肤品,为什么皮肤能这么好?

岑鸢突然有点儿不想松开手了,于是她多摸了几下。

商滕站着不动,让她摸。

岑鸢柔声安抚着他的情绪,说:"商滕,我不会离开你的,你别怕。"

商滕抿了下唇,眼睫也垂下了,他抱着她:"可你还没有说过,你爱我。"

岑鸢跟他道歉:"没有给你足够的安全感,是我的不对。"

她以前总觉得,商滕身边的那些人只记得他的强大,却忘了他也是个普普通通的人,会痛也会难受。可她自己不也是这样吗?因为商滕不说,就以为没有,但他总会遇到一些烦心事。

都是拥有七情六欲的人,怎么可能逃得过这些烦琐的事情呢?

商滕多累多辛苦从来不在她面前抱怨。

外面的风风雨雨他可以扛,一丁点儿的负面情绪他都不想让岑鸢见到。

她的前半生过得已经够苦了,剩下的日子,商滕希望她能一直开心。

岑鸢替他把领带系好,又抚平肩上的褶皱:"外面冷,别感冒了,先上车。"

没有听到想要的回答,商滕沉默片刻,只是垂眸笑笑,没再开口。

他把车开回了西城,家里刚让人过来打扫过,很干净,一点儿灰尘也没有,但是房子的配色太压抑了。

商滕把灯打开,进厨房烧了壶水:"我明天找人把沙发和窗帘全换了,你喜欢什么样的,小碎花?"

岑鸢笑道:"不用换,这样挺好的。"

她把外套脱了,和商滕的放在一起挂好。

黑色的西装和米白色的针织开衫,尺寸对比太明显了。商滕个子高,都快一米九了,岑鸢的衣服和他的放在一起,仿佛都透着点儿稚气。

商滕安静地看了一会儿,突然感觉自己的心情好了很多。

他不贪心,想要的东西也不多,这种在别人看来习以为常的事情,于他来说都格外满足。

冰箱是满的,商滕知道岑鸢不喜欢吃外面的饭菜,她总爱自己做。所以他让人去附近的菜市场买了点儿蔬菜和肉类,还有一些海鲜。

岑鸢打开冰箱,上下扫了眼,询问商滕的意见:"今天下午就在家里吃?"

商滕点头,说:"好。"

岑鸢把冰箱门关上,走过来问他:"想吃什么?"

商滕随便报了几样菜名,都是岑鸢拿手的。

岑鸢说再单独给他做个汤:"今天开车辛苦了,犒劳一下你。"

商滕突然有点儿想吻她,但他还是忍住了,声音温柔地问:"需要我也犒劳一下你吗?"

岑鸢极轻地挑了下眉:"怎么犒劳我?"

商滕站起身,取下袖扣,银质的,看着就挺贵,被他随手扔在方几上。

他将袖口往上卷了两截:"今天我做饭。"

岑鸢也没拒绝,只是笑着问他:"需要我在旁边帮忙吗?"

"不需要,你在外面坐着等我就行。"他把围裙系上了,又说,"汤记得给我煮。"

岑鸢笑他幼稚。

商滕也不反驳:"不是说好犒劳我的吗?"

岑鸢温顺地点头:"好。"

商滕看着她,她也看着商滕。

他没什么不满足的,现在陪在她身边的是他,不是吗?和她一起度过余生的,也会是他。

商滕释怀了,把自己劝释怀的。

他做饭的时候,岑鸢也在厨房里,商滕不许她碰那些刀具,切菜都是他代劳。

岑鸢给他炖的是莲藕排骨汤。

"以前好像没有给你做过,不知道你喜不喜欢?"

这是周悠然最拿手的,她小时候很爱喝,但她自己很少做。

担心商滕不爱吃藕,她还提前问了一句,直到商滕说他不挑食,岑鸢抿唇轻笑了下。

商滕抬眸,停下手里的动作:"笑我?"

岑鸢摇了摇头,又点头:"你还不挑食,明明很多东西不吃。"

这是实话。之前家里的厨师辞职回家,后面来了新的帮厨,他不了解商滕的口味,也不知道商滕忌口什么。

帮厨做的菜几乎一大半是商滕不爱吃的,他不说,不指责,只是那几天都没有在家吃饭。

他就是这样一个人,看上去似乎很好说话,其实是恶劣到连一句多余的话都不想说,算得上是有些扭曲的性格,这样的人很难和人交心,也很难付出真心。

商滕把排骨和藕切好以后，分别放进两个碗里，端给岑鸢："葱姜蒜也给你切一点儿？"

岑鸢说："切点儿胡萝卜吧。"

商滕似乎有点儿意外："胡萝卜？"

"嗯，放在一起煮。"

"不是不爱吃吗？"

岑鸢不算特别挑食，和商滕比起来根本不值一提，只是不太爱吃胡萝卜而已，但她觉得总挑食不太好，还是得慢慢尝试。

"炖汤的话，味道应该没那么奇怪吧？"

虽然她是这么想的，但心里还是没底，说出来的话也没什么底气。

商滕笑得有几分宠溺："嗯。"

他又给她切了点儿胡萝卜。

岑鸢就站在一旁看着，离得有点儿远。不是她自己想站这么远，而是商滕以怕伤到她为由把她赶过去的。

岑鸢看了一会儿，突然觉得现在的商滕性格也不扭曲了，反而还有点儿贤惠，尤其是戴上围裙以后，又能主外，又能主内。

他以前是什么样子的，岑鸢好像记不太清了，反正是有点儿讨人厌。

商滕把胡萝卜切好了，问她还需不需要别的。

岑鸢摇了摇头，把碗接过来："你忙你的，我忙我的，我们互不打扰。"

岑鸢说这话其实也没其他的意思，纯粹是因为她觉得做饭就应该专心，不然很容易漏放这个多放那个。

商滕看着和自己距离有点儿远的岑鸢，突然觉得这个房子的格局不太好，厨房怎么做得这么大。

他的菜做好了，岑鸢的汤还在锅里炖着。两人就坐着等了一会儿。

岑鸢说汤可以等会儿再喝，不着急，但商滕非要等。

他说好不容易得一次犒劳，总得让他有个不错的体验。

岑鸢有时候也会觉得奇妙，居然有笑他幼稚的一天。

看来书上说得没错，人在恋爱以后，行为举止都会变得反常。现在的商滕可不就是反常嘛。

要是让他之前交过手的合作方看见他现在的样子，估计会惊得下巴都要掉了。

他们坐在沙发上看电视,最近气温高,饭菜不容易凉,等个十来分钟也没事。

电视节目随便找的,某部警匪片,虽然说是警匪片,但某些剧情反而有点儿像恐怖片。

岑鸢看到吓人的地方,手紧紧地攥着袖口,想看,又不敢看。

商滕走过去,把她搂在怀里,用手捂住她的眼睛:"看吗?"

岑鸢犹豫了一会儿,小声道:"留一道缝。"

商滕无声地抿唇笑了,手指微微打开,给她留了道指缝。

岑鸢就这么看完了那个剧情。

汤好了,她盛了两碗端出来,让商滕尝尝自己的手艺。

商滕喝了一口,岑鸢问他:"怎么样?"

他点头:"很好喝。"

然后岑鸢就笑了,满足地笑了。

那顿饭吃完以后,是商滕洗的碗,岑鸢把行李箱里的衣服整理好,放进衣柜里。

这里房间很多,但是其他的都没收拾,只有主卧收拾了。

打扫卫生的阿姨不可能会漏下,只能是商滕让她这么做的。

岑鸢看穿了他的小心思,却也没有戳穿。

洗完澡后,岑鸢就准备睡了。

她和商滕在一起后,作息就开始变规律了,也不失眠了。

灯关了,厚重的窗帘也全部拉上,一点儿光也没透进来,屋子里黑漆漆的。

商滕就躺在她身侧,惯有的低沉声线,此时却沾染了点儿喑哑。

他问岑鸢:"很困吗?"

还好,她算不上困。

岑鸢还是点头:"有点儿。"

商滕嗯了一声,又躺好,房内重归安静。

他们盖着同一床被子,睡衣轻薄,偶尔碰到,甚至能感受到彼此身上的体温。

他总是温热的,不同于岑鸢。这会儿更烫了。

商滕睡不着,岑鸢感受到了,把床头灯打开,翻了个身,面朝着商滕,轻声问他:"睡不着吗?"

商滕眼睛红红的,是那种不太正常的红。

他不是因为生病,而是被某种情绪给染红的,因为他的脸也有点儿红。

"嗯,睡不着。"

他往岑鸢这边靠了靠,握着她的手,嗓音沙哑得可怕。

岑鸢没有避开,她又把灯关了,抱住了商滕。

房间太黑了,她也看不清商滕的表情,他很安静,只是偶尔,他的呼吸会变重,像难受,又像舒服。

夜像泼了墨般,岑鸢破碎的声音,贴近他耳边:"商滕啊。"

他安静地听她讲,岑鸢说:"我爱你。"

霎时,他缴械投降。

他半晌没有反应,房间内没开灯,岑鸢也不能通过他此刻的表情来判断他的心情,于是就等了一会儿。

商滕俯下身来,抱住她:"女人在床上的话不能信。"

岑鸢笑容无奈:"那我怎么说你才信呢?"

"明天早上起床后,你再和我讲一遍。"

岑鸢点头:"好。"

岑鸢也不知道到底是什么时候结束的,她太累了,累到中途就睡着。

第二天睁眼,身上干爽,穿着睡衣,床单也换过了。

她甚至想象不到商滕亲力亲为做这些事的样子。

她被他抱着,脸在他肩上蹭了蹭:"辛苦了。"

他没睁眼,只是低低地嗯了一声,把她抱得更紧,可能根本就没醒。

岑鸢也不动了,在他怀里安静地躺了一会儿,直到头顶再次传来动静。

"醒了?"

他的声音还带着刚醒时的沙哑。

岑鸢点头:"醒很久了。"

岑鸢看了眼墙上的挂钟,已经九点多了,问商滕:"你不去公司吗?"

"没事,可以晚一点儿。"

岑鸢却说:"我得起床了。"

纪澜约了她今天去庙里,中午出发,正好下午到。

商滕欲言又止地抱着她,没动。

"你是不是忘了什么?"

岑鸢没忘,笑了一下,说:"我爱你。"

商滕抿了下唇，想忍住，但还是没忍住，唇边上扬的弧度太明显了。
"我也爱你。"

起床洗漱后，岑鸢去厨房下了两碗面，给商滕多煮了两个荷包蛋。
"我今天应该会晚点儿回来，晚饭就不用等我了。"
商滕把加热过的牛奶放在岑鸢桌前："那你记得吃饭。"
"嗯。"
吃完早饭，商滕开车把她送过去，纪澜正坐在客厅里教陈甜甜写作业。
纪澜和商滕不同，比较纵着陈甜甜。
这个家里好像也只有商滕对她严厉些，其他人仿佛都在尽力弥补她。
商昀之则是闹不动了。他近来的身体每况愈下，也没精力去管教孩子。
陈甜甜看到商滕和岑鸢，顿时坐不住了，手里捏着铅笔，眼睛一直往后看。
昨天他们走后，陈甜甜就一直念叨着，叔叔和婶婶什么时候还会过来。
纪澜知道，她现在肯定是学不进去了，替她把手擦干净："不许玩太久。"
陈甜甜立马放下笔："谢谢奶奶。"然后她从椅子上下去。
周悠然专门准备的特产，让岑鸢带回来的。昨天他们走得急，也忘了拿。
商滕把东西给了何婶："放冰箱里吧。"
纪澜把披肩理好，站起身："亲家母做的？"
她一看就是那种大家族娇养出来的，身上有傲气，但待人温柔，连说话的语调都是柔和舒缓的。
陈甜甜一过去就赖在商滕身边，不舍得走了。
纪澜笑话她，这么大了还黏人。
商滕把草莓蛋糕递给她："婶婶给你买的。"
陈甜甜眼睛亮了："谢谢叔叔！"
商滕抬眸，纠正她："谢谢谁？"
陈甜甜看着岑鸢，乖巧地说："谢谢婶婶。"
她面对岑鸢时，还是有些害羞，不过已经好多了。
小孩子的记性差，长时间见不到面的人很容易淡忘，但她还是很喜欢岑鸢。

岑鸢摸了摸她的头,笑容宠溺:"不用谢。"

陈甜甜的脸又红了,往商滕身后躲。

她吃东西不用人喂,自己拿着小勺子吃蛋糕,把上面的草莓挖走吃掉。

纪澜在和岑鸢说话,她安安静静地看着,然后又一点儿一点儿蹭到商滕身边,靠近他,小声说:"婶婶好漂亮。"

商滕轻声笑笑,赞同她的话:"嗯,漂亮。"

岑鸢见他还坐着没动,就问他:"不去公司了?"

他要去的,但还是想和她多待一会儿,又开始重复早上的话:"可以晚一点儿。"

岑鸢把手机屏幕摁亮,举到他面前,让他看时间:"你都晚了多少了?"

然后商滕就更不想走了,恨不得一天二十四小时一直和她在一起。

纪澜看着自己这个儿子,以前那么冷漠,现在居然也开始撒娇耍赖了。

她有点儿感慨,又有点儿欣慰。

在很多地方,她觉得自己还是应该感谢岑鸢的。

商滕从小缺失的爱,正被岑鸢一点儿一点儿弥补回来。

商滕最后还是走了,岑鸢送他出的门,他上车之前还抱了她一会儿。

回到客厅,纪澜看着她笑:"我们也出发吧。"

岑鸢点头:"好。"

陈甜甜也嚷着要一起去,纪澜让她好好在家里待着,作业不写完不许出去玩。

陈甜甜嘴一撇,想找岑鸢替她撑腰。

纪澜说:"这孩子天天只记着玩,作业也不写,明天就要去学校了,作业还剩一大半。"

岑鸢蹲下哄她:"甜甜先在家写作业,等叔叔忙完了,我和他一起带你去玩,好不好?"

陈甜甜疯狂点头,生怕她反悔:"那说好了,谁骗人谁是小狗。"

岑鸢轻笑着应道:"好,谁骗人谁是小狗。"

上了车,她和纪澜坐在后排。

纪澜不是话多的人,但她有很多话想和岑鸢说。

聊了一路,她们也忘了时间,不知不觉车停下了,她们到了目的地。

纪澜对这儿熟,她信这些,就常来。不过岑鸢应该是第一次,所以她告诉岑鸢:"现在这些小年轻都嫌这是封建迷信,但我觉得宁可信其有不可信其无。"

庙宇在半山腰,不需要爬太久,这个时候人不算多。

节日人才会多一些。

岑鸢接过香,跪在蒲团上,拜了拜。

她的心愿很多,拜的时间也久了点儿,等她睁开眼从蒲团上起身,纪澜已经在一旁等她了。

岑鸢不好意思地笑了笑:"不知道菩萨会不会嫌我太贪心?"

纪澜也笑,语气温婉:"求了些什么?"

岑鸢如实答道:"希望身边的人健健康康。"

"还有呢。"

纪澜似乎对她的愿望很好奇。其实她好奇的不是岑鸢的愿望,而是岑鸢的愿望里有没有商滕。

这大抵是每个母亲的私心吧,比起其他的,更关心的还是自己的儿子。

当然,她也关心岑鸢。

岑鸢也只是笑了笑,到底没有说出口。

她的愿望里有商滕,也有其他的。譬如贪心地希望,自己的病能好,然后拥有一个属于自己的宝宝,她和商滕的。

她怎么可能没遗憾呢,遗憾死了。

拜完了,她们也没立刻走。

纪澜说这儿风景好,带她去逛逛。白色的护栏,比腰还高,再往前走一段有棵姻缘树,上面挂满了红绸。

纪澜说:"原先就只是一棵普通的树,后来来这儿爬山的人多了,可能是看旁边有个庙宇,就开始站在这棵树下祈求姻缘,久而久之就成了棵姻缘树。"

岑鸢抬头,看着挂在树上的红绸,每段红绸上都缠着一块木牌,上面写了很多名字。

××要和××永远在一起。

希望月老保佑我早日追到×××。

×××等我,我一定会努力考上你的大学!

……

岑鸢看看看着,就开始羡慕了。

她也不知道自己在羡慕什么,但就是羡慕,可能是羡慕他们年纪小,无

忧无虑。

纪澜带她去了前面卖茶水的地方,可以坐下来休息一会儿。

岑鸢现在和商滕复合了,那就到了纪澜最关心的一件事。

她问道:"你和商滕有考虑过什么时候要孩子吗?"

岑鸢顿住了。

看来纪澜还不知道,也正常,商滕不是什么事情都会和父母讲的性子。

岑鸢告诉她,自己生病的事,生了什么病。

她很抱歉,跟纪澜道歉:"对不起,我可能……没办法生小孩。"

纪澜脸上的笑容僵了僵。

天黑以后,岑鸢回到家,商滕给她打了个电话,说他在外面应酬,今天可能会晚点儿回来。

应酬的地方免不了有烟酒,甚至还有人叫了女模特。

商滕还特地拍了视频发给岑鸢,自己离那些女人都很远。

旁边有人看见了,笑着调侃道:"看不出来,商总还是妻管严啊,出来应酬都得和家里报备。"

他们也不是第一次合作了,对商滕这个人的性子还算了解。

他实在算不上好相处,所以开玩笑都注意尺度。

商滕把手机锁屏放好,直接承认了:"嗯。"

商滕让岑鸢先睡,不用等他。他也不确定什么时候才能回来。

岑鸢说了好以后,却也没睡,而是在客厅里画起画。

她不是那种和人倾诉的性子,心情不好的时候就会画画。

一幅画完成了,她在角落写下日期和自己的名字,翻了页,继续画。

商滕回来的时候,客厅里的灯是开着的,他以为岑鸢特地给他留的。

他放轻了动作,怕弄出声响来吵醒她。

他没怎么喝,但身上还是难免沾上烟酒的味道,混杂着女人的香水味,味道实在算不上好闻。

他把衣服脱了,扔进脏衣篓里,刚准备去洗澡,看见躺在沙发上睡着的岑鸢,速写本掉在地上,缩着身子,眼睛红红的。

商滕把速写本拿走,随手放在一旁。想抱她回房,这轻微的动作还是弄醒了岑鸢。

她揉了揉惺忪的眼，从沙发上起身。

闻到他身上淡淡的烟酒气，她说："我去给你煮碗醒酒汤。"

商滕摇头，抱住了她："没喝酒。"

然后岑鸢就停下了："嗯。"

商滕看着她有些红肿的眼："哭过了？"

岑鸢转移话题："要不要先去洗澡？"

商滕的注意力没有这么轻易地就被转移，他问她："为什么哭？"

岑鸢半晌不说话，然后笑道："可能是想你了。"

商滕知道她在撒谎，但这个谎言也让他很高兴。

可他仍旧在意她为什么哭，不过她不愿意说，他也不会勉强。

"你先去睡吧，我洗完就过去。"

岑鸢站起身："好。"

她回了房间，商滕看着她的背影，这些天在他的照顾下，她慢慢也开始长了点儿肉，虽然身形仍旧纤细，但至少不像之前那么瘦弱。

商滕总是放心不下她，只要她离开自己的视线一段时间，他就会担心。

他洗完澡回了房间，岑鸢已经睡了，她应该真的很困，手里还拿着本书，应该是想一边看书一边等他，结果看着看着就睡着了。

商滕走过去，把书拿走，关了灯，然后在她额头留下一个吻："晚安。"

比起岑鸢，他更依赖这段关系。他太喜欢岑鸢了，喜欢到连他自己都觉得不可思议的程度。

以前江言舟总笑话他，说他不懂恋爱的好，平白浪费了那段青春。

江言舟和他老婆认识得早，那个时候他比商滕也好不到哪里去，两个人脾气都很差。不是所有富二代的脾气都差，只不过商滕和江言舟是这其中脾气最差的，但架不住他们长得帅，追求者都排长队了。

商滕体会不到江言舟说的那种感觉，因为他很难动心，不是说他排斥女生，或者不近女色。

他只是始终遇不到那种非她不可的女生。可是现在他明白了，他生来就是属于岑鸢的，所以才会这么多年来，他没有对任何一个女生动过心。

想清楚这些，商滕把她抱得更紧了点儿，仿佛怕她会趁他睡着走掉一样。

他们是要生生世世都在一起的，这辈子，下辈子，下下辈子。

他总是怕，害怕下辈子他又会比纪丞更晚遇见岑鸢，明明这一世还没过

完,就开始担心以后了。

岑鸢罕见地做起了梦,梦到病好了,怀了孕,是个女孩。

眼睛、鼻子和她像,嘴巴更像商滕一点儿。

她不像其他小孩子一样怕商滕,反而还总是缠着他,左一口爸爸右一口爸爸地喊着。

"爸爸,我今天想多看会儿电视,可以吗?"

小孩子自控力都差,看了电视就不想写作业了,所以商滕给她规定了时间,一天只能看两个小时,其他时间得写作业,但她总耍赖,一耍赖就抱着他撒娇。

她眉眼间和岑鸢几乎一模一样,带了点儿小孩子的稚嫩,撒娇时又软乎乎的,小圆脸鼓着。然后商滕就严厉不起来了。

他纵着她,和纵着岑鸢一样。

那场梦有点儿长,长到岑鸢不太想醒来,可她还是醒了。

商滕在厨房做早餐,烤的吐司,还煎了两个蛋,牛奶也热好了。

岑鸢从床上起身,看了眼挂钟上的时间,问他:"今天不用去公司?"

商滕单独给她做了点儿沙拉:"下午有个会要开,上午没什么事。"

岑鸢点了点头:"这样啊。"

然后她进盥洗室洗漱,洗脸的时候,她看着镜子里的自己,昨天那个梦还有点儿印象,那个小孩的脸她也记得,有点儿像小时候的自己。

吃饭的时候,商滕给她的吐司涂了点儿果酱,递给她。

岑鸢没接。

商滕放在她面前的盘子上,问她:"有心事?"

岑鸢回了神,摇头,似乎是想让他安心,硬挤出一个笑容:"没事。"

结果适得其反,商滕更担心了:"岑鸢,不管发生什么事,你都可以和我讲,我来解决。"

岑鸢不想让他担心,只说:"我做了个梦。"

商滕问:"什么梦?"

"我梦到我的病好了,怀了孕,生了个女儿,和我很像,她很黏你,天天让你抱。"岑鸢的眼角有点儿湿润,她又开始难过了,"商滕,如果我没生病就好了。"

商滕走过去,在她身旁坐下,拿了纸巾替她擦眼泪:"在我这里,没有什么比你更重要,用你的性命去冒险的事,我一样也不会做,有没有孩子无所谓。"

他从来不在意这件事，他和岑鸢之间，不需要第三个人来当感情的纽带。

他们彼此相爱就够了。

商䞥哄了她很久，岑鸢的情绪才稍微平复了一点儿。

她把吐司吃了，煎蛋咬了一口就放下了。

商䞥一边吃她的残羹剩饭，一边批评她吃得太少。

他想把她养得圆润一点儿，这样身体才会好。

虽然是批评，语气却带着无限的纵容。

岑鸢突然觉得他现在的语气和她在梦里听到他和女儿说话的语气一样。

看来他是把她当女儿在养，明明两个人只差了一岁。

岑鸢今天约了赵嫣然，她好像又和自己的大学生前男友复合了，应该说是前前前男友，她从来不缺男朋友，几乎每一任都是无缝接轨。

她走后没多久，商䞥也走了。

他没去公司，而是先回了趟家。岑鸢和他妈去了趟寺庙，回来就心情不好了，只能是他妈和她说了些什么。

他得问清楚。

纪澜也没隐瞒，把自己的顾虑说了："她这个病太不稳定了，我还是希望你能想清楚，你能保证她这辈子都不出任何意外？"

商䞥几乎没有任何犹豫地道："可以保证。"

他一辈子都护着她，自然敢保证一辈子都不会让她出意外。

"可她没办法生育，这意味着你永远不能有自己的小孩！"

如果他妈是聊这个，商䞥觉得没法聊，他站起身，态度冷了点儿："我想娶她是因为我爱她，而不是为了让她给我生孩子。"

纪澜剩下的话都被他这句给堵了回去。

她太了解自己这个儿子的性格了，他就是这样一个人，自己做好的决定，你把刀架在他的脖子上他都不会改。

纪澜叹了口气，从小到大她就管不住他，算了，随他吧。

离开之前，商䞥不忘补充一句："希望您以后不要在她面前谈论这种话题，我不想看到她难过。"

商䞥走后，何婶过来，端着刚泡好的茶，见纪澜神色不太好，大概也猜

到一些。

"吵架了?"

纪澜叹了口气:"这孩子每次过来都是匆匆忙忙的,茶都来不及喝上一口。"

她喜欢岑鸢,但那点儿喜欢肯定比不上对商滕的爱。

任何事情,她都会先从商滕的角度考虑,也就忽略了对岑鸢公不公平,但她还是会介意,介意岑鸢的病。

如果她突然离开,那商滕应该怎么办?

他那样倔的性子,肯定不会再找。

纪澜喝了口茶,想不通,就不想了。随他们吧,自己也老了,这种事情也不适合插手太多。

岑鸢和赵嫣然约见的地方在烤肉店,她们以前常去的那家。

服务员拿着菜单过来,年纪小,看着应该刚二十,想看岑鸢,又不太敢看,以至于眼神总是飘忽不定。

岑鸢没注意,低头选了几样,她们每次出来都是岑鸢在点,她知道赵嫣然喜欢吃什么、不喜欢吃什么。

点完后,她把菜单递给他:"再上一听可乐,要冰的。"

这是给赵嫣然点的。

服务员脸有点儿红,含糊地嗯了一声,拿着菜单走了。

赵嫣然看看他,又看看岑鸢,笑容暧昧地凑过来:"看来你这种温柔型还挺受小弟弟们喜欢。"

岑鸢笑她又口无遮拦乱说话:"你以后别对商滕有偏见了,他其实也很可爱的。"

赵嫣然抬起头,有点儿不敢信:"你说的是商滕?"

岑鸢点头。

赵嫣然皱紧了眉:"商滕可爱?他哪儿可爱了?"

她认识商滕那么多年,这人简直又冷血又坏,哪儿可爱了?

服务员把烤炉端上来,在上面铺了层纸,又放了两块黄油,建议她们先烤五花肉,这样五花肉里的油就烤出来了,也不容易煳。

岑鸢和他道谢。

那人脸更红了。

赵嫣然单手撑着脸，在一旁默默看着，不是岑鸢这种温柔大姐姐讨小男孩喜欢，而是她的这张脸讨所有男人喜欢。

她怎么想都是商滕赚了，每天回家就能看见这张赏心悦目的脸。她不能理解，岑鸢为什么要和商滕在一起。

即使岑鸢夸他，仍旧改变不了他在赵嫣然心里的定位。

赵嫣然还是讨厌他，讨厌十来年了，哪儿那么容易改变。不过看在他是好姐妹的男朋友分上，她可以暂时先不骂他。

东西上齐了，岑鸢负责烤，赵嫣然负责吃。

聊到自己的小男友，赵嫣然埋怨的语气里带着丝丝甜蜜："他好是好，就是太黏人了，一会儿不回他消息就夺命连环call（打电话），担心我在外面和其他男人鬼混。"

岑鸢把五花肉剪开，放到赵嫣然的碗里："还不是因为你有前科。"

赵嫣然觉得自己可太冤枉了："我和他在一起的时候真的就完全一心一意，我那些前男友的号码我全拉黑了。"

不过号码虽然拉黑了，但也不是完全没有联系，她的前男友基本上都是这个圈子的，有的甚至还住在同一个别墅区，出门买个菜都能遇见。

正好有一次她在游泳馆碰到了一个，彼此都是成年人了，而且又是和平分手，分了还能做朋友嘛，就寒暄了几句，刚好被她的男友撞见了。因为这事他还哭了，赵嫣然想到这里就害怕，哄男人可比哄女人难多了。

赵嫣然见岑鸢一直在烤，都没吃多少，就把夹子拿过来："你先吃点儿，我来烤。"

岑鸢其实没什么胃口，但还是简单吃了点儿。

赵嫣然说吃完以后去看场电影，然后再顺便去附近商场逛逛："我订了两个月的包，今天终于到了，待会儿过去看看。"

岑鸢咬了口生菜，点头说好。

赵嫣然看到她旁边座位上的包，去年的款了："你要不要也换一个？"

岑鸢说不用："我家里包太多了，再买就浪费了。"

她没什么购买欲，大部分的包是商滕直接让人打包送过来的。不过最近她没让他买，浪费。

赵嫣然摇了摇头，批评她的消费观念："商滕那么有钱，你还想着替他省，如果我是你，肯定每天往返各大拍卖行，把能拍的稀有物品全拍了。"

不过赵嫣然也知道岑鸢的性子，这事她做不出来。

吃完了，赵嫣然在网上买了两张电影票，就在半个小时后，进影院又买了桶爆米花。

她们的位置挨着情侣，左边一对右边一对。

今天的电影上映前就弄了个关于情侣的小彩蛋，也难怪来的全是情侣。

赵嫣然突然后悔了，不该选这部电影的，这已经不算看电影了，分明是在看别人秀恩爱。

商滕应酬完回家，把该处理的事都处理得差不多了。

他也不是每天都应酬，但他刚回来，免不了得应酬。

很多时候在酒桌上谈工作，比在办公室里谈工作要有效果。

这种事情他早习以为常了，但今天有点儿心不在焉，应该说是最近这些日子都有点儿心不在焉。

他想早点儿结束，早点儿回家陪岑鸢。

可能是觉得他最近坠入爱河，整个人那种拒人于千里之外的冷淡气质稍微少了些，开始有人敢开他的玩笑了。

"商总这是想老婆了？"

商滕的眼神柔和下来，唇角没什么弧度，眼中却有淡淡的笑意。

提到岑鸢，他的心情总会变好许多。

他只喝了一点儿，身上没沾上多少烟酒气，但他不想把这种味道带回家，于是在进门前就把衣服脱了。

他敲了敲门，半天没人应，沉默了一会儿，输入密码把门打开。

屋子里黑漆漆的，没开灯。

他又看了眼手表上的时间，七点半了，她还没回来。

进了客厅，他给岑鸢打了个电话，铃声响到自动挂断，他微皱了下眉，继续打。

第二通还是没人接，他又打了第三通，仍旧没人接。然后他就不给她打电话了，开始给她发信息。

商滕："不是说今天五点回来吗？现在都七点半了。"

商滕："在吃饭吗？怎么不接电话呢？"

商滕："要不要我去接你？"

消息发过去十分钟，没人回。

二十分钟，还是没人回。

商滕彻底坐不住了，又开始给她打电话。

那场电影看完，赵嫣然哭得眼妆都花了，说自己要去洗手间补妆，让岑鸢在外面等她一会儿。

岑鸢替她拿着包，站在外面等她，这才有空看了眼手机。

八个未接来电，六条微信消息，还有一个视频通话，都是商滕发来的。

岑鸢看完了消息，回他："刚刚在看电影，手机静音了，没看到。"

消息发过去还没一分钟，手机响了。

商滕："要我去接你吗？"

赵嫣然正好从里面出来，她已经补好妆了，和岑鸢逛完以后还得去接自己的小男友。

她见岑鸢拿着手机，一边擦手一边过来："怎么了？"

岑鸢回完商滕的消息，把手机锁屏："他说要来接我。"

赵嫣然有点儿遗憾地抿了下唇："那行，明天再逛吧。"

"没事，我待会儿可以自己打车回去。"

赵嫣然感动得挽着她的胳膊："不用打车，我开车送你，姐姐刚买的玛莎拉蒂。"

她们也没逛太久，因为商滕一直在给岑鸢发消息。

"几点回来呢？"

"你饿不饿？我先给你做点儿夜宵？"

"岑鸢，你和赵嫣然在一起吗？旁边有没有别人？"

消息发完以后，不等岑鸢回复，他直接发了个视频通话过来。

赵嫣然在看包，岑鸢和她说了一声，然后拿着手机出去，找了个安静的地方，按下接通键。

手机屏幕里出现商滕的脸，离得近了，好像更好看了。

他无论哪个角度都好看，没有任何死角。

"还不回来吗？待会儿太晚了路不好走。"

他弄出一副很贴心的样子，但她又不是走回去，而是坐车。

岑鸢说马上就回去。

"那我去接你。"

"不用，嫣然待会儿送我回去。"

商滕点了点头，一会儿又问她："那你现在在哪里，在商场吗？"

"嗯，嫣然在看包，我陪她一起过来。"

"你也看,我现在过去,我不烦你,我就在旁边安静地站着,我替你们刷卡付钱。"他问她,"好不好?"

岑鸢拒绝了,觉得实在没必要这么麻烦,这一来一回的时间,少说也得两个多小时。

商滕还不如在家多休息一会儿。他应酬肯定得喝酒。

岑鸢不清楚他喝酒以后的感觉,但她每次喝完以后都会觉得难受。

代入一下,她就理所当然地以为,商滕也会难受。

两个人理解的重点好像不太一样。

商滕的重点是见她,他想和她在一起,哪怕是陪人逛街他都愿意。

这事他以前是做不出来的,他很少逛街,几乎不逛。

他对自己的时间把控得很严格,从来不愿意在这种事情上面浪费一丁点儿时间。

岑鸢拒绝后,商滕没有说话,沉默了很久,又问她:"那你大概还有多久回来呢?"

岑鸢回头看了眼店内,赵嫣然似乎又看中了其他几款包,女人天生就有的购物欲在她身上体现得淋漓尽致。

赵嫣然家境好,从小到大光每个月的零花钱就快赶上普通人全家一年的收入了。这也养成了她花钱不眨眼、买包不看价格的习惯。

岑鸢说:"估计还有一会儿。"

商滕又不说话了。

他一不说话就是心情不好,这是他下意识的举动,可能连他自己都没意识到。

这种沉默如果持续的时间长点儿,那几乎可以被称之为冷战。

他之前就总是这样。可岑鸢实在不会哄人,她看着性子温柔,实则在某些方面神经有点儿直。

"你想吃什么?我回去的时候给你买一点儿。"

"不了。"商滕语气冷了几个度,"不需要,我不饿。"

岑鸢神经再直,这会儿也察觉到了,商滕在生气。

赵嫣然在里面喊了她几声,手里举着两个包,问她哪个颜色更好看一点儿。

岑鸢背过身去:"你稍微等我一会儿,我接个电话就过去。"

商滕在沙发上坐下，看着电视，仿佛心思并不在和岑鸢通视频这件事上了。

从这个角度看，他的睫毛真的好长，但是又不是特别翘，眼尾的褶皱也不明显，他好像是内双。眼睛其实不算大，但好看。

别人都说，没有人的外在是十全十美的，都或多或少有缺点。可岑鸢觉得，商滕的外在的确一点儿缺点都没有。

看得有点儿入神了，岑鸢对自己的反应感到几分好笑和羞耻，居然也开始为别人的外貌而心动了。

她温声喊他："商滕。"

他低低地嗯了一声，有几分散漫，像是并不想和她多浪费口舌。

现在的他，好像又变回以前那个拒人千里之外又不近人情的商滕了。

他不理她，岑鸢抿了下唇，眼睫轻垂，又喊他："商滕。"声音轻，像羽毛搔痒一样。

商滕的心脏也被撩拨得有点儿痒，不动声色地吞咽口水，手指微屈，在手机后屏上似有若无地轻蹭了几下。

"嗯？"语气还是冷冷淡淡的。

岑鸢主动退了一步："那你过来的时候别自己开车，你喝过酒。"

商滕瞬间直起腰："让我过去？"

岑鸢点了点头，还是尊重他的意见，先问了他一遍："要来吗？"

"要。"

他那双不算大的眼睛此时水汪汪的，没有刚才故作的冷漠了，更多的是高兴。

岑鸢想，如果他有尾巴的话，现在肯定摇得飞快。

电话挂了，赵嫣然走过来，问她是谁的电话，怎么打了这么久。

岑鸢把手机锁屏放回包里，欲言又止地看着赵嫣然，最后跟她道歉："刚刚商滕说要过来，我本来拒绝了，但我看他好像很难过，我一时心软又同意了，你要是介意的话我待会儿让他在一楼的咖啡厅坐着等我们。"

赵嫣然皱了下眉，果不其然有点儿嫌弃："他来干吗？"

岑鸢悻悻地笑了会儿："他说过来替我们刷卡付钱。"

赵嫣然的眼睛亮了："真的？"

她可不是岑鸢，这种便宜肯定得捡。

商滕是头肥羊，不宰白不宰，更何况她跟商滕也算是有点儿过节。

赵嫣然的青春期也短暂地对他有过好感,情书都递了,结果人家都懒得接,直接把她给忽视了。

从那以后,赵嫣然就觉得自己对这么一个品行恶劣、道德败坏的人心生好感是瞎了眼。

虽然"道德败坏"这个词言重了点儿,但对被伤过心的赵嫣然来说,这个词用在商滕身上非常符合,但她也只敢在心里默默地表达厌恶,真见到他的时候,又一句话都说不出来了,主要是怕,对他的那点儿心理阴影还在,所以更加不能理解,以前那个冷血的人是怎么变成现在这个样子的。

这个惊人的转变的确让人匪夷所思,所以赵嫣然心里对岑鸢就更敬佩了,是真的敬佩。

商滕很快就到了,快到岑鸢甚至怀疑他是不是一路飙车过来的。

她闻到他身上的酒味了,很淡,她不放心地问了一句:"是司机开的车吗?"

为了早点儿过来,商滕直接让司机走了高速,所以才会这么快到。

他握着岑鸢的手,突然觉得浮躁的心平静下来了。

"他就在车上等着,你要是不信的话,我给他打个电话让他进来给你看看?"

岑鸢摇头,说不用这么麻烦。

商滕不会骗她。

这一层全是些高奢品牌,上来逛的客户不多,只有寥寥数人。

商滕问岑鸢:"有想我吗?"

岑鸢提醒他:"我们才半天没见面。"

他明白了,垂下眼睫:"嗯,我知道了。"

他不说他失落,但他全身上下包括每根头发丝都在无声地表达他的失落。

这就是他的高明之处了,聪明的男人总是善于抓住女人容易心软的弱点。

赵嫣然在旁边看得简直想替他鼓掌叫好。

这心机,再配上这张脸,没有哪个女人抵抗得了。

果然,岑鸢就开始哄他了:"我有想你的。"

商滕不信:"你以为我这么好骗?"

他确实不好骗,一向都是他套路别人。

"是真的。"

岑鸢说话的语气起伏不大，不论是生气还是难过，或是高兴，音量和语调都不会有太大的变化，所以很容易给人一种她好像对谁都一样的错觉。

这好像是性子温暾慢热的人的通病。

商滕当然不喜欢这种感觉，他占有欲不算强，但在岑鸢这儿，又恨不得她的眼里只有自己。

她最好对所有人都冷冰冰的，只对他一个人温柔。可能这样一来很容易造成其他人对她的反感甚至是不喜欢，但没关系，有他喜欢就够了。

商滕就是想要这种无条件的偏爱。

他不要和其他人一样，要搞特殊化。但岑鸢的性子注定满足不了他，所以商滕就想在其他方面感受到她的爱。

她最好每天都说想他，他离开十分钟她就说想他，早中晚各说一遍我爱你。

岑鸢又重复了一遍："从你出门那会儿就开始想你了。"

她撒谎太明显了，但不重要，重要的是商滕满意了。

他牵着她的手，掌心相抵，十指紧扣，终于不继续纠结这个问题了。

赵嫣然在一旁站着，觉得自己就是个多余的，但没关系，有人刷卡结账就行了。

他们又重新回到店里，赵嫣然刚刚还在纠结这些颜色她都喜欢，但全买回去的话，又会有点儿心疼。不过既然是商滕给钱，她也用不着客气，反正他有的是钱。

赵嫣然非常阔气地说："刚刚那些都包起来吧。"

导购眼睛亮了："全部吗？"

这可都是业绩，都是钱啊！她眼睛当然亮了。

这种高奢店里的导购平日里接触的也都是些有钱人，眼界足够高了，但还是免不了有些惊到了。

赵嫣然头往后偏了偏："有人刷卡，当然得多买点儿。"

导购顺着她偏头的方向看过去，店里不知道什么时候多了个男人，一身高定，西装笔挺妥帖，气质矜贵又带了点儿疏离。

有钱的分三种，第一种一夜暴富，身上难免沾染些暴发户的气质；第二种则是经过自己长久的努力一点点地从白手起家到家大业大，这样的人体会过贫穷也知道钱财来之不易，身上往往也会是最原始的节俭；第三种，就是

从小在富裕家庭长大,不管是教育还是人际关系,抑或是平时的所见所闻,都处在普通人看不见的云端,这样的人总给人一种算不上太好接近的距离感。面前的男人就属于第三种。

导购难免短暂地被吸引了注意力,帅哥谁都爱看,这和看美女是一个道理。

好看的外在总是能第一时间吸引别人的视线。就像岑鸢刚进来那会儿,导购也看了她好久。

但工作还是在第一位的,她把那些包小心细致地套上防尘袋装好,打包完以后放进印了大LOGO的纸袋里,又用计算机啪啪啪地结款。

她把算出总额的计算机对着商滕,脸上的笑容有些职业化:"请问现金还是刷卡。"

赵嫣然:"……"

谁出门带这么多现金?

商滕言简意赅:"刷卡。"

他看岑鸢两手空空的,就问她:"没有喜欢的吗?"

岑鸢摇头:"我不用买,我家里还有好多。"

导购刚要过去,商滕叫住她:"把刚才装好的那些,再打包一份一样的。"

赵嫣然立马表示抗拒:"包和男人一样,姐妹之间是不能用一样的!"

商滕微抬了下眉,似乎觉得她这话有点儿莫名其妙,但还是点头,把卡递出去:"那除了她要的这些,其他的全包起来吧。"

导购眼睛再次亮了,和他确认:"全部吗?"

不等商滕点头,岑鸢忙说不用,眉梢轻拧,看着商滕,又重复了一遍:"不需要。"

商滕被她凶了这么一下,半天没动静。

其实她也不算凶,就是声音稍微大了点儿,但熟悉岑鸢的人肯定都认为她生气了,毕竟有对比才会有结论。

她以前不论什么时候都是温柔的,说话的声音也是。

他刷完卡,赵嫣然接过导购递过来的购物袋,察觉到氛围不太对。

这种时候她能溜就溜吧,人家小两口闹小矛盾,她在旁边也不合适,更何况她的男朋友还在学校等着她呢。

赵嫣然在岑鸢耳边小声说了一句:"那我就先走了。"

岑鸢点头，柔声嘱咐她："路上小心点儿。"

赵嫣然冲她使了个眼色，又用拎着购物袋的那只手在耳边比了个打电话的手势，让她平安到家了记得给自己打个电话。

她走了没多久，岑鸢和商䐉也离开了。

司机就坐在车内等着，商䐉把车门拉开后，岑鸢坐进去。

她一直在思考该怎么开口，自己刚才的声音好像大了点儿，商䐉应该以为她生气了，但其实没有，她只是一时着急，没有注意到。

她不算那种过度节俭的人，只是这种钱实在没必要花。

商䐉每天的流水和他从小接触的社会层面让他不把这点儿钱放在眼里，但岑鸢觉得这是一个不太好的习惯。

她刚想和他解释，自己刚刚没有凶他。

商䐉却先一步道了歉："我以后不这样了。"

岑鸢抬眸："嗯。"

商䐉拧开一瓶水递给她，贴心地嘱咐，"多喝点水，嘴唇都干了，我都不好亲你了。"

岑鸢脸有点儿红，看了眼正在开车的司机，怕他听到。

商䐉似乎不太满意她的注意力在其他男人身上，握着她的手，不轻不重地捏了几下："不喝吗？"

岑鸢又把水递给他："我不渴。"

商䐉就有耐心地哄了几句："那就少喝一点儿。"

岑鸢没办法，拗不过他，最后还是在他的注视下喝了半瓶。

回家后，商䐉抱着她亲，她不太想理他，又累又困。

商䐉在她肩后落下一个吻，她很白，在夜晚都很显眼，皮肤又滑，丝绸一般，还带了点儿淡淡的绿茶香。

她的身体乳是绿茶味的。

商䐉喜欢闻她身上的味道，只要是她身上的，他都喜欢。

他原本只是想安抚她的情绪，可最后有点儿无法自拔了。

他嗓音低哑地跟她道歉，岑鸢没反应过来他为什么要说对不起，下一秒人就被拉到身下了。

她一直睡到第二天下午才醒，好在没有约谁，也不用害怕迟到。

窗帘拉得很紧,半点儿光都没透进来,房间里黑漆漆的,岑鸢甚至以为现在还早,可能才七点多,转念一想,又觉得不太现实。

昨天结束的时候都快六点了,她不可能只睡一个小时。

她伸手在床头柜上摸了摸,把手机拿过来,指尖轻触屏幕,亮了,下午三点半了。

她浑身酸软,突然有点儿不想动。

岑鸢脾气很好,这种好脾气让她无论何时都没办法和人发脾气,哪怕是真的生气了,顶多不理那个人。但现在好像又有点儿不同了。

商滕早就做好了饭,怕岑鸢醒了会饿,但又不确定她什么时候会醒,就把粥先热着。

听到房间里的动静,他知道她醒了,开门进来。

岑鸢身上的睡衣还是他替她穿的。白色的真丝睡裙,衬得她更白了。

商滕主动和她认错,以后会克制自己,不会再像昨天那样。

岑鸢翻了个身,面朝里躺着,暂时不太想理他。

看到她这个反应,商滕反而高兴了。

她生自己的气,不理他,商滕竟然会觉得高兴。

他好像终于开始感觉,自己在她这儿可以算例外了。

她会有普通人的情绪,会像个小女生一样生气,而不是总是一味地纵容他。

商滕希望她能依靠自己,她的人生、她的未来,他都可以负责。

她这一辈子他都负责了。

他不想岑鸢一直那么听话懂事,她才二十六岁,赵嫣然可以什么都不顾虑地做自己,她也可以。

过于懂事的人是不幸福的,商滕不希望她不幸福。

商滕柔声哄道:"别生气了,你今天说什么我都答应你。"

他说话的语气很温柔,温柔得岑鸢都觉得有点儿陌生。

她有点儿好奇他现在的表情,却又觉得自己还在生气,不应该这么快就被哄好。

她很少生气,被人这么温柔地哄着更是少之又少。

一直都是她哄别人,所以觉得这种感觉有点儿奇妙,至于是哪里奇妙,她也说不上来,不算坏,甚至有点儿想多体验一会儿。

气早就消了,她却还是没说话。

商滕把外套脱了,衣服布料有点儿硬,他怕硌到她,然后进了被窝,从后面抱着她。

她身上好香,头发也好香,商滕抱着就不肯松手了:"那你什么时候气消了,我再起来。"

岑莺躺着躺着又困了,意识逐渐模糊。

她也不知道睡了多久,睁开眼睛的时候,商滕还抱着她,姿势没怎么变,应该是怕弄醒她不敢动。

岑莺担心他胳膊会麻,往旁边挪了挪,掀开被子准备下床,商滕也醒了。

他睡得浅,本来只是为了陪岑莺,也不怎么困,一点儿动静就把他弄醒了。

他刚醒时气音明显:"怎么不多睡一会儿?"

岑莺穿上鞋子,走到衣柜旁,拿了件卫衣换上。刚要脱衣服,像是突然想起什么,她回头看了眼。

商滕也起来了,正慢条斯理地把外套穿上。

商滕看着她套上卫衣。

卫衣是他的,本来就属于宽松款,在她身上更宽松了,下摆都快盖过大腿了,连裤子都不用穿。

商滕走过去,替她把过长的袖子往上卷了几截:"知道你饿的时候喜欢喝粥,特地给你煮的。"

岑莺看着他给自己卷袖子,问他:"你吃了吗?"

商滕摇头:"早饭吃了,午饭还没。"

袖子卷好了,岑莺随手把头发抓了抓,绑了个马尾:"怎么不吃?"

他撒娇:"想和你一起吃。"

岑莺点头:"那我先去洗漱。"

商滕把饭菜又热了一遍,还不忘给她倒一杯温水。

岑莺洗漱完出来,他已经把碗筷摆好了,粥也盛好了。

岑莺今天没什么事,所以想带饼干去宠物店洗个澡。商滕说陪她一块儿去被她拒绝了:"工作要紧,你别总因为我耽误工作。"

"不耽误,都处理得差不多了。"

这种事情商凛处理起来棘手,但在他这儿用不了多久,顶多一顿饭的事。

岑鸢听到他说处理得差不多了,也稍微松了口气。

岑鸢刚要点头,让他陪自己一块儿去,商滕看到手机屏幕上的日期,沉默了一会儿,又说可能不能陪她去了。

"我刚想起来,今天好像还有点儿事。"

他和她道歉,说以后一定陪她去。

岑鸢有点儿无奈地笑了笑,难不成是刚才自己不理他,所以让他觉得自己特小心眼?

这有什么,她犯不着生气。

"没关系,正事要紧。"

吃完饭后,商滕开车带着她和饼干去了宠物店,那里已经有人在排队等着了,坐在椅子上,怀里抱着猫,都在聊天。

和商滕说完再见以后,岑鸢看着他倒车离开,然后才进来。

大家似乎都是自来熟,哪怕是第一次见面,但看到她怀里的橘猫,还是热情地和她打着招呼:"你家猫叫什么?真可爱,养得这么肥。"

岑鸢笑了笑,走过来:"它叫饼干。"

"名字也可爱。"

三言两语,大家就聊开了。

有人问她:"刚才开车送你来的那个是你老公不?"

岑鸢摇头:"男朋友。"

"男朋友?"那人调笑道,"是还没能转正吗?"

岑鸢只是礼貌地笑了笑,并未答话。

应该怎么说呢?他们之前是夫妻,只不过是没有领证的夫妻,后来分开了,然后又复合。

这样的关系太奇怪了,连她都觉得奇怪,更别说别人了。

她不希望自己沦为话题中心,索性就没说。

饼干很乖,洗澡的时候也不像其他猫反应那么大,但是得岑鸢陪在身边。

只要看着岑鸢,它就什么都不怕。

岑鸢觉得它好乖,又想摸它了。

没有孩子可能会觉得遗憾,但是好在她还有饼干,它那么小就来到她身边,被她带到这么大。

它就是她的宝宝。

洗完澡了，岑鸢又给它买了点儿猫粮。

有的车不许宠物坐，岑鸢多加了点儿钱才打到车。

虽然商滕说了，让她结束以后就给他打电话，但她不想让他这么累，从公司过来，距离太远了。

等到楼下的时候，饼干已经窝在她怀里睡着了，岑鸢抱着它有点儿吃力，进了电梯，她按下楼层。

商滕应该还没回来，岑鸢输了密码开门进去，屋子里有股花香，具体也说不清是哪种花，好像混了很多种味道。

客厅灯开着，很亮，地上都是些玫瑰花的花瓣。周边也全是花，摆满了。那些花都是她喜欢的，桌上的花瓶甚至还插着澳梅。

想不到他连自己平时喜欢买点儿澳梅插花瓶这个细节都注意到了。

商滕正蹲在地上，专心地点着蜡烛，没注意到她回来了，一边点还一边数："二十三，二十四，二十五，二十六。"

点完最后一根，他把打火机放在一旁，低头去拿手机。

过了一会儿，岑鸢的手机振了下，她低头去看。

商滕："快回来了吗？"

岑鸢看他又努力又认真的样子，不太忍心告诉他，自己已经提前撞破了他精心布置的浪漫。

趁他还没注意到，她悄悄退了出去，把门关上。

还好，怀里的饼干很配合，没有发出半点儿声音。

"快了。"

为了多给他一些时间准备，岑鸢特地在楼下的咖啡厅坐了一会儿，点了杯热美式，一口没喝。

她其实不爱喝咖啡，爱喝咖啡的是商滕。

他具体是喜欢，还是不得不靠它提神醒脑，岑鸢就不太清楚了。

商滕不是那种爱博人同情的人，他其实吃过很多苦，他的家庭，再到公司发展至今，他遭遇的打击和磨难一般人是没法承受的。

他像一座山，没人能打倒他。

岑鸢见识过他的隐忍。她陪在他身边这么多年，他遇到过很多困难和危机，但他从不抱怨。他永远都是那样，哪怕书房的灯亮了一晚上，他仍旧是淡漠平静，仿佛什么也没发生。

他不会和人诉苦，也不会和人抱怨，出了事就解决，处理事情的手段永

远都是狠辣决绝,所以别人总骂他冷血,他也并不在乎。

因为人都是这样,在别人信任你的时候,你利用这份信任想弄死对方,等到对方抽走这份信任,用你对待他的方式来对待你,你又开始谴责他。

商滕从来不在乎这些评价和流言,自己问心无愧就行。而现在,这座山挡在她面前,开始替她遮风挡雨了。

这个世界很少有人是容易的,外人看来,商滕含着金汤匙出生,日子顺风顺水,可其中的苦楚,只有他自己知道。

他不说,那就永远没人知道,但现在岑鸢知道了,所以他疼她、保护她的同时,她也想好好疼他、保护他。

他再强大也不能真成为一座山,他就是一个普通人,二十七岁的普通男人。

坐在咖啡厅的这会儿,有人过来和岑鸢搭讪,住在这片儿的几乎都是些中上层的精英,西装革履,斯斯文文。

男人推了推架在鼻梁上的金色细边眼镜,礼貌地询问:"可以加个微信吗?"

岑鸢笑着婉拒了:"不好意思。"她看了眼手表上的时间,"我还有事,先走了。"

桌上的咖啡一口没动,她推门离开。

这么一会儿的时间,天色就暗了许多,像是变浓稠的蓝色墨水,从浅蓝变成了深蓝。

岑鸢没输密码,而是先敲了敲门。

过了很久,里面才有人过来开门,应该是怕碰到那些摆在地上的蜡烛和花,所以浪费了些时间。

他把门打开,里面没开灯,只有蜡烛发出的那点儿光亮,走道里的风吹进来,烛火很轻地晃动着。

露台那么大,蜡烛围成了一个圈,他还很有安全意识地把周围的东西全撤走了。

商滕逆光站着,岑鸢看得不太清楚。

岑鸢等了一会儿,一副惊讶的神情:"什么时候准备的?"

"你带饼干出门以后。"

花是提前一周订的,他没什么浪漫细胞,也不知道怎么做才能让岑鸢高兴。

这种最原始的鲜花蜡烛好像是他唯一能想到的了,可能岑鸢会觉得有点儿土。但没关系,他把她喜欢的花全部买了回来,到处都放满了。

　　她喜欢花,他就让她每天都能看到花。

　　她喜欢安静,他就陪她去乡下小镇。

　　只要是她喜欢的,他都会满足她。

　　"以前总是那么冷漠地对待你,连结婚都不重视,没有求婚、没有婚礼,甚至连我的家人都没有到场,可能你并不在意。

　　"但我每次回想起来都觉得挺难过的,我以前怎么那么该死,让你受了这么多委屈。

　　"我的鸢鸢因为我的漠然,应该受了很多委屈吧。"

　　那种顿悟以后的心疼才是最致命的。

　　他忍不住地回想,她当时身处那样的环境,面对外界的流言蜚语,是一种怎样的感受?他太浑蛋了。

　　"我会把之前欠你的那些,一千倍、一万倍地还回来,所以,"商滕从西裤口袋里掏出那个灰色丝绒的婚戒盒,单膝跪地打开,"鸢鸢啊,嫁给我好不好?"

　　他没有必胜的信心,因为紧张而手有些抖。

　　他仍旧处在这段关系里最卑微的位置,这种卑微让他变得不自信。

　　岑鸢想好好疼他、保护他,她是这么想的,也就这么做了。

　　她把手伸过去,让他给自己戴上。

　　商滕愣了很久,反应过来她是同意了,急忙给她戴上,生怕她反悔又不要了。

　　即使她戴上了,他还不忘再重复一遍:"是答应了吗?"

　　岑鸢见他还跪着,让他先起来:"戒指都戴了,还能骗你吗?"

　　戒指还是之前那枚,定制款,也就是说,独一无二。

　　商滕那个时候虽然不爱她,但在物质方面,从来没有亏待过她。

　　岑鸢有时候也会觉得,她做得也不对。

　　她把他当成替身,对他又何尝公平呢,他那么骄傲的一个人。

　　他看上去很高兴,把自己无名指上的婚戒转了又转。

　　岑鸢说:"我还以为你会把戒指扔掉。"

　　毕竟以商滕的脾气,这才是他会做出来的事。

　　商滕喉结滚了滚,抬眸看她,没说话。

从他的反应中，岑鸢大概明白，看来他真扔了，应该是后来又去捡回来的。

她觉得他好可爱啊，怜爱变成了爱，只是爱，没有怜悯。

岑鸢提醒他："先把蜡烛灭了。"

商滕点头应声，把灯打开，又进了露台。

二十六支蜡烛，对应的是岑鸢的年龄。

从她一岁到二十六岁，她人生的前几年他没有参与进去，但往后他们还有很多个二十六年，肯定会有的。

屋子里的花太多了，光是打扫就花费了商滕很多时间，岑鸢怕他渴，打算给他拿瓶水，刚把冰箱门打开，就看见了里面满冰箱的玫瑰。

她沉默片刻，又笑了，笑他太蠢，这种蹩脚的浪漫也只有他想得出来。

他明明那么聪明，在这方面却好像没有天赋，用最大的努力去做最蹩脚的事情。

岑鸢从冰箱里拿了一束花出来，递给他："没看到水，只有这个了。"

商滕看了眼花，又看了眼岑鸢："送我的？"

岑鸢笑着点头："不要吗？"

商滕伸手去接："要！"

这是岑鸢第一次送他花，而且还是玫瑰花，虽然从严格意义上来讲，是用他的花来送给他，但既然是岑鸢递过来的，那就是她送给自己的。

商滕没发过朋友圈，他的微信似乎只用来联系人，那种分享生活的乐趣他体会不到。

他发的第一条微博就是和岑鸢握在一起的手，十指相扣，刚好露出无名指上的婚戒。

"她同意了。"

赵嫣然看到这条消息的时候正和她的男友组队打游戏，特地开的电竞房，一人一台电脑。

她游戏玩得不好，选了个猫咪就挂在他身上下不来了，他的亚索玩得很帅，一把游戏拿了好几次五杀。

赵嫣然挂在他身上，偶尔按个 E 给他回血。

她专心刷着某视频软件，看到帅哥露腹肌的视频了，会悄悄点个赞，怕被男友看到。

没办法，他醋劲大，要是让他看到了，准保要闹上一段时间。

大学生好是好，就是心智还不太成熟，没进入社会，也没受过磨难，把什么事都想得很简单。

赵嫣然退出视频软件，点开微信，正好看到商滕发了朋友圈。

她其实还没看清内容，但还是一下子坐直了。

商滕居然发朋友圈了？太阳打西边出来了吗？

她刚震惊完，居然看到了商滕发的文字："她同意了。"

配图就是他和岑鸢的手，都戴着婚戒。

男友刚把对面水晶拆了，屏幕上出现一个蓝色的胜利。

赵嫣然都半个小时没理他了，他坐过来，问她在看什么。

赵嫣然正低头给岑鸢发消息："没什么，你自己先玩一会儿，我现在有点儿事。"

他眼睫微垂，想和她讲话，赵嫣然估计是嫌他烦，拿着手机出去了。

她直接给岑鸢打了个电话，虽然觉得这种时候可能会打扰到他们，但赵嫣然还是控制不住自己激动的心情，必须得找岑鸢问清楚才行。这比她被求婚还让人心潮澎湃。

电话响了几声很快就被接了，岑鸢刚洗完澡，在吹头发，吹了一半手机响了。

赵嫣然问她："我看到商滕发的朋友圈了，是真的吗？"

岑鸢说："是真的。"

赵嫣然激动了："我居然没有看到现场版，商滕是怎么求婚的，你跟我讲讲。"

她可太好奇了。

岑鸢告诉她了，甚至把他点蜡烛的细节都说了，觉得很可爱。

可爱的商滕，她就想让别人都知道。

赵嫣然沉默了很久，然后笑得很大声："想不到商滕居然也是会做这种事的人，他那个冷冰冰的脸，居然也有这么有人情味的时候。"

岑鸢却不觉得意外，她眼中的商滕，和外人眼中的商滕完全是两个人。

因为他爱她，所以他把最好的一面全部展现在她面前。

赵嫣然问岑鸢婚礼日期定了没有，她到时候可是要当伴娘的。

岑鸢说还没。

"商滕说先订婚，订婚之后再办婚礼，让我多给点儿时间他去准备。"

他想给她一场盛大的婚礼，最好所有人都知道，但他又不太想让人知

道,岑鸢应该是他一个人的。

和岑鸢约好了明天去找她以后,赵嫣然刚把电话挂了,就看到男友站在房门口看着自己。

"谁的电话?"

赵嫣然把手机锁屏收好,没有回答他的问题,而是问:"怎么出来了?"

他脸色不太好看,仍旧只是重复:"谁的电话,你明天要去找谁?"

赵嫣然喜欢他,当然喜欢。她虽然前男友多,但她不渣,不会做出那种脚踏两只船的行为。不过她讨厌被管着。

"没谁,我朋友。"

男友走过来,要拿她的手机,赵嫣然眉头一皱,把手往回缩,避开了:"你没病吧,想查我手机?"

然后他就不说话了,看了她半天,笑着点了点头:"是,我是有病。"

他回到房间,穿上外套就走,走到门口那儿还停了一会儿,估计是在等赵嫣然追上来,但她没动,仍旧站在那儿。

没等到人,他回头看着她,眼睛早就红了,努力克制着,却仍旧听得出一点儿哭腔:"你是不是早就想和我分手?"

他又要哭鼻子了。

赵嫣然叹了口气,最受不了帅哥委屈了。

她冲他招手:"别闹了,快过来,让姐姐抱会儿。"

他嘴巴抿着,还在气头上,沉默了几秒钟算是反抗,最后还是听话地过来了,让她抱。

赵嫣然想,谈恋爱爽是爽了点儿,但真累人。她突然羡慕岑鸢是怎么回事?

商滕洗完澡出来,岑鸢的头发还没吹干,搭了块干毛巾。

他走过来,问:"刚刚有人打电话来了?"

岑鸢点头:"嫣然打过来的,看到你发的朋友圈了。"

商滕嗯了一声,又随口问了句:"她说什么了?"

他并不好奇赵嫣然说了什么,只是好奇岑鸢的回答。

岑鸢说:"她说要当我的伴娘,可是还缺两个。"

她看着商滕,有点儿犯愁。

她总说商滕的朋友少，可她自己也没多到哪里去。

她高中的时候合来得的也没几个，那会儿她性格内向，不爱与人深交，始终保持着若即若离的礼貌。

商滕也看着她，看了一会儿，喉结上下滚了滚，他把她头上盖着的那块干毛巾往下拉了点，正好盖住她的眼睛。

不等岑鸢反应过来，商滕就搂着她的细腰吻了下去。睡裙是真丝的，触感很滑，贴着她的身材曲线，布料也薄。

岑鸢甚至能感觉到商滕掌心在自己腰间的温度。

也不知道吻了多久，他终于从她的唇上离开，毛巾也在刚才的动作间掉了下来。

岑鸢有点儿缺氧，声音也比刚才软了几分："商滕。"

商滕鼻尖蹭了蹭她的鼻尖："没事，我来解决。"

她看到他眼里的自己了，仿佛还能看见脸上的红晕……

最后她的头发是商滕替她吹的，他动作温柔，应该是怕弄疼她。

今天发生的一切仍旧像一场梦。

他们要结婚了。

商滕这种唯物主义，还专门找人算了哪天适合领证。

算命的说，今年刚好有两天宜婚配，最近的一天就是下周五。

"那天领证，这辈子都会夫妻和睦，永不分离。"

这话像骗小孩，但商滕信了。

他不要和岑鸢分开，分开过一次，那种感觉太不好受了，他永远都不要再和她分开。

第十一章

在偷看你

自从商滕发了那条朋友圈以后,他们要结婚的事很快就传开了。

之前岑鸢和他分开,圈子里的人几乎都知道了,还拿岑鸢当过一段时间的笑料。说她不自量力地高攀,最后还是摔下来崴了脚,这不是活该嘛。

商滕依旧是那些女孩眼中的猎物。二婚这个头衔并不能将他的魅力折损分毫。

许棉以为自己机会来了,正缠着赵新凯让他给自己找个机会,把商滕约出来。

她根本就联系不到商滕,更别说约他了。

以往赵新凯被她烦几次还会妥协,但这次,他的态度挺坚决的。

"你就死了这条心吧,我哥现在眼里只有我嫂子一个人,你没机会了。"

许棉觉得他在胡说八道,商滕怎么可能是这种痴情人设,陈默北死后他就没有动过心。

直到昨天她看到有人发给她的朋友圈截图。那两只手握在一起,密不可分,婚戒也很眼熟。

她听说,岑鸢被商滕追回来了,这次是他苦苦追的她。

她立马给江窈打了个电话,江窈最近愁得一个头两个大,没法不上班了,她爸给她定了任务,要是再迟到早退就把她的卡给停了。

她没办法任性了,只能老老实实上班。

"你看到朋友圈了吗?商滕居然和岑鸢求婚了。"

江窈脑袋歪着,肩膀夹着手机,正专注地坐在工位上涂指甲:"我知道啊,我爸跟我讲了。"

许棉都快气死了:"岑鸢到底使了什么手段勾引到商滕的!"

光疗机忘了带过来,江窈只能用嘴把指甲油吹干。

虽然她也讨厌岑鸢,但觉得许棉的话有几分偏激:"岑鸢不是那种人。"

勾引人这种事,她这辈子估计都做不来。

许棉听到她在维护岑鸢,有点儿生气:"你现在还在替她说话?"

"我只是在叙述客观事实。"顿了顿,她又安慰许棉,"反正商滕也不会和你在一起,他和谁结婚都没区别啦。"

许棉快被她这番话气死了,虽然气,但又无法反驳。毕竟商滕和岑鸢分开的那段时间她连见他一面都没机会,但还是生气。所以她把电话挂了,懒得再和江窈讲话,越讲越气。

晚饭是岑鸢亲自下厨做的,除了汤是商滕做的,其他的都是出自岑鸢之手。

因为今天江祁景过来。

每次只要他来,岑鸢都特别重视。

商滕能理解,毕竟江祁景是岑鸢最疼爱的弟弟。但他理解归理解,该吃的醋还是一点儿没少。

每次江祁景来了,岑鸢眼里就只剩下他。

江祁景是直接从学校过来的,还专门买了点儿岑鸢爱吃的水果。

林斯年也知道了岑鸢要结婚的消息,赵新凯专门告诉林斯年的。他还记着仇,有挑衅的机会怎么可能错过。

林斯年听到以后没什么反应,拿着书离开了。

江祁景也不知道他到底走没走出来,总之这些天他再也没提过岑鸢。

一切好像和之前一样,偶尔他也会像以前那样开开玩笑,但更多的时候他是不说话的。他可能还在难过吧,但也没办法,感情这种事就这样,总会有人难过。

江祁景也不打算劝他,劝不了,只能等他自己想清楚。

岑鸢把水果洗净切好后端出来,说马上就能吃饭了,让他先吃点儿水果

垫垫。"

江祁景看了眼在厨房忙活的商滕，虽然还是讨厌他，但对他的观感比之前稍微好了点儿，至少他是真的对岑鸢好。

吃饭的时候岑鸢一直给江祁景夹菜："这些天开始降温了，你注意身体，别感冒了。"

江祁景嗯了一声："知道。"

岑鸢看着他斯文的吃相，忧愁地叹了口气："你别挑食，多吃点儿。"

江祁景顿了顿，开始大口吃饭。然后岑鸢满意地笑了，又给他夹了块酥肉："没事的话可以多过来，我最近没什么事，可以做饭给你吃。"

江祁景端着碗，看了眼被忽略的商滕。

他面上没什么异样，表现得挺正常的，安安静静吃自己的饭。

然后江祁景点头："好。"

岑鸢开心了，又给他盛了一碗汤。

江祁景问她："婚礼的日期定了吗？"

岑鸢点头："明年夏天。"

日子过得真快啊，和商滕分开好像就发生在不久之前。一转眼，她居然要再次嫁给他了。

人生本来就是一场奇妙的旅行，你在这旅途中会遇见许许多多的人，有的人让你高兴，有的人让你难过，而有的人，甘愿陪你度过乏味枯燥的人生，能一起走到终点的，好像很难得。

那天晚上，岑鸢失眠了。

她睡不着，商滕就一直陪着她。

他虽然吃醋岑鸢每次看到江祁景后，就完全看不到自己，但他不会去争。

他知道江祁景对她意味着什么。

夜晚很安静，能听见的，只有彼此的呼吸声。

岑鸢说："我八岁那年，隔壁的姐姐结婚，我妈带我去看，那个时候我觉得穿上婚纱的新娘子真好看。"

商滕抱着她，安静地听她讲。

"从那以后，我的梦想就是当新娘子。"

似乎是连自己都觉得幼稚到有点儿可笑，岑鸢垂眸笑了起来。

"很蠢对吧？"

商滕摇头:"很伟大。"

"哪里伟大了。"

他从身后抱着她,脸埋进她的颈窝:"和你有关的东西,在我看来都伟大。"

岑鸢笑他比她还蠢。

她失眠是因为不安,具体是哪里不安连她自己都说不清楚。就像是梦想即将实现之前,人们都会质疑这一切是不是真实的。

他们太不容易了。

商滕工作很忙,但不论多忙,他总会空出时间来陪岑鸢。

她说想回江家看看她爸,商滕特地让人买了点儿补品陪她一起回去。

商滕从前很少过来,甚至不需要屈指去数,一共才一两次。

江巨雄身体不如之前了,每个月都得定期体检,走路也没有之前稳健,他有退休的打算,但江祁景现在明显对这些不感兴趣,所以他还在苦苦撑着。

江祁景这些天都在外面,工作忙。他作为新人,还是有点儿名气的,画作被拍卖到了六位数。

外界都说他有天赋,属于老天爷赏饭吃的那种。

玩艺术的,最重要的就是天赋。

江巨雄支持他,也希望江祁景能在自己喜欢的道路上长长久久地走下去。

他让家里的阿姨泡了两杯茶端过来,以长辈的身份询问商滕:"你爸妈身体还好吧?"

上一次他过来,江巨雄好像也问过同样的问题,那个时候两个人的态度都不同。

江巨雄虽然是长辈,但他不确定商滕有没有把自己当成长辈看待。商滕是年轻一辈里最有能力的,也是最被看好的。能成大事的人,好像性子多多少少都带点儿傲气。

商滕的傲藏在疏离的礼貌之中。

教养让他礼貌,但本性始终是疏离冷漠的,无论对谁,但现在不同了。

江巨雄是自己心爱之人的父亲,他应该尊重,而不只是那种浮于表面的礼貌。

商滕双手接过江巨雄递给他的茶:"我爸身体恢复得不错,已经没大碍了。"

江巨雄点了点头:"没事就好。"他又看向岑鸢:"你呢,最近有难受吗?"

哪怕得知了真相,但在江巨雄心中,岑鸢仍旧是他的女儿。

从十五岁养到这么大,这么多年的亲情怎么可能说舍弃就舍弃?

在他眼中,岑鸢、江窈、江祁景都一样,都是他的孩子。

岑鸢笑着摇了摇头:"好多了,最近有好好注意。"

商滕把她保护得很好,连重物都不许她拿,就连家里的桌角都用东西包起来了,生怕她碰伤、磕伤。

岑鸢喝了口茶,看见商滕的视线。

在桌下,江巨雄看不见的地方,她握住他的手,轻轻捏了几下。

商滕反手握住,和她十指紧扣。

他的掌心温热。

岑鸢已经开始习惯于依赖这种感觉了。

从前很多事情她是亲力亲为,因为她知道,自己拜托不了别人,这些事情只能她来做,但是现在,好像不管发生什么,商滕都会在她面前挡着。

他用自己的行动告诉她,她可以永远信任他。

岑鸢需要这种安全感,太需要了。

以前的她就像是河面的浮萍,永远居无定所。所以她很感谢商滕,感谢他排除万难,还是坚持留在她身边;感谢他不嫌弃自己生病,不觉得自己是个累赘。

似乎是察觉到她的情绪变化,商滕将她的手握得更紧了一点儿。

岑鸢垂眸轻笑,低声问他:"饿了没?"

商滕说还好,不怎么饿。

江巨雄被阿姨叫回房间吃药了,客厅里只剩下他们两个人。

岑鸢告诉他:"厨房阿姨做饭很好吃。"

商滕问她:"比何婶做的还要好吃?"

岑鸢仔细回想了一下,何婶做饭也好吃,但如果真要争个名次的话,在她这儿,还是厨房阿姨做的更好吃一点儿。

"真的很好吃,就连一些我不爱吃的菜也能做得很好吃。"

商滕垂眸看她,她好像对谁都很包容,很少生气,几乎不发脾气。

大家都愿意和这样的人相处，但商滕不希望岑鸢一点儿脾气也没有。

有他在，她就不需要这么懂事。

情绪也不用忍着，生气或者难过，她都可以说出来，不用有顾虑。

天塌下来了都有他顶着，更别说是外界的看法了。

他就是她的堡垒。

小时候，岑鸢从来不说自己爱吃什么、不爱吃什么。她不敢提，在这儿住着，总有种寄人篱下的感觉。

她以前也是个骄傲的女孩子，来了寻城以后，那点儿骄傲被一点点磨灭。

曾经在舞台上发光的女孩子，最终慢慢泯然于众人。

有人曾照亮她眼中的光，又在离去的时候熄灭了。而现在，商滕成了她的光。

江巨雄吃完药出来，脊背有些佝偻，比上次见他更憔悴了。

岑鸢对他说："别总是忙工作，医生的话还是要听的。"

江巨雄手抵着唇，咳了咳："没事，等我把公司的事情处理完以后就给自己放假。"

江氏本身就是靠着江巨雄最后一口气吊着，早就岌岌可危了，公司里到处都是漏洞。

刘因离婚分走的钱，对公司的打击还是很大的。

这些商滕都知道。

江氏只是不入他眼的小企业，若是以往，他根本不会花费时间去留意，但现在不同。

爱屋及乌，如果江氏垮了，以江巨雄现在的身体状况，估计也会一块儿跟着垮了，到时候岑鸢肯定也会难受。

他不想看到岑鸢难受，所以不会袖手旁观。

江巨雄看到岑鸢和商滕手上的婚戒，喝茶的动作顿了顿，心也稍微放下来点儿。

他现在也没别的要求了，只希望自己这几个孩子能得到幸福。其中最让他放心不下的就是岑鸢。

这孩子总是不会照顾自己，过于懂事的人，最后就是让自己受委屈。

隔壁家的小女儿前几年嫁人了，老公是美籍华裔，一家人都在纽约，一家三口上个月刚回来了。

她和岑鸢同岁，读高中那会儿偶尔会来家里找岑鸢。

之前她还暗恋过江祁景，不过没告白，只是偷偷告诉过岑鸢，让岑鸢替自己保密。

这一保密就是这么多年，她都生孩子了。

许朝朝抱着孩子过来找岑鸢，原本是听她爸说，岑鸢今天回家了，所以想找岑鸢叙叙旧。

许朝朝牵着的孩子有四五岁了，长得和她像，眼睛圆溜溜的，手上拿着一个奥特曼模型。

因为她的到来，客厅里的人都将视线移了过去。

许朝朝也认识商縢，他和岑鸢的事情她略有耳闻，但听说得不多。

之前他们在群里传过一阵，说是岑鸢和他结婚了，但他明显对这段婚姻并不上心，连婚礼都没办，只是随便吃了顿饭而已，好像连商縢的父母都没到场。所以许朝朝以为，他们这段关系名存实亡，但现在看来，好像流言也不能全信。

她笑着走过来："岑鸢，还记得我吗？"

当然记得，她没怎么变，还和以前一样。

寒暄过后，岑鸢看着她身侧的小男孩，有点儿惊讶："你孩子都长这么大了？"

许朝朝笑着在旁边落座，让他喊阿姨。

他刚睡醒就被喊过来了，还有点儿蒙，抱着奥特曼，才四五岁，就是个性感的小烟嗓了："阿姨好。"

许朝朝问他："还有呢？"他看着商縢和江巨雄，依次喊道："叔叔好，爷爷好。"

非常难得，居然有小孩看到商縢没有被吓哭。

不过他最近好像的确不怎么讨小动物厌弃了，估计是在岑鸢身边待久了，身上那点儿讨人厌的气质被她中和了一部分。

许朝朝和岑鸢在客厅里聊天，江巨雄就把位置让出来了，他叫上商縢去了二楼书房。

他们聊的话题总和这些女孩子不一样。

江巨雄没什么话，就是希望商縢能对岑鸢好点儿。

"那孩子脾气好，有什么委屈都会默默受着，我不求你对她多好，就希望你别让她受委屈，这是我作为一个父亲最大的心愿了，也算是我以一个长辈的名义求你。"

听到他的话,商滕好好反省了一下,自己从前做的那些事,以及冷处理的态度好像的确不配让江巨雄放心地将自己的女儿托付给他。

为了让他安心,商滕向他承诺,这辈子都不会让她受委屈。

江巨雄了解他的脾性,他的承诺都会做到。

两人之间关于岑鸢的话题似乎到此结束,江巨雄和他也没什么好说的,喝了口茶,让他下去陪岑鸢,自己再处理点儿公事。

商滕看着桌上那堆纸质合同,知道江巨雄最近正因为公司的事情犯愁。

"如果您信得过我的话,可以把这些事情交给我,我来替您解决。"

听到他的话,江巨雄沉默了一会儿,抬眸看他。

信不信得过另谈,就他那个小企业,就算是白送给商滕,商滕都未必看得上。

他没拒绝,就是答应了。

商滕站起身,语气温和:"那我就先不打扰您了。"

他得去陪岑鸢了。

许朝朝和岑鸢聊得很好,两个人都是同龄人,再加上许久不见,难免有些话题是双方都感兴趣的。

"原本是打算年前那几天回来的,但我爸想外孙了,我们就把回国的行程往前提了。"

小家伙乖得很,手上拿着岑鸢给他的奶酪棒,小口咬着,电视里正放着动画片,他看得很认真。

岑鸢摸了摸他的小脑袋,问他饿不饿:"待会儿要不要留下来,在阿姨家吃饭?"

他圆溜溜的眼睛看着岑鸢,犹豫了一会儿,把自己手里吃了一半的奶酪棒递出去,送给她。

岑鸢愣了一下,许朝朝在旁边笑道:"他可护食了,平时他的吃的没人能动,居然还有主动给别人的一天,看来是真的很喜欢你。"

岑鸢也很喜欢他,又可爱又乖的小孩,没有人不喜欢。

被岑鸢看着,他似乎有点儿不好意思了,转头扑进他妈妈的怀里,又忍不住地小心翼翼露出一道缝偷看她。

许朝朝看到他这一反应也觉得好笑,就逗他:"要不要让阿姨抱抱你?"

小家伙有点儿心动,但又害羞,过了好一会儿才从他妈妈的怀里离开,走到岑鸢面前,伸出手。

岑鸢笑容温柔地抱起他,挺重的,她抱不太动,就把他放在自己的腿上。

"你叫什么名字呀?"

他的声音哑哑的,有点儿小烟嗓,许朝朝说是前几天感冒了,咳了好些日子,把嗓子给咳哑了。

他小声告诉她:"我叫林序,秩序的序。"

许朝朝在一旁看得挺想笑的,一个名字而已,弄得像国家机密一样,生怕被除岑鸢以外的人听到。

"我听我爸说,你家好像出了点儿事,你还好吧?"

许朝朝不属于那种爱八卦的性子,尤其当妈以后,更是沉稳了不少,和读高中时那个咋咋呼呼的小姑娘不同了。

时间真的能给人带来太多的改变。

她问这些话,纯粹只是关心岑鸢。

岑鸢笑了下:"我很好,谢谢关心。"

许朝朝听她这么说,也就放心了:"商滕他……没欺负你吧?"

提到"商滕"这个名字时,她还小心翼翼地往楼上看了一眼,似乎怕商滕会突然出现一样。

年少时的阴影还在,她对冷冰冰的商滕始终带着畏惧。

他这个人吧,不光不适合谈恋爱,更不适合结婚,所以许朝朝也纳闷,岑鸢怎么会和他扯上关系。

岑鸢剥了个橘子递给林序,看他吃得认真,她的眼神也柔和了许多。

她把橘子皮扔到垃圾桶里,笑道:"他没有欺负我,平时都是我欺负他。"

许朝朝愣住了。

岑鸢欺负商滕?这是真的吗?

岑鸢不是那种会说谎的人,所以许朝朝就陷入了一种自我怀疑的认知中。

乐观点儿想,兴许是她耳背呢。

结束了和江巨雄的谈话,商滕从楼上下来,看到坐在岑鸢腿上的小男孩,微不可察地皱了下眉,把他从岑鸢身上抱走。

四五岁的小男孩,还是有点儿分量的,他怕岑鸢累着。

刚被他抱着,林序就哭了,挣扎着要往岑鸢的怀里扑。

岑鸢眉头微皱,轻声埋怨商滕:"你干吗?"

商滕把他放到地上,沉默了一会儿,主动认错:"我怕他弄疼你。"

岑鸢说不会,他很乖的,也不乱动。

林序现在有点儿讨厌商滕了,躲在他妈妈身旁,想哭又努力忍着。

许朝朝自己还在发蒙呢,看到刚才商滕对岑鸢的态度,她似乎相信了岑鸢的话。

商滕没有欺负她,平时都是她在欺负商滕。

好家伙,这还是她所熟悉的那个商滕吗?他怎么脾气变得这么好了?

岑鸢坐过去,把林序哄好了。

那顿饭许朝朝没在江家吃:"他外婆一大早去海鲜市场买了他爱吃的大闸蟹,等改天有空了我再带他过来。"

岑鸢有点儿不舍,但还是和她说了再见。

小家伙乖巧又认真地和她挥手再见,直接忽略了商滕,这倒也不意外。

他本来就是人憎狗嫌的人,能同时做到这两点似乎也蛮难得的。

开饭前江窈回来了,她最近经常很晚回来。

这种事情江巨雄管不了她,她本身就不服管,再加上他现在年纪大了,身体又不好,更加没有精力管她。

吃饭的时候,他叹了口气:"我现在操心完岑鸢的事了,就希望赶紧把你给嫁了。"

江窈喝了口汤,抬眸看向商滕,话有所指:"那也得有对象啊,要不姐夫给我介绍一个?"

她平时接触的都是一些高不成低不就的人,江家本身就不属于高门大户,顶多算半只脚踏进了这个圈子,再加上最近公司经营困难,早就不如从前了。

她也不是不想找,江巨雄也给她安排过相亲,对方是个律师,书香门第,一屋子的文化人,配她那是绰绰有余了,但江窈看不上。

她心理不平衡,凭什么岑鸢能找到商滕这样的,能让岑鸢下半生当个受人追捧的阔太太,她却不行。

她就是想着商滕平时接触的都是些和他一样的有钱人,和她适龄的总有吧。

当然，不适龄也没关系，真爱万岁嘛。
"大个十几岁的，其实也行。"
江巨雄眉头一皱："江窈！"
江窈挨了顿训，不乐意了："我也没说错什么啊，不是您希望我早点儿结婚吗？我让姐夫帮我留意下怎么了？"
江巨雄是在气江窈那个散漫的态度。
他前后托人给江窈介绍了那么多优秀的男孩子，她一个都没看上，每次回来都能扯出一大堆理由来。
江巨雄怎么可能不知道，她就是嫌弃人家家里没钱。
他刚吃过药，受不得刺激，岑鸢安抚好他的情绪，让江窈也少说几句，先吃饭，有什么事以后再说。
江窈一听她这话，觉得她是答应了，目的达到了，也不讲了。
"行，我吃饭。"
那顿饭吃完后，江巨雄坚持送他们出了门，车就停在外面。
路灯离得远，往前好几步，灯光本来就昏暗，这下越发没什么光亮了。
商滕打开车门，手护着岑鸢的头，防止她磕到。直到她进了副驾驶以后，他才把车门关上。
江巨雄嘱咐商滕："路上开车小心点儿。"
商滕点头："您也早点儿回去休息吧，外面风大。"
江巨雄说好，却还是目送着那辆黑色迈巴赫开离了他的视线。
对于岑鸢那个孩子，他总有些遗憾和愧疚，所以想借着自己剩余的时间，把她曾经缺失的那点儿父爱给她补回来。

岑鸢有点儿累，但又不困，头靠着车窗，安静地看着窗外的车来车往。
她从前没发现，寻城的夜景居然这么美。
商滕见她这么久没声音，还以为她睡着了，等绿灯的时候看了一眼。
她眼睛睁着，看向窗外，像是在发呆。
商滕握住她的手，问她："在想什么？"
岑鸢坐直了身子："没想什么，就是觉得，我在寻城生活了这么多年，居然还是第一次发现，这里的夜景这么美。"
商滕点了点头，没说话。
她的体温好像总是很低，手也是，始终都是凉的，很难焐热。

每天晚上睡觉的时候，商滕都会把她的手放在自己肚子上。

岑鸢有时候会故意嫌弃，说他肚子硬硬的，摸起来一点儿也不舒服。

商滕每次都会温顺地点头："以后我少健身，让肚子软一点儿。"

岑鸢又说："那就都是脂肪了，会不好看。"

商滕抱着她："那你说怎么办呢？"

岑鸢说不知道。

他握着她的手，往自己胸口放："这里是软的。"

放松状态下的胸肌是偏软的，但也软不到哪里去。往往这种时候，岑鸢都会骂他流氓。

她骂了一句就不会再骂了，接下来会发生什么，似乎也就顺理成章了。

她也没力气骂了。

看着车窗外的夜景，岑鸢突然不那么想回家。

她把视线移回车内，询问商滕的意见："我们去逛会儿夜市好不好？"

她提的要求，商滕自然会满足。

附近就有夜市，商滕把车停在路边的停车场，替岑鸢拿着包。

夜市人多，他走在她身侧，小心翼翼地护着她，生怕有人碰到她。

因为江窈那个小插曲，岑鸢其实也没吃多少，肚子现在还饿着，看到什么都想吃。

刚好走到一家烧烤摊，她决定先吃这个，坐进去以后随便点了些烧烤。

她喝着老板娘送的生姜可乐，问商滕还有什么想吃的。

他摇了摇头，说："就想吃你点的那些。"

岑鸢盯着他的嘴巴看了会儿，让他坐过来。

商滕也没问原因，听话地拖动椅子坐过去。岑鸢伸手在他嘴上擦了一下，触感很软。

她说："不黏啊。"

商滕抬眸，似有些不解："什么？"

岑鸢抿唇笑道："嘴巴没沾上糖啊，说话怎么这么甜？"

商滕愣了一会儿，然后整颗心就荡漾了。

因为她的笑，也因为她的话。

赵新凯只是想过去让老板娘再拿一箱啤酒过来，谁知道刚好让他撞见这样的一幕。

"……"

正当他准备悄无声息地离开,后面老三见他戳在那儿迟迟不动,就喊了一嗓子:"赵新凯,那边情侣谈恋爱你站在那里偷听什么?还不赶紧让老板拿箱酒过来!"

就这么被暴露了,赵新凯在心里骂了一声,刚想着悄无声息地离开,视线一转,就看到商滕眼神冰冷地看着他,仿佛在看一个将死之人。

赵新凯:"……"他完了。

赵新凯觉得自己很冤枉,原本只是和同学出来一起吃饭,结果刚好让他撞见他哥和他嫂子秀恩爱的这一幕,平白吃了顿"狗粮"不说,现在估计还被误认为在故意偷听。

他当然能察觉出来商滕的脸色不好看,于是试图解释:"哥,你别误会,我没有故意偷听,我也在附近吃饭……"但说出来的语气因为过于心虚而没什么信服力。

他在外面很横,在商滕面前却连大声说话都不敢。

他一看到商滕就犯怵,属于又爱又怕的范畴。

岑鸢把赵新凯当弟弟,可能是因为他和江祁景同龄。她不像商滕那么冷漠,对待他时始终都是温柔的:"你也在这里吃饭吗?"

赵新凯脸一红,摸了摸后脑勺:"对,和朋友在附近打完篮球正好过来吃夜宵。"

"朋友?"岑鸢抬眸,往他身后看了一眼,后面那桌上坐着几个看上去和他同龄的小男生,此刻都好奇地仰着脖子往这边看。

许是看到赵新凯的反应了,知道是他认识的人,一群人更好奇了。

那男的背对着他们坐着,看不清脸,女人的脸倒是看得一清二楚,长得跟天仙似的,在这杂乱的消夜摊里更是显眼,白得发光,光看气质明显不属于这里。

美女谁都爱看,一群人起哄,然后走过来,问赵新凯怎么还不过去,是不是看见美女就挪不动脚了。

赵新凯疯狂冲他们使眼色,一群看不清状况的傻子,没看到这儿还有人在吗?要是把他哥惹生气了,自己饶不了他们。

"你们别乱说,这是我哥和我嫂子。"

听到是哥嫂,一群人立马乖了。

他们站在那挨个叫道:"哥哥好,嫂子好。"

商滕没反应,无动于衷,正低头给岑鸢剥虾。麻辣味的,岑鸢说很久没吃了,有点儿想吃,现在虽然不是吃小龙虾的季节,但这里做得也不错。

相比商滕而言,岑鸢显得温柔多了,轻声问赵新凯:"这些都是你的同学吗?"

赵新凯点头,依次做了自我介绍:"对,这个叫老三,因为他是三月初三,下午三点出生的,还有这个高点儿的,叫二回,另外一个叫李昂。"

岑鸢笑着和他们打招呼:"你们好,我叫岑鸢,岑是山今岑,鸢是鸢尾花的鸢。"

老三是个大老粗,不论是性格还是外在都挺粗的,但这会儿在岑鸢面前就跟个小媳妇似的:"姐姐……晚上好。"声音也细若蚊蝇,哪里还有半点儿刚才吆喝赵新凯的架势。

岑鸢给他们每人倒了一杯水:"你们也坐下来一起吃吧。"

赵新凯当然愿意,高兴地刚要答应,就注意到商滕想杀人的眼神。

他赶紧摆手拒绝:"不了不了,我就不打扰嫂子和我哥的二人世界了。"

岑鸢笑道:"不打扰的,人多也热闹一点儿嘛。"她看向商滕,询问他的意见:"可以吗?"

商滕笑容温柔,把刚剥好的虾放进她面前的碗里:"当然可以。"

他好一副贤惠老公的模样,仿佛刚才那个用眼神威胁赵新凯赶紧滚的人不是他一样。赵新凯更佩服他哥了,不愧是能成大事的男人,这脸变得真快啊。

岑鸢都主动邀请了,他们几个当然是赶紧答应,谁不想和仙女一起吃饭呢?

刚坐下,赵新凯问老三还要不要酒,老三说当然要,看了眼商滕,又说:"啤的要两箱吧,白的一瓶就行。"

岑鸢听到了,温声劝他们:"喝酒对身体不好,你们年纪也还小,还是少喝点儿酒。"

说完以后,她给他们一人倒了一杯生姜可乐:"喝这个吧,暖胃,会舒服一点儿。"

赵新凯盯着杯子里黑乎乎冒热气的可乐,心里还是挺想喝酒的,但有商滕在,他又不太敢反驳岑鸢的话。

江巨雄的身体就是早年应酬喝酒时喝坏的,岑鸢就是觉得赵新凯他们现

在年纪还小,应该多保养自己的身体,别仗着年轻过度挥霍。但是小朋友们聚在一起想喝酒也正常,岑鸢笑了笑,说:"我刚才的话好像有些扫兴,你们要是想喝的话就点吧。"

商滕放下筷子,不动声色地轻咳了一声。

赵新凯接收到了咳嗽里的警告。

"别惹我老婆难过。"

此处无声胜有声,赵新凯就算再想喝酒,这下也喝不下去了。

他乖巧地笑道:"我们都还是学生,喝什么酒啊!"说完以后,他拍了下老三的肩膀,"对吧?"

老三被拍蒙了,也被他刚才的那句话给整蒙了,赵新凯什么时候把自己当成学生看待过?但他似乎也从赵新凯的眼神里察觉到了些许的痛苦神色,还是非常配合地点头承认了:"对!好学生不喝酒!"

于是一群"好学生"在岑鸢满意的笑容中,乖巧地喝着生姜可乐。

岑鸢满意了,商滕也满意了。

他一边贴心地给她剥虾,还不忘叮嘱她:"你胃还没好,少吃点儿辣的。"

岑鸢点头:"知道的。"

赵新凯从前看到商滕这副样子还有点儿惊讶,但现在已经见怪不怪了,就是有点儿吃醋。

他哥对他连对待岑鸢十分之一的耐心都没有。

岑鸢前面点的都是她爱吃的,她特地找老板娘又要了菜单,递给他们,让他们想吃什么随便点。

"今天有人买单。"说完,她看向商滕。

连她自己都没发现,她在潜移默化中慢慢改变,不再像之前那样无条件包容他人,对任何人都温柔。

从前的她过于温柔,甚至有点儿像是用温柔的外表伪装自己。但是现在不同了,她也开始有其他的情绪变化,因为商滕。

商滕很开心,喜欢看到她的这些改变,这是好事,说明她已经开始重新接纳并且热爱这个世界了。

他们也没客气,听到有人请客,拿着菜单一通乱点。

赵新凯家里有钱,那他哥肯定也穷不到哪里去,光看他戴的表就能看出来。

现在的他们和平时完全两个样，又斯文又绅士，平时一口撸完的烤串现在都能分成三口。

赵新凯看了都替他们累得慌。

他们都是寻大的，但不是一个系的，因为之前都是篮球社的，所以平时玩得也挺好。

得知江祁景是岑鸢的弟弟，一群人纷纷开始套近乎："江祁景我熟啊，隔壁艺术系的，我们还选修了同一门课。"

用江祁景当话题似乎总是能最快地引起岑鸢的注意："是吗？那你们平时有说话吗？"

李昂不好意思地笑了下："他那人性子有点儿傲，平时也不怎么和人讲话，不过赵新凯似乎和他很熟，每次见面赵新凯都会骂他。"

赵新凯眉头一皱，不懂他这个傻子自己套近乎为什么要把他给卖了。

毕竟哪个姐姐喜欢听到自己的弟弟经常被人骂啊。

为了不让自己给岑鸢留下坏印象，赵新凯急忙解释道："我那是为了活跃气氛，嫂子你也知道，江祁景话少得很，我要是不在旁边引导几句，他那张金口这辈子估计都不会舍得开。"

李昂后知后觉地反应过来自己刚才说错话了，为了弥补，点头道："对，他话实在太少了，以前林斯年和他在一起的时候他还会稍微说一点儿，但最近林斯年也不知道怎么了，跟变了个人似的，像是被甩了一样。"

赵新凯无语了。

这个李昂，真是哪壶不开提哪壶，从刚才到现在就没说对过一句话。

他侧头，咬着牙小声警告道："你要是不会说话可以闭嘴！"

老板娘端着烤好的肉串过来，还有商滕专门给岑鸢点的粥。

她刚刚吃了很多虾，喝点儿粥可以解解腻。

岑鸢听了李昂的话就有点儿心不在焉，商滕知道她在内疚，因为林斯年而内疚。

她总是喜欢把很多事情往自己身上揽，林斯年喜欢她那是他的事，所以后果也应该由他自己承担。

他不想岑鸢的情绪因为林斯年有半点儿起伏，哪怕是内疚也不行。

商滕握着岑鸢的手，往自己额头上放："我好像有点儿发烧了。"

岑鸢听到商滕的话，担忧地把手放在他的额头，认真仔细地探了遍体温。

他好像是有点儿烫,但她不确定是烧烤店太热,还是真的发烧。

她问商滕:"有哪里难受吗?"

商滕点头,把她的手放在胸口:"这里有点儿闷,头也很晕。"

他穿得不多,外套早脱了,盖在岑鸢的腿上。

她今天穿了一条连衣裙,裙摆刚过膝盖。

商滕在这些细节方面总是做得很好,很懂得该如何去照顾岑鸢。

里面是一件灰T,岑鸢的手放在他的胸口,甚至还能感受到他的心跳。

他的心脏应该很健康,心脏跳动得很有力。

岑鸢脸色带着忧愁和担心,给他倒了杯热水:"待会儿陪你去看下医生。"

商滕以前很少被人关心,大家好像只在意他最近又收购了哪家公司,将公司的利润提升了多少,或者谈成了多大的单。

这么多年来,商滕也习惯了。

他本来就是这样一个人,不是不会和人诉苦,只是他觉得没必要。

他懂得如何权衡利弊,同情心换不了他想要的东西。

人们的同情心始终是有限的,它或许会让人替你感到惋惜,但不会帮你达成目的。

商滕理性,头脑也清醒。但是现在,他变了,想让岑鸢关心他、同情他。

你看,她现在不就一颗心全在自己身上了吗?她哪里还有半点儿精力去关心林斯年难过不难过。

岑鸢让老板娘又上了壶热水,让商滕多喝点儿,他也听话,一杯接着一杯地喝。

旁边老三压低声音问赵新凯:"你这表哥还挺黏人啊,你是不是还有其他表哥?"

赵新凯平时没少在他们面前拿他表哥吹牛,年纪轻轻就是大企业的老总了,城府深、心机重,二十几岁的年纪,那些在商场浸淫沉浮多年的老狐狸都玩不过他。可偏偏这么牛一人,现在居然在他老婆面前撒娇。

赵新凯沉默了会儿:"是还有一个表哥,不过我那个大表哥在做生意方面没什么头脑,我哥以前真的特牛,他现在就是坠入爱河了,有点儿恋爱脑,平时我嫂子不在他身边的时候,他还是挺正常的。"

老三觉得他这话还是有待商榷。

饭吃完了，赵新凯说他们还要赶下一场，问岑鸢要不要一起去。

"嫂子，我们就去附近的 KTV，你去吗？"

太晚了，岑鸢不想去。

刚要拒绝，商滕淡声开口，问道："现在几点了，还不回家？"

明明话里不见任何情绪起伏，但赵新凯听了莫名觉得后背一凉。

现在的商滕和刚才那个撒娇的商滕仿佛是两个不同的灵魂一样。

赵新凯手都开始抖了："我……我唱完了就回家，保证十二点之前回去。"

商滕似乎并不在意他承诺几点到家："你妈下个月生日，别忘了。"

赵新凯愣了一下，又疯狂点头："我当然没忘。"

他确实忘了，从来没刻意去记他爸妈的生日。

商滕没有再理会他，牵着岑鸢的手走了。

夜市很长，也很热闹，除了烧烤摊还有一些其他的地方小吃，譬如糖人。

岑鸢小时候最喜欢的就是糖人了，她喜欢甜食，也喜欢这些可爱的东西。

她走到那个摊位前就挪不开脚了，前面的小女孩要了个凯蒂猫，老板是个上了年纪的老爷爷，应该摆摊有些年头了，手法很娴熟。

旁边放了个转盘，转到哪个是哪个，一个糖人五块钱。指定哪个图案价格会贵一些，要十块钱。

岑鸢看了一圈，没有自己想要的，问老板："可以给我做个葫芦娃吗？"

老板笑得挺和蔼，问她："当然可以，你想要哪个？"

岑鸢说："第一个。"

然后老板就用刚煮好的糖稀画了一个葫芦娃。

老板做好以后，商滕帮她付了钱，岑鸢拿着小糖人，心满意足地咬了一口。

她告诉商滕："我小时候就特别喜欢葫芦娃，我妈笑我，说别的女孩子都喜欢美少女战士、木之本樱，只有我喜欢这种男孩子才会喜欢的东西。"

商滕安静地听着。

夜市喧闹，每个摊位前都站满了人，他时刻都保持着该有的警惕，小心翼翼地护着她。

岑鸢没有再说话，而是专注地咬着糖人。

商滕声音温柔，问她："后来呢，后来你说什么了？"

他对她的过去，总是带着好奇。那些没有他参与的日子，她是怎么过的？

哪怕不想让她回忆过去，因为担心她在回忆时，会想起不该想起的人。但更多的时候，他还是会好奇，好奇她的曾经，好奇她的童年。

岑鸢笑着摇了摇头："没有后来啊，我妈每次这么说，我都不会反驳，因为好像的确是这样的。"

"那你为什么会喜欢葫芦娃？"

"也不能算喜欢吧。"岑鸢想了一会儿，"因为葫芦娃的力气很大，我以前经常想，如果我的力气也能和他们一样大就好了，这样就可以保护我妈妈和我自己了。"

岑鸢从来不在他面前提这些，哪怕是现在，她也是用轻松的语气说出来的。

她总是这样，因为顾虑别人的感受，所以不太会诉苦和埋怨。

她和商滕不同，商滕不肯说，是因为他觉得获得的利益与他剖开自己伤口给别人看的损失不成正比，亏本的买卖他不会做。

而岑鸢，则是不想别人替她担心。可她越是这样，商滕就越难过。

没有早一点儿认识她，成为她的避风港，他难过，又自责。

岑鸢看出来了。

他最近在她面前真是越来越不会隐藏自己的情绪了，明明在此之前，他的喜怒都是不形于色的。

岑鸢说："所以你以后得对我好一点儿。"

商滕抱住她："当然。"

他说话的声音低而沉，岑鸢被他抱着，没来由地感到安心。

婚纱是商滕专门找设计师定制的，岑鸢在赵嫣然的陪同下去量了尺寸，对方说两个月内完工，正好可以赶上婚礼。

这个设计师的婚纱都是全手工缝制，平时的制作周期都在四五个月以内，因为这次的客户属于VVIP，所以才将其他事情都放在了一边，专门赶制这件婚纱，才将周期缩短到了两个月。

婚礼的事宜都是商滕在忙前忙后，他怕岑鸢累着，所以让她不用管。

江祁景出国学习了一周，回来的时候，第一时间就去找了岑鸢。

家里又添了一只新的布偶，叫草莓，性格温顺，但是偶尔也爱吃醋，经常和饼干打架。

那是商滕送给岑鸢的，因为她爱吃草莓，就取了个名字叫草莓。

提到商滕，岑鸢又有点儿想笑："明明是他去选的猫，结果回来当天就被挠伤了，还是我陪他去医院打的疫苗。"

江祁景一点儿也不觉得意外，甚至还觉得草莓做得好，奖励般顺了顺它背上的毛，然后漫不经心地问了一句："后天回家吃饭吗？"语气漫不经心，话说出口后，有些紧张地沉默着，像是对岑鸢接下来的回答有些忐忑。

他的性格太别扭了，从小到大都是这样，想问的问题不会直接问出来，而是旁敲侧击，从而知道自己想要的答案。

岑鸢洗了点儿水果出来，放在他面前："会回去的。"

江祁景点了点头，像是松了口气，但脸上仍不见满意的神色。

岑鸢又说："给你准备了生日礼物，但又不知道你喜不喜欢？"

江祁景抬眸："你知道后天是我生日？"

岑鸢笑出声："我怎么可能忘记，提前一个月就在考虑送你什么礼物了。"

他使劲抿了下唇，想把自己不受控制扬起来的唇角给压下去，装出一副不在意的样子："你准备的什么礼物？"

岑鸢说现在还不能告诉他，等他生日那天再给他。

江祁景说她神神秘秘的，但他心里还是高兴的。

他这次匆忙赶回来，就是想和她一起过生日，再过一个月，她就要结婚了。

江祁景不希望岑鸢嫁出去后，他们之间不再亲密了。

有他在的江家，始终都是岑鸢的家。他们是永远的家人。

婚礼前一天，岑鸢做了个梦。

那段时间她总是睡不好，也说不清是因为紧张，还是期待，抑或是其他的。

那个梦很长，她好像把这辈子在自己生命里出现过的人，都在梦里见了一遍。

每一个人，每一张脸，她都记得很清楚。

他们在冲她笑,又好像说了些什么。

岑鸢有点儿难过,又有点儿开心,想说些什么,可发不出任何声音,只能听他们讲,就像把自己从前的人生又过了一遍一样。

她这二十多年,不长不短,但是好像把该经历的、不该经历的,统统都经历了一遍,酸甜苦辣,她都尝过了。

一夜浅眠,六点钟岑鸢就被闹钟给吵醒了。

周悠然也来了寻城,和徐伯还有小辉一起来的。

晚上是周悠然陪着岑鸢睡的,就像小时候那样。岑鸢从小就没什么安全感,一个人睡总是怕黑、怕鬼,直到初中以后才单独住一个房间,不过灯也得整夜开着。

赵嫣然很早就过来了,穿着伴娘服,忙前忙后。

她比岑鸢起得更早,几乎一晚上都没睡。

明明是岑鸢结婚,她却好像比岑鸢还紧张。

化妆师来家里给岑鸢化妆,赵嫣然就坐在一旁看,看了有一会儿,她眼睛发热,然后就红了,想哭。

作为岑鸢人生的旁观者,赵嫣然比任何人都知道她过得有多不容易。这一路走来,她又吃了多少苦。

看到她终于苦尽甘来,赵嫣然当然是最高兴的。

化妆师刚给岑鸢打完底,她皮肤好,又白,粉底的色号甚至比她原有的肤色还要稍微暗些。

岑鸢见赵嫣然哭了,把纸抽拿给她:"怎么哭了?"

赵嫣然别开脸,死鸭子嘴硬:"我又没哭,是你看错了。"

岑鸢笑得有点儿无奈,但仍旧是温柔的。

她总是这么温柔,温柔到,赵嫣然都不舍得把她嫁给商滕了。

岑鸢抽了张纸巾替她擦眼泪,一边擦还一边哄:"好,你没哭,是我看错了。"

赵嫣然被她哄完,更不舍了,商滕上辈子是拯救了银河系吗?这辈子居然能够拥有岑鸢两次。

赵嫣然抱着她:"我们不要商滕了,你和我一起过日子,好不好?"

商滕才配不上这么好的岑鸢。

岑鸢笑了笑,拍她的背,像哄小孩一样:"就算我和商滕结婚了,我也可以和你一起过日子的，我们还能像从前那样，不会变。"

赵嫣然被她抱了一会儿，满血复活。

仙女好像都有治愈他人的天然优势，语气柔和点儿，动作温柔点儿，再深的伤口都能立刻愈合。

赵嫣然也没走，就站在那儿，看化妆师给岑鸢化妆。

岑鸢和商滕，不那么严谨点儿讲，彼此都属于二婚了吧。

第一次是对方，第二次还是对方。

唯一不同的大概就是，第一次的时候，他们的结合悄无声息，一顿简简单单的饭就打发了。而现在的商滕，仿佛生怕别人不知道他的新娘子是岑鸢一样。

公司总部门口那块巨幕显示屏写着今天是他和岑鸢的婚礼。

岑鸢手腕上戴着的镯子，是纪澜亲手给她戴上的。

镯子本来就是她家一代一代往下传的。

当初商滕送了几次都没送出去，被岑鸢给退了回来，如今名正言顺地戴在她的手腕上。

按照当地的习俗，伴娘和伴郎都是三个，剩下的两个伴娘是赵新凯的朋友。

几个人在外面吹气球，原本这些事情昨天就应该做好的，但因为江祁景临时被导师叫走，没能及时过来。而赵新凯直接喝多了，从昨天中午一直睡到现在，还没太清醒。

他把绑好的气球往墙上挂，困得上下眼皮打架，却还不忘抽空损江祁景几句："我还以为江大艺术家忙得连参加自己姐姐婚礼的时间都没有呢。"

江祁景不理他，认真地绑着气球。

他很紧张，甚至可能比岑鸢还要紧张。

岑鸢和商滕分开后，他就很少考虑过岑鸢会再次结婚。

他甚至做好了打算，照顾岑鸢一辈子。

她生病了，不能磕碰，从前的工作肯定是不能再做了。但没关系，他可以养她。

他自己也能赚钱，没什么花钱的爱好，除了偶尔会花高价钱买一些他喜欢的画师的画作。

他赚的钱都可以给岑鸢。

她是他的姐姐，虽然他很少这么喊，从他发现商滕对岑鸢不好的时候，

他就这么考虑过,赚钱养她。他不想让她再受委屈。但如果她还是想嫁给商滕,他也会亲手送她出嫁。

赵新凯见江祁景不理自己,还觉得他是瞧不起自己,不满地从椅子上下来:"大艺术家这是瞧不起人吗?"

许君时眉头轻蹙,看不下去了:"赵新凯,你能安静点儿吗?"

因为得知赵嫣然过来当伴娘,看了网上那些婚礼视频,有的伴娘伴郎还得牵手,为了不让赵嫣然被别人牵,许君时软磨硬泡外加撒娇,终于让赵嫣然点头,带他过来了。

许君时也是寻大的,和他们同一届,彼此当然都认识。

赵新凯见他骂自己,那更是忍不了,气球一扔,卷着袖子就过来了:"你骂谁?"

二十出头的小年轻,身上的血跟沸腾的水一样滚烫,都是刺头,脾气好不到哪里去,一点就炸。

许君时冷笑一声:"可不就是在骂你吗?"

眼见两个人就要打起来了,也没人敢拉架,赵嫣然皱着眉过去,一人给了他们一脚:"别人结婚你们打架,这么能耐就把身上的伴郎服脱了滚出去好好打一架,少在这儿碍眼!"

平白无故被踹了一脚,赵新凯有点儿不爽,刚要开口,赵嫣然指着他的鼻子骂道:"再敢多说一句我现在就给你哥打电话,要是让他知道你搞砸了他准备半年多的婚礼,我倒是要看看他怎么对你!"

赵新凯所有的话都被赵嫣然的这番话给堵在了嗓子眼里。

他也不敢大声说话了,委屈地说道:"我也没干吗啊,怎么就搞砸婚礼了?"

赵嫣然懒得听他狡辩:"再给你一个小时的时间,不把这些气球挂完我立马给你哥打电话。"

从赵新凯一闭一合的嘴巴可以看得出来,他又说了些什么,但还是老实地站在凳子上挂气球。

赵嫣然又看了眼旁边低着头、知道自己做错事的许君时。她懒得理他,转身走了。

许君时立马跟过去,委屈地解释:"姐姐,是他刚才先凶我的,我没有想和他打架,真的。"

赵新凯侧眸看了眼,觉得许君时真窝囊,要是他一直像刚才那样凶狠、有骨气,自己至少还能看得起他一点儿。

这低头的样子,实在太折损他们男人的脸面了。

赵嫣然就知道赵新凯不会老老实实,特地杀了个回马枪,果然,自己这才走了没两分钟,他就开始偷懒了。

"赵新凯?"

这阴恻恻的声音,让赵新凯头皮一麻:"我就是手酸了,稍微休息一下,我这就挂。"

妆化得差不多了,衣服也换了,岑鸢看着镜子里的自己,觉得熟悉,又有点儿陌生。

熟悉的是她的这张脸,陌生的却是她以后的身份。

从今天开始,她好像就要顶着商滕妻子这个头衔了,是名正言顺娶进门的妻子,和从前不一样。

床头柜上的手机一直在响,化妆师进屋拿了吹风机出来,告诉岑鸢:"你的手机一直在响,好几条消息,要不要我给你拿过来?"

她的头发还没弄好,不能随便乱动,不然会乱,所以岑鸢和她道了谢。

化妆师说不用,回房替岑鸢把手机拿出来,递给她。

岑鸢垂眸看了一眼,好几条消息,全是商滕发过来的。

商滕:"今天天气好像有点儿冷,你待会儿要不要多穿点儿,我过去的时候给你拿张毛毯吧,你最喜欢的那条小碎花的。"

商滕:"今天按时吃药了吗?"

商滕:"也要记得吃饭,不然胃会难受。"

商滕:"不知道今天会不会下雨,虽然天气预报说了没雨,但还是有点儿担心。"

商滕:"下雨的话,怕你的裙子弄脏,也怕你感冒。"

商滕:"还在化妆吗?累不累?"

可能是见岑鸢一直不理他,他就一直发,发了很多条,越到后面,反而有点儿像是他的碎碎念。

商滕:"我今天戴的领带是你之前送给我的那条,生日礼物,我一直没舍得戴。"

商滕:"有点儿紧张,怕你觉得今天的我不够好看。"

商滕:"岑鸢,别人都说男人结婚以后就会变得难看,你以后也会因为

我变得难看而不爱我吗?"

商滕:"别的问题你可以忽略,但这个你必须回答,它很重要。"

商滕:"岑鸢,我们已经领证了,你得对我负责,就算我变得再丑你也不能嫌弃我,知道吗?"

商滕:"也不许喜欢上别人。"

商滕:"为什么不理我,已经开始烦我了吗?"

他好像迫切地想要她的回答,只看文字都能感受到他的坐立难安。

岑鸢拿起手机,笑了下,干脆直接拨通了他的电话。

那边响了几声就挂断了,再然后,手机振了几下,是商滕的消息。

商滕:"你现在先别给我打电话。"

商滕:"打字回复就行了。"

岑鸢不解,问他:"为什么?"

他那边过了很久才回复。

商滕:"我有点儿紧张,也有点儿害怕,现在没办法讲话。"

岑鸢仍旧不解:"害怕?怕什么?"

商滕说:"我也不知道。"

他心跳得很快,很慌,又不知所措。他很少这样,几乎没有过。

纪澜在外面给那些小辈发红包,商昀之也在。

那些长辈都来了,甚至连一些只见过数面的合作对象也过来祝福。

他们嘴上说着祝福的话,但心里打的什么如意算盘,商滕不可能不知道。

有些连请柬都没收到的,到处托关系过来,不过就是为了找个机会。

有商滕在的地方,就是名利场,更别说他的婚礼了。

若是以往,商滕会厌恶地让保安把这些人请出去,但这次他没拒绝。

他没理由拒绝那些祝福他和岑鸢百年好合的话,哪怕是带着其他目的的祝福。

他当然要和岑鸢百年好合,他们是要长长久久在一起的,这辈子,下辈子,下下辈子。

陈甜甜穿着花童的衣服兴奋地跑来跑去,纪澜怕她摔着,让小周把她看好:"今天人多,要是磕碰到哪里就不好了。"

小周正忙着招待客人呢,一时没注意就让陈甜甜自己跑开了。

她拿蛋糕诱惑陈甜甜："甜甜听话，去楼上看电视，别到处乱跑。"

陈甜甜才不要听话，今天来了这么多客人，而且还不用写作业，她都要高兴死了。

她牵着江禹城的手，神神秘秘地告诉他："我听周阿姨讲，我家院子后面的人工湖旁埋了宝藏，我带你去挖。"

他们搬回了商家老宅，年前就搬回来了。

陈甜甜说要带他去看，江禹城乖巧听话地被她牵走了。

江言舟不过就是过去和长辈打了声招呼，回来就没看到小家伙的人了，到处找了个遍都没找到。

他实在没办法了，就只能去找商滕的麻烦了："虽然你今天是新郎，我应该给你点儿面子，但我儿子是在你家不见的，你得赔我一个。"

商滕正忙着和岑鸢发消息，被他突然打断，有点儿不爽："你连个孩子都带不好？"

江言舟一耸肩，摊了摊手："我哪知道你家还有人贩子。"

商滕实在不想理他，但小家伙不见了还是要找的。

他和岑鸢说了一声，说临时有点儿事，待会儿再找她，然后就和江言舟出去找人了。

小周说看到陈甜甜和一个小男孩去了后院，于是商滕就去了后院。

老宅是老爷子专门找风水大师选的位置，依山傍水，占地面积也大。

他们刚过去，就瞧见两个小家伙脱了鞋子蹲在那里挖沙子，人工湖边有护栏，也不用担心他们会掉进去，安全得很。

两个人的手似乎还是牵着的，商滕看了会儿，眉头紧皱，刚要过去，被江言舟拦下了。

他笑容满面，说他儿子继承了他妈的优点，那就是魅力大，这才多大的工夫啊，就给他找了个儿媳妇。

"你别说，这儿媳妇我还挺满意的。"

商滕甩开他的手，黑了张脸过去，把陈甜甜抱走了。

他拿出口袋里的手帕认真地替她擦干净手上的沙子，还不忘叮嘱她："以后不要随便牵别人，知道吗？"

陈甜甜睁着一双大眼睛，懵懵懂懂地伸手去指站在她后面的江禹城："他也不能牵吗？"

商滕说："最不能牵的就是他的手。"

陈甜甜乖巧地点头："哦。"然后商滕就抱着她走了，把江言舟和江禹城留在那儿。

一大一小站着，江禹城长得更像江言舟一点儿，小时候眉眼还和宋枳有几分相似，长了几岁以后，明显更像江言舟了，简直就是缩小版的他。

江禹城看了会儿他们的背影，又低头去挖沙子了，仿佛一点儿也不在意少了玩伴。

江言舟蹲下，摸了摸他的头："不争气啊，只知道挖沙子。"

江禹城边挖边说："她说，这里有宝藏。"

江言舟点头，漫不经心地问了句："什么宝藏？"

"我也不知道，所以想挖出来。"

江言舟看着他身上的沙，也不知道他是怎么挖的，头发上都有了。

"你这么一直挖下去，能不能挖出宝藏我不知道，但待会儿要是让你妈看到了，我和你都逃不了。"

江言舟把他手里的玩具塑料铲扔掉，拍干净他身上的沙子："为了我和你妈夫妻和睦，你也给我省点儿心，知道吗？"

江禹城脖子一缩，顺着他的腿往他身上爬，要抱。

江言舟顺势将他抱起来，看着被商滕抱走的陈甜甜，让江禹城争点儿气："把她追到手了，以后你爸和你的下半生就都不用愁了。"

他不理江言舟，哼了一声，说要妈妈抱。

江言舟笑了下，捏了捏他的鼻子："干脆现在就入赘到商家算了，免得整天和我抢老婆，还让我老婆抱你。"

陈甜甜身上都是沙子，手上脸上也是，商滕让小周抱她去洗洗。

陈甜甜看着商滕的胸花，不认识上面的字，她好奇地问周阿姨："叔叔胸口写的是什么字？"

周阿姨一边给她洗脸一边告诉她："写的新郎。"

她不解："新郎是什么？"

周阿姨也不知道该怎么解释，想了想，用最简单易懂地词语告诉她："就是新的老公，从今天开始，他会成为另外一个女人的老公，她的毕生依靠。"

这个陈甜甜知道："是婶婶吗？"

周阿姨点头："对。"

陈甜甜见她点头，开心地笑了："我喜欢婶婶，她好漂亮。"

周阿姨撕了一节洗脸巾，给她擦手擦脸："嗯，是很漂亮。"

赵新凯把气球挂完以后就急匆匆地过来了，他本来就是伴郎，今天还得陪着商滕一起过去接新娘子呢。不过是因为昨天喝酒睡过头了，为了弥补才早早过来，还好没有迟到。

徐辉也是伴郎，穿着和赵新凯一样的西装，虽然都是专门定制的，但他穿着总没有赵新凯身上的那点儿气质。

可能还是第一次穿，也可能是有些不自信，尤其是第一次见这种大场面，来来往往的都是些肉眼就能分辨出来的有钱人，他更紧张了，束手束脚地放不开。

赵新凯皱了下眉，替他把领带拆了重新系好："你这领带怎么跟死结一样？"

徐辉抓了抓后脑勺，有些窘迫地脸红了："我不会。"

赵新凯松开手："一回生二回熟，慢慢就习惯了。"

娶亲的车队开到楼下了，临下车前，商滕反复向赵新凯确认了好几次。头发有没有乱，领带有没有歪。

赵新凯还是第一次看到商滕这么紧张，越紧张就越能证明他的在意。

他是真的很在意，在意他和岑鸢的婚礼，以至于说话都有些磕巴。

赵新凯看着商滕，实话实说："没乱，也没歪，哥，你今天真的特帅，比平时都要帅。"

商滕手里拿着捧花，紧张地深呼了一口气，然后打开车门下去。

他当然紧张，等了那么久，终于到了这一天。

他娶到了自己心爱的女人。

赵嫣然堵在门口不让他们进去，旁边的桌子上放着几个盛满了不知名液体的杯子，他们得全部喝完才能进。

赵新凯骂她缺德，走的时候还没准备这些呢，一看就是赵嫣然临时起意加的环节。

赵嫣然也没反驳他的话，就问了一句："喝不喝？反正不喝就不让进。"

她总得让商滕知道，岑鸢是没那么好娶的。

商滕无动于衷地看了眼那些颜色奇怪的液体，虽然不知道是什么，但他还是点了点头。

他把捧花递给赵新凯,一连喝了好几杯,面不改色。

他将空掉的杯子放回原位:"现在可以了吗?"

连掺了芥末的白酒他都给喝光了,看来还真是娶妻心切啊。

赵嫣然点头,也没为难他:"这个门是可以了。"

她让里面的人把门打开,但岑鸢房间的那扇门也没那么好开。

商滕虽然不是第一次结婚,但这是他的第一场婚礼。

那些繁杂的步骤他也不懂,拿出事先准备好的红包全递给了赵嫣然,很厚一沓,每个红包的分量都很足,少说也有十张。

不管什么时候金钱都是有效的,赵嫣然把那些红包接过来,依次发给堵房门的小朋友,问他们够不够。

他们说不够,商滕也没多说,把剩下的全拿给她了,甚至还把钱包里的所有现金当着她的面现塞进去。

"现在够了吗?"

赵嫣然觉得自己要是说不够,他下一秒可能就直接往红包里塞银行卡了。

"够了够了。"

所以她把先前准备的各种奇怪的食物都收了起来,只留下半个苦瓜,递给赵新凯:"你全部吃完,吃完我就让他们开门。"

赵新凯看了看自己左边,又看了看自己右边,这前后左右都是人,他就差没把自己藏在地毯下面了,不知道赵嫣然是如何精准找出自己的。

他苦着一张脸:"让我吃啊?"

赵嫣然点头,见他迟迟不接,将手里的苦瓜往前递了递:"快点儿,别浪费时间,不想你哥娶媳妇了?"

商滕无声垂眸,淡淡地睨了他一眼。

看出他不露声色的威胁,赵新凯欲哭无泪地接过苦瓜,痛苦地一口一口吃完。

凭什么他哥娶媳妇,他遭罪?

赵新凯忍着痛苦把那半根苦瓜吃完了,苦到反胃。他捂着肚子,感觉胃里有什么在不断翻涌,迫切地想要出来。

难受到这个程度了,他还不忘问赵嫣然:"现在总行了吧?"

赵嫣然高兴了,把门打开,人往一旁站:"行了。"

商滕走进房间,如愿以偿地看到了他的新娘。

她坐在那里，很安静，安静地冲他笑。

本该高兴的日子，他却突然有点儿难过。

这样的场景，其实早在四年前就该出现的。只是他们之间错过了太多的时间。不过幸好，兜兜转转，岑鸢还是他的。

她仍旧属于他，是他的新娘子。

一群人起哄，让他跪下来求婚。

商滕单膝下跪了，向她求婚，问她愿意吗。

岑鸢笑了一下，接过他的花："愿意。"

然后他们相拥，周围喧闹，商滕听不见，耳边全是岑鸢的声音和她说的那句愿意。

酒店的红毯很长，岑鸢挽着江巨雄的胳膊入场，商滕就站在尽头等她。

他穿着西装，系着她送给他的领带，胸口别着新郎的胸花。

他站在那里，像会发光一样，带着光环，有点儿耀眼。

他本身就是很耀眼的人啊，却在她面前一次又一次卑微地低下头。

岑鸢还是觉得不太真切，像做梦一样。

直到江巨雄把她的手交给商滕，司仪说出那些结婚誓言，饼干身上绑着戒指盒跳上来。

岑鸢依旧觉得这一切只是一场梦。可是梦不会醒，因为她感受牵着她的那只手，有多用力。

他应该和她有着同样的感觉吧，担心这一切只是一场梦而已。

或许梦醒了，他们就不在这里了。他还是那个冷冰冰的商滕，她还是那个心里有别人的岑鸢。所以商滕不敢松开她的手，就算是梦，只要不醒，就可以一直做下去。

赵新凯拿了个单反拍了半天，偶尔还停下来欣赏下自己的成果。

他笑得合不拢嘴，早把刚刚吃苦瓜吃到想吐的事给忘到脑后了。

多了个嫂子，他当然高兴，而且嫂子脾气还这么好，以后他哥训他的时候，终于有人给他帮忙了。

他刚把单反放好，就看到旁边的江祁景脸色凝重。

赵新凯眉头一皱，骂他傻："你姐今天结婚你怎么摆了张死人脸？"

江祁景对赵新凯一直都是视而不见的态度，但这次，他好像没办法

反驳。

对啊,他姐结婚,他却一点儿也高兴不起来。

他的确很难过,只要一想到岑鸢以后会变成别人的家人,就很难过。

他没了妈妈,现在好像连姐姐也没了。

赵新凯见他情绪不太对,以为是自己刚才话说得太重了:"那个……我那个就是口头禅,没骂你。"

江祁景没有理他,和后面的人换了个位置。

赵新凯摸了摸后脑勺,觉得自己也没说多重的话啊。

结婚是一件很累的事情,婚礼结束后,岑鸢直接在车上睡着了。

她靠着商滕的肩膀,他怕弄醒她,全程保持着一个姿势,没有动过。

岑鸢醒了,刚睁开眼睛,就对上商滕的视线。他应该一直在看她,眼神就没从她身上挪开过。

岑鸢揉了揉眼睛,坐直了身子:"我睡了很久吗?"

"没多久。"

腿上的毛毯因为她刚才的动作滑落,商滕重新给她盖上:"要是困的话就再睡会儿。"

岑鸢摇了摇头:"车上睡不太舒服。"

"嗯,那就回去了再睡。"

他完全顺从她的意思。

她身上的秀禾服还没换下来,发饰也没拆,耳环晃来晃去的。

她很少这么穿,也不化这么浓的妆。

岑鸢见商滕一直盯着她,有些不好意思地笑了笑:"我现在这样,是不是很奇怪?"

"不奇怪。"商滕说,"很美。"

岑鸢笑他就会逗自己开心:"不管我是什么样子,你都会说好看。"她调侃他,"一点儿也不真诚。"

话音刚落,她就被带到一个温暖宽厚的怀里。

他抱得太紧了,甚至还能听到他的心跳声。头顶的声音有几分低沉:"不管你是什么样子,在我眼里都很美。"

他没反驳她的话,承认了,但没有不真诚,他很真诚。岑鸢甚至可以感受到他的真诚。

她很美,在他眼里也很美,一直都是这样。

岑鸢被他抱着,在他怀里赖了一会儿,视线落在车窗外的夜色里。

她说:"是不是快入秋了。"

刚从酒店出来那会儿,她冷得手都在抖,说话时甚至还有白气,然后商滕的衣服就搭在她的肩上了。

他的眼神应该一直都在她身上,不然为什么她感觉到凉意,他就察觉到了。

岑鸢缩在商滕的怀里,还有点儿困,快睡着一会儿,意识处于清醒又昏沉的状态,连她自己都不知道自己说了些什么。

"我们换个有壁炉和院子的房子吧,我还是比较想吃自己种的青菜。壁炉可以取暖,还可以烤点儿红薯,我烤的红薯味道还不错的。"

商滕让司机把车内的暖气开大了点儿,然后点头说好:"等有空了,我就去看房子。"

岑鸢说话的声音越来越小,最后彻底没声了。他只能听见她逐渐变平稳的呼吸声,就在他怀里。

岑鸢是九点多醒的,自然醒。

昨天虽然累,但她睡得早,在车上就睡着了,后面发生了什么她也记不太清楚,妆应该是商滕替她卸的。

她洗漱完以后,换好衣服下楼。

客厅里,周悠然正抱着陈甜甜,手把手地教她包饺子:"先这样,然后再这样。"

陈甜甜按照她说的,包好了一个,举起来给她看:"外婆,你看,这是我包的。"

饺子包得歪歪扭扭的,但小姑娘实在太可爱了,周悠然笑得合不拢嘴,夸她包得好。

陈甜甜高兴得不行,还要继续包。

纪澜在一旁扶着她,怕她摔倒,虽然在埋怨,但半点儿不见埋怨的语气:"这孩子啊,皮得很,哪里有个女孩子样。"

周悠然笑道:"小孩子嘛,都这样。你别看鸢鸢现在文静,她小的时候也皮,心眼还小,谁要是得罪了她,惹她生气了啊,她能好几天不理人呢。"

纪澜显然没想到幼年时期的岑鸢居然还有这样一面。

她反倒被勾起了好奇心，就问周悠然："真的吗？"

周悠然把包好的饺子放在一旁，提起岑鸢，脸上满是疼爱的笑："她小时候脾气可差了，一生气就噘嘴不吃饭，非得让人去哄。"

纪澜笑了："你这么一说，我反而觉得岑鸢和商滕完全就是不同性格的人。"

商滕从小就懂事，话算不上多，也很少发脾气，也没什么特别的爱好，回家就是写作业，写完作业练书法。他很听话，甚至都不怎么需要他们操心。

她仔细回想下来，商滕好像没有童年。

他被逼得太紧了，他们做父母的，到底还是不称职，一心只想让他变成最优秀的那一类人，却从未给他喘息的时间。

商滕不是一夜之间长大的，早慧的他，甚至连个朋友都没有。

这些都是纪澜和商昀之亲手造成的。所以纪澜还是很感谢岑鸢，虽然之前她也介意，介意岑鸢的身体没办法生育，但她还是感谢岑鸢，至少让她儿子变成了正常人，也开始重新热爱这个世界。

看到岑鸢了，纪澜让厨房把锅里煮的汤盛一碗端出来："昨天累着了吧？"

岑鸢温声笑道："还好，不是很累。"

陈甜甜看到岑鸢，饺子也不包了，过去让她抱。

她很黏岑鸢，以前就黏，现在也黏。但岑鸢已经抱不动她了，为了不让陈甜甜难过，还是费力地把她抱起来了。

她很快就在沙发上坐下，陈甜甜搂着她的脖子，轻轻地蹭着："婶婶身上好香。"

她刚刚扑腾的那几下袜子都蹭掉了，岑鸢重新给她穿好："甜甜刚刚自己包饺子了？"

陈甜甜立马得意地点头："连外婆都夸我包得好。"

她还故作神秘地让岑鸢猜哪个是她包的。

那一盘饺子里面，旁边那几个歪歪扭扭的很显眼，甚至还有的饺子皮都破了，露出里面的肉馅。

岑鸢把那几个指出来，问她："是这几个吗？"

陈甜甜睁大了眼睛，疑惑得不行："婶婶是怎么猜出来的？"

岑鸢抱着她，笑容宠溺："因为这几个饺子和甜甜一样可爱。"

饺子馅是周悠然剁的，是岑鸢最爱吃的香菇猪肉馅。

周悠然在里面煮饺子，纪澜说帮她打下手，顺便偷学下厨艺。

她不会做饭，也没做过，大家闺秀十指不沾阳春水，和周悠然不同。但是人上了年纪以后，她就想做饭给家里的小辈们吃。

吃别人做的，和吃自己做的，感觉不一样。

陈甜甜作业还没写完，周阿姨把作业本拿出来，让她今天先写完这些拼音。

岑鸢在一旁辅导她，教她怎么读，教她怎么写。

她教得太认真了，连商滕回来都没察觉。

他也没打扰她，就站在那里安静地看着。手里提着的纸袋，里面装着岑鸢的衣服。他特地回去拿的，今天降温了，她没带外套，商滕怕她冻着。

陈甜甜不认真，所以她看到了商滕。然后她悄悄告诉岑鸢："婶婶，叔叔在偷看你。"

岑鸢听了，侧身看了一眼，商滕果然正看着她，唇角还带着淡笑。

他走过来，手上拿着她的衣服。

"今天降温，怕你冷，就回去给你拿了件外套。"

陈甜甜看到商滕，顿时有种危机感，急忙往岑鸢怀里钻。生怕婶婶会被叔叔抢走，她要一个人霸占。

岑鸢无奈又宠溺地笑了笑，把她抱起来，捏她的小圆脸："作业还没写完呢。"

婶婶身上好香，陈甜甜蹭了几下就不舍得离开了："下午再写。"

岑鸢笑她："到了下午又要推明天了。"

陈甜甜耍赖，学周阿姨说话："反正作业不会跑。"

岑鸢被她逗笑了，陈甜甜在她怀里蹭了会儿，头发都蹭乱了。

岑鸢就给她编了个辫子，没发绳，四处看了看，最后看到商滕手腕上的那根，让取下来给他。

商滕不愿意，把手往身后放："送出去的东西还能再要回去吗？"

岑鸢说以后再还他一条一模一样的。

"快点儿，我手一直举着有点儿酸。"

一听她这话，商滕立马把手腕上的发绳取下来递给她。

岑鸢给陈甜甜扎好头发，陈甜甜问她："婶婶，我好看吗？"

岑鸢笑着点头："好看。"

她又问商滕:"叔叔,我好看吗?"

这个年纪的小女孩已经开始爱美了,每天去幼儿园都让周阿姨变着花样给她梳头发。

商滕说:"好看。"

陈甜甜手一伸,让他抱:"要抱。"

商滕上身微倾,靠向她,把她从沙发上抱起:"重了点儿。"

陈甜甜傲娇地别开脸:"哼!"

商滕低笑:"哼什么?"

她不理他,和岑鸢说:"婶婶,我想照镜子。"

商滕看到她的小辫子了,岑鸢刚才给她梳的。陈甜甜头发不长,刚好到肩膀,小孩子的发质都是偏细软点儿的。

岑鸢故意扎得有点儿松垮,这样看上去更可爱一点儿。

她很喜欢小孩,也的确很会照顾小孩。

商滕伸手捏了捏,思绪有些飘远,在想别的事情。

陈甜甜怕他把自己的小辫子捏坏了,这可是婶婶刚给自己梳好的,急忙用两只手护着,不让他捏了:"叔叔,你先抱我进去。"

商滕被陈甜甜的声音唤醒。

他垂眸,岑鸢正好也在看他,见他想事情想得入神,脸色有点儿担忧地问:"怎么了?"

商滕摇了摇头,笑容温柔:"没事。"

他想摸摸她的头,这么想,便也真这么做了。

他单手抱着陈甜甜,让她坐在自己臂弯上,空出来的那只手放在岑鸢头顶,温柔地揉了揉。

岑鸢笑他两碗水端得还挺平,哪边都不漏。

商滕也笑,笑岑鸢怎么这么可爱。

她笑的时候可爱,不笑的时候也可爱。

别人都夸岑鸢性格好,温柔大度,但商滕一点儿也不希望她温柔大度。

她就应该和普通的女孩子一样,有自己的脾气,难过了会哭,生气了会闹脾气。

当然,最好只在他面前哭,也只和他闹脾气。

他很贪心,希望自己在岑鸢这里永远是例外,永远是独一无二的。

她不用活得像从前那么累了。

· 528 ·

他是她的依靠，任何时候，她都可以无条件地信任和依赖他。

那几天一直下雨，在纪澜的劝说下，周悠然最终还是把机票改签了，改到了五天后。

纪澜平时在家吃斋念佛，也没什么交际圈，难得碰到一个聊得来的，还正好是亲家，当然舍不得就这么让她离开。

陈甜甜这些天黏上岑鸢了，岑鸢去哪她就跟到哪，就连上厕所她都得跟着。

她在洗手间门外站着，仿佛怕有人过来偷看，一边站还一边神秘兮兮地贴着门告诉岑鸢："我帮婶婶守着，不许叔叔过来偷看。"

岑鸢被她弄得又好笑又无奈，让她放心："叔叔不会偷看我上厕所的。"

陈甜甜不信："叔叔每次都盯着婶婶看，上次我还看到叔叔抱着你不肯松手。"

岑鸢想，以后还是要提醒一下商滕，眼神稍微收敛点儿，别太露骨了。

陈甜甜离不开她，连他们回家也得跟着。

纪澜笑道："她既然想去就让她去吧，去你们那儿住两天，正好也给你们暖暖新房。"

那也算不上新房，岑鸢说想换个有院子、清静些的地方。商滕这几天选了几处，想着等天晴了以后带岑鸢过去看。

他全买了。

虽然岑鸢总让他节俭一些，说他从小到大都生活在不拿钱当钱的富裕家庭里，花钱难免大手大脚。这是个不好的习惯，所以得改。但商滕早就想好了该怎么和她解释，房子买了是可以增值的，就算放在那儿不住也不亏，不算浪费。

陈甜甜最后还是和他们一起回去了。

商滕一只手抱着她，另一只手拖着她的粉色行李箱，里面装着她这几天换洗的衣服。

岑鸢跟在后面，原本她怕商滕抱着陈甜甜会累，所以她想来拖行李箱，但是商滕不让。

最后她百般坚持，商滕把陈甜甜的书包给她了："你拿这个。"

岑鸢拿着，觉得还没陈甜甜身上的外套重。

从这儿回家大概一个半小时的路程，小孩子觉多，睡得也快，在车上就

睡着了。

岑鸢让商滕把车内暖气调高了点儿,说:"你明天下班回来记得去买个儿童座椅。"

她在后排坐着,得看着陈甜甜。

商滕把车速放慢了点儿:"好。"

车开进车库,陈甜甜像在脑子里设了闹钟一样,刚刚睡得只剩呼吸,仿佛地震了都不会醒。

车刚停好她立马就醒了,往岑鸢怀里钻,刚睡醒的小奶音可爱得不行:"我想去逛街。"

岑鸢抱着她,柔声问:"是肚子饿了吗?"

陈甜甜摇头,小声说:"想买玩具。"

在家里爸爸和奶奶管得严,她不想和他们在一起。

叔叔和婶婶更温柔,她喜欢他们。

商滕把车熄火,手扶着方向盘,侧身看着她,语气染了点儿严厉:"作业写完了吗?"

陈甜甜拼命点头,也有了底气:"写完了,我在家就写完了,连明天的都写了!"

商滕抬起左手,看了眼腕表上的时间,时间不算晚,才七点半。

陈甜甜一直在她怀里蹭来蹭去,像只猫一样撒娇,岑鸢心软了,看向商滕:"要不就带她去逛逛吧,现在还早,正好我也想去外面散散步。"

听到她这么说,商滕自然答应。

他把安全带解开,先下了车,去抱陈甜甜,让她自己下来走。

"等叔叔先把你的东西拿回家,然后再一起出去,好不好?"

陈甜甜立刻点头应下:"好!好!"

她也不小了,不能一直抱着,小孩子不能过度溺爱。

在这方面,商滕比岑鸢更能狠下心来。

他让陈甜甜自己走,要是敢让人抱今天就别出去了。

陈甜甜立马抿着嘴巴不说话了。

岑鸢看到她这个反应,轻声笑笑,牵着她的手进了电梯。

商滕的视线落在岑鸢身上,她脸上的笑从看到陈甜甜那会儿就没下去过,应该是真的很喜欢陈甜甜。

不知怎么,商滕觉得自己的心脏仿佛被猛扎了几下。

明明知道岑鸢喜欢孩子，他却一点儿办法都没有。

在病痛面前，他过于无能了点儿。

这种无能为力，让商滕始终对岑鸢有愧。

没办法治好她，他总觉得是自己的错。

电梯门开了，岑鸢见商滕站着没动，伸手在他眼前挥了挥："想什么想得这么入神？"

他回过神来，冲她笑了笑："没什么。"

从电梯里出来，他把东西放好，又给陈甜甜多加了件外套。

岑鸢让商滕过来一下。

商滕给陈甜甜穿好衣服后，让她自己在沙发上坐一会儿，然后过去了。

岑鸢看到他领口歪掉的领带，替他解开，抽出。

"换件衣服吧，换件舒服点儿的。"

商滕笑了笑，把门关上，然后去抱她："心疼我？"

岑鸢点头："心疼，心疼坏了。"

她握着他的手，指腹在他掌心画圈。

商滕原本就是想打趣她一下，没想到她居然直接承认了。这出乎意料的答案反倒让他愣了片刻。

岑鸢躺在他怀里，闻到他身上淡淡的尤加利熏香："我知道你刚才在想什么，商滕，生病的是我，和你没关系，你不需要自责。"

岑鸢的身高在女生里其实算高的，但在商滕面前，她还是太矮了。

她被他抱着，脸埋在他的胸口，看不见他此刻的表情，不知道现在的商滕是以何种情绪沉默着。但她能听见他的心跳，是能让她感到踏实和安全的跳动声。

沉默持续了很久，他在她发顶落下一个很淡的吻。

"可我怕你难过。"

他的声音低沉，听起来好像难过的那个人是他。

岑鸢短暂地从他怀里离开，仍旧温柔，笑容也温柔，但又多了些宠溺："我不难过，有你在，我永远都不会难过。"

这无疑是最动听的情话了。商滕抱着她，不厌其烦地一遍又一遍地对她承诺，会永远陪着她。

岑鸢就笑，笑他啰唆。

"这话你都说了多少遍了。"

商滕抱着她,抱得更紧:"想一直说给你听。"

岑鸢点头,也顺着他的意思:"那你一直说,我一直听,不论你说多少遍。"

"会嫌我烦吗?"

"不会。"

商滕霸道地说:"嫌我烦也没用,我会烦你一辈子。"

那就烦一辈子吧。

陈甜甜见他们一直不出来,就跑过来推房门。

她推了两下没推开,就改成敲门:"婶婶,婶婶。"

岑鸢松开手,过去开门,陈甜甜晃晃悠悠地站在外面,问什么时候出去逛街。

那双大眼睛清澈懵懂,可爱得不行。

岑鸢把商滕西装前胸口袋里的方帕拿出来,蹲下给陈甜甜擦干净嘴角的口水:"马上就去,甜甜要不要换条裤子,外面好像有点儿冷。"

陈甜甜很听岑鸢的话,岑鸢说换裤子,她就换了。

商滕给她换的。

裤子换好了,她伸手让商滕抱,商滕告诉她:"能走的时候就自己走。"

他不会溺爱孩子,该严的时候严,该松的时候松。

陈甜甜其实有点儿怕商滕,他每次语气严厉地和她说这些话,她都不太敢反驳。

从电梯里出来,路有点儿黑,商滕怕陈甜甜摔着,就抱着她。

岑鸢出门前特地给陈甜甜把帽子戴上了,夜晚有风,吹久了会头晕。

"冷不冷?"

陈甜甜趴在商滕的肩膀上,摇头:"不冷的。"

"手冷不冷呢?"

陈甜甜也摇头:"不冷。"

话音刚落,商滕就握着岑鸢的手,放进了自己的外套口袋里。

岑鸢愣住,抬眸看他。

商滕笑了下:"还有其他地方冷吗?"

岑鸢靠着他:"不冷了。"

"不冷就好。"

这条路有点儿长，路上人多，大多是带孩子出来散步的，或者是一些约会的小情侣。

前面的广场被划分成了好几个区域，有人在那里跳广场舞，也有滑滑板的，还有一些摆摊卖那种会发光的小玩具的。

陈甜甜刚过去，就被吸引了注意力。

她在商滕的怀里使劲挣扎了几下，非要岑鸢抱。

岑鸢是想抱的，手刚伸过去，商滕让陈甜甜听话："婶婶力气小，抱不动你。"

陈甜甜委屈地抿了抿唇。

岑鸢心软地站过来，离她更近了点儿："甜甜怎么了？"

陈甜甜被商滕抱着，脑袋却枕在岑鸢的肩上，腿都快从商滕的臂弯里伸出来了。

她蹭了蹭岑鸢的脖子，又去亲她的脸，亲得很响。

商滕把她抱开了："要和叔叔抢老婆？"

陈甜甜点头："婶婶以后嫁给我，才不要你！"

商滕笑了笑，替她把卷起来的裤腿扯下去："你婶婶只爱我一个。"

"才不是呢，婶婶更喜欢我。"似乎是为了得到正主证实，她把头扭过去，问岑鸢："婶婶，我说得对吧？"

岑鸢笑容宠溺地点头："对，婶婶最爱甜甜了。"

陈甜甜高兴了，撒娇要买那些发光的玩具。

岑鸢答应给她买，一连买了好几个，不同颜色的都买了。

怕不好拿，老板娘还特地给了个袋子。

商滕一手提着袋子，一手抱着陈甜甜。

附近有个商场，里面开了暖气，刚进去，陈甜甜就喊热。

商滕把她放下来，把她的外套脱了。

才走了两步，陈甜甜就不动了，要逛饰品店。

虽然说小女孩都爱美，但陈甜甜好像比别的小女孩更爱美一点儿。

她看到一个发卡，说好看，太高了，拿不到，踮了半天脚，还差一大截。

她只能可怜巴巴地求助商滕："叔叔帮我拿，那个粉色的蝴蝶结发卡。"

商滕看了眼她指的地方，粉色的，蝴蝶结，还带蕾丝花边，风一吹丝带到处飘。

"眼光还挺土。"

他把发卡拿下来,给她别在脑袋上,想不到戴上以后更土了。

陈甜甜嘟囔着取下,说是给婶婶选的。

她好喜欢这个发卡,觉得很好看,婶婶也好看,戴上以后肯定更好看。

岑鸢有点儿受宠若惊:"送给我的?"

陈甜甜点头,认真又一本正经地说:"是的!"

她说要给岑鸢别上,可岑鸢太高了,她够不到。

岑鸢善解人意地蹲下,和她视线平齐。

陈甜甜顺利地把那个粉色带蕾丝花边的蝴蝶结发卡给她别在脑袋上。

岑鸢问她:"好看吗?"

陈甜甜满意得不行:"超级好看。"

她又问商滕:"好看吗?"

商滕点头,眼里全是爱意:"好看,特别好看。"

岑鸢笑他:"明明刚才还说土。"

他说:"你戴就好看。"

"发卡好看还是我好看?"

"你好看。"

岑鸢夸他:"嘴巴怎么这么甜?"

商滕喉间低笑:"只有嘴甜吗?"

岑鸢点头:"人也甜。"

商滕爱不释手地握着岑鸢的手,不轻不重地捏着。

陈甜甜不管看到什么都要买,岑鸢又对她无限纵容,要不是商滕在旁边冷冰冰的提醒,她估计都能把这个店给搬空了。

陈甜甜骂商滕讨厌:"我再也不喜欢叔叔了,我只喜欢婶婶。"

她还怂恿婶婶和叔叔离婚:"婶婶以后嫁给我,叔叔是坏蛋。"

岑鸢笑着点头:"好,等甜甜长大了,我就和叔叔离婚,然后嫁给你。"

商滕虽然很多东西不许她乱买,但给她买的东西也不少。

听到陈甜甜这么说,商滕点了点头:"既然都是情敌了,这些东西你待会儿自己付钱吧。"商滕看了眼她空空如也的口袋,故意问道,"带钱了吗?"

陈甜甜愣住了,用求助的眼神看向岑鸢。

岑鸢也无能为力:"婶婶出门没带钱,只有叔叔带了。"

陈甜甜纠结了一番,开始看人脸色,讨好商滕了。

"叔叔真帅。"

商滕摇头,不吃她这套:"没用。"

陈甜甜想了想,继续夸他:"叔叔是全天下最好的叔叔。"

商滕仍旧无动于衷。

"我最喜欢叔叔了。"

商滕皮笑肉不笑。

陈甜甜年纪还小,词汇量也不足,实在不知道应该怎么夸了。

商滕主动问她:"婶婶最爱谁?"

陈甜甜立马说:"最爱我!"

商滕没说话,把购物篮里的东西一样一样放回原处。

她撇着嘴,改口:"婶婶最爱叔叔。"

商滕的动作停下了,他微挑了眉:"那婶婶和叔叔配吗?"

她疯狂点头:"配!"

"甜甜以后还会让婶婶和叔叔离婚吗?"

"不会,婶婶要和叔叔百年好合!"

这四个字是爸爸教她的,意思就是,两个人会永远在一起。

果然,叔叔高兴了,也满意了。

他把东西又拿回来:"甜甜要记得今天说的话。"

陈甜甜说她肯定记得。

岑鸢拍了一下商滕的胳膊,埋怨他:"你别总欺负她。"

商滕笑道:"没欺负。"

毕竟现在付钱的是商滕,为了表现自己对他的忠心,陈甜甜还专门给他选了个礼物,说是送给他的。

商滕看了眼她刚放进去的耳环,拿他的钱给他买礼物,买的还是他用不着的耳环,可以,她挺会做生意的。

高颜值的人总是养眼,更别说是两个高颜值站在一起了,那就是双倍养眼。

排队等结账的时候,旁边总有人偷偷看他们。

商滕在岑鸢左侧站着,挡住了那些看向她的视线。

岑鸢正在和陈甜甜讲话,没注意到他这个举动。

东西有点儿多,而且大多是些小东西,光扫码就弄了很久。

岑鸢干脆和陈甜甜出去了,在外面等商滕。

他付完钱出来,提着两个袋子。

陈甜甜把自己特地给商滕和岑鸢买的礼物拿出来,让他们戴上。

发卡岑鸢戴上了。

看着陈甜甜递过来的耳环,商滕不为所动。

见状,陈甜甜有点儿难过,以为他不喜欢自己送给他的礼物。商滕的确不喜欢。

岑鸢哄她:"叔叔不是不喜欢,而是叔叔没有耳洞,戴不了。"

陈甜甜委屈地耷拉着脑袋,手指抓着耳环上面的流苏,小声抽泣着:"可以夹。"

岑鸢一愣,看向她手里的耳环,上面是耳夹。

一边是委屈的陈甜甜,一边是沉默的商滕。

岑鸢犹豫了一会儿,最终将视线移向商滕:"要不你就戴一下吧,毕竟这也是她的一番心意。"

商滕不可置信地抬高了眉:"你让我戴这个?"

岑鸢去握他的手:"我知道委屈你了,就这一次。"

商滕半天不说话,像是在心里说服自己,最终还是如陈甜甜的愿,把耳环戴上了,但也没戴多久。

出了商场陈甜甜就躺在商滕的怀里睡着。

广场上的人陆陆续续变少,商滕一只手抱着陈甜甜,一只手牵着岑鸢。

岑鸢吹着冷风,却一点儿也不觉得冷。因为商滕的外套此时就穿在她身上。

他好像很怕她生病,最近降温,他甚至连门都不太敢让她出。

岑鸢笑他大惊小怪,商滕却握着她的手,不反驳。然后岑鸢就沉默了。

是啊,也不怪他大惊小怪,她本身就是柔弱体质,小心翼翼才能多活几年。

她想多活几年,多陪商滕几年。

她要是离开了,他应该会难过吧。

她抬头看向商滕,他也正看着她,像是看穿了她的内心,也猜出了她在想什么。

"不会让你有事的,肯定会长命百岁。"

岑鸢笑道:"长命百岁那也活太久了,我不贪心。"

商滕说:"可是我贪心。"

岑鸢愣住。

商滕微低下身，与她视线平齐，声音低沉，又温柔，说："岑鸢，我希望你长命百岁。"

给自己放的婚假结束了，商滕这些天又忙了起来。那些等着他处理的事情全堆积在一起。

岑鸢担心他又熬夜，所以每次都不忘提醒他注意休息。

陈甜甜被接回去了，新房子还在装修，得半年后才能正式搬进去。

岑鸢在家没什么事，每天研究菜谱。

家里有做饭和打扫的阿姨，但岑鸢还是觉得这些事情应该自己亲力亲为才行。

她没工作了，现在就是彻底的家庭主妇，要是连这些都做不了，她恐怕得无聊死。

结婚以后，商滕每天准时下班，不再像从前那样，经常加班熬夜。

岑鸢的日常就是做好饭菜等他回家。

商滕喜欢吃味道淡一点儿的，岑鸢就尽量少放辣。

她把汤盛好端出来："妈前几天给我打了电话，说给我寄了点儿鱼过来。"

她盛汤的时候，商滕就在旁边看着，怕她被烫到。

岑鸢不喜欢那种被当成瓷娃娃的感觉，她虽然不说，但商滕知道，她心里会难过。

她因为自己的病已经很难过了，担心会成为商滕的累赘，所以商滕就算担心，也不会再阻止她去做任何事。但他还是会忍不住，在旁边看着。

"海鲜市场离得近，想吃的话可以去附近买。"

岑鸢说："这也是妈和徐伯的一番心意。"

商滕点头，接过她手里的碗，看到了手背上的针眼。

他尽量表现得漫不经心，问了一句："打针了？"

岑鸢伸手捂住，笑道："预防一下。"

商滕嗯了一声，没再说话。

吃饭的时候，岑鸢一直给他夹菜："最近好像瘦了点儿，工作很累吗？"

商滕故作轻松地笑道："想让你心疼一下我，就故意把自己饿瘦了。"

岑鸢笑他又不正经。

碗是商滕洗的。

岑鸢站在窗户旁,看着外面。

这儿全是高楼大厦,天空像是被压缩过一般,没了平时的广阔。

商滕擦净了手过来,从身后抱她:"在看什么?"

岑鸢说:"本来想看会儿月亮的,可是什么也看不见。"

"月亮有什么好看的。"

岑鸢抬眸,转过来,躺在他怀里:"那你说什么好看?"

商滕把她抱得更紧:"我。"

岑鸢笑他不正经。

商滕没说话,他就是不正经。

那段时间,商滕因为应酬,回来得晚,但是每天都会给她打电话,隔半个小时打一通。

那些生意上的合作方早就习惯了,他们调侃商滕怕老婆。

他们谁都不敢得罪商滕,也知晓他的脾气。但现在不同了,婚姻好像把他的棱角稍微磨平了些。

每次听到这些话,他也只是温和地笑笑,并不反驳。

酒局上,有人带了女伴,是个小明星,想出名,故意叫媒体在外面等着。

酒局结束后,她靠近商滕,假装脚扭了,往他身上靠。

商滕从容疏离地松开手,主动保持着安全距离。

她跟他道歉,说不小心把他的衣服脏了,要给他擦干净。

商滕劝她自重。

男人眉眼仍旧温和,说出的话却带着寒意,仿佛温和只是假象一般。

方才在包间里,她见他始终都是温和的,还以为他是个好脾气的人。

小明星计划落了空,但也不算白来,照片最起码拍到了,可以趁机炒炒热度。

岑鸢最近报了个瑜伽班,每天下午都会过去练两个小时。

商滕下班的时候接她回去。

瑜伽馆里的人起初见到商滕还会小声议论。

她们见过的美女不少,自己本身也属于追求者众多的美女,但帅哥见得是少之又少,更别说是面前这位了。

后来次数多了,她们逐渐和岑鸢熟悉起来,主动问她:"那是你老公吗?"

岑鸢躺在瑜伽垫上开肩，笑着应声，道："嗯，年初刚结的婚。"

"真帅啊，你老公是干吗的？"

"商人，家里是做生意的。"

她们点了点头："这样啊。"她们也不好再问，要是再问细点儿，难免会让人觉得是在调查户口。

练完以后她们坐在那儿聊天，岑鸢把东西收好，等商滕过来接她回去。

偶尔会有人拉着她一起聊，她也会笑着回答。

正低头刷微博的女生惊讶地把手机递给岑鸢："这是你老公吗？"

手机屏幕上应该是某张偷拍图，像素不算高，穿着连衣裙的女人靠在商滕的胳膊上，姿势亲昵。

拍摄角度找得好，正好两个人都可以看见正脸。

"这女的是明星，刚出道没多久，听说年纪也小，才二十一。"

她越说越替岑鸢感到痛心，如果自己是她老公，家里有这么温柔又漂亮的妻子，怎么可能舍得去找外面的野花？

岑鸢只在看到那张照片的时候愣了一下，却也没有太大的反应。

"应该是误会。"

她拿着手机欲言又止："可这照片……"

岑鸢笑道："商滕不是这样的人，也做不出这种事情来。"

她完全信任他，所以不存在怀疑。

既然她自己都无所谓，她们也不好多说什么，不动声色地把话题岔开，重新开始聊美妆和包包。

商滕到了，就在门口等她，给她发了消息。

岑鸢和她们说了一声，拿着东西离开。

她刚把门打开，就看见站在外面的商滕。

他动作自然地接过她手里的背包："饿不饿？"

岑鸢点头："有点儿。"

出了电梯，商滕拉开车门，让她先进去。

岑鸢没动。

商滕以为她是哪里难受，顿时紧张起来："是不舒服吗？"

岑鸢看着他，不说话。

他伸手扶着她，又被岑鸢推开，质问道："你前几天和别的女人在一起吃饭？"

商滕只是迟疑了半晌,大概猜出来她说的是什么。

"你是说那张照片?"

岑鸢没有理他,坐进副驾驶,把车门关上,像是在赌气。

商滕轻声笑笑,走到另一边,打开车门坐进来:"我已经解决了,该澄清的澄清,该警告的警告,她今天下午应该就会把声明发出来。"他去抱她,"不信我?"

岑鸢在他怀里,很温暖,又带了点儿植物熏香的味道,他身上的味道,仿佛有安神的作用,没一会儿她就困了。

"没有不信你,就是觉得我应该生气。"

商滕抬眸:"哦?"

岑鸢笑他:"不然你会觉得我不重视你,又该难过了。"

商滕倒没反驳,因为这是事实。

在公司看到照片的那一瞬间,他第一反应就是岑鸢会有什么反应。

虽然他不可能做出让她吃醋的事情,但他还是想看到她因为自己而吃醋。

江祁景隔几天就会过来,担心商滕欺负岑鸢,对她不好。

岑鸢的性格他了解,报喜不报忧,她自己肯定不会主动讲,所以他得亲自过来。

每次来他都会带一些买给饼干和草莓的猫粮和罐头,还有给岑鸢买的补品。

他说过几天带岑鸢去玩剧本杀,她总是在家里待着也不好,太无聊了。

岑鸢特地给他泡的茉莉花茶,给他倒了一杯:"好。"

江祁景看着坐在岑鸢旁边的商滕,这么久了,还是看他不顺眼,果然第一印象很重要。

"爸让你们过几天回家一趟,江窈找了个男朋友,一家人一起吃个饭。"

江窈的性子没有前几年那么跋扈、骄纵了,可能是年龄大了,性子也逐渐变得沉稳。

她这次的男朋友家里条件还行,和江窈是高中同学,两人中途有很长一段时间没有联系,最近同学聚会才重新联系上的。

时间过得真快啊,一转眼,她都要奔三了。

岑鸢有时候也会回忆之前的二十多年。

她的人生不算坦途,也不平淡,苦情色彩更多一些,甚至还想过自杀。

那个时候的岑鸢,好像真的对这个世界没什么留恋了,属于她的世界崩塌了，支离破碎，她被困在里面，出不去。

是商滕，一点儿一点儿地帮她修复好，然后住进来，陪着她。

冬去春来，又到炎夏。

岑鸢住进了那个带院子的房子，亲自去花鸟鱼市场买了点儿幼苗。

饼干和草莓的房子是商滕亲手做的，岑鸢在一旁看着，饼干和草莓兴奋地跑来跑去。

刚种好的幼苗死了一大半，待会儿又要辛苦商滕重新种了。

岑鸢端了杯水出来，递给他，又拿方帕给他擦汗："累不累？"

商滕喝完了水："不累。"

今天的天气不错，太阳不烈，不怎么晒人，但有风。

岑鸢有些迫切地希望晚上快点儿到，这样她就可以看月亮了。

她喜欢月亮，从小就喜欢。

夏日总容易让人困倦，岑鸢回房睡了个午觉，然后做了个梦。

具体内容她记不清了，但她有点儿失落，这种失落在看到商滕的那一瞬间又荡然无存。

他坐过来，关切地问她："怎么了？"

她说："好像做了个噩梦。"

"什么噩梦？"

岑鸢说她记不清了，但还挺难过的。

"可是看到你，我又突然不难过了。"

商滕垂眸轻笑，动作温柔地抱着她："那就一直看着，我哪儿也不去。"

岑鸢想，对啊，商滕会陪她一辈子，就算她以后再做噩梦，也不用怕了。

他们会一辈子在一起。

这个世界上，没有什么比两个人一起变老更浪漫的事了。

番外一

纪丞篇

下雨了。

榕镇的雨已经下了很多天了，乡下都是泥巴路，不好走。

有人用木板和石头搭了一条路出来，虽然很简陋，但至少可以避免鞋子被泥巴弄脏。

岑鸢昨天刚买的小白鞋，早上出门的时候，她还在担心会弄脏。毕竟是新鞋子，而且又是白色的，脏了不太好洗。

结果她回来的时候就看到有人搭了条路出来。

她收了伞，换上拖鞋进屋。

周悠然在厨房做饭，听到声音，让她先看会儿电视，饭马上就好了。

她特地去市场买了半只鸡、一条鱼，想着给岑鸢补补身子。

岑鸢身体不太好，一降温就容易感冒。刚好这些天又下雨，温度降得也快，周悠然怕她感冒，所以就想预防一下。

岑鸢把衣服脱了，挂在衣架上，卷着袖子也进了厨房。

案板上的生姜还没切，她把手洗干净，开始切生姜。

周悠然看见了，赶她出去："我来就行，你去写作业。"

岑鸢切得很认真："我的作业在学校就写完了。"

周悠然看着她，有点儿欣慰地笑了笑。

她听话，左邻右舍都羡慕周悠然，会教孩子。

饭做好后，周悠然把电视打开，调了新闻频道。她有看天气预报的习惯。

周悠然刚把汤里的鸡腿夹到岑鸢的碗里，客厅里的座机就响了。

岑鸢没有手机，周悠然看她学校的同学都有，就攒钱也给岑鸢买了一个。结果她当天就拿去退了。

她很懂事，知道家里缺钱，很少主动找周悠然要钱，平时的零花钱都是自己做兼职赚的。

她爸去世前治病欠了不少债，再加上她读书，处处都得花钱。

岑鸢起身去接电话，是周冽打来的。

他是班长，岑鸢是副班长，平时班上的一些活动都是他们两个人负责的。

过些天学校有演讲比赛，每个班有三个名额，但报名的人远超过三个，所以他想问问岑鸢的意见。

岑鸢没有意见。

她这个副班长不算称职，连她自己都这么觉得。

本身成绩就在全班属于中下游，周冽是全班选出来的班长，而她则是周冽选出来的副班长。

她是被赶鸭子上架，不得不硬着头皮当而已。

周冽沉默了一会儿，又东拉西扯地和她说了许多，不过都是一些与课堂相关的事情。

岑鸢听得心不在焉，手拽着卷曲的电话线，有一搭没一搭地应着。

周悠然见她一直不过来，就喊了一句："鸢鸢，快点儿讲完过来吃饭，汤凉了就不好喝了。"

周冽听到了："你还没吃饭吗？"

"嗯，我妈今天回来得晚。"

"那我就先不打扰你了，你去吃饭吧，有什么事明天去学校再说。"

岑鸢嗯了一声，把电话挂了，周冽的那句再见消失在急促的电话挂断的嘟音里，她没听见。

岑鸢坐回来，重新拿起碗筷。

周悠然问她："谁的电话？怎么说了这么久？"

岑鸢看到自己碗里的鸡腿了,又重新夹到周悠然的碗里:"我们班长。"

周悠然沉默了一会儿,欲言又止地问她:"男生吗?"

岑鸢抬头,看到她很紧张,笑了:"你放心,我不会早恋的。"

周悠然松了一口气,她们孤儿寡母,在这个偏僻小镇上生活已经够艰难了,她总担心岑鸢在外面会受欺负。

这个年龄谈恋爱,吃亏的都是女孩子。

周悠然刚想把鸡腿夹回给她,岑鸢端着碗往后退了退:"我不想吃肉,喝汤就行。"

周悠然无奈地笑了笑。

电视里新闻已经结束了,在放广告。

周悠然犹豫地看了眼岑鸢,最后还是问出了口:"那纪丞他……"

"我跟他更不可能,您就别担心了。"

周悠然彻底放心了:"那就好,那就好。"

相比刚才那个打电话的男生,她更担心的是纪丞。

岑鸢和他从小一起长大,也算是青梅竹马,也不怪周悠然多想,纪丞实在太黏岑鸢了。

他几乎每天都往这边跑,最近应该是和岑鸢闹别扭了,已经好几天没来了。

岑鸢吃完饭,主动把碗筷洗了。

周悠然一下雨腰就会疼,所以岑鸢才急急忙忙地在学校就把作业写完,想着回家了给她揉揉腰。

她让周悠然面朝下躺在床上,拿出药水在手上倒了点儿,揉搓至发热,然后放在周悠然的腰上,不轻不重地揉着。

周悠然说她按得舒服,比按摩店里按得还要舒服。

岑鸢就开玩笑地说:"那我以后要是考不上大学,我就去按摩店打工好了。"

周悠然说她乱讲话。

岑鸢就笑:"没有乱讲话,我听说按摩店的工资高,做得好的话,一个月就有一两万。"

她的确是认真打听过的,如果不是因为那个店不收未成年人,她兴许就过去做兼职了。

她想多替周悠然分担一些,周悠然的眼睛已经开始出问题了,就连医生都说，长期这样下去，最后只会越来越严重，可周悠然不当回事。

也不是不当回事，她是没办法把这件事放在心里。毕竟钱还得赚，她只有这一个赚钱的本事。

家里的债得还，岑鸢的书也得继续读。

因为自己的无能而让岑鸢放弃学了这么多年的舞蹈，周悠然的心里已经很过意不去了。

听到岑鸢说出这样的话，她更是难受得像有人拿着绣花针往她心上扎一样。

别的孩子在她这个年纪，都是无忧无虑的，只需要操心学习上的事情。可岑鸢不得不过早地正视现实。没钱真的可以压垮一个家庭。

按摩完了，岑鸢把暖水壶拿进来，放在周悠然的床边。

周悠然晚上总是容易渴醒，将暖水壶放在床边的话也免得她晚上起床。

岑鸢和她说了声晚安，然后关灯出去了。

十点半了。

她没睡，而是开了台灯，将今天课代表借给她的笔记本仔细看了一遍。

上面全是一些经典题型，步骤也写得很详细。

岑鸢成绩不好，属于笨鸟先飞却怎么飞也飞不高的类型，只能比别人更努力。

第二天早上，雨停了。

家里没人，周悠然应该早早出门去雇主家里打零工了。

附近有个服装加工厂，她在那边打包装，一个五毛钱。

桌上放着做好的早餐，一个水煮蛋和一袋加热过的牛奶。

岑鸢把水煮蛋放进书包里，喝着热牛奶出门，锁上铁门。

雨虽然停了，但路上还有积水，岑鸢看着铺到她家门口的石头，沉默了一会儿，然后踩上去，走出积水区。

小白鞋干干净净的，一点儿泥土也没沾上。

她来到学校，教室里闹哄哄的，早自习的铃还没打，都在各自吃着早餐或者聊天。

岑鸢的位置在第三排，靠走廊。

她把书包放进桌肚里，拿出水煮蛋剥开，咬了一小口，噎得她喘不

过气。

她用手握成拳，捶了几下胸口。周冽走过来，递给她一瓶水："还好吧？"

岑鸢没接，和他道谢："不用，我带了牛奶。"

面对她冷冰冰的拒绝，周冽也不意外。

岑鸢的性格其实算不上好，安安静静的，有些过于不好接近。但周冽觉得也正常，人都有点儿自己的脾气，他反而觉得岑鸢这样不遮掩自己的情绪才叫真实。

下午最后一节课是班会，平时都被各科老师给占了。可能是因为最近朗诵比赛的事情比较重要，所以班主任罕见地没有把课让出去。

他在班会上提起这件事，让周冽和岑鸢负责。

放学以后他们把选好的朗诵稿找个店打印出来，费用就在班费里扣。

放学铃响了，岑鸢把东西收好，放进书包里。

她不论做什么都是不慌不忙的。

周冽就在教室门口等她，看她出来了，走过去："学校隔壁有个打印店，我们去那儿就行了。"

他拿出手机，需要打印的文件，班主任已经提前传给他了。

岑鸢点了点头。

打印花不了多少时间，岑鸢出来的时候看到隔壁奶茶店上了新品。

周悠然爱喝甜的，奶茶她也爱喝，不过她自己舍不得买。

岑鸢上次比赛得的奖金还没花完，想给周悠然买一杯带回去。

周冽过来，见她一直盯着奶茶店，就说："正好我有点儿渴了，我请你喝奶茶？"

岑鸢这次没拒绝，不过她说："我请你吧。"

她把玻璃门推开，周冽抿了下唇，有点儿窃喜，觉得自己和她之间的距离好像拉近了一点儿。

她给自己点了杯珍珠奶茶，又给周悠然点了杯新上的芋泥奶茶。

店员看向周冽，问他要什么。

他说和岑鸢一样的吧。

两个人站在一旁，等奶茶做好。

外面有些喧闹，挺吵。

"丞哥最近怎么总是心不在焉的，刚刚打球也不拦人，什么情况？"

玻璃门推开，纪丞外套拉链没拉，里面是体校的校服，深灰色的短袖。

旁边的少年身上穿着和他一样的校服，手搭在他肩上，正跟他说着话。

纪丞不耐烦，把他的手甩开，那个年纪的桀骜野性在他身上表现得淋漓尽致："别烦我。"

他的声音就是清冽的少年音，很有辨识度，只要他一开口，岑鸢就能听出来。

视线一抬，纪丞看到岑鸢了，也看到了站在她身旁的周洌，目光暗了暗。

奶茶刚做好，店员把奶茶递给岑鸢："二位的奶茶好了。"

岑鸢伸手去接，和她道谢。

纪丞也没多说，打开门，头也不回地走了。

和纪丞同行的少年看看岑鸢，又看了看一言不发转身离开的纪丞，为难地挠了挠头："你们……闹矛盾了吗？"

岑鸢摇头，没说话。

出了奶茶店，周洌说送她去坐公交车，被她拒绝了。

岑鸢一个人往车站走，走到中途就在某个拐角看到了站在那里的纪丞。

她看了一眼，他也看着她。

岑鸢没说话，绕过他离开。身后安静了有一会儿，纪丞追上来，微抿了唇，委屈、难过，还得忍着，哪里还有刚才半点儿的桀骜，像是从一只凶狠的狼，变成了温顺的猫。

"是我不对，我以后不惹你发脾气了。"

明明犯错的是岑鸢，但低头道歉的那个人，反而是纪丞。

别人听了都会觉得不可思议的事情，但在纪丞这儿，就再正常不过了。他永远都是先低头的那一个，无论是谁的错，只要对方是岑鸢，那他永远无条件认错。

他之前一直在等岑鸢主动找他，可她就是不找。

她不找就不找吧，可以一直不和纪丞讲话，但纪丞不能。

他给她家里打电话，想主动找她求和，结果电话打过去，一直显示通话中。

他一晚上没睡，第二天还看到她和别的男生一起来奶茶店了。

虽然他赌气离开了，但走了两步就走不动道，就一直站在这里等她，想

找她要个说法。

岑鸢看到他这个样子,心里是有愧疚的。她从书包里拿出一个黑色运动发带,递给他,态度坦然地和他道歉:"对不起。"

纪丞愣住,抬眸看她,似乎有些惊讶和不知所措。

岑鸢说:"那天不该凶你,本来第二天想去找你的,结果你们学校体测,我进不去。"

纪丞接过她手里的运动发带,这几天的坏心情顿时一扫而空:"你买的?"

他好哄,只要是岑鸢,一句话就能让他心情变好。

岑鸢别开视线:"嗯。"

纪丞夸她眼光好,直接把发带戴上了,额前落发有点儿短,刚好盖住,中间的LOGO露出来。

明明这几天他难过得话都懒得讲,这几分钟的时间就又开始厚脸皮起来了。

他嘚瑟地问岑鸢:"你丞哥帅吗?"

岑鸢骂他厚脸皮,不想理他,走在前面。

他说要送岑鸢回家,岑鸢不让他送。

他意外地好说话:"那我看着你上车。"

结果岑鸢上了公交车以后,他也跟着上来了,还帮她投了币。

岑鸢眉头微皱,纪丞却厚颜无耻地笑了笑:"我说看着你上车,又没说只看着你上车。"

岑鸢说不过他,没有再开口。

车上空位多,她随便找了个座位坐下,纪丞也在她旁边坐下。

他从书包里拿出一盒草莓牛奶,递给岑鸢:"你明天有空吗?"

纪丞的书包里不管什么时候都会装一盒草莓牛奶。

他不喝甜的,但是岑鸢爱喝。

岑鸢摇头:"明天得去做兼职。"

纪丞不满地嘀咕了一句:"又做兼职。"

岑鸢听出来了,就问他:"明天有什么事吗?"

纪丞语气故作轻松:"没什么。"

岑鸢点头,不再问。

车子缓慢地行驶着,纪丞忍不住了:"你前几天不是答应过我,明天要去我家写作业吗?"

岑鸢笨，但纪丞聪明啊，他说每周末给她补课。结果还没开始补呢，岑鸢就放他鸽子。

到了家，积水退了大半，但还是有。

路上的石头和木板不知道被谁给收走了，纪丞没忍住，爆了句粗口。

他天还没亮就带着东西过来，铺了半天才铺出来的一条路，这就没了。

岑鸢早就猜出来了，路是他铺的。

即使他掩耳盗铃地往其他方向也铺了几块，但目标太明显了，只铺到她家门口。

岑鸢看了眼自己脚上的小白鞋，看来今天还是得弄脏了。

她刚把裤腿卷起来，纪丞就在她面前蹲下了。

岑鸢疑惑地道："你干吗？"

纪丞回头看她，笑道："你丞哥今天就牺牲一回，上来，我背你过去。"

岑鸢没动。

纪丞催她："快点儿，蹲着累。"

岑鸢犹豫了一会儿，这才磨磨蹭蹭地爬上去。

他怕她掉下去，手托着她的腿。

岑鸢的裤腿卷起来了，白皙嫩滑的脚踝，偶尔会和他的手腕碰到。

每到这个时候，纪丞的动作都会变得十分僵硬，似乎是为了掩盖自己的窘迫，他故作轻松地说："我还是头一回给人当坐骑。"

岑鸢看着他变红的耳朵，伸手捏了捏。

纪丞没有再理她，手脚僵硬地继续往前走。

岑鸢看到他的脖子也开始变红。

体校经常得体测，早上跑、中午跑、晚上跑。纪丞被晒成健康的麦色，他长得好看，笑起来更好看，很温暖，像个小太阳。

当然，他也只是在岑鸢面前笑。

他才不听话呢，坏得很，三天两头就被请家长。

纪叔叔总罚他，罚再多次他也不长记性。但就是这样的人，却总被岑鸢这种乖乖女欺负得面红耳赤。

岑鸢又开始捏他的耳朵了。

纪丞在她家附近将她放下来。

岑鸢和他说了再见，看到他沾满泥巴的鞋子："你这样回去，阿姨会骂

你吗?"

他无所谓地道:"我每天都挨骂。"

岑鸢笑了,递给他一颗糖:"奖励你的。"

纪丞愣了愣,伸手去接:"奖励我?"

岑鸢没回答,转身进了屋。

纪丞站在原地,小心翼翼地把糖放好。

他不爱吃糖,但岑鸢送给他的每一颗糖他都好好放着,装在一个玻璃罐里。玻璃罐也是岑鸢送给他的。

周末不用上学,岑鸢一大早换好衣服,给周悠然做好早餐,然后出门去做兼职。

她平时就在镇上的便利店打工,工资是日结的,一天五十。

林姐正在整理货架,看到她,笑着和她打招呼:"今天怎么来这么早?"

岑鸢把书包放下,塞到柜子里,又把外套脱了,换上便利店里的工作服:"醒得早,就直接过来了。"

林姐清点完,在笔记本上写下需要补的货:"对了,今天下午会到一批货,东西不多,所以就没付卸货的钱,到时候就麻烦你帮忙卸一下。"

岑鸢顿了顿,点头:"好的。"

"左边柜子里的面包可以吃,还有三天才过保质期。"

林姐笑了笑:"那我先走了。"

"嗯。"

便利店位置在闹市,平时人很多,付款都得排很长的队。

即使到了饭点也没见人少,陆陆续续地一直有人来。

周渼推开玻璃门进来,看到岑鸢,也不惊讶,而是问她:"有笔记本吗?"

岑鸢点头:"往里走第三排货架。"

周渼过去了,随便拿了几本,过来结账。

岑鸢拿着扫码枪扫描完上面的价格:"您好,一共二十二元。"

周渼递给她一百元,岑鸢找零以后和小票一起递给他。

"欢迎下次光临。"

周渼沉默了一会儿,问她:"你吃饭了吗?"

她点头:"吃过了。"

周渼没再说话,手压在书包上,上面的饭盒还是热的。

"嗯。"

他在便利店门口站了很久,最后还是走了。

好不容易等到店里没人了,岑鸢终于有了喘口气的时间,把书包里的水煮蛋拿出来,剥开蛋壳,咬了一口。

她刚咬下第一口,货车就开进来了,停在便利店外的路边。

司机猛按了几下喇叭,头伸出窗外:"小姑娘,货到了。"

岑鸢把剩下半个鸡蛋一口吞了,有点儿噎,然后跑了出去。

东西都是大件,成箱的饮料和啤酒。看着就重,岑鸢细胳膊细腿的,哪里搬得动。

她费力地上去,抱着箱子使劲,箱子却纹丝不动。

她直起腰,深呼一口气,刚要再去搬,有一双手先她一步,把东西搬起来了。

岑鸢抬眸,连搬起来都费力的东西,在纪丞手中却仿佛没有重量一般。

黑色的书包被他随意地扔在地上,他微皱了眉:"你平时就在干这种体力活吗?"

岑鸢不知道他怎么来了,也没问,只说:"偶尔。"

纪丞不爽地骂了一句:"这什么破店。"

岑鸢说:"你别这么说,我是拿了工资的,这是我的工作。"

他嗤之以鼻:"就那点儿破工资?"

朝九晚九,也没个休息时间,一天下来才五十块。

纪丞很想让她别干了,他一天给她五十。但他也知道,他要是真这么说,岑鸢肯定会生气。

她一生气就会不理他。

上次她在体校外被人欺负,纪丞刚好放学,冲过来就把那群人揍了一顿。

岑鸢说他不该动手,还因为这个凶了他。纪丞知道,她是担心他被他爸罚,也怕他被学校罚。但纪丞觉得无所谓,被罚就被罚,那几个坏蛋就应该得到教训。

纪丞让岑鸢先进去,这些东西他来搬。

岑鸢把他扔在地上的书包捡起来,拍干净上面的灰。

纪丞力气大,货很快就卸完了。

岑鸢递给他一张湿巾,让他擦擦脸上的汗。

纪丞接过湿巾,问她:"你吃饭了吗?"

岑鸢点头:"吃了。"

他跟审问犯人一样,问得格外仔细:"吃的什么?"

岑鸢如实回答:"从家里带来的水煮蛋。"

"我就知道。"纪丞皱了皱眉,把书包拉链拉开,从里面拿出一个饭盒,递给她,"你还在长身体,不能只吃这么点儿,营养会跟不上的。"

见岑鸢没接,他把饭盒直接打开,筷子递给她:"吃吧,我特地让我妈做的。"

糖醋里脊、炸酥肉,还有糯米丸子,都是她爱吃的。

店里一直有人来,纪丞怕岑鸢不好好吃饭,就把她身上的工作服脱了,穿在自己身上。

岑鸢见状:"你又不会。"

纪丞拿着扫码枪上下看了眼:"收个钱而已,有什么会不会的,我妈每次给我零花钱我都收得特别快。"

岑鸢:"……"

有几个女生原本没打算进来的,经过便利店的时候透过玻璃门看到了站在收银台内的纪丞,觉得很帅,于是推门进来随便选了几瓶饮料。

纪丞业务不熟练,光是找条形码就找了半天。

扫完以后,他看了眼显示屏上的价格,慵懒地开口:"十五。"

为首的小妹妹结完账,抿了抿唇:"可以加个联系方式吗?"

纪丞抬眸:"不了,我在帮人看店,有点忙。"

她愣住:"在帮谁看店啊?"

纪丞单手撑着桌面,懒散地站着,下颌微抬:"就在你后面,吃饭的那个。"

她回头看了一眼,只能看到侧脸,鼻梁挺翘,睫毛也长,头发随意地扎了个松松垮垮的马尾,露出修长白皙的天鹅颈。

岑鸢难得有这么听他话的时候,认真吃饭。

纪丞脸上带笑,又有几分欣慰:"真乖。"

那个女孩子没再说话,尴尬地拉着自己的小姐妹走了。

天色逐渐暗了下去,岑鸢吃完饭,坐在店里的小桌子上写作业,纪丞就坐在收银台旁看岑鸢。

她写着写着就趴在桌上睡着了。

纪丞把外套脱了,过去给她盖上,怕她着凉。

岑鸢醒的时候,纪丞刚把东西清点完毕,这是岑鸢每天的收尾工作,她做完这些才能下班。

看到岑鸢醒了,纪丞递给她一盒草莓牛奶。

岑鸢没接:"你……"

纪丞硬塞到她手里:"你放心,我付钱了。"

他把她的书包拿起来,和自己的一起挂在肩上。

除了颜色不同,其他的全是一样的,一个粉色,一个黑色。

回去之前,纪丞让岑鸢先写个保证书,不能一生气就不理人。

岑鸢道:"我才不写呢。"

纪丞低声哄道:"你先写,写完以后不管你说什么我都答应你。"

岑鸢觉得写这种东西太幼稚了:"为什么非要写这个?"

"谁让你每次生气就不理人。"

岑鸢自己不觉得,认真回想了一下:"我有吗?"

纪丞揉她的脑袋:"以后让周阿姨多给你买点儿核桃。"

她不解,一双大眼睛懵懵懂懂的:"买核桃干吗?"

纪丞靠近她,气音温柔:"补脑啊,笨蛋。"

岑鸢还是生病了。

哪怕周悠然再怎么预防,她还是没能扛过这阵冷空气的突然侵袭。身上一阵热一阵冷,周悠然一晚上没睡。

岑鸢在镇医院输液,她就在旁边守着。

两张病床,两把长椅,晚上人不多,冷冷清清的。

除了岑鸢,还有一个老人家和一个小孩。

老人家是自己来的,小孩身边坐着父母。

电视正放着动画片,周悠然担心岑鸢输液嘴巴会苦,特地回家把岑鸢的保温杯拿来,顺便还拿了一张她的薄毯。

医院的床不知道被多少人睡过,又是偏僻的小镇,卫生条件不太好。

岑鸢一直咳嗽,头也昏昏沉沉的,她见周悠然在一旁打哈欠,就让周悠然先回去休息。

"我待会儿输完了自己会回去,你不用担心我。"

周悠然替她把薄毯掖好:"那怎么行?"

岑鸢的血管细,给她注射的应该是个新手,扎得慢,还漏了一针。

岑鸢的右手都肿成小包子了,周悠然看了都心疼,她却摇摇头,说不疼。

"还有一瓶,医生说了,半个小时就打完了。"周悠然怕输液的速度太快了,她会难受,就站起身,调慢了点儿,"你先睡一会儿,等完了我再喊你。"

岑鸢的确很困,生病本来就难受,再加上现在很晚了。

她意识昏沉地睡着了,等醒过来的时候,已经躺在自己的床上了。

周悠然还没睡,在外面缝衣服,店虽然盘出去了,但她偶尔还会接点儿活,都是以前的老客户,衣服破损了,还是习惯找她。

岑鸢的烧已经退了大半,她也没下午那么难受了。

她掀开被子起床,出了房间。

周悠然一边打哈欠一边缝衣服,看到她,急忙起身:"怎么起来了?再多睡会儿啊,我和你们老师请了假,今天不用去学校。"

岑鸢看到她眼底的红血丝:"你一晚上没睡吗?"

周悠然无所谓地笑笑:"等我把这几件衣服修好我就去睡。"

昨天睡着以后发生的事情岑鸢已经不记得了,包括她是怎么回来的。

"妈,我昨天是怎么回来的?"

周悠然给她倒了杯热水,和药一起递给她:"昨天你睡着了,我喊了你几声没喊醒,就抱着你,拜托医院的赵伯伯开车把你送回来了。"

没有去学校,岑鸢也没闲着,回房把前几天的错题集重新看了一遍。

周洌的电话打来的时候,岑鸢正因为那些看不懂的解题过程焦头烂额。

客厅里的座机一直在响,她把笔放下,开门出去,接了电话。

周洌先是喂了一声,没听到岑鸢的声音,沉默了一会儿,方才迟疑地开口:"您好,请问岑鸢在吗?"

岑鸢问他:"有什么事吗?"

听到岑鸢的声音,周洌松了口气:"也没什么事,我听林老师说你病了,有点儿担心。"

岑鸢语气不冷不热的,过于淡了些:"普通感冒而已。"

周洌对于她这个态度也不意外,她对他一直都是这样,清清冷冷的,他不在意,反正她对谁都这样。

"今天数学老师把上次的卷子讲了,我专门给你做了笔记,待会儿给你送过去?"

岑鸢礼貌疏离地拒绝了:"谢谢,不用了。"

周冽似乎还想讲些什么,不过岑鸢没给他这个机会,她把电话挂了。

她刚准备回房间,有人在外面敲门。

岑鸢以为是周悠然出去忘了带钥匙,走过去,把门打开。

纪丞站在外面,提着一杯奶茶和一盒草莓蛋糕。

他头发全湿了,身上也没好到哪里去。

刚下车就开始下雨,他也没带伞,还好蛋糕没湿。

纸盒子装的,他担心打湿,用外套包着,也不敢跑,怕撞坏。

岑鸢眉头皱着:"怎么湿成这样?"

她担心纪丞感冒,连忙让他进来,去洗手间拿了毛巾给他:"你先擦一下,我去拿吹风机。"

纪丞把奶茶和蛋糕放下后,看着手里的毛巾,愣了半晌,没动。上面似乎还有岑鸢身上的香味,很淡。

岑鸢拿着吹风机出来,见他红着一张脸站在那儿,以为是感冒了,连忙把吹风机递给他:"你先把头发吹干。"

纪丞的头发短,很快就吹干了。

岑鸢问他怎么过来了。

纪丞说:"我去你们学校接你,结果碰到你同桌,她说你感冒了,今天请假没来。"

"所以你就来了?"

纪丞心疼地摸她的额头:"还是有点儿烧,你吃药了吗?"

岑鸢不自然地抿了抿唇:"吃过了,再睡一觉应该就好了。"

纪丞催她:"那你快去睡觉。"

岑鸢无奈:"现在才几点。"

"还难受吗?"

"好多了。"

纪丞从外套口袋里拿出一盒退烧贴,撕开一张给她贴上:"药店老板说这个可以退烧。"

退烧贴冰冰凉凉的,还挺舒服。

他也没留多久,很快就走了。

那天之后,岑鸢没有再看到纪丞。

她只接到一通他打过来的电话:"学校最近封闭训练,我估计两周以后才能出来,你记得按时吃饭。"

岑鸢点头:"嗯。"

"多穿点儿衣服,小心感冒。"纪丞啰唆得要命,"也别去那个破便利店打工了。"

岑鸢拼命点头:"知道了知道了。"

纪丞沉默了一会儿,然后支支吾吾,像是还想说什么,可是又说不出口。

岑鸢也不着急,安静地等着。

想说的话最后还是没能说出口。

那之后岑鸢有好几天没有再见到纪丞。

学校的演讲比赛结束了,岑鸢和周浏被班主任叫去了办公室,整理这次的比赛结果。

她看到上面的名次,他们班排在末尾。

不意外,他们班本身就是在学校属于吊车尾的。

周浏的成绩其实可以去一班,可能是为了平衡成绩,他被分到了这个班,不过也是他留下来的。

岑鸢把名次整理好,准备回班前,班主任让她顺便把这次的试卷拿回去发了。

周浏随手接过来:"我来吧。"

岑鸢没和他道谢,先出去了。

周浏沉默了会儿,也跟出去。

那是月考的试卷,数学一直是岑鸢的短板,这次考得也不理想。她考了七十八分,满分一百五。

她看着试卷上的分数,微抿着唇,开始抄那些错题。

周浏让人给她传了张纸条,岑鸢放在一旁,用文具盒压着,没看,直到下课了才拆开。

他的字好看,力透纸背:"有不会做的题可以问我。"

岑鸢把纸条扔进垃圾桶,没回。

纪丞不在，岑鸢的身边好像突然清静了许多，没人烦她了，也没人在她身边缠着她问一大堆幼稚的问题。但岑鸢有点儿不习惯，包括每天放学，她都会习惯地看一眼校门外，以前纪丞都会在这儿等她。可是现在那里没有人。

不知道为什么，岑鸢突然有点儿难过，也不知道自己具体在难过什么。

明明纪丞只是在学校集训，两周以后就会出来了，可她有预感，好像总有那么一天，他会离开自己。

她一直都是一个患得患失的人，心思敏感，是纪丞一直陪着她。无论她冲他发多大的脾气，说多狠的话，他就算难过了，也只会稍微走开一小会儿，然后再没脸没皮地凑过来，冲她笑，逗她开心。

他从来不会生岑鸢的气，永远无条件地包容她。

只要有他在，岑鸢就不需要隐忍自己的情绪。

岑鸢有时候会不讲理地想，都怪他，如果不是他，她的脾气也不会被惯成现在这样。

书上说，你失去的东西总会以另一种方式回到你身边。

岑鸢想，纪丞应该就是代替爸爸来到她身边的。

有纪丞在，她就不觉得孤单。

福祸好像从来不单行，岑鸢的病刚好，周悠然就病倒了。

那个时候她还在学校，等回到家看见家里没人、厨房一片狼藉的时候，突然有种不好的预感。

果然，她刚出去，隔壁的阿姨就过来告诉她："你妈做饭的时候在厨房晕倒了，还好我闻到煳味过去看了一眼，给她叫了救护车。"

岑鸢一听这话就急了："江阿姨，我妈她没事吧？"

阿姨说："我没跟着去，不太清楚。"

岑鸢道过谢，一路跑去公交站。

她家住得偏，公交车好半天才来一趟，她半个多小时才到医院。

住院部在五楼，电梯不好等，在五楼停了很久。岑鸢等不了，直接走楼梯。

周悠然还没醒，在病房里躺着，岑鸢去找了医生，询问她的情况。

医生坐在办公室里，看着桌上的病历："病人本身就有基础病，再加上劳累过度，所以才会晕倒，要是继续这样下去，只会让旧疾恶化。"

岑鸢害怕地攥着袖口,尽量让自己保持镇定:"那我妈……现在严重吗?"

医生见她还穿着校服,尽量让自己的语气稍微婉转些,不至于把她给吓到:"你放心,你母亲的病还是可以治的,就是过程漫长了些,不过千万不能继续这样劳累了,不然病情不容乐观。"

岑鸢点了点头,十几岁的高中生,生老病死还没办法独自面对,但她又不得不去面对。

爸爸不在了,她无法想象妈妈要是也不在了,她会怎样。

她一晚上没睡,在周悠然的病床边守了一夜,怕,怕到睡不着。

她闭上眼就开始做噩梦,吓醒以后就不敢再睡了,干脆坐到天亮。

周悠然的药效过了,她醒过来,看到坐在椅子上发呆的岑鸢。

她自然也看到了岑鸢眼底的乌青,一看就是熬夜了。

周悠然心疼地坐起身:"你怎么还没回去?"

岑鸢看到她醒了,眼睛一热,但又不敢哭,藏在袖子里的手死死掐着自己的大腿,努力忍着。

她说:"我不放心。"

周悠然叹气,催她去学校:"我没事,你快去学校,现在都几点了?"

岑鸢给她倒了杯热水,端给她:"我今天哪儿也不去,就在这里陪你。"

周悠然一听岑鸢这话就急了,挣扎着要起来,但她还虚弱,没力气,也起不来,最后又软绵绵地躺下。

"你马上就要期末考了,万一跟不上怎么办?"

就算这节课去上了,她也跟不上。但岑鸢没说出口,不想让周悠然担心她的成绩,也正因如此,所以她才比任何人都更努力地学习。可没办法,她脑子笨。

天赋真的很重要,纪丞平时不学习都可以轻轻松松考进全校前十,她那么努力认真地看书,连全班前三十都进不了。

"没事的,我请假了,只有一天,不耽误,我到时候让同学把笔记借给我。"

周悠然知道她的脾气,倔得要命。

她打定主意的事,是很难改变的。所以周悠然就没再开口,她要在这儿陪着就让她陪着吧。

岑鸢不敢走开,陪着她,就没办法回去做饭。医院的饭菜味道一般,她怕周悠然吃不惯，准备去附近的饭馆炒几个菜，刚准备出门，就有人来探病了，是纪丞的母亲。

张存琳手里提着两个保温桶，一个里面装着汤，另一个装着饭菜。

她也是今天早上去买菜的时候在菜市场碰到周悠然的邻居，从她口中得知了周悠然病倒的事。

"楼下饭馆做的菜不干净，我专门在家做好带过来的。"

她让岑鸢把病床的桌板支起来，然后将保温桶放上去，一一打开取出。

饭香味四溢。

周悠然和她道谢："真是麻烦你了。"

张存琳温柔地笑了笑："这有什么好麻烦的，你呀，赶紧把身体养好，也免得岑鸢替你担心。"她又看向岑鸢："你妈妈这边你就不用担心了，阿姨替你照顾。你专心读书，好好应付考试。"

她是一个很温柔的人，就是对纪丞凶了点儿。

每次岑鸢去她家，她都会做一大桌岑鸢爱吃的菜。

岑鸢今天不打算去学校了，反正去了也不能安心上课，总会担心她妈。她就在病房内写作业。

张存琳和周悠然在聊天。

"他爸出任务去了，两个多月了，也没个消息。"张存琳话里话外都是担忧，偶尔还会轻声叹息，"他这个职业很危险，接触的都是铤而走险的毒贩，你也知道，那些人被逼急了什么事情都做得出来，我就希望他平平安安的。"

最近这些天她一直睡不好，总有种不好的预感。

她不是一个特别伟大的女人，不希望自己的丈夫是保护人民的大英雄，就希望他只是自己的丈夫、纪丞的爸爸，仅此而已。

他工作忙，纪丞长到这么大，他甚至都没有陪纪丞过过一次生日。

周悠然劝她："你放心好了，纪丞他爸不会有事的。"

张存琳垂眸苦笑："但愿吧。"

张存琳走后，病房里又安静下来。岑鸢给周悠然换了台，让她看新闻。

医生来查房的时候她就在外面坐着，她不敢进去。还是太胆小了，怕听到不好的结果，她没勇气面对。

她自己都是个未成年人。

天黑了，医院更安静了，偶尔有过来看望病人的家属，或抱着花或提着

果篮。

他们轻手轻脚地进去,怕吵到病人。

岑鸢将视线移开,看看天花板上的灯,又看看窗外。

隔壁的足浴店招牌很大,彩色的灯牌都把医院的走廊给映成了淡淡的红色。

在医院隔壁开足浴店,真不知道这个老板是怎么想的。

这一天下来,除了纪丞的妈妈来过,就没其他人了。

她们家没亲戚。

岑鸢的爸妈都是独生子女,家里父母去世以后,就没其他兄弟姐妹了,再加上周悠然又是远嫁,更没有亲戚了。

偶尔有医生过来,看到岑鸢,会夸她懂事。

这么小就能独当一面了,交费陪护都是她,忙前忙后,一句怨言也没有。

岑鸢微抿着唇,没说话。

她很困,但就是睡不着,很害怕。

她一点儿都不懂事,也很想哭,交费的时候手都在抖,抖得钱都拿不稳。

她去了很多趟洗手间,不是想上厕所,而是想躲起来偷偷哭一会儿,可是她哭不出来。

十一点半的时候,纪丞来了。

夜晚很冷,再加上最近降温,岑鸢感冒才刚好,本来就不能受凉,可她来得匆忙,也忘了多带一件衣服。

纪丞握住她的手,很冷,一点儿温度也没有,都冻僵了。

她心里装着事,自己没感觉。

纪丞的身上没有其他男生那种奇奇怪怪的味道,他很干净,就连气息都是清爽好闻的。

他怕岑鸢冻着,把身上的外套脱下来给她穿,里面只穿了件卫衣。

外套还带着他的体温,岑鸢顿时不冷了,看着被纪丞放进他卫衣口袋里的手。

那里是靠近他身体的地方,很暖和。他像火源,她离得越近,就越暖和。

他就是岑鸢的火源。

岑鸢哭了，哭得很凶，忍了一天的眼泪在看到他的那一刻，就像决堤了一样。

她说她很害怕："我只有妈妈了，我好怕她也丢下我。"

纪丞安慰她："阿姨不会有事的。而且你还有我，我永远都不会离开你，我会一直陪着你。"

岑鸢只剩下她妈妈一个亲人了，所以她很害怕这种被抛弃的感觉。

她讨厌面对死亡，这种感觉太难受了。

她哭着伸出小拇指："你不许骗我，骗人是小狗。"

纪丞笑着伸出小拇指，和她拉钩："嗯，我永远也不会离开岑鸢，骗人是小狗。"

拉完钩，岑鸢才放心，她哽咽了几声，还不忘问他："你们学校封闭训练也可以出来吗？"

纪丞替她擦眼泪："我请假了，别担心。"

她一直哭，眼泪怎么擦也擦不完，纪丞干脆就先不擦了，等她哭完。

岑鸢哭了很久，哭累了，就不哭了。

纪丞从书包里拿出一盒草莓牛奶，拆开吸管，扎破锡纸封口递给她："我什么都不怕，就怕你哭。"

纪丞的眼睛很好看，他不近视，眼里有光，尤其是看岑鸢的时候，真诚，又认真。

纪丞在医院陪了岑鸢一晚上，有他在，岑鸢就不会害怕。

从小到大，她遇到的风风雨雨，都是纪丞替她挡下的。

他有时候是一座山，有时候是一把伞，伟大或者渺小，都是岑鸢的英雄。

她睡觉的时候，纪丞就在旁边陪她。

岑鸢睡得太沉了，甚至连张存琳来了也不知道。

还是她醒了以后，没看到纪丞。周悠然告诉她："你张阿姨过来送饭，正好看到纪丞那孩子，气得揪着他的耳朵叫他回学校了。"

岑鸢大概能想象到那样的画面。

纪丞不听话，一直都不听话，纪叔叔因为工作很少在家。

纪丞算是张阿姨独自带大的，再温柔的性子也被他的叛逆磨得日渐暴躁。

周悠然回想起刚才的场景,无奈地笑了笑:"纪丞那孩子别的都好,就是玩心大了点儿。"

岑鸢没说话,给她倒了半杯热水,又注入冷水兑温,然后才端给她。

周悠然喝完以后,也开始催促她:"我已经没事了,你先去学校吧,已经耽误这么久了,不能再不去了。"

岑鸢点了点头,走过去收拾书包:"那我放学了再来看你。"

周悠然说:"在学校专心上课,不用担心我,我没事的。"

岑鸢:"嗯,知道了。"

她昨天请假没来学校,下课以后班主任把她叫去了办公室,询问她的情况。

岑鸢说了自己家里的情况,他安慰了岑鸢几句,让她别多想,这些天首要的任务就是期末考试。

这次的考试事关高二的分班。

如果她能分到重点班,肯定对成绩提升有帮助,说完这些他就让岑鸢回班了。

她刚从办公室出来,就看到了站在外面的周洌。

周洌无意中听到她和班主任的对话,才知道她家里发生了这样的事情。

他担忧地问她:"阿姨还好吧?"

岑鸢点头:"好多了。"

她绕过他离开,周洌跟上去,沉吟了很久,最终还是鼓起勇气开了口:"岑鸢,你以后遇到困难了,都可以跟我讲的,不管是学习上还是生活中的。"

岑鸢语气稍微缓和了些,至少不像从前那么冷淡了,但说出的话,字字诛心:"谢谢你,但不需要。"

周洌愣在那里,看着她转身离开的身影。过了很久很久,他才无声地走向男厕所。

那次之后,周洌没有再烦岑鸢。

岑鸢也落了个清净。她的同桌是数学课代表,偏科虽然严重,但数学成绩一直都是全校第一。

偶尔她会给岑鸢补补课,但岑鸢脑子笨,很多题目得讲很多遍才能听懂。

岑鸢很努力地学习，从小耳濡目染接触到的事和物让她知道，穷人只有读书这一条路。

放学坐车去医院，下车的时候天还是阴的，她走了两步就开始下雨，她一路小跑，冲进了医院。

医院有点儿冷，岑鸢把书包里的外套拿出来穿上。

这是纪丞昨天给她的，他今天走的时候也忘了拿，岑鸢原本打算洗干净了，等下次看到他的时候再还给他的。

周悠然看见了，忙问她："淋湿了没？别又感冒了。"

岑鸢笑道："没呢，我跑得快，雨淋不到我。"

周悠然看见她脸上的笑，这才稍微放下心。

她看向窗外，雨好像停了，天空阴沉沉的，能看见的地方都是一片压抑的灰色，她叹了口气，又将目光收回。

岑鸢乖巧地坐在椅子上，认真地看着那些药物说明书。

周悠然有时候觉得自己很没用，岑鸢明明还这么小，却不得不替她一起承担家里的困难，像她这么大的孩子只需要为了成绩烦恼，可她过早地开始直面贫穷带来的悲哀。

这次住院，不知道又花了多少钱，以后每个月还得复查，又是一笔不小的开支。

岑鸢为了替家里减轻负担，每次放假都会偷偷出去打工。

这些周悠然都知道，同样，她也知道，自己再怎么劝，岑鸢只会口头上答应，还是会偷偷去。

她很懂事，但周悠然不希望她懂事。

医生建议周悠然再多住几天，这样也好观察病情的后续发展。

周悠然却心疼这一天几百的住院费，无论如何都要出院。

出院那天，岑鸢过来接她，周悠然走路还不是很顺当，得岑鸢扶着。

她们下了公交车以后还要走一段路。

岑鸢扶着周悠然，缓慢地往前走。她又抬头看天，漆黑一片，没有星星。

她突然很想知道，未来的自己，会变成什么样的人，能让妈妈过上好日子吗？脾气有稍微变好一点儿吗？还有，她应该嫁给自己喜欢的人了吧？

岑鸢又开始去那边便利店打工了。

她明明答应过纪丞的,以后不去了。可她需要钱,不得不去。

周悠然复查需要钱,买药也需要钱,岑鸢想趁现在多存点儿,尽可能替家里减轻一些负担。

林姐知道她家里的事情后,给她涨了工资,从一天五十块涨到了一天六十块。

下午的时候,货到了。

岑鸢费力地把东西搬进去,好在没有饮料那么重的大件,虽然累,但勉强能搬动。

东西全部搬完后,她把袖子往上卷,看了眼胳膊上的压痕,还好没有破皮,只是有些红肿而已。

她不敢碰,一碰就疼,火辣辣地疼。

周末那两天她几乎没有睡上一个好觉,林姐给她把工资涨到六十块了,下班的时间也推迟了一个小时。

回家以后她还得写作业,写完就已经很晚了。

周悠然给她留了夜宵,在锅里,岑鸢其实不想吃,但她又怕周悠然第二天早上看到那碗面没动,会担心。

她总担心岑鸢吃不饱。

岑鸢吃了一半,倒了一半。

周一到周五学习,周末她去便利店打工。

这样的生活节奏别人看了可能会觉得累,但她其实早就习惯了。

之前没有在便利店打工的时候,她偶尔也会去周悠然上班的地方工作,帮忙打包装,一个五毛钱,一天下来也能弄好几百个。

岑鸢咬了一口手里的面包片,豆沙馅的,两片夹在一起,还有一瓶牛奶,这是她今天的午餐。

周冽看了她一眼,握紧了手里的蓝色饭盒,想给她,但还是没有勇气和她说话,于是把饭盒重新放回书包里。

张小雅抱着一堆书和杂志过来,这是她今天去学校隔壁书店借的。

她把其中一本递给岑鸢,脸色严肃地告诉她:"这本是我最近的心头好,言情少女必入的一本。"

岑鸢不是言情少女，对这些书也没什么兴趣，但是张小雅显然不打算轻易放过她，所以她把书接过来，看了眼上面的名字。

书名很奇怪，男主的名字也很奇怪。

张小雅双手捧脸，笑得格外花痴："这本的男主简直太帅了，简直就是女主的救世主啊，我真的太爱这种男孩子了！"说完她又有点儿遗憾，"为什么我身边没有这样的男生？"

岑鸢没说话，咬着吸管，安静地喝牛奶。

张小雅将目光锁定在她身上："话说回来，我突然觉得纪丞的人物设定，和这本书里的男主还挺像的。"

刚喝下去的那口奶呛住了，岑鸢咳了好几声，脸都涨红了。

"你别乱讲。"

张小雅说："我没乱讲，难道你不觉得纪丞长得很帅吗？"

岑鸢没承认，但也没否认。

毕竟事实好像确实如此，就像张小雅说的那样，即使她和纪丞从小一块儿长大，几乎每天都能看见他那张脸，但这种熟悉感还是让她觉得纪丞好看。

岑鸢有时候觉得，他就是向日葵，永远阳光，永远干净。就算这个世界变成了压抑的黑灰色，他仍旧是其中最显眼的白色。

他是不被俗世污染的。

岑鸢其实很羡慕他，也很想成为他那样的人。但她也知道，纪丞这样的人，永远是自己可望而不可即的。

如果不是从小一起长大，她和他，这辈子应该都不会有交集吧。

他们本身就是完全处于两个世界的人。

想清楚这点后，岑鸢又有点儿难过，看着还剩一半的面包片，里面的豆沙露了出来。

她没有食欲了，连牛奶都不想喝，一言不发地坐在那里发呆。

张小雅自然也看出了她心情变得很差，以为是自己刚才哪句话说错了，有些愧疚地递给她一个棒棒糖，跟她道歉："对不起啊，我不是故意的。"

岑鸢冲她笑："我没生气。"

张小雅见她笑了，顿时松了一口气。

那几本书张小雅还是强行放在她这儿了，并且让她千万要读完，到时候还得每本各写一千字的读后感。

岑鸢无奈,看着那几本书觉得有点儿头疼。

便利店的生意越来越好了,应该是之前的优惠活动起了作用。
那几个头发染得红红绿绿的男孩走进来,要了两包烟。
岑鸢打开玻璃橱窗,拿了两包递给他们。
那人看见岑鸢,接烟的时候故意在她手背上摸了一把。
岑鸢急忙把手抽回来,瞪了他一眼。
那人却乐了:"皮肤真好,手这么滑,平时该不会在用牛奶洗澡吧。有点儿脾气,我更喜欢了。"
越偏僻的地方,越容易藏匿一些让人作呕的老鼠。那群人就坐在便利店外,等她下班。

周冽是过来买醋的。
他家就住在附近,明明可以去更大更近的超市买,但他还是多走了几分钟的路来这儿了,可能是在家写作业坐久了,想多走一会儿吧。
他是这么在心里说服自己的。
他看到坐在门口的那群人,是他平时敬而远之的一类人。
他不是害怕,而是担心,担心自己身上会染上他们的气息。
从他们身旁经过,他推开塑料帘,却无意间听到他们的对话。
"待会儿带她去网吧。"
"她要是不愿意去怎么办?"
"这种学生妹看着清纯,其实都在玩欲擒故纵,到时候硬拉着她去。"
周冽眼神冷了几分。
他买完醋,也没着急离开,一直坐在那里,等岑鸢下班。
晚上十点整,没人来店里了,岑鸢把卷帘门关上,周冽在旁边帮她。
那群人见她出来了,也都站起身,周冽先他们一步,把岑鸢手里的书包接过来:"我送你吧。"
岑鸢抬眸,沉吟片刻,点了点头。
周冽陪着她走了很长一段路,直到身后那群人离开了,她方才停下。
"刚刚,谢谢你了。"
周冽摇头:"那群人不是什么好人,离他们远一点,还骚扰你的话就报警。"

岑鸢知道。

他们又没说话了,晚上风有点儿大,岑鸢再次和他说了声谢谢:"不用送了,我家就在前面,很近的。"

周冽能感觉到,岑鸢对他始终有种拒人于千里之外的疏离。

他们其实也认识很久了,初一开始就是同班。

性格迥异的两个人,甚至连成绩都属于两个世界,但周冽还是在见到她第一眼的时候就注意到她了。

这个世界本就存在许多不公平。

有的人做再多,也没办法被人注意。而有的人,只要出现,便能成为众人目光的焦点。

周冽喉咙有点儿疼,说不出话来,所以只能看着岑鸢离开。

那群人似乎盯上岑鸢了,越是难以攻克的难关,越是有着致命的吸引力。

现在的岑鸢对他们来说,就是猎物。

张小雅替岑鸢告诉老师,可学校也没什么有效的办法,只是让岑鸢通知家长,每天来学校接她回家。

岑鸢不能告诉周悠然。她生病了,医生说她需要静养。

如果岑鸢跟她讲了,她肯定会担心,又会整夜睡不着觉。

岑鸢突然想起周悠然的话了。

"希望我们鸢鸢快点儿长大,然后嫁给一个能保护她的人,这样就不用再担惊受怕了。"

她们相依为命,是彼此的依靠,但这份依靠太脆弱了。

周悠然对于岑鸢,心里是有自责的。

自己这个母亲并不称职,让她在该享受纯真的年纪,却因为家里的贫穷而操劳,可岑鸢却从来都是安慰她。

她不诉苦,也很坚强,与其说周悠然是她的依靠,倒不如说她是周悠然的依靠。

岑鸢坐在教室里,看着窗外,太阳落山了,只剩一点儿余晖,将整座小镇都给染红了。

那群人终于不在校门外守着了,原本以为他们放弃了,可是在前往公交

车站的那条小路上,岑鸢再次遇见了他们。

她粉色的书包上挂了个吊坠,用毛线编的小猫。

班上的女生几乎人手一个。

岑鸢没买,但纪丞买了。他花了一个多月的时间才编好,而且编得还特别丑,猫的眼睛歪了,胡子都快长到屁股上了。

岑鸢嫌丑不要,他却一点儿也不退让,一定要她挂在书包上,最后岑鸢还是挂了。

纪丞是她的英雄,他亲手编的猫就是她的护身符。

八岁那年,同样年幼的纪丞背着骨折的她去医院。

岑鸢趴在他尚不宽阔的背上,从那个时候她就觉得,纪丞是她的英雄,肯定会保护她一辈子。

英雄现在就站在她面前,书包往她怀里一扔,说要和那几个人聊聊人生理想。

岑鸢愣了好一会儿,才喊他的名字:"纪丞。"

他回头冲她笑:"放心好了,我不打架,你先回去。"

他一只手勒住一个人的脖子,把人往巷子里面拽,带了点儿挑衅的笑容:"和小妹妹去网吧多没意思啊,我带你们去个好玩的地方。"

岑鸢还是担心他会打架。

回到家以后,她给他打了电话,纪丞很快就接了,仿佛早就猜到她会问什么了,她还没开口,纪丞就先回答了:"你放心好了,我真没打架。"

他不会骗岑鸢。

岑鸢沉吟了很久,握着电话线的手逐渐收紧:"没打架就好。"

纪丞语气带了点儿埋怨:"你说你又没手机,还每天这么晚回家,要是我今天没过去,你怎么办?"

岑鸢非常认真地想了想,刚要把她可能遭遇的下场讲出来,被纪丞急忙打断了。

"算了,你不要讲了,我怕我晚上又担心得睡不着。"

岑鸢觉得他蠢得有点儿好笑:"只是假设,我又没事。"

他说:"假设也不行。"

岑鸢把窗户打开了,抬头看天,喊他的名字:"纪丞啊。"

"嗯?"

电话听筒里的声音,清冽干净,和他这个人一样。

岑鸢有时候总会觉得,遇见纪丞应该是自己这辈子最大的幸运了吧,可她不会这么说,因为说不出口。

如果她真说了,以纪丞的性格,他会害羞得好几天不敢和岑鸢讲话,也不敢见她。

岑鸢太了解他了。

岑鸢说:"你走到你房间的窗户旁边。"

纪丞虽然疑惑,但还是照做了,耳边响起脚步声。

过了会儿,又重归安静,纪丞说:"到了,然后呢?"

岑鸢又说:"你打开窗户。"

纪丞沉默了很久,然后才小声地问她:"你……你该不会来我家了吧?"

他说话的语气里,带了点儿诧异,还有莫名其妙的害羞。

岑鸢笑出声:"我让你看星星,今天的星星好多,好漂亮。"

"哦。"

他似乎有点儿失落,但还是听话地看着天空。

星星的确很多,小镇的夜空很漂亮,岑鸢喜欢星星,也喜欢夜晚。

她很久以前是怕黑的,后来纪丞告诉她,黑夜是在用它的颜色保护你,所以她就爱上了夜晚。

岑鸢问他:"你还记得去年生日你跟我说过的话吗?"

"当然记得了。"纪丞一字不差地重复了一遍,"等你下次生日,我就送你一整瓶的星星。"

他看了眼自己的书桌,瓶子里装着纸折的星星,已经快满了,全部是他亲手折的。

岑鸢的生日还有几个月,等她生日那天,肯定能装满。

岑鸢说:"你不许骗我。"

"我当然不骗你,我什么时候骗过你?"

那个时候的他们都不知道,他们在房间里打电话,纪丞的妈妈同样也接到了一个电话,她在客厅里哭了一晚上,眼睛哭肿了,第二天却若无其事地给纪丞做饭。

纪丞盯着她的眼睛看,眉头皱着:"妈,你的眼睛怎么了?"

张存琳打开冰箱,从里面拿出一瓶冷藏过的牛奶,放在眼睛旁去肿:"昨天看了一晚上的韩剧,哭肿了。"

纪丞无奈地叹了口气,把自己碗里的三明治装好,放进书包:"少看点儿韩剧,都是骗女人的。"

集训结束了,以后他都能和岑鸢一起上下学了。

他把书包里的三明治拿出来,递给她:"我特地让我妈放了两个鸡蛋。"

三明治还是热的,岑鸢吃得慢,纪丞就拿着水在一旁等着。

"你下周有时间吗?"

岑鸢疑惑地问道:"下周?"

"嗯,你不是喜欢音乐剧吗?"他神秘兮兮地从书包里拿出两张门票,"我花了一个月的零花钱弄到的。"

岑鸢不要:"你退了吧。"

"退不了,本来就不够热门,也没办法转给黄牛,你要是不看的话就只能扔掉了。"

他又开始耍无赖了。

岑鸢眉梢轻拧:"你买之前怎么不先问问我?"

纪丞小声嘀咕:"问了你你肯定不让我买。"

岑鸢干脆不理他了,把手里的三明治塞给他,自己往前走。

纪丞急忙跟过去,哄了她好久才把她哄好,并且保证,自己下次绝对不会乱花钱了。

张小雅一到学校就激动地拿着书包跑过来:"你还记得之前一直在学校围堵你的那几个社会混混吗?"

岑鸢把文具盒和课本拿出来,周围都是背书声,嘈杂得很。

她点头,记得:"怎么了?"

张小雅说:"他们在学校贴吧发了帖子,全是骂自己的话,还把自己的照片给放上去了,那些红红绿绿的头发全部剃掉了,下面都是一些跟帖嘲讽他们的。"

岑鸢想到昨天晚上纪丞带他们进了小巷子,他既然承诺了不会动手,那应该就真的不会动手。可后来到底发生了什么,她也猜不到。

只不过从那之后,那几个人看到岑鸢,都跟看到鬼一样,吓得急忙离开。

纪丞说岑鸢之前答应去他家写作业，后来放了他鸽子，总得找个时间补偿回来。于是他软磨硬泡，磨了她一天的时间，终于成功让岑鸢点头，去他家写作业。

家里一股糊味，张阿姨坐在客厅发呆，像有心事一样。

纪丞换了鞋子："妈，什么东西糊了？"

他妈回过神来，这才想起锅里还做着排骨。

她急忙起身进厨房，看着锅里那团黑乎乎的东西，叹了口气，把东西倒进垃圾桶，说让他们再等等，先自己玩一会儿。

她说这话的时候，没什么精神，眼神也黯淡无光。

纪丞先一步回了房间，把自己折的星星藏起来。

他是想给岑鸢一个惊喜，在她生日那天，所以不能让她提前发现。

岑鸢把书包取下来，放在桌子上，对纪丞说："阿姨好像有心事。"

纪丞发现了，有点儿担心："该不会是我爸发生了什么意外吧？"

岑鸢安慰他："叔叔不会有事的，前几天不是还给你打过电话报平安吗？"

纪叔叔平时因为工作回不了家，和纪丞都是打电话联系。

前几天那通电话还是这两个月来他爸第一次和他联系。

他爸因为担心他下次体测时会紧张，所以抽空给他打电话，做了一个多小时的心理疏导。

可能是怕纪丞担心，吃晚饭的时候，张存琳主动提起了他爸爸："你爸昨天给我打电话报了平安，让你好好学习，你今年的生日他回不来了。"

纪丞早就习惯了。

他给岑鸢夹了个鸡腿，又给他妈夹了个鸡腿："没事儿，让他自己注意安全就行。"

张存琳看了他一会儿，眼睛红了，怕被发现，所以低着头，用手捂着眼睛："油溅到眼睛里了，你们先吃，我去处理一下。"

那天之后，岑鸢每次去他家，都只看到纪丞一个人。

她问纪丞："张阿姨怎么不在家？"

他打开冰箱，从里面拿出西红柿、鸡蛋和挂面："我妈说她老家一个姑婆去世了，那个姑婆家里也没其他亲人了，所以她就回去帮忙处理下身后事。"

岑鸢点了点头,见他脸色为难地盯着锅,于是起身过去:"还是我来吧。"

纪丞不让:"哪有让客人做饭的?"

岑鸢笑道:"给你一个机会吃我做的饭。"

纪丞一听她这话,立马跟占了大便宜一样,眼睛都亮了:"真的?"

岑鸢说:"你要是不愿意就算了。"

他急忙开口:"愿意愿意,我可太愿意了!"

他家楼下有好几只流浪猫,岑鸢每次来都会喂它们。

她很喜欢小动物,小动物也很喜欢他们。

纪丞对猫毛过敏,岑鸢每次喂它们的时候都会让纪丞离远一点儿,但他就是不愿意,一边打喷嚏一边陪她一起喂。

岑鸢又想起张阿姨了,总觉得她的状态不太对,问纪丞:"阿姨最近心情是不是不太好?"

纪丞点头:"我爸出任务了,都好几个月没回来了,我妈担心得不行,上个月还去庙里拜佛求平安了。"

"那你担心吗?"

"我担心啊,但担心没用。"

岑鸢见过纪叔叔几次,屈指可数。

他是一个不苟言笑的男人,却莫名让人觉得有安全感。

纪丞身上与生俱来的正义感就是遗传于他。

岑鸢说:"你爸爸是个英雄。"

那几只脏兮兮的小猫聚在一起吃着盆里的食物,纪丞支支吾吾地问:"那我以后要是当了警察,你也会觉得我是个英雄吗?"

岑鸢点头:"嗯,是所有人的英雄。"

他脸色绯红,但又一脸认真:"我不贪心的,我就想当你一个人的英雄。"

岑鸢的心脏莫名其妙因为他这句话而跳动得很快。

她的脸肯定也很红,因为她感觉到了,自己不断上升的体温,但她还是镇定地说:"很贪心了。"

纪丞笑她:"所以你是觉得,你比全世界都重要了?"

岑鸢害羞地移开视线:"你别乱讲。"

纪丞笑了笑，果然没有再说。

岑鸢在他这儿，的确比全世界重要。

她就是他的全世界。

岑鸢做了一个梦，乱七八糟的梦。

乱到她清醒的那一刻就迅速忘了梦里的内容，只是大致记得，不是一个好梦。

梦里纪丞好像离开她了，他去了一个很远很远的地方。

直觉告诉岑鸢，他不会再回来。于是她就吓醒了。

床头柜上的闹钟才七点，周悠然就出去了，她在家休养了一段时间后，又开始不顾岑鸢的劝阻，非要回到那个厂子里打零工。

她自己起床，简单做了点儿早餐，吃完就去学校了。

入秋了，天气越发冷了，不知道是从什么时候开始流行的，班上的女生开始自己织围巾。

张小雅买了一大团的白色毛线，因为一直出错，拆来拆去，白毛线都变成灰色的了。

她一脸痛苦地趴在桌上："太难了。"

岑鸢笑了笑，没说话。

下学期就要换班了，一班的老师早就想让周洌去他们班了，觉得他这样的三好学生不应该留在现在这种"吊车尾"的班级。但因为他之前一直不愿意换班，他也没办法。不过听张小雅说，周洌同意了下学期转到一班。

张小雅不解："我觉得他好奇怪，之前死活要留在我们班，几个学校领导轮番来劝都没用，怎么这会儿反而主动要转班了？"

岑鸢在草稿纸上写写画画，张小雅放弃了织围巾，反而迷上了难度更大的毛衣。

她让岑鸢给她设计一件独一无二的，到时候好惊艳全校。

听到张小雅的话，岑鸢倒是没什么反应。

她对别人的事情，一向不关注。

周五放学，她的书桌里多了一封信。署名是周洌。

岑鸢没看，直接扔了，大概能猜到里面的内容。

岑鸢不想要这样的喜欢，所以从来没有给过周洌希望，拒绝的方式也一点儿都不婉转。

她性格算不上好,脾气也是,对待自己不在乎的人,没有一丁点儿耐心。

岑鸢觉得,都是纪丞的错,是他让自己变成这样的。

只有明确知道自己是被在乎的人,才有底气。

纪丞来找她了,拿着那两张音乐剧的门票。

音乐剧的地址就在市里,也不远,坐车一来一回四个小时。

周六早上,岑鸢换好衣服出门,纪丞手里提了一个纸袋,看到岑鸢,他拿出里面的围巾给她围上,和他脖子上的那条是一样的,不过他的是灰色,岑鸢的是粉色。

今天风大,纪丞怕她冻着,围了好几圈:"我不会织,也学不会,所以就买了两条。"

他有自知之明,这种精细活他再怎么努力也学不会。

班里的同学都是女朋友织的,但纪丞知道,岑鸢大概率不会给他织。

她不爱凑这个热闹。所以纪丞就想给她织,工具书倒是买了,看了开头的步骤他就放弃了,还是买两条吧。

他们坐上去市里的大巴,岑鸢刚上车没多久就睡着了,纪丞怕她累,动作温柔地将她的脑袋靠在自己肩上。

那点儿重量很轻,几乎可以忽略,但纪丞还是觉得沉甸甸的,心仿佛被填满,放在腿上的手下意识地收紧,黑色运动裤被捏起一圈褶皱。

他想被她依靠着,最好依靠一辈子。

下车以后,距离音乐剧开始还有一段时间,纪丞怕岑鸢饿着,先带她去吃了饭。

奶茶是他趁岑鸢吃饭的时候排队去买的。

那是挺有名的一家店,他听说女孩子都喜欢这种甜甜腻腻的东西。

纪丞不喜欢,但只要是岑鸢喜欢的,他都可以试着接受,然后和她一起喜欢。

音乐剧院就在酒店后面,旁边的横幅拉了很长。

"热烈欢迎本次参加全国中学生数学奥林匹克竞赛的学生入住此酒店。"

岑鸢在前面等他,纪丞拿着刚买的奶茶跑过去,没仔细看,中途不小心撞到人了。

那人手里的书掉在地上,纪丞帮他捡起来,和他道歉。

四目相对的一瞬间,纪丞看见那双眼睛空洞无神,表情也很冷漠,仿佛是一个没有感情的机器人。

只有不再热爱这个世界的人,才会是这样的眼神。

对方看了他一眼,没说话,接过纪丞递过来的书,绕开他走了。

岑鸢在前面喊他:"纪丞,怎么了?"

纪丞走过去:"没事,不小心撞到人了。"

他把奶茶递给她:"你喜欢的奶茶。"

岑鸢伸手接过:"你刚才那么急急忙忙的,就是去买这个?"

纪丞点头:"去晚了就关门了。"

他们进了剧院,旋转门隔绝了剧院外的声音,还有那句"商滕,徐老师叫你过去"。

纪丞不爱看音乐剧,刚开场他就睡着了。

结束的时候天色渐暗,岑鸢和他一起从剧院出来,看到酒店门口的横幅,问纪丞:"能参加奥赛的人,一定都很聪明吧?"

纪丞突然想到自己白天看到的那个人。

他觉得做个聪明人似乎也没什么好,那个人看上去一点儿也不快乐。

看出了岑鸢脸上的羡慕和失落,纪丞摸了摸她的头,安慰她:"没事,笨点儿更好。"

岑鸢没有被安慰到,反而觉得被侮辱了。

她不想理他,一个人往前走。

纪丞跟过去:"怎么又生气了?"

岑鸢捂住耳朵:"你别和我讲话!"

纪丞非要讲:"我没说你笨,我的意思是,不管你聪明还是笨,只要是你,都很好。"

岑鸢捂着耳朵,没听到他这句话。但她也没真的生他的气。

时间不早了,他们得回去了,去坐大巴的路上,纪丞看到她被冻红的脸,取下自己的围巾,一圈一圈地给她围上,把脸全部挡住了。

岑鸢眼前顿时漆黑一片,说:"纪丞,我看不见路了。"

纪丞牵住她的手:"没事,跟着丞哥走。"

他的手很大,比她的要大很多,手掌合拢,便把她的整只手都给握

住了。

不论什么时候,他的手都是温热的。

从小到大,陪着岑鸾的,都是纪丞。

陪伴胜过千言万语,纪丞永远在用他的实际行动填补岑鸾缺失的安全感。

岑鸾想象不到,没有纪丞的人生,会是怎样的人生,她也不愿意去想。

马上就要到冬天了,纪丞的妈妈回到榕镇,纪丞给岑鸾打电话,他说自己总有种不好的预感。

他妈最近太反常了,好像有什么事情瞒着他。

他生日那天,纪妈妈打起精神做了一大桌子他爱吃的菜,还放了一段录像给他看。

他爸爸给他录的,祝他生日快乐。

他说自己因为工作,回不去,等春节再给他把礼物补上。

看到录像里的人,纪丞终于稍微松了口气。

只要不是他爸爸出事了,那都不算事儿。

他在家里和他妈一起过了个生日,心里想着岑鸾说晚上要送他礼物,匆匆吃完以后切了块蛋糕带走,给岑鸾送过去。

岑鸾在广场那里等他,给他准备的生日礼物是两张篮球赛的门票。

他陪自己看了他不爱看的音乐剧,那么她也可以陪他去看自己看不懂的篮球赛。

纪丞看到门票,高兴得不行。

他不是高兴可以去看球赛了,而是高兴岑鸾愿意陪自己一起去:"你不是不爱看篮球比赛吗?"

岑鸾说:"谁让今天是你生日,鸾姐就勉为其难地依你一次。"

纪丞立马狗腿子般附和:"谢谢鸾姐。"

岑鸾看到他这个样子,觉得好笑,骂了一句"神经病",然后便转身走了。

纪丞立马跟过去:"不是你自称鸾姐的吗?怎么又骂我?"

岑鸾没有理他,走到一个卖烤红薯的小摊前,买了两个烤红薯,大的给纪丞,小的自己吃。

她说自己会魔法,还问纪丞想不想看。

纪丞微挑了眉，似乎不信："这么厉害？"

岑鸢问他："你信不信？"

他故作沉思地摇了摇头："不太信。"

岑鸢说要表演给他看看，现场施了个魔法："好了，你现在被我定住了，动不了了哦。"

纪丞果然不动了，还夸她厉害。

岑鸢有点儿得意地踮脚，捏了捏他的脸："以后对鸢姐客气点儿知道吗？"

纪丞乖巧听话地答应了。

他动不了，就没法点头。

岑鸢突然想快点儿到明年春天。

纪丞和她不一样，只想冬天快点儿来。

因为冬天可以放烟花，岑鸢最喜欢的就是烟花了。

只要是岑鸢喜欢的，纪丞都会喜欢。

他很贪心，生日愿望许了两个，一个是未来要娶岑鸢，还有就是今年冬天也要和岑鸢一起看烟花。

他从八岁那年就和她在一起了，十八岁也不会变，就算到了八十岁，他依旧会和她在一起。但他不着急，日子还长，他先陪着岑鸢长大。

等她长大了，到了十八岁，他就可以名正言顺地和她告白了。

他们坐在广场的椅子上，抬头看月亮，月亮也好像在看他们。

即将十五岁的岑鸢和已经十六岁的纪丞，会永远在一起。

番外二
平行时空里的少年商滕和少女岑鸢

因为下雨，体育课临时换成了自由活动。

岑鸢拿着钱包去超市，买了点儿火腿肠和酸奶。火腿肠是买给学校里的流浪猫的，酸奶是买给自己的。

雨不大，淋在身上甚至都没有感觉，但路面逐渐有了湿意，斑斑点点的，如同腐旧的墙面脱落，露出后面深色的砖。

别的女生都聚在一起聊天，聊时尚杂志上的内容。岑鸢没办法融入，因为那些女生都和江窈关系好。

岑鸢她们不欺负自己就已经谢天谢地了，也不奢求她们能和自己表达友好。

学校的校服穿在她身上有点儿大，松松垮垮的。

刘因说改天给她拿到店里改一下，但她说的改天一直因为打麻将而无限期地往后推。其实岑鸢自己就会改，但她没工具。

今天放学她找下附近有没有卖针线的。

她乱七八糟地想着，步子却没减慢。

流浪猫一般都躲在学校后面的围墙那里，因为位置隐蔽。

猫也怕人，更何况是流浪猫，除了怕还多出几分警惕，听到一点儿声响就会竖起全身的毛。

走近些，她听见了猫叫声，叫声尖细，和平时不同。

岑鸢心里一惊，急忙跑过去，以为有人在欺负它。

墙与墙之间的距离并不大，阴雨天可见度低。哪怕现在只是下午，太阳还没落山。

少年站在背光处，大约是听到动静，眼神懒散地看了过来。他身上穿着校服，拉链没拉，里面是他自己的衣服，一件没有任何图案的黑T。

原来是学校里的学生。岑鸢暗自松了一口气，走过去抱猫。

它窝在她怀里，仍旧冲他叫，一副不依不饶的架势。

岑鸢抿了抿唇，小声埋怨："怎么能欺负猫呢？"

她原本以为他会和她解释，结果他一句话也没说，直接走了，连背影都带着傲慢和不屑。

岑鸢抚摸着怀里的花卷："真是一个不礼貌的人。"

那不是他们最后一次见面，毕竟是同一所学校的，还是有机会遇见的。

她知道他的名字，还是在期中考试后。

他的照片被贴在了公告栏上，他考了全校第一名。

少年眼神空洞地看着镜头，仿佛隔着玻璃与她对视，一头黑发遮住了眼睛。

他和那天岑鸢看到的时候，感觉一样，都带着一种厌世感。

她看到下面的字：高三（一）班，商滕。

岑鸢几乎每天都会去喂猫，但今天去得稍微晚了点儿，因为她在超市门口碰到了江窈。

她和她的几个小姐妹在一起，每次看到岑鸢，都会冷嘲热讽几句，说岑鸢是乡巴佬。

"那种穷地方，治安应该很乱吧。"

岑鸢没说话。

江窈推搡她："哑巴了？"

她握紧了手里的火腿肠，还是不说话。

江窈总是这样针对岑鸢，岑鸢不想和她起冲突。

她的家庭太复杂了,她的身份也很尴尬。她只想安安静静地考上大学,然后勤工俭学,从那个家里搬出去,再养一只猫。

或许是觉得她是个软骨头,欺负起来也没什么意思,推搡了一会儿,江窈就走了。

岑鸢把衣服整理好,拎着购物袋去了老地方。

花卷又在叫,和上次一样,都是那种尖细、带着敌意的叫声。

她加快步伐走过去,果然看到了那个人。

他应该来了很久了,指间的烟都快燃尽了,可是岑鸢怎么看怎么觉得,是花卷在欺负他,花卷又是咬他裤腿,又是挠他鞋。

他都不为所动,让它咬,让它挠,仿佛没有任何感觉一般。

岑鸢急忙过去,把猫抱走:"对不起啊,花卷平时脾气挺好的,今天不知道怎么了。"

很长一段时间的静默。

岑鸢也没打算他会回应自己,刚拆开火腿肠的包装准备掰成小块喂它的时候,清润的少年音落进她耳朵里:"花卷?"声音意料之外地好听,和他那张阴郁的厌世脸不太相符。

"嗯。"她抱着猫,热情地向他介绍,"它喜欢吃花卷,所以我就给它取名叫花卷。"

他又没反应了,甚至都没看她一眼,仿佛刚才的声音只是岑鸢的错觉。

她把花卷放下,让它自己去玩。

迟疑了一会儿,她说:"你怎么没上课呀,逃课不太好。"

这节课只有他们班是体育课。

那人不为所动。

"小孩子还是要听老师的话。"

听到这句话,他稍微有了点儿反应:"小孩子?"

岑鸢点头:"没有成年的都是小孩子。"

商滕冷笑一声,转身走了。

见他生气,岑鸢跟过去,跟他道歉:"我是小孩子,你是大孩子,可以吗?"

他不语,没有理她。

岑鸢却笑了起来。

听到她的笑声,商滕脚步微顿,垂眸看她。

被他这么阴冷地盯着，岑鸢也不怕，反而笑得更灿烂："有人在生闷气。"

商滕的眼神暗了暗，他沉声扔下三个字："别烦我。"

岑鸢不怕他。她走近了些，闻见他身上那种属于少年的干净且清爽的气息。

"我每天都会来这里的，你要是遇到不高兴的事情了，可以来这里找我。"

岑鸢热情地邀请他，还让他别怕，信誓旦旦地承诺："我下次让花卷不咬你，它很听我的话。"

她笑的时候，眉眼往下弯，唇角向上挑，甚至还能看见那几颗可爱的小白牙。

商滕只淡漠地看了她一眼，然后就走了。

学校超市最近进了一批新的火腿肠，花卷不爱吃，岑鸢就从校外买了带进来。

因为数学老师拖堂，岑鸢去得比平时晚了点儿。

她担心花卷饿肚子，是一路跑过去的。

花卷这次没叫。

岑鸢脚步稍微慢了点儿，有点儿失落。

他没来吗？

她低着头，从外套口袋里摸出一盒草莓牛奶，这是准备给他的。

算了，下次吧。

她走过去，一边从书包里拿火腿肠一边道歉："老师今天拖堂，所以来得晚了点儿，我们花卷肯定饿死了吧。"

花卷没回应。

她抬眸，花卷此时正咬着商滕的裤腿，表情狰狞。

难怪它没叫，嘴巴正忙着呢。

岑鸢把花卷抱过来，打它的屁股："怎么又不乖了？"

商滕看了眼自己被咬皱的裤腿，淡声开口，像质问："不是很听你的话？"

岑鸢笑道："可能它真的太讨厌你了。"

商滕移开视线。

岑鸢鼓励他:"没事,招动物讨厌不算什么大事,只要不招人讨厌就行了。"

商滕看别处,没接话。

他这次过来,是在课余时间。

岑鸢走到他面前,极轻地歪了下头,马尾从肩上落下去。可能是阳光太烈,她的笑容也开始变得晃眼:"真棒呀,我们小滕滕。"

意料之中地,商滕皱起了眉,对她口中的称呼,眼里是很明显的嫌弃。

商滕不是经常来,一个月来不了五次。

偌大的学校,他们其实也很难碰到,不是同一个年级,教学楼也离得远,除非刻意去找。

高中考试特别多,期末考结束以后,又是月考。

班上有人抱怨:"整天考,考得好累啊。"

岑鸢倒是没什么太大的反应。

本身她的成绩就一直是那个水平,没失望,也没期望。

考试也就那几天。

成绩出来了,自入校起便霸占全校第一的商滕突然掉出了前十。

距离他们上次见面,已经有半个多月了。

岑鸢天天去那里等,一直没有等到他。他好像连学校都没来。

周五那天下午,岑鸢带了一大袋猫粮和水,周末两天时间,这些应该够了。

她到的时候,花卷已经睡着了。

商滕坐在两米高的围墙上。

岑鸢先注意到的是他的腿,真长啊,然后才是他的脸。

她愣在那里:"你和人打架了吗?"

商滕短暂地垂下眼睫,看了她一眼,摇头,又将视线收回。

岑鸢不知道他在看什么,可能什么也没看。

他的眼睛太空洞了,什么东西也没有,没有难过,也没有失落,什么都没有。

"商滕,"她喊他的名字,声音软软的,"你先下来,太高了,我脖子有点儿累。"

他不为所动。

岑鸢也没说什么，就这么仰着脖子问她："是心情不好吗？"

她个子不高，看他看得费劲，脖子都快和后背成九十度了。

商滕没有回答她，但是从围墙上跳下来了。

离得近了，他脸上的伤就看得更明显了。左边眼球有点儿充血，嘴角也破了，脸颊青肿。

脸上都这样，更别说身上了。

岑鸢没有问他为什么。

每个人都有自己的秘密，不主动说，肯定是不想被别人知道。

岑鸢不会勉强他说出自己的秘密。但他如果有一天想和她说了，她愿意安静地当一个倾听者。

岑鸢递给他一根火腿肠："这个给你吃。"

商滕眉头微皱，终于肯说话了："这不是你给那些流浪猫吃的？"

他就算是在嫌弃，那也没关系。

岑鸢笑了笑："你现在也是流浪猫。"

他的眉头皱得更深。

她试探地伸出手，却又停在半空，犹豫了好久，才壮着胆子，在他头顶摸了摸，动作温柔，声音也温柔："一只体形比较大、伤痕累累的流浪猫。"

被摸头的人愣在那里，全身像僵硬了一般。

"商滕。"她喊他的名字，是比刚才还要温柔百倍的语气。

他没看她，但也没躲开她的手，轻轻嗯了一声

岑鸢说："以后，我喂你吧。我喂了好多只流浪猫，多你一个也还行。"

商滕半晌没说话，直接转身走了。

他走得快，岑鸢甚至得一路小跑才能跟上："你吃得多吗？我每个月的零花钱不多的。"

他冷冰冰地拒绝："不需要你喂。"但是颤抖的声音还是出卖了他此刻的紧张。

岑鸢松了一口气，现在他应该不难过了吧。

岑鸢鞋带散了，蹲下来重新系了一遍，顺便把左脚的也给紧了紧。

她站起身，商滕没走远，反而坐在前面的石磴上等她。

他今天穿了件黑色的卫衣,岑鸢过去的时候,看到他把帽子戴上了,抽绳也拉到最紧,整张脸都被藏在帽子里。

岑鸢动作温柔地把抽绳松开,将帽子放下去。

全程他都没有动。

岑鸢终于看清他了,伤痕累累的脸上,大片的红晕,连耳尖都是红的。

岑鸢笑得温柔,温热的指腹碰了碰他泛红的脸:"小猫咪害羞了呀。"

番外三

星　光

　　因为父亲工作的需要，纪丞举家搬来榕镇。

　　由俭入奢易，由奢入俭难。从大城市来的小少爷不习惯一下雨就全是泥泞的小路，也不习惯那些人随地吐痰的陋习，纪丞来的第一天，他就嚷着要回去。

　　张存琳往他手里塞了枚鸡蛋，转头冲着坐在自己一旁专心看报的男人，埋怨道："这孩子就是随了你，不爱吃早餐。"

　　男人合上报纸，笑意温柔地看着坐在门口换鞋子的小男孩："我是工作需要，所以容易忘记吃，你这个毛小子又是因为什么？"

　　纪丞系紧鞋带，把书包往肩上一扔："您见过变形金刚吃早餐吗？"

　　张存琳一巴掌拍在他的后脑勺上，骂骂咧咧地道："生你还不如生个变形金刚，鸡蛋记得吃了！"

　　纪丞捂着后脑勺："就是变形金刚，也禁不起您这么打啊。"

　　张存琳把他往外赶："要是你们老师再给我打电话说你在学校闹事，我饶不了你。"

　　纪丞耸耸肩，拿着鸡蛋出了门。

　　他家小区楼下有流浪狗出没，纪丞的那些鸡蛋全都给它吃了。

但是他不敢与狗靠得太近,每次都是剥了壳以后把鸡蛋放在那个狗盆里。他不光对猫毛过敏,对狗毛也过敏。

狗盆是他买的,那流浪狗住的房子也是他拿木头做的。

学校最近出了新校规,凡是迟到的学生,哪怕只迟到一分钟,都得被罚去操场跑圈。

在纪丞转来这个学校之前是没有这些规矩的,所以纪丞觉得这就是在针对他。

但他觉得无所谓,不就是跑步嘛。比起上课,他宁愿跑步。

"你们班那个转校生,听说这次也拿了全校第一。"

一提到他,老梁就头大,他是纪丞的班主任:"光是成绩好有什么用,小小年纪就不服管,以后大了还得了?我手底下就没有不听话的兵,我就不信我管不了他。"

办公室的门被敲响,老师们一齐将视线移了过去。

站在门外的女孩子,穿着红白相间的校服,马尾束在脑后,五官清秀,皮肤白皙,脸上还有婴儿肥。

"老师,这是作业。"她把手上的那一摞作业放在桌上,轻声细语地说。

办公室靠门边的一位老师冲她笑了笑:"辛苦了。"

她摇摇头,没说话。刚准备离开,那老师又叫住她,朝她递过去一张报名表:"我听咱们班的班长说你学过跳舞,正好下周学校有个文艺会演,咱们班就你去吧。"

她站在原地,好半天都没动弹,那双如玻璃珠子一般透彻清亮的眼睛看着那张报名表。

一个班里,让老师印象深刻的通常除了成绩优异的,就是那些闹腾的刺儿头。成绩一般、性格内向的,反而容易让人忽视。譬如面前这个,虽然任课代表已经快满一年了,但老师对她的确印象不深。

过了一会儿,她才伸手接过:"嗯。"

女孩子走后,老梁问那位与女孩对话的老师:"你们班的?"

那老师点了点头:"不怎么爱说话,性格有些孤僻。"

"完全没印象啊,成绩怎么样?"

"中下,挺认真的一个小姑娘,但在学习方面有点儿不开窍。"

老梁听到后,往窗外看了一眼,现在是上课时间,偌大的操场上只有某个因迟到而被罚去跑圈的人。他叹了口气,有的人再怎么认真、再怎么努力都不行;而有的人,明明轻轻松松就能得第一,偏偏就是不肯端正态度。

"你谁啊?"纪丞跑累了,准备去歇一会儿,没想到刚过去墙那儿,就看到角落里蹲着一个人。

小姑娘抬起头的瞬间,他就见其白皙的脸上全是泪痕,眼睛也红红的。

似乎是没想到会有人来这儿,她像是一只受了惊吓的小猫,愣在那里,好半天都没有回过神来。

一个站着,一个蹲着,太阳就在头顶,纪丞的身上好像洒满了阳光,而蹲在角落的岑鸢则身处院墙的阴影之下。

那只受了惊吓的"小猫"站起来和他道歉,她用手不安地捏着自己的衣角,把洗到泛白的鞋子尖局促地蹭着地面。

他们两者的对比太明显了,一个像是耀眼夺目的光,一个像是黯淡失色的星。

那个时候的岑鸢,父亲离世没多久。之前为了给父亲看病,家里背负了数不清的债务。

尚且年幼的她什么也做不了,只能看着母亲没日没夜地替人做工,低声下气地应付那些上门来讨债的人,以及深陷在对父亲的思念之中。

"你叫什么名字?"

她往后退了几步,面对这个突然出现的陌生男孩有些害怕,声音细若蚊蚋:"岑鸢。"

"岑冤?好奇怪的名字。"

虽然不知道他以为的是哪个字,但肯定是错了的,所以岑鸢再次开口,纠正他:"鸢尾花的鸢。"

"哦,我叫纪丞。"

暗淡的日子,好像迎来了转机。

从那时候开始,她独来独往的生命中,好像多出了一个人。

是和她人生截然不同的一个人。

他总是有说不完的话,也会给她讲一些她从前并不知道的事情。

"这个是天文望远镜,去年生日的时候我外婆送给我的,你把眼睛对准这个地方就能看到星星了。"

岑鸢犹豫着朝那个器物靠过去，将眼睛贴近，视野也逐渐从模糊转为清晰。她的确见到了平时见不到的星星，是和她抬头看到的那些，不太一样。

"每颗星星都是一个巨大的星球，可能我们平时肉眼看到的它们很小，但其实有很多比我们身处的这个地球还要大。"

岑鸢听完以后，沉默了很久："可是我妈妈告诉我，人死以后会变成星星，爸爸也变成了天上的星星。所以我妈妈是在骗我吗？"她的眼睛又红了。

纪丞告诉她："你妈妈没有骗你，人死之后的确会变成星星，但不是天上的星星。"

岑鸢愣愣地看着他："还有别的星星？"

"当然了，每个人都是一个宇宙，我们的身体里就有很多颗星星。最重要的那颗，"他捂着自己的胸口，"藏在心里。"

岑鸢半信半疑，也学着他的样子，捂住自己的胸口。

纪丞问她："感受到了吗？"

岑鸢犹豫地点了点头："它在跳。"

然后纪丞就笑了，他想摸摸她的头，然后就真的摸了。

她的发质很软，有点儿像他在路边喂过的流浪猫。那个时候他还不知道自己对猫毛过敏，觉得猫很可爱就摸了，结果第二天就被送到了医院。

但这并不妨碍他喜欢猫。年龄不过八岁的纪丞，却很认真地说出那句话来："死亡只是躯体的消亡，你爱的人永远都活在你心里，他没有消失。"

岑鸢认真地点了点头。

大概就是从那个时候开始，纪丞说的话她都会相信。

小区楼下的流浪狗已经很多个早晨都没有吃到纪丞投喂的鸡蛋了，每次看到他都不满地冲他呜咽几声。

"下次，下次让我妈多煮几个。"纪丞隔着老远冲它挥了挥手，然后蹦蹦跳跳地出了小区，还不忘小心护着怀里的饭盒。

这是他妈给他准备的午餐，他说他这些天要在学校学习，就不回来吃饭了。

他妈妈还挺欣慰，觉得孩子终于长大了。

却不知晓她精心准备的爱心午餐全在他儿子的监督下，进了另外一个女孩子的肚子里。

"我真的吃不下了。"岑鸢委屈地看向他，纪丞这才接过她手里的筷子。

他说她太瘦了，应该多吃点儿。

"我妈说,太瘦就是营养不良造成的,营养不良就容易生病。"

自己确实挺容易生病的,所以她没有反驳他的话。

时间晃啊晃,在纪丞的陪伴下,不知不觉已经过去了好几年。

纪丞仍旧是那个不服管的刺儿头;而岑鸢,孤僻的性子却在纪丞的影响下变得开朗起来。

她容易生气,总是生纪丞的气。

气他又和别人打架,气他不知道保护好自己,打篮球都能受伤。

她给他往伤口上涂碘酎,嘴唇抿得紧紧的,不想和他说话。

纪丞和她解释:"是对方手太脏,我没忍住才……"

岑鸢抬头看他,气鼓鼓的样子。

纪丞心虚地低下头,故意哼哼唧唧地喊疼:"我腿好像也折了,你说我以后该不会变成瘸子吧?"

岑鸢故意狠狠地按了一下他说疼的那条腿:"疼死你算了!"

说完她就起身往外走,纪丞一瘸一拐地跟过去:"祖宗,我下次肯定不会了,我要再有下次我就是狗!"

岑鸢不理他,走得越来越快。

纪丞刚要跟过去,药店老板却拦住他:"还没给钱呢。"

差点儿忘了这茬,纪丞着急忙慌地掏出一张纸币递给药店老板,也不用对方找了,急匆匆地跟过去,生怕岑鸢走远了:"鸢姐,你等等我。"

故事的最后,是纪丞好不容易把她给哄好。

他说他买了两张电影票,要带她去看,不看就浪费了。

岑鸢是个很节俭的人,"浪费"这两个字,总是能刺激到她。正是因为知道这点,纪丞才故意这么说。

果然,她还是同意了。

那个时候的纪丞总是以为,岑鸢之所以一次又一次地妥协,是因为她的节俭。

他好像一点儿也不明白,他在岑鸢心中是怎样的地位。

电影放到中途,有一个接吻的片段。对即将步入青春期的纪丞来说,这其实算不上什么太有冲击力的画面。或许是因为坐在他身旁的人,他的脸在瞬间便涨得通红。

他捂着岑鸢的眼睛:"我们还是小朋友,不能看这个。"

岑鸢沉默了一会儿,问他:"纪丞,你是不是又脸红了?"

她感受到了他逐渐攀升的体温,和不断加速的心跳。

于是,她小声骂了一句,话里却是带着笑音的。

电影的结尾并不好,男女主角天人永隔。

出了电影院,岑鸢问纪丞:"人会有下辈子吗?"

"从科学的角度来讲,没有。"

岑鸢有点儿遗憾:"那他们岂不是永远也不能在一起了?"

纪丞安慰她:"那我们就不从科学的角度来讲。"

岑鸢抬眸,一脸疑惑:"怎么不从科学的角度来讲?"

"不是都说,乱发誓的人下辈子会遭报应嘛,我们随便发个誓,不就有下辈子了吗?"

岑鸢:"……"

这句话似乎也没能让她的心情有所好转:"可这辈子不幸福,下辈子就会幸福了吗?"

纪丞耸了耸肩:"那谁知道呢。"

岑鸢问他:"你想有下辈子吗?"

"有没有都无所谓。"

"为什么,你就没有什么遗憾想下辈子去弥补吗?"

纪丞觉得她这句话问得有些莫名其妙:"我现在才多大,有遗憾我这辈子不能弥补吗?把事情推到下辈子的都是不负责的懦夫。"

岑鸢似懂非懂地点了点头。

纪丞看着她,又突然觉得他刚才说的话其实也不太对。

他当然也想有下辈子,不过不是想弥补遗憾。他没什么遗憾要弥补,他也不会让自己的人生有遗憾。

下辈子,他还要认识岑鸢。

可是人会有下辈子吗?就算有,他们还会认识吗?

会有吧,应该会有。

也一定会认识,他会找到她。